新會潮連區西屏見泉二公合集

鄉賢區西屏集

梁永琳

区小健 辑注

中原出版传媒集团
中原传媒股份公司
大象出版社
·郑州·

图书在版编目(CIP)数据

《新会潮连区西屏见泉二公合集》辑注 / 区小健辑注. — 郑州 : 大象出版社, 2022. 9
ISBN 978-7-5711-0046-9

Ⅰ. ①新… Ⅱ. ①区… Ⅲ. ①古典诗歌-诗集-中国-明代②古典散文-散文集-中国-明代 Ⅳ. ①I214. 82

中国版本图书馆 CIP 数据核字(2019)第 000492 号

《新会潮连区西屏见泉二公合集》辑注

《XINHUI CHAOLIAN OU XIPING JIANQUAN ER GONG HEJI》JIZHU

区小健 辑注

出 版 人 汪林中
书名提字 梁永琳
责任编辑 杨 兰 司 雯
责任校对 安德华 万冬辉 牛志远 张绍纳
装帧设计 张 帆

出版发行 大象出版社(郑州市郑东新区祥盛街 27 号 邮政编码 450016)
发行科 0371-63863551 总编室 0371-65597936
网 址 www. daxiang. cn
印 刷 洛阳和众印刷有限公司
经 销 各地新华书店经销
开 本 720 mm×1020 mm 1/16
印 张 53. 75
字 数 792 千字
版 次 2022 年 9 月第 1 版 2022 年 9 月第 1 次印刷
定 价 268. 00 元

印厂地址 洛阳市高新区丰华路三号
邮政编码 471003 电话 0379-64606268

出版说明

先祖西屏公区越《乡贤区西屏集》，暨哲嗣见泉公《区奉政遗稿》诗文集刻印于明嘉靖年间和万历年间，迄今已有四百多年，是岭南区姓族人的重要文化遗产，是研究我国古代文学、民俗学及仕宦文人之间相交往来的文字史料，也是研究明代中晚期社会发展状况的宝贵资料。

西屏公，新会潮连人，白沙陈献章先生晚年的得意弟子；见泉公，西屏公之四子。区氏西屏公父子的诗文保留较为完整，《乡贤区西屏集》《区奉政遗稿》被列入《广东省人民政府关于公布第一批省级古籍重点保护单位和第一批省级珍贵古籍名录的通知》中的珍贵古籍名录。

本书的取舍依据：

一、以新会景堂图书馆馆藏的《乡贤区西屏集》古籍原刻版上册，由中共广州市委宣传部、广东省文化厅策划并组织研究编纂，旨在系统搜集整理和抢救保护广州文献典籍、传播广州历史文化的大型地方文献丛书——

《广州大典》的《乡贤区西屏集》古籍原刻版中、下册为底本。

二、以新会景堂图书馆馆藏的《区奉政遗稿》古籍原刻版上、下册为底本。参考《全粤诗》第七册卷二〇三、卷二〇四、卷二〇五、卷二三八、卷二三九、卷二四〇、卷二四一、卷二四二、卷二四三，比对原刻版，分别对个别文字择优而从。

三、在整理两古籍时，发现两本古籍有窜页，《乡贤区西屏集》卷八第三页和《区奉政遗稿》卷八第三页互相窜页，本次编印特为调整更正；景堂图书馆藏《区奉政遗稿》由于“林序二”重页而缺“林序三”一页，据《广州大典〈区奉政遗稿〉》补。为帮助现代读者更好了解《乡贤区西屏集》《区奉政遗稿》，试加注脚形式，以《〈新会潮连区西屏见泉二公合集〉辑注》的形式，重新编纂出版。

四、在研读《全粤诗》时，发现存在下列问题：

1.《全粤诗·明·区越》最后一首《小庐山》，该诗经查实为《区奉政遗稿》卷四的《登小庐山楚云台》一诗，作者是区元晋而非区越，所引用《明郭棐岭海名胜记卷九》这一典籍疑有讹误。

2.《广州大典》对《乡贤区西屏集》《区奉政遗稿》两古籍卷八的窜页没有更正和作出说明，《全粤诗》也没有对古籍作出更正，故存在以下问题：《全粤诗·明·区元晋》在《区奉政遗稿》卷八第三页窜页的后一页（即第四页）的第一行顶格的“明”字前加了一个“经”字，变成“经明弦诵呕哑满”，作诗的起首句，并以“失题”冠以诗名，这显然是不符合古文的书写格式的。其实“失题”这一段文字，“明”字前面是“月”字，是《熊柳湖大尹新政十六事》一文后面部分的内容，前面部分由于窜页的原因而缺漏，加一个“经”字欠妥。

五、我于 2010 年秋天开始，由阅读到对两套古籍校注，历经十余年时间，搜集了大量资料，并对两本古籍的人物、地点等进行考证、勘误，作出了修订。其中主要是诗中一些人物的名号，如《乡贤区西屏集》中的东麓（汪佃，号东麓）写成西麓，章主政（章嵩）写成张主政，叶槎溪（叶溥，号槎溪）写成叶槎庵，容约夫（容瀚，号约夫）写成容逸夫等。《区奉政遗稿》的胡相江（胡庭兰，号相江）写成胡象江，邱荆野（邱预达，号荆野）写成邱荆川，唐西洲（唐胄，号西洲）写成曾西洲，津庵黄二府（黄砻，号津庵）写成液津黄二府等。

六、注释采用的方法：

1. 古籍原文的注释、引文等，使用黑底编号，即黑底编号注释为原古籍注释。

2. 对诗文的今注，使用白底编号。即白底编号注释为作者所做的注释。

3. 古籍有部分漏字、讹字的修改，白底编号注释中作说明。

序

夫文者，道之器也；行者，言之实也；子孙者，身之遗也。广东新会，罗浮沧海，远环近峙，天下奇观，人杰地灵！有区氏者，乡之大姓，代代相续，蔚为大观。《诗》曰："孝子不匮，永锡尔类。"此其谓乎！区氏代有秀丽，尤以有明一代太中大夫区越与其子奉政区元晋著名。越，字文广，号西屏，潮连乡人。举弘治八年乡试，登十八年进士，知浙江嘉善县，知建宁、宁国府，擢浙江副使，晋江西左参政，分守湖东，年逋寇，以老致仕，卒年八十七。有《乡贤区西屏集》。时人评之曰："秉宪全浙，参政江右，俱绰有声称。"元晋，字惟康，号见泉，越四子，登嘉靖四年乙酉科乡荐，任云南镇南知州，晋福建兴化府同知。初领乡荐，甫弱冠，以父解组，遂决志终养。父殁，筑庐墓所，朝夕哭拜，年逾五十，始受专符，所至著廉明，有《区奉政遗稿》。时人论之曰："颖悟不凡，早掇危科，筮仕镇南、迁贰兴化，学术经济有声称，滇闽弦诵至今不衰。"区氏父子孝悌为本，诗书传家。今区君小健先生，以一人之力，不辞辛劳，不避繁难，迹半天下，搜集，爬梳，校注西屏见泉父子散佚诗文，其意在存文稿，传文脉，育子孙，鹰爵祖德，克绍箕裘。乙未季春书之将成，先生嘱余序之，遂不吝简陋草数言以付之，书后以两册私印。今先生精益求精，再行勘误，增删校注，合两为一，付梓大象，公行天下，必将有益世人。《诗》云："靡不有初，鲜克有终。"先生弗如此也，慕祖遗德，呕心沥血，善始终而成也！余深敬之，亦重拾旧稿，略加梳理，修辞立诚，以表仰慕之情。

高志刚戊戌立秋于锦城

西屏区先生诗集序（首）

诗自三百篇以后,代有作者,言人人殊。皆所以仰昭天道,俯顺人情,细该物宜,宣鬯[1]幽隐,铺张治理,风气攸钟,世道升降。昔贤有作,载之典籍,昭如也用生也。晚叩广东,有西屏先生不及见矣,令子来丞吾郡,得见诗若干,并行志[2]论世[3]而知诗矣!

公蚤[4]登乙丑上第[5],出宰嘉善[6]。正德初,奄瑾[7]用事,入觐者多载重宝以行。有郁生,在德公,密馈金为公谋,却之,辞甚峻。监兑清江[8],不欲与众官宴集,且谕以心田,福利听者,竟汰华靡就省约。宁国[9]当有及[10]姓者,喜峻法以深入人罪。希承意旨,公嗣其后廉,知负抑者众,阅实至罪,为之白其事于巡察。初以狱成不宜反,公曰:“罪疑惟轻,今罪在不疑,乃滞于成狱,非所以哀矜[11]明允[12]弼教[13]祗[14]德之道。”持益坚,巡察始悟,民得以无冤。雪夜亟起,衣释荷枷者数辈,谓左右曰:“罪止示戒耳,若冻伤,非政也。”秉宪[15]全浙[16],参政江右[17],俱绰有声称[18],每嘉尚[19]坡公[20]有经济实用[21],故施之于政,却馈金,平疑狱,恤微罪,振国纪,所在留惠,河去著思,其心之慈祥端悫[22],见之诗焉,隽永和平;其心之劲节刚贞,见之诗焉,宕佚[23]疏健。诗者,非心之声乎?故曰:仁义之言,泽如也晚,夷犹[24]于黄云[25]紫水[26],悠然得之以成声情,适意远慕放翁[27]而似之矣!高朗令终[28]有子,世其家[29]不尽所遗传者,益久而益昌。诗云乎哉!

嘉靖岁乙丑[30]春二月望日[31]

赐进士嘉议大夫[32]工部右侍郎[33]前光卿司经局[34]太子洗马[35]兼翰林院侍讲[36]

经筵官[37]国史同修[38]

大明会典[39]莆田[40]黄廷用[41]顿首撰。

【注释】

①宣鬯:宣畅。鬯,通“畅”。

②行志:随意志行事。

③论世:《孟子·万章下》:“颂其诗,读其书,不知其人,可乎?是以论其世也。”后以“论世”指研究时世。

④蚤:通“早”。

⑤乙丑上第:科第。西屏公区越弘治十八年(1505年)乙丑科进士。

⑥出宰嘉善:嘉善县,定治魏塘,隶嘉兴府,现浙江嘉善县。西屏公正德元年(1506年)出任嘉善县知县。

⑦奄瑾:奄,通“阉”,指太监。瑾,刘瑾(1451年—1510年),陕西兴平人,本姓谈,明武宗时的太监,从正德元年到正德五年,操纵朝政,权倾天下,当时有“立地皇帝”之称。

⑧清江:清江浦,是“中国运河之都”江苏省淮安市的主城区中的清河、清浦二区部分地区的古称。清江浦从明初到清末,一直是国家巨型粮仓的所在地。

⑨宁国:宁国府,明朝宣城(今安徽省宣城市)是南直隶宁国府府治。西屏公曾任宁国府知府。

⑩及:即及宦,字士显,别号二河,交河县城人,正德甲戌(1514年)进士,嘉靖三年(1524年)任宁国府知府,古籍为“吉”。

⑪哀矜:哀怜,怜悯。

⑫明允:明察而诚信。

⑬弼教:辅助教化。多指以刑辅教。

⑭祗:恭敬。

⑮秉宪:执掌法令。

⑯全浙:今浙江省以富春江等为界分为浙东、浙西。全浙指浙江省。西屏公曾任浙江按察副使。

⑰江右:江西省的别称,古时在地理上以西为右,江西以此得名。西屏公曾任江西左参政。

⑱声称:名声,声誉。

⑲嘉尚:称赞,崇尚。

⑳坡公:对宋苏轼的敬称。苏轼号东坡居士。

㉑经济实用:经济,经世济民。指治国的才干。

㉒端悫:正直诚谨。

㉓宕佚:超脱,无拘束。

㉔夷犹:亦作“夷由”,从容自得。

㉕黄云:黄云山,在城北一里,其前为古冈州治,唐睿宗景云元年(710年),有黄云出山上,其色如金,僧一行曰:“后八百岁,冈州当产大贤。”因结庵于此,名黄云寺(今废)。师去其徒元禅师定居之,称黄云。元及明宣德三年(1428年)而陈文恭献章生,其言果验。江西布政使司左参政区越夫妇合葬墓在黄云山。(清康熙《新会县志》)

㉖紫水:在县西三里,源自龙山,绕万寿寺,出妙宗桥,过汾水江入海,宋皇佑间,水色变紫者旬日,人以为瑞,故名。(清康熙《新会县志》)

㉗放翁:陆游(1125年—1210年),字务观,号放翁,越州山阴(今浙江绍兴)人,南宋诗人、词人。陆游一生笔耕不辍,诗词成就极高。

㉘高朗令终:《诗·大雅·既醉》:“昭明有融,高朗令终。”高朗犹高明,谓高超美善。令终:谓保持善名而死,喻寿终正寝。

㉙世其家:以此继承了他的家风。

㉚乙丑:嘉靖四十四年(1565年)。

㉛望日:通常指旧历每月之十五日。

㉜嘉议大夫:礼部尚书的别称。

㉝工部右侍郎:工部为中国古代官署名,六部之一。掌管各项工程、工匠、屯田、水利、交通等事。右侍郎,侍郎为唐以后中央六部的副长官。明清时设左右二侍郎。

㉞前光卿司经局:光卿,即光禄寺卿,黄廷用嘉靖三十八年(1559年)升光禄寺卿;司经局是古代官署名,掌太子宫中图书,明、清司经局洗马官属詹事府,为翰林官迁转之阶。

㉟太子洗马:简称洗马,是一个中国古代官职,属于太子属,即东宫官,是太子的随从官员,最早设立于汉朝。

㊱翰林院侍讲:翰林院侍讲学士,中国明清中央政府官职之一,品等为从五品。该官职主要配置于内阁或翰林院,辖下有典簿、侍诏等。主要任务为文史修撰,编修与检讨。

㊲经筵官:官名。明朝由勋臣、内阁大学士、翰林院与春坊之官及国子监祭酒充任。

㊳国史同修:国史,原指同时期修纂的本朝实录和本朝历史,后泛指一个朝代的历史。喻参与修订国史。

㊴大明会典:明代官修的记载典章制度的史书。又名《明会典》。始纂于弘治十年(1497年)三月,经正德时参校后刊行。共一百八十卷。嘉靖时经两次增补,万历时又加修订,撰成重修本二百二十八卷。

㊵莆田:位于福建省,莆田市史称兴安、兴化,又称莆阳、莆仙。自古是闽中的政治、经济、文化中心。历史悠久,文化源远流长,素有"海滨邹鲁""文献名邦"之誉。

㊶黄廷用(1499年—1556年):字汝中,号四素居士,学者称少村先生。明嘉靖十四年(1535年)登进士第,初选为翰林院庶吉士,不久又迁为司经局洗马,曾经为宫中太监讲授经书,后升为工部右侍郎,著有《少村漫稿》两卷。

西屏区先生诗集叙（次）

嘉靖甲寅[1]，余令太平[2]入宁[3]，闻宁人道，旧守区公贤。壬戌[4]，余奉命来兴化[5]。经建[6]，又闻建人历历道旧守区公贤。夫区公先后守两郡者也，宛陵[7]、建水异地同声，岁月屡更，传颂如故。意其为人、政事、文章超卓豪迈，非寻常可到所至，辄令人系慕如此！欧阳子曰："君子之学，或施于事业，或见于文章，而常患于难兼。"区公之贤，兼乎哉！余生也晚，得闻其政事，不得并观其文章，可惜也！

无何，天[8]曾陟镇南守[9]，见泉先生参知兴化事。询之，云："区公仲子[10]也。"余曰："遭遇固有数邪？区公不及见，见其子即公之文章可得也。"遣从人往滇[11]远迎之。见泉如期至，貌温温然[12]，言讷讷然[13]；叩其区画[14]时事，又了了然。轻车熟道，王良[15]、造父[16]之为御也。观者曰："其区公家法哉！"莅郡，什行李出若翁行状暨翁所咏律诗十余章，奉诸僚友倡一时通家[17]之好。余按状乃知区先大夫[18]，号西屏，起家乙丑进士，仕终方岳[19]。平生宦绩，最著于宁于建，其历官六载。读诸诗，大率[20]发舒[21]意兴[22]，模写[23]性情，深得诗家之精妙而时出之，不拘一音一调之间，殆又文之有音韵者。顾咏《燕城元宵》其清新似庾[24]；《月梧何子》其沉密似颜[25]；《秋日怀友》其冲澹[26]似陶[27]；《寄刘光禄》《游吴山寺》诸作，其精丽又似脱换李杜[28]。即此数章，盖妙悟上乘，追蹑名坛矣！他稿未尽见，大概类此，是岂一一模仿之哉！风味意趣之间，有以得其蕴也。诗不求之风味意趣，独以语言似之争鸣互发，瓦釜[29]混天球[30]矣！又奚必杂体[31]称汉晋声律[32]，称盛唐哉？是故弦所以成声也，善弹者，出之有遗音焉，不依于弦也！采所以成文也，善画者，出之有至文焉，不依于采也！善吟者，感之为声，发之为韵，籁也斯鸣律乎！自协同此精意，又何依依于章句也！古之评诗者曰："以味不以形，殆为得之。"然则公之诗，其上下诸家而观其深乎，不然，何其吟咏品题有自然之妙也。尝闻古冈州[33]罗浮[34]沧海，远环近峙，天下奇观。而白沙[35]、甘泉[36]诸老，又区先大夫同时相讲论者，顾山川以弘其度，仁义道德以培植其本源中之所养素矣！乃施之政事，政事善；发之文章，文章善。欧阳子所谓难兼而独兼之者也。谓不大有声称哉！见泉肖先大夫者也。守镇南时，厘敝振新[37]，不畏强御，近且为无情之议受谤而气象从容进退绰绰，果可以见家法矣，不以世态[38]论也。余始闻先大夫名，今得诵其诗，窃其余，故敢述所见闻如此。寅长[39]质庵公云："见泉业欲刻西屏大夫诗稿，请以其言贻之。"遂书以送见泉先生行。

时

嘉靖四十四年乙丑仲春

赐进士第中宪大夫[40]福建兴化府知府前户部陕西司[41]郎中[42]楚巴陵[43]洞皋易道谈[44]撰

【注释】

①嘉靖甲寅：嘉靖三十三年(1554年)。

②太平：太平府，位于安徽省马鞍山市当涂县，是古代兵家必争之地。

③宁：宁国府。

④壬戌：嘉靖四十一年(1562年)。

⑤兴化：福建莆田古称兴化府，见泉公任兴化府同知。

⑥建：建宁府，南宋时设置的府。位于福建省境，今福建省建瓯市。

⑦宛陵：宛陵乃宣城，古名也，在三国时也叫丹阳。宛陵东临苏浙，地近沪杭，为安徽之东南门户。

⑧天：喻朝廷。

⑨镇南守：镇南州，今云南省楚雄南华县。西屏公子见泉公(区元晋)曾任镇南州知州。

⑩仲子:对兄弟中排行第二者的尊称。据查《潮连区氏家谱》西屏公儿子分别有:区元泰、区元履、区元复、区元晋、区元益,区元晋为四子。作者撰文时区元泰、区元复已经仙逝,故误认为区元晋是仲子。

⑪滇:云南省。

⑫温温然:和蔼可亲貌。

⑬讷讷然:包容貌。

⑭区画:筹划,安排。

⑮王良:春秋时之善驭马者。

⑯造父:古之善御者,赵之先祖。因献八骏幸于周穆王。穆王使之御,西巡狩,见西王母,乐而忘归。时徐偃王反,穆王日驰千里马,大破之,因赐造父以赵城,由此为赵氏。

⑰通家:指两家交谊深厚,如同一家。

⑱区先大夫:即西屏公区越,江西左参政,授太中大夫。

⑲方岳:指州郡。传说尧命羲和四子掌四岳,称四伯。至其死乃分岳事,置八伯,主八州之事。后因称任专一方之重臣为"方岳"。

⑳大率:大抵;大致。

㉑发舒:犹言立功扬名,得志显达。

㉒意兴:犹意境,兴致。

㉓模写:亦作"模搨"。把金石等器物上的图画、文字照原样印下来。

㉔庾:庾信,字子山,南阳新野人,南北朝时期诗人、文学家,与徐陵一起任萧纲的东宫学士,成为宫体文学的代表。作品轻艳流荡,富于言辞之美,有《庾子山集》。

㉕颜:颜真卿(709年—784年),字清臣,别号应方,京兆万年(今西安)人。安史之乱中,率义军对抗叛军,立下汗马功劳而受朝廷重用,历任吏部尚书、刑部尚书等要职,封鲁郡开国公,世称"颜鲁公"。

㉖冲澹:指诗歌语言质朴,意境闲适恬静。

㉗陶:陶渊明(约365年—427年),名潜,或名渊明。字元亮,自号五柳先生,私谥靖节,世称靖节先生。浔阳柴桑(今在江西九江西南)人。晋代文学家。以清新自然的诗文著称于世。相关作品有《饮酒》《归园田居》

《桃花源记》《五柳先生传》《归去来兮辞》《桃花源诗》等。

㉘李杜:指唐代诗人李白、杜甫。

㉙瓦釜:砂锅,喻庸才。

㉚天球:玉名。

㉛杂体:古典诗歌正式体裁外之各种诗体。多从字形、句法、声律或押韵方面别出心裁,带有文字游戏性质。

㉜声律:五声六律。指音乐。指语言文字的声韵格律。

㉝古冈州:新会旧称冈州。

㉞罗浮:山名,在广东省东江北岸。晋朝葛洪曾在此山修道,道教称为"第七洞天"。相传隋朝赵师雄在此梦遇梅花仙女,后多为咏梅典实。

㉟白沙:陈献章(1428 年—1500 年),字公甫,号石斋,别号碧玉老人、玉台居士、江门渔父、南海樵夫、黄云老人等,广东省江门市新会区人,因曾在白沙村居住,人称白沙先生。明代思想家、教育家、书法家、诗人,广东唯一一位从祀孔庙的明代硕儒,主张学贵知疑、独立思考,提倡较为自由开放的学风,逐渐形成一个有自己特点的学派。

㊱甘泉:湛若水(1466 年—1560 年),字符明,又号甘泉,广东增城人,明代著名学者。明弘治五年(1492 年),他参加乡试考取举人。后赴新会县拜名儒陈白沙为师,得到严师的耳提面命,学识大为长进,深得陈的赏识,因而成为白沙学说的衣钵传人。弘治十八年(1505 年)乙丑科进士,居官 30 多年,历任吏部侍郎、礼部侍郎、兵部尚书,深得嘉靖皇帝倚重与信任。主张"天下民庶实为邦本",反对宦官专权,历任政绩卓著。

㊲厘敝振新:除旧扬新。

㊳世态:世俗的情态。多指人情淡薄而言。

㊴寅长:尊称同僚。

㊵中宪大夫:明清为文职正四品封阶。

㊶户部陕西司:户部设 13 个清吏司之一。

㊷郎中:官名,始于战国,隋唐到清,朝廷各部均设郎中,是帝王的侍从官,为司的长官。

㊸巴陵:旧县名。晋太康元年置,治所在今湖南岳阳。

㊹易道谈(生卒年不详):字进明,巴陵(今湖南岳阳)人,嘉靖三十二年(1553年)癸丑科进士,嘉靖四十二年兴化知府,有传。(《兴化府莆田县志》)嘉靖三十四年(1555年),浙东海寇侵入徽州、宁国两府,自歙、绩入旌、泾,太平全县骚动,知县易道谈在黄华岭筑垒镇守。在兴化知府任上,御倭寇,兴水利,救灾恤民,以功升参政。

西屏区先生诗集跋

呜呼！区公，不可得而见矣！得见其诗，如见其人焉。公，温柔敦厚人也。吾读其诗与先王之教[①]，何异焉！诗自汉魏以来，骇心夺目者何限，然人人言殊[②]，代代格别[③]，不可强而同也。要之，根基深厚，了悟精绝，出口天成，诵者至舞蹈踊跃，感怆洟泣[④]如不欲终编者为上，亦何尝矫强[⑤]粉饰于其间！故曰："性情之正也。"性情人人同具，古今一揆[⑥]，善养之存乎人尔？故观区公之诗词，公之为人，可知矣。公令子惟康[⑦]，余辱知[⑧]于四十年之前[⑨]，一旦来守吾郡，正欢洽间，即复引去。余饮之酒，诵杜少陵[⑩]诗曰："更为后会知何地，忽漫相逢是别筵。"相顾凄然，久之言曰："予不才，昔守滇郡，冒霜露，历间关[⑪]，倦矣！余故居乡落[⑫]，卜筑邑城[⑬]而郊关之内，别墅方四十里。有池、有圃，有山、有石，有花、有木，可谷、可蔬，可游、可憩，乐而忘饥，夫复何求，而恋恋于官耶？顾先大夫墓在黄云山，铭石未勒，诗词数卷未有表而述之者。念子通家[⑭]交好，故知先大夫，特来相索，归以为荣尔。"余为之洒然，易听既为铭以复，复书此云同曰："余昔登黄云，盖冈州之第一名山，云下有紫水潆洄清泚，公墓在其上。公之精神英爽[⑮]，其徘徊青苍紫翠之间，以长凉福祉于无穷乎！公之诗词，固与是山是水同其不朽矣！惟康醇诚博雅[⑯]，而一念孝思固如此。"吾先公遗爱冈州有祠在焉[⑰]，为余对诸君子谢曰："林子情悲思云。"诗曰："孝子不匮，永锡尔类。"惟康君其念余哉！

时

嘉靖四十四年岁次乙丑仲春望旦之吉

赐进士嘉议大夫[⑱]都察院副都御史[⑲]奉

敕巡抚湖广等处赞理军务[20]前奉

敕提督浙江广东学校[21]翰林院庶吉士后学莆田寄寄山人退斋林云同[22]谨跋。

【注释】

①先王之教:先王的教化。

②言殊:指各人有各人的意见。喻风格不同。

③格别:犹特别。

④感怆洟泣:感怆,感慨悲伤。洟泣,涕泪俱下,哭泣。

⑤矫强:矫情;勉强。

⑥一揆:《孟子·离娄下》:"地之相去也,千有余里;世之相后也,千有余岁。得志行乎中国,若合符节,先圣后圣,其揆一也。"意谓古代圣人舜和后代圣人文王的所作所为是完全相同的。后因以"一揆"谓同一道理,一个模样。

⑦惟康:西屏公子。区见泉,讳元晋,字惟康。嘉靖四年庚子科(1525年)举人,官至福建兴化府同知。(《潮连区氏族谱》)

⑧辱知:谦辞,谓受人赏识或提拔。

⑨四十年之前:指认识见泉公惟康已有四十多年。

⑩杜少陵:杜甫,字子美,自号少陵野老,盛唐大诗人,号称"诗圣"。

⑪间关:间关诣阙。喻道路险峻。

⑫故居乡落:从前居住的房子在乡村。

⑬卜筑邑城:在新会县城择地建筑住宅,即定居之意。西屏公房族人自此便聚居在新会城东方岳里、景贤里及学前街一带。

⑭通家:世代交好之家,指两代以上彼此交谊深厚,如同一家。

⑮英爽:英俊豪爽。

⑯博雅:谓学识渊博,品行端正。

⑰有祠在焉:林墰,正德年间新会教谕,祀新会名宦祠,林云同之父。

⑱嘉议大夫:文散官名。明代为正三品初授之阶,清代废。

⑲都察院副都御史:官名。明代始置,为都察院都御史的副职,正三品。

⑳巡抚湖广等处赞理军务：明朝和清朝前期的一个巡抚职位。

㉑提督浙江广东学校：学官名。简称“学政”，亦称“督学使者”，俗称“学台”。负责督察浙江、广东两地。

㉒林云同(1491年—1577年)：字汝雨，号退斋，谥“端简”。莆田城内后埭(今荔城区英龙社区)人，嘉靖五年(1526年)进士。初授翰林庶吉士，在京都负责掌编修国史，记录皇帝的起居注，进讲经书以及草拟册立、制诰等文书。因他不攀龙附凤而得罪了宰相，被调任户部山西司主事。嘉靖七年(1528年)为广西乡试主事，尔后，调任江西九江税官，后升任礼部按察司员外郎；嘉靖十二年(1533年)，转任浙江提学佥事，管理所属州县学校和教育之事；嘉靖十五年(1536年)，转任广东提学副使；嘉靖二十五年(1546年)，擢为都察院副都御史，巡抚湖广，隆庆四年(1570年)，升南京刑部尚书。

目录

卷一　七言律诗

卷二　七言律诗

卷三 五言律诗

卷四　七言绝句

卷五　五言绝句

卷六　序

卷七 记

卷八 敕命制诰

卷九 序

卷十 状铭记歌诗

卷一

七言律诗

燕城[1]元宵

（二首）

南街灯影北街红，正月天和[2]二月融。
九野[3]不霾星历历，五云[4]长在月胧胧。
稚儿火吐篱边菊，甲第[5]鳌移[6]海上峰。
欲拂霜须逐年少，只应无力倩[7]东风。

长陌[8]绮罗[9]缘地湿，小楼歌管咽春融。
此时见月何光霁[10]，昨夜中天却澹胧。
灯社醵[11]盘批鲤甲，侠游赛饮落驼峰。
南园匝夜喧如市，不逐疲癃[12]度暖风。

【注释】

①燕城：现福建省三明市辖永安市区的别称。明代是建宁府府治。西屏公嘉靖二年（1523年）任建宁府知府。

②天和：谓自然和顺之理；天地之和气。《庄子·庚桑楚》："故敬之而不喜，侮之而不怒者，唯同乎天和者为然。"《庄子·知北游》："若正汝形，一汝视，天和将至。"

③九野：九州的土地。《后汉书·冯衍传下》："疆理九野，经营五山。"

④五云：五色瑞云。多作吉祥的征兆。

⑤甲第：明清时称进士。

⑥鳌移：鳌，传说中的大龟。鳌移，喻有豪放的胸襟和远大的抱负。

⑦倩：请，央求。

⑧长陌：长路。

⑨绮罗：泛指华贵的丝织品或丝绸衣服。多为贵妇、美女之代称。

⑩光霁：敬辞，犹风采。

⑪醵：聚集。

⑫疲癃：年老衰弱多病。

同寅[①]唐西洲[②]都宪[③]顾浙台叙旧

十年京国拜丹宸[④]，携手曹司[⑤]又几春。

重写别弦[⑥]忧柱促[⑦]，共谈时事觉情亲。

君今锦足[⑧]铮铮立，我已银丝缕缕新。

他日挂罾[⑨]南海上，江蓑谁伴白头人。

【注释】

①同寅：犹同僚。

②唐西洲：唐胄（1471年—1539年），字平侯，号西洲，府城东厢人。明弘治十五年（1502年）壬戌科进士，曾授户部主事，嘉靖十一年（1532年）任广西布政使，翌年升任都察院右副都御史，嘉靖十四年任南京户部右侍郎，次年春调任北京户部右侍郎，秋转为左侍郎。著有《江闽湖岭都台志》《琼台志》《西洲存稿》《传芳集》等。西屏公任职户部时的同僚。

③都宪：明都察院、都御史的别称。

④丹宸：宫殿，朝廷。

⑤曹司：官署。诸曹郎中职司所在。

⑥别弦：离别的歌曲。

⑦柱促：靠近，迫近。

⑧锦足：喻前程、前途。

⑨罾：古代一种用木棍或竹竿做支架的方形渔网。

九月八日高侍御[①]朱秋卿[②]携酒拉王方伯[③]暨余取道苕溪[④]遍游浮碧[⑤]归云伏虎道场[⑥]诸胜即席赋此纪怀（二首）

浮碧风枝怜翠竹，道场秋朵觅金莲[⑦]。
冷香[⑧]泛斝[⑨]难辞醉，老马寻山易着鞭。
览胜讵知[⑩]邻九日[⑪]，题名[⑫]偶得伴诸贤。
太湖[⑬]天目[⑭]频招手，谁道真游不是仙。

箫鼓先声引画船[⑮]，登高何处路长川。
未夸红雨[⑯]翻吴岫[⑰]，恰喜黄云[⑱]满舜田[⑲]。
十里更催浮碧棹[⑳]，一樽[㉑]同拂道场烟。
归云伏虎多佳致，未假题糕[㉒]谢主贤。

【注释】

①高侍御：唐代称殿中侍御史、监察御史为侍御。后世因沿袭此称。高公韶（1480年—1563年），字大和，号三峰，四川内江人。明朝政治人物。弘治十八年（1505年）进士。正德年间为御史，曾弹劾总兵官郭勋有罪，又弹劾尚书王琼误边防之事，被王琼构谄，谪官富民典史。明世宗即位，复官，历都察院右副都御史，巡抚江西。官至户部右侍郎。

②秋卿：《周礼》以秋官司寇掌刑狱，后世因称刑部长官为秋卿。

③王方伯：即王尚絅，字锦夫，郏县人，嘉靖年间浙江右布政使。巡按御史李佶傲蹇，妄摭论列。尚絅曰："御史为朝廷耳目，官乃怙势凌人，尚可仕乎？"遂弃官归吏部，奏李佶论事不实，复移檄起，尚絅于家仍莅浙，居官廉以率属，慈以爱民，卒于任。方伯，殷周时代一方诸侯之长。后泛称地方长官。汉以来之刺史，唐之采访使、观察使，明清之布政使均称"方伯"。

④苕溪：古称苕水，又名雪溪和龙溪，为浙北地区最大的河。

⑤浮碧：浮碧亭，在浙江吴兴一带，今湖州。

⑥道场：指修行学道场所，也泛指释道二教诵经礼拜仪式。

⑦金莲：在道家文化中，金莲是指翩翩君子。

⑧冷香：指清香的花。

⑨斝(jiǎ)：是中国古代用于温酒的酒器，圆口，三足，也被用作礼器。

⑩讵知：岂料。

⑪九日：重阳。

⑫题名：借指科场登录。

⑬太湖：太湖是长江中下游五大淡水湖之一，位于今江苏省南部。

⑭天目：天目山位于杭州临安城北。

⑮画船：装饰华美的游船。

⑯红雨：落在红花上的雨。

⑰吴岫：犹吴山。吴地的山。南朝齐谢朓《休沐重还丹阳道中》诗："云端楚山见，林表吴岫微。"

⑱黄云：祥瑞之气。

⑲舜田：舜，传说中的上古帝王名。比喻天下。

⑳浮碧棹：棹，长的船桨。指在湖州的江上撑船。

㉑一樽：一杯。

㉒题糕：指唐朝刘禹锡重阳题诗不敢用"糕"字的故事。刘禹锡作《九日诗》，欲用"糕"字，以《五经》中无之，辍不复为。宋子京以为不然。故子京《九日食糕》有咏云："飙馆轻霜拂曙袍，糗糍花饮斗分曹。刘郎不敢题糕字，虚负诗中一世豪。"后遂以"题糕"作为重阳题诗的典故。

己丑秋九日[①]侍御张风邨北上联舟至长兴[②]久滞风雨时风邨有上恤灾之议诗呈同寅诸君
（二首）

听雨不眠添客思，望灯投宿近渔舟。
风号万窍[③]四山暮，寒恋重襟九月秋。
饥馑念谁苏久困，迂疏徒自抱深忧。
宽仁赖有观风使[④]，当宁[⑤]归来为借筹[⑥]。

雨脚如麻苦不休，间于晴色又方舟。
市沽[⑦]小动苕溪酌，时节难孤九月秋。
四海赓歌[⑧]尧[⑨]复见，一方鱼鳖禹[⑩]堪忧。
衰迟[⑪]便续归来赋，已落芦山第二筹[⑫]。

【注释】

①己丑秋九日：指嘉靖八年（1529年）农历九月九日重阳节。时西屏公升任浙江按察副使。

②长兴：长兴位于浙江省北部，与苏、皖两省接壤。历史悠久，文化源远流长，“茶圣”陆羽在长兴这块土地上撰写了旷世巨作《茶经》，长兴也因此成为茶文化发祥地。

③万窍：指大地上大大小小的孔穴。

④观风使：官名。唐初遣官巡视天下，观风察俗，谓之“观风使”。

⑤宁：宁国府，明朝南直隶宁国府，府治在宣城（今安徽省宣城市）。

⑥借筹：指为人谋划。

⑦市沽：谓买酒。

⑧赓歌：酬唱和诗。

⑨尧:传说中上古帝王名。旧时用以称颂帝王的盛德,也比喻太平盛世。

⑩禹:传说中国夏代的第一个君主,他曾经治过洪水。

⑪衰迟:衰年迟暮。谓年老。

⑫第二筹:第二套方案。

送胡郡曹入京

三峰[①]送眼[②]北辰[③]高,健马长驱不惮[④]劳。

万国会同皆玉帛[⑤],一时宾从几贤豪。

行冲雁阵离江介[⑥],回听莺声出柳稍[⑦]。

奏最天门[⑧]谁第一,郡人惟恐失功曹[⑨]。

【注释】

①三峰:三山峰。指江苏三茅山之大茅、中茅、小茅三山峰。

②送眼:谓以眼目传情。

③北辰:代指帝都。

④不惮:不害怕。

⑤玉帛:圭璋和束帛。古代祭祀、会盟、朝聘等均用之。表示和好。

⑥江介:江岸;沿江一带。

⑦柳稍:即柳梢。稍,小,引申为末端,义同"梢"。

⑧天门:帝王宫殿大门。

⑨功曹:古代官名。功曹是郡、县的主吏,除掌握人事外,得以参与一郡或县的政务。

送刘别驾[①]应朝

救荒[②]无策愧专城[③],报政重劳入帝京。

千里物情回照烛[④],百年[⑤]公论籍分明。

官河[⑥]缭绕孤帆远，皇路[⑦]清平[⑧]别驾轻。

从此陟明[⑨]君不忝[⑩]，已曾三载著贤声。

【注释】

①刘别驾：刘秉鉴，安福人，进士，以河南副使谪任韶州府通判。别驾，官名。亦称别驾从事。别驾为州府中总理众务之官，后世因以别驾为通判之习称。

②救荒：救济灾荒。

③专城：指任主宰一城的州牧、太守等地方长官。

④照烛：照耀；照亮；照见。《后汉书·蔡邕传》："当伯喈抱钳扭，徙幽裔，仰日月而不见照烛，临风尘而不得经过，其意岂及语平日幸全人哉？"

⑤年：古籍为"季"。拟为年的异体字"季"的讹字。

⑥官河：运河。

⑦皇路：比喻仕途。

⑧平："平"字古籍皆缺，据民国本补。

⑨陟明：谓进用贤能。

⑩不忝（tiǎn）：不辱，不愧。

戊子[①]诞日承东麓汪侍讲[②]以诗庆次韵[③]

（二首）

翠合松杉叠嶂秋，谢公楼是庾公楼[④]。

诸君且贷花前醉，老子[⑤]还从月下游。

种种未忧新鹤发，篷[⑥]篷只梦旧渔舟。

抚摩百万惭无补，拟报尧天[⑦]击壤讴[⑧]。

老守[⑨]皤皤[⑩]六十秋，寿杯重上谢公楼[⑪]。

云开古刹浮图见，日溜寒杉野马游。

双鲤⑫何来新贯柳，百壶谁送远移舟。❶

穷檐⑬岁晚多憔悴，惭愧诸公七字讴⑭。

❶时章主政⑮馈鱼，徐宪副⑯馈酒也。

【注释】

①戊子：嘉靖七年（1528 年），西屏公时年 61 岁。西屏公时任宁国府知府。

②东麓汪侍讲：侍讲，官名，汉代有此称号，以之名官则起于魏明帝。唐始置侍讲学士，其职为讲论文史以备君王顾问。宋沿置，并设侍讲、侍读，皆由他官之有文学者兼任。元明清则列为翰林院额定之官。东麓汪侍讲，即汪佃，字有之，号东麓，弋阳人，嘉靖戊子年由翰林侍读谪任。为人严正寡合，虽不亲郡事而崇奖学术，士类归心，后再迁南京宗人府经历，辄弃去学职则教授，著有《东麓稿》十卷。（嘉靖《宁国府志》）古籍为“西麓”，拟为笔误。汪佃有诗《寿太守西屏公次韵》。

③次韵：又称步韵，和韵中的一种，即和他人的诗词，用原作的韵和韵脚，且韵脚的先后次序相同。

④庾公楼：庾公是东晋外戚庾亮，现在在武昌还有庾亮楼，《世说新语》中载有当年庾亮在古城鄂州秋夜登楼赏月一事，颇为生动，他与先期而来而欲避之的佐史吏殷浩、王胡等人在此不期而遇，性情之中，对月掏心，神聊吟唱，乐不知疲，以至天明。这一夜，便成为庾亮在鄂州为官八年之余留给历史和后人印迹最深刻的一夜，自此后人便把这时名为南楼的楼阁直接唤为“庾亮楼”“玩月楼”，也谓之“庾公楼”，乃至省称“庾楼”。

⑤老子：喻自己，指西屏公。

⑥篴（jǔ）：圆形的竹器。

⑦尧天：称颂帝王盛德和太平盛世。

⑧击壤讴：即击壤歌，古歌名。相传唐尧时有老人击壤而唱此歌。汉朝王充《论衡・艺增》：“传曰：有年五十击壤于路者，观者曰：‘大哉，尧德乎！’击壤者曰：‘吾日出而作，日入而息，凿井而饮，耕田而食，尧何等力！’”

⑨老守:谦称,指西屏公。

⑩皤皤(pó pó):白发貌,形容年老。

⑪谢公楼:又称谢朓楼、北楼,位于安徽宣城市区,系南齐著名诗人谢朓任宣城太守时所建。

⑫双鲤:古时汉族对书信的称谓。纸张出现以前,书信多写在白色丝绢上,为使传递过程中不致损毁,古人常把书信扎在两片竹木简中,简多刻成鱼形,故称“双鲤”。不少文人也在诗文中以鲤鱼指代书信。

⑬穷檐:指茅舍,破屋。

⑭七字讴:指七言诗。

⑮章主政:即章嵩,字士瞻,安徽泾县人。弘治十八年(1505年)进士,官历户部、工部主事。善于词章,风度端雅。主政,为旧时各部主事的别称。

⑯宪副:明朝地方掌管一省司法的长官称为按察使,官居正三品;其下设有按察副使,官居正四品,而“宪副”一词即是对按察副使的敬称,因为按察使又称“宪台”。

送钟上舍①赴京

水光山色满行舟,万里河流接海流。

寒入岭梅②须着眼③,春来边雁重回头。

致身霄汉④还青鬓⑤,拍手风烟出素秋⑥。

莫念而翁头白在,独推狂叟⑦胜同游。

【注释】

①上舍:明清时上舍为监生的别称,对读书人的尊称。

②岭梅:指大庾岭上的梅花。大庾岭上梅花,古来有名。

③着眼:犹举目;入眼。

④致身霄汉:喻置入云霄。

⑤青鬓:浓黑的鬓发。借指年轻人。

⑥素秋：比喻衰老、迟暮。

⑦狂叟：疯老头。

春郊书事

暮叩禅门僧落落，早行江北路漫漫。

草根已茁灵坤暖，霜雪犹铺旷野寒。

年事①又随忙里过，此心那得静中安。

龙溪②一曲春堪老，南望归心已万端③。

【注释】

①年事：指过农历新年的事务。

②龙溪：苕溪的别称，发源于浙江省安吉县和安徽省宁国市交界的天目山脉。

③万端：形容方法、头绪、形态等极多而纷繁。端，古籍为“而”，拟为“耑”，古“端”字之讹，“耑”是“端”的古体字。（据《全粤诗》）

送肖鹤陈大尹①入觐②

（二首）

霜飙一夕扫尘棼③，画舫④朝天又水滨。

屡疏贤名书相府⑤，独凝风采动朝绅⑥。

黄云断送渔樵路，青琐⑦初归侍从⑧臣。

十幅蒲帆⑨天万里，芙蓉江⑩北是通津。

遐方⑪操割⑫宜高手，清世循良有故家。

弦诵满城犹击柝[13],耕桑余地亦栽花。

早隆声望同瞻斗[14],再叙年劳[15]已及瓜[16]。

三叠阳关[17]倍离思,内台[18]天近玉台[19]赊。

【注释】

①肖鹤陈大尹:指陈豪,字肖鹤,福建长乐人,嘉靖十一年(1532年)进士,嘉靖十二年任新会知县。(明万历《新会县志》)大尹,对府县行政长官的称呼。

②觐:朝见君主或朝拜圣地。

③棼(fén):阁楼的栋(屋之正梁)。

④画舫:画舫是装饰华丽的小船,一般用于在水面上荡漾游玩,方便观赏水中和两岸的景观,有时也用来宴饮。

⑤相府:汉代丞相治事的官邸,是古代丞相办公或者日常所用的府邸。

⑥朝绅:束朝服的大带。

⑦青琐:装饰皇宫门窗的青色连环花纹。借指宫廷。

⑧侍从:称翰林学士、给事中、六尚书、侍郎为侍从。

⑨蒲帆:用蒲草编织的帆。

⑩芙蓉江:即江西之章水,《南康县志》有说章江在县南,一名芙蓉江,相传唐时两岸多植芙蓉,故名芙蓉江。

⑪遐方:即遥远的地方。

⑫操割:比喻出仕处理政事。

⑬弦诵满城犹击柝:弦诵,弦歌诵读。击柝,打更巡夜。喻已誉满全城。

⑭瞻斗:喻将为重臣。瞻,古籍为"瞻"。

⑮年劳:任职的年数和劳绩。官吏考绩擢升的标准之一。

⑯及瓜:《左传·庄公八年》:"齐侯使连称管至父戍葵丘,瓜时而往,曰:'及瓜而代。'"言任期一年,今年瓜时往,来年瓜时代之。后因以"及瓜"指任职期满。

⑰三叠阳关:即《阳关三叠》。琴曲。琴谱以唐代诗人王维《送元二使安西》诗为主要歌词,并引申诗意,增添词句,抒写离别之情。因全曲分三

段,原诗反复三次,故称“三叠”。后泛指送别之曲。

⑱内台:指御史台。

⑲玉台:泛指宫廷的台砚。

夏日叙同社[1]

葛衫纱帻[2]自西屏[3],病起寻幽怕远行。
荒树鸟啼惊曙色,小园花落怨风声。
山蔬野蔌[4]聊供具[5],一日三秋几合并[6]。
留得一壶春酿[7]在,高歌还属老先生。

【注释】

①同社:志趣相同者结社,互称同社。亦谓同在一社。

②葛衫纱帻:古代的一种比较粗糙的衣服和头巾。

③西屏:西屏公区越。

④山蔬野蔌:指山中的野菜。

⑤供具:陈设酒食的器具。亦指酒食之类。

⑥合并:犹聚会。

⑦春酿:春季酿制的或春季酿成的酒。

新覆重茅诸君子以诗酒相贺赋谢

（二首）

暂覆重茅傍竹阴,焉知来者不如今。
百年事外机尤浅,二亩城中分过深。
绀碧[1]数蛙衰老药,琼瑶[2]满壁故人心。
梧桐[3]种得留栖凤,纵有高枝不作琴。

垣竹[4]多年亘绿阴，索绹[5]无力到如今。

路连官署[6]门偏静，石断溪桥[7]水自深。

野鸟和歌元有韵，闲云伴宿本无心。

吾庐亦是柴桑[8]否，五柳[9]扶疏一素琴[10]。

【注释】

①绀碧：天青色，深青透红色。

②琼瑶：喻美好的诗文。

③梧桐：树木名。木质轻而韧，可制家具及乐器。古代以为是凤凰栖止之木。

④垣竹：竹篱笆。

⑤索绹：制绳索。

⑥路连官署：西屏公致仕返邑，卜居城东之方岳里，位于县衙之东。

⑦石断溪桥：喻溪水漫过桥面。

⑧柴桑：地名，古称柴桑县，原名九江县，是东晋著名诗人陶渊明的故乡。

⑨五柳：晋代陶潜的别号。陶潜曾作《五柳先生传》以自况，文中云："宅边有五柳树，因以为号焉。"一语双关，既指柳树又泛指志趣高尚的隐士。

⑩素琴：不加装饰的琴。《晋书·隐逸传·陶潜》："（陶潜）性不解音，而蓄素琴一张，弦徽不具。"

谢友惠荔

紫穗[1]遥擎惠老生，仙丹重压小篮轻。

检看鹤顶蜂脾[2]固，擘下[3]罗包玉子赪[4]。

岂有琼瑶堪报德，亦缘风味少缄情[⑤]。

眼中何物堪同赏，兰自湘沅[⑥]石自英[⑦]。

【注释】

①紫穗：紫花君子兰。

②蜂脾：蜜蜂的巢。

③擘下：分开；剖裂。

④玉子赪（chēng）：赪，红色。喻成熟的荔枝。

⑤缄情：犹含情。

⑥湘沅：湘江与沅江的并称。二水皆在湖南省，又常并称沅湘。

⑦英：古同"瑛"，似玉的美石。

小圃种桃不实适张井泉惠佳者盈筐[①]因怪老圃不职[②]也用韵呈谢

几岁栽桃子未生，满篮相赠意非轻。

翠衣尚带春云湿，丹颊[③]同匀夏日赪。

风味稀奇真适口，野园荒落自关情[④]。

西来莫是仙家物，谁为公遗洛社[⑤]英。

【注释】

①筐：圆形的盛物竹器。

②不职：不称职。喻不懂种桃。

③丹颊：发红的脸颊。

④关情：动心，牵动情怀。

⑤洛社：宋代欧阳修、梅尧臣等在洛阳时组织的诗社。此处是借指。

节妇[①]谭氏崇恩堂

水边谁伴去乘云，泪尽重帏[②]不见君。
久抱坚贞和石老，独将形影共儿存。
旧家[③]落落依邻[④]仲，祖德堂堂作裔孙。
节孝不磨青史在，九泉应识慰英魂。

【注释】

①节妇：指有节操的妇女。旧指夫死守贞不再嫁的妇女。

②重帏：一层又一层帷幔。

③旧家：犹世家。指上代有勋劳和社会地位的家族。

④邻：古籍为“僯”。

九日社醉次陈克威韵

人到开怀易放歌，社翁[①]此醉客频过。
残棋未落商山皓[②]，丽句[③]先惊水部[④]何。
乡曲[⑤]论文耆旧[⑥]少，橘林将实雪霜多。
白头潇散风尘外，月旦[⑦]从将水镜磨。

【注释】

①社翁：旧时对文士名流的尊称。

②商山皓：“商山四皓”是秦朝的四位博士，东园公唐秉，夏黄公崔广，绮里季吴实，甪里先生周术，因避秦乱世而隐居商山，四人皆年过八十，须眉皓白，世称商山四皓。后人用以泛指有名望的隐士。

③丽句：俪句；对偶的句子。

④水部：中国封建时期中央官署名，明、清改为都水司，掌有关水道之

政令。

⑤乡曲:古代居民组织的基层单位。

⑥耆旧:年高望重者。

⑦月旦:即月旦评。是指品评人物或诗文字画等,出自《后汉书·许劭传》。

次许南溟赏花韵❶

(二首)

看花须及未开时,莫待离披①一片飞。
宿雨②欲匀新步障,晓风还展最高枝。
谁家桃李园开宴,昨夜池塘梦有诗。
九十风光催着眼,芳春那肯负佳期。

床③头旧酿不轻开,应道寻芳有客来。
白首浩歌殊率尔④,青春作伴亦宜哉。
一春花柳初披岸,万倾蒲萄⑤正酦醅⑥。
坐⑦对南溟共舒啸,独骞⑧神爽向蓬莱⑨。

❶见邑志

【注释】

①离披:分散下垂貌;纷纷下落貌。

②宿雨:夜雨;经夜的雨水。

③床:嘉靖本为"空",万历本为"床",民国本为"瓮"。

④率尔:随便,无拘束貌。

⑤蒲萄:又叫"水葡萄",南方的一种乔木的水果,果实为圆形,新会出产甚多。

⑥醅醅(pēi):重酿未滤的酒。古籍为“泼醅”。

⑦坐:嘉靖本为“空”,万历本为“坐”,民国本为“相”。

⑧骞:同“褰”,揭起衣服。

⑨蓬莱:神话中渤海里仙人居住的地方。

临别宣城①有怀杨鸿胪②不至

千峰月上谁同玩,半夜诗成只自吟。
松下茯苓③清喝剂❶,水边杭苇济时心。❷
兰茅早茁邦家秀❸,禁掖④还通履舄⑤音。❹
临别两期君不至,北楼空对暮江深。

❶杨时养病方起。❷杨尝置渡,以济涉者。

❸杨未有嗣。❹杨即病愈还京。

【注释】

①宣城:明朝宣城是南直隶宁国府府治(今安徽省宣城市)。

②鸿胪:官署名,主要职掌为朝祭礼仪之赞导。

③茯苓:寄生在松树根上的菌类植物,形状像甘薯,外皮黑褐色,里面白色或粉红色。中医用以入药,有利尿、镇静等作用。

④禁掖:谓宫中旁舍,亦泛指宫廷。

⑤履舄(lǚ xì):亦作“履舄交错”,鞋子杂乱地放在一起,形容宾客很多。

春日偶成

编篱护竹竹成林,天与闲门①养翠阴。
花鸟不妨春索寞,江山应笑老侵寻②。
分秧③谷雨④非无地,种菊清明便有心。

白首尚关农圃在，依依长在望甘霖。

【注释】

①闲门：指进出往来的人不多，显得清闲的门庭。

②侵寻：出自《史记·孝武本纪》，意为渐进，渐次发展。

③分秧：将稻种播种于秧田中，待成苗后，分而插之，谓之分秧。

④谷雨：谷雨是二十四节气的第六个节气，是春季最后一个节气，谷雨节气的到来意味着寒潮天气基本结束，气温回升加快，大大有利于谷类农作物的生长。

燕城①早出南关有感

马渡南关天未明，远村咿哑有鸡声。

带星讶我行偏早，枕石何人睡不醒。

往事故应挥手去，好山端合②出头③争。

诸峰晓望嶒崚④起，不似屏西水月清。

【注释】

①燕城：永安市区的别称，地处江畔，江似燕形，故名燕城，隶属福建省三明市。永安置县之前为沙县浮流司。明正统十三年(1448年)，邓茂七在沙县二十四都(永安上坪、九龙和三元中村)、二十六都贡堡(今贡川)发动农民起义，攻城陷府，震动朝廷。次年义军被镇压后，镇守福建都督范雄、刑部右侍郎薛希琏、巡按监察御史陈员韬先后上奏朝廷，以浮流险远，难以控制为由，请以其地另立县治。明景泰二年(1451年)获准，景泰三年(1452年)九月，划沙县新岭以南二十都到四十二都共计十三个都之地置县，命名为“永安”，寓永远安定之意。

②端合：应当；应该。

③出头：从困境中解脱。

④嶒崚：高而险峻貌；不平貌。

燕城除夕呈同年[1]方西樵学士[2]

薄暮襟怀自觉孤，土炉谁共暖屠酥[3]。
未将爆竹催残腊，旋走银瓶[4]趁市沽。
掷赛[5]厌子呼白闹，送穷[6]聊只假文娱[7]。
太平天子劳机务[8]，明日乘春一豫[9]无。

【注释】

①同年：古代科举考试同科同榜录取者之互称。

②方西樵学士：方献夫（1485 年—1544 年），字叔贤，号西樵，初名献科。广东省南海县（今佛山市南海区）人，与西屏公同登弘治十八年（1505 年）乙丑科进士。官至内阁首辅、礼部尚书。方献夫是王阳明的首位粤籍弟子，与岭南心学的代表人物湛若水，一起在西樵山建立书院，往来讲学。相传方献夫某日上早朝时，因家中仆人放假回乡，没人做早餐，方献夫只好自己动手用家中仅有材料做了一个大饼，上朝前香气四溢，引得同朝官员来问他这是什么东西。方献夫便答是家乡的大饼。而西樵亦自此之后就有了西樵大饼。

③屠酥：亦作“屠苏”，古代一种酒名，常在农历正月初一饮用。

④银瓶：指酒器。

⑤掷赛：一种古老的掷赛游戏。指用骰子、陀螺、劈木、贝壳等掷具随机决定棋子沿棋盘路径的前进步数，以抵达终点为胜利的局戏。

⑥送穷：是中国古代民间一种很有特色的岁时风俗，其意就是祭送穷神。送穷还有许多别称，诸如“送五穷”“赶五穷”“送穷土”“送穷衣”。

⑦文娱：旧时指礼节仪式。

⑧太平天子劳机务：谓能治国平天下的皇帝，料理军国大事。

⑨豫：游乐。常指帝王的游乐生活。

九月诸友载酒约游北郊自顾皤然[①]叨居[②]会首[③]半酣感赋

霜飙凉冷又晴晖，九日山行老所宜。
风景每将观物眼，菊花长此傲霜枝。
天空极浦[④]初闻雁，秋尽寒檐未授衣。
满目茱萸[⑤]堪采佩，西山戎马恨归迟。

【注释】

①皤(pó)然：白貌。多指须发。这里指年老。典出唐代权德舆《渭水》诗："吕叟年八十，皤然持钓钩。"

②叨居：谓占据不应有的职位。多用作自谦之词。

③会首：旧时民间各种叫作"会"的组织的发起人。也叫会头。

④极浦：遥远的水滨。

⑤茱萸：植物名，香味辛烈，汉族民间风俗，重阳节佩茱萸能祛邪辟恶。

江上遇程总戎[①]和莫玉泉[②]韵

江上相逢值晚秋，留侯[③]亦是旧儒流。
久思黄石[④]当年履，知伴赤松何处游。
锁钥[⑤]望归天北角，戡黎[⑥]力尽海西头。
天涯岁晚同杯酒，满目风尘起百忧。

【注释】

①总戎：统帅。亦用作某种武职的别称。

②莫玉泉：即莫违仁，字希颜，号玉泉，武节将军锦衣卫指挥使，封云南道监察御史。(《新会南门莫氏族谱》)

③留侯：秦末，张良运筹帷幄，佐刘邦平定天下，以功封留侯。诗文中

常用来称颂功臣之典。

④黄石：黄石公（约前292年—前195年），秦汉时人。有一典故，就是黄石公故意把鞋子弄到桥下，张良毕恭毕敬地为黄石公拾鞋穿鞋，黄石公三试张良后，授以《素书》，张良后来以黄石公所授兵书助汉高祖刘邦夺得天下。

⑤锁钥：通常是指关防要地。

⑥戡黎：是战胜的意思。

元　旦①

蓝尾②初醒守岁卮③，衣冠喧动拜年时。
东风入户无尘榻④，淑气催花出好枝。
莫羡青云堪染鬓，犹余白雪可赓诗⑤。
年来霡霂真时雨，且护龙孙补敝篱。

【注释】

①元旦：中国元旦历来指的是农历正月初一，即现在春节。

②蓝尾：即屠酥酒。古代春节时饮用的酒品。它能调理脾胃，解毒辟秽。

③卮：古代一种盛酒器，圆形。容量四升。

④尘榻：《后汉书·徐稺传》载，陈蕃为太守，在郡不接宾客，唯稺来特设一榻，去则悬之。稺不至则灰尘积于榻。后因以“尘榻”为优礼宾客、贤士之典。

⑤赓诗：和诗。是诗歌的一个分类。要求必须步韵、依韵、从韵。

王司训[①]枉顾潮连[②]敝居

（二首）

客到江潭鹤报归，重茅此日任清辉。
松声两耳古风韵，云锦[③]一屏天杼机[④]。
野色遍看还处处，玄谈[⑤]未了欲迟迟。
山厨不怕无供给，风雨连年饱蕨薇[⑥]。

老鬓霜林一色皤，清商[⑦]催动兴偏多。
幽居[⑧]自谓无人到，荒径谁知有客过。
万里归来新版筑[⑨]，几年流转笑蓬科[⑩]。
烦君故有篇章赠，属意精思费琢磨。

【注释】

①王司训：司训，明、清时县学教谕的别称。王司训，即王天祈，广西平乐所人，嘉靖十五年（1536年）任训导。（清康熙《新会县志》）

②潮连：原属新会县，现辖于江门市蓬江区。

③云锦：一种品级很高的提花丝织物，因花纹瑰丽如云得名。

④杼机：织机。喻思考的契机。

⑤玄谈：指汉魏以来以老庄之道和《周易》为依据而辨析名理的谈论。

⑥蕨薇：蕨与薇。均为山菜，联用之则指代野蔬。

⑦清商：清商是指汉魏六朝的乐府音乐，流传下来的歌词即当时的乐府诗。

⑧幽居：隐居，很少与外界往来。

⑨版筑：古代修墙体的一种技术，指筑土墙。

⑩蓬科：蓬草，泛指杂草丛。

送锦衣莫玉泉还京[1]

（三首）

我还乡里惜残年，君亦南还倦八千。
往事追谈殊未已，京华归去惜如前。
谢家兰玉[2]通阶[3]秀，窦氏[4]蟾花[5]接汉连。
朝市[6]易驯丘壑[7]性，更谁招隐赋新篇。

几将心事共绸缪，静坐篝灯[8]话未休。
匣剑又旋天北极[9]，送君还到水西头[10]。
日临上苑[11]花争吐，雨湿王孙[12]草漫抽。
肯信山中猿鹤怨，都城佳丽[13]易淹留[14]。

南来先垄[15]扫松楸[16]，得伴龙溪[17]几度游。
草阁正酣云水梦，锦衣重上帝皇州[18]。
文章[19]有子能华国[20]，老大还家未白头。
万里春风同入户，秋高谁赋仲宣楼[21]。

【注释】

①此诗立轴为区越赠莫锦衣者，有区越所书立轴一幅，藏于方岳家庙，闻得之邑城莫氏云。（《潮连乡志》）此“立轴”是指最后的那一首。现已散佚。

②谢家兰玉：比喻能光耀门庭的子侄。

③通阶：达官，显官。

④窦氏：从观津走出的采桑女，成为西汉王朝的第三位皇太后。

⑤蟾花：神话中月亮里的蟾蜍和丹桂。

⑥朝市：朝廷和市集，泛指人口稠密的热闹之处。这里指大彻大悟的隐士，不必隐居大山，大闹市也可隐居。

⑦丘壑：谓隐逸。

⑧篝灯：谓置灯于笼中。

⑨北极：指北辰，代指帝都。

⑩水西头：泛指水的西边。

⑪上苑：皇家的园林。

⑫王孙：蟋蟀的别名。

⑬佳丽：美好。

⑭淹留：挽留，留住。

⑮先垄：先人的坟冢。

⑯松楸(qiū)：松树与楸树。墓地多植，因以代称坟墓。这里特指父母坟茔。

⑰龙溪：在(新会)县东三十里，北距圭峰之南，东跨横江，尽于外海。

⑱帝皇州：帝王居住的地方。亦用指京都。

⑲文章：指主意或点子。

⑳华国：光耀国家。

㉑仲宣楼：在湖北荆州，即当阳县(今当阳市)城楼。汉末文学家王粲，字仲宣，为“建安七子”之一，博学多识，文思敏捷，善诗赋，尤以《登楼赋》著称。

闻莺有感呈一二知己

午窗聊自检残书[①]，柳外莺声一起予。

岂谓高阳[②]凋落半，却缘刘白[③]往来疏。

闲于酒德[④]还思颂，老觉诗魔[⑤]尚未除。

留得一屏风月在，晚凉惟拟共君居。

【注释】

①残书:谓未读完的书。

②高阳:指高而向阳之地。

③刘白:两位诗人。刘是指刘禹锡,白是指白居易。这里借指诗文往来。

④酒德:谓酒后的行为表现。指多饮不乱。

⑤诗魔:犹如入魔一般的强烈的诗兴。

同年郑凫溪[①]招饮次韵

(二首)

小船荡桨向西徂[②],定送如泉酒百壶。
复喜流觞[③]从逸少[④],宁辞击壤和尧夫[⑤]。
清泉榆火[⑥]催新梦,野服黄冠[⑦]换旧图。
赖是三春无酒债,寻常行处亦知乎。

晓晴载酒游花间,何限风光豁笑颜。
春罣淋漓衫袖湿,野芹参错鬓毛斑。
风来紫水千重浪,雨后黄云万叠山。
天道处分[⑧]还我辈,等闲车马不须攀。

【注释】

①郑凫(fú)溪:郑铭,字克新,号冈州。广东新会人,弘治十八年(1505年)乙丑科进士,历郎中,升江西袁州府知府。(清康熙《新会县志》)

②徂:往;到。

③流觞:古人每逢农历三月上巳日于弯曲的水渠旁集会,在上游放置酒杯,杯随水流,流到谁面前,谁就取杯把酒喝下,叫作流觞。

④逸少：美少年。指英俊。

⑤尧夫：邵雍(1011 年—1077 年)，字尧夫，谥号康节，自号安乐先生、伊川翁，后人称百源先生，北宋哲学家、易学家，有内圣外王之誉。过着“四时耕稼，自给衣食”的生活，在悠游生活的同时研究易学，著书立说。一生不求功名，过着隐逸的生活。

⑥榆火：《周礼·夏官·司爟》“四时变国火”，汉郑玄注：“郑司农说以鄹子曰：‘春取榆柳之火。’”本谓春天钻榆、柳之木以取火种，后因以“榆火”为典，表示春景。

⑦野服黄冠：比喻平民百姓。

⑧天道处分：天道，局势，形势。处分，处理。喻处理世间之事。

清江浦[①]分司寄寄亭[②]留题

几年湖海慕高名，也上人间寄寄亭。

行与江云共来往，坐教春梦到分明。

晴光恰转花交媚，野色方浓竹送青。

翻忆小龙山下路，一湾蒲月[③]过西屏[④]。

【注释】

①清江浦：“中国运河之都”江苏省淮安市的主城区中的清河、清浦二区部分地区的古称。清江浦于 1415 年开埠，从明初到清末，一直是国家巨型粮仓的所在地。

②寄寄亭：位于清江浦的风景名胜。

③蒲月：农历五月，称为蒲月。来自民间门窗挂菖蒲的习俗。

④西屏：西屏镇，位于浙江省丽水市松阳县。

九月七日驻节[①]苕溪承王方伯[②]载酒召游岘山[③]山有三贤祠奇峦秀峰仙阁禅宫晻映松竹之外凭高引目灏气渺然诚一郡佳胜也因赋短律用识高游

远槛诸山罨画[④]开，晚江晴色映天回。
风经远海孤帆没，日带前林数鸟来。
酒兴不禁还待月，诗狂正发又登台[⑤]。
棠阴[⑥]未覆三贤庙，谁着西涯[⑦]两骑催。

【注释】

①驻节：旧指身居要职的官员于外执行使命，在当地住下。节，符节。

②王方伯：即王尚䌹（1478年—1531年），字锦夫，号苍谷，汝州郏县（今河南省郏县）人，明代中期官员、诗人、儒家气学思想哲学家，官至浙江右布政使。

③岘（xiàn）山：本名显山，在浙江乌程县，唐中宗时因避皇帝讳，改名岘山。

④罨（yǎn）画：色彩鲜明的绘画。

⑤登台：登上高台。

⑥棠阴：喻惠政或良吏的惠行。

⑦西涯：指北京市什刹海西北角玉河水围之地，处于什刹海的核心地带。明代宰相李东阳（1447年—1516年），字宾之，号西涯，生于此地并度过很长岁月，不管迁徙何处，始终对自己在什刹海的生活一往情深，称为"西涯胜地"。

九月东巡山行

驿路凌晨匹马迟，村庄犹自掩柴扉。

金包曜日[①]黄柑熟，霜实落林红柿稀。

试听农谈[②]都了了，偶经湖水便依依。

尘冠未濯沧浪去，羞上严陵[③]旧钓矶[④]。

【注释】

①曜日：灿烂的阳光。

②农谈：指农人的言谈。

③严陵：即严陵濑，在浙江桐庐县南，相传为东汉尹光隐居垂钓处，典出《后汉书》卷八十三《逸民列传：尹光》。

④钓矶：钓鱼时坐的岩石。

昭庆寺[①]遇雨次顾方伯[②]韵

天瓢翻泻势悬波，下界流云掩翠阿。

一味新凉真偶尔，数家残照问如何。

阴崖尚有东山屐[③]，老树重闻子美[④]歌。

莫遣滂沱偏入夜，紫房[⑤]香片[⑥]恐无多。

【注释】

①昭庆寺：昭庆寺位于安徽省六安市金安区孙岗镇昭庆村，坐落在长江、淮河分水岭之顶。该寺始建于唐朝贞观年间，系太宗皇帝亲诏敕建的我国四大昭庆古寺之一，亦是其中仅存的皇家寺庙。

②顾方伯：顾璘，字华玉，上元(治今南京)人。弘治九年(1496年)进士。授广平知县，擢南京吏部主事，晋郎中。正德四年(1509年)为开封知

府，数次忤逆镇守太监廖堂、王宏，逮下锦衣狱，谪全州知州。秩满，迁台州知府。历浙江左布政使，山西、湖广巡抚，右副都御史，所至有声。迁吏部右侍郎，改工部。董显陵工毕，迁南京刑部尚书。罢归，年七十余卒。

③东山屐：晋代谢安在金陵城东筑别墅，常着屐来此游憩。谢玄等破苻坚，有驿书至，安方对客围棋，阅书既竟，了无喜色，棋如故。既罢，还内，过户限，心喜甚，不觉屐齿之折。事见《晋书·谢安传》。后因以“东山屐”为典。

④子美：杜甫（712年—770年），字子美，号少陵野老，一号杜陵野客、杜陵布衣，唐朝现实主义诗人，其著作以社会写实著称。

⑤紫房：紫色的果实。

⑥香片：花茶，利用茶善于吸附异味的特点，将有香味的鲜花和新茶一起闷，茶将香味吸收后再把干花筛除，制成的花茶香味浓郁，茶汤色深。

同毅斋刘宪长①观潮②

剩有清歌③延妙客，只须柔指发轻弹。

余杭④见说多遗事，南国由来此巨观。

海若并吞吴地狭，银河倒泻越天宽。

望中不见仙槎⑤到，别有通津至广寒。

【注释】

①毅斋刘宪长：指刘乾，字克柔，号毅斋，弘治十二年（1499年）己未科进士，由户部主事累迁光禄寺卿。乾原产靖，既徙江阴，故两邑俱载志乘，卒祠乡贤。湛若水称其乐道人善，不言人短；同年伦文叙为其作忠孝传。（清光绪《靖江县志》）宪长，明清都察院的都御史。

②观潮：观钱塘江潮。

③清歌：清亮的歌声。

④余杭：地处杭州市区西北部，位于杭嘉湖平原和京杭大运河的南端。

⑤仙槎（chá）：神话中能来往于海上和天河之间的竹木筏。

餐荔[1]次韵

（二首）

一株丹霞百树连，江围荐荔喜新鲜。
繁华独数端阳后，风味应无夏至前。
代柬群公真有句，膏车盘谷[2]总忘年。
石桥流水古松下，此地谁分一洞天。

一山云起一山连，两岸花开两岸鲜。
正拟听琴来涧畔，忽闻吹笛过溪前。
习池[3]屡许山公醉，甲子谁缘绛老年。
白发苍颜赴嘉会，绿菱丹荔共长天。

【注释】

①荔：荔枝，又称丹荔，岭南佳果。

②膏车盘谷：膏车，在车轴上涂油使之润滑，常喻远行。这里指驱车盘山谷而行。

③习池：一名高阳池。在湖北襄阳岘山南。《晋书·山简传》："简镇襄阳，诸习氏荆土豪族，有佳园池，简每出游嬉，多之池上，置酒辄醉，名之曰高阳池。"后多借指园池名胜。

除　夕

三杯酌后检新书，岁候春来一日除。
淑气多情开酒面[1]，东风无力拂霜须。

喜闻岭海[2]销金甲[3],更望闾阎饱菽蔬[4]。

再拜东皇[5]问恩泽,去年南国雨如珠。

【注释】

①酒面:旧时酒令的前部分,行令前斟满杯,未饮而先行之令称为“酒面”,饮而后行之令称“酒底”。

②岭海:指两广地区。其地北倚五岭,南临南海,故名。

③金甲:金饰的铠甲。这里借指兵事。

④闾阎饱菽蔬:闾阎原指古代里巷内外的门,闾泛指门户,人家。中国古代以二十五家为闾,阎指里巷的门。菽,豆的总称。喻老百姓丰衣足食。

⑤东皇:指司春之神。

北 塘

山泉一曲本无多,安乐长夸邵老[1]窝。

北斗[2]分光云转汉,南枝[3]蘸影月随波。

风流莫笑山公醉,清浊犹闻孺子歌[4]。

早晚鱼龙乘雨化,不妨朝阙[5]拜烟蓑。

【注释】

①邵老:即邵雍,北宋著名哲学大家,学问高深,尤其精通先天象数学。

②北斗:又称“北斗七星”,指在北方天空排列成斗形的七颗亮星。七颗星的名称是:天枢、天璇、天玑、天权、玉衡、开阳、摇光。排列如斗杓,故称“北斗”。

③南枝:借指梅花。

④孺子歌:是先秦时代一位无名氏的作品,也是春秋战国时代流传在汉水以北的一首民歌,全文是:“沧浪之水清兮可以濯我缨。沧浪之水浊兮可以濯我足。”《孟子·离娄》中说孔丘曾听到有小孩子唱这首歌,而据《论语》和《史记·楚世家》,孔丘曾到过楚国北部的叶县等地。

⑤朝阙:宫阙,借指朝廷。

南 滨

临江台上素琴横,拂拭熏风酒半醒。

眼角东瀛沧海水,杖头[1]南极老人星[2]。

梅山[3]磊磊通华岳[4],兰玉森森出谢庭[5]。

得道已为仙鹤侣,莫凭韬略[6]恐劳形[7]。

【注释】

①杖头:手杖的顶端。

②老人星:南部天空一颗较亮的二等星。古人认为它象征长寿,故又名“寿星”。多借指老年人。

③梅山:山名。在今浙江省绍兴市境。传说为汉代梅福隐居处之一。

④华岳:指西岳华山或高大的山。

⑤兰玉森森出谢庭:兰玉,芝兰玉树。谢庭,谢安的门庭。比喻能光耀门庭的子侄众多。

⑥韬略:指谋略,计谋。

⑦劳形:谓使身体劳累、疲倦。

古 心[1]

荒郊深处寄行踪,穆穆熙熙[2]是此风。

天上圣闻[3]千载会,海边淳朴几人同。

歌翻击壤清声满,枕上羲皇[4]俗念空。

欲识故侯[5]多野意,瓜园真在县城东[6]。

【注释】

①古心：指的是古仁人的思想，即“不以物喜，不以己悲”和“先天下之忧而忧，后天下之乐而乐”的远大抱负。用通俗的话来说，就是“吃苦在前，享乐在后”。

②穆穆熙熙：穆穆，仪容或言语和美。熙熙，温和欢乐的样子。喻祥和快乐。

③闻：万历本古籍为“明”。

④羲皇：指伏羲氏。古人想象羲皇之世其民皆恬静闲适，故隐逸之士自称羲皇上人。晋代陶潜《与子俨等疏》：“常言五六月中，北窗下卧，遇凉风暂至，自谓是羲皇上人。”

⑤故侯：指西屏公区越。

⑥县城东：西屏公致仕初归潮连，后迁邑城（新会城），在邑城东面的东甲村置有田地。

东　谷

石岭东盘一谷深，出山松竹满山阴。
春风披拂花先发，晓日曈昽①鸟正吟。
石氏②更谁同别馆，司空③曾此独抽簪④。
卜居⑤暂尔来城市，山犬无时吠月林。

【注释】

①曈昽：太阳初出由暗而明的光景。

②石氏：石氏星表是从已经失传的《石氏星经》中整理出的一份星表，作者为战国时代魏人石申，这里喻指西屏公致仕后在邑城择地建房。

③司空：古代官名，古代中央政府中掌管工程的长官。

④抽簪：谓弃官引退。古时做官的人须束发整冠，用簪连冠于发，故称引退为“抽簪”。

⑤卜居：择地居住。

颐 宾

是处行吟是处花，等闲花地不相赊。

禾冈[①]直上标清格[②]，梅岭[③]南来数大家。

考德四乡[④]都属望，映阶群玉总无瑕。

渭滨[⑤]老起尤多事，合系沧江旧钓槎[⑥]。

【注释】

①禾冈：位于广东新会荷塘(现江门市蓬江区)。

②清格：高洁的品格。

③梅岭：大庾岭，为五岭之一，有汉武帝时庾胜将军筑台的要塞和唐代张九龄在梅岭建立的梅关。在今江西大余和广东南雄交界处。

④考德四乡：考德，品德考核。四乡，泛指四方。指四方对品德的评价。

⑤渭滨：典出《韩非子·喻老》，后因以“渭滨”指太公望吕尚。

⑥钓槎：钓舟，渔舟。

养 真[①]

静里工夫不可无，无营正是静工夫。[②]

心同露鹤[③]宵犹警，身似霜松老不枯。

花柳尚缘诗有债，风流不用酒为徒。

北窗枕近羲皇世，肯画陈抟[④]小睡图。

【注释】

①养真：修养、保持本性。该诗收录于清乾隆《新会县志》。

②诗中前二句是指其师陈白沙先生“勿忘勿助”之旨。以静求道，是陈

白沙先生的哲学思想,以“自得”为关键,以“自然”为归宿,以一个“静”字贯穿始终。

③露鹤:指鹤。因其性格机警，闻露滴有声即鸣，因称露鹤。

④陈抟(871 年—989 年):字图南,号扶摇子,赐号“白云先生”“希夷先生”,常被视为神仙,尊称为陈抟老祖、希夷祖师等。

七月游圭峰[①]呈白沙陈先生[②]

(三首)

秋风匹马向山巅,万仞跻攀欲到天。
紫水望通琼管外,白云招近玉台边。
闲随老鹤寻丹壑,懒向残僧问白莲。
坏壁不堪留杰作,奚童归背满新篇。

江湖浪迹几星霜,拂袖归来觅上方。
行庙有碑昭大节,老松无叶庇僧廊。
三江远远通熊海,万室鳞鳞奠古冈。
兰蕙深林窥不见,好风时为荐幽香。

山巅同岸玉台巾,来作玉台天上人。
松日熹微犹弄影,竹风萧飒自清尘。
寻真绝顶星坛旧,访古临崖庙貌新。
丘壑风流须我辈,清歌聊尔慰山神。

【注释】

①圭峰:圭峰邑之镇山,一名玉台,在城北三里。(明万历《新会县志》)

②白沙陈先生：即陈献章(1428年—1500年)，字公甫，号石斋，因曾在白沙村居住而人称“白沙先生”，广东新会人，明代著名的思想家。万历初，从祀孔庙，追谥“文恭”。诗所“呈”的白沙先生去世时，区越才32周岁。因此，这应是区越早期的诗作，但作品已比较成熟，颇见功力。诗中留下了陈白沙、圭峰、紫水、玉台、慈元庙(行庙)、三江、熊(音泥，三只脚的鳖)海、古冈、李真人朝斗坛(绝顶星坛)等新会历史元素。明嘉靖九年(1530年)，巡按御史李美以“风波险阻，有司岁时艰于修祀”的理由，荒废了崖山祠、庙，改在圭峰山建行宫、行祠祭典，约有13年时间，但那时白沙先生已经辞世，因此，第二首提及的“行庙有碑”(陈白沙作《慈元庙碑》)，并非指圭峰行庙，而是登上圭峰远眺，遥望崖山行庙而抒发感情。崖山慈元庙竣工于弘治七年(1494年)，可判断此诗作于1494—1500年之间，时年27—32周岁。该诗清乾隆《新会县志》收录。

答陈克威①

童髫曾共此弦歌，流水空惊岁月过。

旧学②尚余诗壁③在，老年无奈酒狂何。

故山④渐览游人少，末路⑤应嫌恶少多。

索寞⑥丘园⑦成白首，上方长剑⑧倩谁磨。

【注释】

①陈克威：陈坊，增广生，学宪三旌德行，历试五经，十载棘闱，寿九十。

②旧学：指旧时我国学者所钻研的义理、考据、词章等学。

③诗壁：被诗人题上诗的墙壁，或专供诗人题诗的墙壁。

④故山：旧山。喻家乡。

⑤末路：晚年；老年。

⑥索寞：形容消沉，没有生气。

⑦丘园：指家园、乡村。
⑧上方长剑：皇帝用的宝剑。

看菊寄同社

风摇菊朵泛窗棂，也放寒香出户庭。
楚客[1]醒来餐不尽，陶潜[2]归去种还生。
春花岂得同开落，清赏无何几变更。
折赠故人无驿使，天涯秋晚独关情。

【注释】

①楚客：泛指客居他乡的人。

②陶潜：即陶渊明（约365年—427年），字元亮，号五柳先生，东晋浔阳柴桑人，安贫乐道，尝作《五柳先生传》以自比，世称靖节先生，诗名尤高，堪称古今隐逸诗人的宗师。

赏菊和丹山赵使君[1]

（二首）

未举花前酒一卮，对公还是独醒时。
流观节物无嘉菊，历尽风霜有茂枝。
瘦影当窗催晚酌，冷香[2]随笔上新诗。
几家耆老冠裳[3]在，欲醉犹妨倒接篱。

上品花应着意栽，野亭相召敢迟来。
秋光亦是难抛掷，怀抱从前又放开。

插帽漫随金宝胜[4],延年再泛紫霞杯[5]。

重阳至日[6]连供宴,栗里[7]当年有是哉。

【注释】

①丹山赵使君:指赵善鸣,字元默,号丹山。少孤,从游陈白沙先生。每诵白沙诗,心辄驰慕,旋隶门籍。中弘治辛酉举人,仕南京户部员外郎,迁知府。归时,崖山慈元庙、三忠祠圮,有司改建于圭峰,善鸣力请得修复。(《顺德县志·卷二十三·列传三》)使君,州郡长官的尊称。

②冷香:指清香的花。

③耆(qí)老冠裳:耆老,特指致仕卿大夫。冠裳,指官宦士绅,比喻赋闲在家的士大夫。

④宝胜:妇女首饰名。剪彩为胜,饰以金玉,有人胜、方胜、花胜、春胜等。

⑤紫霞杯:喝酒的杯子,喻敬酒。

⑥至日:这里指冬至。

⑦栗里:地名。在今江西省九江市西南。陶潜曾居于此。

元日[1]和雩峰何太守[2]

（二首）

宝胜翩翩飏[3]酒卮,山中何物不随时。

荐新已簇春盘菜[4],拭眼又看江柳枝。

风雨登楼无俗客,烟波触处有新诗。

西屏不似雩峰胜,次第栽花只短篱。

青山何处想音容,两度开缄一月中。

妙染[5]几曾窥晋帖[6],新诗时复见唐风。

闲于丹灶[7]寻真诀[8]，惯入西樵[9]觅酒东。

开径徒劳望三益[10]，野屏烟淡鹤归松。

【注释】

①元日：正月初一，即春节。

②雩峰何太守：指何文邦，字献卿，号雩峰，广东省南海人，正德三年（1508 年）戊辰科进士，历南安府知府，累官至福建都转运盐使司运使，是西屏公的儿女亲家。太守，又称"郡守"，州郡最高行政长官。

③飏：通"扬"，扬举。

④盘菜：学名芜菁，块茎类植物，因形似盘状，故俗称"盘菜"。潮连特产"冲菜"是用其作原料腌制的。

⑤妙染：精美的绘画。

⑥晋帖：指晋人的书迹或其摹本、刻帖。

⑦丹灶：位于佛山南海，因传说晋代道教大师葛洪在此炼丹留下炉灶而得名。

⑧真诀：指道士作法念咒时所念的诀。

⑨西樵：广东南海西樵山。

⑩三益：语出《论语》，指友直、友谅、友多闻。

暮　春

寻真谁到百花源，欲把韶光一手援。

晓露湿枝低压帽，午风吹絮乱粘尊[1]。

休听蜀魄[2]千声怨，为问姚黄[3]几色存。

点也不知谈乐事，杏坛[4]终古独含恩。

【注释】

①尊：酒器。

②蜀魄：鸟名，指杜鹃。相传蜀主名杜宇，号望帝，死后化为杜鹃。

③姚黄:牡丹极品。

④杏坛:相传为孔子聚徒授业讲学之处。此处泛指授徒讲学之处。

用韵代柬寄阮伯载[①]

山馆为君夜续灯,长吟秀句坐更深。

久藏珠璧时呈焰,远籍[②]风流代著名。

芦阜蘼芜[③]荒旧迹,江潭水月莅新盟。

苍颜白发应相似,同照山杯[④]恨未能。

【注释】

①阮伯载:讳钠,字仲容,新会潭冈人,公性颖悟,龆年补邑痒生,广交游,时为活跃于新会文坛的人士,善草书、画竹,曾请白沙门人李承箕为其族谱写序。(新会《潭冈阮氏族谱》)族谱记其为陈白沙门人,但查阮榕龄《白沙门人考》等文献则未见收录,有待考证。

②远籍:祖先的籍贯。

③蘼芜:川芎的苗,一种香草。典出古乐府《上山采蘼芜》:"上山采蘼芜,下山逢故夫。"古人相信蘼芜可使妇人多子。

④山杯:以竹节、葫芦等制作的粗陋饮器。

和亲友送小儿会试[①]

天上庆云五色开,万方韦布[②]向金台[③]。

秋光满望幽燕[④]月,春信[⑤]尤凭驿使梅[⑥]。

道可济时[⑦]须有本,文应切理[⑧]是真才。

通家故有圭璋[⑨]赠,且放清歌出草莱。

【注释】

①会试：明清科举制度，每三年会集各省举人于京城考试为“会试”。

②万方韦布：万方，指各地，四方。韦布，指平民穿的俭朴衣服。这里喻老百姓。

③金台：指古燕都北京。

④幽燕：古称今河北北部及辽宁一带。战国时属燕国，故名。这里指京城。

⑤春信：春天的信息。唐代郑谷《梅》诗：“江国正寒春信稳，岭头枝上雪飘飘。”

⑥驿使梅：表示对亲友的问候及思念。

⑦济时：犹济世，救时。《国语·周语中》：“宽，所以保本也；肃，所以济时也。”

⑧切理：指切合事理。

⑨圭璋：古代礼玉的一种，为一种贵重玉器。上尖下方曰圭，半圭曰璋。古礼制，诸侯朝见王时手执圭，朝见王后时手执璋。古代天子颁给诸侯作为凭信的圭玉。引申指人品高尚，有圭璋之质。

李前川邀饮次韵

（二首）

重衾[①]无奈北风凉，暴背西窗候晓阳。
阶下忍看嘉菊瘦，水边谁探早梅芳。
蹇驴[②]踏雪寒应甚，玉洞[③]烧丹[④]暖倍常。
东老[⑤]调高须属和，欲排冬霸见春王[⑥]。

小园秋去更凄凉，十月重阴尽剥阳。

东道[7]烘炉登暖阁，北风吹雪散琼芳。
附炎背冷何须较，对酒当歌却有常。
且共醉乡寻嵇阮[8]，勿烦骚社觅卢王[9]。

【注释】

①重衾：两层被子。

②蹇驴：跛蹇驽弱的驴子。

③玉洞：岩洞的美称。亦指仙道或隐者的住所。

④烧丹：犹炼丹。指道教徒用朱砂炼药。

⑤东老：指宋代沈思。思隐于浙江省东林山，自号“东老”。典出宋代赵令畤《侯鲭录》卷四。

⑥春王：指正月。按《春秋》体例，鲁十二公之元年均应书“春王正月公即位”，有些地方因故不书“正月”二字，后遂以“春王”指代正月。

⑦东道：主人的代称。

⑧嵇阮：嵇，指嵇康（223年—262年，或224年—263年），字叔夜，谯郡铚县嵇山（今属安徽涡阳）人，“竹林七贤”的领袖人物，三国时魏末著名的思想家、诗人与音乐家。阮，指阮籍（210年—263年），字嗣宗，陈留尉氏（今属河南）人，是“建安七子”之一阮瑀之子，三国时魏末诗人。

⑨卢王：初唐文学家卢照邻与王勃的并称，“初唐四杰”中的人物。

贺陈明府[1]华诞

天开阊阖[2]洒长风，蓬矢[3]悬门气郁葱。
寿斝载斟云液[4]满，舞裙新妒石榴红。
仁风百里行应遍，黎庶千年祝也公。
信有真丹[5]堪寿国[6]，早回天上献重瞳[7]。

【注释】

①明府：汉亦有以“明府”称县令，唐以后多用以专称县令。

②阊阖：传说中的天门。阊，天门也。

③蓬矢：蓬梗制成的箭。古代男子出生，以桑木作弓，蓬梗为矢，射天地四方，象征男儿应有志于四方。后用作勉励人应有大志之辞。

④云液：古代扬州名酒，亦泛指美酒。

⑤真丹：古印度对我国的称谓。

⑥寿国：保全国家；使国家久存。

⑦重瞳：上古神话里记载有重瞳的人一般都是圣人。

丙戌九日①重过吴兴②

苕水③西来引秀江④，秋风秋晚挟轻航。

残烟断霭横村落，酒舍旗亭接野塘。

山色歌姬⑤残翠黛⑥，稻香田父⑦砍云黄。

吴中⑧好景谁收拾，自笑重来鬓已苍。

【注释】

①丙戌九日：嘉靖五年（1526 年）重阳节，西屏公在赴任宁国府知府途中。

②吴兴：吴兴为浙江省湖州市的古称。

③苕水：苕溪，古地名，吴兴郡（今浙江省湖州市）别称。

④秀江：秀江是江西省宜春市的母亲河。

⑤歌姬：宫廷、官府或私家蓄养的歌女。

⑥翠黛：指女子的眉，古代女子用黛（青黑色的矿石）画眉，故称“翠黛”。

⑦田父：大蛤蟆的别名。

⑧吴中：今江苏吴中区、相城区一带。亦泛指吴地。

用前韵呈张别驾子文①

水入吴松②带两江，十年西浙几来航。

松厅③旧望归台使❶，麦陇④余荫见魏塘⑤。

古岸纾徐⑥葵绕绿，客麾迢递⑦柳分黄。

双鱼⑧早晚应相觅，定说零陵⑨鬓愈苍。

❶子文向以侍御史左迁嘉善县丞，时适同寅，后官至云南按察副使。

【注释】

①子文：据清光绪《嘉善县志》，张允，河南夏邑人，正德五年任嘉善县县丞，西屏公正德三年循良升户部清吏司主事。

②吴松：即"吴淞"，江名，太湖最大的支流。

③松厅：唐朝中期监察院礼祭厅的别名。

④麦陇：麦田中的小路。

⑤魏塘：浙江嘉善县境内。魏塘又名武塘。"相传宋大姓魏、武居此，聚商成市"，故名。宋时设巡检司，元代设有魏塘务，并升为镇。明洪武三年（1370 年）改税务官署为税课局。明宣德五年（1430 年）建嘉善县，县治在魏塘镇。

⑥纾（shū）徐：从容不迫。

⑦迢递：连绵不绝貌。

⑧双鱼：指书信。

⑨零陵：古地名。在今湖南宁远东南。相传舜帝葬于此。

己丑春日[1]澄江[2]书事[3]呈同年陈亚卿[4]

林麓低空日影迟，澄江四望早春时。
游鳞喜跃新生水，倦翼来投旧好枝[5]。
薄暮放歌须待月，峭寒添酒可无诗。
东风步屧还高兴，谁伴宣城老守痴。

【注释】

①己丑春日：嘉靖八年(1529年)春天。

②澄江：江苏省江阴市的别称，古长江流到这里江面骤宽，流缓沙沉，故称“澄江”。

③书事：即事写景之作，是作者对眼前事物抒写自己顷刻间的情怀。

④陈亚卿：陈达(1482年—1554年)，字德英，号虚窗，福建闽县人。明弘治十八年(1505年)进士，任宁波府推官，审判公明。历任南京户部主事、北京职方郎中、太常少卿。嘉靖初(1522年)，升佥都御史，巡抚山西，因议折粮，得罪严世蕃，罢归。

⑤游鳞喜跃新生水，倦翼来投旧好枝：是年西屏公由宁国府知府升迁浙江副使，再次入使浙江。

高文山[1]先生至西塾子弟乐有贤师赋此

数椽[2]书屋亦东郊，外户[3]多年闭未牢。
文字有时随俗变，姓名何处揭云高。
欲从月窟攀仙桂[4]，预向吴刚借快刀。
榱桷栋梁[5]皆适用，苏湖[6]千古象贤豪。

【注释】

①高文山:西屏公家族私塾先生。

②数椽:几间。

③外户:泛指大门。

④攀仙桂:指科举功名。

⑤榱(cuī)桷(jué)栋梁:榱桷,常喻担负重任的人物。栋梁,比喻担负国家重任的人。

⑥苏湖:指“苏湖教学法”,是北宋教育家胡瑗(993 年—1059 年)在苏州、湖州二地办学,使用的一种新的教法。

答容约夫处士[①]

飘萧黄叶满荒郊,蜡屐[②]多年齿尚牢。
橘柚满园堪独乐,茱萸随酒更登高。
西湖鹤舞迎挥杖,东海龙吟杂鼓刀。
九虎[③]当关忧梦断,故山回想旧英豪。

【注释】

①容约夫处士:即容瀚,字约夫,号晴江,河塘人,从湛文简(湛若水)游,归复从善山何廷仁(时新会知县)讲学。(清康熙《新会县志》)古籍为“容逸夫”,拟为笔误。处士,本指有才德而隐居不仕的人,后亦泛指未做过官的士人。

②蜡屐:以蜡涂木屐。语出南朝宋刘义庆《世说新语·雅量》:“或有诣阮(阮孚),见自吹火蜡屐,因叹曰:‘未知一生当着几量屐!’神色闲畅。”后以“蜡屐”指悠闲、无所作为的生活。

③九虎:指王莽的九个将军。出自《汉书·王莽传下》:“王莽,拜将军九人,皆以虎为号,号曰‘九虎’。”后用以喻强悍之军。

五夜[1]闻笛

铁笛轰云晓梦醒，湛然心地正虚明。

微吟欲起还攲[2]枕，小酌无如问解酲[3]。

贪看余甘[4]团小影，不知明月尚中庭。

朝来料理书帏[5]地，便觉森森万事生。

【注释】

①五夜：指戊夜，即第五更。

②攲（qī）：通“倚”，斜倚，斜靠。

③解酲（chéng）：从酒醉状态中清醒过来。

④余甘：余留香甜滋味。

⑤书帏：书斋。

登东楼[1]次春元高文山[2]韵

老檞[3]吟风病叶飞，山楼登望四熹微[4]。

佳辰遇酒公须醉，屏曲[5]可人谁共归。

老圃秋香团玉露，晚田新鹤下晴晖。

黄冠野服真随分，九月[6]何人未授衣。

【注释】

①东楼：东楼即宾升楼。明代新会城有大门三，南曰镇海，东曰宾升，西曰宾城，各有楼橹。（清康熙《新会县志》）

②春元高文山：西屏公家私塾老师。明清时乡试中试的为举人，亦称大春元。

③老檞：檞，松心木，树心木质像松。《玉篇·木部》：“檞，松樠也。”比

喻老者。

④熹微:形容阳光不强(多指清晨的阳光)、光线淡弱貌。

⑤屏曲:西屏公弹奏的琴曲。

⑥九月:典出《诗经·豳风·七月》:“七月流火,九月授衣”。谓七月大火星往西偏,九月就置寒衣裳。月,古籍为“日”,拟为笔误。

送春和高文山韵

春来欲早去宜迟,草屋春来不掩扉。

行酒赋诗须远出,问花寻柳①却忘归。

青阴不管门庭暗,红紫生看风雨稀。

独笑当窗无点绿,荼蘼②根老倩谁移。

【注释】

①问花寻柳:指赏玩春天的景色。

②荼蘼:亦作“酴醿”。荼蘼花又名佛见笑、百宜枝等。荼蘼花常出现在我国古代诗歌中,是一种颇受诗人青睐的花,以“开到荼蘼花事了”一句最为出名。荼蘼花花期较晚,故荼蘼花开之时已是花季晚景,荼蘼花凋谢之后花季便过去,无花再开放,故又有事已将尽无可奈何的意味。

郊行次高文山韵

青蜩①金奏响翻枝,眼底炎凉又属疑。

筇②杖未冲行蚁阵,野烟时续远林炊。

南山白石③先声振,北海龙韬旧载归。

闻说紫芝④千朵在,商山⑤曾疗几人饥。

【注释】

①青蜩(tiáo):蝉的一种,学名蛰、寒蛰。身青,多在深秋时鸣叫。

②筇(qióng):古书上说的一种竹子,可以做手杖。

③白石:传说中的神仙的粮食。

④紫芝:比喻贤人。

⑤商山:山名。位于陕西商洛市商州区东。秦末隐士东园公唐秉、夏黄公崔广、绮里季吴实、角里先生周术四人,因避秦乱世而隐居商山,采芝充饥,四人年皆八十多岁,须眉皆白,世称为“商山四皓”。

和容约夫菊花诗

菊花开近碧兰①花,草阁山亭趣日赊。

秋色不关游女②鬓,光风来泛野人家。

餐英饮露③从吾好,序谱评香孰尔瑕。

每欲花前同醉话,短童无力引溪槎。

【注释】

①碧兰:兰花的一种。宋代王学贵《兰谱》:“碧兰,始出于莆阳灶山院,陈、沉二仙修行处,花有十四五萼,与叶齐修,叶直而瘦,花碧而芳,用红沙种,雨水浇之,莆中奇品。”

②游女:指秦穆公之女弄玉。其夫萧史善吹箫,教弄玉作凤鸣。一夕吹箫引凤,弄玉遂随夫升天仙去。

③餐英饮露:泛指过着神仙般的日子。

陈司训①迁观城②掌教临别投赠

教分象邑③已前闻,再总观城道益尊。

溟海④南游方住楫,岱宗⑤东望又梯云⑥。

欲留春意归墙屏⑦,合养桐材惜寸分。

榱桷栋梁皆入用,吴兴千古复谁论。

【注释】

①陈司训:即陈凤仪,福建侯官人,深得父祖授传,亦对春秋尤有高深造诣与独到见解,中举“选贡”第一,嘉靖十五年(1536年)授广东新会训导,迁山东观城教谕。

②观城:今在山东省菏泽市西北,明代属山东省东昌府濮州。

③象邑:象山县,位于浙江省东部沿海中段,宁波市的东南部。

④溟海:神话传说中的海名。这里比喻大海。

⑤岱宗:即泰山。泰山旧谓居五岳之首,为诸山所宗,故称“岱宗”。

⑥梯云:梯云岭,位于世界自然遗产江西三清山南部天门峰下。

⑦墙屏:门墙;门下。

冬日观庭卉有怀

目前风景自无涯①,南陌②东城路若赊。

枸杞③悬泉甘菊④实,酴醾穿土瑞香花。

布裘⑤御腊酒为佐,蓬屋当风竹莫遮。

松菊道人⑥多逸兴⑦,芒鞋⑧今日又谁家。

【注释】

①无涯:无穷尽;无边际。

②南陌:南面的道路。

③枸杞:名贵的药材和滋补品,中医很早就有枸杞养生的说法。

④甘菊:我国古代已有以菊代茶的习惯,长期饮用甘菊茶有保健作用。

⑤布裘:布制的棉衣。

⑥松菊道人:松与菊不畏霜寒,这里泛指具有坚贞节操的、有极高道德的人。

⑦逸兴:超逸豪放。

⑧芒鞋:用植物的叶或秆编织的鞋子。据说是新会潮连特产。

崖山[①]吊古和寄同年西樵方阁老[②]

（二首）

中原犄角[③]鹿难寻,回首虞渊[④]日已沉。

百战舟师还海外,几人忠节付碑阴。

庙遗赤舄[⑤]思前古,松偃苍龙郁旧岑。

行望不知形迹胜,悲风随处起哀吟。

宋祚[⑥]逢崖不忍寻,乾坤无语坐湮沉。

岂知末运穷千战,独恨微阳亢六阴[⑦]。

怒气乘潮翻海岳,悲歌和泪洒山岑。

笔端有眼兴亡见,付与樵童牧竖吟。

【注释】

①崖山:山名,又名崖门山。位于广东新会县南,与汤瓶嘴对峙如门,形势险要。宋绍兴时置崖山寨,为扼守南海门户。宋末为抗元最后据点,陆秀夫背负宋怀宗赵昺投海于此。

②方阁老:方献夫,字叔贤,号西樵,初名献科。广东南海县(今为佛山市南海区)人。

③犄角:角落。

④虞渊:亦称“虞泉”。传说为日没处。

⑤赤舄:古代天子、诸侯所穿的鞋。赤色,重底。

⑥宋祚(zuò):宋朝帝位。

⑦微阳亢六阴:六阴朝阳格(风水术语)。六阴气朝了阳,表现为杀戮太重没节制。

留别[①]高春元

宾馆无鱼愧作东，诸孙蒙甚极劳公。
试看小草多生意，更羡长松[②]解敛容。
再岁生徒非远别，趁时文字且专工[③]。
灵山[④]北望无多路，相见何时豁两瞳。

【注释】

①留别：离开者给留下的朋友赠送礼品或诗词，多指离开某地时，以诗文或礼品赠给留在那里的人。

②长松：亦名仙茆，生古松下，根色如荠，味似人参，服之可黑须发。

③专工：指在某些方面有专业的特长和深入的研究。

④灵山：道书所称的福地之一，在今江西省上饶市广信区北。

林见山[①]诞日自寿索和

（二首）

橘柚花开香满轩，青春不用数流年。
杯觞聚会无多处，云水[②]逍遥有几仙。
一笑一谈还旧态，醉吟醉和漫新篇。
见一爱客情良厚，内议疏狂[③]恐未然。

几片飞红坠碧轩，社公[④]凭雨报丰年。
当时但觅治聋酒[⑤]，今日偏思宰肉[⑥]贤。
东郭寻芳愁敝履[⑦]，西郊召饮喜新篇。

春光浩荡难量度，遥望山花晚更然。

【注释】

①林见山：林青，字恒秀，号见山，正德十年(1515年)岁贡，江西进贤训导。(清道光《新会县志》、沙冈《林氏族谱》)

②云水：漫游。

③疏狂：豪放，不受拘束。

④社公：土地神旧称。

⑤治聋酒：社日饮的酒。传说社日饮酒可以治聋，故名。

⑥宰肉：《史记·陈丞相世家》："里中社，平为宰，分肉食甚均。父老曰：'善，陈孺子之为宰！'平曰：'嗟乎，使平得天下，亦如是肉矣。'"借指在处理小事中可以看出治国的才能，或在未遇时怀有大志。

⑦东郭寻芳愁敝履：典出《史记·滑稽列传·东郭先生传》："东郭先生久待诏公车，贫困饥寒，衣敝，履不完。行雪中，履有上无下，足尽践地。道中人笑之。"后因以"东郭履"形容处境窘迫。

饮邓宪副溪园

(二首)

溪园召饮意偏浓，亦有浮眉九尺筇。
才过中和二月节[①]，尚余花信几番风。
思援逸驾[②]诗无敌，为制颓龄[③]酒有功。
至境更寻花柳外，百年行乐许君同。

红雨争飘绿转浓，野桃溪畔住方筇。
数声杜宇[④]松杉露，百啭流莺杨柳风。
南畹[⑤]艺兰[⑥]空费日，东山种竹未成功。

春光并入溪园望，青子[7]累累万树同。

【注释】

①中和二月节：指中和节，是民间传统节日，日期为农历二月初一，由于二月二是“龙抬头”，民间常将两个节日混为一个节日。是日民间以青囊盛百谷瓜果种互相赠送，称为献生子。里闾酿宜春酒，以祭勾芒神，祈求丰年。百官进农书，表示务本。中和节起源于原始社会祭祀神灵的活动，在民间有祭春龙的习俗。

②逸驾：指能高超地驾驭事物。比喻才能出众。

③颓龄：衰年；垂暮之年。

④杜宇：传说中的古蜀国国王，死后化作杜鹃，后因称杜鹃为“杜宇”。

⑤南畹(wǎn)：古代称三十亩地为畹。这里泛指花圃或园地。

⑥艺兰：艺兰是选兰、植兰、育兰、赏兰、咏兰、绘兰等兰事活动的统称。

⑦青子：指梅实。典出宋代杨公远《梅实》。

钟海月[1]诞日召饮和韵

送春无酒换金龟[2]，诞日还君续旧期。

应是到门多上客，预来邀我有新诗。

光生眉宇人争羡，喜溢门阑鹤也知。

绕膝牵缠休怪讶，东风移步独迟迟。

【注释】

①钟海月：钟旦，字宇光，沙头人，弘治十一年(1498年)戊午科举人，不仕。(新会《钟氏族谱》)

②金龟：袋名，指所佩杂玩之物。

寿胆溪林郡丞[①]诞

（二首）

一杯随处起经纶[②]，七十三来又诞辰。
久恋方壶[③]闲日月，亦招盘谷旧亲宾。
天开五色彩云见，花覆千年玉露[④]珍。
圣主亦私岩壑[⑤]老，栖栖猿鹤共长春。

云水相招信复疑，此情应只紫崖[⑥]知。
莺声忽觉南窗梦，荷叶初成羽客衣。
老眼见花多会意，高才击钵[⑦]易成诗。
绿阴满路山蜩[⑧]奏，莫怪先生杖履迟。

【注释】

①胆溪林郡丞：林瓒，字世璋，号胆溪，弘治辛酉科（1501年）举人，初授福建漳浦教谕，升授泉州府教授、北京国子监助教、邵武府通判，官至江西南安府同知。（沙冈《林氏族谱》）

②经纶：多指治理国家的抱负和才能。

③方壶：腹圆口方的壶。古代礼器的一种。

④玉露：喻美酒。

⑤岩壑：借指隐者的住所或隐者。

⑥紫崖：即李文明，字朝光，号紫崖。

⑦击钵："击钵催诗"指限时成诗，亦以喻诗才敏捷。

⑧山蜩：古书上指蝉。

午月朔旦[1]次林古砚[2]韵

万事推开总懒论，白云溪畔养桐孙[3]。

怡颜花草一庭满，问业乡邦几老存。

佳气郁葱抟[4]绣幕，沧波潋滟倒金樽[5]。

二难故有陈雷[6]分，福寿同瞻萃一门。

【注释】

①午月朔旦：农历五月初一。

②林古砚：林畅，字挺秀，号古砚，岁贡，直隶无为州训导，广西平南教谕。（明万历《新会县志》）

③桐孙：桐树新生的小枝，以“桐孙”称美他人子孙。

④抟：把东西揉弄成球形。喻萦绕。

⑤金樽：亦作“金尊”。酒樽的美称。

⑥陈雷：指汉代人陈重和雷义。比喻情投意合，亲密无间。

新春晓行返潮连[1]旧居

江流汲汲溯归船，人与春回又隔年。

曲径雨多泥滑屐，破阶蛩[2]去藓[3]连钱[4]。

风和柳岸莺初啭，露重南山豹尚眠。

万念此时消不尽，复从农圃问桑田。

【注释】

①潮连：西屏公为新会潮连（现属江门蓬江区）人。

②蛩：蟋蟀的别称。

③藓：苔藓。

④连钱：花纹、形状似相连的铜钱。

儿辈以兰许[1]汤涧松[2]翁未及践辄[3]已就道[4]涧松来促赋此致之

料理行程造次时，许花容易送花迟。

儿曹敢向尊前谑[5]，兰蕙重劳别后思。

香送好风新吐秀，佩烦君子亦拈奇。

数茎敬致无多事，定惹骚人续楚词。

【注释】

①兰许：许诺赠送兰花。

②汤涧松：汤梅，字文占，号涧松，明正德十二年(1517 年)岁贡，江西广信州训导。(新会古鲁《汤氏族谱》)

③辄：立即的意思。

④就道：上路；动身；出发。

⑤谑：开玩笑；戏谑。

杭守刘年兄[1]招游吴山[2]诸寺观既归追思正德丁卯[3]同年诸公任浙者多赴事场屋[4]相别于此迨今十有六年矣偶复经过惟刘兄任郡事其余迁转不一而顾[5]张[6]倪[7]三君俱已物故[8]可惜也因感赋二律呈谢刘郡伯[9]

(二首)

看花共别三茅观[10]，再到吴山十二年。

独喜刘郎来作主，共悲圆泽[11]已成仙。

江山几许烦招手，风月寻常欲上肩。

对酒当歌须尽醉，明朝客路又三千。

梦里吴江过几年，重来佳景只依然。
满楼翠色千门柳，四座香风绕郭莲。
放鹤出山烟浩荡，采菱归渡月婵娟⑫。
遨头⑬太守鸦如鬓，不是余杭旧乐天⑭。

【注释】

①刘年兄：即刘节（1476年—1555年），字介夫，殿试以百首梅花诗入仕，世称梅国先生，南安府大庾县（今江西省大余县）人。弘治十八年进士，授武选公，因忤逆权臣刘瑾，谪宿松知县。后为广德知州，四川提学副使，广西提学副使，河南、福建参政，嘉靖六年为浙江左右布政副都御史，同年擢升浙江右布政使。嘉靖十一年为刑部右侍郎，晚年回乡，创办“梅国书院”。著有《梅国集》四十二卷、《宝制堂录》二卷、《春秋列传》五卷传世，并编有《广文选》六十卷，《两汉七朝文薮》《周诗遗轨》《声律发蒙》等。（《列卿纪、书史会要》明万历《重修南安府志》）年兄，科举制度中同榜登科者称为同年，互称年兄。

②吴山：位于钱塘江北岸，杭州西湖东南面。

③正德丁卯：正德二年（1507年）。

④场屋：科举考试的地方，又称科场。

⑤顾：即顾纶，字朝章，号春山，苏州府嘉定县练祁市（今上海市嘉定区嘉定镇）人。生于天顺六年（1462年），卒于正德五年（1510年），享年49岁。县志无传，余姚进士谢迁撰有《明故南京兵部车驾清吏司主事顾君墓志铭》，见《新中国出土墓志》之上海、天津合卷。

⑥张：即张士隆（1475年—1525年），字仲修，号西渠，河南安阳人。明朝弘治十八年（1505年）进士，历任广平推官，都察院监察御史，先后巡按浙江、辽东、直隶等地，忠义谏言，秉直弹劾，官至汉中守备副使，兴修水利灌溉民田。是明朝中叶一位学识渊博、办事认真的封建官吏。嘉靖四年（1525年）卒于汉中任上。

⑦倪：即倪宗正（约 1514 年前后在世），字本端，余姚人。弘治十八年（1505 年）进士。历迁兵部武选司员外郎，尝以言事遭廷杖。后终于南雄府知府。嘉靖中，赠学士，谥文忠。

⑧物故：亡故，去世。

⑨郡伯：爵名，金置，元因之。明清时亦称知府为郡伯。

⑩三茅观：在杭州，元朝时三茅观毁于兵火，明初重建。旧时观内设有书馆，于谦少年时曾在此读书，并写下了千古传唱的《石灰吟》。

⑪圆泽：唐代杭州惠林寺的主持，和西湖十六遗迹之一的三生石有关。宋朝的大诗人、大文学家苏东坡曾经写过一个非常有趣的故事《僧圆泽传》，这个故事发生于唐朝，距离苏东坡的年代并不远，而且人事时地物都记载得很详尽，相信是个真实的故事。

⑫婵娟：指月亮。

⑬遨头：自正月至四月浣花，太守出游，士女纵观，称太守为“遨头”。

⑭乐天：白居易，字乐天，号香山居士、醉吟先生。穆宗长庆二年出任杭州刺史。是中唐时期影响极大的大诗人，他的诗歌主张和诗歌创作，以其对通俗性、写实性的突出强调和全力表现，在中国诗史上占有重要的地位。

宁国府[①]同年章主政[②]书至延誉[③]太过使回拙作附答

守郡无能抚兆生，别来犹自念宣城。

十年已扫风尘迹，万里谁缄故旧情。

谢朓[④]每思江练[⑤]白，冯唐[⑥]犹恋九峰[⑦]青。

红梅采石[⑧]东南路，岁晚尤多驿使行。

【注释】

①宁国府：宁国府作为一级地方府始于南宋乾道二年（1166 年），府治宣城县，即今安徽宣城市。西屏公于嘉靖五年（1526 年）丙戌出任宁国府知府，嘉靖八年（1529 年）己丑升迁浙江按察副使。据嘉靖《宁国府志》记载，

宁国府百姓为他立“去思碑”,为了表示谦卑,写下了这首诗。

②章主政:据查《宁国府志》弘治十八年(1505年)只有章嵩一人登第。古籍为“张”,拟是笔误。章嵩,字士瞻,泾县人。弘治十八年进士。任户部主事。在浔阳关主管税务,能严法革弊。善于词章,风度端雅。(明万历《宁国府志》)

③延誉:播扬声誉。

④谢朓(464年—499年):字玄晖。南朝齐诗人,并善辞赋和散文。陈郡阳夏(今河南太康)人。永明元年(483年),谢朓“解褐入仕”。永明九年(491年)春,谢朓作为郡王萧子隆的文学(官名),随同萧子隆赴荆州,留下了不少诗篇。

⑤江练:谓江水澄澈、平静如同洁白的绸子。

⑥冯唐:他有才却一直不受重用。汉武帝选求贤良时有人举荐他,但那时他已九十多岁,难再做官了。后以“冯唐易老”慨叹生不逢时或表示年寿老迈。

⑦九峰:借喻九嶷山。九嶷山得名于舜帝之南巡,因境内有舜源、娥皇、女英、杞林、石城、石楼、朱明、箫韶、桂林九座峰峦,且峰峰相似难以区别,故名“九峰”。

⑧采石:采石矶。在安徽省马鞍山市长江东岸,为牛渚山北部突出江中而成,江面较狭,形势险要,自古为大江南北重要津渡,也是江防重镇。相传为李白醉酒捉月溺死之处。

壬午[①]北上舟至余杭值五月四日同年周舜中[②]赵从之[③]二宪伯[④]预为节酒召饮呈谢

（二首）

五月来帆及水干,江园梅杏荐余酸。

霏微严濑雨中过,错莫西湖梦里看。

客路不知新节序，敝袍殊笑旧郎官。
喜逢周赵同年契，预醉端阳角黍盘。

脍鱼脯鹿⑤酒行频，拜领台端意甚真。
客子忘归青眼旧，主翁先醉绿衣新。
援琴⑥写别声多怨，击钵题诗句益神。
何事流莺还恰恰，不知绨念过殷勤。

【注释】

①壬午：嘉靖元年（1522年）。是年西屏公服阕，任户部湖广清吏司署郎中事员外郎。

②周舜中：周用（1465年—1531年），字舜中，号瞻峰，饶平县宣化都大埕人，明浙江佥事。他聪敏好学，博览群书，学识渊博。弘治十八年（1505年）登乙丑科进士，先授建昌、惠安知县，后擢大理评事（掌司法），正德十四年（1519年）改授浙江佥事。在浙期间，致力兴筑白茅港水利，灌田数千顷，民颂治绩。后告老归家，生活清贫，自称"顾影道人"。嘉靖十年（1531年）八月初四病卒，享年67岁。著作有《顾影集》《海赋》。嘉靖十九年知县罗胤凯呈请其入乡贤祠，浙江地方有祠祀之。

③赵从之：赵中道，字从之，弘治十八年（1505年）乙丑科进士，改庶吉士，授刑部主事历员外郎中，累迁至四川提学副使，复除浙江。（清同治《石首县志》）

④宪伯：按察使负责提点刑狱公事，又称宪伯。

⑤脍鱼脯鹿：烹鱼和鹿肉。

⑥援琴：持琴；弹琴。

同年黔阳[①]县尹[②]杨君得远祖之墓表[③]而祀之大偿夙昔[④]孝思之怀因赋以诗

山顶孤坟宿草封，山根烟雨断行踪。

时危逆旅[⑤]无归计❶，泪尽云孙[⑥]谒祖翁。

五世若为风韵绝，九泉那得梦魂通。

从今夜夜黔阳月，光照坟前万树松。

❶其先祖昔为旅于黔阳卒。

【注释】

①黔阳：今湖南省怀化市。黔阳古城是全国保存最为完好的明清古城之一，古城三面环水，是湘楚苗地边陲重镇，素有“滇黔门户”和“湘西第一古镇”之称。历代县治设于黔城。

②县尹：一县的长官。据《黔阳县志》，当时没有杨姓县尹，弘治十八年亦无杨姓人登科。

③墓表：指墓碑。因其竖于墓前或墓道内，表彰死者，故称“墓表”。

④夙昔：泛指昔时，往日。

⑤逆旅：旅居。常用以喻人生匆遽短促。

⑥云孙：从自身算起的第九代孙。亦泛指远孙。

崇德[①]道中

堤塘滑滑苦难行，旬日江南雨未晴。

桑湿漫怜蚕户闭，草深惟信水蛙鸣[②]。

四千客路忙征棹，百二山河[③]望帝京。

漠漠孤烟篁竹外，午鸡[4]时复两三声。

【注释】

①崇德：明洪武二年（1369年），复（浙江）嘉兴路为嘉兴府，复崇德州为崇德县。

②水蛙鸣："水蛙鸣，大雨晴。"民间谚语。

③百二山河：喻山河险固之地。

④午鸡：午时的鸡鸣声。

次韵杨西屿少参[1]徐兖[2]道中即事[3]

远客何嫌一问津，津头不是偶耕人。

北徐[4]太守刀盘兽，东郡[5]诸侯玉刻麟[6]。

明月就予分半席，好风籍[7]尔作南邻。

亦缘世路从迟箅，赢得逍遥泗水[8]滨。

【注释】

①少参：明代于各布政使下置参政、参议，时称参议为少参。

②徐兖：徐州、兖州。河南省东北部和江苏省北部。

③即事：多用为诗词题目。

④北徐：州名。辖境相当今山东临沂、费县、平邑、蒙阴、苍山等地。北周宣政元年（578年）改名沂州。

⑤东郡：郡名。秦置，汉因之。约今河南省东北部和山东省西部部分地区。

⑥玉刻麟：像用玉石刻成的样子，形容形态美观。喻杰出的人物。

⑦籍：古籍为"藉"，这里的意思是"借"。

⑧泗水：泗水县位于山东省中南部。东临沂蒙与大海相连，西邻孔子故里曲阜，南峙孟子家乡邹城，泗水县北依五岳之尊泰山，是泗河文化的发祥地，历史悠久。

钟海月约游大云山龙兴寺[1]时八月六日也

大云山下龙兴寺,阊阖风[2]高八月游。
巾舄[3]故堪图九老[4],光华何必待中秋。
未乘白鹤[5]招黄鹤[6],且拉浮丘[7]觅故丘[8]。
莫放清商[9]振林木,出山重恐白云留。

【注释】

①大云山龙兴寺:大云山在城西,里许有龙兴寺,建自隋唐,又有文昌宫、天妃宫、六祖堂,其山盘郁如云,环绕寺宫,若隐几然。九日登高,邑中文人雅集于此,西数百步为西关,有元坛。(清康熙《新会县志》)

②阊阖风:西风;秋风。《淮南子·天文训》:"凉风至四十五日,阊阖风至。"

③舄:泛指鞋。

④九老:唐白居易与胡杲、吉皎、刘真、郑据、卢贞、张浑年老退居洛阳,曾作尚齿之会,并各赋诗记其事。时为会昌五年(845年)二月二十四日。其年夏,李元爽及僧如满亦告老归洛,九位七十岁以上友人在洛阳龙门之东的香山结成"九老会"。

⑤白鹤:俗称仙鹤。

⑥黄鹤:喻贤才,大才。

⑦浮丘:指浮丘公,古代传说中的仙人。

⑧故丘:家乡的山丘,指故乡。

⑨清商:亦谓商声,古代五音之一。古谓其调凄清悲凉,故称。指秋风。

访　友

一春无奈雨凌侵，渐觉晴光到上林。

花草纷纷迷旧路，江山岁岁纪新吟。

娱宾只奏钧天乐[①]，饰妓[②]何劳缠臂金[③]。

不用橘中寻四老[④]，白发嬉笑酒同斟。

【注释】

①钧天乐：即钧天广乐。钧天，古代神话传说指天之中央。广乐，优美而雄壮的音乐。指天上的音乐、仙乐，后形容优美雄壮的乐曲。

②妓：古代称歌女，表演歌舞的女子。

③缠臂金：缠臂金又称为扼臂、臂钏等。明人笔记《天水冰山录》中记录一代权相严嵩被抄没的家产里，就有“金花钏”“金素钏”若干。这里“花钏”指表面刻有花纹的缠臂金，“素钏”则指素面而无纹的缠臂金。喻妇女戴在臂上的金镯。

④四老：即“商山四皓”。

中秋玩月南楼[①]寄同年陈天游[②]京兆[③]

清湛乾坤一色新，好风吹动月精神。

明河仿佛通南海，列宿[④]分明拱北辰[⑤]。

蟾窟易伸攀桂[⑥]手，霓裳[⑦]错认舞花人。

南楼岁岁来登眺，光景依然是四邻。

【注释】

①南楼：镇海楼。新会故城，西北跨西山，东跨马山……环城东而南至西……为大门三，南曰镇海，东曰宾升，西曰宾成……（清道光《新会县志》）

②陈天游：陈锡，字佑卿，号天游，广东南海人（今广州市白云区金沙街沙贝村），系沙贝村陈姓第十二世祖，既是“一门七进士”之一，又是“四代五乡贤”之一。明弘治十八年（1505年）进士，官至应天府尹，享年81岁。陈家从南宋开始，一共出了7名进士，如陈子壮官至吏、兵、礼三部尚书，是为“一门七进士”；另外有5人是在地方政绩显著、德高望重之人，是为“四代五乡贤”。

③京兆：指京兆尹，即京师的地方长官。

④列宿：众星宿。特指二十八星宿。

⑤北辰：代指帝都。

⑥攀桂：喻科举登第。

⑦霓裳：神仙的衣裳。相传神仙以云为裳。

初秋郡丞李紫崖①诗至次韵

（二首）

残暑催人出沐时，秋风未到晚凉迟。
莲芡得雨香初歇，云水可人游暂稀。
茶灶②笔床③无鲁望④，高山流水有钟期⑤。
亦知壶里乾坤在，不怕笼中日月飞。

野菊篱边作蕊时，芙蓉江上泛舟迟。
高岩水落泉声碎，曲径云闲人迹稀。
老大正须寻乐处，阴晴那肯负佳期。
临流三弄梅花曲⑥，目送长空数雁飞。

【注释】

①郡丞李紫崖:郡丞,郡守的佐官,即同知。李紫崖,李文明,字朝光,号紫崖,弘治戊午年(1498年)举人,初任浙江湖州通判,升福建建宁府同知,授奉政大夫。(禄洞《李氏族谱》)族谱载其为陈白沙先生门人,待考。

②茶灶:烹茶的小炉灶。

③笔床:搁放毛笔的专用器物,大多是用瓷或者是竹木制作的。

④鲁望:陆龟蒙(?年—881年),字鲁望,号江湖散人、甫里先生,苏州吴县(今属江苏)人,别号天随子,陆元方七世孙,其父陆宾虞曾任御史之职。著有《和茶具十咏》,对茶具作了叙述。

⑤钟期:比喻知音。

⑥三弄梅花曲:《梅花三弄》,又名《梅花引》《梅花曲》《玉妃引》,相传原本是晋朝桓伊所作的一首笛曲,后来改编为古琴曲。内容写傲霜斗雪的梅花,全曲主调出现三次,故称“三弄”。

中秋江城①书事时闻同社②有舟游者

梧桐③疏影月中秋,新雁如云阵岭头。

光彩自匀天宇遍,清虚④谁在广寒游。

山杯独酌人千里,野阁期登岁一周。

今夜海门天更阔,无缘吹笛近渔舟。

【注释】

①江城:临江之城市、城郭。

②同社:犹同乡,同里。古以二十五家为一社。

③梧桐:梧桐一树的描绘,最早可见于先秦文献《诗经》,《大雅·生民之什·卷阿》有“凤凰鸣矣,于彼高岗;梧桐生矣,于彼朝阳”之句,梧桐在古诗中有象征高洁美好品格之意。

④清虚:指清虚府或清虚殿。即月宫。

莫玉泉寿日见召席上赓韵[①]

（二首）

勿以雌雄论甲辰[②]，锦衣聊此避车尘。
山歌再放还三叠，海错[③]时羞胜八珍。
天上风云青鬓客，林间诗酒白头人。
明朝重有泥金[④]报，蝶梦[⑤]无劳扰性真。

未折黄花寿诞辰，高攀丹桂[⑥]挹芳尘[⑦]。
如闻两解同标榜[⑧]，不负诸贤久席珍[⑨]。
林下几家喧画锦，天涯回首笑陈人[⑩]。
金樽玉斝[⑪]千年寿，始见人间梦是真。

【注释】

①赓韵：和韵。

②甲辰：甲辰为干支之一，甲为第一，辰为龙，第一为最好。这里甲辰可理解为最好的意思。

③海错：《尚书·禹贡》："厥贡盐絺，海物惟错。"孔传："错杂非一种。"后因称各种海味为海错。

④泥金：古代帝王行封禅礼时所用的玉牒有玉检、石检，检用金缕缠住，用水银和金屑泥封。

⑤蝶梦：喻迷离惝恍的梦境。

⑥丹桂：旧时称科举中第为折桂，因以丹桂比喻科第。

⑦芳尘：指美好的风气、声誉。

⑧两解同标榜：封南京云南道监察御史违仁五子，长如爵御史，季如德大理寺左丞。（清康熙《新会县志》）意为两个儿子都取得功名。

⑨席珍：亦称“席上珍”。《礼记·儒行》：“儒有席上之珍以待聘。”座席上的珍宝。比喻儒者美善的才学。

⑩陈人：旧人，故人。

⑪金樽玉斝：美酒玉杯。

五月六日次陈大云邀饮之作

（三首）

海鹜[1]分飞落彩霞，青藜[2]略约[3]到君家。
一溪野色翠联竹，半榻晴云兴共茶。
紫荔[4]味全堪荐实，碧兰香动正开花。
闲人若道都无事，那得新诗领物华[5]。

龙蛇[6]半壁走烟霞，对客挥毫有几家。
鸭绿[7]满缸将进酒，花光凝椀[8]正歌茶。
黄埃不染胎禽翼，红滟将烧木槿花[9]。
描尽江山须我辈，挽回淳朴候皇华[10]。

江洲何处会群仙，三径斜通五柳前。
土阁旧谙[11]居士宅，石桥新减渡江钱。
蜩[12]催夏至金初奏，荔过端阳色重鲜。
花下一壶须百咏，重来开卷又明年。

【注释】

①海鹜：海里的鸭子。

②青藜（lí）：指藜杖，借指读书人。

③略约：略微，轻微；不经意。

④紫荔：品质优良的荔枝。

⑤物华：自然景物。

⑥龙蛇：借指书法作品。

⑦鸭绿：喻水色如鸭头浓绿。

⑧椀（wǎn）：同“碗”。

⑨木槿花：木槿花朝开暮落，犹如昙花一现，泛指坚韧、永恒的美丽。

⑩皇华：赞颂奉命出使或出使者。

⑪旧谙：早已熟悉。

⑫蜩：古书上指蝉。

元旦县学[①]诸公过访

何处衣冠炫昼明，传呼亦到古松屏。

山居腊候[②]先回暖，麻缕[③]朝来觉渐轻。

揖让[④]相看还旧俗，弦歌试听蔼新声。

观民[⑤]论学非无暇，问柳寻花却有情。

【注释】

①县学：旧时供生员读书之学校。旧时科举考试中童试录取后准入县学读书，以备参加高一级的考试，谓之“进学”“入学”或“入泮”，士子称“庠生”“生员”，俗称“秀才”。

②腊候：言寒冬时节。

③麻缕：麻线。《孟子·滕文公上》：“麻缕丝絮轻重同，则贾相若。”

④揖让：指古代宾主相见的礼节。揖让之礼按尊卑分为三种，称为三揖：一为土揖，专用于没有婚姻关系的异姓，行礼时推手微向下；二为时揖，专用于有婚姻关系的异姓，行礼时推手平而致于前；三为天揖，专用于同姓宾客，行礼时推手微向上。

⑤观民：观察民风。

元旦和钟海月见寄

出门揩眼见诸峰，岚气新生尚未浓。
晓雨正收三白[①]瑞，阳和应兆一年丰。
侵阶草色从吾好，入座春风与客同。
酒满行窝[②]花满路，寻君虽远不扶筇。

【注释】

①三白：指盐、萝卜、饭。三者皆白色，故谓“三白”。

②行窝：宋人为接待邵雍仿其所居安乐窝而建造的居室。泛指可以小住的安适之所。

立春呈白沙先生[①]

礼罢先农[②]鼓角喧，一牛能受几长鞭。
畲田[③]劝动三春首，元旦歌翻十日前[④]。
邻曲家家张乐事，衰迟[⑤]岁岁幸丰年。
棠阴渐喜民无讼，万户同歌大尹贤。

【注释】

①这首《立春呈白沙陈先生》诗写成于成化十八年，是在其老师白沙先生写给时任新会知县第三年的丁积知县的《立春日呈丁县尹》诗的背景下作的。诗句紧扣立春主题，描绘了丁积知县任上治理新会县三年后，百姓乐耕，粮食和农作物连年丰收，新会这个泱泱大县，民风趋正，治安良好而民无讼，呈现出一派歌舞升平、万民同赞丁知县的景象。西屏公年仅十四岁便为新会县学生员，写此诗时为15岁，诗风清新。而丁积拜师陈白沙，

以白沙之学治理邑城并迅速取得成效,为西屏公其后的仕宦生涯产生了极其深远的影响。

②先农:古代传说中最先教民耕种的农神。或谓神农,或谓后稷。

③畲(shē)田:新田。

④畲田劝动三春首,元旦歌翻十日前:喻立春在正月初一前十天。

⑤衰迟:衰年迟暮。谓年老。

人　日①

少谢亲朋缘酒困,又经人日被诗围。

气蒸葱郁山容霭,花遇晴明玉朵开。

一斗②未堪尘简帙③,百壶谁共上崔巍④。

屏阴日午还高卧,无那东风着意催。

【注释】

①人日:指每年农历正月初七,根据中国传统习俗,当日为众人生日。

②一斗:指"一斗百篇",饮一斗酒,作百篇诗。形容才思敏捷。

③简帙:指书籍。

④崔巍:形容山势高险。

除夕呈同年甘泉湛尚书①

（二首）

一年新似一年新,斗柄②依稀又建寅③。

独自阶除望云物,满天星宿上吟身。

笙歌入夜欢声沸,拜舞明朝玉几陈。

闻说梅花开树树,天南天北寄情真。

岁事④多因荆楚⑤俗，无端送旧与迎新。
闾阎⑥总趁笙歌乐，云物何劳占候⑦勤。
爆竹先声知腊尽，屠酥⑧半醉觉年分。
香风暗逐梅花绽，始信今朝酒有神。

【注释】

①甘泉湛尚书：湛若水(1466年—1560年)，字元明，表字民泽，号甘泉，谥号文简，广东增城人。明代著名学者。明弘治五年(1492年)参加乡试考取举人，后赴新会拜名儒陈白沙为师，由于得到严师的耳提面命，学识大为长进，深得陈的赏识，因而成为白沙学说的衣钵传人。与西屏公同为陈白沙弟子。弘治十八年(1505年)进士，选庶吉士，擢编修。世宗嘉靖初，官南京祭酒、礼部侍郎。后历南京礼、吏、兵三部尚书。后与王守仁同时讲学，各立门户。王主讲"致良知"，湛主讲"随处体认天理"，认为："吾之所谓心者，体万物而不遗者也，故无内外；阳明之所谓心者，指腔子里而为言者也，故以吾之说为外。"(《答杨少默》)强调以主敬为格物功夫；说："故善学者，必另动静一于敬。"(答于督学》)著有《湛甘泉集》。尚书：古代官名，明清两代是政府各部的最高长官。

②斗柄：指北斗的第五至第七星，即玉衡、开阳、摇光。北斗，第一至第四星像斗，第五至第七星像柄。

③建寅：古代以北斗星斗柄的运转计算月份，斗柄指向十二辰中的寅即为夏历(农历)正月。

④岁事：每年祭祀的事。

⑤荆楚：荆为楚之旧号，远自商代，中原人就以荆楚来称呼江汉地区的南方地区和南方部族，在今湖北、湖南一带。

⑥闾阎：泛指民间。

⑦占候：视天象变化以附会人事，预言吉凶。

⑧屠酥：是一种在正月饮用，以祈求洗去一年间的病痛、喝了可以更长寿的药酒。

小金山[①]留别

（二首）

山寺悬登客住船，晚逢佳景亦延缘[②]。
潮生远海风行地，云扫长空月满川。
浩笑出门真万里，重期促席[③]是何年。
平生亦有忧劳念，总为浮名恐不然。

别酒难禁过百卮，醉依禅榻[④]鬓丝丝。
空堂入夜蛩争沸[⑤]，垣竹低阶月自移。
直以可行求可止，须知同是故同非。
江湖一梦坚难破，未拟何时此拂衣。

【注释】

①小金山：即金山寺，位于佛山市南海区里水镇郁水河畔，官窑水道江北的灵洲岛上，原名宝陀禅院，建于晋代。东晋文学家郭璞题“南海盛衣冠”，即其地也。广人呼为“小金山”。明代成化年间，太监韦眷重修，取名“宝陀寺”，又名灵洲山寺。到了清代，金山寺被称作“羊城八景”之一。

②延缘：缓慢移行。

③促席：坐席互相靠近。喻再次相见。

④禅榻：禅床。

⑤蛩争沸：蛩声，蟋蟀的鸣声。比喻喧闹。

清远[①]道中

旁落诸山逼眼[②]青，初秋慰我以新晴。

宵征候月商船集，早市无鱼峡水清。

星使[③]恰逢笳鼓[④]兢，山人薄致笋蔬登。

君门[⑤]万里行将到，芹曝[⑥]区区只寸诚[⑦]。

【注释】

①清远：广东清远市，与江西省交界。

②逼眼：指非常耀眼。

③星使：古时认为天节八星主使臣事，因称帝王的使者为星使。

④笳鼓：笳，胡笳，一种乐器，类似笛子。鼓，一种乐器，为出行时的仪仗。

⑤君门：宫门，亦指京城。

⑥芹曝：谦辞，谓所献微不足道。

⑦寸诚：微诚。

舟次芙蓉驿[①]与唐太守[②]刘别驾[③]会晤草草而别

朱幡[④]出郭正堂堂，别驾同驱两署郎。

韶石[⑤]共期还古奏，芙蓉[⑥]人比濯秋江。

匆匆话别三寮旧[⑦]，落落难夸两鬓苍。

西蜀[⑧]北平[⑨]并五岭[⑩]，十年书札海天长。

【注释】

①芙蓉驿：在今广东韶关市东，《清一统志·韶州府》："在曲江县南，宋景祐中建浈阳馆，在湘江门外，明洪武中改置芙蓉驿。弘治中，迁于津头庙

下。顺治十二年又迁于此,有驿丞,今裁。”

②唐太守:唐升,叙州人,正德三年(1508 年)进士,嘉靖四年(1525 年)任韶州府知府。(清康熙《韶州府志》)

③刘别驾:刘秉鉴,安福人,正德三年(1508 年)进士,以河南副使谪,有传。(清康熙《韶州府志》)

④朱幡:红色的旗幡,尊贵、显赫者所用。

⑤韶石:山岩名。位于广东省曲江县(今广东韶关曲江区),旧属韶州。传说舜游登此石,奏《韶》乐,因名。

⑥芙蓉:荷花的别名。

⑦寮旧:亦作“旧寮”。昔日同官共事的人。

⑧西蜀:今四川省。古为蜀地,因在西方,故称“西蜀”。

⑨北平:北京旧称。

⑩五岭:大庾岭、越城岭、骑田岭、萌渚岭、都庞岭的总称。

北上至南昌[1]与同年孙方伯[2]张宪长[3]李宪副[4]旧僚长冯大参[5]款叙三日而别

冠盖何期会此堂,义高形迹两相忘。

琴樽[6]不藉歌弦乐,谈话多分燕寝[7]香。

六德[8]有天宣帝泽,一麾[9]何处见才良。

扁舟恋恋滕王阁[10],也为诸公意故长。

【注释】

①南昌:简称“洪”,又称“洪城”,地处江西中部偏北,自古就有“粤户闽庭,吴头楚尾”之称。

②孙方伯:孙修,字用吉,直隶邯郸人,弘治乙丑进士,江西左布政使。(清光绪《江西通志》)

③张宪长:张时彻(1500 年—1577 年),字维静,号东沙。鄞县布政乡

张家潭村（今属古林镇）人，兵部右侍郎巡抚江西右佥都御史。（《江西通志》卷十二）

④李宪副：李绯，字廷章，河南固始人，弘治乙丑进士，副使迁右参议。（清光绪《江西通志》）

⑤冯大参：冯驯，字行健，四川岳池县人，明弘治举人。正德戊辰科进士。官授户部主事郎中。正德十一年（1516年）调任福建兴化府太守。嘉靖二年（1523年），冯驯升任福建左布政使，民众跪道挽留，不舍他走。后病故于江左布政使任上。大参，参政的别称。

⑥琴樽：琴与酒樽为文士悠闲生活用具。

⑦燕寝：古代帝王居息的宫室。

⑧六德：六德分别对应六种身份，“义”为君德，“忠”为臣德，“智”为夫德，“信”为妇德，“圣”为父德，“仁”为子德。

⑨一麾：中国古代历代郡太守、州刺史的别称。

⑩滕王阁：江西省南昌市的滕王阁被称为“江南三大名楼”，士大夫们迎送和宴请宾客也多喜欢在此。

龙津[1]道中忆诸弟[2]

斜风细雨猎村庄，北客东行路转长。

惯马久乘难促鞭，小船宜浅亦抛江。

市沽薄薄聊祛湿，野菊离离未荐霜。

两月南来无一字，举头空见雁成行。

【注释】

①龙津：位于江西省南昌市安义县龙津镇。古籍目录为“龙溪”，拟为笔误。

②诸弟：西屏公诸弟有区超（早逝）、区起、区赵、区赳。

忆诸子[1]

少壮无如老大催，几将书案叠浮埃[2]。

曾知过后功难补，莫遣仍前事漫堆。

种德可忧门尚狭，教方曾说桂争开。

汲深愧我徒长绠[3]，为问源头一水来。

【注释】

①诸子：西屏公诸子有元泰(早逝)、元履、元复、元晋、元益。

②浮埃：附着在物体表面的尘土。

③绠：汲水用的长绳子。短绠汲深。拴桶的绳子很短，却要打深井里的水，比喻能力薄弱，难以胜任艰巨的任务；也比喻学识浅薄，不足以领悟深刻的道理。

至龙游[1]与门生李节推[2]话旧再宿而别

客舫东来便访君，故乡情话两宵分。

林庐[3]念切殊无恙，月旦评高卓有闻。

秋气不妨凌太末[4]，仙槎直拟渡天津[5]。

三杯引满江楼月，临别都应酒半醺。

【注释】

①龙游：浙江省龙游县。

②李节推：李翔，字举南，潮连人，正德丁卯举人，嘉靖癸未进士，授浙江衢州府推官历兵、户部员外郎中，升福建邵武府知府，觐翰林编修，祀乡贤祠。(清康熙《新会县志》)嘉靖十八年(1539年)区越门生李翔书陈白沙《慈母石歌》并刻在石碑上，以弘扬孝道。节推，“节度推官”的略称。

③林庐：林中茅屋。多指隐居之所。

④太末：太末县，隶会稽郡，太末县在今天的浙江省龙游县。

⑤天津：天津地区的形成始于隋朝大运河的开通。唐中叶以后，天津成为南方粮、绸北运的水陆码头，是军事重镇和漕粮转运中心。明永乐二年（1404年）筑城设卫，称“天津卫”。

九日薄暮至镇江①闻二守②梁宗烈③以入贺行④大负心约惘然者久之诗以寄候聊致惓惓⑤

赤舄金门⑥候晓钟，仙阳何处觅仙踪。

潇条⑦九日无茱菊，摇落千山见竹松。

甘露已擎天上月，焦山⑧犹束海门⑨东。

扁舟⑩会有逢君日，一笑南徐⑪又梦中。

【注释】

①镇江：位于江苏省，历史悠久，是吴文化的重要发祥地。

②二守：谓任同知之职。

③梁宗烈：梁景行，字宗烈，顺德人，弘治己酉年（1489年）举人，从游陈白沙先生。仕至府同知，终长史。（清道光《新会县志》）

④以入贺行：入朝庆贺。

⑤惓惓：深切思念；念念不忘。

⑥金门：即金马门。学士待诏之处。

⑦潇条：形容鸟的叫声婉转悦耳。

⑧焦山：又称浮玉山。在江苏省镇江市区东北长江中，风景秀丽，有定慧寺、华严阁、吸江楼、三诏洞及焦山碑刻等名胜古迹，为镇江游览胜地。

⑨海门：内河通海之处。

⑩扁舟：喻小船。

⑪南徐：古代州名，即今江苏省镇江市，是南北朝时期南宋对镇江的称谓。

重至清江感事

水漫长堤晚闸开，清江[1]白首我重来。❶

因嗟旧树无棠棣[2]，见说常盈半草莱。

太艑[3]嵯峨中贵老❷，洞箫嘹亮鹤群回。

依依世路成何事，无奈江湖一念催。

❶清江旧有户部分司，公领命临治焉。

❷往岁同事公务于清江者，有内臣数人。今仅见一二，余皆老矣。

【注释】

①清江：即清江浦。

②棠棣（dì）：《诗经·小雅·常棣》篇，是一首讲述兄弟应该互相友爱的诗。"棠棣"也作"常棣"。后常用以指兄弟。

③艑：大船。

偕同年王少参[1]联舟至留城[2]夜为风浪所挠示以佳叶次韵呈答

洞庭舟子来何处，昨夜留城带酒过。

浊浪挟风催老柁[3]，高帆卷雨落长河。

问谁信宿[4]同程老，遗我诸篇有楚歌[5]，

天与危机看底定[6]，肯教杭苇更蹉跎[7]。

【注释】

①王少参：王綎（1477 年—1537 年），字邃伯，号龙湫，大名府开州（今河南省濮阳市）人。弘治十八年（1505 年）进士。历任户部主事、员外郎，

卫辉知府，湖广按察使，河南副使，山西参政，四川布政使，右副都御史巡抚江西、浙江，大理寺卿，山东左参议等职。王为官清正廉洁，“所至有声绩，一以直道，不与世浮沉”，“宦游三十年，萧然如寒素”。生成化丁酉，卒嘉靖丁酉，年六十一岁。为“开州八都”之一，祀于乡贤祠。

②留城：位于江苏省沛县。据《武阳志余载》：“留城在淹城东五里处，大小如淹城之内城。”留县为汉代张良的封邑。沧海桑田，时至明朝，黄河不断决口，频繁地扫荡古留城，明朝万历年间，又一次决口的黄河夺泗入淮，从此古留城被彻底淹没在一片汪洋之中，留城即是今天的微山湖。

③柁：船尾用以控制行向的装置。

④信宿：谓两三日。

⑤楚歌：楚人之歌。指诗歌。

⑥底定：平定，安定。

⑦蹉跎：失意；虚度光阴。

十月十日值风回住东光[1]有怀括苍叶槎溪[2]夷陵王方山[3]二年兄[4]先是二君与予方舟而行舟轻夺流先去今闻在沧洲[5]上下度至张家湾[6]则涣而复合矣诗以识意

狂飔忽卷浪如山，才过东光又逆还。

用力不知舟载重，计程唯觉路行难。

越槎轻泛天河近，郢曲[7]遥闻下里悭。

何日南风吹五两[8]，凤城邀共谒龙颜。

【注释】

①东光：隶属河北省沧州市，位于华北平原河北省东南部黑龙港流域

下游。

②括苍叶槎溪：括苍，隋开皇九年，撤永嘉、临海二郡，置处州，辖括苍、松阳、永宁等6县，州治设括苍。故治在今丽水市莲都区。叶溥，字时用，因居住在留槎洲溪边，故号槎溪。明代著名清官学儒，龙泉城镇宫头村人，弘治乙丑科（1505年）进士，嘉靖年间江西左参政。（清乾隆《龙泉县志》）古籍为“叶槎庵”，拟为笔误。

③夷陵王方山：夷陵，在今湖北宜昌东。王良佐，字明遇，号方山，弘治乙丑进士，官累谏，弹劾不避权幸。（清同治《东湖县志》）

④年兄：指科举考试同年登科的人相互的尊称。

⑤沧洲：即沧州，明代属北直隶省河间府，位于河北省东南，有“武术之乡”美誉。

⑥张家湾：离北京不远，从京东的通州往东再往南。通州古时是北京的门户，在没有汽车也没有铁路的年代，纵贯南北的京杭大运河是客货运输命脉。

⑦郢曲：战国楚宋玉《对楚王问》：“客有歌于郢中者，其始曰《下里巴人》，国中属而和者数千人；其为《阳阿》、《薤露》，国中属而和者数百人；其为《阳春白雪》，国中属而和者不过数十人；引商刻羽，杂以流徵，而和者数人而已。”后以“郢曲”泛指乐曲。

⑧五两：古代的测风器。鸡毛五两或八两系于高竿顶上，借以观测风向、风力。

寿阮学愚[①]翁六十一

（二首）

偃蹇[②]林庐七尺身，转头花甲又逢辰。

信知风表[③]尘中物，自谓羲皇以上人。

笋岭诸峰归秀特[④]，澄潭孤月写青真[⑤]。

犹余一钵胡麻饭[6]，不是天台[7]迹已陈。

不同人处是同人，六十年来自在身。

总为竹林[8]争见慕，独缘青眼[9]得相亲。

海山入颂聊从俗，福寿为人却也真。

看舞班衣[10]须尽醉，目前催换锦袍新。

【注释】

①阮学愚：即阮百之(1479年—1562年)，字仲强，公生而聪睿，自欲抑其锋，故号学愚。(新会潭冈《阮氏族谱》)

②偃蹇：安卧。

③风表：风度仪态。

④秀特：优异特出。

⑤青真：道教中九青帝之一。

⑥胡麻饭：表示仙人的食物。

⑦天台：对太守、县令等地方行政官的尊称。

⑧竹林："竹林七贤"的简称。

⑨青眼：指喜爱或器重的意思。

⑩班衣：即"斑衣"。指相传老莱子为戏娱其亲所穿的彩衣。

同年少参梁永斋来顾山中

四十五年同看榜，榜中今尚几人存。

纷纷尘世谁青眼，望望名山只白云。

黄绮[1]清高轻禄位，朱陈[2]婚娶有儿孙。

老来相访非无意，信宿如何又送君。

【注释】

①黄绮:汉初商山四皓中之夏黄公、绮里季的合称。

②朱陈:朱陈之好,指表示两家结成姻亲。

北　山

诸峰罗列水重环,月岭回看见北山。
半醉直攀千仞上,凭高一笑万绿闲。
早闻烽火披星出,老忆林泉①解甲还。
未必山中全省事,春来花酒复相干。

【注释】

①林泉:山林泉水之境,指隐居之地。

古　心①

方寸长留赤子真,行藏②勿谓古今人。
皋夔③尚想虞庭④上,巢许⑤偏思颍水⑥滨。
东谷⑦共藏千日酒⑧,寻阳⑨高影百年身。
故侯住近青门⑩外,海上归来且卜邻⑪。

【注释】

①古心:不同凡俗的古人的思想。

②行藏:行迹;底细;来历。

③皋夔(gāo kuí):皋陶和夔的并称。传说皋陶是虞舜时刑官,夔是虞舜时乐官,后常借指贤臣。

④虞庭:相传虞舜为古代的圣明之主,亦以“虞廷”为“圣朝”的代称。

⑤巢许:巢父和许由的并称,指隐者。

⑥颍水：即颍河，源出河南登封西南阳干山，东南流至安徽阜阳市颍上县东南入淮河。颍水流域曾留下巢父、许由、张良和刘备等人的足迹。

⑦东谷：东边山谷。西屏公致仕居邑城东。

⑧千日酒：酒名。古代传说中山人狄希能造千日酒，饮后醉千日。

⑨寻阳：隋改柴桑县为寻阳，治湓口城，即今九江市，唐改为浔阳。

⑩青门：汉长安城东南门。本名霸城门，因其门色青，故俗呼为“青门”或“青城门”。这里喻城东。

⑪卜邻：向他人表示愿为邻居。邻，古籍为“僯”。

古　松

百尺松高处士亭，邀风擎日古丁丁[①]。

杯觞[②]入咏不知老，鸾鹤分巢相对清。

岁晚经霜知节操，时来济物有丝苓[③]。

孤村远岸谁相伴，梅竹依然是弟兄。

【注释】

①丁丁：漫远貌。

②杯觞：指行酒、饮酒。

③丝苓：《淮南子·说山训》：“千年之松，下有茯苓，上有菟丝。”高诱注：“茯苓，千岁松脂也，菟丝生其上而无根，一名女萝也。”因菟丝与茯苓有依附关系，后遂用“丝苓”比喻姻亲。

爱　石

寻常相见何须拜，酩酊归来但借眠。

远涧水来寒漱玉，近山云起翠浮烟。

平泉[①]嗜味方成癖，谷老[②]诗情[③]妙入禅[④]。

长使间松并间竹，丈人[⑤]知谢阮家[⑥]贤。

【注释】

①平泉：指白居易(772 年—846 年)，典出白居易《醉游平泉》。唐李德裕于平泉别墅采天下奇木怪石，为园池之玩，有醒酒石，德裕尤所宝惜，醉即居之。

②谷老：指黄庭坚(1045 年—1105 年)，字鲁直，号山谷道人、涪翁，洪州分宁(今江西省九江市修水县)人，北宋著名文学家、书法家，江西诗派开山之祖，习禅极深。

③诗情：像诗画里所描摹的能给人以美感的意境。

④入禅：指入定，佛教语，谓安心一处而不昏沉，了了分明而无杂念。

⑤丈人：古时对老人的尊称。

⑥阮家：指阮若愚家。

溪　南

坐临流水日弹琴，转觉南溪水又深。

阳鸟[①]北来盘碛石，商飙[②]西去入松林。

山杯属客慵收钓，终日无鱼也称心。

慎勿钓名名易钓，小溪堪着几浮沉。

【注释】

①阳鸟：指鹤。

②商飚：秋风。

友　巢

牛迹重重颍水滨，饮牛[①]惟羡上流人。
山光不逐卿云[②]烂，物色长遗草莽臣[③]。
帝德圣神[④]从远让，野匏[⑤]喧寂日相亲。
友巢未拟巢何地，万壑千岩且致身。

【注释】

①饮牛：远古相传尧访贤，禅让天下，在箕山附近访得许由，尧让其治天下，许由以为这是一种羞辱而不肯接受，遁耕于箕山之下。未几，许由正在山泉之下为牛饮水之际，尧又与许由商谈禅让天下，许由听说此事，马上把饮牛喝水的瓢挂在山崖上，把自己的耳朵用此水洗了洗，以示去其污秽之言，然后连夜逃入箕山，隐居不出。于是饮牛洗耳用来比喻不与世俗同流合污，清高。

②卿云：即庆云。一种彩云，古人视为祥瑞。

③草莽臣：指草野间未作官的人。草莽，草野，草丛。

④帝德圣神：天子的德行。封建时代称颂帝王之词。

⑤匏（páo）：中国古代八音之一，如笙、竽等。

月　窗[①]

月朠[②]皎皎涵窗扉，中有高人缟[③]布衣。
恰尔万缘[④]归澹寂，悠然千古到皇羲。
天香影落心斋外，露鹤声闻夕照时。
目断罗浮[⑤]三五夜，岁寒心事更相依。

【注释】

①月窗:山洞岩穴内透光的大窍孔。

②月朠(yīng):表示月色或月光。

③缟(gǎo):未经染色的绢。

④万缘:指一切因缘,众多缘分。

⑤罗浮:罗浮梦。见旧题唐代柳宗元《龙城录》。因此成为咏梅典实。

鹤　田

暂处群鸡亦挺然,清声嘹亮彻旻天①。
信知华表千年鹤②,不负东坡二顷田③。
丹顶岂须文武火,羽衣④元是岛莱仙。
一尘不染青田⑤背,笑尔扬州俗士⑥缠。

【注释】

①旻天:典出《尔雅·释天》:“……春为苍天,夏为昊天,秋为旻天,冬为上天。”此处特指秋季的天。

②华表千年鹤:感叹人世的变迁,典出东晋陶潜《搜神后记》。

③东坡二顷田:指辞官归隐。典出宋代苏轼《菩萨蛮》:“买田阳羡吾将老,从来只为溪山好。”

④羽衣:常称道士或神仙所着衣为羽衣。指轻盈的衣衫。

⑤青田:借指鹤。

⑥扬州俗士:南朝梁殷芸《殷芸小说》卷六:“有客相从,各言所志:或愿为扬州刺史,或愿多资财,或愿骑鹤上升,其一人曰:‘腰缠十万贯,骑鹤上扬州。’欲兼三者。”后以“鹤背扬州”比喻利欲之心。

寿日和紫崖李同知

圣主旋乾又转坤，万方仁寿万方春。

紫霞清酌酣东老，白雪[1]高歌和郢人。

入郭懒拖笻竹[2]杖，移文翻笑北山神。

百年同社更相寿，肯与山中鹿豕群[3]。

【注释】

①白雪：它和《阳春》同是战国时期楚国的两支高雅歌曲。

②笻竹：又叫罗汉竹，指用罗汉竹做成的拐杖。笻，古籍为“邛”。

③鹿豕群：这里比喻聚在一起，守在一个地方。

初秋得雨炎蒸[1]未解雅会之难为怯暑也

当暑谁堪共此台，蕙兰开遍酒慵开。

祝融[2]晚节翻无赖，阊阖凉风何莫来。

松壑几番回白首，天瓢一泻尽黄埃。

早秋正协斯文[3]会，花径重重绣紫苔。

【注释】

①炎蒸：暑热熏蒸。

②祝融：传说中的古帝，以火施化，号赤帝，后人尊为火神。

③斯文：古指读书人。

贻月梧何子[1]

中台[2]月色静娟娟,君理丝桐[3]自不眠。
一夜山光回澹薄,半空鸾影下蹁跹。
路经密邑[4]盱[5]蒲坂[6],道出雍门[7]扣葛天[8]。
老梦却寻山水去,觉来琴上已无弦。

【注释】

①月梧何子:何城,号月梧,陕西绥德人,嘉靖十一年(1532年)进士。历翰林院庶吉士,山西按察副使。

②中台:即尚书省。

③丝桐:指琴。古人削桐为琴,练丝为弦,故称琴为"丝桐"。

④密邑:旧址在今山东省沂水县沂水镇西南。

⑤盱:张目,喻远望。

⑥蒲坂:山西永济市古称蒲坂。

⑦雍门:城门名。

⑧葛天:指葛天氏,是中国上古传说中一位贤能的首领,被后人尊为"乐神"。

贻杭僧清涌僧善风鉴

山水苍苍万壑秋,沧江淼淼一归舟。
梦回烟月无天日,游遍公卿出帝州。
燕颔虎头[1]知有相,孤云野鹤本同流。
山僧长揖[2]苕溪去,他日来寻只水头[3]。

【注释】

①燕颔虎头：形容相貌威武。

②长揖：古代汉族交际礼仪风俗，流行于全国大部分地区，即拱手高举，继而落下的一种敬礼。

③水头：佛教僧职，在寺庙里掌管供水的僧人。

答林大博见赠

若若累累[①]系匪轻，朝冲莫突岂书程[②]。

病于好句游三昧[③]，愁仗醇醪破一城[④]。

五岭共谁分野色，九峰时我树风声。

都门[⑤]怅别惭吾子[⑥]，索酒缄诗独有情。

【注释】

①若若累累：形容官吏众多。

②书程：书信与盘缠。

③三昧：指奥妙、诀窍。

④一城：譬喻小乘之涅槃。

⑤都门：借指京都。

⑥吾子：对对方的敬爱之称。一般用于对男子的尊称。

游苕山[①]次秋浦王方伯韵兼呈万峰李参戎[②]

（二首）

酒经谈罢又茶经，兴落招提[③]醉易醒。

小憩不妨诸念息，重来惟记万松青。

野云弄影倏时[④]散，竹韵[⑤]可人闲坐听。

在处山林无案牍[6],老当投辖[7]莫劳形[8]。

湖山[9]巾舄我曾经,二十年来梦始醒。

召伯[10]甘棠留蔽芾[11],祭遵[12]樽俎[13]入丹青。❶

清游笑我扪萝癖,归咏同君驻马听。

抚景何嫌须鬓改,等闲天地亦忘形。

❶李善书画。

【注释】

①苕山:指浙江省广苕山一带。元代有诗《苕山水歌》:"苕山如画云,苕水如篆文。"

②参戎:明清两代武官参将,俗称参戎。

③招提:民间私造的寺院。

④倏时:一瞬间。

⑤竹韵:指风吹竹子而形成的特有声音。

⑥案牍:公事文书。

⑦投辖:典故名,喻主人好客,殷勤留客。典出《汉书》卷九十二《游侠列传·陈遵》。辖,车轴的键,去辖则车不能行。

⑧劳形:谓使身体劳累、疲倦。

⑨湖山:位于浙江省遂昌县西北部。

⑩召伯:即姬奭,生卒年不详,又称召公、召伯。《史记·燕召公世家》:"周武王之灭纣,封召公于北燕……召公巡行乡邑,有棠树,决狱政事其下,自侯伯至庶人各得其所,无失职者。召公卒,而民人思召公之政,怀棠树不敢伐,歌咏之,作《甘棠》之诗。"

⑪甘棠留蔽芾:即"蔽芾甘棠",典出《诗经·召南·甘棠》"蔽芾甘棠,勿剪勿伐,召伯所茇。蔽芾甘棠,勿剪勿败,召伯所憩。蔽芾甘棠,勿剪勿拜,召伯所说。"后以"甘棠"称颂循吏的美政和遗爱。

⑫祭遵:(? 年—33 年)字弟孙,颍川颍阳(今河南许昌)人。祭遵身为

武将，却笃好儒学，连饮酒时的娱乐，也只用儒家的雅歌投壶。

⑬樽俎：古代盛酒食的器皿。樽以盛酒，俎以盛肉。这里指宴席。

和答曾丈鹤林[①]

此身闲得便成仙，何必菖蒲[②]解引年[③]。

冷落春光还默坐，依稀风韵荷新篇。

天恩[④]大赉[⑤]均黎老[⑥]，寿域同跻过百年[⑦]。

白鹤山人来未到，野航应怯海涛喧。

【注释】

①曾丈鹤林：曾鹤林，西屏公同父异母之妹的丈夫，举人曾远的父亲。（《潮连区氏族谱》）

②菖蒲：在我国古代，先民崇拜菖蒲，把菖蒲当作神草，在崇拜的同时，还赋予菖蒲以人格，把农历四月十四定为菖蒲的生日，修剪根叶，积海水以滋养，则青翠易生，尤堪清目。菖蒲与兰花、水仙、菊花并称为“花草四雅”。《新会风物志》记载，绿护屏东北蒲涧，盛产九节菖蒲。

③引年：谓古礼对年老而贤者加以尊养。后用以称年老辞官。

④天恩：泛指极大的恩德。

⑤赉：犹重赏。

⑥黎老：老人。《国语·吴语》：“今王（吴王夫差）播弃黎老，而近孩童焉。”

⑦寿域同跻过百年：在太平盛世下一起长寿到百岁。寿域，典故名，典出《汉书》卷七十二《王贡两龚鲍列传·王吉》。“驱一世之民济之仁寿之域”是说以仁义礼制治理天下，使百姓沐浴陛下之恩泽，安逸而长寿。后遂以“寿域”指人人得尽天年的太平盛世。

寄林瑞庵居士[1]

四季栽花满石台，寿筵高敞菊争开。
洞门久矣无扃钥[2]，诗客何缘靳[3]往回。
据马不须夸矍铄[4]，干时[5]岂合重低徊[6]。
亦知天道从人愿，莫惜年年送酒杯。

【注释】

①居士：古代称有德才而隐居不仕或未仕的人，同时又是文人雅士的自称。

②无扃钥：这里比喻夜不闭户。扃，户耳。从外面关门的闩、钩等。钥，门直闩。

③靳：吝惜，不肯给予。

④矍铄：形容老年人很有精神的样子。

⑤干时：求合于当时。

⑥低徊：指徘徊、流连的意思。

曾丈鹤林自充金回随即别去用韵呈寄

海外重寻旧钓台，海涛千里一帆开。
寰瀛[1]属望[2]勤飞动，鱼鸟相亲易往来。
标格[3]自堪规末俗[4]，羽翰[5]谁敢议织埃[6]。
不知何日停征棹[7]，同赋圭峰陟磴苔[8]。

【注释】

①寰瀛：天下，全世界。

②属望：期望。

③标格:标写格式,这里泛指诗。
④末俗:世俗之人。指一般平庸的人。
⑤羽翰:指书信或文章。
⑥织埃:棉织物尘埃。
⑦征棹:指远行的船。
⑧磴苔:有苔藓的石头台阶。

秋日答汤外史[1]

松关[2]不锁动经旬[3],雨后松阴爽气新。
潇散最堪岩壑[4]辈,风流难借市朝[5]人。
贫于酒舍忧偿债,老入花丛喜见春。
三十六回[6]无事日[7],不知良会苦多晨。

【注释】
①外史:旧时文人常用作别号。
②松关:犹柴门。
③经旬:喻有一段日子。
④岩壑:借指隐者的住所或隐者。
⑤市朝:指争名逐利之所。
⑥三十六回:约计之词,极言其多。
⑦无事日:指太平无事的年月。

汤外史新居落成

碧轩华馆任高年[1],不放织埃到几筵。
对弈[2]可同商岭皓,开樽时有竹林贤。

四空云物真屏障，一味清虚[3]岂释仙[4]。

何限诗情拈未出，客来须助酒家钱。

【注释】

①高年：上了年纪的人。

②对弈：也叫弈棋，指两个人下围棋。

③清虚：清净虚无。

④释仙：犹言仙佛。指道教与佛教。

秋日饮钟海月宅

黄冠野服际时昌，千仞争看老凤翔。

商岭采芝歌[1]调别，渭川栽竹[2]钓竿长。

山杯数举知公健，海月初生称夜良。

为听玄谈[3]归未得，野芳和露荐秋香。

【注释】

①商岭采芝歌：商岭即商山，也叫楚山，在今陕西商洛市商州区东南。秦末有四名隐士：东园公、甪里先生、绮里季、夏黄公，见秦政苛虐，乃隐于商山，曾作歌曰："莫莫高山，深谷逶迤。晔晔紫芝，可以疗饥。唐虞世远，吾将何归？驷马高盖，其忧甚大。高贵之畏人，不及贫贱之肆志。"名其歌为《采芝操》或《四皓歌》，亦省称《采芝》。后因以"采芝"指遁隐。

②渭川栽竹：用以言竹之繁茂。

③玄谈：指汉魏以来以老庄之道和《周易》为依据而辨析名理的谈论。

李紫崖约赏中秋

紫崖招饮何匆匆，白酒黄鸡早作东。
正爱小楼多夜月，肯嫌衰鬓着秋风。
衣冠[1]座列高朋满，兰蕙香催老兴浓。
行酒赋诗休怪讶，习池曾许醉山翁。

【注释】

①衣冠：代称缙绅、士大夫。

广海[1]张氏节孝[2]卷

矢尽狐山[3]死报天，海濒孤寡实堪怜。
高枫泣望三千里，遗骨收归四十年。
直赖精诚相感格[4]，所嗟情事久针毡。
全归再仗邻翁力，岂得亲贤是偶然。

【注释】

①广海：广东台山广海镇。明代隶属新会县。

②张氏节孝：张道，古溽州人，弘治中道甫数岁，其户纪从征西贼，遇于北流之狐狸山，力战死之。道稍长，母朱氏告之，故道泣请于母曰："吾父阵亡，无愧于臣矣，道不能葬父，何以为子？"遂辞母不远千里，赴战所，果获父骸以归，事母尽孝，母卒庐墓三年，哀慕之诚，终身难忘。（清光绪《新宁县志》）

③狐山：山名，位于广西北流市。

④感格：谓感于此而达于彼。宋代李纲《应诏条陈七事奏状》："然臣闻应天以实不以文，天人一道，初无殊致，唯以至诚可相感格。"

李铁谷预约九日游圭峰

九日相邀尚隔旬，芙蓉霜老菊霜新。
玉台佛阁①堪乘兴，绿护仙屏②久待人。
古塔③欹依松几树，澄潭④瘦影鹤千春。
寻诗亦恐无新句，岁岁来游按旧辰。

【注释】

①玉台佛阁：新会圭峰山古刹玉台寺。

②绿护仙屏：绿护屏在县北十里，左连圭峰，为邑屏障。（清康熙《新会县志》）

③古塔：玉台寺有一座建于元代的喇嘛塔。

④澄潭：绿护屏有一潭水，名曰龙潭。（清康熙《新会县志》）

九日游圭峰留题

（二首）

绕地山花献笑容，翠微初到日方中。
淋漓未洒题糕墨，摇曳还吹落帽风①。
山气萧森通旦暮，江光溶漾亘西东。
禅堂对饮无嘉菊，半醉行摩五粒松②。

无端海色更天容，都在先生一顾中。
泉涧尚流前夜雨，芙蓉如诉五更风。
送鸿目断秋空外，采菊人过篱落东。

总为延缘归未得，黄云山月上高松。

【注释】

①落帽风：指大风。

②五粒松：松的一种，因一丛五叶如钗形而得名。或以为五粒之粒当为鬣，讹为粒。每五鬣为一叶，故又称“五鬣松”。

邑侯陈后斋[①]膺奖

（四首）

西台[②]忽报奖书来，蔀屋[③]穷檐笑口开。
久念吾人多疾苦，重劳[④]方寸[⑤]日图回。
持循六事[⑥]昭公道，论列诸司表俊才。
亦恐重离怀抱去，郎星夜夜烛三台[⑦]。

茅檐桑柘[⑧]覆新青，何限薰风[⑨]入户庭。
百里[⑩]炉锤[⑪]荷真宰，几年憔悴乐更生。
戴星[⑫]治亦弹琴治[⑬]，冰鉴明于宝鉴[⑭]明。
三叹贤侯并豸史[⑮]，茂劳旌奖[⑯]浃舆情。

馈饷千钟[⑰]搜脱粟[⑱]，遮洋[⑲]万斛[⑳]采龙骧[㉑]。
人于遇变才难展，志在宜民计便良。
墟落耕桑[㉒]知恺悌[㉓]，宫墙日月见文章。
明时[㉔]简用[㉕]收时望[㉖]，正籍霜台[㉗]为发扬。

摧霜厌雪愁枯落，滴露和烟喜发生。
弱草应知麟不践，偃风[28]曾记虎横行。
试看邑里勤生事，更听弦歌起颂声。
剩有循良[29]堪采荐，不妨知己重垂名。

【注释】

①邑侯陈后斋：陈士载，字以文，号后斋，福建莆田人，举人，嘉靖十八年（1539年）任新会知县。（清康熙《新会县志》）

②西台：官署名，中书省的别称。

③蓽屋：草席盖顶之屋，泛指贫家幽暗简陋之屋。

④重劳：增加劳累。

⑤方寸：内心世界，心神。

⑥六事：考察地方官吏政绩的六项内容。《金史·百官志一》："宣宗兴定元年，行辟举县令法，以六事考之，一曰田野辟，二曰户口增，三曰赋役平，四曰盗贼息，五曰军民和，六曰词讼简。"

⑦三台：汉因秦制，以尚书为中台，御史为宪台，谒者为外台，合称"三台"。

⑧桑柘：指农桑之事。

⑨薰风：和暖的南风，指初夏的东南风。

⑩百里：古时一县所辖之地。因以为县的代称。

⑪炉锤：指锤炼，这里比喻具有独特的治理风格和管理造诣。

⑫戴星：《吕氏春秋·察贤》："宓子贱治单父，弹鸣琴，身不下堂，而单父治。巫马期以星出，以星入，日夜不居，以身亲之，而单父亦治。"后因以"戴星"为称扬吏治或能吏之典。

⑬弹琴治："鸣琴而治"典故源自春秋时期宓子贱弹琴治县的故事，典出《吕氏春秋·察贤》，典故内涵为：政清简事，清明之治；以礼治邦，以乐化民。

⑭宝鉴：镜子的美称，亦以喻月亮。

⑮豸（zhì）史：古时监察、执法等官员。

⑯旌奖：表彰奖赏。

⑰千钟：极言粮多。古以六斛四斗为一钟，一说八斛为一钟，又谓十斛为一钟。指优厚的俸禄。

⑱脱粟：糙米，指只去皮壳、不加精制的米。

⑲遮洋：遮蔽阳光。

⑳万斛：极言容量之多。古代以十斗为一斛，南宋末年改为五斗。

㉑龙骧：骏马。

㉒耕桑：种田与养蚕。亦泛指从事农业。

㉓恺悌：或作“恺弟”，和乐平易。

㉔明时：指政治清明的时代。古时常用以称颂本朝政治清明。

㉕简用：简选任用。

㉖时望：指当时有威信有声望的人。

㉗霜台：御史台的别称。御史职司弹劾，为风霜之任，故称“霜台”。

㉘偃风：比喻教化普及。

㉙循良：谓官吏奉公守法。

张令尹①遗爱亭②

宫墙道艺③三年教，兵食④桥梁庶事⑤修。

百姓有天均感戴，老年无事但歌讴。

亦知盛德心常下，不谓穷檐泽易流。

史笔⑥欲寻公是处，新亭卓楔⑦古文洲。

【注释】

①张令尹：张文凤，字公仪，江南常熟人，进士，嘉靖九年(1530年)任新会知县。

②遗爱亭：在古文洲之西，知县张文凤，有德爱民，既去，而民思之。明嘉靖庚子父老为建，知县陈士载记。(清康熙《新会县志》)

③道艺：指学问和技能。

④兵食：备足粮食，充实军备。

⑤庶事：古时指各种政务政事。

⑥史笔：历史记载的代称，这里指史册。

⑦卓楔：犹绰楔，明清官署牌坊。

邑博陈静江[①]诗送晋儿[②]会试[③]次韵

阊阖[④]天明云路高，秋风清洒木棉袍[⑤]。
赠言独愧三山重，夺锦谁当五岭豪。
安定教行[⑥]多实学，古灵[⑦]疏荐总时髦。
上林[⑧]花好更相待，争得春风护小桃。

【注释】

①邑博陈静江：训导陈凤仪，福建侯官（今福建福州）人，嘉靖十五年（1536年）任。（清康熙《新会县志》）

②晋儿：古籍正文为"小儿"，目录为"晋儿"，应为"晋儿"。

③会试：明清科举制度，每三年会集各省举人于京城考试。

④阊阖：借指朝廷。

⑤木棉袍：用木棉花做成的袍。喻前景美好。

⑥教行：教法与修行。

⑦古灵：指人聪明、调皮、惹人喜爱。

⑧上林：古官苑名。

添孙和亲家何太守①

姜酒相将过晚凉，外孙得报外公乡。

门楣重有悬弧②庆，歌舞先从若祖狂。

水会三江龙有种，天门③五色④凤应翔。

即看昆玉攀仙桂④，代见何家展国璋⑤。

【注释】

①亲家何太守：即何文邦。西屏公有二女，长适何运使（何楞峰）冢子，郡庠士何卓。（摘自《明太中大夫江西左参政西屏区公墓志铭》）

②悬弧：古代风俗尚武，家中生男，则于门左挂弓一张，后称生男为“悬弧”。

③门，嘉靖本为门，万历本为开。

④五色：指青、黄、赤、白、黑五色，亦泛指各种色彩。古代以此五者为正色。

⑤昆玉攀仙桂：用“广寒宫中一枝桂”“昆仑山上一片玉”来形容特别出众的人才，这便是“蟾宫折桂”的出处。蟾宫即月宫，即月亮之宫。唐代以后，科举制度盛行，蟾宫折桂便用来比喻考中进士。因以“仙桂”借指科举功名。

⑥璋：旧时生男孩称为“弄璋之喜”。

五月八日锦衣莫玉泉寿日召饮

（二首）

万里归来此饰居，岂知邻旧也贫儒。

旧家几处多台沼，盛暑劳人致柬书。

莫摘荔枝妨好鸟，少栽菱角[①]碍游鱼。
人生只有乡园乐，未羡金吾[②]出有车。

往岁长安近卜居[③]，还乡作伴亦瞿[④]儒。
肩头撇下千钧担，日下催归几束书。
雨后江山添绣画，潮回舟楫送虾鱼。
买邻莫是无千百[⑤]，试上高楼望小车。

【注释】

①菱角：菱的果实。亦指菱。

②金吾：禁军、卫军。《旧唐书·李揆传》："今以羽林代金吾警夜，忽有非常之变，将何以制之？"

③卜居：择地居住。

④瞿：通"衢"，四通八达的大道。

⑤买邻莫是无千百：指好邻居的难得、可贵。《南史吕僧珍传》："一百万买宅，千万买邻。"

夏日邀同社赏花

散发逍遥任老身，炎曦[①]那得困诗神。
江山落落[②]忘年友，风雨潇潇入幕宾[③]。
兰有异香难自秘[④]，酒无兼味[⑤]苦为陈。
山杯且共花前醉，不用花前劝酒人[⑥]。

【注释】

①炎曦：指炽烈的日光。比喻高热。

②落落：清楚、分明的样子。"山落落忘年"嘉靖本缺，据万历本补。

③幕宾：指官府参谋顾问人员，明清后亦以称幕友。喻亲近的友人。

④秘:“秘”嘉靖本缺,据万历本补。

⑤兼味:两种以上的菜肴。“酒无兼”三字嘉靖本缺,据万历本补。

⑥劝酒人:“劝酒人”嘉靖本缺,据万历本补。

汤郡博[1]见召口号[2]

笑谈真率古遗风,松偃清沟翠黛[3]浓。

更扫竹床从坐卧,不妨烟雾重朦胧。

藏阄[4]兴饮谁为客,击钵催诗[5]自恼公。

似见龙钟应笑倒,岂知仙老解还童。

【注释】

①汤郡博:汤梅,字文占,号涧松,岁贡,江西广信训导。(清康熙《新会县志》)郡博,府学学官,古代官学之一种,由府一级设立。

②口号:古体诗的题名,表示作诗未拟草稿,随口吟成,与“口占”相似。

③翠黛:指女子的眉。古代女子以黛(青黑色的矿石)画眉,故称“翠黛”。

④藏阄(jiū):指话里藏阄。形容话里藏着哑谜儿。阄,古籍为“闽”。

⑤击钵催诗:指限时成诗,亦以喻诗才敏捷。

还乡和闲中见赠

猿鹤[1]年来信有依,澄江[2]句好忆晴晖。

微吟草阁听寒籁[3],独坐黄昏对紫薇[4]。

踏地[5]双鞋须自爱,暖寒诸会莫相违。

东门[6]酒熟瓜[7]堪换,不用黄金满载归。

【注释】

①猿鹤：借指隐逸之士。

②澄江：江苏省江阴市的别称。古长江流到这里，江面骤宽，流缓沙沉，故有此称。

③寒籁：凄凉的声音。

④紫薇：紫薇星，就是北极星。

⑤踏地：歌舞时以脚踩踏地面为节拍。

⑥东门：时西屏公致仕返乡住邑城（现新会城）城东方岳里。

⑦瓜：瓜期，指官吏任期届满。

诞日邀同社

甲子①年周十又三，迂疏②未省③鬓蓬鬖④。

黄云紫水双⑤鞋遍，明月清风一担⑥担。

酒熟缸边巾自漉⑦，诗留半偈⑧客来参。

诸公合共花前醉，一月能逢几笑谈。

【注释】

①甲子：用干支纪年或计算岁数时，六十组干支字轮一周叫一个甲子。西屏公时应为七十三岁诞日。

②迂疏：犹言迂远疏阔。

③未省：未曾，没有。

④鬓蓬鬖（sān）：鬓蓬，指鬓发。鬖，蓬松散乱。比喻鬓发蓬乱。

⑤水双："水双"嘉靖本缺，据万历本补。

⑥担（zhā）：取，意为用手使劲取物。

⑦自漉：液体慢慢地渗下。

⑧半偈（jì）：释迦牟尼在雪山修菩萨道时，帝释曾为之诵半偈："诸行无常，是生灭法。"释迦牟尼愿舍身而闻后偈。帝释为之宣说："生灭灭已，寂灭为乐。"

汤涧松诞日

（二首）

清歌[①]振响舞胜衣[②]，八十年过又八时。
竹径幽禽迎贺客，莎阶[③]贤辈立琼枝[④]。
商今榷古通时论，叠韵翻声近体诗[⑤]。
同向闲庭看佳菊，悠然相与傲东篱。

酒熟行间便酒筵[⑥]，何如诸老共花前。
风轩有兴还邀客，嘉会[⑦]难逢肯吝钱。
懒服岑参[⑧]方外士，不离诗酒地行仙[⑨]。
元神[⑩]共等乾坤老，莫问今年是去年。

【注释】

①清歌：清亮的歌声。

②胜衣：身体能承受衣服的重量。指身体健康。

③莎阶：长满莎草的台阶。

④琼枝：传说中的玉树。

⑤近体诗：一称今体诗，与古体诗相对而言，指唐代定型并大量出现的律诗及绝句。这种诗体的句数、字数、属对、平仄和用韵都有严格规定，而古体诗在这些方面的要求没那么严格。

⑥筵："筵"嘉靖本缺，据万历本补。

⑦嘉会：欢乐的聚会。多指美好的宴集。

⑧岑参：中药伏岑、人参。

⑨地行仙：原为佛典中所记的一种长寿的神仙。

⑩元神：是人神志活动的原动力，禀受先天精气而产生，为生命之根本。

孟冬[1]十六日偶病不及赴李前川宴会强成小诗呈笑

心何役役步何迟，南望前川有所思。
诸老开樽[2]应念我，几回推枕未成诗。
霜团野菊初开朵，春上江梅最老枝。
冬景可人收不尽，老夫虽病亦能知。

【注释】

①孟冬：冬季的第一个月，即农历十月。

②开樽：举杯饮酒。

张大尹[1]井泉寿诞次韵

朔风催着木棉[2]衣，正是邻翁庆饮时。
淑气暖回千日酒，寿筵清映万年枝[3]。
云霞碎点飞香翰[4]，金玉[5]锵鸣乐旧知。
不醉不归公莫睡，共看明月透疏篱。

【注释】

①张大尹：新会知县张文凤。

②棉：古籍为"绵"。

③万年枝：树名，即冬青。指年代悠久的大树。

④香翰：翰原指长而坚硬的羽毛，后来借指毛笔、文章、书信等。这里比喻翰墨飘香。

⑤金玉：比喻珍贵和美好。

李铁谷赋梅花索和

与君相见本难期，信是人间第一枝[①]。
子半天心真点出，春来花草漫争奇。
欲从雪后穷千状，故就泉头叠一池。
酒熟遍邀林处士，只应无地著新诗。

【注释】

①人间第一枝：指梅花，典出宋代苏东坡《菩萨蛮·春风试手先梅蕊》："雪后燕瑶池，人间第一枝。"

施国泽中年举子[①]索诗

灵椿[②]硕茂桂标枝，举子中年岂谓迟。
坡老[③]欲为汤饼[④]客，商瞿[⑤]真有丈夫儿。
复阳[⑥]应节春无限，积善之家信有期。
闻说试啼果英物[⑦]，犀钱[⑧]休厌乐相嘻。

【注释】

①举子：生育子女，指中年得子。

②灵椿：古代传说中的长寿之树。

③坡老：对宋代苏轼的敬称。

④汤饼：刚开始实际就是面片汤，系将调好的面团托在手里撕成片下锅煮熟。汤饼后来又叫"煮饼"。

⑤商瞿：姓商名瞿，字子木，比孔子小二十九岁，鲁国人。《史记》载，商瞿年长无子，孔子曰："无忧，瞿年四十后当有五丈夫子。"已而果然。

⑥复阳：恢复生机。

⑦试啼果英物：典出《晋书·桓温传》："桓温，字元子……生未期而太原温峤见之，曰：'此儿有奇骨，可试使啼。'及闻声，曰：'真英物也。'"这里比喻得儿。

⑧犀钱：洗儿钱。洗儿，旧时风俗，婴儿出生三天或满月，亲朋集会庆贺，给婴儿洗身。洗儿钱就是指亲朋赐赠给婴儿的钱。

汤涧松季子[1]优选游泮[2]

一箭穿杨便出奇，凌云志气可前知。

喜闻宪府[3]垂青眼，不负当年羡白眉。

翊[4]世共期天下事，发身[5]多是少年时。

蓝衫[6]舞趁春风暖，共乐堂前昼锦衣。

【注释】

①季子：指年龄最小的一个儿子，汤莞，汤涧松最小的儿子。（新会古鲁《汤氏族谱》）

②游泮（pàn）：明清科举制度，经州县考试录取为生员者就读于学宫，称游泮。泮即泮宫，原为西周诸侯所设的大学之名。

③宪府：御史台。

④翊（yì）：通"翼"，辅佐。

⑤发身：成名，起家。

⑥蓝衫：明清生员所穿服装。

除夕立春

高卧屏山旧隐居，心关时节趁徐徐。

土牛[1]入郭春回暖，爆竹侵宵岁又除。

向老几人同白社[②],养生长日觅丹书[③]。
早逢过客谈玄理[④],又借春风一起予。

【注释】

①土牛:幼虫学名叫“蚁狮”,成虫有点像蜻蜓,学名叫作“蚁蛉”。

②白社:东晋释慧远于庐山东林寺,同慧永、慧持和刘遗民、雷次宗等结社精修念佛三昧,誓愿往生西方净土,又掘池植白莲,称“白莲社”。这里借指隐士或隐士所居之处。

③丹书:传说中赤雀所衔的瑞书。

④玄理:深奥、玄妙的道理。

钟海月相邀和韵

共谁看水过江潭,剩有秋光入雅谈。
又放一瓢来水北,得从诸老过溪南。
醉听弄竹[①]风潇飒,坐对归巢鹤两三。
不是习池多野兴,山公那得屡停骖[②]。

【注释】

①弄竹:吹奏管弦乐器。

②骖:古代驾在车前两侧的马。

自适亭

（二首）

纵浪乾坤自不羁[①],适心亭是适心时。
风吟丹穴[②]不知老,龙卧寒潭却似痴。

叠石最宜参老柏，临流自合洗新诗。
浮生滚滚无休暇，吾爱吾庐适在兹。

野屏瘦鹤不堪羁，共适闲亭未有时。
醉倚行云应似寄，坐临流水莫成痴。
破除俗障时时酒，勾管[3]风花日日诗。
准备西来双木屐[4]，寻君应不负襟期[5]。

【注释】

①羁：束缚，拘束。

②丹穴：传说中的山名。《山海经》："丹穴之山……有鸟焉，其状如鸡，五采而文，名曰凤凰。"后将"丹穴"作为"凤凰"的代称。

③勾管：吏名。北宋鞍辔库置，协助监官处理有关事务。指管理的意思。

④木屐：木底鞋。或有齿，或无齿。

⑤襟期：襟怀、志趣。

寿李前川诞日

六十三年岁又加，颜如丹渥[1]鬓霜华。
一时宾客惟诸老，前代风流尚几家。
不怕歌狂惊鹤鹿[2]，偏忧酒渴[3]预茶瓜[4]。
长庚[5]举手如堪摘，以寿先生敢谓奢。

【注释】

①丹渥：深红色。

②鹤鹿：俗信以鹤为仙禽，鹿为瑞兽。

③酒渴：指酒后口渴。

④茶瓜：把白瓜用醋、糖等调味料腌制而成，味道甜而带酸，可佐膳

炖汤。

⑤长庚：古代指傍晚出现在西方天空的金星。亦名太白星、明星。《诗经·小雅·大东》："东有启明，西有长庚。"

同年黄容庵[①]寿日投寄

（二首）

沐罢新梳白发时，软鞋单袜趁秋迟。
再从龙岭占佳气，四度芳辰出古稀[②]。
白社黄炉[③]终老计，桂花兰玉[④]后生期。
脚跟逐我山南北，拈起枯藤捷似飞。

灌菊分兰正此时，凭公休讶赴筵迟。
石桥流水去非远，白雪阳春[⑤]和却稀。
真率岂须麟作脯[⑥]，逍遥应与鹤为期。
同来贺客多骚思，落笔云烟纸上飞。

【注释】

①黄容庵：黄著（？年—1540年），字子诚，号容庵，广东顺德人。弘治十八年（1505年）乙丑科进士，正德元年（1506年）知本县，立心正大，为政宽平，铨部以才堪治繁，改直隶泰兴知县，升户部主事，寻升本部郎中。（明代林有年《安溪县志（嘉靖版）·官制类·名宦》卷三）世宗嘉靖间官至朝议大夫，以疾归，卒祀乡贤。容，古籍为"榕"，拟为笔误。

②四度芳辰出古稀：美好的时光。指七十四岁寿辰。

③黄炉：亦作"黄垆"，犹黄泉。

④兰玉：旧时对别人子弟的美称。

⑤白雪阳春：原指战国时代楚国的一种较高级的歌曲。这里比喻能懂

得和理解的人极为稀少。

⑥麟作脯：麒麟肉干，喻豪奢。

答黄梅所[1]送晋儿会试

野屏分影夹江清，官老无谋学有程。

漠漠云霞三亩宅[2]，劳劳书卷十年灯。

花于蓓蕾先偷眼，马出骊黄[3]外得名。

清世有才须致主，几家云路贴天行。

【注释】

①黄梅所：黄子正，号梅所，球之子，陈子（陈白沙）尝寻梅陂头有诗与之，随处体认天理之旨，物虽至微皆护惜之，池洞蝌蚪为鸟雀所食，子正令童子逐鸟雀，汲水灌注以遂其长，其仁可知矣，寿九十。（清康熙《新会县志》）古籍为"陈梅所"，拟为讹误。

②三亩宅：典出《淮南子·原道训》："任一人之能，不足以治三亩之宅也。"后以"三亩宅"指栖身之地。这里比喻儿子学识水平有限，是谦词。

③骊黄：指黑马和黄马。

季秋[1]寓羊城批验所[2]行坐水亭中偶得黄紫溪书知近卧病少出忽动小轩丛菊之思诗以寄意

风雨初晴水满陂，芙蓉散影碎涟漪。

惊鳞自怪摇轻扇，好鸟凭谁画软枝。

东郭先生[3]还卧病，小轩丛菊正堪时。

前溪几处撩清梦，敢谓吾庐亦在兹。

【注释】

①季秋：秋季的最后一个月，农历九月。

②批验所：官署名，元始置，设提领、大使、副使等官，掌批验盐引。明沿置，设大使、副使，掌批验茶、盐引。

③东郭先生：喻西屏公，致仕卜居邑城东。

寿封君[1]张别驾华诞

清时有子登黄甲[2]，别驾休归访赤松[3]。

试看纶音[4]褒逸老，果于郎署[5]见元宗[6]。

蓬山[7]过访皆仙侣，佳气逢晨更郁葱。

膝下高歌回使节[8]，尊前清酌舞春风。

【注释】

①封君：封建时代因子孙显贵而受封典者。

②黄甲：科举甲科进士及第者的名单。因用黄纸书写，故名“黄甲”。这里指进士及第者。

③赤松：传说赤松黄大仙叱石成羊处。位于新会圭峰山北。

④纶音：帝王的诏令。

⑤郎署：汉唐时宿卫侍从官的公署。明清称京曹为郎署。

⑥元宗：指先祖。

⑦蓬山：即蓬莱山，相传为仙人所居。

⑧使节：古代卿大夫聘于天子、诸侯时所持符信。

李别驾[1]诞日召饮

老凭何物遣衰迟,美酒香茶最所思。
正拟访君乘小艇,忽来邀我有新诗。
当轩洒笔无凡鸟[2],冒雪寻花有好枝。
西洛风流[3]真有此,不妨传与别人知。

【注释】

①李别驾:李德治,号前川,新会人,正德癸酉科(1513年)举人,浙江湖州府通判。(清康熙《新会县志》)

②凡鸟:比喻庸才。语出《世说新语·简傲》:嵇康与吕安交好。一次,吕安访嵇康,康不在。嵇康之兄嵇喜请吕安进门,吕安不入,在门上题"鳳"字而离去。"鳳"字拆开就是"凡鸟",以此讽刺嵇喜。

③西洛风流:引用宋代程公许《李德夫司理即永康官居辟小轩赋诗二首求京花和韵遣送》"西洛风流压众久,十分国艳与天香"。喻美好。

新春饮汤涧松宅

莫问今年与去年,此身老健即神仙。
芳辰美景须行乐,野蔌山殽[1]不费钱。
每放高怀中酒后,休将闲话向人前。
白头底用修边幅,花下相逢共醉眠。

【注释】

①野蔌(sù)山殽:野味和蔬菜。

李铁谷诞庆次韵

一丛春锁一丛春，兴到江园赏自频。
醉插山花从客笑，老凭杯酒道吾真。
一川云锦[1]收应尽，四面风光看取匀。
今日庆筵多丽句[2]，等闲拈弄莫相珍。

【注释】

①一川云锦：一片彩云。

②丽句：俪句，指对偶的句子。喻妍丽华美的句子。

县送[1]春色口号[2]

县衙吹笛送春来，春意潜从地底回。
一气何曾分淑慝[3]，孤根从此达条枚[4]。
久离木石[5]来城市，亦恐莺花困草莱。
荆棘正当车马道，两祠[6]春雨砌莓苔[7]。

【注释】

①县送：喻县衙衙役。

②口号：古诗标题用语，表示随口吟成，和“口占”相似。

③淑慝：犹善恶。

④条枚：枝干。

⑤木石：树木和山石。

⑥两祠：指名宦祠和乡贤祠。

⑦莓苔：青苔。

林见山自寿次韵

（二首）

见山标格本清真[①]，酒兴诗怀两出尘。
事外延缘方外[②]士，闲中联属社中人。
未须东海量深浅，且共南山[③]迭主宾。
青鸟[④]忽传王母降，独将桃实荐公辰。

得处衡茅[⑤]任养真[⑥]，悟来方脱网罗尘。
洛中谈寿多鲐背[⑦]，莲社[⑧]参诗有醉人。
樱粟[⑨]助吟花老眼，琵琶荐饮果嘉宾。
五千言[⑩]里雌雄定，浮世无劳问甲辰。

【注释】

①清真：含有幽静高洁之意。

②方外：世外。原指言行超脱于世俗礼教之外的人，后指僧道。

③南山："福如东海""寿比南山"，这是中国人家喻户晓的两个成语，寓意是幸福长寿。成语中的南山指的是陕西省的终南山。

④青鸟：传说有青鸟飞到汉武帝宫殿，东方朔说这是西王母差来的，不久，西王母果然到来。后因以"青鸟"称传信的使者：蓬山此去无多路，青鸟殷勤为探看。

⑤衡茅：衡门茅屋，简陋的居室。

⑥养真：修养、保持本性。

⑦鲐背：指长寿的老人，也泛指老人。也作"骀背""台背"。

⑧莲社：佛教净土宗又称为莲宗，结社提倡念佛的组织称为莲社。最初的结社是由晋代庐山东林寺高僧慧远与僧俗十八贤组成的，因寺池有白

莲，故称。喻清高的人。

⑨樱粟：罂粟花绚烂华美，是一种很有价值的观赏植物。

⑩五千言：为老子《道德经》的代称。

邓体仁初度①

春垄风来翠浪新，寿筵高敞乐嘉宾。

岁从辛丑②逢初度，诞与招提③后两辰。

收拾江山④还杖履，濯磨⑤诗酒出精神。

更无俗事千灵府⑥，便是浮丘⑦一路人。

【注释】

①初度：无论只作“生日”用，还是又指一岁之开始，都是就虚岁说的。也就是说，满四十九岁的这个生日，为五十初度。

②辛丑：嘉靖二十年（1541 年）。

③招提：梵语，音译为“拓斗提奢”，省作“拓提”，后误为“招提”。其义为“四方”。四方之僧称招提僧，四方僧之住处称为招提僧坊。北魏太武帝造伽蓝，创招提之名，后遂为寺院的别称。喻佛诞，每年的农历四月初八，是佛祖释迦牟尼诞辰。这里比喻邓的诞日与佛诞相差两天。

④江山：江河山岳。

⑤濯磨：亦作“濯摩”，洗涤磨炼。比喻加强修养，以期有为。

⑥灵府：指神灵仙道的住所。

⑦浮丘：浮丘公，古代汉族神话传说中的仙人。

端　午

菖蒲细缕屑辰砂①,暂倒磁罂②醉一家。

半夏③碧抽窗外草,午时红绽目前花。

未闻琼管④销戈甲,忍听龙舟竞鼓笳。

合寄南陲征战士,赤灵符⑤解辟兵⑥邪。

【注释】

①辰砂:为古代方士炼丹的主要原料,也可制作颜料、药剂。

②磁罂:一种陶瓷容器。

③半夏:天南星科药用植物,药用部位为块茎。

④琼管:玉笛。

⑤赤灵符:旧时佩挂胸前以避灾邪的符箓。晋代葛洪《抱朴子·杂应》:"或问辟五兵之道……或以五月五日作赤灵符,著心前。"

⑥辟兵:躲避兵器伤害。辟同"避"。

春日山居书事

依岩结屋也栽松,岚气①朝来湿翠峰。

到耳莺声犹恰恰,出门牛迹已重重。

风篁②箨③落残新粉,战蚁④酣还觅故封⑤。

春雨春潮春水漫,春江谁共理春篷⑥。

【注释】

①岚气:山中雾气。

②风篁(huáng):指风吹篁竹发出的声响。

③箨(tuò):竹笋上一片一片的皮。

④战蚁：与普通蚂蚁不同，它们觅食时不会事先进行侦察活动。

⑤故封：原来封存的标记。

⑥篷：古籍为“蓬”，全书另有二首诗是与此诗相关的，都使用“蓬”，但依诗意应为“篷”，故“蓬”拟为通假字或笔误字。

林见山预约季春六日[①]嘉会过期召柬不至应有故也诗以问之

许共群贤白玉卮[②]，好怀长记莫春[③]时。
右军[④]老自图修禊[⑤]，点[⑥]也狂谁伴浴沂[⑦]。
瑞露[⑧]可珍千日酒，幽禽[⑨]细和满屏诗。
见山何处寻芳去，傍柳随花又属疑。

【注释】

①季春六日：农历三月初六。

②白玉卮：白玉制的酒杯。

③莫春：暮春；晚春。

④右军：晋代王羲之曾任右军将军，后人尊王羲之为“右军”。

⑤修禊：古代民俗，农历三月上旬的巳日（魏以后始固定为三月三日），到水边嬉游，以消除不祥，叫作“修禊”。

⑥点：即曾皙，名点，《论语·先进》有一个“曾点言志”的故事。孔子听曾点说完后感叹道：“吾与点也。”

⑦浴沂：语出《论语·先进》：“浴乎沂，风乎舞雩，咏而归。”谓在沂水洗澡。后多用“浴沂”喻一种怡然处世的高尚情操。

⑧瑞露：象征吉祥之露，甘露。

⑨幽禽：鸣声幽雅的禽鸟。

次钟粤江见寄

暖云开阖①也无时，古木相樛②尽好枝。
触目忽寻诗不见，出门谁报鹤先知。
溪山小影真堪画，贤达当年事可追。
东老③兴浓宾易醉，听歌犹恐和歌迟。

【注释】

①开阖：开启与闭合。

②相樛：相互缠结，纠缠在一起。

③东老：宋代沈思，隐于浙江省东林山，自号“东老”。这里指隐士。

紫崖李二府邀饮次韵

潇潇风雨洗残英，换得浓阴满院清。
我辈正堪文字饮①，紫崖休问玉山②倾。
少谈风雅还东洛③，共听弦歌出武城④。
重与大云⑤订后约，半酣辞主莫三更。

【注释】

①文字饮：谓文人间把酒赋诗论文。

②玉山：古代传说中的仙山。

③东洛：指洛阳。汉唐时以洛阳为东都，故称“东洛”。

④武城：《论语·阳货》：“子之武城，闻弦歌之声。”朱熹集注：“弦，琴瑟也。时子游为武城宰，以礼乐为教，故邑人皆弦歌也。”后借指礼乐教化。

⑤大云：指陈大云。

和司训许南溟[1]

（二首）

徒倚屏前几树松，长吟终日对双峰。
南溟何处寻双鲤，高浪来帆破万重。
诸老一时仙舫集，君家四面水云封。
延缘未觉沧波晚，浩笑还山月满蓬。

谁共方舟紫水滨，仙居云水易通津[2]。
病怜药裹随身惯，歌放春声入棹频。
天与人闲须待月，公知鱼乐肯投纶[3]。
晚风更弄桓伊笛[4]，惊起沧江[5]睡鹤群。

【注释】

①司训许南溟：许相，字廷翰，容毂巷人，明正德十一年（1516年）丙子科举人，建安教谕，有传。（清道光《新会县志》）

②通津：四通八达之津渡。

③投纶：垂钓。

④桓伊笛：桓伊，字叔夏，小字子野，东晋谯国铚县（今安徽濉溪县临涣镇）人，东晋将领及音乐家。桓伊善吹笛，时称“江左第一”，有“笛圣”之称，相传他使用的竹笛是蔡邕的柯亭笛。曾为王徽之吹奏《梅花三弄》，吹奏完毕，上车走人，不发一言。相传琴曲《梅花三弄》即据其笛曲改编。

⑤沧江：江流；江水。

六月六日[1]嘉会代柬

（二首）

野屏东北老松多，又种西偏竹数坡。
梦断八重天更远，坐消三伏暑如何。
幽栖[2]岂有贤名在，荒径徒劳长者过。
莫惜新诗题满壁，茅柴呼取共君歌。

不受山阴[3]父老钱，还山亦似出山年。
新诗赋就客盈座，白酒来时赪满肩。
麋鹿[4]动惊西华[5]枕，凫鹥[6]不上鉴湖[7]船。
岂知刘白赓歌日，绿野堂中几伴仙。

【注释】

①六月六日：农历六月初六，除了是“姑姑节”，在古代还是另外一个节日，名叫“天贶（赐赠的意思）节”。天贶节起源于宋真宗赵恒。

②幽栖：幽僻的栖止之处，喻隐居。

③山阴：旧县名，在今浙江省绍兴市。

④麋鹿：鹿的一种。

⑤西华：道教仙官名，对东华而言。东华为男仙所居，以东王公领；西华为女仙所居，以西王母领。故女仙名籍称《西华仙箓》。《云笈七签》卷七：“《八素经》云：西华宫有琅简蕊书，当为真人者，乃得此文。”

⑥凫鹥（yī）：凫和鸥。泛指水鸟。

⑦鉴湖：即镜湖。又称长湖、庆湖，在浙江绍兴城西南，为绍兴名胜之一。

谢邓太守[1]念斋诗教

眼中谁劣更谁优，只有倥侗[2]一境幽。
久籍琢磨真杰出，重劳标榜愧名流。
还期洛社同方驾[3]，何必骚坛[4]叹远游。
今日斯文张主[5]在，恐无东野[6]莫低头。

【注释】

①邓太守：邓文宪，字一新，号念斋，滘头人，明正德己卯科(1519 年)举人，由学录擢升南道御史，以言贬驿丞，历南京户部员外郎，终江西建昌府知府。(清康熙《新会县志》)太守，州郡最高行政长官。

②倥侗：蒙昧无知。

③方驾：比肩；媲美。

④骚坛：诗坛。

⑤张主：谓发挥主体作用。喻主张；作主。

⑥东野：孟郊(751 年—815 年)，字东野，湖州武康(今浙江德清县)人，唐代著名诗人。代表作有《游子吟》。

节寿卷贺钟粤江母八十一

义高钟母真陶母[1]，恩重慈天格孝天。
泪抚诸孤逾八秩，誓将贞节表千年。
自多贤孝为身后，最喜孙曾[2]满膝前。
谁出海桃为母寿，年年今日燕[3]群仙。

【注释】

①陶母：湛氏(243 年—318 年)，是中国古代一位有名的贤母，晋代著名大

将军陶侃的母亲。她与孟母、欧母、岳母齐名,是著名的"四大贤母"之一。

②孙曾:孙子和曾孙,泛指后代。宋代陆游《湖村》诗:"老人不用夸顽健,时看孙曾浴画盆。"

③燕:古同"宴",安闲,安乐。

夏日宴集次陈大云韵

诗有仙兮酒有仙,每凭诗酒乐花前。
亦知魏野①能留句,谁念渊明为置钱。
海宇②清平多逸老③,江园蔬果出时鲜。
尧天荡荡难名颂,共祝皇图④亿万年。

【注释】

①魏野(960年—1019年):北宋诗人。字仲先,号草堂居士,原为蜀地人,后迁居陕州(今河南三门峡陕州区)。世代为农,自筑草堂于陕州东郊,一生乐耕勤种,亲手植竹栽树,凿土引泉,将所居草堂周围环境布置得幽静且充满情趣,常在泉林间弹琴赋诗,多吟咏陕州风土人情、田园山水,诗风清淡朴实。魏野的诗效法姚合、贾岛,苦力求工。不过他的诗平朴闲远,尚无艰涩苦瘦之弊。

②海宇:谓国境以内之地。

③逸老:遁世隐居的老人。

④皇图:封建王朝的版图,亦指封建王朝。

荣寿堂赠陈邦衡茂才①

司徒②当路满才名,益羡宜家③有令声④。
直念柏舟⑤头到白,每看褒敕泪先零。
舞风莫惜斑斓⑥绉⑦,爱日⑧休教禄养轻。

荣寿[9]未涯君不见，母全贞淑[10]子宁馨[11]。

【注释】

①陈邦衡茂才：陈大机，字邦衡，邑痒生，其父为成化二十三年（1487年）进士，授南京户部主事。明清时入府州县学的生员叫秀才，也沿称茂才。

②司徒：官名。明称户部尚书为大司徒。指陈经纶。

③宜家：《诗经·周南·桃夭》："之子于归，宜其室家。"朱熹集传："宜者，和顺之意。室者，夫妇所居；家，谓一门之内。"后因以称家庭和睦。

④令声：美好的名声。

⑤柏舟：谓仁人不得志。

⑥斑斓：比喻孝养父母。

⑦绉：形容人谈吐、举止文雅的样子。

⑧爱日：指儿子供养父母的时日。

⑨荣寿：恭祝别人（一般是给老人祝寿）时所说的话。

⑩贞淑：多指女子的德行之美。

⑪宁馨：俗语，"如此""这样"之意。

林见山司训梦兰[1]之庆

香扑帘帏晓梦惺，碧兰分雨秀门庭。
云连金紫[2]有遗泽[3]，山近圭峰知胤[4]灵。
外氏[5]起家依络秀[6]，潜夫[7]著论表宁馨。
他年智慧超流辈，始信松斋藻鉴[8]明。❶

❶涧松尝道："司训之宠福相，当有贤子。"今果然矣。诗贺见山兼呈涧松。

【注释】

①梦兰：指妇人怀孕，典出《春秋左传正义》。

②金紫：金鱼袋及紫衣，唐宋的官服和佩饰，因亦用以指代贵官。

③遗泽：留下的德泽。

④胤：子孙，后裔。

⑤外氏:指外祖父母家。

⑥络秀:典出《晋书》卷九十六,络秀为两晋时期的名士,大臣周顗的母亲,这里比喻有才识之女子。

⑦潜夫:隐者。

⑧藻鉴:品藻和鉴别(人才)。喻明察、慧眼识人。

席上答钟海月

(二首)

共老登台快独先,楚歌①声彻泬漻②天。
望中云物双眸迥,晴后秋花几树妍。
水阔鱼龙③迁旧穴,风清韶濩④丽新弦。
浮杯⑤欲共沧瀛⑥去,斜月娟娟自海边。

林下歌谣逐日新,君家犹有酒通神。
一天凉气解醒后,四座秋声催赋频。
松径扫风余落叶,郊居临水断飞尘。
独嫌青女⑦匀颜色,幻出芙蓉八面春。

【注释】

①楚歌:古代楚地的民歌。春秋战国时代,楚国是南方大国,占有江淮流域大部分地区。它在政治、文化上虽与中原地区有所交往,但在很大程度上一直保有自己的文化传统,在诗歌、乐舞等方面,都有自己的特色。

②泬漻(jué liáo):清朗空旷貌。指晴朗的天空。

③鱼龙:鱼和龙。泛指鳞介水族。

④韶濩:汤乐名。指庙堂、宫廷之乐,或泛指雅正的古乐。

⑤浮杯:古代每逢三月上旬的巳日集会水渠旁,在上流放置酒杯,任其

漂浮,停在谁的面前,谁即取饮,叫作“浮杯”,也叫“流觞”。

⑥沧瀛:沧海,大海。

⑦青女:神话中霜雪之神。

偶山[1]卷为九江[2]曾州守[3]题

海上寻名识偶山,森森玉立万山环。
九江日出双螺黛[4],百镬烟分两灶丹。
莲社酒香初入会,隐岩松老正归闲。
西州[5]去日多遗爱,莫遣春风又启关。

【注释】

①偶山:在县东北六十里,从大雁蜿蜒至岐州绝,海突起驾鹅、小莱二峰,屹然并峙,故名偶山。木石花卉,池圃田畴毕具,依山临水,筑室百堵,亦海邦一名胜也。(清康熙《新会县志》)

②九江:广东南海九江。

③曾州守:曾俊,字元哲,九江人,弱冠有文名,领正德己卯(1519年)乡荐,授广西融县令。(清光绪《南海县志》)

④螺黛:指盘旋高耸的青山。

⑤西州:汉、晋时对凉州的泛指,相当于今甘肃省中部和西北部一带。

题云卧轩寿卷[1]

世家姑射[2]雪冰清,岁岁鹅山[3]举寿觥。
天与高风排末俗,偏从仁厚锡[4]遐龄[5]。
赤坭[6]西华[7]聊分枕[8],云卧[9]江门[10]旧扁名。
九十四年方炼蜕,三山[11]回首渡寰瀛[12]。

【注释】

①此诗写于正德七年(1512年),是为陈绍裘之父陈章九十四岁生日而作。陈章,字希文,号静轩,为陈白沙先生好友,白沙尝宿其家,且题其壁曰"云卧",陈章后遂名其居曰"云卧轩",白沙门人李承箕有《云卧轩记》。

②姑射:《庄子·逍遥游》:"藐姑射之山,有神人居焉,肌肤若冰雪,淖约若处子。"后诗文中以"姑射"为神仙或美人代称。姑射被誉为掌雪之神,天姿灵秀,意气高洁。

③鹅山:比喻仙景。

④锡:赏赐。

⑤遐龄:老年人高寿的敬语。

⑥赤坭:地名,赤坭岭,位于今江门市外海赤岭。清康熙《新会县志》载:"陈文恭(陈白沙)读书于此,旧志称先生在外海村遇异人。"

⑦西华:地名,即江门市外海西华里。

⑧分枕:指陈白沙先生与陈章分枕而睡。

⑨云卧:匾额名,为陈白沙先生所题。

⑩江门:指陈白沙先生,白沙先生晚年自号"江门渔父"。

⑪三山:是中国神话传说中的海上三神山,名曰蓬莱、方丈、瀛洲。

⑫寰瀛:犹尘世。

西南别诸友次韵

远送烦君载酒卮,离情难系柳垂丝。

歌翻郢曲君须和,潮落西南舟更移。

岂惜三朝身向老,回思五十事多非。

芰荷[①]亦种东池满,未许山人尽制衣。

【注释】

①芰荷:指菱叶与荷叶。《楚辞·离骚》:"制芰荷以为衣兮,集芙蓉以为裳。"

卷二

七言律诗

赋归代柬呈别章江三司[1]

（三首）

为忆还山[2]事事幽，司空[3]图老信宜休。
疏开岭北龙津[4]口，引过屏西水步头。
长夏听松根作枕，清秋探橘子成球。
余生独被君恩重，犹得从容首旧丘[5]。

行止无端体本虚，今人尚论古谁如。
独缘腰懒回三径，敢冒贤名学二疏[6]。
晚雨四山[7]归鸟雀，浊流千顷混龙鱼。
客情不为鹃声急，已定屏西木石居。

章水[8]滔滔日夜东，西山[9]西去又千重。
美人[10]送我出南浦[11]，舟子啸天来北风。
江月不禁邀客梦，岭云那肯间诗筒[12]。
消将出处回天道[13]，台阁[14]山林[15]我共公。

【注释】

①章江三司：章江、章水，即赣江、赣水，为赣江的古称，南昌历史上也曾被称为“章江城”，治所置南昌。其时承宣布政使司、提刑按察使司、都指挥使司为江西布政使司的最高行政机关，三司分别由中央直接节制，分权而治，互不统属。西屏公在承宣江西布政使司左参政任上致仕时与上司辞别。

②还山：致仕，退隐。

③司空：中国古代官名。

④龙津：位于江西省南昌市龙津镇安义县西部。

⑤旧丘：故乡。

⑥二疏：指汉宣帝时名臣疏广与兄子受。广为太傅，受为少傅，同时以年老乞致仕，时人贤之。归日，送者车数百辆，设祖道，供张东都门外。

⑦四山：一老山、二病山、三死山、四大诸根。喻众生老病死衰之四相也。

⑧章水：指章江，赣江的源头之一。

⑨西山：西山镇，位于江西省新建县（现南昌市新建区）西部，素有南昌“西大门”之称。

⑩美人：指相貌俊逸、才德出众的女子，也喻君上、品德美好的人。

⑪南浦：地名。位于江西省南昌县西南，章江至此分流。

⑫诗筒：盛诗稿以便传递的竹筒。

⑬天道：时光，时候。

⑭台阁：泛指中央政府机构。

⑮山林：指隐居之地。

滨行和韵奉答藩臬[①]诸僚友

（三首）

沙头[②]酒尽我当还，又载茶炉送几湾。

剑气[③]旧曾看北斗，樗材[④]何敢忘青山[⑤]。

生来本带渔樵相，老至才分梦觉关。

青眼故人天上客，依依犹共惜黎斑。

春晚相将客棹[⑥]还，剑江西上一湾湾。

即呼野鹤来高汉[⑦],并与闲云入旧山。
岁费[⑧]贫教栽橘实,君恩生许度梅关[⑨]。
壮游[⑩]不及西屏[⑪]路[⑫],雾雨何妨隐豹斑[⑬]。

贳酒[⑭]章江送我还,翠屏西望大龙湾[⑮]。
竹枝[⑯]细嚼多佳炙,梓里[⑰]闲寻尽好山。
鸳侣联翩归锁闼[⑱],鹤群生死在松关。
荔枝芦橘难将寄,何限相思满目斑。

【注释】

①藩臬:藩司和臬司。明清两代的布政使和按察使的并称。

②沙头:沙洲边。

③剑气:指剑的光芒。喻人的才华和才气。

④樗材:喻无用之才,多用为谦辞。

⑤青山:指归隐之处。

⑥棹:古籍为"掉",拟为笔误。

⑦高汉:位于江苏省扬州市江都区。此句指"扬州鹤"。

⑧岁费:一年的费用。

⑨梅关:"岭南第一关",设在梅岭上,古称秦关,又称横浦关,宋时立关于梅岭上,并刻有"梅关"二字,遂称梅关。位于广东省南雄市珠玑镇梅岭村。

⑩壮游:谓怀抱壮志而远游。

⑪西屏:指区越。

⑫路:指其仕途。

⑬豹斑:比喻事物的很少一部分。

⑭贳(shì)酒:赊账。

⑮龙湾:位于广东新会城东北。

⑯竹枝:唐教坊曲名,后用为词牌。单调十四字,分平韵、仄韵两体。

⑰梓里:故乡。

⑱锁闼(tà):指科举试场。

赠同年廷麟刘大行[①]奉使占城[②]

盛世车书[③]统一家,岛夷[④]何处送皇华[⑤]。
萱庭[⑥]驻节[⑦]添春酒,林邑[⑧]占星[⑨]到海涯。
万里寰瀛[⑩]看点笔[⑪],一床图籍[⑫]快归槎[⑬]。
扶云披雾[⑭]还相待,莫遣蛮[⑮]霜拂剑花[⑯]。

【注释】

①廷麟刘大行:刘文瑞,字廷麟,古劳人,正德辛未进士,授行人(使者)占城。(清康熙《新会县志》)刘廷麟与西屏公均为弘治八年(1495年)乙卯科举人。正德五年(1510年),左给事李贯充正使,行人刘宓充副使(行之广东,宓疾卒,以行人刘文瑞代之)前往占城,封沙古卜洛为占城国王。李贯不欲往,行之广东,屡奏请假,迁延七年不行。由此推断,该诗西屏公应写于正德五年。

②占城:又称占婆、占波,是占族人于今越南中南部地区建立的古国。占城居南海中,自琼州航海顺风一昼夜可至,自福州西南行十昼夜可至,古籍称其为象林邑,简称林邑。

③车书:《礼记·中庸》:"今天下车同轨,书同文。"谓车乘的轨辙相同,书牍的文字相同,表示文物制度划一,天下一统。

④岛夷:古指我国近海一带及海岛上的居民。夷,古籍皆缺字。

⑤皇华:皇帝的使臣。

⑥萱庭:指美好的地方。

⑦驻节:旧指身居要职的官员于外执行使命,在当地住下。

⑧林邑:南海古国名。故地在今越南中南部。公元192年(一说137年)建国。中国史籍初称之为林邑,唐至德以后改称环王。公元9世纪后期改称占城。五代以后,中国正史和《诸蕃志》《岛夷志略》《瀛涯胜览》等

书均有记述。

⑨占星：观察星象以推断吉凶。

⑩寰瀛：指疆域。

⑪点笔：喻绘画疆土。

⑫图籍：疆域图和户口册。

⑬槎：指木船。

⑭扶云披雾：拨开云雾，得见青天。比喻人的神情清朗。

⑮蛮：中国古代对南方各族的泛称。旧时也用以泛指四方的少数民族。

⑯剑花：亦作“剑华”，指剑的光芒。

喜晋儿①新居落成

万卷藏书②岂屡空，三槐③种德愧三公④。

只图举目山泉见，不为抬头结构雄⑤。

大厦万间须远志，重茅几处受颠风。

为家为国无穷事，静几明窗早责躬⑥。

【注释】

①晋儿：区元晋，字惟康，号见泉，嘉靖四年（1525 年）乙酉科举人。西屏公四子。授云南镇南州知州，晋福建兴化府同知。（《新会潮连区氏族谱》）

②万卷藏书：有很多书籍，指其喜欢阅读，学识丰富。

③三槐：相传周代宫廷外种有三棵槐树，三公朝天子时，面向三槐而立。后因以三槐喻三公。

④三公：太师、太傅、太保。在明仁宗之后，三公皆为虚衔，为勋戚文武大臣加官、赠官。

⑤结构雄：建筑物构造的式样雄伟。

⑥责躬:责问自身的所作所为,反省过失。

除夕示诸子

欲雨不雨岁云暮,北山南山云共屯。
且与比邻相暖热,肯辞杯酌①后儿孙②。
百年事业须勤俭,一日光阴惜寸分。
莫更悠悠过时节,明年明日又迎春。

【注释】

①杯酌:酒杯。借指酒或酒肴。

②后儿孙:泛指后代。

元旦迎春

久于城市厌尘纷,不觉春随岁共臻。
已殿一家蓝尾酒①,又酣千里洞庭春②。
东风白卸梅溪雪,细雨青回麦陇③云。
明日杖藜何处去,村南村北看耕耘。

【注释】

①蓝尾酒:即屠苏酒。

②洞庭春:酒名,以黄柑酿就。

③麦陇:麦田中的小路。

穀　旦[①]

郊原春事日骎骎[②]，风雨休疑穀日[③]阴。
老屋偏欹愁巨浸，午窗寒战独长吟。
饥羸满地谁伍[④]顾，逋负[⑤]如山盗更侵。
星使奉行宽大诏[⑥]，早还耕作莫春深。

【注释】

①穀旦：晴朗美好的日子。旧时常用为吉日的代称。

②骎（qīn）骎：马跑得很快。

③谷日：又叫"谷日节"，每年的正月初八是民间传说中谷子的生日。传说正月初八天气晴朗则这一年稻谷丰收，天阴则年歉。"谷日"的习俗是对写有谷物名称的牌位进行膜拜，并不吃煮熟的谷物。

④伍（dì）：古同"低"。

⑤逋（bū）负：拖欠赋税、债务。

⑥诏：帝王所发的文书命令。

赠两峰施大尹[①]之任太平[②]

柳外风尘扑面生，星轺[③]远远属南征。
雨深磻石[④]鲂[⑤]初跃，春到黄山[⑥]雉自鸣。
最爱周生[⑦]能劝俗，复闻孙氏[⑧]老明经[⑨]。
太平奏最归青锁[⑩]，未许斯人[⑪]独擅名[⑫]。

【注释】

①两峰施大尹：施用，字以政，号两峰，从游陈白沙先生，弘治五年（1492年）壬子科举人第二人，南直隶太平知县。（清康熙《新会县志·人物》）

②太平:宁国府辖太平县,即今安徽省黄山市黄山区。

③星轺:使者所乘的车,亦借指使者。

④磻石:磐石,大石。

⑤鲂:鱼名,似鳊鱼,银灰色,腹部隆起。

⑥黄山:位于安徽省,原名黟山,唐朝时更名为黄山,取自“黄帝之山”之意。

⑦周生:唐朝太和年间,有个周生在洞庭山盖房居住,时常用道术救济吴楚贫民,人们普遍敬重他。

⑧孙氏:孙炎,乐安(今山东省博兴)人,三国时期经学家、训诂学家,著有《尔雅音义》。

⑨明经:汉朝出现的选举官员的科目,始于汉武帝时期,至宋神宗时期废除,明清用作贡生的别称。被推举者须明习经学,故以“明经”为名。

⑩青锁:借指宫廷。典故名,出自《汉书》卷九十八《元后列传》。

⑪斯人:此人。

⑫擅名:享有名声。

崖山吊古

从龙[①]入海悉臣工[②],举国同倾朔漠[③]风。

煨烬[④]可怜吹不焰,旅行[⑤]犹望奋成功。

合尊[⑥]两易华夷[⑦]主,崖海[⑧]千年俎豆[⑨]公。

子母君臣应上诉,独无精卫[⑩]在龙宫。

【注释】

①从龙:旧以龙为君象,因以称随从帝王或领袖创业。

②臣工:群臣百官。

③朔漠:原指北方沙漠地带,这里泛指北方。

④煨烬:经焚烧而化为灰烬。

⑤旅行：喻南宋王朝由临安（杭州）撤退到新会崖门。

⑥合尊：共同饮酒。尊，酒器。

⑦华夷：指汉族与少数民族。夷，古籍皆缺，据民国本补。

⑧崖海：指新会崖山一带的海域。

⑨俎豆：古代祭祀时盛食物的礼器。引申为祭祀、奉祀。

⑩精卫：古代神话中鸟名。典出《山海经·北山经》："发鸠之山，其上多柘木。有鸟焉，其状如乌，文首、白喙、赤足，名曰精卫，其鸣自詨。是炎帝之少女名曰女娃，女娃游于东海，溺而不返，故为精卫。常衔西山之木石，以堙于东海。漳水出焉，东流注于河。"旧时比喻仇恨极深，立志报复。后比喻意志坚决，不畏艰难，奋斗不懈的人。

社约和同会①邓太守②

（五首）

日午潮来欲浸门，野桥西过拥高轩③。
东南可人自意味，真率雅会无寒暄。
载籍④漫劳三十乘，出关何用五千言⑤。
悬舆⑥岁晚多佳兴，弄月嘲风⑦但一尊。

平原⑧文学⑨惜同门，誉望堂堂众所轩⑩。
乡里赋归惊老大，江山同色动寒暄。
白莲社里多耆旧，近体诗中有格言⑪。
见说君家梅又发⑫，小园何处更开尊。

虞罗⑬不置翟公⑭门，解组⑮尤多长者轩。

蝶梦[16]半酣醒晓漏[17],鹤衣犹湿曝朝暄。
独夸长短三千句[18],未注汪洋十万言[19]。
老去再逢真率会,肯辞衰白[20]共开尊。

酒满清樽菊破霜,小春回首见秋光。
并生兰畹[21]餐英[22]尽,移入松轩话柄长。
韩潞[23]衣冠倾洛社,臯夔[24]黼黻[25]绣虞裳[26]。
江山岁晚空蓑笠,谁尽渔樵共一堂。

槿榴[27]十月不知霜,摇弄山光与水光。
造物似留春色在,讴歌无那老怀长。
琼浆[28]曲士[29]新开榼[30],云锦[31]天孙[32]为织裳。
花下一觞还一咏,年年诸老共登堂。

【注释】

①同会:犹会合。

②邓太守:太守又称"郡守",州郡最高行政长官。邓文宪,字一新,号念斋,滘头人,正德十四年(1519 年)己卯科举人,由学录擢升南道御史,以言贬驿丞,历南京户部员外郎,终江西建昌府知府。(清康熙《新会县志》)

③高轩:堂左右有窗的高敞的长廊。

④载籍:书籍。

⑤五千言:老子《道德经》的代称。

⑥悬舆:指致仕之年,即七十岁。

⑦嘲风:相传为龙所生九子之一,常以其形状作为殿角的装饰。

⑧平原:指晋代陆机。机尝官平原内史。

⑨文学:儒生。亦泛指有学问的人。

⑩轩:有窗的长廊或小屋。

⑪格言：含有劝诫和教育意义的话。

⑫梅又发：指同一件事成功地做到两次。

⑬虞罗：原指掌山泽之虞人所张设的网罗，泛指渔猎者设置的网罗。

⑭翟公：形容门庭盛衰之典实。

⑮解组：解下印绶，谓辞去官职。组，印绶。

⑯蝶梦：指超然物外的玄想心境。

⑰晓漏：拂晓时铜壶滴漏之声。

⑱长短三千句：即长短句。词曲的别称。词曲的句子，长短不一，因调而异，故称“长短三千句”。

⑲汪洋十万言：谓文章义理深广，气势浑厚雄健。

⑳衰白：谓人老体衰，鬓发疏落花白。

㉑兰畹：泛指花圃或园地。古代称三十亩地为畹。

㉒餐英：典出《楚辞·离骚》，后世咏菊时遂用“餐英”隐喻高洁之意。

㉓韩潞：宋代司马光《洛阳耆英会序》：“昔白乐天在洛与高年者八人游，时人慕之，为九老图传于世。宋兴，洛中诸公继而为之者凡再矣。皆图形普明僧舍。普明，乐天之故第也。元丰中，文潞公留守西都，韩国富公纳政在里第；自余士大夫以老自逸于洛者，于时为多。潞公谓韩公曰：‘凡所谓慕于乐天者，以其志趣高逸也，奚必数与地之袭焉。’一旦悉集士大夫老而贤者于韩公之第，置酒相乐，宾主凡十有一人，既而图形妙觉僧舍，时人谓之‘洛阳耆英会’。”

㉔臬(niè)夔(kuí)：传说中舜时贤臣皋陶、夔、后稷和契的并称。亦借指贤臣。

㉕黼(fǔ)黻(fú)：泛指礼服上所绣的华美花纹。

㉖虞裳：华丽的衣服。

㉗槿榴：木槿花和石榴。木槿花通常有红、白、紫等颜色，石榴一般开红花。

㉘琼浆：仙人的饮料。喻美酒。

㉙曲(qū)士：指酿酒的人。

㉚榼(kē)：古代盛酒的器具。

㉛云锦:南京云锦是民族传统工艺美术珍品。

㉜天孙:指传说中巧于织造的仙女。

暮春小酌郊亭有赋

绿护长柯[1]日月深,小亭春晚得幽林。
花边莫去萧萧艾[2],菊外姑留滴滴金[3]。
老瓦盆[4]中清白酒,羲皇世上有无心。
东风且置南窗枕,客主谈论尽古今。

【注释】

①长柯:树枝。植物的泛称。

②萧萧艾:艾蒿,臭草。常用来比喻品质不好的人。

③滴滴金:花名,旋覆花的别名。见明李时珍《本草纲目·草五·旋覆花》。

④老瓦盆:陈旧的陶制酒器。

与元升[1]侄之饶庠

(二首)

西郊望雨雨时来,千里鄱阳[2]一棹开。
官况何人念贫薄,客途怜汝冒风埃。
衣冠接过无同辈,岁月磨砻[3]有异才。
老大尚余诗酒兴,夜窗谈话莫言回。

好雨乍晴天界阔,青云飞去白云催。

风生万籁瑟琴[④]鼓，春满一庭棠棣[⑤]开。

仗剑剑江[⑥]须说剑，寻梅梅国莫谈梅。

万般心曲输应尽，尽取芝山[⑦]景致回。

【注释】

①元升：区元升，西屏公侄子，弟区起之长子。（《潮连区氏族谱》）

②鄱阳：地名，今为江西鄱阳县，春秋楚番邑，秦置番县，汉改鄱阳县。

③磨垄：磨练；切磋。

④瑟琴：即琴瑟。琴瑟之音和谐，因以喻和合友好，典出《诗·小雅·常棣》："妻子好合，如鼓瑟琴。"

⑤棠棣：《诗·小雅·常棣》篇，是一首申述兄弟应该相互友爱的诗。"常棣"又作"棠棣"。后常用以指代兄弟。

⑥剑江：位于浙江余姚市。

⑦芝山：潮连（今江门市蓬江区）境内名胜。

赠江训教[①]乃尊还全州[②]二首后一首代梁茂才作

春燕来游秋燕还，乾坤今古几人闲。

风花高下过梅岭，云物萧疏忆柳山。

亲爱[③]并输肝膈[④]外，交情重看别离间。

探春未倦双行脚，莫指年华且闭关。

紫溪桃李种成阴，贾橐[⑤]何须说万金。

情结肾肠千里近，思翻棠棣一庭深。

还家岂为供修瀡[⑥]，望远无端上翠岑。

酒满篱筵须尽醉，恋君心是恋亲心。

【注释】

①江训教:江逢恩,广西全州人,岁贡,嘉靖二十七年(1548年)至嘉靖二十九年(1550年)任新会县训导。(清康熙《新会县志》)

②全州:今桂林市全州县,位于湘江上游,地处湘桂走廊,堪称广西北大门。

③亲爱:亲近喜爱。

④肝膈:犹肺腑。比喻内心。

⑤贾橐:指珠玉之类的宝物。《汉书·陆贾》载:"赐贾橐中装直千金。"

⑥修瀡(suǐ):亦作"滫瀡",古时调和食物的一种方法,借指柔滑爽口的食物。

嘉会①次韵

坐观群动自迁更,乡里衣冠会有盟。

圣主宽恩尤惠老,江湖萧散任飞觥。

攒眉②莫笑庐山社③,绘影何惭洛下④英。

紫水黄云皆乐地,日从觞咏⑤道真情。

【注释】

①嘉会:欢乐的聚会,多指美好的宴集。

②攒眉:皱起眉头。不快或痛苦的神态。

③庐山社:拟是区越致仕归梓结的诗社,因陈献章(白沙)宅小庐山,而区越少从游白沙先生,故名"庐山社"。

④洛下:指洛阳城。

⑤觞咏:饮酒咏诗。

送孙千兵[1]赴安南总制[2]

百家将略几编青，孙子之孙复著名。

廊庙[3]谋谟[4]多物色，荒陬[5]蛮獠[6]漫纵横。

伏波铜柱[7]千年在，圣主恩威万里行。

衔衬军门[8]献图籍[9]，可能参画万全兵。

【注释】

①孙千兵：孙敏，由正千户中武举，嘉靖三十二年（1553年）升指挥佥事。其曾祖父孙成，由浙江绍兴卫副千户，成化元年（1465年）调任（新会）升正千户，祖父昱、父礼及子天雄均为新会指挥佥事。（清道光《新会县志》）千兵即千户，是明朝驻防各地卫戍军队的卫所制的一个特定的世袭的职务。

②安南总制：越南总督。安南，今越南。总制，官名，即总督。

③廊庙：指朝廷。

④谋谟：谋划，制定谋略。

⑤荒陬（zōu）：荒远的角落。

⑥蛮獠：旧时对西南方少数民族的蔑称。

⑦伏波铜柱：即马援铜柱。东汉时，交趾郡（今越南北部）女子征侧、征贰姐妹起兵反汉，汉光武帝刘秀派伏波将军马援率军平定了交趾，并在其地立铜柱，作为汉朝最南方的边界。历代文人的诗赋中常提到这一历史古迹。

⑧军门：明代有称总督、巡抚为军门。

⑨图籍：图簿，地图和户口册，这里指疆土和人口。

亲旧赠履儿[①]应贡[②]赴京和答

（二首）

西屏[③]白鹿[④]长千春[⑤]，只许东来白鹤群。
游遍山南与山北，不知谁凤又谁麟。
朝廷作士还师古[⑥]，天下罗才亦进新。
世路不殊行自异[⑦]，丈夫须有气凌云。

泮池[⑧]春满杏坛春，紫水宾贤[⑨]总出群。
可有凤毛[⑩]夸盛世，亦知龙种出翔麟[⑪]。
朝廷有道青春好，岁月无情白发新。
万里前程须早计，莫矜[⑫]双鬓绿于云。

【注释】

①履儿：区元履，字惟基，岁贡。江西弋阳教谕。（《潮连区氏族谱》）

②应贡：喻应朝廷考试。贡，封建时代给朝廷荐举人才。

③西屏：区越，字文广，号西屏。

④白鹿：白色的鹿。古时以为祥瑞的象征。

⑤千春：千年。形容岁月长久。

⑥师古：效法古代。

⑦自异：比喻贤人本身并不能把自己与一般人区别开来。典出唐代白居易的《养竹记》。

⑧泮（pàn）池：中国古代建筑的一种，水池，呈半圆形，上有拱桥连通。古有在学府前建泮池能振兴学业之说，所以其多用于孔庙、文庙、学宫等建筑中。

⑨紫水宾贤：喻新会的亲朋好友。

⑩凤毛：比喻人子孙有才似其父辈者。

⑪翔麟：指瑞兽麒麟。

⑫莫矜：喻不要害怕。

蔡半洲中丞[1]提兵征黎和韵

（二首）

黎阳[2]已见汉官城，渡海犹劳十万兵。
蠢尔[3]螂螳争奋臂，烈如风火敌逃生。
纵擒有道遐方静，职贡[4]无虞海道清。
节钺[5]南来真不忝，高碑随处勒勋名。

蛇豕[6]跳梁薄海城[7]，黎平[8]崖穴望天兵。
折冲千里恩威重，奖作三军意气生。
五指却挥黎雾散，七星[9]回曜海门清。
伏波铜柱应神护，南极遥遥共表名。

【注释】

①蔡半洲中丞：张经（1492 年—1555 年），字廷彝，号半洲，福建侯官（今福建闽侯县）人，正德十二年（1517 年）进士。嘉靖十六年（1537 年）由嘉兴知县进授为兵部右侍郎，后进右都御史。平息思恩九土司及琼州黎民起义，再进为兵部尚书。明朝中期抗倭将领、民族英雄。张经出生时，父亲张海，家贫而孤，随母蔡氏回外家，外家无后，张海和张经都袭用蔡姓，张经及第成名后，才恢复张姓。中丞，明清时用作对巡抚的称呼。

②黎阳：黎明的阳光。

③蠢尔：无知蠢笨貌。

④职贡：古代称藩属或外国对于朝廷按时贡纳。

⑤节钺（yuè）：符节和斧钺。古代授予将帅，作为加重权力的标志。

⑥蛇豕(shǐ):封豕长蛇。比喻贪婪害人者。

⑦薄海城:海边之城。

⑧黎平:指海南的平民百姓。

⑨七星:指北斗星。

江门对月次明府何善山[①]韵

楚云[②]新月正推蓬[③],吟对庐山[④]第一峰。

几处惊波鲂入钓,一声撩梦鹤横空。

心关闾井[⑤]行应遍,春老烟花兴未慵。

操割有余骚思远,秋风亭上扣巴东[⑥]。

【注释】

①明府何善山:何廷仁,字性之,号善山,江西雩都人,举人,嘉靖二十年(1541年)至嘉靖二十五年(1546年)任新会知县,祀名宦,有传。(清康熙《新会县志》)

②楚云:楚云台,在白沙村,楚人李承箕所寓。(清康熙《新会县志》)

③推蓬:国画册页装裱体式之一种。喻欣赏风景及诗画。

④庐山:小庐山,位于新会白沙村。

⑤闾井:房屋、水井等建筑物。

⑥巴东:位于长江三峡的中部。

督学退斋林公[①]致祭令先翁西麓公[②]于名宦祠[③]承示佳章依韵奉和

庙木偏承晓露凉,孤高风韵自能长。

人贤到处英灵在,情至感时怀抱伤。

岂以佳城[4]悲隔绝，信于明德奠馨香。

试将名教权轻重，已为吾人布肾肠。

【注释】

①督学退斋林公：督学，又称“视学”，旧时主管教育的部门中负责视察、监督学校工作的人，是提督学政或督学使者的简称。

②西麓公：林墰，字世崇，号西麓，庚午（1510年）乡进士（举人），闽莆田人。正德十一年（1516年）任新会教谕，祀名宦，有传。（清道光《新会县志》）

③名宦祠：本地任职而勤政爱民、有德业之官员，逝后由当地士民举荐，经本省总督、巡抚，会同学政审核批准，将其牌位入祀于所在州县名宦祠。名宦祠依附于庙学，是庙学的一部分。明清祭祀名宦属于国家祭祀体系中祭祀先师系列。

④佳城：墓地。古代人视死如生，以死人的阴宅为“佳城”。

同退斋先生游圭峰次韵

白鹤含花春暮迁，玉台何处扫松关。

林峦重喜回青眼，野鸟如曾识笑颜。

云际高攀多士望[1]，人寰下视几身闲。

朝廷究阙忙须补，寄兴行云流水间。

【注释】

①士望：犹众望。

西台话旧

伴听木天[①]风飒飕[②],十年名纸愧生毛[③]。
龙韬[④]暂出尘氛静,文教[⑤]两司声望高。
笑引山杯夸卓荦[⑥],指谈霜鬓惜萧骚[⑦]。
翠屏僻远经过少,看竹哦松不惮劳[⑧]。

【注释】

①木天:指翰林院。

②飒飕:疾风劲吹时发出的啸叫声。

③名纸愧生毛:即名纸毛生。是指名片都已磨出了毛,使字迹模糊不清,比喻长时间求谒而不得见。

④龙韬:古宫廷禁卫羽林军的别名。

⑤文教:指礼乐法度、文章教化。

⑥卓荦:超出一般,出众。

⑦萧骚:泛指诗文。

⑧惮劳:怕苦、怕累。

退斋先生顺德较士[①]喜晴

冰壶[②]皎皎湛元精[③],万类浑浑一镜明。
陆氏[④]当年排具眼,昌黎[⑤]何处表元英[⑥]。
涳蒙[⑦]有日回天意,肤寸[⑧]无云点太清。
久雨忽晴非偶尔,乾坤从此妙施生。

【注释】

①较士:指应考的读书人。

②冰壶：借指月亮或月光。

③元精：天地的精气。

④陆氏：陆贾，西汉著名政治家，力主提倡儒学，“行仁义，法先胜”，并辅以黄老的“无为而治”的思想，对汉初政治有过较大影响。

⑤昌黎：唐代韩愈世居颍川，常据先世郡望自称昌黎（今河北省昌黎县）人，宋熙宁七年（1074 年）诏封昌黎伯，后世因尊称他为“昌黎先生”。

⑥元英：战国燕宫殿名，指朝廷。

⑦涳蒙：微雨迷茫貌。

⑧肤寸：古代长度单位。一指宽为寸，四指宽为肤。指下雨前逐渐集合的云气。

三秋①苦雨九日乍晴登高和莫玉泉封君

双不借行山欲尽，百须浮白酒新开。
茱萸且佩登高去，风雨才辞九日回。
云谷老甘还旧隐，凤凰声远出高台。
秔稉②湿烂无遗粒，莫讶山人进芋魁③。

【注释】

①三秋：秋季的第三个月，即农历九月。

②秔稉：一种黏性较小的稻。

③芋魁：喻食物粗劣。

师道重光[1]卷赠宪学林先生[2]

（二首）

道艺宫墙夙所师，端严风格有如斯。
何年鹤语归华表，今日凤毛[3]符圣时[4]。
百卉遍承新化雨，十觞重乐旧相知。
青天白日东亭[5]路，暂别令人倍慕思。

沧江一叶老渔师，潦倒何人复重斯。
宪节[6]独留青眼在，鸥群还顾白头时。
宗师[7]有道光前烈[8]，风教[9]无端觉后知。
徒倚西台花下月，为公倾倒十年思。

【注释】

①师道重光：师道，指尊师重道之理，从师问学之道。指老师的学问或技艺体系，累世盛德，辉光相承。

②宪学林先生：即林云同。

③凤毛：指人的华美风度和杰出才华。

④圣时：圣明之时。

⑤东亭：东亭驿，位于新会县城南侧，沿用至清末。

⑥宪节：指廉访使、巡按等风宪官所持的符节。

⑦宗师：指在思想或学术上受人尊崇而可奉为师表的人。

⑧前烈：指前人的功业，同时也有前贤的意思。

⑨风教：《毛诗序》载："风，风也，教也；风以动之，教以化之。"后以"风教"指风俗教化。

清　明

（二首）

梦回洛社谁倾盖，独乐园门懒亦开。
莺蝶不禁春共醉，笙歌犹自日相催。
风光次第新开冻，烟雨青黄渐熟梅。
我有龙山千载恨，直应挥泪洒蒿莱。

处处踏青寒食雨，家家送纸北邙[①]坟。
直饶[②]蜡屐同安石[③]，不辨流觞似右军。
人莫度量春易暮，花应相笑乐难均。
西方寇盗[④]恣充斥，多少未招无主魂。

【注释】

①北邙：山名，即邙山，因在洛阳之北，故名“北邙”。东汉、魏、晋的王侯公卿多葬于此。这里借指墓地或坟墓。

②直饶：犹纵使，即使。

③安石：王安石（1021 年—1086 年），字介甫，号半山。封舒国公，后又改封荆国公，宋徽宗时追封为舒王。

④西方寇盗：喻外族入侵。

病起诸友以诗问答之

初伏[①]投床直到秋，秋来百药饵方休。
同袍[②]问病垂怜甚，造物磨人不自由。

酒为相如[3]消渴病[4],诗同杜老解穷愁。

风光逐我还如旧,共钓鲈鱼出水头。

【注释】

①初伏:即头伏。夏至后的第三个庚日,或指从夏至后第三个庚日到第四个庚日之间的十天时间。

②同袍:泛指朋友、同年、同僚、同学等。

③相如:即司马相如(约前 179 年—前 118 年),字长卿,蜀郡成都人,祖籍左冯翊夏阳(今陕西韩城南),侨居蓬州(今四川蓬安),西汉辞赋家。据司马迁为司马相如作的传记,其虽然有高超的文学才华,却有两个毛病,其中一个就是长期患有消渴之疾。

④消渴病:即糖尿病,是中国传统医学的病名,是指以多饮、多尿、多食及消瘦、疲乏、尿甜为主要特征的综合症状。

对景见寄次韵

景物撩人杖屦迟,病来西望[1]更依依。

岁寒松竹长如此,少壮心情老不移。

鬓发苍浪[2]新离枕,吟肩[3]瘦耸未胜衣[4]。

白衣[5]不送西山酒[6],采菊陶园莫采薇。

【注释】

①西望:喻思念。

②苍浪:花白。浪,古籍为"良"。

③吟肩:原谓贫寒与苦吟使诗人的肩胛耸起,后形容诗人苦吟。

④未胜衣:形容人很瘦弱,连衣服都承受不起。

⑤白衣:古代平民服,因即指平民,亦指无功名或无官职的士人。

⑥西山酒:酒歌,即饮酒时以歌代令或歌令结合的一种说唱形式,是人们在饮酒时助兴的一种特有方式,在不同的时间和场合有不同的酒歌。

风雨晴后舒怀

山径崎岖没野蒿，翠屏深卧听波涛。

林庐镇日①无人过，风雨长松入夜号。

索寞琴尊②悲老大，因循灯火③误儿曹。

晴来稍已秀兰蕙，几处莺声出柳梢。

【注释】

①镇日：整天，从早到晚。

②琴尊：即“琴樽”。琴与酒樽为文士悠闲生活的常用之物。典出南朝齐谢朓《和宋记室省中》：“无叹阻琴樽，相从伊水侧。”

③灯火：指读书，学习。

中秋风雨

西窗无月问诗仙，懒上南楼带酒眠。

风雨骄顽真若此，管弦喧沸亦徒然。

江鱼透网忧生水，香稻含胎①望卤田②。

良夜几何秋已半，清江万里看明年。

【注释】

①含胎：指植物孕穗。典出北周庾信《和李司录喜雨》诗：“嘉苗双合颖，熟稻再含胎。”

②卤田：盐碱地。

履儿北上屡月未决有不忍远离之意口号速之

南陌①千箱②卜雨耕③，东门④五色又瓜⑤生。

丈夫⑥重有清时⑦望，世路⑧还从直道⑨行。

数仞宫墙⑩非恶地⑪，两斋弦诵是能声。

扁舟⑫五两⑬催行色，莫更前溪尽日⑭横。

【注释】

①南陌：南面的道路。

②千箱：形容丰年储粮之多。

③雨耕：谓趁雨时耕耘。

④东门：西屏公致仕卜居城东方岳第(清以后为“方岳里”)。

⑤瓜：即瓜期，指官员任满由别人接任的日期。这里比喻到期赴任。

⑥丈夫：犹言大丈夫。指有所作为的人。

⑦清时：清平之时。

⑧世路：指宦途。

⑨直道：犹正道。指正确的道理、准则。

⑩数仞宫墙：“万仞宫墙”出自《论语》，原意是围墙有万仞高，后用以称颂孔子学识渊博高深，一般人无法领悟其中的奥妙。仞，古代计量单位，一仞等于周尺八尺或七尺。周尺一尺约合二十三厘米。

⑪恶地：贫瘠之地，喻不好的地方。

⑫扁舟：小船。

⑬五两：古代的测风器。鸡毛五两或八两系于高竿顶上，以观测风向、风力。

⑭尽日：终日，整天。

念斋别墅多且广而不与同游者果独乐乎与众乎抑但利其利而已乎口号博笑

独乐园多不构堂，为谁闲散为谁忙。
李衡[1]橘卖金包贵，陆羽[2]茶熏玉粒[3]香。
荫下[4]考遗花木手[5]，滘头[6]却数荔枝乡。
扶疏绕屋无多树，睡觉南窗任短长。

【注释】

①李衡：字叔平，襄阳兵家的儿子，典出《三国志·吴志·孙休传》，意思是李衡呼橘为奴，畜橘为家。指可以维持生计的家产，或指前人为后人创造财富。

②陆羽（733 年—804 年）：字鸿渐，复州竟陵（今湖北天门市）人。一名疾，字季疵，号竟陵子、桑苎翁、东冈子，又号茶山御史。唐代著名茶学专家，以著世界第一部茶叶专著《茶经》闻名于世，对中国茶业和世界茶业事业做出了卓越贡献，被誉为“茶圣”，奉为“茶仙”，祀为“茶神”。

③玉粒：犹玉散。指仙药。

④荫下：地名，今棠下良溪村，位于江门市蓬江区。

⑤花木手：亲手栽种。

⑥滘头：位于新会县外海（今属江门市江海区），邻近中山市。

送甥曾惟明[1]赴试

酒戒因循病未开，送君回笑欠山杯[2]。
香穿客袖[3]梅关冷，冻合[4]天津驿马催。
五凤[5]添修须老手，重瞳亲监是真才。

双亲重喜身长健,禄养[6]休思换彩莱。

【注释】

①惟明:曾远,字惟明,新会潮连人。嘉靖七年(1528年)戊子科举人,江西瑞昌知县。(清康熙《新会县志》)

②山杯:用竹节、葫芦等制作的粗陋饮器。

③香穿客袖:香气留在衣袖间。

④冻合:犹言冰封。

⑤五凤:"五凤楼"当指午门也,是紫禁城正门,上有崇楼五座,以游廊相连,东西各有一座阙亭,形如雁翅,俗称"五凤楼"。

⑥禄养:以官俸养亲。古人认为官俸本为养亲之资。

次和玉泉登高韵

五株[1]葱郁凌霜老,万里联翩接汉回[2]。

黄菊径边开正好,白衣云外望应来。

更无羽客[3]谈丹灶,犹有残僧扫玉台。

何限门前车马客,风光同醉不同杯。

【注释】

①五株:指秦始皇所封泰山五大夫松。五大夫为秦官名,第九爵,后人误以为封五株松树,遂有此称。

②联翩接汉回:比喻好像鸟儿从银河那里飞回来。汉,天河,就是银河。

③羽客:指神仙或方士。

阮学愚寓处赏菊

闲庭种菊但三株，品列红黄白间舒。

香色独怜谁与伴，根荄那复问何如。

久留东老[1]情偏厚，况此渊明兴未疏。

唤起江门诗酒伴，几回歌咏重踟蹰[2]。

【注释】

①东老：指西屏公，公居城东。

②踟蹰：逗留，歇息。

诸生邀西宾[1]梁茂才登高

小窗狂限且从宽，游息[2]书林亦几端。

碧岭早来披苍莽，青衿[3]不换适喧寒。

仙茅[4]雨后香初发，野菊风高露未团。

回首直图云鸟[5]阵，路人争敢笑儒酸。

【注释】

①西宾：旧时宾位在西，故称“西宾”。常用为对家塾教师或幕友的敬称。

②游息：游玩与休憩。

③青衿：古代学生穿的衣服，衣领青色，因以称读书人。

④仙茅：是圭峰山上的白茅，以岩石上生长的为最佳，以秋天采摘为适时，是当年陈白沙先生使用的茅龙笔制作的主要材料。

⑤云鸟：比喻隐士。典出五代齐己《经费徵君旧居》诗：“高眠当圣代，云鸟未为孤。”

寄甥曾远①宰邑②新昌

隳突③东西几枕安，新昌遥喜拜慈颜。

乾坤久念同胞切，盘错谁疑出手难。

饥渴到来思一勺，帡幪④是处望千间。

崇卑⑤早晚都休论，尽取循良旧样看。

【注释】

①曾远：即曾惟明，嘉靖戊子科（1528年）举人。

②宰邑：县邑之长，即县令。新昌即浙江绍兴市新昌县。清康熙《新会县志》记载为瑞昌知县。

③隳突：横行，骚扰。喻到处骚扰毁坏，气势汹汹。

④帡幪（píng méng）：本指帐幕，亦引申为覆盖。

⑤崇卑：亦作“崇庳”。高低，高下。

同年黄容庵①正郎入祀乡贤②喜赋

手制③闽阳④锦未停，司徒优诏⑤籍贤名。

箄舟西楚⑥商征⑦薄，扈驾⑧南畿⑨跸路⑩清。

凤阁⑪有阶堪奋步，龙山⑫未老乞归耕。

春秋俎豆⑬宫墙内，标表⑭人间此道明。

【注释】

①黄容庵：即黄著，字子诚，号容庵，广东顺德人。

②入祀乡贤：奉祀乡贤祠。

③手制：喻管治有方。

④闽阳：黄著曾宰邑福建安溪，安溪县位于福建省东南沿海，故称“闽

阳”。

⑤优诏：褒美嘉奖的诏书。

⑥西楚：古地域名。三楚之一。诗文中多以此泛指长江中游以南，今湖南湖北一带地区。黄著曾知泰州。泰兴（今江苏省泰兴市），旧县名，战国中期，泰兴故地归属楚。

⑦商征：征收税赋。

⑧扈驾：随侍帝王的车驾。

⑨南畿（jī）：指帝王车驾行经之路。

⑩跸路：谓古代帝王出行时，禁行人以清道。

⑪凤阁：唐代武则天光宅元年改中书省为凤阁，遂用为中书省的别称。

⑫龙山：在广东省佛山市顺德区。黄容庵是顺德人，故指代黄容庵。

⑬春秋俎（zǔ）豆：春秋祭祀、奉祀。俎豆，古代祭祀时盛食物的礼器。

⑭标表：表率，榜样。

久雨不停春分[1]后复大风朔寒感赋

（二首）

谷秧抽碧翻全白，桂叶回青复浅红。
久雨不停风更朔，三春[2]过半冷于冬。
深岩岂意鸣邹律[3]，敝屋何时见祝融。
道是春归应有脚，心关农圃自匆匆。

晨梳怯手搔霜白，薄饮衰颜得酒红。
百谷[4]无期三见雪，一年真是两经冬。
东皇未肯旋机轴[5]，生理[6]何由借暖融[7]。
为报东园桃与李，含情相待莫匆匆。

【注释】

①春分：是春季九十天的中分点，二十四节气之一。

②三春：春季三个月，农历正月称孟春，二月称仲春，三月称季春。

③邹律：相传战国齐人邹衍精于音律，吹律能使地暖而禾黍滋生。后因以“邹律”喻带来温暖与生机的事物。

④百谷：谷类的总称。百，举成数而言，谓众多。

⑤机轴：指关键重要的处所。

⑥生理：生长繁殖之理。

⑦暖融：形容温暖宜人，温暖舒适。

春日杂咏

贫老无钱付酒家，出门时事又如麻。

北郊武练鸣金鼓，南陌傩旙①翳②日华③。

江圃恶风悲橘柚，山田④久旱泣茄瓜。

儿童小院驱黄雀，啄落余甘未落花。

【注释】

①傩(nuó)旙(fān)：泛指旌旗。傩，古时迎神赛会。旙，长幅下垂的旗。

②翳(yì)：遮蔽，障蔽。

③日华：太阳的光华。

④山田：山间的田地。

端午日集念斋邓太守[1]池馆共观竞渡

笑领风光上酒船，海龙[2]飞动鼓喧填。

俗情总为消邪沴[3]，故事谁知吊楚贤[4]。

太白[5]屡浮酣老眼，长虹一界[6]破前川。

习家池馆多新兴，借与山翁便醉眠。

【注释】

①邓太守：即邓文宪。

②海龙：龙舟。

③邪沴：妖邪灾沴。喻邪气。

④楚贤：指屈原，端午节是上古百越先民创立用于祭祖的节日。因传说战国时期的楚国诗人屈原在五月五日跳汨罗江自尽，后来人们亦将端午节作为纪念屈原的节日。

⑤太白：河神名。典出《文选·枚乘〈七发〉》："六驾蛟龙，附从太白。"李善注引许慎曰："冯迟、太白，河伯也。

⑥长虹一界：指一道彩虹。

陈洪斋顾兼示近罹二郎[1]之戚口号慰之

众绿当窗结夏帏[2]，午风襟袖却先知。

低飞白鸟来何处，久住黄莺让好枝。

公道有归天亦定，老年休恨事多违。

杜陵[3]诸作皆称史，亦少渊明责子诗[4]。

【注释】

①二郎：据查《新会外海陈氏族谱》，陈洪斋（陈绍裘）只有一子，这里的

“二郎”应该是子侄一辈。

②帏:帐子、幔幕。

③杜陵:唐代杜甫的自称。

④责子诗:《责子》是东晋诗人陶渊明所作。这首诗大约是陶渊明五十岁左右时作。责子,就是对儿子的责备、批评。

小窗琴罢行望圭峰神爽飞动有怀同社诸君

茉莉含香又吐香,山堂晓日短琴张。

倚栏按古无新调,流水怀人只旧腔。

翠竹移阴浮碧石,野亭铺簟[1]近吟床。

知音久念同游者,北望群山尽莽苍。

【注释】

①簟(diàn):竹席。

中秋同汤九山[1]游黄云

蜡屐多时制始成,好山须伴好人行。

风流未敢轻前辈,歌咏还思逐后生。

黄菊不嫌秋色老,苍烟随变晚山青。

高台此日观云物,气祲[2]南游翳日明。

【注释】

①汤九山:汤霭,字民悦,号九山,潮居古鲁人。与兄云、弟霓,皆从陈献章游,尝延献章至其乡八仙井中讲学,与湛若水友善。时乡射之礼久废,弘治十八年(1505年),知县罗侨聘霭及诸生谭以贤、林绍光等,损益礼仪及乐习之。正德初,提学林廷玉至县观射赋诗,命霭等教各郡岭南乡射。自此,

年七十尚以诗寄区越,自悔进德修业之迟,后与若水改葬陈子,若水因留霭家,为霭家兄弟置田百亩而去。(清道光《新会县志》)

②气祲(jìn):古代泛指据以占卜吉凶的云气。

奉和莫封君[①]登高之作

（二首）

采菊新诗点笔成,陶刘[②]门下任横行。
庐山不似圭峰近,秋色多从晚吹生。
寺老僧凡俱落落,山环草木故青青。
沧浪[③]一曲君须听,酒尽黄云月又明。

高台[④]戏马去匆匆,云物凄凉四望通。
着眼未应遗下界,题诗偏合上高峰。
苍鹰岂忘平原兔,鸿雁都凭朔漠风。
八极可谁挥斥去,天涯岁晚共崆峒[⑤]。

【注释】

①莫封君:莫违仁,字希颜,号玉泉,官锦衣卫左所正千户,以子如爵封南京云南道监察御史。(清道光《新会县志》)

②陶刘:陶渊明和刘子骥。

③沧浪:《孟子·离娄上》:"有孺子歌曰:'沧浪之水清兮,可以濯我缨;沧浪之水浊兮,可以濯我足。'"后遂以"沧浪"指此歌。

④高台:比喻京师。

⑤崆峒:文人墨客登临赏景抒发情怀的人间胜境,借指仙山。

和清所李山人[①]

兰蕙霜前不改芳，山人依旧古冠[②]裳。
适逢九九[③]亲宾会，行迓[④]三三[⑤]药草香。
江湖岁晚先忧在，月旦评高水鉴[⑥]光。
老痒年来搔未去，新诗撩我兴偏长。

【注释】

①清所李山人：李允宽，字克严，号清所，岁贡，福建将乐县训导。（《云步李氏族谱》）

②古冠：由向上斜立着若干星角的环形带构成的冠状物，亦称“东方冠”。

③九九：中国古代民间对冬至后或夏至后八十一天日期的总称，冬至后的八十一天为“冬九九”，夏至后的八十一天为“夏九九”。

④迓（yà）：迎接。

⑤三三：指三三径。宋代杨万里《三三径》诗序：“东园新开九径，江梅、海棠、桃、李、橘、杏、红梅、碧桃、芙蓉九种花木，各植一径，命曰三三径。”

⑥水鉴：明澈如水之照映，故称。指明鉴之人。“鉴”，古籍为“金”拟为“鑑”字的偏旁。

诞日和陈邦衡茂才

圣绍[①]羲轩[②]有道长，岩居木石总恩光。
何缘洞里仙人过，应是山中老桂香。
六戊[③]捡回新凤历[④]，五云[⑤]瞻望绣龙裳。
偷桃[⑥]莫限东方朔[⑦]，海上遥闻几树芳。

【注释】

①圣绍:指继承前人的事业。

②羲轩:伏羲氏和轩辕氏(黄帝)的并称。

③六戊:戊日是按六十甲子的排列顺序从老黄历上推,每六十天为一轮,其中戊子、戊寅、戊辰、戊午、戊申、戊戌这六天就叫戊日,也称"六戊"。古籍为"八戊",拟为笔误。

④凤历:《左传·昭公十七年》:"我高祖少皞挚之立也,凤鸟适至,故纪于鸟,为鸟师而鸟名,凤鸟氏,历正也。"后因用"凤历"称岁历。含有历数正朔之意。

⑤五云:五色瑞云。多作吉祥的征兆。

⑥偷桃:一种古代游戏,旧例,先一日各行商贾,彩楼鼓吹赴藩司,名曰"演春"。

⑦东方朔:西汉文学家。字曼倩,平原厌次(今山东惠民)人。武帝时为太中大夫。性格诙谐滑稽。善辞赋,名篇有《答客难》。

和甥大尹曾远贺诞

二十四年花甲外,重烦诸老过相期[①]。

中贤中圣[②]觞无筭[③],非谢非陶[④]调出奇。

老菊香腾风有自,古琴[⑤]声淡听能知。

窗前并育真樗散[⑥],报谢琼瑶未有诗。

【注释】

①相期:期待;相约。

②中贤中圣:酒醉的隐语。喻喜饮酒、醉酒。唐白居易《和微之春日投简阳明洞天五十韵》:"若不中贤圣,何由外智愚。"

③无筭:无法算计。形容数目多。

④非谢非陶:谢朓(464年—499年),字玄晖。原籍陈郡阳夏(今河南

太康),后迁居会稽始宁(今浙江绍兴上虞区),寄居建康(今江苏南京)乌衣巷,南朝齐诗人。陶,陶渊明。

⑤古琴:中国古老的乐器,古称琴、瑶琴、玉琴、七弦琴。古琴可分类为八音中的丝或拨弦乐器。其音色深沉,余音悠远,深具东方文化特色。古琴历来为文人阶层重视,被尊为"国乐之父""圣人之器"。

⑥樗散:樗木材劣,多被闲置。比喻不为世用,投闲置散。用作谦辞。

答莫锦衣见寄

花边小酌动诗情,城北如闻戍鼓[①]鸣。

落笔自矜诗眼[②]暴,举杯还问月眉[③]横。

诸乡未扫风尘静,明德[④]唯怀至治[⑤]声。

若道赋诗能退虏,古来长笑合齐名。

【注释】

①戍鼓:边防驻军的鼓声。

②诗眼:指一句诗或一首诗中最精练传神的一个字。亦指一篇诗的眼目,即体现全诗主旨的精彩诗句。

③月眉:妇女状如初月的秀眉。

④明德:光明之德,美德。指才德兼备的人。

⑤至治:指安定昌盛、教化大行的政治局面或时世。

诞日和曾鹤林

(二首)

南山秀拔与天苍,晓日熹微荡壁光。

幸不龙钟多错爱,每为真率或乖方[①]。

强吟自觉诗无料，少饮方知酒有觞。

岭北溪南春又到，闭门休管草先芳。

有客有客[2]径相过，梅边赋诗如逊何。

却夸老鬓期霜黑，不悟苍颜带酒酡[3]。

留诗岂谓云山远，僻地仍嫌恶少[4]多。

闻说鹤林来枉顾[5]，酒船诗担重摩挲[6]。

【注释】

①乖方：违背法度，失当。

②有客有客：典出《周颂·有客》，是中国古代第一部诗歌总集《诗经》中的一首诗。这是周王为客饯行时所唱的乐歌，表现了周王时客人热情招待的情形。

③酡（tuó）：饮酒后脸色变红。

④恶少：品行恶劣、胡作非为的年轻人。

⑤枉顾：屈尊看望。称人来访的敬辞。

⑥摩挲：用手轻按着并一下一下地抚摩，喻琢磨。

和偶山曾太守题西屏拙号[1]

偶山南下是屏山，岭水天分两带环。

美睡只嫌千日酒，野芳是错九还丹[2]。

登高望远非无事，问柳寻花莫等闲。

忽有好风褰[3]蕙帐[4]，诗来何处扣松关。

【注释】

①西屏拙号：区越，字文举，号西屏。西屏公谦称。

②九还丹：又名九转丹，中药名。道教谓经九次提炼，服之能成仙的

丹药。

③褰(qiān):撩起,揭起。

④蕙帐:帐的美称。

曾鹤林以春晴诗投寄奉和

(二首)

风光欲动暖初开,万井[①]熙然春意回。
寒雨催将残腊尽,篱门送入好春来。
占年[②]粘米[③]呈丰兆,步屧[④]田家有好怀。
城市爱闲闲未得,百花丛里漫庭台。

兰陵[⑤]小盎候春开,笑饮仙丹一面[⑥]回。
野水到门唯绿绕,山人得句放瓢来。
先时霡霂资神力,此日晴明惬老怀。
正赖皇明调玉烛[⑦],万方熙皞[⑧]乐春台[⑨]。

【注释】

①万井:古代以地方一里为一井,万井即一万平方里。喻千家万户。

②占年:占卜年成的丰歉。

③粘米:稻的一种,又称油粘。粘米的发源地占城,是曾存在于今天越南南部的一个古国,17 世纪末被北部的交趾所灭。粘米在古代曾作为贡米。

④步屧:闲行,散步。

⑤兰陵:古代名邑,兰陵故城遗址位于现山东省临沂市境内。兰陵是美酒文化的发祥地,自古以来酿酒业发达,以兰陵美酒而著称,唐朝诗人李白为兰陵美酒留下了一首绝句《客中行》:“兰陵美酒郁金香,玉碗盛来琥珀

光。但使主人能醉客,不知何处是他乡。"这里喻美酒。

⑥一面:表示两种以上的动作或活动同时进行。

⑦玉烛:谓四时之气和畅。形容太平盛世。

⑧熙皞:和乐,怡然自得。

⑨春台:春日登眺览胜之处。

圭峰心赏夙期[1]未遂闻有登眺者忽欲承兴幽寻殆不觉其衰老也赋此

再上高台不等闲,好山应待好人看。

霏霏烟雨仙茅长,落落岩崖白鹤还。

禅榻有斋供玉板[2],青山无恙对苍颜。

遨游莫挟飞仙去,四百峰峦非远山。

【注释】

①夙期:犹夙愿。

②玉板:笋的别名。

舟往香山[1]

兰木舟轻占上流,海邦[2]何去任悠悠。

参横斗转[3]天文烂,风顺潮平玉局[4]游。

只有片云随驾鹤,渺无块地可眠鸥。

余生何限江湖兴,爱觅渔矶[5]上角头❶。

❶上角头:香山地名也。

【注释】

①香山:现中山市。

②海邦:指沿海省份。

③参横斗转:北斗转向,参星打横。指天快亮的时候。

④玉局:棋盘的美称。

⑤渔矶:可供垂钓的水边岩石。

送曾鹤林之新昌[①]

(二首)

雾隐多年养豹斑[②],礼山[③]嘈离报开关[④]。
云屯老树晴穿峡,霜练寒流晚下滩。
百废俱兴新政绩,一同称庆豁亲颜。
人生寸步须料理,太岳[⑤]嶒崚不见山。

重阳再会菊新斑,清赏[⑥]无期又出关。
江雁阵云归五岭,钓船撑月过横滩[⑦]。
临行郑重公何意,翻忆平生我厚颜。
行止向来经画定,不知猿鹤怨空山。

【注释】

①新昌:在浙江省东部,是绍兴市所辖的一个县。

②豹斑:喻潜身隐居,洁身自好。

③礼山:位于湖北省东北部,中国旧县名。今为大悟县。

④开关:打开城门、宫门、关隘等。

⑤太岳:古山名,即霍山,亦称霍太山。在今山西霍县东南。

⑥清赏:指幽雅的景致。

⑦横滩：位于广东新会潮连沙尾横滩（今属江门市蓬江区）。

与儿元晋[1]会试

九陌天风满桂花，软红[2]纷雾扑书车。

儿曹又促春闱试[3]，寒日初修上峡槎。

得意长安休纵马，许身明主[4]尚言家。

先忧后乐吾儒事，莫遣从前一念差。

【注释】

①元晋：区元晋，字惟康，号见泉，越子，嘉靖四年（1525年）乙酉科举人，任云南镇南知州，晋福建兴化府同知。

②软红：代指俗世的繁华热闹。

③春闱试：会试由礼部主持，因而又称礼闱，考试的地点在京城的礼部贡院。由于会试是在乡试的次年，故会试又称“春试”“春闱”“春榜”“杏榜”等。会试的时间为二月初九、十二日、十五日三天。

④明主：贤明的君主。

贺曾鹤林寿诞

山有芝兮鼎有丹，鹤林元只在芝山[1]。

百年未艾灵长算，七秩初回少壮颜。

上论曹刘[2]诗律细，平交裘仲[3]荜门[4]闲。

庭前玉树堪梁栋，任作神仙地上看。

【注释】

①芝山：位于新会潮连（今江门蓬江区）。

②曹刘：曹植、刘桢的并称。南朝梁刘勰《文心雕龙·比兴》：“至于扬

班之伦,曹刘以下,图状山川,影写云物。"

③裘仲:原名牧仲,春秋战国官吏,仕至宋国大夫,食采于裘。

④荜门:用竹荆编织的门。常指房屋简陋破旧。

仲秋同甘泉湛太史①游西禅寺②

（二首）

高秋晴景适相牵,野寺重寻破衲禅。
山桂得霜滋老辣,野花临水尚新鲜。
清商合律③公先调,太白④长浮我亦眠。
望气节游非虐政⑤,高台⑥修废是何年。

古松萝葛蔓相牵,废寺旁遗只小禅。
桃李东皇先割爱,鳙鲴⑦僧舍为烹鲜。
流觞合待稽山⑧记,醉石还留处士眠。
坏壁旧题除不尽,去年谁道胜今年。

【注释】

①湛太史:即湛若水。明清两朝修史之事由翰林院负责,又称翰林为太史。

②西禅寺:位于广州市西面,原是广州著名寺院,现为广州市第四中学的校址。据康熙年间董应魁《西禅寺万佛阁碑光》载,西禅寺创建于唐末五代初。

③合律:符合格律。宋代张炎《词源·杂论》:"词之作必须合律,然律非易学,得之指授方可。"

④太白:即大白,大酒杯。明代高君《次韵答朱冠军游城西之作》:"笑看明月问狂客,我举太白君当浮。"

⑤虐政:残暴的政策法令。

⑥高台:高的楼台。

⑦鳙鰅(yú):即鰅鳙,传说中的怪鱼。

⑧稽山:位于浙江省绍兴市。

阅射[①]北郊[②]

野鹤翛然[③]太老身,犹闻骑射出城堙。

箭穿杨叶谁将并,歌遏行云酒有神。

日弄潢池非乱略[④],闲挥白羽[⑤]是陈人[⑥]。

庙堂[⑦]收用多长技,岭海何年拜虎臣[⑧]。

【注释】

①阅射:检阅射箭技术。指阅兵操练。

②北郊:古代新会县城北有一官府练兵场。

③翛然:无拘无束、自由自在的样子。

④日弄潢池非乱略:在积水塘里玩弄兵器,并非造反的途径。喻操练士兵。弄,玩弄;潢池,积水塘。

⑤白羽:古代军中主帅所执的指挥旗。

⑥陈人:犹老朽。

⑦庙堂:太庙的明堂。是古代帝王祭祀、议事的地方。这里借指朝廷。

⑧虎臣:比喻勇武之臣。《诗经·鲁颂·泮水》:"矫矫虎臣,在泮献馘。"《后汉书·班勇传》:"孝明皇帝深惟庙策,乃命虎臣,出征西域,故匈奴遁,边境得安。"

九月十八日飓风

蚊声几夜杂秋声,怪得闲窗睡易醒。

风雨异常先有兆,田庐[①]淹没恨收成。

西山[2]南海[3]多强寇，十室九空犹横征。
仁爱天心[4]知有在，闾阎[5]何计可残生。

【注释】

①田庐：田地和房屋。
②西山：泛指新会西面的山区。
③南海：泛指南方的海。
④天心：封建时代指君主的意愿。
⑤闾阎：借指平民。

病起诸友相访[1]

幽居僻远无人到，病起荒凉有客过。
路逼邻墙难系马，山当晴候易扪萝[2]。
津头[3]小市鱼虾少，海上频年罟网[4]多。
小酌晚凉须半醉，共公携手看星河。

【注释】

①本诗收录于清康熙《新会县志》。
②扪萝：攀援葛藤。
③津头：渡口。
④罟网：泛指渔网。

寄石冈刘光禄[1]年丈[2]

西去鼍城[3]路欲千，往来消息海商船[4]。
遥闻官径人如虎，不道涯门[5]浪拍天。
避地青门[6]瓜有瑞，弃官彭泽[7]酒无钱。

交情万种缄难尽，老大悠悠魂梦牵。

【注释】

①刘光禄：刘竑，字伯度，阳江城南门街，刘芳之子。明弘治十七年（1504年）举人，弘治十八年（1505年）进士。任江苏如皋县知县，后升兵部主事，再转为光禄寺丞。当时严嵩主政，因刘竑极有威望，便企图拉拢其为党羽，竑托病告退回家，侍奉父母。后屡被举荐，均不就官职。刘竑与乡里相处，温恭谦让，绝无傲态。正德十三年（1518年），编修《阳江县志》（世称《刘志》）。71岁逝世。

②年丈：科举时代为对父亲同年登科者的尊称，明代中叶以后亦用以称同年的父亲或伯叔，后用以泛指父辈。刘光禄年丈即刘芳，刘竑之父，成化十四年（1478年）戊戌科进士。

③鼍（tuó）城：广东省阳江市的别称。阳江是古高凉县、郡的治所。长期以来，阳江的治地中心都在鼍山脚下，因此阳江又称鼍城。

④海商船：在海上运载货物和旅客的船。

⑤涯门：位于广东省江门市新会区南。为潭江和西江分支的出海口。南宋末年宋朝枢密副使张世杰以舟师碇海中，为元兵所败。陆秀夫负少帝昺（宋怀宗）于崖山沉海。

⑥青门：泛指退隐之处。

⑦彭泽：江南古邑，汉高祖六年（前201年）建县，江西省九江市下辖县，东邻安徽省东至县，南与鄱阳县、都昌县毗邻，西接湖口县，北与安徽省宿松县、望江县隔长江相望。

素有“七省扼塞”“赣北大门”之称。晋陶潜曾为彭泽令，因以“彭泽”借指陶潜。

莫君玉泉别后屡承飞章足见惓惓不忘之意缘懒病相寻风雅道衰无以属和蒙道及谨以拙作解嘲非谓诗也

万里飞章[1]万里情,高山流水韵锵鸣。

不知郢曲堪谁和,欲强陶琴[2]向月横。

故里惊看公矍铄,内台声重子宁馨。

等闲木石休轻弃,洛社风流旧有名。

【注释】

①飞章:报告急变或急事的奏章。喻书信。

②陶琴:即陶令琴。《晋书·隐逸传·陶潜》:"性不解音,而畜素琴一张,弦徽不具,每朋酒之会,则抚而和之,曰:'但识琴中趣,何劳弦上声!'"后用为典实。喻典雅平实。

诞日和何婿子翰[1]

柳下天分一曲流,幽居何事费牙筹[2]。

亲贤别里青云路,葱鬓三生[3]白鹤俦。

八十岂知花甲换,寻常亦见海山浮。

青鞋[4]白袜从吾好,桃任春芳桂任秋。

【注释】

①何婿子翰:何卓,字子翰。何文邦宗子,西屏公长女婿。

②牙筹:象牙或骨、角等制的计数酒筹。

③三生:佛教语,指前生、今生、来生。

④青鞋:指草鞋。

初冬邀同社赏菊

千山落木送高秋，老圃①因仍事未休。
野菊亦知重九去，冷香犹为几人留。
乾坤小着风尘暗，山水长妨老大游。
花下浊醪②须共醉，一凭清论破闲愁。

【注释】

①老圃：指有经验的花农。

②浊醪：即浊酒，与清酒相对。清酒，醪经压滤后所得的新酒，静止一周后，抽出上方清澄部分，留下的白浊部分即为浊酒。

丙申①中秋

独酌空阶坐二更，歌钟台馆②寂无声。
何曾倒屣③迎佳客，懒更寻诗过草亭。
海外争先谁御寇，城头分守夜征兵。
河山僇力④应豪士，云物何须碍月明。

【注释】

①丙申：嘉靖十五年(1536年)，西屏公时年69岁。

②台馆：泛指朝廷官署。

③倒屣：急于出迎，把鞋倒穿。用以形容主人热情迎客。

④僇力：合力，尽力。

陈邦衡[1]以修复六代祖旌亭见示赋此

宋祚[2]逢崖识[3]已终，可怜当代尽英雄。

虞渊[4]赤手难捞日，炎海穷鳞[5]死附[6]龙。

釜庾[7]尚存皆国赋[8]，疲羸思济本由衷。

旌亭异日谁修复，赖有云孙[9]识两翁[10]。

【注释】

①陈邦衡：陈氏十二世。其五世先祖陈元辅、陈英辅，在南宋朝廷退守新会崖山时，两公献粟数千石以济师，宋帝昺旌为勤王义士。

②祚：指帝位。

③识：知道，懂得。

④虞渊：传说为日没处。

⑤穷鳞：失水之鱼，比喻处在困境的人。

⑥死附：亦作“附死”，谓厚葬。

⑦釜庾：釜和庾，均为古时量器名。诗中喻数量不多。

⑧国赋：国家规定的赋税。

⑨云孙：从本身算起的第九代孙。亦泛指远孙。

⑩两翁：陈元辅、陈英辅两翁。

阮学愚处士[1]致爱堂成

孝心一念故分明，祀事多年始发诚。

风木之悲时易代，孩提之慕老难更。

人文盛世重宣朗[2]，礼教名家载肃清。

多少丹青焕闾里[3]，独于仁孝写真情。

【注释】

①处士：本指有才德而隐居不仕的人，后亦泛指未做过官的士人。

②宣朗：彰明，明朗。

③闾里：里巷，平民聚居之处。

中秋月蚀呈同年刘司谏[①]

太阴[②]耿耿行秋宇，怪物何来掩玉蟾[③]。

天道昭彰人共见，事机潜伏此同占。

千家倏尔[④]违光景，万象终然耸具瞻[⑤]。

自是群工[⑥]争就列，同修一德[⑦]佐光谦。

【注释】

①刘司谏：即刘文瑞。刘文瑞，字廷麟，邑城人。正德辛未（1511 年）进士，授行人占城，请封择文瑞以往，赐一品服，宣国威德，事竣擢刑科给事中（谏官，当时称"给谏"），毅皇帝屡出游，文瑞抗疏请回。（清康熙《新会县志》）刘文瑞与西屏公同为弘治八年（1495 年）乙卯科举人，所以也称同年。

②太阴：谓月亮。

③玉蟾：月亮的别称。

④倏尔：迅疾的样子，常形容时间短暂。

⑤具瞻：谓为众人所瞻望。

⑥群工：众乐工。

⑦一德：同心同德。

赠司徒龟岭[1]

五十年前发未韬，宫墙[2]初共试蓝袍[3]。
潮生熊海[4]鱼龙戏，云覆马山[5]松柏高。
剑佩[6]屡回千里梦，江湖空叹一身劳。
莫辞徙倚[7]南枝醉，同过文溪[8]照二毛[9]。

【注释】

①司徒龟岭：司徒绶，号龟岭，岁贡，乳源教谕。（清康熙《新会县志》）“岭”古籍为“陵”，讹误。

②宫墙：借指朝廷。

③蓝袍：蓝衫，亦作“襤衫”“襴衫”。古时士人、儒生的服装。

④熊海：新会地名，位于新会历史名人梁启超先生故居茶坑村滨海处。

⑤马山：坐落于广东新会学宫东面。

⑥剑佩：宝剑和垂佩。古代文人有佩剑的习惯。

⑦徙倚：徘徊，来回地走。

⑧文溪：位于新会学宫前。

⑨二毛：斑白的头发。常用以指老年人。

诞日柬同社过酌

（二首）

草荐轻车一路深，小楼温酒望同斟。
菊英未落梅香吐，小雪才过诞日临。
万变风云随着笔[1]，一流松竹矢同心[2]。
看花许续千年话，拜舞花前领醉吟。

盥栉[3]朝来寒渐深，紫霞杯小量情斟。

也知北郭[4]人稀到，为探南枝日再临。

长揖[5]诞辰陪贺客，小烹牛鼎[6]献穷心。

白云篇什[7]堆纷乱，点检[8]晴窗共细吟。

【注释】

①着笔：落笔；下笔。

②矢同心：指齐心合力。

③盥栉：梳洗。

④北郭：古代城邑外城的北部。亦指城外的北郊。

⑤长揖：拱手高举，自上而下地向人行礼。

⑥牛鼎：鼎名。其足饰形似牛首。喻用大锅烹菜。

⑦篇什：《诗经》的“雅”和“颂”以十篇为一什，所以诗章又称“篇什”。

⑧点检：查核，清点。

黄梅所[1]八旬寿官给帛[2]

束帛[3]乌纱[4]降有期，老承天赍[5]敢言迟。

人同东海归来岁，世际西周惠养[6]时。

阖户[7]忍贫真铁汉，的心行孝是佳儿。

思君此日情如醉，限隔无由劝一卮。

【注释】

①黄梅所：黄子正，号梅所。古籍为“陈梅所”，拟为讹误。

②帛：古时对丝织品的总称。

③束帛：捆为一束的五匹帛。古代用为聘问、馈赠的礼物。

④乌纱：黑纱织物。

⑤天赍：指朝廷赐赠礼物。赍，把东西送给别人。

⑥惠养：加恩抚养。
⑦阖户：闭门。

和涧松汤外史

（二首）

水边篱落有幽期，杖舄龙钟更恐迟。
名酒且留花下酌，好诗须待月来时。
坐谈不觉三秋过，行乐争教一日违。
三弄桓伊江上笛，暗香疏影落金卮[①]。

行止谁云不可期，到山才恨入山迟。
涧边松下长随鹤，橘绿橙黄摘有时。
句里江山多自适，意中人物肯相违。
恰来佳气通仙圣[②]，剩有琼浆[③]泛寿卮。

【注释】
①金卮：金制酒器。亦为酒器之美称。
②仙圣：道家对得道成仙者或神仙的尊称。
③琼浆：仙人的饮料。喻美酒。

和艮所王司训[①]

（二首）

收拾秋光入画阑，重阳笑我漫游观。
如何此日临轩赋，不共山人带醉看。

秋色萧疏欺老鬓，花神[2]特达爱儒冠。
落英久会通仙圣，亦恐灵均[3]未解餐。

弦诵风闻大雅音[4]，冷香[5]寻逐路偏深。
一枝未洗孤山雪[6]，万片应奢栗里金。
野槿[7]媚风无俗态，山葵[8]向日有芳心。
红林绿髩专相待，暂与冰霜肯见侵。

【注释】

①艮所王司训：即时任新会训导王天祈。

②花神：掌管花的神。

③灵均：泛指词章之士。这里指王司训。

④雅音：一般指古代中原雅音。雅音在唐宋时期发展到了最高峰，达到了一字一音，唐诗宋词作品大量涌现，各周边国家皆争相学习古代中原雅音。

⑤冷香：指花、果的清香。

⑥孤山雪：钱塘八景之一，泛指雪后初晴孤山一带景观。

⑦槿：木名，即木槿。

⑧山葵：别称山萮菜、哇沙蜜、泽山葵、溪山葵，是珍稀辛香植物蔬菜。

秋兴用唐人韵

锦花飘白榕叶青，云影天光水鉴[1]明。
啄木寒鸥[2]霜翼健，嘶风名马雪蹄轻。
渊明爱独忘忧物[3]，子美诗多恋阙[4]情。
莫弄瑶琴[5]向南涧，古松萧飒更秋声。

【注释】

①鉴:古籍为“釒”,拟为“鑑”(鉴)的讹字。

②寒鸱(chī):寒天的鸱鸟。

③渊明爱独忘忧物:陶渊明是中国文学史上第一个大量写饮酒诗的诗人。忘忧物,指酒。东晋陶渊明《饮酒》诗之七:“泛此忘忧物,远我遗世情。”

④阙:皇宫门前两边供瞭望的楼,宫阙。

⑤瑶琴:用玉装饰的琴。瑶琴有六忌、七不弹。六忌是指:一忌大寒,二忌大暑,三忌大风,四忌大雨,五忌迅雷,六忌大雪。七不弹是指:闻丧者不弹,奏乐不弹,事冗不弹,不净身不弹,衣冠不整不弹,不焚香不弹,不遇知音者不弹。

张井泉诞日

（三首）

东阁留诗墨未干,今冬寒似去冬寒。
烘炉莫放山瓶小,冻雨犹凝褐袖[1]宽。
坐客玄谈仙鹤侣,阑花紫结瑞香团。
重来更有新春帖,凭仗东风送入门。

玉斝[2]氤氲[3]秋露白,彩毫挥洒墨花寒。
东君降席西宾上,诗格[4]森严酒量宽。
旭日宠临千福介,绮筵[5]供帐[6]百花团。
看君千载何须祝,青鸟西来正入门。

有花有酒惟须月,无褐无衣[7]幸过冬。

候暖何时还凛冽，望圆今日尚朦胧。

白头青鬓聊相乐，市唱山歌自不同。

酒盏不停光景在，阴晴谁复问天公。

【注释】

①褐袖：借指粗布衫子。

②玉斝（jiǎ）：玉制的酒器。

③氤氲：古代指天地阴阳二气交互作用的状态。形容云烟弥漫、浓郁的样子。

④诗格：作诗的法则。

⑤绮筵：华丽丰盛的筵席。

⑥供帐：陈设供宴会用的帷帐、用具、饮食等物。亦谓举行宴会。

⑦无褐无衣：没有御寒的衣服。形容生活清贫。褐，本指粗毛布，引申为粗布衣服。

春宵夜雨

霏霏寒雨飒春声，岂谓三农候暖耕。

菲薄无能归旧业，髦倪①何限寄新城。

一山蛇豕非勍敌②，两道貔貅③已肃兵。

定有丈人来领略，共回桑梓④过浮生。

【注释】

①髦倪：老幼。倪，古籍为“猊”。

②勍敌：强敌。勍，强。

③貔貅：貔貅又名天禄、辟邪、百解，共四个名字，是中国古代神话传说中的一种神兽，龙头、马身、麟脚，形似狮子，毛色灰白，会飞。貔貅是以财为食的，纳食四方之财。

④桑梓：《诗经·小雅·小弁》：“维桑与梓，必恭敬止。”谓家乡的桑树、

梓树是父母种的,对它要有敬意。后因以“桑梓”代指故乡或父老乡亲。

答龙江[1]黄正郎[2]同年

落笔风云纸面生,红黄真不忝诗声。

芳时[3]共奋龙门翼,社日[4]同归燕鸟情。

江舫漫疑高浪拍,山楼应候小车停。

龙江独在同年厚,屑玉劚[5]金莫厌零。

【注释】

①龙江:广东顺德龙江镇。

②黄正郎:黄著,广东顺德人,弘治十八年(1505年)乙丑科进士,官至户部郎中。正郎,朝廷诸司郎中的别称。

③芳时:良辰,花开时节。喻年轻时候。

④社日:古时祭祀土神的日子,一般在立春、立秋后第五个戊日。间或有四时致祭者。

⑤劚:切削。

枕上卒[1]成口号寄远甥曾大尹

(二首)

江湖廊庙[2]本相关,白首归来两梦闲。

和靖[3]北堂[4]知善养,辽阳[5]仙骨[6]已还山。

身名共隐无三窟,风雨归来惜万间。

宛洛[7]风尘莫回顾,商家庸[8]见五开颜。

交游四海信犹悭，今日方知获上难。

戴月披星曾自量，道方[9]时险故应还。

八重[10]到了终伤臂，列鼎[11]嗟来也厚颜。

水北水南花竹秀，更除要地艺湘兰[12]。

【注释】

①卒：同“猝”。仓促，急速。

②廊庙：比喻能担负国家重任者。

③和靖：和靖先生，本名林逋（967年—1024年），字君复，奉化大里黄贤村人，著名词人。因其隐居杭州西湖孤山，终生不娶，膝下无子，以梅花为妻鹤为子，故而有人给他“梅妻鹤子”之盛名。

④北堂：古指士大夫家主妇居室，后以代称母亲。

⑤辽阳：同“辽东华表”。东晋陶潜《搜神后记》卷一：“丁令威，本辽东人，学道于灵虚山。后化鹤归辽，集城门华表柱。时有少年，举弓欲射之。鹤乃飞，徘徊空中而言曰：‘有鸟有鸟丁令威，去家千年今始归。城郭如故人民非，何不学仙冢垒垒。’遂高上冲天。”后以“辽东华表”称久别的故乡。

⑥仙骨：喻超凡拔俗的气质。

⑦宛洛：二古邑的并称，即今之南阳和洛阳。常借指名都。

⑧庸：先秦对某些地位较低的劳动者的一种称呼。

⑨道方：规律，法则。

⑩八重：比丘尼之八重罪也。

⑪列鼎：谓陈列置有盛馔的鼎器。古代贵族按爵品配置鼎数。列鼎的数目和车马也有一定的组合，以“别贵贱，辨等列”。

⑫湘兰：本指生于沅湘两岸的芳草，后用以比喻高洁的人或事物。

窗前红茉莉碎剪菊盛开有怀

檐前茉莉望春红，野菊离离傲朔风。

老忆故人初较病，诗多情致更新工。

兴来开径期三益[①]，醉后扶吟但一筇。

丁卯桥[②]边能荡桨，笔床茶吐肯随公。

【注释】

①三益：借指良友。

②丁卯桥：桥名，在江苏省镇江市南。在镇江南门外运河边，有一个环境清幽的乡村，在晋元帝时，运粮出京口，为水涸，奏请立埭，以丁卯日制可，后人筑桥，因名。它自唐代以后，随着许浑的名声而著名。

盎莲栽久叶茂而花不吐或谓清明后种然也因漫述以问种莲者取法云

盎莲节后种无花，生意遍饶叶竞奢。

暑退碧筒[①]还酌酒，客来清话亦供茶。

那能蔽日从张盖，尚欲清尘岂染沙。

水冷霜寒聊尔别，旧山松菊老生涯。

【注释】

①碧筒：亦作"碧筒杯"，一种用荷叶制成的饮酒器。

荷　叶

种藕宜花未作花，何缘北屋事豪奢。
结帏[①]半得濂溪[②]趣，对景全堪陆羽茶。
欲振青苍参碧落，岂知红白混泥沙。
异时收取殊青箬[③]，误落包苴[④]恨未涯。

【注释】

①帏：古代人佩戴的香囊。

②濂溪：濂溪先生。周敦颐（1017 年—1073 年），字茂叔，北宋道州营道楼田堡（今湖南道县）人，世称濂溪先生。

③青箬：箬竹的叶子。箬竹叶大质薄，常用以裹物。

④包苴：借指贿赂或馈赠。

赠俞邑博[①]归浙

教出吴兴有正传，春风门巷蔼新弦。
东山乔梓[②]堪梁栋，西浙柔桑[③]暗石田[④]。
畏此简书[⑤]来郑重，美非吾土尚迟延。
六桥花柳孤山鹤[⑥]，尘梦今朝洗玉泉。

【注释】

①俞邑博：俞樟，浙江崇德人，岁贡，嘉靖二十六年（1547 年）任新会教谕，辞去，人高之，祀名宦，有传。（清康熙《新会县志》）

②东山乔梓：东山，泛指名高望重的人。乔梓，用来比喻父子关系。这里比喻父子同样出色。

③柔桑：始发芽的桑树。

④石田：贫瘠的田地。

⑤简书：用于告诫、策命、盟誓、征召等事的文书。亦指一般文牍。

⑥六桥花柳孤山鹤：位于杭州西湖，湖心亭有一联曰："四季笙歌，尚有穷民悲夜月。六桥花柳，浑无隙地种桑麻。"六桥花柳，是指奢靡生活。孤山鹤，喻退隐。这一句指不贪图享乐而隐居。

石榴[1]初发

奚童[2]浇灌海榴花，抱瓮工夫独未涯。

春浅化生愁雨泽，冬来摧折尚槎牙。

根荄暖动红绀[3]发，茂密阴期霡霂加。

待得蓐收[4]包裹后，徐开玳瑁[5]出丹砂[6]。

【注释】

①石榴：原产于中国西域，汉代传入中原。石榴成熟的季节是中秋前后。

②奚童：亦作"奚僮"，未成年的男仆。

③绀：红青，微带红的黑色。

④蓐收：古代传说中的西方神名，司秋。

⑤玳瑁：指玳瑁的甲壳，亦指用其甲壳制成的装饰品。指精美的外壳。

⑥丹砂：即朱砂，色深红，喻石榴果肉的颜色。

春末梅柳方盛有感

烟雨江梅尚带青，桃花烂漫柳轻盈。

眼看百物趋时变，谁谓东风不世情。

青海[1]生全[2]多富老，朝歌[3]荡涤有虞[4]生。

溪山何处堪行乐，布谷[5]劳劳且劝耕。

【注释】

①青海：东方之海，也借指传说中的海上仙山。

②生全：保全生命，全身。

③朝歌：地名，中国商朝的国都，位于今河南鹤壁市淇县。

④虞：传说中的朝代名，舜所建。

⑤布谷：鸟名。以鸣声似“布谷”，又鸣于播种时，故相传为劝耕之鸟。

李紫崖邀玩芙蓉

欲采芙蓉未涉江，梧桐[1]日夜老秋霜。

白头许我同攀赏，青眼还谁共趁狂。

拂石临流清玉轸[2]，挥毫对客漉龙香[3]。

看花不断游人路，金粟[4]将舒月渐光。

【注释】

①梧桐：一种落叶乔木，开黄绿色单性花。木质轻而坚韧，可制乐器等。

②玉轸：玉制的琴柱。

③龙香：“龙涎香”是留香最持久的香料，世上任何一种香料都不能与之相媲美，素有“龙涎之香与日月共存”的说法。古代徽墨制作，常见入墨的药物，有天然麝香、沉香、公丁香等，以增墨汁的芳香。

④金粟：桂花的别名。因其色黄如金，花小如粟，故称。

谢惠白菊

老圃移来此色香，闲门无地着秋光。

玉钗翠羽[1]翘青女，碎月繁星照夜廊。

看客故多添酒债，谢君徒自苦吟肠。

霜姿[2]不与重阳老，直伴南枝见一阳[3]。

【注释】

①玉钗翠羽：玉钗，指美女。翠羽，翠鸟的羽毛。古代多用作饰物。比喻美丽。

②霜姿：皎洁的容貌。

③一阳：农历五月称为一阳月。

和王司训玩菊

霜前整整更斜斜，岂识陶家是故家。

入眼方知风格别，出尘堪为短篱夸。

便宜[1]卜筑[2]开三径，不用携壶上九华[3]。

一咏一觞须尽兴，夹溪桃李候春花。

【注释】

①便宜：便当，合宜。

②卜筑：择地建筑住宅，即定居之意。

③携壶上九华：引用宋代苏轼《壶中九华诗》。所谓壶中九华只不过是一个"广袤尺余"的石山，属于文人清供的案头小品之类。

中　秋

（三首）

闲云四散天宇清，入户风高月倍明。

佳节按期尊俎[1]集，旧游凋落岁华更。

犹余少俊[②]诗情远，恰值荒年酒味轻。
老子南楼兴非浅，诸君同望太阶[③]平。

月上潮来夜气清，近瞻南斗[④]最分明。
市豪纵饮轻千盏，诗老行吟过五更。
光景易来还易去，世情相取亦相轻。
闾阎万室空生白[⑤]，冻馁[⑥]何时乐太平。

风定天高秋气清，天心月到十分明。
龙钟[⑦]莫笑二千石[⑧]，斟酌相忘长短更。
南郭[⑨]履行歌亦乐，黄垆[⑩]酒嗜味非轻。
浮生事事元无事，暮夜哀求何未平。

【注释】

①尊俎：常用为宴席的代称。

②少俊：亦作“少隽”。少年英俊。

③太阶：古星名，即三台。上台、中台、下台各二星，相比而斜上，如阶级然，故名“太阶”。比喻太平。

④南斗：星名，即斗宿，有星六颗。在北斗星以南，形似斗，故称“南斗”。

⑤生白：生出光明。

⑥冻馁：过分的寒冷与饥饿，谓饥寒交迫。

⑦龙钟：身体衰老、行动不灵便的样子。

⑧二千石：汉制，郡守俸禄为二千石，即月俸百二十斛。世因称郡守为“二千石”。

⑨南郭：即南郭先生，比喻无才而占据其位的人。

⑩黄垆：即黄公酒垆。比喻人见景物，而哀伤旧友。典出南朝宋刘义庆《世说新语·伤逝》。

八月十九日喜晴时有欲借官兵守逻以防劫稻之议

迅雷宵昼雨盆倾，雷既收声雨亦停。

原溉极蒙三日下，海收尤快一时晴。

莫于俯仰愁空乏，间有侵蟊[1]亦告成。

重载往来须有备，江台[2]亟为借官兵。

【注释】

①侵蟊：侵害。《旧唐书·德宗纪上》："事或无益，而重为烦费；任或非当，而横肆侵蟊。"

②江台：位于安徽阜阳市。

诸友送瑞鸟图与儿益[1]期其宜男[2]之应也因赋一诗以俟和教

庭前老柏几经秋，天外来禽两白头。

一类两雏皆颖异[3]，抽毫[4]纪盛总贤流。

莫奇兄弟同三窟，直羡飞腾视九州。

再指画图明瑞应[5]，曾闻积善有公侯[6]。

【注释】

①儿益：区元益，字惟裕，邑庠生。乡宾，越之子，雅洁好修，即盛暑燕居，不废衣冠，日吟咏而已。（明万历《新会县志》）

②宜男：旧时祝颂妇人多子之辞。

③颖异：聪慧过人。

④抽毫：抽笔出套。亦借指写作。

⑤瑞应：古代以为帝王修德，时世清平，天就降祥瑞以应之，谓之瑞应。

⑥公侯：泛指有爵位的贵族和官高位显的人。

秋日郊行和韵

胸次[1]悠悠天界宽，秋郊游衍[2]可能欢。
礼星坛[3]峻上梯石，阊阖风[4]清下拂冠。
禅宫冷落僧空老，山木萧森岁欲寒。
塞北来鸿声断续，游人争得举头看。

【注释】

①胸次：胸间。亦指胸怀。

②游衍：谓从容自如，不受拘束。

③礼星坛：位于新会圭峰山上。（坛）朝斗石在圭峰绝顶，大约五尺高四尺余宽，平如席，旁有七石团聚，李真人每夜于此朝斗山，侧有真人庵，今石尚存，庵已废。（清康熙《新会县志》）至20世纪50年代，修圭峰山环山公路，石毁。

④阊阖风：秋风。

阅子翰郊行诗拟九月四日约诸年少[1]同续登临之约次韵

云物萧条阊阖风，炎凉相代岂相攻。
林庐苍莽还如故，歧路东西漫不同。
塞雁声闻寥廓[2]外，游人身落醉醒中。
明朝又蜡东山屐[3]，年少能随鹤发翁。

【注释】

①年少：青春年少，指年轻人。

②寥廓：空旷深远。

③东山屐：晋代谢安在金陵城东筑别墅，常着屐来此游憩。谢玄等破

苻坚,有驿书至,安方对客围棋,阅书既竟,了无喜色,棋如故。既罢,还内,过户限,心喜甚,不觉屐齿之折。事见《晋书·谢安传》。后因以“东山屐”为典。

秋日登高用前韵

偶尔当年落帽风,后来戈戟日相攻。
风流意致难量度,朱墨[1]研磨自异同。
天气朗清真物外,琴樽潇散亦闲中。
黄云不是龙山[2]饮,文学[3]彬彬[4]两病翁。

【注释】

①朱墨:用朱砂制成的墨。

②龙山:位于新会城东北,黄云山之东。

③文学:儒生。亦泛指有学问的人。

④彬彬:形容文质兼备,后往往用以形容人的行为文雅有礼。

诞日谢诸贤称贺[1]

藜杖[2]朝朝出探梅,转头八十七年来。
宾筵虽设无奇玩,缝掖[3]相过总异才。
高论[4]故知樗可寿,清歌须用酒为媒。
名家步乐年年是,绕膝儿孙戏老莱[5]。

【注释】

①本诗写于西屏公去世前二个月的诞日,按古代中国人的年龄计算方法,过了生日可添一岁,故亦可称为87岁。

②藜杖:用藜的老茎做的手杖,质轻而坚实。

③缝掖：大袖单衣，古儒者所服。亦指儒者。

④高论：见解高明的议论。常用以称对方的言论的敬辞。

⑤戏老莱：老莱娱亲的省称，指孝养父母的子女。

寿日侄元升以诗致贺用韵

伏枕诗成拨枕兴，百年技痒共浮生。
梳头菊日摇窗白，自寿新篝[①]赛雪清。
洛下有园谁与乐，猗兰[②]一弄有遗馨。
寒梅正发思攀折，四海无缘得寄声。

【注释】

①篝：上大下小而长，可以盛物的竹笼。篝灯呵冻，置灯于笼中，并以口气嘘物取暖，喻写作之勤奋。

②猗兰：古琴曲《猗兰操》的省称。喻情操高洁之士。

答孙婿尹茂才[①]余春元[②]寿章

风光欲劲岭头梅，至日先旬诞日来。
弦管暂调宽老病，诗章频到愧英才。
官抛廪禄余无累，路辟蓁芜却有媒。
寿域[③]燕闲[④]非偶尔，邻如裘仲[⑤]妇如莱[⑥]。

【注释】

①尹茂才：尹佐，天游子，庠生。

②余春元：余绍贤，岁贡，永新训导。

③寿域：谓人人得尽天年的太平盛世。

④燕闲：安宁，安闲。

⑤裘仲:汉朝名士,后用以泛指廉洁隐退之士。

⑥如莱:莱,即莱妻,古代以“莱妻”作为贤妇的代称。指像老莱子妻一般,夫妻偕隐。

子婿何茂才称觞①祝寿依韵答之

红日三竿睡始兴,无端神爽忽然生。

还山不觉年高迈,举世谁分此浊清。

满酌流霞②冰玉③映,朗吟佳句蕙兰④馨。

绸缪⑤不尽东床⑥念,云外归来鹤一声。

【注释】

①称觞:举杯祝酒。

②流霞:泛指美酒。

③冰玉:岳父和女婿的代称。

④蕙兰:当今所称的中国兰,古代称之为“蕙”。

⑤绸缪:比喻事前做好准备工作。

⑥东床:指女婿。

孙日章①新婚诗以示之

解组归来二十年,种瓜无地秫②无田。

半松半竹缘风壑,时止时行任管弦③。

绮陌④不知花柳醉,老年惟望子孙贤。

有家若便求身教,身教求来却万千。

【注释】

①日章:区日章,字仲修,号渭渊,庠生,礼部儒士。区元晋之独子,西

屏公之孙。(《新会潮连区氏族谱》)编修刊刻其父《区奉政遗稿》。

②秫(shú):黏高粱,可以做烧酒,有的地区泛指高粱。

③管弦:管乐器与弦乐器。亦泛指乐器。

④绮陌:繁华的街道。亦指风景美丽的郊野道路。

藏春亭

韫椟[1]深藏百炼丹,主人醒坐火炉闲。
乾坤在处明双眼,风雨凭君度一关。
日暖牙签[2]抽满席,绿荫黄鸟语其间。
何人肺腑收全尽,再见先生作半山[3]。

【注释】

①韫(yùn)椟(dú):指藏在柜子里。韫,珍藏,收藏。

②牙签:指象牙做的书签。

③半山:王安石的别号。

长　至[1]

子半寒鸡为报晨,衣冠北望拜枫宸[2]。
如闻圣谕同长庆[3],始觉还山得旧身。
一脉[4]且忻回泰道,三农未可笑儒绅。
春来准拟开怀抱,共是桑麻[5]社里人[6]。

【注释】

①长至:一说指冬至。自夏至后日渐短,自冬至后日又渐长,故称。

②枫宸:宫殿。宸,北辰所居,指帝王的殿庭。

③长庆:永久吉昌。

④一脉:亲族、师门、诗文等前后相承的一系。

⑤桑麻:泛指农作物或农事。

⑥社里人:西屏公致仕后结诗社的人。

冬至后四日邓太守念斋张大尹井泉寿诞

一阳来复又三晨,二老悬弧迭诞辰。

佳气郁葱盈里闬[①],江门风雨两吟身。

膝前戏舞儿英俊,堂上高歌客缙绅[②]。

圣主万年优老寿,青门白社[③]任闲人。

【注释】

①里闬(hàn):指里门。

②缙(jìn)绅:插笏于绅带间,旧时官宦的装束。亦借指士大夫。

③青门白社:泛指京城东门,因为东方属青色。此处指在京城为官之意。白社,洛阳里名,在今洛阳东,此处用董京事,后代指隐士居所。这里指辞官归乡的生活。

九日偕邓念斋谭瓶台[①]二丈游黄云

紫薇开盛菊开初,老兴无如九日何。

小憩松阴风落帽,剧谈时事口悬河。

山斋[②]葵藿[③]聊添饮,野鸟笙簧[④]对客歌。

丹壑翠崖双不借,莫将行脚笑哥哥。

【注释】

①谭瓶台:谭维鼎,字朝铉,号瓶台,举嘉靖庚子(1540年)第二人,筮仕同安,累官广西按察副使,有传。(清康熙《新会县志》)

②山斋：山中居室。

③葵藿：指葵与藿，均为菜名。

④野鸟笙簧：指笙的乐音。张素《初至江南》诗："山村隐图画，鸟语替笙簧。"

菊日郊亭野兴

郊亭小酌会重阳，童冠[1]偕行总俊良[2]。

按节[3]欲同闾井[4]乐，告成还见耨收[5]忙。

天留好景诗难道，酒为寻山醉不妨。

目送飞鸿天外落，北来消息又相将[6]。

【注释】

①童冠：指青少年。

②俊良：贤能优良之士。

③按节：表示徐行或停留。喻击节，打拍子。

④闾井：闾里，居民聚居之处。

⑤耨收：古代锄草的农具。泛指农活。

⑥相将：相随，相伴。

登圭峰次壁间韵

直上云山更莫疑，少年扶侍[1]老年迟。

高峰上柱天无极，古木丛深路有歧。

绿护瓶中频酌酒，礼星坛下一枰棋。

商声[2]调出松林外，歌咏同归落翠微[3]。

【注释】

①扶侍：搀扶陪侍。“侍”，古籍为“待”，讹误。

②商声：五音中的商音。

③翠微：泛指青翠的山。古籍为“薇”，拟为笔误。

汤外翰[1]社会次韵

方筇八十未扶公，问柳寻花[2]日正中。

猿鹤[3]品流应自别，芝兰[4]气味许谁同。

睢阳[5]赋后诗名在，栗里[6]归来酒兴浓。

今古再逢真率会，主盟端合谢贤东。

【注释】

①汤外翰：即汤九山。此处指有地位的社会名流。

②问柳寻花：游赏风景。

③猿鹤：借指隐逸之士。

④芝兰：古时比喻君子德操之美或友情、环境的美好等，喻优秀子弟。

⑤睢阳：睢阳即商丘，地处河南东部，历史悠久。唐代著名的睢阳之战就发生在此地，安史之乱后期，叛军南下，潼关失守，长安陷落，玄宗奔蜀。睢阳守将张巡、许远率领近万名守军，死守睢阳，抵挡数万叛军的南下。

⑥栗里：今江西九江市西南，晋陶潜曾居于此。

秋日写怀寄郑太守年丈[1]

山歌野曲漫纷纭，清唱何人共一樽。

岁月几般[2]供老大[3]，诗书长此累儿孙。

神游八极[4]扬州鹤[5]，鹏化[6]九天[7]溟海鲲[8]。

病较寻君君亦病，竹窗趺坐[9]掩闲门。

【注释】

①郑太守年丈：即郑铭。年太，犹年伯。封建社会称同一年考取进士的人为"同年"，后辈称与父辈同一年考上的人为"年伯"。郑铭与西屏公同科进士，年龄比西屏公年长较多。

②几般：几回；几种。

③老大：年老。对年长的人的尊称。

④八极：喻极远之处。

⑤扬州鹤：南朝宋人殷芸的《小说》一文："有客相从，各言所志：或愿为扬州刺史，或愿多资财，或愿骑鹤上升。其一人曰：'腰缠十万贯，骑鹤上扬州'，欲兼三者。"就是说有几个人，聚而畅谈，各述其所愿：其一愿仕途得意，官至扬州刺史；其二愿财运亨通，腰缠万贯；其三愿得道成仙，驾鹤升天；其四则愿腰缠十万贯，驾鹤上扬州。故后人便用"扬州鹤"来指代理想中的十全十美的事物，或者不可实现的空想、奢求。也用来比喻欲集做官、发财、成仙于一身，或形容贪婪、妄想。所以，苏东坡在《于潜僧绿筠轩》中，对"令人瘦"与"令人俗"而大叹：世间哪有扬州鹤？

⑥鹏化：比喻人高升。

⑦九天：谓天空最高处。

⑧鲲：传说中的一种大鱼。

⑨趺坐：佛教徒盘腿端坐，左脚放在右腿上，右脚放在左腿上。

雨后书事

望雨多时意已灰，殷雷[1]数日与同来。

可知原隰[2]膏油[3]遍，何限闾阎笑口开。

野菊半酣田父[4]散，高吟未竟晚凉催。

秋归粒米应狼戾[5]，更听民谣出草莱。

【注释】

①殷雷:轰鸣的雷声,亦指大雷。

②原隰:广平与低湿之地。

③膏油:比喻滋润作物的雨水。

④田父:大蛤蟆的别名。

⑤狼戾:纵横散乱的样子。喻谷粒撒得满地都是。形容粮食充盈。

挽同年容庵黄正郎

宿草①龙山已满茔,死生交义最关情。

翻思一束②生刍奠③,恨不当年与泪倾。

公道有时遭物议④,春秋直笔⑤采贤名。

九原⑥可作谁为力,赖是通家⑦世讲⑧明。

【注释】

①宿草:来年的草,借指坟墓。

②一束:数量词,古以帛五匹为"一束"。

③生刍奠:指祭奠死者,称颂死者德行。

④物议:众人的议论,多指非议。

⑤直笔:指史官据事直书,无所避忌。

⑥九原:春秋时晋国卿大夫的墓地,这里泛指墓地。

⑦通家:指彼此世代交谊深厚、如同一家。

⑧世讲:称朋友的后辈为世讲。

九日风雨有怀汤外史

咫尺云山辨莫真，小楼风雨梦偏勤。

东篱有菊非贫我，重九无诗也俗人。

酩酊正思千日酒，风光须念百年身[①]。

涧边松下谁同醉，拈弄应知句有神。

【注释】

①百年身：典出宋代王安石《韩子》“纷纷易尽百年身，举世何人识道真”，这里比喻已经老了。

次汤涧松招饮韵

雨中耽睡起常迟，节过晴来未有诗。

凉露不妨团菊朵，冷香犹解袭人衣。

酒翻老盎金蕉叶[①]，歌放新声古竹枝。

旬日唤回重九梦，龙山元不负佳期。

【注释】

①金蕉叶：酒杯名。

许南溟约会过期次韵

溟海帆樯[①]信息迟，忽来报喜有佳诗。

溪山举眼添新态，弦管多君拭旧衣。

敝履[②]逍遥出东郭[③]，疏篱仿佛见南枝。

百壶莫尽如渑酒[④]，老共寻春更有期。

【注释】

①帆樯：船帆与桅樯，常指舟楫。

②敝履：破旧的鞋，比喻没有价值的东西。

③东郭：指东城外，东郊。

④如渑酒：喻酒数量很多。渑，指湖泊。

再次汤涧松

小雪无霜冷较迟，可人风景日添诗。

共公再约黄花酒[①]，半醉听歌白苎衣[②]。

吹笛坐临清涧水，弈[③]棋移阴老松枝。

丝苓炼得神丹[④]就，应念同超百岁期。

【注释】

①黄花酒：菊花酒的别称。

②白苎(zhù)衣：指粗布衣。白苎，白色的苎麻。苎衣，苎麻布制成的衣服。

③弈：古籍为“奕”，拟为笔误。

④神丹：道教所炼的灵药。谓服之能成仙。

赠行代作

（二首）

凫鸭[①]朝来浴彩衣，前江水暖鸭先知。

春声入棹歌三叠，别馆[②]临江酒一卮。

考德远烦依丈席[3]，承颜[4]亟为旷庭帷。
寸阴[5]转眼君应惜，花下重逢未有期。

江梅[6]破腊桃舒锦，野竹含风柳带烟。
笑我独穿东郭履，踏歌来送下江船。
风尘迅扫应千里，冰玉相看又隔年。
为别交亲[7]须尽醉，玉瓶[8]双倒越江边[9]。

【注释】

①凫鸭：水鸭。
②别馆：旅馆，指离家在外的住处。
③丈席：指讲席。
④承颜：顺承尊长的颜色。谓侍奉尊长。
⑤寸阴：指极短的时间。
⑥江梅：一种野生的梅花。
⑦交亲：亲戚朋友。
⑧玉瓶：瓷瓶的美称。
⑨越江边：西屏公家的江水边。

约会同社

茶烹活火[1]汲深清，藉尔朝来解宿酲[2]。
谁念小屏多野意，日凭清论[3]过浮生。
干云直上松千尺，薄暮烟来鹤一声。
上巳[4]已徂[5]风景在，诸公仍许会兰亭[6]。

【注释】

①茶烹活火：引苏东坡“活水还须活火烹”诗句。谓煮水要用活火，就

如炭火而有焰的。

②宿酲(chéng):犹宿醉。

③清论:清雅的言谈。

④上巳:旧时节日名。汉以前,以农历三月上旬巳日为“上巳”;魏晋以后,定为三月三日,不必取巳日。

⑤徂:努力行走。

⑥兰亭:宋代官酿酒名。

饮钟海月家次韵

闻道西山①笋蕨②香,远扶鸠杖③过眉长。
参烹海路④羹尤滑,醉卧南熏⑤夏亦凉。
皓首⑥方知寻四老⑦,黄埃⑧却笑污三梁⑨。
从今伏腊⑩真时节,一举何辞累十觞。

【注释】

①西山:位于新会城西北。著名的隋代龙兴寺石塔曾安置于此。遗有明代砂岩碎石混合砖、红砂岩砖、清代青砖及部分未知年代的长方形红砖等,堪称“砖史博物馆”的古城墙。

②笋蕨:竹笋与蕨菜。

③鸠杖:杖头刻有鸠形的拐杖。

④参烹海路:指烹海鲜。参,海参。

⑤南熏:借指从南面刮来的风。

⑥皓首:白头,指老年。

⑦四老:指商山四皓。秦时隐士,汉代逸民。是居住在商山深处的四位皓首白须、德高望重的老者,分别是东园公唐秉、夏黄公崔广、甪里先生周术和绮里季吴实。

⑧黄埃:比喻尘世间。

⑨三梁：冠名。为公侯所服。古冠以竹为衬里，有一梁至五梁之分。

⑩伏腊：指伏祭和腊祭之日，或泛指节日。

钓　石[①]

榕根老石自盘云，万里稽山[②]小片分。

狷介[③]尚邻高士[④]宅，风流还付秫坡孙[⑤]。

浮沉不管丝千尺，风雨应教酒半醺。

白发沧江都有分，扁舟[⑥]何处独寻君。

【注释】

①钓石：秫坡钓台，在新会县东五里都会村。（清康熙《新会县志》）

②稽山：会稽山的省称。

③狷（juàn）介：性情正直，不肯同流合污。喻孤高洁身。

④高士：志趣、品行高尚的人；超脱世俗的人，多指隐士。

⑤秫（shú）坡孙：秫坡，即黎秫坡，古冈州名士。秫坡孙，即黎巢，字伯高，号爱梅，又号月轩，秫坡公曾孙，西屏公之岳父。

⑥扁舟：小船。

半　醉

江门[①]酒出人争沽，不到倾囊不倒壶。

长日[②]昏酣遗世事，一生流浪岂良图[③]。

客筵数酌无多献，社酒[④]三巡不用扶。

安得似君皆半醉，柳边篁[⑤]下乐相呼。

【注释】

①江门：位于西江与其支流蓬江的汇合处，江南烟墩山和江北蓬莱山

对峙如门,故名江门。旧辖新会县。现为江门市。

②长日:夏至。夏至白昼最长,故称。此处指平时,经常。

③良图:妥善的谋划。

④社酒:旧时于春秋社日祭祀土神,饮酒庆贺,称所备之酒为社酒。

⑤篁:竹林,泛指竹子。

古梧

酌酒花边庆古梧[①],称情之号合相呼。

直于流水高山[②]外,写出阳春白雪[③]图。

铿尔[④]索诗非草率,颓然得句亦粗疏。

翠屏入夏无多事,一味薰弦[⑤]亦舜徒。

【注释】

①古梧:古琴。

②流水高山:比喻知己、知音或乐曲风韵高雅不俗。

③阳春白雪:原指战国时代楚国的一种较高级的歌曲,后比喻高深的、不通俗的文学艺术。

④铿尔:形容金石玉木等所发出的洪亮声。

⑤薰弦:"昔者舜弹五弦之琴,造《南风》之诗。其诗曰:'南风之薰兮,可以解吾民之愠兮;南风之时兮,可以阜吾民之财兮。'"(《孔子家语·辩乐》)后以"薰弦"指《南风歌》。

爱泉

镜水波光清合道,兰亭觞咏[①]字传文。

人间泉石无常主,林下膏肓[②]复见君。

野色半湾猿啸月，松声两耳鹤巢云[③]。

此中神物能霖雨，谁为涓涓惜寸分。

【注释】

①觞咏：饮酒咏诗。

②膏肓：比喻事物的要害或关键。

③鹤巢云：隐逸者居室周围的云雾。指山中雾气。

情　川

云水[①]风流尘外姿，每依云水共襟期。

数椽白屋[②]临川曲[③]，两带青萝护岸扉。

鹭立东西沙水静，歌翻欸乃钓船归。

春江早晚风雷益，此是潜龙见跃时。

【注释】

①云水：指僧道。僧道云游四方，如行云流水，故称"云水"。

②白屋：指以白茅覆盖的房屋。为古代平民所居。

③临川曲：喻沿着溪水之流向而建造的房屋布局。

同游陆节庵[①]别墅

放舟同过石桥西，郭[②]外幽寻路不迷。

百亩园亭真秀冶，四围花竹匝高低。

直须痛饮归莲社，何必流觞入会稽。

水色山光诗满眼，咏归何处问留题[③]。

【注释】

①陆节庵：陆辇，号节庵，荫头人，从游陈白沙先生之门，江西萍乡县丞。(《陆氏族谱》)

②郭：城郭，指外城。

③留题：指题字的文字内容。

八月会饮大云江楼和韵

倚杖屏西向水湄[1]，几般闲事触心机。
清歌自恐惊林木，长笑犹妨骇鹿麋。
行酒赋诗情款款，攀枝摘实橘离离。
合欢更尽登临兴，弦管无劳又拭衣。

【注释】

①水湄：水边。

秋日怀旧寄同年陈天游京兆

坐爱松荫不记秋，孤云野鹤[1]本悠悠。
屡逢佳节多闲过，不是名山亦懒游。
晚雨带寒侵鹤氅[2]，海潮喧浪拍鱼舟[3]。
玉台下望乾坤小，好共携壶最上头。

【注释】

①孤云野鹤：天上的孤云和野生的仙鹤。常比喻隐居或闲散的人。

②鹤氅(chǎng)：用鸟类羽毛编成的裘。

③鱼舟：渔船。典出唐李频《江上送从兄群玉校书东游》诗“眠波听戍鼓，饭浦钓鱼舟”。

中秋与友登楼玩月

中秋万里卜阴晴，数岁无如此夜明。
山月渐高天渐阔，海湖随满地随平。
共须酌酒开怀抱，独为登楼羡老成[①]。
云物四空兼净尽，不妨风露薄寒生。

【注释】

①老成：经历多，做事稳重。

送梁乔甫贰教括苍[①]

括苍文学古冈贤，匹马乘秋快着鞭。
海岭风烟冲雁去，锦山桃李候春妍。
斋分义事苏湖教[②]，道究渊源敬一篇[③]。
榱桷栋梁知次第，庙堂[④]收用是何年。

【注释】

①括苍：古县名，即今浙江丽水。

②斋分义事苏湖教："苏湖教学法"又名"分斋教学法"，是北宋教育家胡瑗在苏州、湖州二地办学，率先开创的一种新的教法。这种教法一反当时盛行的重视诗赋歌律的学风，提倡经世致用的实学，重经义和时务，主张"明体达用"。他在校中设"经义""治事"两斋，经义斋学习研究经学基本理论，属于"明体"之学；治事斋则以学习农田、水利、军事、天文、历算等实学知识为主，属于"达用"之学，在治事斋中，一人各治一事，又兼摄一事，创立了分科教学和学科的必修以及选修制度，在世界教育史上是最早的。范仲淹当政主持"庆历兴学"时，曾取其法，"著书令于太学"。此谓"苏湖教

法”。分斋教学制度产生后，在社会上引起了强烈的反响，“四方之士，云集受业”，纷纷到胡瑗主持的湖州州学来求学。甚至京师太学，也“取胡瑗法以为法”，开创了我国分科教学之先河，对后世产生了深远影响。

③一篇：全篇。

④庙堂：指朝廷。

曾鹤林[①]丈拿舟远访信宿[②]言旋诗[③]以留之

柳渡逍遥发棹歌，东山[④]迢递[⑤]远相过。

久离城市书邮少，一到松关话柄多。

秋入群峰皆苍莽，老于时事懒奔波。

重阳不久留君住，犹有篱前菊数科。

【注释】

①曾鹤林：西屏公同胞妹夫，曾远之父。（《敬慎堂区氏家谱》）

②信宿：谓两三日。

③旋诗：旋读诗，是一种用图形表示的析字体诗。

④东山：指隐居或游憩之地。

⑤迢递（dì）：喻遥远。

诞日承何雩峰运使[①]撰双寿图序[②]祝贺小诗奉谢

匠斧樵斤[③]逐日来，山中无恙是樗材。

七旬共见浮生过，百岁同期笑口开。

贺客未酣青玉案[④]，儿曹[⑤]更进紫霞杯。

因公丽藻[⑥]添神思，月望诗瓢[⑦]放几回。

【注释】

①运使：古代官名。水陆运使、转运使、盐运使等的简称。

②双寿图序：西屏公七十一岁寿诞，亲家何雩峰撰《贺西屏区先生偕宜人黎氏双寿序》。

③匠斧樵斤：柴斧。宋代陈与义《出山》诗之二："山空樵斧响，隔岭有人家。"

④青玉案：青玉所制的短脚盘子。名贵的食用器具。

⑤儿曹：泛指晚辈的孩子们。

⑥丽藻：华丽的辞藻，亦指华丽的诗文。

⑦诗瓢：指贮放诗稿的器具。

李前川①别驾会饮次韵

明时②轩冕③亦非轻，川上鱼矶叠已成。

老去行藏无别计，古来真率有同盟。

葵榴入座春光满，风雨连宵暑气清。

花下漫劳歌管④拂，白头无复少年情。

【注释】

①李前川：李德治，号前川，沪湾人，知县兴之子，浙江湖州府通判。（清康熙《新会县志》）

②明时：指政治清明的时代。古时常用以称颂本朝。

③轩冕：古时大夫以上官员的车乘和冕服。这里借指官位爵禄。

④歌管：谓唱歌奏乐。

赠李经府[1]署县还高凉[2]

(三首)

高凉幕使本才良,籍甚贤名表一方。
幸遇柏台[3]悬藻鉴[4],得从花县挹清光[5]。
锋芒日露无盘错,号令风行有纪纲[6]。
已恨来迟翻去速,万家离思付甘棠。

割鸡[7]试尽日纷纭,远借牛刀为处分。
久旱适逢三日雨,大田[8]同庆万家春。
高凉何处悬青旆[9],北极中天望彩[10]云。
逾月邑人知恋德,庙廊[11]何处不宜君。

芙蓉出水更清鲜,十里香风两岸船。
未拟幕宾谁并驾,亦知流辈共推贤。
一方美锦[12]还新制,万斛[13]龙骧[14]备远边。
别后霜台[15]需荐剡[16],鹏抟[17]应候泬寥天。

【注释】

①经府:知府的属官,主管出纳文书事。又称府经厅。

②高凉:古代岭南一个极为重要的、广东西部最古老的古郡县。高凉古代的治所一般都是在今阳江市。它是汉武帝元鼎六年(前111年)开设合浦郡时所置,是合浦郡五个属县之一,县治址在今高州长坡一带。今之恩平、阳江、阳春、电白、茂名、高州、化州、吴川皆其属地。

③柏台:御史台的别称。

④鉴:古籍为“金”,疑为“鑑”的讹字。
⑤清光:清美的风采。多喻帝王的容颜。
⑥纪纲:指法度。
⑦割鸡:杀鸡。比喻处理小事。
⑧大田:古官名。田官之长。
⑨青旆(pèi):指酒旗。
⑩彩:古籍为“采”。
⑪庙廊:朝廷。指以君王为首的中央政府。
⑫美锦:喻职官。
⑬万斛:极言容量之多。古代以十斗为一斛,南宋末年改为五斗。
⑭龙骧:形容人的气概威武,也比喻雄才大略。
⑮霜台:御史台的别称。御史职司弹劾,为风霜之任,故称。
⑯荐剡(yǎn):指上书举荐。
⑰鹏抟(tuán):大鹏展翅盘旋而上。比喻人之奋发有为。

初秋次林古砚[1]韵

世味投闲自解颐[2],橘林瓜圃信吾之。
诗来古砚经频涤,雨歇荷衣及早披。
岂为习池多逸兴,亦知莲社有幽期。
新蝉未觉繁双耳,喜信凉飙步履迟。

【注释】

①林古砚:林畅,古籍为“李”,为讹误。
②解颐:开颜而笑。颐,面颊。

九日不及登高抚景缺然[1]诗寄同社

（二首）

山寺鸣钟客赋诗，登高还忆去年时。
秋光渐满十分候，野兴独无些子[2]儿。
白酒似知供眺览，黄花若为遣衰迟。
家童探报山中事，亦说风流少故知。

昔年登眺与君同，万丈挥毫洒碧峰。
佳节偶为应内热[3]，新篇连惠觉情浓。
名山到处多遗事，腊屐何人识旧踪。
野菊未枯重九在，秋风休惜鬓双蓬。

【注释】

①缺然：缺失。

②些子：少许，一点儿，表示“并没有什么”的意思。

③内热：中医病症名。《素问·脉要精微论》：“粗大者，阴不足阳有余，为热中也。”喻染疾。

寿日和林别驾[1]韵

小筭梅花不记年[2]，花边长此共开筵。
青青竹树吴中[3]景，表表衣冠洛下贤。
谈笑底须[4]夸末俗，遨游真可挟飞仙。

山厨[5]岂得愁供馔，圣主新加惠老钱[6]。

【注释】

①林别驾：林瓒，罗坑人，明弘治辛酉科（1501年）举人，福建漳浦教谕，邵武府通判。（明万历《新会县志》）

②记年：编年记事。

③吴中：今江苏吴县一带。亦泛指吴地。

④底须：何须。

⑤山厨：山野人家的厨房。

⑥惠老钱：指给予了一笔钱财。这首诗写于西屏公85岁华诞，那一年，世宗皇帝敬老尊贤，诏礼问旧臣。询问曾在京城当过官的在全国尚健在的人有多少，90岁的一人，80岁以上的二人，分别是湛若水和区越，湛若水时年87岁，区越时年85岁，两人同是广东人，同是陈白沙先生门人，同有政声，为显示皇恩浩荡，朝廷赏了一笔钱给这三位耆老。西屏公受赏后，在诞日中写下了“圣主新加惠老钱”这一感恩之诗句，以谢皇恩。

送邑侯陈肖鹤入京

承流宣化[1]真能吏，雷厉风行信作家。

三载贤劳书不忝[2]，百年顾盼[3]眼谁花。

闭门自折添栽柳，老圃犹存旧种瓜。

持赠[4]五云天上客，离筵无酒更须赊。

【注释】

①承流宣化：宣布恩德，承受风教。指官员奉君命教化百姓。

②不忝（tiǎn）：不辱，不愧。

③顾盼：眷慕相视。

④持赠：持物赠人。宋代欧阳修《乞药有感呈梅圣俞》诗：“谓此吾家物，问谁持赠公。”

元　宵

阴晴早已卜中秋，几日云霾此夕收。
四壁荡光花影上，千门[1]散蜡[2]火星流。
杯觞我亦随时乐，歌管谁还恣夜游。
可是太平元有象，老年过为少年愁。

【注释】

①千门：犹千家。

②散蜡：指散落的蜡烛灯。

正月十七日风雨至二十日始见日色

朔风吹雨来溟溟，岂为元宵须送灯[1]。
百草定知寒不茁，三辰[2]愁向暗中行。
梳头暖阁[3]还呼炭，烧叶[4]茶炉尚带冰。
今日微阳弄光采，时来曝背近檐楹[5]。

【注释】

①送灯：也称“送花灯”等，即在元宵节前，娘家送花灯给新嫁女儿家，或一般亲友送给新婚未育之家，以求添丁吉兆，因为“灯”与“丁”谐音。

②三辰：指日、月、星。

③暖阁：与大屋子隔开而又相通连的小房间，可设炉取暖。

④烧叶：烧树叶。喻生活清贫。

⑤檐楹：屋檐下厅堂前部的梁柱。

小儿元履[1]携家赴任饶庠[2]诗以示意

风雨前江骤晦暝[3]，江船欲发夜笼灯[4]。

因循学道[5]干时[6]拙，辛苦携家逆浪行。

函丈[7]从容还立雪[8]，客毡[9]清冷莫论冰。

万间大庇非无志，官舍[10]何嗟未栋楹[11]。

【注释】

①元履：区元履，西屏公的长子，弋阳教谕。

②饶庠（xiáng）：明清时称县学为邑庠。时区元履赴任江西弋阳任教谕。弋阳今为上饶辖下的县。

③晦暝：昏暗；阴沉。暝，古籍为"冥"。

④笼灯：灯笼。

⑤学道：学习道艺，即学习儒家学说，如仁、义、礼、乐之类。

⑥干时：犹言治世；用世。

⑦函丈：对前辈学者或老师的敬称。

⑧立雪：为敬师笃学之典故。

⑨客毡：形容清贫的生活，唐代杜甫《戏简郑广文兼呈苏司业》："才名三十年，坐客寒无毡。"

⑩官舍：官署，衙门。

⑪栋楹：梁柱。

林见山召游大云山寺[1]

一春行欲遍名山，春尽无诗却腼颜。

好借光阴诗卷里，为传心事翠微间。

人于晚节尤多事,老解清游不等闲。

今日七贤同此过,山人先为扫松关。

【注释】

①大云山寺:大云山在城西,里许有龙兴寺,建于隋唐,又有文昌宫、天妃宫、六祖堂,其山盘郁如云,环绕寺宫,若隐几然。(清康熙《新会县志》)

同武都阃[1]游圭峰

玉台[2]登望自郊坰[3],也逐元戎[4]小队行。

古寺蘼芜荒院落,行宫花草杂丹青[5]。

雨余行径泉分溜,风入松林鹤载鸣。

凭仗天威[6]清海际[7],目中铜柱[8]更分明。

【注释】

①都阃(kǔn):指统兵在外的将帅。

②玉台:位于新会县城北圭峰山,半山建有古刹玉台寺。

③郊坰(shǎng):泛指郊外。

④元戎:大军。

⑤丹青:丹和青是我国古代绘画常用的两种颜色,借指书法、绘画。

⑥天威:帝王的威严;朝廷的声威。

⑦海际:海边。

⑧铜柱:马援铜柱。

同年陈洪斋[1]设立蒸尝[2]诸事嘉其贻谋之善

岩径萦纡[3]屋一区,老年相候几巾车[4]。

蕉深北界[5]虞无鹿[6],潮上江门钓有鱼。

虑远且期孙取则⑦,人贤应念祖成书⑧。

故侯老圃多生意,殊恨东来脚迹疏。❶

❶洪斋子不称意,故诗但言其孙。

【注释】

①陈洪斋:陈绍裘,字仲冶,号洪斋,外海人,尝游白沙陈子之门,弘治八年(1495 年)科举人,仕浙江布政司都事,陈子有寄仲冶金台诗。(清道光《新会县志》)

②蒸尝:本指秋、冬二祭。后泛指祭祀。

③萦纡:盘旋环绕。

④巾车:指有帷幕的车子。

⑤蕉深北界:典出《列子》。有一个郑国人砍柴时,忽见一只鹿跑过来,他一扁担将鹿打死。他怕被猎人看见,将鹿藏在一个坑里,上面盖上一些大麻。等到他要将鹿带回家时,却找不到了,就以为这是一个梦。由于这个故事,人们就把糊里糊涂、自己欺骗自己的做法叫作"蕉鹿自欺"。蕉,即枲,是大麻的雄株,也叫枲麻。

⑥虞无鹿:即鹿无虞,成语的简写,典出《周易·屯》。原意是进山打鹿,没有熟悉地形和鹿性的虞官帮助,那是白费气力。后比喻做事如条件不成熟就草率行事,必定劳而无功。

⑦取则:取作准则、规范或榜样。

⑧念祖成书:成为一部书。此处指建祠修谱。

汤九山年七十矣诗来悔进德修业①之迟和答

青云路远圣门深,六籍朝昏未绝吟。

分付何曾赊日晷,送迎只许到榕阴②。

梁公③较老能高第,卫武④余生未息心。

合一⑤甘泉⑥有高论,几人能解领余音⑦。

【注释】

①进德修业:谓增进道德与建立功业。

②榕阴:古代新会的村落一般都在村口种植一棵榕树。这里喻专注。

③梁公:唐武周朝重臣梁国公狄仁杰。

④卫武:卫武公,春秋时卫国的国君,姓姬名和(前858年—前758年),享年百岁。谥号为“武公”。司马迁《史记》曰:“武公即位,修康叔之政,百姓和集。”

⑤合一:相合为一。喻一致。

⑥甘泉:指湛若水。

⑦解领余音:喻理解领悟不绝之音,感人至深之音。

雪候对菊

雪候争开碎剪黄,未容秋色入冬藏。

染根不用呈仙手,索笑时来有古狂。

冷艳故应寒宿露,真心犹自抱严霜。

何人更续猗兰操①,停待香风翳②草堂③。

【注释】

①猗兰操:古琴曲名。多抒生不逢时、怀才不遇之情。

②翳:指云雾。

③草堂:茅草盖的堂屋。旧时文人常以“草堂”名其所居,以标风操之高雅。

孙挥使[1]新构[2]后复有举男[3]之喜诗贺之

指挥钤辖[4]武功[5]成，韵落渔樵凯奏清。

总为好谋能制胜，岂徒夸勇效输诚。

春深小苑麒麟[6]毓[7]，日暖新堂燕雀[8]鸣。

勋爵[9]如君求不杀[10]，自应流庆迈云仍[11]。

【注释】

①孙挥使：孙敏，新会指挥佥事。挥使，明朝的军事指挥职务。

②新构：喻新建房屋。

③举男：喻添男丁。

④钤辖：官名。以朝官及诸司使以上充任，官高资深者称都钤辖，官卑资浅者称钤辖。

⑤武功：军事方面的功绩。

⑥麒麟：比喻才能杰出的人。

⑦毓：生育，养育。

⑧燕雀：燕子和麻雀。泛指小鸟。

⑨勋爵：指朝廷依臣僚功勋大小而赐予的爵位，有俸禄而无实职。

⑩不杀：喻不撤销。

⑪云仍：亦作“云礽”，远孙。比喻后继者。

登高感事

凉风潇飒洒山阳，琴鹤[1]同来意自长。

四望高卑[2]还卓绝，一流[3]觞咏出寻常。

风尘远岛嗟生事[4]，兰桂[5]空山[6]感异香。

抱病登台总乘兴，不应愁结杜公[7]肠。

【注释】

①琴鹤：琴与鹤。古人常以琴鹤相随，表示清高、廉洁。

②高卑：尊卑高下。

③一流：一个流派。

④生事：指世情。

⑤兰桂：兰和桂。二者皆有异香，常用以比喻美才盛德或君子贤人。

⑥空山：幽深少人的山林。

⑦杜公：杜甫。唐朝现实主义诗人，其著作以社会写实著称。

奉答李紫崖二府[1]

比来[2]何处遗双鱼[3]，遥慰山人久索居[4]。

云水笔端经略[5]外，风骚情致笑谈余。

老农望雨翻愁飓，园客浇葵候引渠。

欲寄老怀应万种，秃茅[6]嗟尔[7]不中书[8]。

【注释】

①二府：明清两代同知（知府的副职）的俗称。李紫崖二府即建宁府同知李文明。

②比来：近来；近时。

③双鱼：指书信。

④索居：孤独地散处一方。

⑤经略：筹划治理。

⑥茅：这是新会圭峰山上一种特有的白茅草。茅龙笔是新会著名的特产，其发明者是大儒陈白沙先生。白沙先生用新会圭峰山上的白茅草制成茅龙笔，写书法生辣野趣，刚劲有力，有“岭南一人”之誉。

⑦嗟尔：叹惋之辞。

⑧中书：毛笔的别称，“中书君”的省称。

寄洪斋陈同年

（二首）

云霞深护屋三间，种竹为垣①松作关。
山下清风催客上，岩头白鹤报公还。
杯觞且尽当年话，城市那能半日闲。
花下共公深酌别，重来幽谷听猗兰。

纱帽②闲眠云水间，薇垣③无事可相关。
床头仙箓④周千遍，鹤顶真丹就九还。
卫武诗情惟取进，伏生⑤经老不知闲。
共公酌水吟千岁，何限香风荐蕙兰。

【注释】

①垣：矮墙，也泛指墙。

②纱帽：指官位。

③薇垣：唐称中书省为紫微省。明改中书省为承宣布政司，亦沿称为薇垣。

④仙箓：指神仙秘籍或道教经典。

⑤伏生：汉时济南人，原秦博士，治《尚书》。始皇焚书，伏生以书藏壁中。汉兴后，求其书已散佚，仅得二十九篇，以教于齐鲁间。文帝即位，闻其能治《尚书》，欲召之。然伏生年已九十余，老不能行，乃诏太常使掌故晁错往受之。

寿诞黄菊初开邑长①诸公惠礼赋此以谢

九月名花十月开,适逢诞日启宾罍②。

何须白社③攒眉去,自有江州④送酒来。

老负君恩惭补报,偶同生物⑤冒⑥栽培。

诸公日共花前醉,八十六年⑦春又梅。

【注释】

①邑长:县令的别称,即知县。这一时期新会知县为余恩,四川保宁籍,浙江永嘉人,选贡,嘉靖三十一年任。(清康熙《新会县志》)

②罍(léi):古代一种盛酒的容器。小口,广肩,深腹,圈足,有盖,多用青铜或陶制成。

③白社:借指隐士或隐士所居之处。

④江州:今江西九江市。

⑤生物:泛指自然界中一切有生命的物体。

⑥冒:向外透、往上升。

⑦八十六年:指西屏公八十六岁寿诞。

元　宵

楼阁高低尽挂灯,黄庐经过独谁醒,

人间共有今宵乐,灯下谁同老大行。

长剑倚天空耿介①,鳌山②出海亦崚嶒。

诸乡近日多营窟③,明月分光照未曾。

【注释】

①耿介:正直不阿,廉洁自持。

②鳌山：旧时元宵节用灯彩堆叠成的山，其形状像传说中的巨鳌。

③营窟：比喻经营藏身避患之地。

贺陈大云冠带[1]

（二首）

诗酒流连竟未休，乾坤何喜复何忧。
锦衣自有承天宠[2]，肉食无劳为国谋。
云水风流偏自得，宫墙道艺向谁俦。
鸳鸯不逐新行列，猿鹤还寻旧品流。

更谁亭上记三休[3]，道是男儿是国忧。
无事且成终老计，有生须得为人谋。
太丘[4]德化[5]千年在，颍水高风几辈俦。
笑领乌纱笼鹤发，依然乡望冠时流。

【注释】

①陈大云冠带：陈九畴，字宗万，号大云，贡生，冠带，遥授训导职衔。（古博《陈氏族谱》、清道光《新会县志》）冠带，指封爵。

②天宠：皇帝的宠幸。

③三休：唐代司空图晚年以足疾乞退，居中条山王官谷，筑亭名"三休"。后因以"三休"为退隐之典。

④太丘：陈寔（104 年—187 年），即陈太丘，字仲弓，东汉官员、学者。颍川许（今河南许昌长葛市古桥乡陈故村）人。少为县吏都亭刺佐，后为督邮，复为郡西门亭长，四为郡功曹，五辟豫州，六辟三府，再辟大将军。司空黄琼辟选理剧，补闻喜长，宰闻喜半岁；复再迁除太丘长，故号太丘。与子纪、谌并着高名，时号"三君"，又与同邑钟皓、荀淑、韩韶等以清高有德行闻

名于世，合称为“颍川四长”。尚书高伦评论：陈君可谓善则称君，过则称己者也。

⑤德化：谓以德行感化。

自寿七十一岁诞辰

紫气东来[1]漾碧潭，瑶池仙客降鸾骖[2]。

钧天乐奏宾如簇，瑞露珍将主半酣。

歌舞自夸身矍铄，风霜谁笑鬓鬛鬖[3]。

古稀出世真闲逸，趾美[4]仙家岂漫谈。

【注释】

①紫气东来：传说老子过函谷关前，关尹喜见有紫气从东而来，知道将有圣人过关。果然老子骑着青牛而来。比喻吉祥的征兆。

②鸾骖：仙人的车乘。

③鬛鬖：喻鬓发长且蓬乱。鬛，发长也；鬖，蓬松散乱。

④趾美：谓继承发扬前辈的事业和美德。

春日同兵宪何小洛[1]游圭峰

双鞋踏落万重云，未到山巅觉爽神。

俯视鸿蒙[2]真出世，遍游岩谷尽生春。

旧山门掩新行殿，白鹤花垂紫领巾[3]。

今古只凭诗酒乐，舞雩[4]何处断清尘。

【注释】

①兵宪何小洛：兵宪，官名，明制于各省重要地方设整饬兵备的道员。何小洛，何元述（1504 年—1592 年），字元孝，号小洛，福建省泉州府晋江县

人,明朝政治人物。嘉靖十一年(1532年)壬辰科第三甲进士。任惠州府教授,升任国子监博士。迁南京户部主事,出为广东佥事。进湖广参议,升广东副使,之后辞职归乡,卒年八十九岁。

②鸿蒙:东方之野,日出之处。

③紫领巾:披或系在脖子上的织品。唐代韩愈《游城南十六首·赛神》诗:"白布长衫紫领巾,差科未动是闲人。"

④舞雩:台名,是鲁国求雨的坛,现在山东曲阜东。古代求雨祭天,设坛命女巫为舞,故称舞雩。雩,古代求雨的一种祭祀。

李前川诞日见召和韵

精术何曾费曝蒸,诗翁仙骨自冰清。
风流自觉闲身乐,老大休嫌白发生。
天宇望高云物尽,渔歌声近海潮平。
秋光满眼堪乘兴,并入翁家念九英①。

【注释】

①九英:九英梅,蜡梅的一种。

送俞文学①归隐

致归犹未及归时,当路褒留意重违。
桃李不知私化雨,芰荷新制入山衣②。
三年作士多身教,异日还公但口碑③。
经过庐山④休恋望,袖回天目⑤玩崔巍⑥。

【注释】

①俞文学:俞樟,浙江崇德人,岁贡。嘉靖二十六年(1547年)任,辞去,

人高之,祀名宦有传。(清康熙《新会县志》)

②芰荷新制入山衣:喻不放弃理想,洁身自好的操守不变。芰荷,典出屈原《离骚》:“制芰荷以为衣兮,集芙蓉以为裳。”山衣,隐居者的衣服。

③口碑:喻群众口头上的称颂,古代称颂的文字多刻在碑上。

④庐山:小庐山,位于新会县东。

⑤天目:位于浙江省西北部。俞文学是浙江人。

⑥崔巍:指高峻的山。

读念斋邓太守归隐解嘲诗次其韵

（三首）

首阳[1]之下觅廉夫[2],却笑荆州利木奴[3]。
见说路人犹按剑,莫缘当日暗投珠。
春秋落笔无遗直[4],陋巷安居有古愚[5]。
山北山南皆旧路,浮云天外是耶无。

正学[6]寥寥五百年,著书那肯背前贤。
要攻白璧先寻石,欲采明珠可离渊。
松竹幽深开有径,风尘荏苒[7]到无缘。
信知古道今犹在,一枕羲皇值万钱。

得赋归来意便佳,春风歌酒度秦淮[8]。
已输茂叔[9]难寻乐,愿学尧夫易打乖[10]。
一壑自便终老计,五松[11]都共谢官阶。
山中白酒应新熟,得放怀时且放怀。

【注释】

①首阳：首阳山在今何地，旧说不一，相传为伯夷、叔齐采薇隐居处。

②廉夫：廉士。

③荆州利木奴：指李衡，三国时期荆州人李衡为吴丹阳太守，曾遣人于武陵（今湖南常德）种柑千株，临终前对其儿子说他在州里有千头木奴，可以足用。唐代柳宗元《柳州城西北隅种柑树》："方同楚客怜皇树，不学荆州利木奴。"

④遗直：指直道而行、有古人遗风的人。《左传·昭公十四年》："叔向，古之遗直也。治国制刑，不隐于亲，三数叔鱼之恶，不为末减。曰义也夫，可谓直矣。"

⑤古愚：泛指古代退隐而又不谙世事的士宦。

⑥正学：合乎正道的学说。

⑦荏苒：柔弱貌。

⑧秦淮：秦淮河古称淮水，是南京地区主要河道，历史上极有名气。

⑨茂叔：周敦颐（1017年—1073年），字茂叔，北宋著名哲学家，是学术界公认的理学派开山鼻祖。《宋史·道学传》将周子创立理学学派提到极高的地位。其作品《爱莲说》具有重要文化意义。

⑩打乖：机变。

⑪五松：秦始皇登泰山，避雨松树下，因封为五大夫松。后人误以为是五株松树，故称"五松"。

午日节集便观竞渡

蜀葵[①]相映海榴[②]红，小院春光日日同。

辰下适逢端节[③]至，花前休放玉瓶空。

香山同社只九老[④]，淮海异时迎八公[⑤]。

暮鼓彩龙还竞渡，精神费尽一标中。

【注释】

①蜀葵：植株修长而挺立，开于夏末秋初，花朵大而娇媚，颜色五彩斑斓。

②海榴：石榴。又名海石榴。古代诗文中多指石榴花。

③端节：端午节。

④九老："香山九老"说的是在唐会昌五年(845年)，白居易等九位文人墨客在河南洛阳香山聚会宴游的故事。胡杲、吉旼、刘真、郑据、卢慎、张浑、白居易、卢贞及狄兼谟九位老者，对当时的朝廷不满，看不惯世俗，又因志趣相投，结为九老会，因此得名"香山九老"。香山九老的形成记录了一种悠闲自得的生活方式，更是古代文人雅士隐逸思想的深刻体现。

⑤八公：汉淮南王刘安门客有苏非、李尚、左吴、田由、雷被、毛被、伍被、晋昌八人，称"八公"。他们奉刘安之招，和诸儒大山、小山相与论说，著《淮南子》。

赠陆节庵①

（二首）

向从紫水溪头过，得共红云岛上游。
长恨岁时添白发，每吟篁竹记清修。
风光习性老犹在，真率余情会未休。
花鸟欲留君且住，等闲相别又三秋。

休嗟肮脏世无俦②，数仞宫墙③昔共游。
岂有清名规后进，独知高行仰前修④。
使君谢事⑤无三窟，居士随时号四休⑥。
肯为西庄松竹径，雪霜同傲百年秋。

【注释】

①陆节庵：陆辇，古籍为陆节斋，据《陆氏族谱》，应为讹误。

②无俦：没有能够与之相比的。

③数仞宫墙：喻孔子的道德学说博大精深，高不可攀，难以企及。借指游历儒学。典出《论语》子贡语："譬之宫墙，赐之墙也及肩，窥见室家之好。夫子之墙数仞，不得其门而入，不见宗庙之美，百官之富。得其门者或寡也矣！夫云，不亦宜乎？"古代以八尺或七尺为一仞。

④前修：犹前贤。

⑤谢事：辞职；免除俗事。

⑥四休：宋代太医孙昉，自号四休居士，省称"四休"。典出宋代黄庭坚《四休居士诗序》，喻四件知足的事。

履儿之任四会[1]和答诸亲友

（三首）

坐吟松涧挹松风，发气[2]逢人自满容。
仪物[3]叠来知惠厚，篇章连赠觉情浓。
因循过日休如我，行止随时合仰公。
亦恐后生无住着，高谈惟羡古英雄。

惠有新诗更酒钱，青毡[4]宁复冷如前。
要知名教难张喙，岂谓闲吟易耸肩。
规讽[5]诸公多古意[6]，清贫一味是家传。
宾鸿[7]不逐鲲鹏上，长解[8]低飞也静便[9]。

告身[10]何处拜黉宫[11]，万里南还秋正中。

市酒出瓶宾共乐，山歌连调雨其蒙⑫。

休嗟灵鸟非凡鸟，谁辨真龙与画龙。

解得西来三叠意，高卑同是代天工⑬。

【注释】

①四会：现广东省四会市。区元履，新会人，岁贡，嘉靖年间任训导。(清光绪《四会县志》)

②发气：呼出气息。

③仪物：指用于礼仪的器物。喻礼物。

④青毡：指清寒贫困者。亦指清寒贫困的生活。

⑤规讽：规劝讽谕。

⑥古意：讽咏前代故事以寄意的诗题。

⑦宾鸿：鸿雁。

⑧长解：谓长途解送罪犯，亦指担负这种差事的差役。喻远行。

⑨静便：清静，安适。

⑩告身：古代授官的文凭。

⑪黉官：古时的学官。

⑫雨其蒙：语出《诗经·豳风·东山》："我徂东山，慆慆不归，我来自东，零雨其濛。"后用为表示战士征途之苦的典实。

⑬天工：古以为王者法天而建官，代天行职事。

何雩峰邦伯①诗赠小儿元履之任和答

（二首）

屏荫坐听老松声，秋尽黄花未落英。

京国②忽回三载梦，黉宫饔授一官荣。

便当鼓舞酬诗教，可添苍黄③问水程。

堪羡两郎攀桂手，幸官乡里冀联名。

万里归来远寄声，邻邦果滥育群英。

膝前便得亲蔬菽[4]，分外难为过宠荣。

礼乐诗书多教事，栋梁榱桷尽工程。

会须绕向雩峰过，长得亲仁[5]自美名。

【注释】

①邦伯：州牧。古代用以称一方诸侯之长。

②京国：京城；国都。

③苍黄：比喻事物多变。

④菽：豆的总称。此处泛指粗茶淡饭，用以指对父母的奉养。

⑤亲仁：亲近有仁德的人。《论语·学而》："泛爱众，而亲仁，行有余力，则以学文。"

中秋夜月速儿曹赴任洪西[1]

直辗冰轮[2]上碧天，了无云物翳光圆。

南楼兴动不知老，白酒香腾正满筵。

丹桂拂天[3]真影见，霓裳[4]炙口竟谁传。

痴儿未了公家事，明日沧江送画船。

【注释】

①洪西：江西上饶弋阳，区元履出任弋阳教谕。

②冰轮：指明月。

③拂天：触到天，极言其高。

④霓裳：《霓裳羽衣曲》，唐代乐曲名，相传为唐玄宗所作。

九月六日赵太守丹山游圭峰分韵[1]得重字[2]

踏上圭峰日正中，小溪黄叶叠重重。
花前未酌重阳酒，松下先吹落帽风。
望望庐山须此老，琅琅郢曲[3]有诸公。
丹山老凤西屏鹤，烟淡疏篁月满桐。

【注释】

①分韵：数人相约赋诗，选择若干字为韵，各人分拈，依拈得之韵作诗。

②重字：指拈到“重”字为韵作诗。

③琅琅郢曲：这里比喻乐声嘹亮。琅琅，金石相击的声音、响亮的读书声等。

登高和李太守

（二首）

遥[1]闻天末[2]表随阳[3]，沦茗泉头客滥觞[4]。
钝笔[5]独无诗似画，诸公真有绣为肠[6]。
孙登[7]坐石只长啸，王粲登楼[8]何太伤。
野菊欲令开顷刻，仙人谁为觅韩湘[9]。

秋山何处觅昌阳[10]，沆瀣[11]承来不满觞。
寺借高闲消外障，琴休沉疴[12]热中肠[13]。
山烟野鹤知难避，玉露寒松却未伤。

坐对泉流有佳兴，不应宜濯⑭又宜湘。

【注释】

①遥：古本原误作“遶”。

②天末：天的尽头。指极远的地方。

③随阳：跟着太阳运行。指候鸟依季节而定行止。

④滥觞：指事物的起源和发端。典出《孔子家语·三恕》：“夫江始出岷山，其源可以滥觞。”

⑤钝笔：赖笔头。

⑥绣为肠：满腹诗文，善出佳句。

⑦孙登（生卒年不详）：字公和，号苏门先生，汲郡共（今河南辉县市东五里固围村东二里）人。孙登啸是一个逸事典故。《晋书·阮籍传》：“籍尝于苏门山遇孙登，与商略终古及栖神导气之术，登皆不应，籍因长啸而退。至半岭，闻有声若鸾凤之音，响乎岩谷，乃登之啸也。”后用为游逸山林、长啸放情的典故。孙登精通音律，孙登啸是“啸”的最高境界，今河南省辉县市百泉苏门山的啸台，因其隐居于此，并“长啸”山林而闻名。

⑧王粲登楼：东汉王粲在荆州依附刘表，意不自得，且痛家国丧乱，乃以“登楼”为题作赋，借写眼前景物，以抒郁愤之情。后词曲中常以“王粲登楼”喻士不得志而怀故土之思。

⑨韩湘：韩湘子，字清夫，是古代中国民间传说的“八仙”之一，拜吕洞宾为师学道。道教音乐《天花引》，相传为韩湘子所作。

⑩昌阳：亦名菖蒲、尧韭、水剑草。

⑪沆瀣：夜间的水气，露水。旧谓仙人所饮。引申指珍贵的饮料。

⑫沉疴：指久治不愈的病。

⑬热中肠：内心激动。

⑭濯：洗。

喜亲家何雩峰举孙次韵

江海倾心无此老，朱陈[1]托契[2]有衰翁。
六旬作祖宁论晚，重庆书贤报锡[3]丰。
树德已滋棠[4]万本，贻谋[5]岂籍粟千钟[6]。
屏西百里同光泽[7]，日上中天影渐隆。

【注释】

①朱陈：表示两家结成姻亲。"朱陈"两字已成为两姓联姻的代称。

②托契：彼此信赖投合。

③锡：赏赐。

④棠：任棠，东汉隐者名。因其曾诱导太守庞参清明理政而闻名。

⑤贻谋：《诗·大雅·文王有声》："诒厥孙谋，以燕翼子。"后以"贻谋"指父祖对子孙的训诲。

⑥粟千钟：千钟粟，意思是五谷丰登，良田千顷，粮食满仓，在这里特指官员的俸禄，形容高官厚禄。

⑦光泽：光彩，光华。

雩峰和答山居书[1]事用韵呈谢

伐石编茅架短松，幽居自合隐屏峰。
弹丝弄竹[2]无多事，问水寻山更几重。
径僻尽摒[3]黄叶满，门闭长与白云封。
招游剩有渔樵兴，不到山根[4]不转篷。

【注释】

①书：古籍为"即"，见卷一《春日山居书事》的用韵，故"即"拟为笔误。

②弹丝弄竹：指吹奏管弦乐器。

③尽摒：舍弃，不顾惜之意。

④山根：山接近平地的部分。

论　诗

（二首）

对客挥毫易百篇，今人尚论古谁贤。
乱投野雀焉知璧，渴饮清江岂辨泉。
文忌十联穷石鼎①，时来万选中青钱②。
尚忧三十年来事，且共闲吟耸瘦肩③。

几度将迎却又前，三年④七步⑤总称贤。
狂吟若也同搜句，苦思何当避涌泉。
采石⑥高楼堪醉白，湘灵⑦短梦独神钱。
早知诗道难精进，未老尘途共息肩⑧。

【注释】

①石鼎：陶制的烹茶用具。

②万选中青钱：比喻文章出众。典出《新唐书·张荐传》："员外郎员半千数为公卿称'鷟文辞犹青铜钱，万选万中'。时号鷟'青钱学士'。"

③耸瘦肩：原为贫寒与苦吟使诗人的肩胛耸起。后形容诗人苦吟。

④三年：唐代诗人贾岛《题诗后》："二句三年得，一吟双泪流。"喻佳句之难得。

⑤七步：相传三国时期魏国曹植七步成诗，后常以"七步"形容才思敏捷。

⑥采石：采石矶，在安徽省马鞍山市长江东岸，为牛渚山北部突出江中

而成，江面较狭，形势险要，自古为大江南北重要津渡，也是江防重镇。相传为李白醉酒捉月溺死之处。

⑦湘灵：古代传说中的湘水之神。

⑧息肩：肩头得到休息，比喻卸除负担的责任。

秋饮通津宅

学古[①]无期取信今，买邻何处费千金[②]。

蒋卿径[③]里多裘仲，子美诗中有薛岑[④]。

对酒不堪搔短鬓，临流自合泻清音。

老知作赋才难强，无那登高尚有心。

【注释】

①学古：学习研究古代典籍。

②买邻何处费千金：典出《南史·吕僧珍传》："宋季雅罢南康郡，市宅居僧珍宅侧。僧珍问宅价。曰'一千一百万'。怪其贵。季雅曰：'一百万买宅，千万买邻。'"喻好邻居千金难买。

③蒋卿径：李善注引《三辅决录》："蒋诩，字元卿，舍中三径，唯羊仲、裘仲从之游，皆挫廉逃名不出。"意为归隐者的家园或院子里的小路。

④薛岑：薛，唐代女诗人薛涛，晚年寓居成都浣花溪，自制深红小彩笺写诗，时人称为"薛涛笺"。旧时八行红笺犹沿此称。岑，岑文本，字景仁。南阳棘阳（今河南新野县东北）人。隋唐文学家，唐朝重臣。

次何雩峰运使水患诗韵

垫湿愁看瓦上松，移居无力向东峰。

漏天不补雨连月，压岭欲颓云万重。

稻陇鱼龙争穴窟，橘林奴隶没侯封。

老农家具饥难卖，折柄[1]长镵[2]破斗篷。

【注释】

①折柄：折断器物的把儿。

②镵：古代的一种犁头，又是一种挖草药的器具。

东园赏月

白酒初酾[1]风味长，紫鳞出水宜鲜湘[2]。

中秋何处召诗伴，四老东园候月凉。

曲奏霓裳[3]疑有见，露浮沆瀣莫轻尝。

圭峰肯续重阳句，万仞跻攀草木光。

【注释】

①酾：斟酒。

②湘：烹煮。

③霓裳：《霓裳曲》，原为杭州丝竹曲，旋律温润典雅，清丽飘逸，是描写月色的精品之作。

秋日过钟抱素宅

（二首）

稍就檐阴避午阳，蕙兰中暑亦萎黄。

香风坐挹[1]醒还醉，楚客归来闲似忙。

重叠晚山天绘画，风流诗社客杯觞。

登高正待茱萸老，且采芙蓉为制裳。

放浪风前忽随簪[2]，笑于狂叟[3]不胜箴[4]。

自缘喜舞还教鹤，试学为渔懒曲针[5]。

老去酒徒多逸士，秋来诗兴动清砧[6]。

高才愧尔多高咏，浅量从吾只浅斟。

【注释】

①挹：舀，把液体盛出来。

②簪：古代发饰，由笄发展而来，是古人用来绾定发髻或冠的长针。

③狂叟：疯老头。

④箴：古代一种文体，以告诫规劝为主。

⑤曲针：鱼钩。

⑥清砧：捶衣石的美称。

菊日独酌花下有怀

兰也芳兮菊也芳，一樽何处醉重阳。

玉台寺远游人少，绿护屏深竹径荒。

鸿雁坐看云鸟阵，茱萸笑付紫罗囊[1]。

佳辰勿为妨幽独，吟弄花边兴自长。

【注释】

①紫罗囊：用紫色罗缎缝制的香囊。一种佩饰。典出《晋书·谢玄传》："玄少好佩紫罗香囊，安患之，而不欲伤其意，因戏赌取，即焚之。"

喜雨劝农

雨来三日即为霖，稍慰三农望雨心。
十口[1]犁锄[2]须自及，几年丰歉不相寻。
门前旧井回甘洌[3]，墙下柔桑转绿荫。
渐洗尘途归净域[4]，莫思城市厌山林。

【注释】

①十口：十口相传，喻许多人辗转相传。

②犁锄：借指耕作。

③甘洌：甘美清澄。

④归净域：指归到那洁净的地方。净域，亦称“净土”，佛语，指无浊无垢之地。

赏并头莲和同年湛太史[1]

亭亭直干蕊双分，焰焰重霞压翠云。
汉水[2]佩环[3]归二女[4]，楚天[5]啼鸟[6]怨湘君[7]。
可怜清淑回新赏，不逐繁华入暮春。
天与祯祥[8]书不尽，漫劳诸老役吟魂[9]。

【注释】

①湛太史：湛若水。

②汉水：又称汉江，长江最大的支流。

③佩环：指玉质佩饰物。

④二女：指传说中尧的二女，娥皇、女英。

⑤楚天：古代楚国在今长江中下游一带，位居南方，所以泛指南方天空

为楚天。

⑥啼鸟：北宋文学家、史学家欧阳修所作七言古诗《啼鸟》。借“啼鸟”来引导和表达自己的思想感情，达到“物我交融”之境，表达了其屡遭贬谪后三分无奈、七分旷达的思想感情。

⑦湘君：娥皇与妹妹女英同时嫁给帝舜，但是娥皇无子，女英为帝舜生了一个儿子，取名为商均。后来帝舜南巡死于苍梧（今广西东南），人称湘君。

⑧祯祥：吉祥的征兆。

⑨吟魂：诗情；诗思。

中丞黄铁桥[①]召会次韵

（二首）

是处逢花即见春，因花得酒更怡神。
高秋亦恐餐英[②]尽，半醉无烦劝客频。
午枕北窗清梦破，晚屏西崦[③]黛妆[④]新。
商飙递起疏林遍，长笑能分草莽臣[⑤]。

芙蓉敛滟小江春，江畔行吟句亦神。
白首见花应笑倒，清风知我故来频。
一双童子[⑥]歌喉[⑦]咽，三百枯棋[⑧]局面新。
泉石烟霞非作癖，酒中贤圣药君臣。

【注释】

①中丞黄铁桥：中丞，明代改御史台为都察院，都察院的副职都御史相当于前代的御史中丞。明、清两代常以副都御史或佥都御使出任巡抚，因此明、清巡抚也称中丞。黄铁桥，黄衷（1474—1553年），字子和，号矩洲，别

号铁桥、铁桥病叟，广东南海(今属广州)人。与西屏公同为弘治八年(1495年)乙卯科举人。弘治九年(1496年)丙辰科进士，授南京户部主事。出为湖州知府，历福建转运使、广西参政、云南布政使、湖广巡抚，终兵部侍郎。所作《海语》，详述海上奇幻之状，另有《矩洲文集》十卷、《奏议》十卷和《诗集》十卷行世，亦工诗。

②餐英:《楚辞·离骚》:“朝饮木兰之坠露兮，夕餐秋菊之落英。”后世咏菊时遂用“餐英”为典故，隐喻高洁之意。

③西崦:古代指太阳落山的地方。

④黛妆:黛，青黑色的颜料，古代女子用以画眉，喻淡雅的样子。

⑤草莽臣:“草莽之臣”的简写。指草野间未做官的人。

⑥一双童子:源见“陈宝雄”。指传说中战国陈仓人得怪物道遇的两童子。后用以咏陈仓。典出《晋太康地志》:“秦文公时，陈仓人获得兽，若彘，不知名，牵以献之。逢二童子，童子曰:‘此名为媦，常在地中，食死人脑。’即欲杀之，拍捶其首。媦亦语曰:‘二童子名陈宝，得雄者王，得雌者霸。’陈仓人乃逐二童子，化为雉，雌上陈仓北阪，为石，秦祠之。”

⑦歌喉:唱歌人的嗓子。多借指歌声。

⑧三百枯棋:韦洪嗣《博弈论》有“枯棋三百”之语，为围棋。

林司训见召次韵

(二首)

蒻笠[1]朝朝共顶天，凭高着眼见媸妍[2]。
始知西汉冥鸿[3]翼，未结扬州老鹤缘。
蜂背幽兰真致主，马衔[4]秋草尚思边。
闲来万事心灰尽，不信风吹烬又燃。

高谈四座耳同倾，风味无如此麹生[5]。

怀抱自开还自放，秋光谁送又谁迎。

衣冠[6]敢谓非名教[7]，草木何知也世情。

闻说二裘开蒋径[8]，欣欣兰菊向秋荣。

【注释】

①蒻(ruò)笠:用蒲蒻编成的帽子。

②媸妍:好坏;美丑。

③冥鸿:汉代扬雄《法言·问明》:“鸿飞冥冥，弋人何篡焉。”李轨注:“君子潜神重玄之域，世网不能制御之。”后以“冥鸿”喻避世隐居之士。

④马衔:马勒;马嚼子。

⑤麴(qū)生:麴，《说文》解释为酒母也。典出唐代郑綮《开天传信记》，此处指酒的风味由麴的作用而生成。

⑥衣冠:借指文明礼教。

⑦名教:以“三纲”“五常”为主要内容的封建礼教。西汉武帝时，把符合封建统治利益的政治观念、道德规范确立和制定为名分、名目、名节等，以进行教化，习称“以名为教”。

⑧蒋径:李善注引《三辅决录》:“蒋诩，字元卿，舍中三径，唯羊仲、裘仲从之游，皆挫廉逃名不出。意为归隐者的家园或院子里的小路。

通津邀酌次韵

(二首)

野涧潮平度马迟，闲门幽径出疏篱。

蜩惊落木翻金奏[1]，歌爱新声叠竹枝[2]。

老大立言[3]须不朽，寻常挥翰[4]却无羁。

龙山[5]果有来朝约，醉插黄花亦不辞。

西山何处访夷齐[6]，山远穷林鸟亦栖。
诗酒不知行有债，乾坤惟觉事无涯。
倦归白社犹称老，晚得黄花亦放怀。
明月半帘人尽醉，回鞭忘却路东西。

【注释】

①金奏：泛指音乐或乐声。

②竹枝：乐府《近代曲》之一。其形式为七言绝句，语言通俗，音调轻快。

③立言：指著书立说。泛指写文章。

④挥翰：犹挥毫。

⑤龙山：位于新会黄云山东北面。

⑥夷齐：伯夷和叔齐的并称。伯夷、叔齐是商末孤竹君的两个儿子。相传其父遗命要立次子叔齐为继承人。孤竹君死后，叔齐让位给伯夷，伯夷不受，叔齐也不愿登位，先后都逃到周国。周武王伐纣，二人叩马谏阻。武王灭商后，他们耻食周粟，采薇而食，饿死于首阳山。夷，古籍缺。

寿曾鹤林初度

辽阳客子[1]寿千秋，为爱山林恣远游。
五色异毛真瑞世，六旬花甲始回头。
尊前[2]绿竹牵诗兴，江上干戈客阻舟。
山海高深歌不尽，霜缣[3]长幅愧淹留。

【注释】

①辽阳客子：久别故乡的人。

②尊前：在酒樽之前。指酒筵上。

③霜缣：白绢。

重阳后日陈洪斋邀酌补菊节

小睡不知重九过,洪斋唤饮菊花杯[①]。
极烦开径同三益[②],尚费携壶上玉台。
未拟升沉皆自得,可怜风雨不时来。
干戈未息閒阎斗,争得逢人笑口开。

【注释】

①菊花杯:菊花酒。亦指重阳日酒会。

②三益:借指良友。

卷三

五言律诗

觳　旦[①]

开春连日雨，觳日更添风。
老圃云占浃，小梅应放红。
客疏妨酒兴，吟苦爱诗工[②]。
花柳晴川[③]去，何人伴秃翁。

【注释】

①觳旦：晴朗美好的日子，旧时常用为吉日的代称。

②诗工：诗匠。

③晴川：晴天下的江面。

二月二日[①]见山召饮次韵

（二首）

好鸟林间客，和风席上珍。
穿花时落片，入户满芳尘。
清论庄生[②]达，故交公瑾醇[③]。
谁云修禊[④]者，不是会稽[⑤]人。

大官[⑥]余禁脔[⑦]，小市错山珍。
野服长披雾[⑧]，风枝软弄尘。
踏青[⑨]纷绮谷，浮白[⑩]压醺醇[⑪]。
醉傍花阴睡，花阴睡几人。

【注释】

①二月二日：农历二月初二，我国民间有“二月二，龙抬头”的谚语，表示春季来临，万物复苏，蛰龙开始活动，预示一年的农事活动即将开始。

②庄生：庄周。典出《庄子·齐物论》，庄子一天做梦梦见自己变成了蝴蝶，梦醒之后发现自己还是庄子，于是他不知道自己到底是梦到庄子的蝴蝶呢，还是梦到蝴蝶的庄子。后以“庄生梦蝶”比喻梦幻迷离、往事追忆，或梦中佳趣。

③公瑾醇：公瑾即周瑜。与公瑾相交，如同饮了醇厚的美酒。

④修禊：古代民间于春秋两季在水边举行的一种祭祀。

⑤会稽：郡名。秦置，今江苏省东部及浙江省西部地区。

⑥大官：古时对有一定社会地位的男子的尊称。

⑦禁脔(luán)：比喻珍美的、独自占有而不容别人分享、染指的东西。

⑧披雾：拨开云雾，得见青天。比喻人的神情清朗。

⑨踏青：清明节前后郊野游览的习俗。旧时并以清明节为踏青节。

⑩浮白：满饮或畅饮酒。

⑪醲(nóng)醇：酒味浓厚甘美。

次韵刘毅斋①宪长观潮②

潮候群山至，棋多出妙弹③。

更应望云物，正尔节游观。

海啸冰山立，天垂④玉局⑤宽。

兴余归路远，萧飒⑥暮江寒。

【注释】

①刘毅斋：刘乾，字克柔，号毅斋。靖江人，弘治己未(1499年)进士，授户部主事，迁郎中，出督边饷。嘉靖初擢升南京鸿胪寺卿，秩满迁光禄寺卿。(清光绪《靖江县志》)

②观潮：本诗拟在作者任浙江按察副使期间陪同刘乾观钱塘江潮时所作。

③妙弹：精彩的弹奏。

④天垂：犹天际。

⑤玉局：棋盘的美称。

⑥萧飒：形容风雨吹打草木发出的声音。

嘉靖丙戌[1]予出守[2]宣城值仲春[3]廿日连雨不止正有闾阎之忧忽津吏[4]走报麦垄淹没遂偕同寅汪东麓[5]登北楼四望怅然

山城连日雨，急潦似潮头。

麦垄都沉海，篱门各系舟。

白虹[6]来有兆，赤手措无筹。

一望愁无际，凭谁共北楼[7]。

【注释】

①嘉靖丙戌：嘉靖五年（1526年）。

②出守：指由京官出为太守。嘉靖六年丁亥（1527年），西屏公任宁国府知府。（明嘉靖《宁国府志》）

③仲春：春季的第二个月，即农历二月。因处春季之中，故称仲春。

④津吏：古代管理渡口、桥梁的官吏。

⑤汪东麓：汪佃，字有之，号东麓，弋阳人。由进士翰林侍读左迁，嘉靖十五年（1536年）任。（明嘉靖《宁国府志》）古籍为“西麓”，拟为笔误。

⑥白虹：日月周围的白色晕圈。

⑦北楼：谢朓楼，亦称谢公楼，唐时改为叠嶂楼，是南齐时谢朓任宣城（今安徽宣城）太守时所建。谢朓，字玄晖，是六朝南齐的重要诗人。

用韵答廖梅南[①]二守[❶]

(三首)

春棹破江清，春山迭送迎。
暮滩遗宿鹭，寒柳带迁莺。
蓬鬓已含雪，尘冠未解缨[②]。
时和思赈贷，朝夕寸心萦。

江流随去住，山寺减逢迎。
浅绿空寻柳，轻黄未点莺。
玄端[③]春有服，忠静[④]糸[⑤]无缨[⑥]。
久欲从吾好，宁妨俗事萦。

晚舟维管渡，田畯[⑦]走相迎。
仰羡投林鸟，卑窥止棘莺。
忽闻歌野水，却念请长缨。
天地无穷事，春来万虑萦。

❶廖莆田人，讳梯，字云卿。

【注释】

①廖梅南：廖梯，字云卿，号梅南，兴化府（今福建莆田）人，正德丁丑科（1517年）进士。授南京户部主事历员外郎中，调礼部精膳司郎中，擢山东参议，后谪徙浙江安州知州。后迁南直隶宁国府同知，又擢贵州镇远府知府。

②解缨：解去冠系。谓去官。

③玄端：玄端服为上衣下裳制，玄衣用夏布十五升，幅宽二尺二寸，因为古代的布幅窄，只有周尺二尺二寸，所以每幅布都是正方形，端直方正，故称端。又因玄服无纹饰，也暗合了正直端方的内涵，所以这种服制被称为“玄端”。

④忠静：忠静冠即古玄冠，冠匡如制，以乌纱冒之，两山俱列于后，冠顶仍方，中微起三梁，各压以金线，边以金缘之。四品以下去金，边以浅色丝线缘之。

⑤糸(mì)：细丝，微小。

⑥缨：泛指用作装饰的穗子。

⑦田畯：官名。掌田之官。

题萧中书[①]荆山族谱

何日红梅树，移栽紫汉[②]边。

根依南岭固，香转北枝先。

世系详亲派，乡评[③]略外编[④]。

云仍千载后，风韵故依然。

【注释】

①萧中书：萧颐，号荆山，嘉靖年间岁贡，荆府审理。

②紫汉：犹紫霄。指天空。

③乡评：乡里公众的评论。古代选拔人才的重要依据。

④外编：正书以外带补遗、补缺性质的别编。

九月一日北上舟次漳门遇乡人周仲素[①]自京师回且言香山[②]郑时济当继至诗以候之

闻君别家日，正是隆冬时。

踏雪过梅岭，寻春入帝畿[③]。

天风回雁阵，林日晃鸦衣。

早泝寒滩上，慈亲久待归。

【注释】

①周仲素：周正，字天统，弘治十四年（1501年）辛酉科举人，顺天府通判、宝坻教谕。从游陈白沙先生。（明万历《新会县志》）

②香山：香山县，广东古县名，即今中山市。

③帝畿（jī）：指京都或京都及其附近地区。

次韵莫锦衣见月有怀

杖策寻丹壑，郊原正雨余。

老怀时自适，人事[①]故相须[②]。

见月多佳句，邀凉不下除。

白头长念我，还缉[③]泮西庐[④]。

【注释】

①人事：指人世间的事。

②相须：亦作"相需"。互相依存，互相配合。

③缉：指连接起来。

④西庐：西屏公住所。

和莫玉泉晓枕口号

（二首）

骢马[1]来何日，亲帏万里余。
天和相感召，家庆在斯须[2]。
史笔[3]呈丹阁[4]，霜风[5]下玉除[6]。
雉膏[7]方共食，移养大官厨。

晨起挽巾帻，行吟意有余。
心潜真得道，药养病乌须。
豸史[8]便归省[9]，翰林[10]新拜除[11]。
达人[12]论家计，四壁尽书厨。

【注释】

①骢马：青白杂毛的马，今名菊花青马。
②斯须：须臾；片刻。
③史笔：历史记载的代称。指史册。
④丹阁：指中书省官署。
⑤霜风：指严明的风纪。
⑥玉除：借指朝廷。
⑦雉膏：泛指美味。
⑧豸史：法官的代名词。
⑨归省：回家探亲。
⑩翰林：指文士。
⑪拜除：拜授官职。
⑫达人：通达事理、明德辨义的人。

题仰燕诗卷

门墙[①]多贱士[②],高义[③]出风尘。

一别花前月,三年岭外[④]人。

庙堂[⑤]思起病,岩穴岂谋身。

尧舜君民[⑥]日,依依属望频。

【注释】

①门墙:《论语·子张》:"夫子之墙数仞,不得其门而入,不见宗庙之美,百官之富。得其门者或寡矣。"后称师门为"门墙"。

②贱士:士人谦称自己。

③高义:行为高尚合于正义。喻深情厚谊。

④岭外:指五岭以南地区。

⑤庙堂:指朝廷。

⑥尧舜君民:尧、舜乃上古时代的开明君主,所以尧舜时代是最为太平的大同时代。这里喻君主与人民共同治理国家。

题养高[①]卷

绕池清自照,环堵绿成沉。

老梦江湖远,闲庭岁月深。

欲从千仞立,肯受一尘侵,

俗外空高论,犹防损道心[②]。

【注释】

①养高:谓闲居不仕,退隐。高,指高尚的志向、节操、名望。

②道心:指人天生的仁、义、礼、智、信之心,即儒家"五常"。其与"人

心”的对称，成正比，道心越胜，人心越善，道业越深；反之，亦然。

留别杭城①诸同年

十日住佳景，孰知非故乡。
湖山遍踪迹，道路来篇章。
惠爱谁将并，江湖②念不忘。
今朝临水别，同望大江长。

【注释】

①杭城：浙江杭州。

②江湖：引申为退隐。典出唐代贾岛《过唐校书书斋》：“江湖心自切，未可挂头巾。”

题江门别卷

瑞香初解结，金橘①正包收。
冰玉忘宾主，琴樽忆宴游。
雨寒山路湿，风急浪花浮。
怅折江门柳，长条②莫系舟。

【注释】

①金橘：又名金柑，是著名观果植物。广东很多市民为图吉利在春节购买，摆放家中。

②长条：特指柳枝。

十月六日约同会诸公赏菊

本是重阳萼，天留十月开。
不知陶靖节[①]，仍为菊花来。
清浊从头有，浅深宜自栽，
半酣花压帽，新月澹城隈[②]。

【注释】

①陶靖节：陶渊明，字元亮，一名潜，私谥靖节，浔阳柴桑（今江西省九江市）人。陶渊明独爱菊，任彭泽令时，曾在此种菊赋诗。后人敬慕他清节高风，立祠以祀之。

②城隈：城角，城内偏僻处。

送王默斋春试[①]

紫水鱼吹浪，黄云鸟弄枝。
野屏幽意匝，春苑客心驰。
跃矢[②]同瞻的，崇台[③]广作基。
万年思致主[④]，剀切[⑤]莫意违。

【注释】

①春试：唐代考试定在春夏之间。宋诸路州军科场并限八月引试，而礼部试士，常在次年的二月，殿试则在四月，于是有春试、秋贡之名。元代于八月乡试，二月会试，明清相沿。故也称会试为春试。

②跃矢：矢跃，谓投壶时筹从壶中跳了出来。亦泛指投壶活动。

③崇台：高台。

④致主：犹致君。

⑤剀切：切中事理。

八月六日饮通津宅次韵

碧落银河近，旁通竹径幽。
哲人多喜好，清赏[1]重淹留[2]。
洗耳巢由[3]辈，登仙李郭[4]俦。
灵槎[5]如有信，相与[6]论中秋。

【注释】

①清赏：指幽雅的景致或清雅的玩物（金石、书画等）。

②淹留：挽留，留住。

③巢由：巢父和许由的并称。相传皆为尧时隐士，尧让位于二人，皆不受。用以指隐居不仕者。

④李郭："李郭仙舟"的简称，比喻知己相处，不分贵贱，亲密无间，后常用为友人相亲之典，典出《后汉书·郭太传》。

⑤灵槎：指能乘往天河的船。

⑥相与：共同；一道。

寄陈邦衡茂才

黄叶侵阶净，微吟步屐轻。
重芳清野屋，独树老山亭。
彭泽[1]花新瘦，华颠[2]梦久醒。
寻诗凭远眺，移韵入幽屏。

【注释】

①彭泽：彭泽县位于江西省最北部，长江中下游，九江市东北角上。

②华颠：指年老。

次邓西野韵

荆州霜橘①满，韦曲②故交稀。

且共妻孥③乐，同过耆老时。

新编临雪袂，旧帙④拂霞披⑤。

拜舞⑥尧天下，高歌击壤诗⑦。

【注释】

①荆州霜橘：八岭山朱橘，是湖北省荆州市的特产。朱橘在荆州种植历史悠久，春秋战国时期就在楚都江陵一带大量种植，爱国诗人屈原一曲《橘颂》让“朱橘”名满天下。

②韦曲：地名。在长安城南皇子陂西，因唐代诸韦世居于此地，得名韦曲。其地北有凤栖原，南有潏水、神禾原，依山傍水，风景秀丽，为唐代游览胜地。

③妻孥：指妻子和儿女。

④旧帙：旧书。

⑤霞披：披上霞光。元代陈樵《八咏楼赋》：“琼壁霜寒，丹臒霞披。”

⑥拜舞：跪拜与舞蹈。古代朝拜的礼节。

⑦击壤诗：《击壤诗》，诗中云：“安分身无辱，知机心自闲。虽居人世上，却是出人间。”

并头莲和春元梁古柏

未夸莲并蒂，最好是新舒。

相切香仍重，争妍色更殊。

回风双掩翠,驾月并凌虚[1]。

不为轻相狎[2],从来水竹居。

【注释】

①凌虚:升向高空或高高地在空中。

②相狎:彼此亲昵、接近。

履儿小缸莲出并头用前韵呈会赏诸友

盎莲花间发,蒂并蕊分舒。

未识根荄异,焉知色相殊。

湘妃[1]遗面目,铜雀[2]锁空虚。

化鹤来何远,双清[3]伴客居。

【注释】

①湘妃:斑竹。《初学记》卷二八引西晋张华《博物志》:"舜死,二妃泪下,染竹即斑。妃死后封为湘水神,故曰湘妃竹。"

②铜雀:铜雀台,曹操在今河北省临漳县建造的一座楼台。唐代诗人杜牧《赤壁》:"东风不与周郎便,铜雀春深锁二乔。"

③双清:弹弦乐器,形制与秦琴相近。由古代的阮演变而来。明清时期,在器乐合奏和戏曲伴奏中均有使用。

李兵宪月山[1]约游圭峰次韵

碧岭招寻外,苍崖感慨中。

林峦清曙色,草木[2]耀军容。

台阁[3]诗仙侣,云霞羽客踪。

胜游殊未已，山寺忽鸣钟。

【注释】

①李兵宪月山：李文凤，生卒年不详，字廷仪，广西宜州人，自称月山子。明嘉靖十一年(1532年)进士。初任大理寺评事，升广东兵备佥事，改云南按察司佥事。后因病退归，潜心治学，勤于咨访。著有《越峤书》和《月山丛谈》。

②草木：以草木繁盛反衬荒凉，以抒发盛衰兴亡的感慨。

③台阁：泛指中央政府机构，这里是尊称李兵宪。

暮春林见山招饮次韵

山中无一事，清赏故相珍。

剥笋露苍玉，研茶[1]飞翠尘。

时敲繁吹息，酒酿百花醇。

白发谁宾主，高歌尽醉人。

【注释】

①研茶：研磨茶叶，研磨次数愈多，茶质愈细，可用茶末直接烹煎，茶末可同茶汤一起饮用。

用韵书事

少入桐乡[1]爱，生还梓里[2]珍。

不堪犹避地，那得更清尘。

旱暵[3]春无泽，氤氲[4]花未醇。

忧劳空有念，无力报邦人[5]。

【注释】

①桐乡:古地名。在今安徽省桐城县北。春秋时为桐国,汉改桐乡。《汉书·循吏传·朱邑》:“(朱邑)少时为舒桐乡啬夫,廉平不苛,以爱利为行,未尝笞辱人,存问耆老孤寡,遇之有恩,所部吏民爱敬焉……初邑病且死,属其子曰:‘我故为桐乡吏,其民爱我,必葬我桐乡。后世子孙奉尝我,不如桐乡民。’及死,其子葬之桐乡西郭外,民果共为邑起冢立祠,岁时祠祭。”后用以为官吏在任时行惠政、有遗爱之典。

②梓里:故乡。

③旱暵:不雨干热。

④氤氲:形容烟或云气浓郁。

⑤邦人:乡里之人;同乡。

五月既望舟发北新关①行未二十里遂夜泊岸问之犹余杭境也

稼户②妨淹雨,茶商惬③巨航。
山椒④长瀑布,桥窦⑤急飞泷⑥。
浪溢鸥机⑦破,云冲雁阵降。
听歌劳款款,入夜尚余杭。

【注释】

①北新关:京杭大运河是一条贯通中国南北、起了大动脉作用的河,北新关就设在这条运河的最南端,即杭州市北郊之处。

②稼户:指农户。稼,种植谷物,亦泛指农业劳动。

③惬:满足,畅快。

④山椒:山顶。

⑤桥窦:桥洞。

⑥泷:雨滴的样子。

⑦鸥机："鸥鹭忘机"，指无巧诈之心，异类可以亲近。后比喻淡泊隐居，不以世事为怀。

有怀[1]何雩峰郡伯

扫除四壁净，寄我一身轻。
扰扰[2]能无事，休休信有亭[3]。
绕池行自适，听雨梦谁醒。
不见雩峰月，闲云满翠屏。

【注释】

①有怀：犹有感。

②扰扰：形容纷乱的样子。

③休休信有亭：休休，形容君子喜乐正道，心怀宽容；气魄宏大。典出唐代司空图《休休亭记》，意思是量材、揣分、耄聩皆宜退休。后亦用为表示桑榆晚景的典故。

卷四

七言绝句

渔

名场[1]势地苦奔波，一落沧江兴便多。

误上富山[2]眠钓石，旁求无奈故人何。

【注释】

①名场：指科举的考场。以其为士子求功名的场所，故称“名场”。

②富山：位于浙江省沿海中部。元代画家黄公望作品《富山春居图》被称为“中国十大传世名画”之一。

樵

石梁[1]高跨古松关，千载惟消一局[2]闲。

此老定通仙着[3]在，如何柯烂[4]不知还。

【注释】

①石梁：石梁瀑布位于浙江天台山，是天台八景之一，位于中方广寺东侧。

②一局：一局棋。

③仙着：喻有奇计可挽救败局。

④柯烂：斧柄朽烂。用晋王质伐木入石室山典故，喻时间久远。

耕

早绊牛耕晚放犁,归来桑柘影凄迷。

污邪[1]满望秋来报,歌舞随人乐社西。

【注释】

①污邪:地势低下的田。

牧

饲罢长堤饮上流[1],草长莎[2]软百无忧。

人间扣角[3]真何事,属意王明[4]便有求。

【注释】

①上流:上等,上品。

②莎:指多年生草本植物。

③扣角:相传春秋时卫人宁戚家贫,在齐,饭牛车下,适遇桓公,因击牛角而歌。桓公闻而以为善,命后车载之归,任为上卿。见汉代刘向《新序·杂事五》。后以"扣角"为求仕的典故。

④王明:天子之圣明。

看花次韵

（二首）

含情含态总新枝，每到名园便有诗。

九十风光春未半[①]，几回花下会英耆[②]。

觅句无成笑折枝，罚依金谷[③]可饶诗。

骚坛[④]近日皆勍[⑤]敌，白战[⑥]何由再出奇。

【注释】

①九十风光春未半：一个季度有九十天，为春季未过半。

②英耆：指年老有德有智的人。

③罚依金谷：金谷酒数。典出石崇《金谷园诗序》，罚酒三斗的暗语。

④骚坛：诗坛。

⑤勍（qíng）：强大。

⑥白战：指作“禁体诗”时禁用某些较常用的字。宋代欧阳修为颍州太守，曾与客会饮，作咏雪诗，禁用“玉”“月”“梨”“梅”“絮”“鹤”“鹅”“银”“舞”“白”诸字。

看柏次韵

（二首）

苍翠亭亭傲雪枝，间桃间柳亦春猗[①]。

东风移入骚人[②]宅，一日多于一日诗。

盘球屈铁[3]两三枝，松与苍苍竹共猗。

写出从来真影子，蜀江[4]惟有杜陵诗[5]。

【注释】

①春猗：表示赞美。

②骚人：泛指诗人。

③屈铁：比喻树枝曲而黑。

④蜀江：蜀郡境内的江河。

⑤杜陵诗：杜甫的诗。杜甫，字子美，号少陵野老，其著作以社会写实著称。

五月游荔圃

（二首）

擘[1]荔江园岁有期，仙丹凝露饱琼枝[2]。

重瞳万里无由[3]献，争忍随人说贵妃。

兰蕙无多柏数株，石桥添雨水平渠。

午风快欲荷筒[4]饮，莫遣南来信息疏。

【注释】

①擘：分开，剖裂。

②琼枝：喻嘉树美卉。

③无由：没有门径；没有办法。

④荷筒：荷叶杯。

乐　岁[1]

（二首）

晚田[2]风雨却时来，老大同人笑口开。
留得巴歌[3]未轻唱，愿同工史[4]赞康哉[5]。

粉蝶黄蜂只漫来，绕阑香朵一时开。
熏风并落弹弦[6]手，半醉花前亦快哉。

【注释】

①乐岁：丰年。

②晚田：指秋季作物。

③巴歌：亦称巴唱、巴讴、巴人之曲。借指鄙俗之作，多作谦词。

④工史：在官府当差的工匠，这里指画工。

⑤康哉：《书·益稷》：“（皋陶）乃赓载歌曰：‘元首明哉，股肱良哉，庶事康哉。’”歌词称颂君明臣良，诸事安宁。后遂以“康哉”为歌颂太平之词。

⑥弹弦：弹奏弦乐器。

夏日访李少府[1]

（二首）

结庐[2]人境两三间，近傍宫墙水一湾。
几度寻君来小次[3]，晚风绨绤[4]动微寒。

诗瓢远远出林间，紫水西来转数湾。
春过末由[5]赓短唱[6]，骚坛愁杀旧盟寒。

【注释】

①李少府：李玉，典史。（清康熙《新会县志》）少府，官名。秦汉县令、县长下置尉，掌一县治安。历代因之。元于县尉外，兼置典史。明废尉，留典史，掌尉事，后因称典史为"县尉"。

②结庐：构筑房舍。

③小次：小家伙，小孩子。

④絺绤：葛布的统称。葛之细者曰絺，粗者曰绤。引申为葛服。

⑤末由：无由。《论语·子罕》："虽欲从之，末由也已。"

⑥赓短唱：以诗歌相赠答。

用韵答汤涧松

（二首）

主人呼酒入花间，野客方舟向柳湾。
潇散正多天与健，昂藏[1]休尽鹤同寒。

一种花须百种勤，看花须念养花人。
闲门半掩东风面，九老[2]同来正及辰[3]。

【注释】

①昂藏：仪表雄伟、气宇不凡的样子。

②九老：喻贤达之人。这里指汤霐，字民悦，号九山。

③及辰：辰时，即午前七时至九时。

秋日过钟海月先祠杂兴

（四首）

原田[①]积潦[②]稻成空，老釜[③]扬尘灶息红。
谁与贫人共年谷[④]，层楼独见树高风。

一上骚坛话未休，沾毫染翰[⑤]岁将周。
巫山巫峡[⑥]多秋兴，杜老新诗字字愁。

未将身世等虚舟，总是闲人也白头。
骚客夜吟惊叶落，美人秋倦为花愁。

太白[⑦]诗成泣鬼神，鲍分俊逸庾清新[⑧]。
切磋斯道千年在，白首如公有几人。

【注释】

①原田：指平原上或高原上的田地。

②积潦：成灾的积水，洪涝。

③釜：古代的一种锅。

④年谷：一年中种植的谷物。

⑤沾毫染翰：指作诗文、绘画等。

⑥巫山巫峡：巫峡，长江三峡之一。西起四川省巫山县大溪，东至湖北省巴东县官渡口。因巫山得名，两岸绝壁，船行极险。

⑦太白：李白，字太白。

⑧鲍分俊逸庾清新：唐代杜甫诗《春日忆李白》："白也诗无敌，飘然思不群。清新庾开府，俊逸鲍参军。"喻李白的诗作既有庾信诗作的清新，又有鲍照作品的俊逸之风。鲍照，字明远，南朝宋文学家，曾任刑狱参军，诗风超群拔俗，潇洒飘逸，其诗文对后世影响深远。庾信，北周诗人，官至骠骑大将军，开府仪同三司，有庾开府之称。

苦雨[1]和何雩峰遣怀[2]

（四首）

浩浩怀山[3]势莫回，江村四望绝烟埃。
堪怜几处为鱼鳖[4]，黄潦[5]惊漂栋宇[6]来。

愁闻万姓[7]泣呼天，庐井[8]烟沉海一连。
亦恐尧仁忧未及，九年无水祸南边。

风声号杂雨声号，上岸涛翻下岸涛。
九夏淹霪[9]忧不断，村南村北水周遭。

酒于元亮[10]却无怀，道在尧夫亦打乖。
老觉希贤[11]心独在，相思一夜遍天涯。

【注释】

①苦雨：久下成灾的雨。形容天气恶劣。

②遣怀：犹遣兴。抒发情怀，解闷散心。

③怀山：包围山陵。

④鱼鳖：泛指鳞介水族。

⑤黄潦：浑泥水。

⑥栋宇：房屋的正中和四垂。指房屋。

⑦万姓：万民。

⑧庐井：古代井田制，八家共一井，共一井的八家庐舍为庐井。喻房舍田园。

⑨九夏淹霪:喻整个夏天久雨成涝。

⑩元亮:晋代诗人陶潜,字元亮。喻隐居者。

⑪希贤:谓仰慕贤者,愿与之齐等。

汤涧松诞日次韵

(二首)

半酣画里看芙蓉,仿佛西湖二月中。
冷蕊①疏枝无处觅,安排杖履②又随公。

白社非陶社未光③,可堪长笛怨山阳④。
多君弄置当年调,留得横斜⑤满树香。

【注释】

①冷蕊:寒天的花。多指梅花。

②杖履:老者所用的手杖和鞋子。谓拄杖漫步。

③未光:《易经》第五十八卦。《象》曰:"上六引兑,未光也。"兑卦卦辞:亨,利贞。象征喜悦、亨通畅达,利于坚守中正之道。

④长笛怨山阳:比喻沉痛怀念故友。

⑤横斜:或横或斜。多以状梅竹之类花木枝条及其影子。

送莫三尹①应朝

(二首)

夹溪黄叶下萧骚,上濑②船轻易着篙。
风起棘林③催凤翼④,天开云路渐鸿毛⑤。

明庭[6]面奏安人[7]略，相府亲书佐县[8]劳。

最是重来春有脚，岭梅消息近南梢[9]。

【注释】

①莫三尹：莫如爵（莫玉泉子），字子秀，嘉靖二十年（1541年）进士，官至监察御史。官名，掌置，各级主官属下掌管文书的佐吏。

②濑：从沙石上流过的水。

③棘林：古代指九卿之位。

④凤翼：比喻女子的佳偶。

⑤鸿毛：鸿雁的毛，比喻事物轻微或不足道。

⑥明庭：圣明的朝廷。

⑦安人：使人民安宁。

⑧佐县：亦作"县佐"，即县丞。

⑨南梢：南方。

张明府[1]冬日召饮次韵

大厦三冬可庇寒，老年诗酒正交欢。

林庐欲画孤山影，风雪休关五柳门。

【注释】

①张明府：新会县知县张文凤。

夏日钟粤江邀饮次韵

（二首）

云山云水葛衣[1]裳，静处无机动有常。
何处好风邀共酌，南来一味[2]透窗凉。

闲时白羽[3]但邀凉，懒着荷衣[4]怕骇常。
付与乡评还月旦[5]，古来嘉会重冠裳[6]。

【注释】

①葛衣：用葛布制成的夏衣。

②一味：单纯；一直。

③白羽：指羽扇。

④荷衣：指旧时中进士后所穿的绿袍。

⑤月旦：月旦评，典出《后汉书·许劭传》。东汉末年由许劭兄弟主持对当代人物或诗文字画等品评、褒贬的一项活动，通常在每月初一发表。无论是谁，一经品题，身价百倍，世俗流传，以为美谈。

⑥冠裳：指文明、礼仪制度。

夏日会林云鹤宅

（二首）

拂面南风午更频，林间高阁望车尘。
紫霞杯里千年酒，且作花前半醉人。

青门爱客献瓜频，五色离离[①]不染尘。

谁念故侯身未老，水边林下作闲人。

【注释】

①离离：独特貌；孤独貌。

陈大云召饮次韵

（二首）

图刻山阴[①]旧本明，流杯[②]恐亦慕虚名。

太丘不入诸贤会，百里何人见德星[③]。

长溪照我鬓星星，每日寻君懒刺名。

江阁不知长夏过，岸花闲映水花明。

【注释】

①山阴：引用了东晋大书法家王羲之的故事。山阴的一名道士，非常渴望王羲之能为他抄写一部《黄庭经》，却不敢贸然提出。当他获知王羲之爱鹅，便精心饲养了一群白鹅并赠予之，后得到王羲之为他抄写的《黄庭经》。此处指《黄庭经》抄本。

②流杯：犹流觞。古人每逢农历三月上巳日于弯曲的水渠旁集会，在上游放置酒杯，杯随水流，流到谁面前，谁就取杯把酒喝下，叫作流觞。

③德星：古以景星、岁星等为德星，认为国家有道有福或有贤人出现，则德星现。借指贤德之士。

次李铁谷召会韵

（四首）

疏通渠曲引泉源，灌药多年药满园。
岁晚只寻松竹去，冷风寒日影翩翻[①]。

山简[②]寻诗出汉源，习家池馆李家园。
清音四起丹林动，白鸟群飞绿浪翻。

花来劝饮何源源，醉倒不知何处园。
莫问解酲多少在，刘郎[③]当日口澜翻[④]。

先春粟粒瀹[⑤]寒源，占断风光共一园。
歌竟玉川[⑥]归未得，巅崖空见两旗翻。

【注释】

①翩翻：上下飞动貌。

②山简：山简（253 年—312 年），字季伦，河内怀县人。“竹林七贤”之一的山涛之子。西晋时期官员，官至征南将军。西晋永嘉年间，镇南将军山简镇守襄阳时，常来习家池饮酒，醉后自呼“高阳酒徒”，故习家池又名“高阳池”。

③刘郎：指唐代刘禹锡。

④澜翻：比喻言辞滔滔不绝。

⑤瀹：煮。

⑥玉川：诗文中常以“玉川”代称茶。

腊月社会和林见山韵

（二首）

主人贳[1]酒客停车，入户群山画不如。
见说南枝标格[2]异，又携新酿下阶除。

又携新酿下阶除，老脚寻春少不如。
白首相知正相乐，沙村何事欲膏车。

【注释】

①贳：出租，出借。

②标格：品格，风格。这首诗清康熙《新会县志》有收录，古籍“标格”写为“标略”，“标略”拟为笔误。

初秋饮钟海月席中海月昔登山有诗众推为雅调也故因同社诸君之许诵之

（二首）

扪萝共扫碧台烟，一洞天开一洞天。
诗社称公多杰作，同来登眺更超然。

烟云逼眼尽诗情，落笔何时造次[1]成。
近体[2]看君新入格[3]，西山[4]从此著诗名。

【注释】

①造次：须臾；片刻。

②近体：近体诗。指唐代形成的律诗和绝句，句数、字数、平仄、用韵等都比古体诗严格。一称今体诗。

③入格：符合一定的格律。

④西山：位于新会县城西北。

和张井泉社约时林云鹤李铁谷不至许南溟无诗

（四首）

雨洗香车七夕秋，萧萧村郭断清游①。
诸仙会有西山乐，天与晴明不费求。

晴郊着屐远寻诗，记得西山会有期。
同过石桥望秋色，不知东谷②有蔷薇。

南溟水月来茫茫，何处无诗载野航③。
海月开樽望三益④，不应遗响断横塘⑤。

老怀⑥偏爱酒浇诗，况是荷亭畅饮时。
应怕水仙欺白发，霜天姑待⑦菊离离。

【注释】

①清游：清雅游赏。

②东谷：西屏公致仕居城东，此处指西屏公家。这组诗的第二首诗清康熙《新会县志》有收录，题目为《赴张井泉社酌诸诗伯》。

③野航：指农家小船。

④三益：地名，位于新会县司前镇。

⑤横塘：地名，位于新会县罗坑镇。

⑥老怀：老年人的心怀。

⑦姑待：姑待酒，亦称“嚼酒”。“嚼酒”是人类利用唾液发酵的原理来做酒，是最原始的做酒法之一。在中国历史记载中，只有魏晋南北朝时的勿吉族和自明代始台湾岛的原住民使用这种独特的造酒术。

陈大云诞日诗召和

（二首）

水绕花环寿域春，软红飞断六街[①]尘。

醉中谙得华胥[②]路，始信家君[③]酒有神。

山中毛颖[④]不中书，颂祷惭来一字无。

太酌径须从沈老[⑤]，苦吟时复见黄初[⑥]。

【注释】

①六街：泛指大街和闹市。

②华胥：伏羲的母亲华胥氏。相传华胥氏踩雷神脚印，有感而受孕，生伏羲。

③家君：家父。

④毛颖：毛笔的别称。

⑤沈老：当时活跃在新会的一位沈姓缙绅。

⑥黄初：诗体之一。具有建安风格。

答云鹤林经卫[1]

（二首）

彩云天外岂常然，盘石山中不记年。
应是养闲须养静，从来知分自知天。

归来却是渊明醉，锻炼[2]那知叔度[3]慵。
野鹤本来天上物，长鸣真合对苍穹。

【注释】

①云鹤林经卫：林樟，字挺之，陈白沙先生弟子，岁贡，云南蒙化府经历。（清康熙《新会县志》）

②锻炼：比喻在艰苦中经受考验，增长才干。

③叔度：黄宪（109 年—156 年），字叔度，号征君。东汉著名贤士，汝阳慎阳（今河南省正阳县）人。品学超群，尤以气量广远著称。

黎养真[1]以地赠琴师郭子韶为生藏[2]其义可嘉也赋之

全岭佳城任卜藏[3]，养真为义亦堂堂。
平生不枉千金费，从此贤声日播扬。

【注释】

①黎养真：黎瑞鸾，号养真，顺德人，天关书院学生。

②生藏：亦称生圹，即生前预筑的坟墓。

③卜藏：用占卜决定住所或墓地。

赠医士安隐[1]还武夷[2]

（二首）

武夷香茗[3]腻翻芽，南北嗟君久去家。
应合故山[4]猿鹤伴，卖琴修药旧生涯[5]。

武夷风景自天开，一水沿山九曲回。
君去再瞻三五曲，绕门书院树添栽。

【注释】

①安隐：人名，是医士的名字。

②武夷：武夷山位于中国东南部福建省西北的武夷山市。武夷山脉位于江西省、福建省两省边境。北接仙霞岭，南接九连山，呈东北—西南走向。是赣江、抚河、信江与闽江的分水岭。

③武夷香茗：武夷岩茶是汉族传统名茶，属于乌龙茶，产于福建闽北“秀甲东南”的武夷山一带，茶树生长在岩缝之中。武夷岩茶具有绿茶之清香，红茶之甘醇，是中国乌龙茶中之极品。武夷岩茶属半发酵的青茶，制作方法介于绿茶与红茶之间。最著名的武夷岩茶是大红袍。

④故山：旧山。喻家乡。

⑤生涯：指从事某种活动或职业的生活。

题云卧轩寿卷[1]

曾有篇章[2]访石翁[3]，欲将巾履献重瞳。
图南[4]家世终华顶[5]，杜老诗情只瀼东[6]。

【注释】

①题云卧轩寿卷：此诗作于弘治元年（1488 年）。同门李承箕题《寿陈静轩一首》，陈白沙先生题《寿陈静轩七十次世卿韵》，此诗为西屏公和其韵而作的。

②篇章：特指诗篇。

③石翁：陈白沙先生晚年的号。

④图南：陈抟（871 年—989 年），字图南，号扶摇子，赐号“白云先生”“希夷先生”。北宋著名的道家学者、养生家，尊奉黄老之学。

⑤华顶：浙江天台山华顶峰。有佛教天台宗祖庭、道教南宗祖庭所在地之称。白沙先生门人林光有诗云：“谁许陈抟眠华顶，天催诸葛起南阳。”

⑥瀼东：地名，典出杜甫组诗《夔州歌十绝句》。该组诗作于唐代宗大历元年（766 年）夏，时杜甫寓居西阁，诗写夔州形胜、江峡之险、历史人物及当地风土人情。夔州人称山间之流水通江者为瀼。瀼东是指傍唐时夔州城之东入江的一条小河——草堂河的东岸；瀼西是指距草堂河之西十里流入长江的一条小河——梅溪河的西岸。瀼东即东瀼之东，瀼西即西瀼之西。因为东瀼之东是唐时夔州城郊；西瀼之西是来往船只停靠的码头，那里也比较平旷，这两处人烟较为稠密。瀼，古籍为“滚”，拟为笔误。

题仰山[①]卷

篋巾[②]时捡燕峰书，白下[③]多年梦寐余。

万里恩私犹未报，只应无路致区区[④]。

【注释】

①仰山：坐落于江西省吉安市安市武功山脉的一条支脉上，因其山势“高耸万仞，可仰不可登”而得名。

②篋巾：巾箱。

③白下：南京的别称。

④区区：引申为真情挚意。

仲夏粤江邀饮次韵

（二首）

看花看竹便移时，村径延缘自不知。
才过石桥流水去，歌声催动觉来迟。

步履逍遥出较迟，鹤群应报粤江知。
蒲荷[①]风动槐阴转，正是清和[②]四月时。

【注释】

①蒲荷：香蒲与荷的合称。

②清和：天气清明暖和。

卷五

五言绝句

玉台夜坐

（二首）

跏趺[1]僧一榻，共坐了纷奔。
诵说年来[2]句，敲推月下文。

松风飘磬寂，花雨点尊空。
世事浮云外，些儿说未穷。

【注释】

①跏趺：泛指静坐、端坐。
②年来：近年以来或一年以来。

秋怀答王司训韵

壁峭云飞翠，林疏橘露金[1]。
境开浑自适，秋晚岂胜吟。

【注释】

①橘露金：喻橘子成熟。

春　行

（二首）

野塘冰半解，林薄路新除。
行望荒郊外，寒风拂隼旗①。

隐见安山②猎，纵横角庙③渔。
田家多准备，谷雨④试新锄。

【注释】

①隼旗：画有隼鸟的旗帜。

②安山：位于新会县古井镇。

③角庙：谓参与庙会活动。

④谷雨：二十四节气的第六个节气，源自古人“雨生百谷”之说。

诞　日

梅蕊初舒日，闲庭菊未披。
诸儿频进寿，群搴①旧赐衣。

【注释】

①搴：取。

浙中[1]忆诸弟

望远吴天[2]雁，情深谷口阴。

扁舟殊自滞，还负子猷[3]心。

【注释】

①浙中：去往浙江的途中。

②吴天：吴国所辖之地域，包括今江苏、上海大部和安徽、浙江、江西的一部分。

③子猷：王羲之之子。性爱竹，曾说："何可一日无此君！"居会稽时，雪夜泛舟剡溪，访戴逵，至其门不入而返。人问其故，则曰："吾本乘兴而行，兴尽而返，何必见戴！"遂传为佳话。

园中次顾方岳韵

芰荷[1]浮荐碧，桃荔坠兼红。

自足眼前句，何烦杖短筇。

【注释】

①芰荷：指菱叶与荷叶。

五羊[1]除夕有感

清宵听玉笛，凄切不成声。

此夕仙城外，宁知岁月更。

【注释】

①五羊:广州市。

野　梅

（二首）

野店栖残雪,山桥傲早冬。
夜来江浦[1]笛,吹月伴蓑翁。

不是逋仙[2]兴,江村晚得诗。
身随孤鹤远,心付老梅知。

【注释】

①江浦:泛指江河。

②逋仙:宋代林逋隐于西湖孤山,不娶,种梅养鹤以自娱,人谓之"梅妻鹤子",后世常以"逋仙"称誉之。

九日雨色

（二首）

欲雨犹未雨,登临去复疑。
新诗愁对客,浊酒[1]须应时。

烟云供惨淡,霜露觉萧森。
篱菊知饶笑,秋山一片心。

【注释】

①浊酒：用糯米、黄米等酿制的酒，较混浊。

小窗望圭峰和念斋邓太守

草堂尘念少，岩壑有幽期。

夜月孤山鹤[①]，春风五柳[②]诗。

【注释】

①孤山鹤：宋代林逋隐居杭州西湖孤山，不娶无子，所居植梅畜鹤。

②五柳：晋代陶潜的别号。泛指志趣高尚的隐士。

寄西野邓处士

十里新诗赠，寸心此日长。

汉廷多美士[①]，曾重白头郎。

【注释】

①美士：形体美或才德好的士人。

半　醉

性闲慵阅世[①]，逐伴过东林。

丹颊非关酒，兴来只朗吟。

【注释】

①阅世：指经历世事。

答友人见寄

霜风拂两鬓，猿鹤共长年①。
洛社寻盟②后，当时有几贤。

【注释】

①长年：指长寿。年，古籍为“季”，拟为笔误。

②寻盟：重温旧盟。

酌　酒

酌酒繁花外，沉酣预短筇。
不为尘俗①累，饶有古人风。

【注释】

①尘俗：世俗。指日常的礼法、习惯等。

元　旦

东风昨夜到，送喜入城来。
仗尔春阳①力，千门万户开。

【注释】

①春阳：春天的阳光。

春日旅邸[1]

野鸭随家鸭,南枝似北枝[2]。

溪山为客伴,触景便成诗。

【注释】

①旅邸:犹旅馆。

②南枝似北枝:南枝,比喻温暖舒适的地方。北枝,比喻受寒的地方。形容彼此处境的苦乐不同。

新筑[1]和同社诸君子

竹径轩窗豁,松关院落深。

小窝风月[2]满,应适暮年心。

【注释】

①新筑:新建筑的房屋。

②风月:清风明月。泛指美好的景色。

岘　山

野云窥玉洞[1],曲水护桃溪。

四百峰头见,东风一杖藜。

【注释】

①玉洞:岩洞的美称。

解　嘲

风光开户牖[①],松下日张筵[②]。

陋矣陈蕃榻[③],何须计万钱。

【注释】

①户牖:门窗,借指家。

②张筵:设宴。

③陈蕃榻:《后汉书·徐稚传》有载,后汉陈蕃为太守,在郡不接宾客,唯徐稚来特设一榻,去则悬之。后因以"陈蕃榻"为礼贤下士之典。

秋日观莲和陈大云韵

（二首）

轩外濂溪朵[①],霜前靖节根[②]。

凭阑看紫萼,奇馥隔池闻。

朝霞长染色,泥滓不缁[③]根。

秋好浑如夏,香清蝶许闻。

【注释】

①濂溪朵:周敦颐,字茂叔,号濂溪。名篇《爱莲说》是他注重个人道德修养的写照,也是后世文人学士为人处世的镜子。此处将秋天莲花拟人化。

②靖节根:陶渊明独爱菊,任彭泽令时,曾种菊赋诗。后人敬慕他高风亮节,立祠以祀之。诗中喻菊花的根。

③泥滓不缁:用污泥染也染不黑。比喻品格高尚,不受恶劣环境的影

响。泥滓,污浊。缁,黑色。

寄莫玉泉

天遥归雁尽,雷动蛰龙①腾。

万里蓟门②路,殊深此日情。

【注释】

①蛰龙:蛰伏的龙。比喻隐匿的志士。

②蓟门:古地名。在北京城西德胜门外西北隅。

痛思先讳①示弟

一掬终天恨,千年苦海深。

蓼莪②曾有句,宁了古人心。

【注释】

①先讳:先父。

②蓼莪:《诗经·小雅》篇名。此诗表达了子女追慕双亲抚养之德的情思。后以“蓼莪”指对亡亲的悼念。

闲坐柬同社诸公

(二首)

一丘还一壑,无客亦无觞。

久坐宁违俗,微吟独倚廊。

溪近花临水,庭幽鸟和诗。

无弦琴[①]一曲,古调[②]岂求知。

【注释】

①无弦琴:没有弦的琴。南朝梁萧统《陶靖节传》:"渊明不解音律,而蓄无弦琴一张,每酒适,辄抚弄以寄其意。"可见陶渊明为弹无弦琴的始祖,又可见弹无弦琴非为品赏乐曲,乃为寄意,寄托自己的情感。和陶渊明一样,此诗作者止翁也蓄有一张无弦琴。他未必像陶渊明那样嗜酒,而且每喝必醉,但他也会时常抚弄自己的无弦琴。止翁用无弦琴弹奏无声之曲,寄托自己孤寂的情怀,打发自己悠闲的时光。后用以为典,有闲适归隐之意。

②古调:古代的乐调。

夏居呈白沙陈先生

(二首)

分阴消溽暑[①],蘸笔洒新诗。

漫倒黄藤酒[②],宁嫌白苎衣。

绿浓榴火炎[③],野老绤絺[④]鲜。

幽鸟鸣林曲,新诗到目前。

【注释】

①溽暑:暑湿之气,指盛夏。

②黄藤酒:指用黄纸封口的宫酒。

③榴火炎:石榴花火红的花苞。

④绤絺(xì chī):绤,粗葛布;絺,细葛布。都是将葛经过浸渍煮瀹的加工法制成的。绤絺,指葛布衣服。这种由绤絺制成的衣服在我国很早就有了,《诗经·葛覃》中说"为絺为绤,服之无斁。"古人暑天穿葛布单衣出外,

一定要外加套衣，否则被认为不敬。

除　夕

把玩真年事[①]，更长不可孤。

管弦私绮縠[②]，草莽识欢娱。

【注释】

①年事：指过农历新年的事务。

②绮縠：绫绸绉纱之类。丝织品的总称。

清所李山人舟中话旧

倾盖[①]那忘念[②]，虚舟[③]可共移。

山河归指点，同诵昔年诗。

【注释】

①倾盖：途中相遇，停车交谈，双方车盖往一起倾斜。形容一见如故或偶然的接触。

②忘念：谓入神，精神专注。典出《梁书·王筠传》：“思力所该，一至乎此，叹服吟研，周流忘念。”

③虚舟：比喻胸怀恬淡旷达。

醉　归

松竹余三径[①]，环溪路转赊[②]。

儿童笑有韵，即此是生涯。

【注释】

①三径：指归隐者的家园。

②赊：喻遥远。

秋杪[①]

落寞经秋尽，蚕绵未着衣。

酒狂诗欲发，已被菊花知。

【注释】

①秋杪：暮秋，秋末。

汤涧松钟海月二公舟中手谈[①]

输赢论世局[②]，消长看潮航。

何日梅花句[③]，同公赋草堂。

【注释】

①手谈：在魏晋南北朝时期围棋盛行，“手谈”一词就是晋人发明的，指围棋。

②世局：政局；世道。亦泛指形势。

③梅花句：词牌名。

看菊寄毅斋刘宪长

到日开三径，骚坛会九翁[①]。

数篇佳菊赋，应念赏心同。

【注释】

①九翁：汤九山。

午　日[①]

久洽[②]烟霞赏，风花[③]入讨论。

龙声腾海外，徙倚[④]独开樽。

【注释】

①午日：农历五月初五。

②洽：跟人联系，商量。

③风花：指用华丽辞藻写景状物的诗文。

④徙倚：徘徊；流连不去。

秋　夜

（二首）

鸡黍[①]荐新酌，蓴鲈[②]添客尝。

东园月已满，坐久不知凉。

橘棋[③]留未着，梅酒[④]快先尝。

野老心如澹，秋分夜倍凉。

【注释】

①鸡黍：指饷客的饭菜。

②蓴鲈：莼菜羹与鲈鱼肉。蓴，蓴菜，莼菜别名。

③橘棋:《橘中秘象棋谱》是明代著名象棋古谱《橘中秘》的诠注本。喻下象棋。

④梅酒:以梅子于蒸馏酒里长时间浸泡入味的一种浸泡酒。

与李铁谷践归隐之约

东谷[①]当时约,飞云敢后期。

风流惟有此,猿鹤且同之。

【注释】

①东谷:指旸谷,传说中的日出处。喻当初。

病起指示诸侄[①]

烟霞成旧垒,溟海笑浮卮。

白发真谁伴,梅花瘦碧墀[②]。

【注释】

①诸侄:西屏公二弟莲沼公无子。三弟方石公有四子,分别是区元升,字惟顺;区元谦,字惟炳;区元渐,字惟学;区元庄,字惟行,生员,恩帝例冠。四弟双松公有二子,分别是区元观,字惟宾;区元萃,字惟积。五弟百竹公有四子,分别是区元贲,字惟质;区元节,字惟见;区元鼎,字惟凝,庠生,恩例冠带;区元震,字惟龙,恩例冠带。(《新会潮连区氏族谱》)

②碧墀:青石台阶的美称。亦指殿堂的玉石台阶。

暇日书怀

哦诗[①]拈近体,采酒压新蒭[②]。

老得身闲处，何须分外求。

【注释】

①哦诗：吟咏，吟诗。

②蓊：谷类植物的茎秆。

初秋社约

（二首）

晨起山楼坐，微风度雁音。

青尊[1]酣白露[2]，时动北窗吟。

洲近芦翻白，林低橘荐黄。

篱前萧飒意，聊以佐秋觞[3]。

【注释】

①青尊：盛酒的酒杯。酒别名绿蚁，故称“青尊”。

②白露：二十四节气之一，是秋天的第三个节气，表示孟秋时节的结束和仲秋时节的开始。喻天气已经转凉。

③秋觞：秋天喝酒。

喜　雨

万壑阴云合，一天凉雨来[1]。

泉声锵有韵，花坞[2]净无埃。

【注释】

①来：古籍为“未”，拟为笔误，依《全粤诗》修正。

②花坞：四周凸起中间凹下的种植花木的地方。

口　占[①]

共酌小亭下，诗新酒倍浓。

闲花争两岸，醉眼不朦胧。

【注释】

①口占：指即兴作诗词，不打草稿，随口吟诵出来。

溪　行

笛远归渔急，芦轻扑酒飞。

偶然云水趣，宁占白鸥矶[①]。

【注释】

①白鸥矶：江边突出的岩石或小石山。

秋夜答友人

连旬多逸事，荷叶制新衣。

不尽藤溪[①]舫，兴来觉有时。

【注释】

①藤溪：位于浙江永嘉。

卷六

序

秫坡黎先生文集序

古冈自昔有文献，予未暇详言之也。由前，取其尤得一人焉，曰秫坡黎公；由后，取其尤得一人焉，曰白沙陈公。二公之名，播于海内，而黎公作于国初，已一百七十八年于兹矣！哲人云逝，遐哉邈乎[①]，不可见已。

予少而从游白沙，白沙道学风采，倾倒士类，一时豪俊[②]，不远千里，皆飙附景从[③]，以趋我古冈，天下之人，莫不目古冈为邹鲁[④]。然白沙，虽独步当世，未尝不推尊秫坡，尝言："吾邑称先达，以文行教后进，百余年间，秫坡先生一人而已。秫坡与予，连里第，予生也后，不及侍其门。"则惓惓私淑之心，可知也。

论者谓："白沙之蜚英腾茂[⑤]，亦秫坡有以倡之。"愚则谓："白沙振扬于道，化周洽[⑥]之时，秫坡则崛起于文治[⑦]草创之日。譬之太阳，秫坡适当晨光熹微[⑧]之初，旁照犹难；白沙则处于阳明正中之候，天下幽隐一洞之而无外也。然则白沙之道学固不可少，而秫坡亦岂可遗哉？"二公之文，均为后世所当诵法。今所传播者，惟白沙先生文集耳。秫坡著述虽富，日久拓落，已失锓梓[⑨]。予少年时尝录其诸作二帙，迩自弃官归卧西屏山中，搜破簏[⑩]之旧编，得公遗撰，不啻欧阳子之寤寐[⑪]昌黎[⑫]也。欲表扬之，惜散逸之余，百不存一，延伫[⑬]昔贤，重为於悒[⑭]。寻因公之裔孙质[⑮]，访求收录，复得公诗文若干首，携以谒予。予大喜，曰："事之显晦，有时存焉。公为吾邑名乡贤，文为吾邑名著述，珠玉沉于泥涂，久当自见，今其时矣。汛扫[⑯]尘埃，为公表之，连城之价，后当有售之者[⑰]，胡待予言？"

然予之所序，序其文也。若公之行谊卓异[⑱]，郡邑之志详言之，何庸赘于管臆！

时明嘉靖二十九年岁次庚戌秋九月吉日

赐进士太中大夫江西等处承宣布政使司左参政

邑后学西屏山人区越顿首拜撰[19]

【注释】

①遐哉邈乎:遐邈,久长;久远。

②豪俊:指才智杰出的人。

③飙附景从:像疾风一样趋附,如影随形般跟从。

④邹鲁:邹,孟子故乡;鲁,孔子故乡。后因以“邹鲁”指文化昌盛之地,礼仪之邦。

⑤蜚英腾茂:《史记·司马相如列传》:“蜚英声,腾茂实。”司马贞索隐引胡广曰:“飞扬英华之声,腾茂茂盛之实也。”后以“蜚英腾茂”称人的盛名与实际相符。

⑥周洽:普遍。典出《后汉书·冯衍传上》:“树恩布德,易以周洽,其犹顺惊风而飞鸿毛也。”

⑦文治:谓以文教礼乐治民。

⑧熹微:形容阳光不强(多指清晨的阳光),光线淡弱。晋代陶潜《归去来辞》:“问征夫以前路,恨晨光之熹微。”

⑨锓梓:刻板印刷。书板多用梓木,故称。

⑩簏:指簏箱,用竹子等物编成的箱子。

⑪寤寐:引申为日夜思念、渴望。

⑫昌黎:唐代韩愈世居颍川,常据先世郡望自称昌黎(今河北省昌黎县)人;宋熙宁七年(1074年)诏封昌黎伯,后世因此尊称他为“昌黎先生”。

⑬延伫:引颈企立。形容盼望之切。

⑭於悒:犹呜咽,忧郁烦闷。“於”在此读作“wu”,作叹词时不能简化为“于”。

⑮质:黎质,字尚彬,又字秀全,号漱泉,秫坡公(八世)裔孙(十三世)。(新会《都会黎氏宗谱》)“质”,清康熙《新会县志》《秫坡黎先生文集》均为“善积”。

⑯汛扫：洒扫。

⑰有售之者：售，推行、施展。比喻有推广者。

⑱行谊卓异：行谊，品行，道义。卓异，出众。比喻品德高尚。

⑲落款部分古籍缺，据《秫坡黎先生文集》补。本序收录于清乾隆《新会县志》卷十一艺文，内容与本序文存有差异。

冈州郑太守[①]行状[②]

郑君讳铭，字克新，号冈州。其始祖子才，二世祖德庆，自雄州[③]至冈州之古博里。三世祖廷彦，号耕隐，立籍礼义坊，生观生，生生崇文，文生琦，琦生铭，实天顺庚辰[④]岁十月十八日辰时也。君自幼纯笃勤谨，父严督责书程，日不离巢，夜密察灯，如不及四鼓[⑤]，晨即挞之。君乐奉为常，无少怠懈。母，谭氏，慈良，生君十六年卒。继母，麦氏，无出，性颇戾。君委曲顺承，未尝少忤。尝曰："吾欣欣然见乎麦者，谭之貌也；吾欣欣然听乎麦者，谭之声也。凡一举一动，皆以谭视麦，而不以谭之非麦，而以麦视谭也。"呜呼！此大贤以上心事舅氏。白沙高弟、教授谭君律，学业精邃，君从之游，日孜孜焉，文思渊博。年三十六由邑学生以葩经[⑥]登乙卯秋第[⑦]，己未壬戌[⑧]往来京师，卒业。成均[⑨]时，内翰[⑩]南城罗公竞许以气节，谓为文章之杰然者，深器重之，延为宾馆。既而弘治乙丑[⑪]，登进士第，观政[⑫]工部[⑬]。适孝庙宾天[⑭]。当宁知其博洽，选充滇南[⑮]纂修之命，至滇，网罗散失织毫无遗。巡抚[⑯]吴公文度[⑰]特加爱重，称其良史之才。复命户部[⑱]山西清吏司[⑲]主事。新政清明，阅三月以父艰[⑳]归，年已四十九矣。哀毁逾礼[㉑]，乡闾[㉒]叹服。起复补户部广西清吏司主事，催科[㉓]德州[㉔]，痛惩夙弊，出纳平允，军民称便。时猺童[㉕]用事，为之党者，虚取于民。君正色谓之曰："民疲极矣！盍[㉖]小康之肥民原以足国，润已适以负君，毋宁为是也？”故中使咸惮其介，而民有“郑君即吾翁”之谣。癸酉[27]例膺[28]恩典晋阶承德郎[29]，赠其父云谷翁，如己职。母谭氏赠安人[30]，麦氏封太安人。甲戌[31]升本司员外郎[32]，以麦艰归，凡葬祭如礼，必诚必备。君子曰：“纯孝也。”起复补本部贵州司，历升福建司郎中[33]，随升江西袁州府[34]知府[35]。莅任勤恤民隐，修圮城[36]、饰学宫，百废以渐而兴。政暇，则召诸庠士讲学于堂。比乃袁俗浴女[37]，君曰：“此惧奁费[38]也。”为定上中下礼，式奢者有罚，而浴女之风以息。俗又多焚丧，禁谕谓无异炮烙[39]之刑，以动其不忍之心。尤严革火耗；均徭役[40]。其心一以爱民为事而薄于趋承，因与当道不偶。吏部留君别用，而君浩然南归矣。抵家再疏乞休，乃允。士民思之，勒石宜春台[41]上。君生平忠爱，随处著见。虽家庭一如在任，年节圣诞庆贺必整齐严肃，随班拜舞，朔望率子孙拜于家庭。春秋祭祀，内尽志外尽物，深痛禄食弗逮，考妣每讳日，未尝不三复流涕，与祭者皆为感动。优游十余年间，亲友之贤者，频频聚乐不厌，于其众者，简而无傲。亲属之贫，随意假贷，不责其偿。尝谓士人不如范希文[42]置义仓以赡宗党[43]，亦当依仿其意，庶几他日可见祖宗于地下尔。盖其心有余力未及！其在暮年，手不释卷，吟咏声格至是益精。著有《冈州近稿二卷》，《使滇杂兴九卷》，《管见九卷》。既贵而骄傲不生，既老而好学忘倦，齐表里，一终始。自非天植之性，其孰能与于此？癸巳[44]冬，遘疾[45]，甲午[46]闰二月日，卒于正寝，享年七十有五也。配李氏淑人，先卒。继娶梁氏淑人，生男四人：长时举[47]，丙子乡进士，初尹泰宁[48]，有冰檗[49]声，升道州[50]刺史[51]。次时望，儒士，李出。三时遇，邑庠生[52]。四时习，幼学，梁出。孙绍祖，明经，授光禄寺监事[53]；绍经，郡增生[54]。曾孙世喜，应台。呜呼！君福之全也！时举谓余与君同乡同学同年同官同里闬，知君之最，泣以状请，义安可辞？呜呼！君之福也，满其德也，君之位也！未满其德也，吾故为君述之未满者，吾将贺其后也！

【注释】

①冈州郑太守：郑铭，字克新，号冈州，弘治十八年（1505年）乙丑科进士，历郎中升江西袁州知府。太守，又称"郡守"，州郡最高行政长官。

②行状：文体名。专指记述死者世系、籍贯、生卒年月和生平概略的文章。也称状、行述。

③雄州：南雄，南雄市处广东省东北部，大庾岭南麓，毗邻江西、湖南，自古是岭南通往中原的要道，史称"居五岭之首，为江广之冲""枕楚跨粤，为南北咽喉"。

④天顺庚辰：天顺四年（1460年）。

⑤四鼓：报更的鼓声敲了四次。相当于现在后半夜的两点左右。

⑥葩经：源自唐代韩愈的《进学解》说："《诗》正而葩。"后因此称《诗经》为"葩经"。

⑦乙卯秋第：弘治八年（1495年）举人。

⑧己未壬戌：弘治十二年（1499年）和弘治十五年（1502年）。

⑨成均：古之大学。泛称官设的最高学府。

⑩内翰：唐宋称翰林为内翰。

⑪弘治乙丑：弘治十八年（1505年）。

⑫观政：士子进士及第后并不立即授官，而是被派遣至六部九卿等衙门实习政事，这是明代进士观政制度。

⑬工部：中国古代官署名，六部之一。掌管各项工程、工匠、屯田、水利、交通等事。

⑭孝庙宾天：委婉语。谓帝王之死。

⑮滇南：云南简称滇，因位于中国国土南部，故又名滇南。

⑯巡抚：官名。中国明清时地方军政大员之一。又称抚台。巡视各地的军政、民政大臣。

⑰吴公文度：吴文度，字宪之，晋江人，徙居江宁。生年不详，约卒于明武宗正德五年（1515年）。成化八年（1472年）进士。历南京御史，因劾妖僧继晓被杖。迁汀州知府，有惠政。正德初，为南京右都御史，巡抚云南。

刘瑾屡次责贿,不应,令以南京户部尚书致仕。吴文度著有交石类稿三卷,汀州人为之刊行《四库总目》,以志遗爱。

⑱户部:中国古代官署名,明清时期户部掌全国疆土、田地、户籍、赋税、俸饷及一切财政事宜。其内部办理政务按地区分工而设司。

⑲清吏司:明代制度,中枢六部均分司办事,各司分别称为某某清吏司。吏部设四个清吏司,户部设十三个清吏司,礼部设四个清吏司,兵部设四个清吏司,刑部设十三个清吏司,工部设四个清吏司。各司之长官称"郎中",副职为"员外郎"。

⑳父艰:犹父忧。

㉑逾礼:违反礼法。

㉒乡闾:古以二十五家为闾,一万二千五百家为乡,因以"乡闾"泛指民众聚居之处。

㉓催科:催收租税。租税有科条法规,故称。

㉔德州:位于黄河下游,山东省的西北部,京杭大运河的一个重要码头。德州自古就有"九达天衢""神京门户"之称。

㉕猺童:地处广西中东部的大藤峡在明代发生了持续近百年的"猺乱",文献记称当地的主体居民为"猺"。比喻当地少数民族。

㉖盍:何不,表示反问或疑问。

㉗癸酉:正德八年(1513年)。

㉘膺:出任,被委任。

㉙承德郎:文散官名。明正六品初授承直郎,升授承德郎。

㉚安人:明清时为六品官之妻的封号。如封给母及祖母,则称太安人。

㉛甲戌:正德九年(1514年)。

㉜员外郎:六部各司长官的副职。

㉝郎中:六部各司之长官。

㉞袁州府:元世祖至元十四年(1277年),于袁州设总管府,隶属湖南行省,升袁州总管府为袁州路,隶属江西行省,至正二十年(1360年)改袁州路为袁州府,府治宜春(今江西省宜春市袁州区)。

㉟知府:官名。明代始以知府为正式官名,管辖州县,为府一级的行政

长官。

㊱圮城：倒塌了的城墙。

㊲袁俗浴女：袁，即袁州府。袁俗嫁女，率倾资产之半，故生女多不举。（清道光《新会县志》）意思是袁州地区嫁女的风俗，要大量嫁妆，故此很多家庭生了女孩都不抚养。

㊳奁费：嫁妆。

㊴炮烙：上古时代，有一种很有名的酷刑，也叫“炮格”。具体的行刑过程，有两种说法：一是说用炭火烧热铜柱，令犯人爬行于柱上，犯人堕入火中而死；一是说铸一铜格，格下烧炭，令犯人行走于格上，犯人堕入火中致死。

㊵徭役：古时官府向人民摊派的无偿劳动。徭役始于先秦，《周礼》规定各级地方官有征民服役的职责。

㊶宜春台：汉武帝元光六年（前129年），宜春侯刘成于城中及周围立五台，其中最胜者为宜春台，植桃李万株，供人登览。宜春台“圜璒之傍崛起数百尺”，故有“高出袁城百万家，巍峨楼殿锁烟霞”“一州之壮观，万家之游息”之誉。

㊷范希文：范仲淹（989年—1052年），字希文，谥“文正”，亦称范履霜，北宋著名政治家、文学家、军事家、教育家。

㊸宗党：宗族，乡党。

㊹癸巳：嘉靖十二年（1533年）。

㊺遘疾：遇到疾病，喻生病。

㊻甲午：嘉靖十三年（1534年）。

㊼时举：郑时举，字一鹏，太守铭之子也，正德丙子举人，知泰宁县，持守廉洁，罢令丞簿尉薪水之役，重建利涉桥，邑无废事，民安其生；升道州，未至，奔父丧归，服阕补海州。首陈三议厘举二十七事，流民闻而归之。迁南宁府同知，卒于官。检其遗，唯衣箧书籍而已。（清康熙《新会县志》）

㊽泰宁：泰宁县，明清时期均属于邵武府。现福建省三明市下辖县。

㊾冰檗：喻寒苦而有操守。

㊿道州：又称“道县”，雅称“莲城”。位于湖南南部，与两广毗邻。

51刺史：知州的别称。

52庠生：古代学校称庠，故学生称庠生，为明清科举制度中府、州、县学生员的别称。庠生也就是秀才之意。庠序即学校，明清时期叫州、县学为“邑庠”，所以秀才也叫“邑庠生”，或叫“茂才”。秀才向官署呈文时自称庠生、生员等。

53光禄寺监事：明代光禄寺负责的是御膳食材的采买，凡祭飨、宴劳、酒醴、膳羞之事，都由光禄寺“辨其名数，会其出入，量其丰约，以听于礼部”。监事，封建时代朝廷官署的低级官员。

54增生：“增广生员”的简称。科举制度中生员名目之一。明初定制，生员名额有定数，府学四十人，州学三十人，县学二十人，每人每月给米六斗为廪食。后增加人数，廪者遂称廪膳生员，增广者称增广生员。

退斋林公[1]擢浙江大参序

督学[2]宪副[3]退斋先生拜命[4]敷教[5]粤，服既二年，士敦[6]文行[7]，治教攸洽[8]，天子嘉悦，擢大参[9]知于浙藩[10]。将行，古冈长教沃惟禄[11]、分教朱应奎[12]暨我庶士[13]，相顾怅怅，谒予征言以为公贺。予受爱于公深且久矣，安敢以弗文辞？

思昔公先佥宪[14]西麓先生[15]之筮仕古冈[16]也，公从侍宦辙[17]受庭训焉。西麓先生躬践至诚以贞士趋[18]，而公以果毅英发[19]倡率[20]之。维时[21]，众士见于西麓先生而学焉，而忠信之心油然而生矣。见于公而学焉，而振作之气油然而生矣。宰之以不欺之心而成之，以振作之气。古冈之士彬彬辈出与中州埒[22]，实自西麓先生与公始也。迨西麓先生迁南雄[23]，宰程乡[24]，荣授佥宪，致政归隐；公魁天下，筮仕翰林[25]，官礼部[26]，宪学[27]浙臬，其别日久而士之思慕也日益亟，其位日隆而士之景化也日益笃。公与吾士虽相望数千里，相睽廿余载，而我多士佩明德而仰清光者，不啻日登公堂而聆謦欬[28]焉，用能无坠于公之训。乃者多士思西麓先生之令德,举祀宦祠以系景仰。而公适杖铁钺[29]宪学于斯,懿范[30]在前,表率在上,士所以濯磨淬砺[31]以求无负于知己之遇者,惟恐弗及。盖不徒私庆于二天[32]之相遭而已!夫士于公驰慕既久,而后幸公之复宪学而来也。公率吾士甫及再岁,若是其骤而即拜显擢[33]而行也,其何能自释于心。为我庶士无亦以今日之别公者视昔,而肆服[34]其明训;而为我公无亦以后来之造士者视今,而勿替其引翼[35]。则上之所曲成[36]下之所修勉[37],聚散一致而始终弗渝,非徒一时相遇之殷已也。

昔者七十子之于孔子,自西自东自南自北而无思不服[38],诚乐其道而绎其训尔。如戾[39]其训而止于进,固无益于仲尼之与居也。今公之训昭如也,如曰:"圣贤经传非空也,反之身而俱足求之心而固有也。故学之不厌,默而识之于圣贤经传,不徒嚅哜[40]于言语之末,俾根心而生色焉。何以异于日侍公之几席[41]而公也为龙为夔[42],由大参伯以入赞礼乐[43]、协百辟[44]而靖万民,使中和位育[45]之效于吾身,再见之则斯道无穷之庆,师门未尽之业。所以预待于后日者不浅,固无事戚戚于今日之去留也。"诸文学庶士闻之拜曰:"敢不蚤[46]夜奉持典教[47],以求无负于身心,无辱于公之嘉惠[48]!"谨拜书之以告于公。

【注释】

①退斋林公:林云同(1491 年—1577 年),字汝雨,号退斋。

②督学:学政的别名。明清派驻各省督导教育行政及考试的专职官员。

③宪副:按察副使的敬称,因为按察使又称"宪台"。

④拜命:受命。多指拜官任职。

⑤敷教:布施教化。

⑥敦:笃行。

⑦文行:文章与德行。

⑧治教攸洽：犹政教。指政事与教化。

⑨大参：参政的别称。

⑩浙藩：明朝浙江承宣布政使司。

⑪长教沃惟禄：沃惟禄，新会教谕，浙江新城人，监生，嘉靖二十年(1541年)任。(清康熙《新会县志》)

⑫分教朱应奎：朱应奎，新会训导，广西宜山人，岁贡，嘉靖二十二年(1543年)任。(清康熙《新会县志》)

⑬庶士：官府小吏。

⑭佥宪：佥都御史的美称。

⑮西麓先生：林坛，新会教谕，福建莆田人，举人，正德十一年(1516年)任，祀名宦祠，有传。(清康熙《新会县志》)

⑯筮仕古冈：喻最初在新会为官。筮仕，指初出做官。古冈，新会旧称。

⑰宦辙：指仕宦之路；为官之行迹、经历。

⑱以贞士趋：喻以身作则，士人学子追随。

⑲果毅英发：果毅，果敢坚毅。英发，姿态焕然一新，精神饱满。比喻处事果断，才华横溢。

⑳倡率：率先从事；引导。

㉑维时：斯时；当时。

㉒中州埒：指与中原地区并立。

㉓南雄：南雄市处广东省东北部，大庾岭南麓，毗邻江西、湖南，自古是岭南通往中原的要道，史称“居五岭之首，为江广之冲”“枕楚跨粤，为南北咽喉”。

㉔程乡：古时南朝齐置。南齐(479年—502年)分出海阳一部分地置程乡县(今梅州市梅县区)，为纪念当地名士程旻而命名。

㉕翰林：古代官名，指翰林学士。

㉖礼部：中国古代官署。考吉、嘉、军、宾、凶五礼之用；管理全国学校事务及科举考试及藩属和外国之往来事。礼部下设四司，明清皆为：仪制清吏司，掌嘉礼、军礼及管理学务、科举考试事；祠祭清吏司，掌吉礼、凶礼

事务;主客清吏司,掌宾礼及接待外宾事务;精膳清吏司,掌筵飨廪饩牲牢事务。

㉗宪学:学政为古代学官名。管教育科举,简称学台,与巡抚、巡按属同级别正三品。“提督学政”的简称,是由朝廷委派到各省主持院试,并督察各地学官的官员。学政一般由翰林院或进士出身的京官担任,主管行政。

㉘謦欬:亦借指谈笑,谈吐。

㉙杖铁钺(yuè):手执斧钺。表示威权。

㉚懿范:美好的道德风范。

㉛濯磨淬砺:濯磨,洗涤磨炼。比喻激励学子加强修养,以期有为。

㉜二天:指正直贤明的官守。

㉝显擢:显耀地擢升。

㉞肆服:家族四服是指高祖、曾祖、祖父、父。

㉟引翼:引导扶持。

㊱曲成:想方设法使有成就;委曲成全。典出《易·系辞上》:“曲成万物而不遗。”

㊲修勉:喻尽力而为。

㊳自西自东自南自北而无思不服:《孟子·公孙丑章句上》中孟子曰:“以力假仁者霸,霸必有大国,以德行仁者王,王不待大。汤以七十里,文王以百里。以力服人者,非心服也,力不赡也;以德服人者,中心悦而诚服也,如七十子之服孔子也。诗云:‘自西自东,自南自北,无思不服。’此之谓也。”无思不服,没有人不服从。

㊴戾:乖张;违逆。

㊵嚅哜:谓吟诵,品味。

㊶几席:几和席,为古人凭依、坐卧的器具。

㊷夔:古代传说中的一种龙形异兽。

㊸礼乐:古代帝王常用兴礼乐为手段,以求达到尊卑有序、远近和合的统治目的。

㊹百辟:百官。

㊺中和位育:儒家的核心口号,是修养功夫之极致,“中和”是目的,不

偏不倚，谐调适度；“位育”是手段，各守其分，适应处境。

㊻蚤：古同“早”。

㊼典教：主管教育。

㊽嘉惠：敬辞，称别人所给予的恩惠。

南滨大老[①]易寅斋[②]序

寅斋翁以行义为乡闾推重，余少时即知慕之。既而以男女婚姻[③]，相得益厚，共期于晚节，甚笃也。顾余寓邑城，与坡山[④]遥隔，二老者弗及时相抵掌[⑤]于烟霞林壑之间，每以为恨。

翁今春秋八十有三，余且加一岁矣，康强[⑥]相等，因喜叹曰：“昔晚岁之期人也，今老且健，天也，人定而天从之。”余与翁，将苍松翠竹，长阅岁时[⑦]，而莫或限之者欤。辛亥孟春[⑧]，翁击棹[⑨]坡江访余东山之麓[⑩]，凡二旬余日，情甚欢也。一日晨兴，坐翁东轩[⑪]，嚣尘[⑫]既远，心境闲寂，阳乌[⑬]将升，晕生窗壁，翁忻然[⑭]若得，因谓余曰：“兹为日[⑮]之寅乎，殆与吾神爽相惬[⑯]也。吾尝起居于庐之东斋[⑰]，凌晨而闾井[⑱]尚昏，启扉则天光焕发矣；凝冬而岩壑凛溧[⑲]，拥衾[⑳]则晴暄破寒矣。夫蔀屋[㉑]之中，初无长物，而虚明和煦之，得之天者，每心适情，怡不知老之将至。于是，吾以‘寅’名吾斋，且吾见理家[㉒]者，事以怠废[㉓]，故吾之起而作也，常弗踰乎寅，盖惴惴焉，惧怠心之乘而或以弛。吾业冀吾子若孙，见吾之老且不倦，亦各知勉效勤劳，以图自树立。于时，是吾之行，得于兹斋之助者，不浅也。”

余闻之，曰：“大哉！翁之名斋也。昔者夏后氏[㉔]授时以寅，仲尼[㉕]善之，盖人生于寅，而事之所由作也，故又有恭之义焉。君子体天下之时，而恪恭[㉖]以范其身。退而隐也，幽独守正，可以镇浮俗；进而仕也，同寅协恭[㉗]，可以敷皇猷[28]，体诸天，而修诸身者，顾不大哉？”今翁居是斋，而玩是物也，以虚明为心，则念虑弗偏；以和煦为情，则动止弗戾。早而作，不后乎寅，则不怠不弛，能施于有政矣。率诸裔，罔敢或怠，则日新日盛，能贻厥孙谋[29]矣，公诚无负于兹斋也哉！且余闻之，鹰扬[30]之世，歌鼓刀[31]而钓清渭[32]，年已八十矣。载后车师圣主，天下之奇遇也。然当时嘉谟[33]，如丹书[34]所载，不外乎敬怠[35]之戒，初无甚高难行之说也。千百年以来，诵残编之格言，绎往哲之奥义者，谁欤？翁，以寅为号，而躬践其实，且寿加于磻溪[36]者，已三焉。谓之为南滨大老，其谁曰不宜？翁行义有年，诸子若孙森立，当有骏发于后，以继今日，负暄[37]献龙颜之志者，丹崖松竹，被雨露而鸣凤鸾行[38]。且看兹斋，永永有闻于世，是谓之无强[39]之寿，予喜翁之有征也，因为翁叙而并及之。

【注释】

①大老：元老；称年高、品德高的人。

②易寅斋：易初，字子初，号寅斋，资禀宽厚，操行端洁，敬宗和族，本于至诚，处己接人，不事虚假，儒雅之士也。生于成化己丑年（1469年），卒于嘉靖辛酉年（1561年），与西屏公是儿女亲家。区元泰（西屏公长子），字公辅，号纯齐，配易氏。（《新会潮连区氏族谱》）

③男女婚姻：在我国古代的婚礼中，男方通常在黄昏时到女家迎亲，而女方随着男方出门。这种“男以昏时迎女，女因男而来”的习俗，就是“婚姻”一词的起源。换句话说，婚姻是指男娶女嫁的过程。

④坡山：著名水乡，东临西江。现辖鹤山市。

⑤抵掌：击掌。指人在谈话中的高兴神情。亦指快谈。

⑥康强：安乐强健、康健。《尚书·洪范》：“身其康强，子孙其逢吉。”

⑦岁时：每年一定的季节或时间。

⑧辛亥孟春：嘉靖三十年（1551年）春季的第一个月，农历正月。

⑨击棹：打桨。谓驾船。

⑩东山之麓:西屏公致仕卜筑邑城东。

⑪东轩:指住房向阳的廊檐。

⑫嚣尘:喧闹扬尘。

⑬阳鸟:指鹤。

⑭忻然:喜悦貌;愉快貌。

⑮日:太阳。

⑯神爽相惬:精神爽快;心神开豁。喻心满意足。

⑰东斋:家中东面的房间。

⑱闾井:闾里,居民聚居之处。

⑲凛溧:寒冷。

⑳拥衾:谓半卧以被裹护下体。

㉑蔀屋:草席盖顶之屋。泛指贫家幽暗简陋之屋。

㉒理家:料理家事。

㉓怠废:懈怠荒废。

㉔夏后氏:指禹受舜禅而建立的夏王朝。称夏后氏,亦称“夏氏”“夏后”。

㉕仲尼:孔子(前551年—前479年),名丘,字仲尼,春秋时期鲁国陬邑(今山东曲阜市南辛镇)人,先祖为宋国(今河南商丘市夏邑县)贵族。中国古代的大思想家和大教育家、政治理论家,儒家学派的创始人。

㉖恪恭:恭谨;恭敬。

㉗同寅协恭:《尚书·皋陶谟》:“百僚师师,百工惟时……同寅协恭,和衷哉。”孔传:“使同敬合恭而和善。”此皋陶在帝舜前对禹所说的话。后用为同僚恭谨事君,共襄政事之典。

㉘皇猷:帝王的谋略或教化。

㉙贻厥孙谋:为子孙的将来做好安排。出自《尚书·五子之歌》。

㉚鹰扬:大展雄才。

㉛鼓刀:谓摆弄刀子发出响声。宰杀牲畜时敲击其刀,使之发声,故曰鼓刀。

㉜清渭:喻清正。

㉝嘉谟:犹嘉谋。

㉞丹书:传说中赤雀所衔的瑞书。

㉟敬怠:《丹书》其言曰:“敬胜怠者吉,怠胜敬者灭;义胜欲者从,欲胜义者凶。”意为尊敬比怠慢多的人昌盛,怠慢比尊敬多的人灭亡。正义战胜了欲望,(国家)就能繁荣昌盛;欲望战胜了正义,(国家)就会灭亡。

㊱磻溪:水名。在今陕西省宝鸡市东南,传说为周吕尚未遇文王时垂钓处。亦借指吕尚,吕尚即姜子牙。

㊲负暄:《列子·杨朱》:“昔者宋国有田夫,常衣缊黂,仅以过冬。暨春东作,自曝于日,不知天下之有广厦隩室,绵纩狐貉。顾谓其妻曰:‘负日之暄,人莫知者。以献吾君,将有重赏。’”后遂以“负暄”为向君王敬献忠心的典实。

㊳鸣凤鸾行:凤凰鸣唱。比喻夫妻感情和洽。

㊴无强:不强制,顺乎自然。《荀子·解蔽》:“故仁者之行道也,无为也;圣人之行道也,无强也。”

贺滨阳袁太守[①]北上序

邦伯[②]滨阳袁公,由刑部尚书郎[③]出守端州[④]。沛德申威[⑤],疆场艾宁[⑥],比奏嘉绩。将行,郡士民闻之,诣状台司[⑦],请留,弗获。盖公守端,子育黎庶[⑧],弗遑[⑨]寝处[⑩],民之戴之若父母,不能忘也。固宜四会[⑪],公属邑也,尹梁君某等,以越子元履[⑫],辱公末吏[⑬],不远数百里,走书致币[⑭],征言为颂。越也慕德已旧,不容以不文辞,遂僭[⑮]复于下执事[⑯]。

曰:圣人以爵禄[⑰]待贤也,匪惟荣之已也,将以植吾民也;贤者膺[⑱]爵禄于君也,匪惟利之已也,将以行吾义也。有以责于上,有以望于下,居其位而任其事,可以易言[⑲]乎哉?民之有害也,犹身之疾痛也,爱其身者,疾未至而先为之忧;爱其民者,害未致而先为之防。若漫视其输贡[⑳]趋走[㉑],以求医于我，而针灸之弗时，佐使[22]之弗辨，而莫之省忧[23]也，则民将奚赖焉？越闻公下车端州，其捍奸慝[24]，悦然，恐其蔓也；其宣恩惠，惴然，恐其窒也。凡所以平脏腑，养荣卫，以祛吾民之疾痛者，盖无所不用其心。故省刑罚，行宽政，则不愧陈亚[25]；崇学校，兴士习[26]，则不愧张锡[27]；薄税敛，惜民财，则不愧留正[28]。视义之可否为从违，卓然不挠。虽忤当道，弗顾，则不愧以清介[29]自持。减贡砚数，以赂权贵为悦者毁。登眺之，所以杜遨游[30]，虽戾[31]时好[32]弗恤，则不愧以恭恪自守。息人对事，不以顷刻或懈者，此皆昔贤莅端之懿行善政也。而公兼绍其美，其仰副休命[33]，曲成[34]下民者，尚孰加哉。夫民之有情也，逆之则怨，怨则诅[35]；顺之则喜，喜则歌且谣。今与古不相远也。公居端，抚育爱养，至于三年，既勤且劳，端人士感公与聚，勿施之恩；至于三年，既深且久，上下情孚，弦诵千里。观风者，采而旌，荐之屡矣。天子计其最而亟陟之，使不恪者惩，而能者劝。今公之行，望之也，抑疮痍尚漓，贤劳如公，调元赞化[36]，衍天地之和，以收医道之大成，固士庶之所，争睹而快焉者也。越卧病南海，思伊周[37]之德业，不复见于今时，而重叹吾民之病且困也。因公行，拜而祝之，是为序。

【注释】

①袁太守：袁载，字安道，慈溪人，进士。嘉靖十九年(1504 年)任肇庆府知府。(清道光《肇庆府志》)弘治间沂水知县。(《沂水县志》)嘉靖年间任汶上知县。(《汶上县志》)(累官)海南兵备副使。(《浙江通志》)

②邦伯：州牧。古代用以称一方诸侯之长。《尚书·召诰》："命庶殷侯甸男邦伯。"孔传："邦伯，方伯，即州牧也。"后因称刺史、知州等一州的长官。

③刑部尚书郎：官名。东汉之制，取孝廉中之有才能者入尚书台，在皇帝左右处理政务，初入台称守尚书郎中，满一年称尚书郎，三年称侍郎。

④端州：端州地名始于隋。隋以前，一直为高要县治所在地。隋开皇

九年(589年)置端州,为州治所在地。北宋徽宗重和元年(1118年),端州升为肇庆府。今广东省肇庆市。

⑤申威:施展神威。

⑥艾宁:安宁。

⑦诣状台司:台司,指御史台职司。意指当地士民上书上级以挽留。

⑧子育黎庶:喻爱民如子。子育,谓抚爱、养育如己子。黎庶,黎民。

⑨遑:古同“惶”,恐惧。

⑩寝处:犹坐卧,息止。

⑪四会:古代肇庆府辖下四会县。

⑫越子元履:区越之子区元履,嘉靖年间任四会县训导。(清光绪《四会县志》)

⑬辱公末吏:公(袁太守)属下的小官。

⑭走书致币:喻带来书信和礼物。走书,去信;来信。币,礼物。

⑮僭:超越本分,古代指地位在下的冒用在上的名义或礼仪、器物。

⑯执事:从事工作;主管其事。

⑰爵禄:官爵和俸禄。

⑱膺:接受,承当。

⑲易言:轻易。

⑳输贡:纳贡。

㉑趋走:古礼。小步疾行,以示庄敬。

㉒佐使:汉代地方官署内书佐和曹史的统称。

㉓省忧:省视疾苦。

㉔奸慝:指奸恶的人。

㉕陈亚(生卒年不详):字亚之,维扬人。仕至太常少卿。家有藏书数千卷,名画数十轴,为生平之所宝。晚年退居,有“华亭双鹤”怪石一株,尤奇峭,与异花数十本,列植于所居。

㉖士习:士大夫的风气;读书人的风气。

㉗张锡(生卒年不详):字奉孝,张文琮子,贝州武城人,唐朝大臣。武则天时为凤阁侍郎、同凤阁鸾台平章事。中宗时,累迁工部尚书,兼修国

史,寻令于东都留守。中宗崩,韦庶人临朝,诏锡与刑部尚书裴谈并同中书门下三品。旬日,出为绛州刺史。累封平原郡公,以年老致仕而卒。

㉘留正(1129年—1206年):字仲至,泉州永春人,宋绍兴十三年(1143年)第进士,授南恩州阳江尉。寻权中书舍人,言记注进御,非设官本意,乞免奏御。开禧二年(1206年)七月卒,年七十八。留正从政四十余年,清正廉明,直言敢谏;尤其是主政期间,谨法度,惜名器,举贤才,而且在宫廷斗争波谲云诡之中能宽容大度,一心为公,毫发不干以私,孝宗称其"纯诚可托","真宰相也",是南宋前期一位贤相。他有诗文、奏议、外制二十卷行世。

㉙清介:清正耿直。

㉚遨游:游乐;嬉游。

㉛戾:曲也。

㉜时好:世俗的爱好。《汉书·货殖传》:"士设反道之行,追时好而取世资。"

㉝休命:美善的命令。多指天子或神明的旨意。

㉞曲成:委曲成全。

㉟怨则诅:怨恨就会诅咒。

㊱调元赞化:调元,典故名,典出《尚书》卷十六《周书·君奭》。谓调和阴阳,执掌大政;赞化,赞助教化。语本《礼记·中庸》:"能尽物之性,则可以赞天地之化育;可以赞天地之化育,则可以与天地参矣。"比喻通过治理,如治自己的疾病一样,逐渐好转,社会风气趋于和谐。

㊲伊周:商伊尹和西周周公旦。两人都曾摄政,后常并称。亦指执掌朝政的大臣。

寒泉陈主政[1]遗稿叙

文工[2]于穷，尚矣！士非乐于穷，文之工否，必由之者。身弗穷，则其虑弗远；心弗危，则其识弗博。虑远识博以宣其秘，其不精且专者几？希子于汉嵇康[3]，废于晋也。李白[4]、杜甫[5]、苏轼[6]、秦觏[7]辈，厄谪摈斥[8]于唐宋之世，维其征矣！寒泉陈先生，少掇危科[9]，对策大庭[10]，驱驰王事[11]，以丕[12]树风声[13]所遭，则异于是[14]。顾其为文，乃自成一家，卓有可传，无俟[15]于穷而得之者。先生之才之视昔人，不可谓不相及也。夫行止屈伸时异而致一焉，惟志士达人能不以通塞改其所观。先生冈州之豪也，圭峰以为高，江门以为深，黄云紫水以为清丽，其所得者多矣。周游帝都，观天府文物[16]之盛；甫政南曹[17]，联凤阁鹓鹭[18]之行；出倅象南[19]，览桂湘蓬瀛之形概，陆浮舟车，迹半天下。其恒居而厌见者，三江五湖[20]出没鱼龙[21]，桂岩独秀融结乾坤；春风上元，沂河洛[22]之渊；委野服[23]东山[24]，吊安石[25]之清高；循五岭[26]百越[27]之郊，栖迟西瓯[28]，慕柳宗元[29]之才华。山川效其灵，意气会其精。是故其体适，其志舒，宜其驾风鞭霆[30]，浩博而弗可极也。惜乎！其驾虚凌空之才，骎骎未艾而遽止于兹也。盖先生之志，匪求以言传宣上布下日淑其政，以无爱于发肤卒陨其躯。象之人思慕之者，犹韦挺[31]、刘蕡[32]，至今而未之能忘也。使穷困之得卒志于文词，吾其不迁不康不甫、白轼觏若者不已也。以其而其文如此，谓之曰迁曰康曰甫，曰白轼觏者多耶！故观大廷之对，则能婉而切直矣！序记之文，则能类族揆方矣！赋物写怀诸诗，则能言约而肆矣！是其可传者，奚待于穷也哉？先生之子邦衡氏，将梓文以传予，嘉其能昭前休也，遂为序。

【注释】

①寒泉陈主政：主政为官名，旧时各部主事的别称。陈经纶，字汝学，浐湾人，陈元辅裔孙也。少颖悟，甫弱冠，领成化癸卯乡荐第一，登进士，奉使广西纂修成化实录，暇日讲易，士子翕然从之。事竣，授南京户部主事，忤权贵，谪象州同知，至则抚定猺民，修学劝教，声誉蔚然，抚按交荐，寻卒于官，著有《寒泉遗稿》。（清康熙《新会县志》）

②文工：文人。

③嵇康（223年—263年）：字叔夜，三国魏谯郡铚（今安徽省濉溪县）人，著名的文学家、思想家、音乐家。“竹林七贤”之一，与阮籍齐名，并称“嵇阮”。曾娶曹操曾孙女，官曹魏中散大夫，故世称嵇中散。后因得罪钟会，为其构陷，而被司马昭处死。

④李白（701年—762年）：字太白，号青莲居士。唐朝诗人，有“诗仙”“诗侠”“酒仙”“谪仙人”等称呼，公认为是中国历史上最杰出的浪漫主义诗人。其作品天马行空，浪漫奔放，意境奇异，才华横溢；诗句如行云流水，宛若天成。

⑤杜甫（712年—770年）：河南巩县（今巩义市）人。字子美，自号少陵野老，又号杜陵野客、杜陵布衣，唐朝现实主义诗人，其著作以社会写实著称。

⑥苏轼（1037年—1101年）：字子瞻，又字和仲，号东坡居士，眉州眉山（今四川眉山市）人，北宋文豪，“唐宋八大家”之一。其诗、词、赋、散文，均成就极高，且善书法和绘画，是中国文学艺术史上罕见的全才，也是中国数千年历史上公认的文学艺术造诣最杰出的大家之一。

⑦秦觏（生卒年不详）：字少章，江苏高邮人，少游之弟。元祐四年（1089年），苏轼知杭州，秦觏为了追随苏轼学习，与苏轼齐赴杭州。元祐六年（1091年）进士。晚婚。调临安主簿。

⑧厄谪摈斥：厄谪，封建时代特指官吏降职，调往边外地方。摈斥，排斥；弃去。比喻受到排挤而被贬官，派遣到边远的地方。

⑨危科：高科。科举名登前列。

⑩大庭：指朝廷。

⑪驱驰王事:喻奔走效力王命差遣的公事。

⑫丕:大。

⑬风声:散布,传扬。

⑭则异于是:喻与这些人不同。

⑮无俟:喻不等。

⑯天府文物:指朝廷历代遗留下来的在文化发展史上有价值的东西,如建筑、碑刻、武器和各种艺术品等。

⑰南曹:泛指明代留都南京各部的官员。

⑱凤阁鹓鹭:凤阁,泛指中央官邸。鹓鹭,比喻有才德者。喻与朝廷有才华的人一起。

⑲出倅象南:倅,副职。象,象州郡(今广西壮族自治区来宾市象州县)。指出任象州同知。

⑳三江五湖:江、河、湖、泊的泛称。

㉑鱼龙:泛指鳞介水族。

㉒河洛:指黄河与洛水之间的地区。

㉓野服:粗劣的衣着。

㉔东山:《诗经·豳风·东山》:“我徂东山,慆慆不归。”朱熹集传:“东山,所征之地也。”后因以代指远征或远行之地。

㉕安石:王安石,北宋政治家、文学家。字介甫,号半山,抚州临川(今属江西)人。庆历年间进士。初任知鄞县、知常州。宋神宗时拜相,推行变法,后遭保守派反对辞相位,退居江宁(今江苏南京)。封荆国公,谥号“文”,世称王荆公、王文公,为“唐宋八大家”之一。有《游褒禅山记》《答司马谏议书》等名篇。著有《临川集》。

㉖五岭:大庾岭、越城岭、骑田岭、萌渚岭、都庞岭的总称,位于江西、湖南、广东、广西四省之间,是长江与珠江流域的分水岭。

㉗百越:秦汉时期中原人对长江中下游及其以南地区所有种族的泛称,泛指分布于今苏、浙、沪、皖、鄂、湘、赣、闽、粤、港、澳、桂、琼等地的所有种族,因种族众多,故称之“百越”。

㉘西瓯:我国古代少数民族名。越人的一支。

㉙柳宗元(773年—819年):字子厚,河东(今山西运城)人,世称"柳河东""河东先生"。因官终柳州刺史,又称"柳柳州""柳愚溪"。唐代政治家、文学家、哲学家、散文家和思想家,与韩愈共同倡导唐代古文运动,两人并称为"韩柳"。

㉚驾风鞭霆:形容洒脱。

㉛韦挺(589年—646年):雍州万年人。高祖平京师,署陇西公府祭酒。贞观朝历吏部黄门侍郎,拜御史大夫,封扶阳县男,贬象州刺史,卒年五十八。

㉜刘蕡(?年—848年):字去华,幽州昌平人。唐宝历二年(826年)进士。在一次贤良方正测试时,因直斥宦官祸国殃民而名动京师,被世人称为"刘贤良"。后因为官秉公理事,为宦官嫉诬,于唐会昌至大中年间被贬为柳州司户参军,担任分管户籍、农桑的官员。在任期间于乡间劝农时坠马身亡,当地民众就地埋葬。著有策集一卷,《新唐书·艺文志》传于世。

送陈明府肖鹤[①]入京诗卷序

肖鹤陈先生之宰新会,三年而政成。行将报诸天官而上之当宁[②]台谏[③]侍从,迁转有期,骎骎要路莫之能御。噫!是行也,侯别吾民也有期,而吾民之望侯,复临而煦育之者,何日也?维时,邑之僚,若丞[④]、若簿[⑤]属、若尉[⑥]、若文学[⑦]、若弟子员[⑧],凡与游[⑨]而礼貌之者,咸饯之郊而有文焉。于是,乡致政[⑩]耆旧若汤梅[⑪]辈、乡进士余宗文[⑫]辈二十有一人,衣冠萃止[⑬],济济彬彬,以次再拜,进爵为陈侯别,侯亦酢之半酣。染翰[⑭]率尔成诗,大要述其感于侯之德,与乐于侯之进而望之亟者。初不计其工拙,而必其叶于古人之所谓声律也。究其情,则罔或不至焉。噫!是可以致之侯矣。而谓予序之,予敢以不文辞哉!盖善政本乎德,德有浅深,感物者系之矣;善言存乎情,情有泛略,应物者系之矣。侯下车迨今三载,威惠并行有非一日,是故奸弊[15]以剔，强暴以祛，教化以行，生养以遂，古有健令慈君，侯其备之哉！且征敛有方，招徕有道，乡邻绝叫嚣之吏[16]，疆场无金革[17]之声。饮射读法[18]，尊礼高年[19]，贫莫自振[20]，优之粟帛[21]，俾衣冠羸老得以优游乘梓[22]，歌颂太平，是造化曲全之恩，假之贤侯，推而致之也。而况新进之士有志于当世者，其悚动观法自有不容已者哉！噫！侯之德不可忘，而进不可量也。汲城[23]歌颂，古有真情，侯于吾党[24]何如，其能已于言乎？夫政以言传，情至而言自切，上下感应之机有不期而然者乎？予固宜并序之，以为贤侯饯，敢以不文辞哉！是为序。

【注释】

①陈明府肖鹤：陈豪，字肖鹤，福建长乐人。嘉靖十一年（1532 年）壬辰科进士。授新昌（会）令，以卓异召拜御史。谏复河套，被杖。出备兵外藩，以病岁祲，为食亶粥济民。所著诗文，为时所诵。（福建《长乐县志》）。嘉靖十二年（1532 年）新会知县。（清道光《新会县志》）

②宁：南京的别称，因南京古称江宁得名。

③台谏：唐宋两代以专司纠弹的御史为台官，以掌建言的给事中、谏议大夫等为谏官。两者虽各有所司，而职责往往相混，故多以“台谏”泛称之。明代初废谏院，以给事中兼领监察与规谏，两者开始合流。

④丞：官名，县丞，始置于战国，秦汉治置，典文书与仓狱，是县令的主要助手。以后历代皆置。

⑤簿：主簿，古代官名，是各级主官属下掌管文书的佐吏。

⑥尉：明废尉，留典史，掌尉事，后因称典史为“县尉”。

⑦文学：儒生。亦泛指有学问的人。

⑧弟子员：明清对县学生员的称谓。

⑨与游：交游；结交。

⑩致政：犹致仕。指官吏将执政的权柄归还给君主。

⑪汤梅：字文占，号涧松，江西广信训导。（明万历《新会县志》）

⑫余宗文：嘉靖元年（1522 年）壬午科举人，湖广黄陂教谕。（清道光

《新会县志》)

⑬衣冠萃止:代称缙绅、士大夫聚集。

⑭染翰:以笔蘸墨。翰,笔。指作诗文。

⑮奸弊:诡诈舞弊;欺诈蒙骗。

⑯叫嚣之吏:喻恶吏。

⑰金革:借指战争。

⑱饮射读法:饮酒射箭。古代的典礼,如乡饮酒、乡射、大射等。

⑲尊礼高年:敬重而厚待老年人。

⑳贫莫自振:家贫不能够养活自己。

㉑优之粟帛:喻送粮赐衣。

㉒梓:指故里。

㉓汲城:喻全城。

㉔吾党:我的同乡。

学愚[①]序

或有问于予曰:“阮仲强,百之氏,别号学愚,子知之也,其亦有以诏之乎?”予应之曰:“天下之道,暗然[②]莫之悟者。所谓愚也,性之偏也,自是而不求也。故先儒谓:‘好学求智足以破愚。’由今观之,学以破愚,求智非学以为愚也。仲强自少敏达,能以诗书世其家。每周游于通都大邑[③],考德问业[④]于贤士大夫,为日久矣!绎其名义与尚友之志,谓:‘亦必能致百倍之功,以变其不美之质。’庶几[⑤]!夫古之所谓学者,兹以学愚为号,无乃卤莽灭裂[⑥]以丧其所有,卒之暗然莫之悟耶!固宜君子所不取也。”或者乃曰:“昔子渊[⑦]孔门高第,孔子[⑧]称其如愚。武子[⑨]卫[⑩]之贤大夫,孔子又称其愚不可及[⑪]。孔子之教行于万世,深有取于二子以其愚也。然则孔子非欤?”予又曰:“颜子深潜纯粹默而成之几于圣也,圣人假之愚以形其学之有,得以启凡口耳之学之未至也。武子蹇蹇匪躬[12]，权其事以济君，圣人假之愚以许其不避难之节，以愧凡智巧之士之苟免也。若颜子睿之几于圣也，武子则权而适于宜也。睿几于圣，智也；权适于宜，亦智也。圣人皆假之愚以表其智之大也。夫岂专学为愚，以至于相似而不可及耶？”或者又曰：“二子非学以为愚，固矣！然闻有所谓古之愚者，异于今之愚也。仲强之学古之愚也，非今之愚也。悲夫！今之不然而思法诸古者以为之准，非学之至，亦学之善也。庸何伤？”予又曰：“古之所谓愚者，拘于气禀[13]之偏也。今之所谓愚者，重于习俗[14]之蔽也。古则径行自遂[15]以为直，今则狭私妄作[16]以为诈，加百倍之功以求止于径行自遂，予不知圣贤之立法教人其意果若是与否？夫道无穷尽，学有等级，直近于公缘是以求道，亦犹乎鲁之一变[17]也。诈纯于私即是以求道，亦犹乎齐之一变也。若子之言仲强之学，盖犹齐以至鲁者，然不知由鲁以至道，亦岂得为善哉！故必知今之愚者，重于习俗之蔽甚于古之愚也。求其所以去习俗之说而从之，则于古之所谓愚者可学而得矣。然后知古之愚限于习俗之蔽，暗于斯道之全体也，又求其所以去拘蔽之说而从之，则古之愚者亦可去而智斯至矣！下可以脱乎凡俗而不流于诈，上可以造乎圣智而不止于直，则虽明敏如颜固由此进矣于武子，何有哉！然非百倍之功，又不足以语此，试以质诸仲强，为何如？”

【注释】

①学愚：阮仲强，别号学愚。阮百之，乡宾，八十九岁，清尚爱菊如渊明。（清康熙《新会县志》）

②暗然：隐晦深远，不易为人所见。

③通都大邑：四通八达的大城市。

④考德问业：考德，考查道德水平，问业，考查知识能力。

⑤庶几：差不多；近似。《易·系辞传下》：“颜氏之子，其殆庶几乎？”高亨注：“庶几，近也，古成语，犹今语所谓‘差不多’，赞扬之辞。”

⑥卤莽灭裂：形容做事草率粗疏。

⑦子渊：颜回（前521年—前481年），曹姓，颜氏，名回，字子渊，亦颜渊。春秋末鲁国（今山东宁阳县）人。孔子最得意的弟子。明嘉靖九年（1530年）称其“复圣”，山东曲阜还有“复圣庙”。

⑧孔子（前551年—前479年）：名丘，字仲尼。孔子为春秋末期鲁国陬邑的思想家和教育家、政治家，开创儒家之风，仁学派创始人。

⑨武子：亦称“宁生”。春秋卫大夫宁俞，谥武子。《论语·公冶长》：“子曰：‘宁武子，邦有道则知，邦无道则愚。’”邢昺疏：“若遇邦国有道，则显其知谋；若遇无道，则韬藏其知而佯愚。”后以宁武子为国家有道则进用其智能、无道则佯愚以全身的政治家的典型。

⑩卫：卫武公卫和，在位时期，施行康叔政令，使百姓和睦安定。

⑪孔子又称其愚不可及：子曰：“宁武子，邦有道则知，邦无道则愚。其知可及也，其愚不可及也。”译文为孔子说：“宁武子这个人，国家太平时就聪明，国家混乱时就装愚笨。他的聪明可以赶得上，他的愚笨别人赶不上。”

⑫蹇蹇匪躬：《易经·蹇》：“六二，王臣蹇蹇，匪躬之故。”高亨注：“言王臣謇謇忠告直谏者，非其身之事，乃君国之事也。”后因以“蹇蹇匪躬”谓为君国而忠直谏诤。

⑬气禀：谓受之于气。《韩非子·解老》：“稽万物之理，故不得不化；不得不化，故无常操；无常操，是以死生气禀焉，万智斟酌焉，万事废兴焉。”后世用以指人生来就有的气质，或指俸禄。

⑭习俗：犹流俗，社会上流行的风俗习惯。多含贬义。

⑮径行自遂：径行，任性而行的意思。《札记·檀弓下》：“礼有微情者，有以故兴物者，有直情而径行者。”

⑯狭私妄作：为一己私利，无知而任意胡为。

⑰鲁之一变：典出《论语》。子曰：“齐一变，至于鲁，鲁一变，至于道。”比喻鲁国的变革，以“仁”以“德”治国之道。

寿香山[1]存善处士[2]黄君初度[3]叙

辛丑孟春[4]，风和日朗，万象宣妍[5]，西屏山人[6]将诛茅编社[7]于黄云之麓[8]，驱尘鞅[9]而远俗，吟花鸟以舒怀志，有在而未之行也。适甥婿士学陈子谒而请曰："士学之亲有存善黄君者，香邑善士[10]也。寿跻逢辰，族之父老偕姻友[11]石所郑君拟颛仪[12]称贺，求先生一言以重兹举，愿毋吝惠教之。"山人方谢纷纠以乐安闲，而其请再三辞之，弗获。乃顾谓陈子曰："子盍[13]言黄君素履之详乎？"陈子曰："存善，江夏名流，奕世光传几百余秋矣！其居带绕峰原，有磻溪剡曲[14]之概焉；其业衮延阡陌[15]，有牙筹[16]底绩[17]之裕焉；其嗣华萼[18]相辉，有谢砌琼玉[19]交业之美焉。考盘山涧[20]幽贞自淑[21]，迨今凡六旬有奇[22]。视世之得失荣辱，若野鹤孤云，漠然无所忻戚[23]，兹其高蹈[24]之大致也。"山人闻之，叹曰："嘻！有是哉，可以为存善寿矣！夫寿之在人不同而其为名亦异，有禀寿[25]，有际寿[26]，有贞寿[27]，有幸寿[28]。气质坚纯，寒暑殄邪[29]，弗感其真，寿之禀诸天也。遭时升平，菑荒兵革[30]，弗戕其生，寿之际乎时也。行修[31]名成，执枢[32]握纪[33]，以永有誉于天下，后世则谓之贞。耳目聪明，而德或不称，以久存视息于岁年[34]，则谓之幸。今存善生圣明雍熙[35]之时，优游于烟霞水月之间，而无或少累，其得天与时者，厚矣！且其云逵[36]之仪，足以表世。庶几知慕乎贞寿者，其视世之幸寿而无益于人世之高下悬绝，又何如耶？故寿君者，观其无愧于乡评，则其居拥山原之秀业，擅田园之广益，足以庆其诸福。骈集[37]之征，而其子姓蕃硕[38]，俟时骏发[39]，存善之寿，将大有令名[40]于世。进于贞寿者，尚无涯也。可贺者，岂惟今日已哉？"陈子拜曰："闻先生之言，始知存善之无愧于寿其逢辰而宴也。列九老[41]于香山，醉春斝于罗浮[42]，肴核[43]尽珍羞[44]之品，歌舞奏宴赵之音。虽君之子孙,皆足以供之。而君之乐之也,亦不为过矣!"山人曰:"不然。虑终者,先图厥始;防隤[45]者,慎持其盈。君尚崇推淡以宲[46]天和[47],饰勤俭以延家声,将见寿祖无疆,南极[48]光照之连,不知复几。褒美歌颂之辞,予更为君次第修之。"陈子喟喟[49]。遂为之序。

【注释】

①香山:古时县名,主要地域涵括现广东省中山市、珠海市,澳门特别行政区及今广州市番禺区部分地区。

②处士:本指有才德而隐居不仕的人,后亦泛指未做过官的士人。

③初度:指生日之时。出自《离骚》:"皇览揆余初度兮,肇锡余以嘉名。"后称生日为"初度"。

④辛丑孟春:嘉靖二十年(1541年)春季的第一个月,农历正月。

⑤万象宣妍:喻春暖花开。

⑥西屏山人:西屏公区越自我谦称。山人,指山野之人或山里之人。

⑦诛茅编社:芟除茅草,结庐兴诗社。

⑧黄云之麓:黄云山在城西北一里,其前为古冈州治。(清康熙《新会县志》)

⑨尘鞅:世俗事务的束缚。鞅,套在马颈上的皮带。

⑩善士:有德之士。

⑪姻友:亲友。

⑫颛仪:专门的礼仪。

⑬盍:何不。

⑭剡曲:剡溪,在浙江省曹娥江上游。

⑮袤延阡陌:形容田地方袤,接连不断。阡陌,田间小路。

⑯牙筹:象牙或骨、角制的计数算筹。

⑰底绩:谓获得成功,取得成绩。

⑱华萼:同"华鄂"。语本《诗经·小雅·常棣》:"常棣之华,鄂不韡韡。凡今之人,莫如兄弟。"后因以"华萼"喻兄弟友爱。

⑲谢砌琼玉:如白玉堆砌。比喻白玉般的事物聚集一处。这里比喻

贤才。

⑳考盘山涧:喻在山涧结庐。考盘,架结木屋。

㉑幽贞自淑:美好而坚贞。

㉒有奇:有余。典出《汉书·食货志下》颜师古注:“奇,音居宜反,谓有余也。”

㉓忻戚:犹悲喜。

㉔高蹈:过隐居的生活。

㉕禀寿:精气纯固,寒暑弗能袭,是谓禀寿。喻精神爽利,身体健康。

㉖际寿:逢时熙泰,无兵革灾荒,以阏天年,是谓际寿。喻生于太平年代。

㉗贞寿:执天之枢,握人以纪,以践其形而寿天下,施于来世。

㉘幸寿:老而弥坚,德高不可言状。

㉙寒暑殄邪:冬天和夏天。常用来表示整个一年。

㉚菑荒兵革:灾荒和战争。

㉛行修:品行端正。

㉜执枢:掌握关键之枢纽。

㉝纪:中国传统史书的一种体裁,以人物传记为中心叙述史实。

㉞而德或不称,以久存视息于岁年:喻道德高尚,长久流存。

㉟圣明雍熙:圣明,英明圣哲,无所不知。封建时代称颂帝、后之词。这里指太平年代。

㊱云逵:比喻仕宦之途。明代文徵明《赠王直夫》诗:“盛世岂容驹在谷,云逵行见羽为仪。”

㊲骈集:凑集;聚会。

㊳蕃硕:子孙繁盛。

㊴骏发:《诗经·周颂·噫嘻》:“骏发尔私。”郑玄笺:“骏,疾也;发,伐也……使民疾耕发其私田。”后用以指迅速发扬。

㊵令名:美好的声誉。

㊶九老:指“香山九老”。唐朝诗人白居易曾在故居香山(今河南洛阳龙门山之东),与胡杲、吉皎、刘真、郑据、卢贞、张浑、卢慎及狄兼谟八位耆

老集结“九老会”。这九位志趣相投的老人,退身隐居,远离世俗,忘情山水,耽于清淡。

㊷春斝于罗浮:斝是中国古代用于温酒的酒器。罗浮代指梅花。喻傍默林喝春酿。

㊸肴核:肉类和果类食品。通称谷类以外的食品,如肉类、蔬果等。

㊹珍羞:珍美的肴馔。

㊺隤:败坏。典出司马迁《报任安书》:“李陵既生降,隤其家声。”

㊻宎:幽深。

㊼天和:谓自然和顺之理;天地之和气。

㊽南极:星名。即南极老人星。

㊾喟喟:叹息声。

送长教俞一木[1]归隐叙

往岁[2]余官浙臬[3],同宪学[4]汪子[5]较士[6]吴兴[7]之间,言于余曰:“浙故多士,但嘉禾[8]之质不胜其文,崇德[9]之文不胜其质[10],所习者殊也。”余曰:“子将奚[11]先?”曰:“先器质[12]而后文艺[13],取士之大端也。士克其质时,而施诸依则诚有,而政乎可以优于天下,徒以文焉?而行或悖,其谁与我?故尚藻饰者,当返诸淳朴;崇质直者,毋夺于浮夸。则士习贞,而真才出矣。”余服其论。比投闲家居,见长人之来吾邑,无问于令与师儒[14]也。率繁琐于文移[15]以为治,致饰于言貌以为教,忠信[16]之风靡然而俗日偷[17]。余然后益思汪子之言,叹质直[18]者之不多得也。嘉靖已酉[19],一木俞子来长教古冈,崇德产也。时相与对谈,见其才高而意广,气直而性疏,喜其学古近道,曰:“是将有裨益于吾庶士者乎?”俞子果能以师道自立,约束[20]学者,佩服督学[21]条约,小有怠弛[22],辄升堂戒谕[23],无所讳隐[24]。士以是敬服之,皆求遵其教,切磋于实学者,先后相望也。无何,喟然叹曰:“秋近,吴江鲈鱼[25]且美,烟艇钓丝之兴,久牵梦寐,簪组[26]之荣不足与易也。”因以病闻当道,挂冠隐归。呜呼!若俞子者,谓之能质直好义者,非邪?始以浑朴倡士,务黜浮靡[27],而士翕然从之。终以闲散自适,脱屣名位[28],而士欣然仰之者,羞同时好。今之士者,惟患戾乎时好,谁谓俞子由今日之仕而能质契[29]古人之行,独径情直遂无少顾忌邪?贤者不患其位之不崇,而患乎善之不称。使官为师儒,慕外而不由其衷,则事枝叶者昧有本之学尚口耳[30]者,缺推行之功而宣善明纪之责孤矣。俞子之教吾庶士也,敛华就实,黜伪崇直[31],相黾勉[32]于圣贤之学。其视事枝叶口耳隆外貌而无益于人身心者,为何如?善夫崇德之懿教,固自有所本哉!俞子行矣,嗣是而学者将慕而效其质乎?抑反而求诸文乎?孔子曰:“文胜质则史,质胜文则野,文质彬彬,然后君子。”由俞子之质而学孔子之所谓彬彬者,是谓士之不忘其师者也。爱其师不忍其去,当思其所以为教。思其所以为教而不能忘,则固有不别者存焉。若徒依依邮亭杯酒,踟蹰而弗忍舍去,非意气相期之义也。因君寅寀[33]静轩江子[34],立江张子[35],征余文为别,敢颂之以慰贤师弟临岐[36]祖饯[37]之意。

【注释】

①长教俞一木:俞樟,浙江崇德人,由岁贡嘉靖二十六年(1547年)升本县教谕。性严毅有识量,尝搜表邑之先哲及乡之列女,以励世风,诸生中有贫乏者,辄捐俸以助丧葬。在任五年,士习翕然归重寻,引疾求去,大吏慰留之,去益决。(清康熙《新会县志》)

②往岁:往年。

③余官浙臬:西屏公于嘉靖十二年(1533年)任浙江按察副使。

④宪学:御史台或都察院所属的官员。

⑤汪子:汪佃,字有之,弋阳人,嘉靖戊子年由翰林侍读谪任。为人严正寡合,虽不亲郡事而崇奖学术,士类归心,后再迁南京宗人府经历,辄弃去学职则教授。(《宁国府志》)

⑥较士:指应考的读书人。

⑦吴兴：浙江省湖州市的古称。

⑧嘉禾：泛指生长茁壮的禾稻。这里比喻优秀。

⑨崇德：崇尚道德，推崇德行。典出庄子《周易·系辞下》："尺蠖之屈，以求信也；龙蛇之蛰，以存身也。精义入神，以致用也；利用安身，以崇德也。"

⑩质：本质。

⑪将奚：为什么。

⑫器质：人的度量、才干。

⑬文艺：指撰述和写作方面的学问。

⑭令与师儒：令，县令；师儒，古代指教官或学官。

⑮文移：文书，公文。

⑯忠信：忠诚信实。

⑰俗日偷：喻社会风气越来越苟且敷衍，只顾眼前。典出《闺训千字文》："人心日薄，风俗日偷，职是故耳。"

⑱质直：朴实正直。

⑲己酉：嘉靖二十八年(1549年)。

⑳约束：盟约，规约。

㉑督学：旧时主管教育的部门中负责视察、监督学校工作的人，是提督学政或督学使者的简称。

㉒怠弛：松懈。

㉓升堂戒谕：旧时官吏到公堂办公谓之"升堂"。戒谕，告诫训谕。意指在公堂之上告诫训谕学子。

㉔讳隐：回避隐瞒。

㉕吴江鲈鱼：西晋有位大司马东曹掾张翰(字季鹰)，吴江人，在离家三千里的异地做官，每当秋风起，他就想到家乡的鲈鱼。为了品尝家乡的鲈鱼，他竟弃官返回故里吴江。这里比喻辞官。

㉖簪组：借指官宦。典出《旧五代史·唐书·庄宗纪四》："伪宰相郑珏等一十一人，皆本朝簪组，儒苑品流。"

㉗黜浮靡：摈弃浮华。

㉘脱屣名位：比喻把名利看得很轻，无所顾恋，犹如脱掉鞋子。

㉙质契：契约，契据。

㉚口耳：口说耳听地往下传授。指文化一代一代传下去。

㉛黜伪崇直：谓崇尚正直、朴实，摈弃虚伪。

㉜黾勉：勉励，尽力。

㉝寅寀：寅，同寅，同僚，旧称在一个部门当官的人。寀，古代指官。比喻同僚官员。

㉞江子：江逢恩，广西全州人，岁贡，训导，嘉靖二十七年（1548年）任，以升去。（清康熙《新会县志》）

㉟张子：张琼，广西庆远卫人，训导，嘉靖二十九年（1550年）任，以升去。（清康熙《新会县志》）

㊱临岐：赠别之辞。

㊲祖饯：指饯行。

寿方邑博[①]母夫人[②]六十一序

桂林省斋方君，由乡进士长教古冈。既至，日进诸弟子员考德问业以兴文教，以贞士习殚厥心[③]志用[④]对扬[⑤]天子之明命。嘉靖戊戌季春[⑥]吉日，母夫人张六十有一初度之辰也。君宦迹他乡，不及执斝称贺为歉。乃曰："禄以资养，尔忠于君不逮于亲，吾弗忍也。世有一日养，不以三公[⑦]易者。吾顾不能入故乡为母寿，岂其情与古人异哉！"乃制词祝而歌曰："桂岭兮，摩天乾坤，融结[⑧]兮，淑气完。维彼[⑨]灵萱[⑩]兮，生其巅；阅四时兮，不记年[⑪]衣。"从而歌曰："漓波[⑫]兮，清且长，栖霞[⑬]兮，缥缈以光，寿域[⑭]开兮，山川良愿吾亲岁；宴琼池兮，乐只无疆。"同寅西粤[⑮]王君良所、闽陈君静江闻而和之，且征余言以为君颂。予曰："善哉！夫忠不谋仕，义之至也。孝不忘亲，仁之至也。君子于忠孝，未尝不欲其竭尽而无遗。顾所处之时异，所为之分殊,得诸此或缺于彼,而恒有不满之心存焉！君宦羁千里外未及迎养,其临风致祝也,固宜！抑予闻人之寿也,定命于天,受灵于地,归萃于德。非天不祚,非地不钟,非德不受。是故考终[16]之誉,履旋之吉,弗容幸致焉!”夫人淑性夙成以事舅姑[17],则能孝谨[18]以相夫子,则能贞顺[19]以处妯娌[20],则能和睦以教诸子,则能义方[21]坤德[22]具矣！故其黄发骀文[23]饮食起居康强如壮者,生三子,伯季[24],皆登科第;其仲[25],尚邑庠[26]弟子。然桂林,奇产也。昌大之势,日引月长。诗曰:“其类维何？室家之壶。”[27]又曰:“君子万年,永锡祚胤[28]。”天之佑、地之厚,神理然也。先是,君欲奉夫人来官邸以道[29],经府江之险而止。虽请有司[30]移俸伸养,而比当[31]久违,情莫能释。予谓:“上孝养志,问安侍膳为旦夕之娱者,末也。君懋图令德[32],晋陟崇阶[33],俾芳闻嘉誉以垂不朽,则忠孝两全以承亲志,不亦休[34]乎!”于是,诸君子曰:“君之寿母,莫大于此。”请以为贺,遂书之。

【注释】

①方邑博:方济,广西桂林人,举人,教谕,嘉靖十四年(1535年)任。(清康熙《新会县志》)

②母夫人:对别人母亲的尊称。

③厥心:喻锻炼心性(品德)。

④志用:犹器识。器量与见识的意思。

⑤对扬:古代常语,屡见于金文。凡臣受君赐时多用之,兼有答谢、颂扬之意。

⑥嘉靖戊戌季春:嘉靖十七年(1538年)春季的最后一个月,农历三月。

⑦三公:执掌朝政的大臣。指世代官居高位。

⑧融结:融合凝聚。

⑨维彼:唯有。

⑩萱:萱草,又称金银花。

⑪记年:记得年月。

⑫漓波：漓江。

⑬栖霞：喻寺庙。

⑭寿域：谓人人得尽天年的太平盛世。

⑮西粤：广西。

⑯考终：享尽天年。

⑰舅姑：称夫之父母。俗称公婆。

⑱孝谨：孝顺而恭谨。

⑲贞顺：指妇女的专一婉顺。

⑳妯娌：兄、弟之妻的合称。

㉑义方：行事应该遵守的规范和道理。

㉒坤德：谓大地赐恩。

㉓黄发骀文：指长寿的老人。后亦泛指老年人。

㉔伯季：指兄弟排行里的老大和最小的。

㉕仲：对兄弟中排行老二的尊称。

㉖邑庠：明清时的县学。

㉗其类维何？室家之壶：您的家族的领域到底有多大？王侯之家深宫内的道路细又长。

㉘君子万年，永锡祚胤：指君王万寿无疆，上天永赐你福禄，福运及于后代子孙。锡，同“赐”。祚，福。胤，后嗣。

㉙道：侍奉。

㉚有司：官吏。古代设官分职，各有专司，故称“有司”。

㉛比当：必当。

㉜懋图令德：指勤奋努力，做一个有美德的人。

㉝晋陟崇阶：升级。喻升官。

㉞休：美善，吉庆。

贺大尹善山何公[1]荣觐序

皇帝御极治化[2],登贤拔良,布列庶位[3],海宇[4]宴安。期以明年朝天下藩服[5],大小群吏,综核其实而进退之,以恢休治修祖制[6]也。雩都善山何侯,宰古冈之二年。届期,治装将行,以报嘉绩于上。适当道檄[7],俾阅士棘闱[8],盖能之弗容以已者也。维时,古冈大夫士顾相谓曰:"侯事竣且行,虽赤子喁喁[9],不能无哺育之忧。然治成声著显庸有日,固吾人之庆也。"因相与论我朝考课[10]之典,比迹虞周[11],公道彰明,用舍弗忒,以为贤者行道之贺焉!夫三载考绩[12],三考黜陟[13]幽明,载之虞典[14]可见也。五服[15]之朝,期于六年,王时[16]巡狩[17],考制度以朝诸侯,大明黜陟,期于十二年,载之周官可见也。今制三年藩臬府州县一朝觐[18],即虞四仲[19]巡狩周六年五服一朝之典也。以所治[20]须知之事,登册而献诸朝,即虞三载考绩周考制度于群牧[21]之典也。善者有庆赏,不善者有严谴,即虞黜陟幽明[22]周大明黜陟之典也。时有古今事有详略而圣圣相授若合符节,故当盛时禹益[23]皋陶[24]之徒,各以其德鸣于虞,周召太颠[25]闳天之徒,各以其德鸣于周。以歆鬼神,以官天地,以熙庶载,以义人民,明良际会,岂偶然哉!汉晋而下,或考以一年,或考以三十月,进退无据,是非混淆,已无足道。千百载以来,至于昭代,始复虞周之盛侯也。以济时为任,其为禹为益为周为召,固其所素自待者,兹行也。

天子计其最而亟陟之,使不恪者惩而能者劝焉。吾于侯占之矣。侯少负奇志,从游于阳明先生[26],默契良知[27]秘旨。其于定性之功,大公而顺应者,廓如也。故下车[28]古冈,循良[29]卓荦[30]之政难以尽述,《卷阿》[31]之称吉士曰:"维君子使,媚于天子。维君子命,媚于庶人。"噫!兴利剔蠹[32]而日图其便,侯之媚吾庶人也,多矣!为王股肱[33],将顺匡救以上媚于明天子,吾大夫士庶人之祝颂贤侯者,盖拳拳也。其为君子之吉,孰加焉?谨书之以伸贺。

【注释】

①大尹善山何公:何廷仁(1483年—1551年),初名泰,字性之,别号善山,江西雩都人,知县,嘉靖二十年(1541年)任。(清康熙《新会县志》)廷仁身躯魁梧,长须高鼻,待人谦虚温和。少年时期崇敬陈献章,后师从王守仁。王守仁讲万物一体之论,讲"良知"之说,廷仁心领神会,作"知过即良知,改过即本体"等论说,在当时社会上产生了很大反响。王守仁在江西先后为南赣、江西巡抚,军务繁忙,政事丛脞,何廷仁与江西黄宏纲及浙江钱德洪、王畿同为王守仁高足,当时有"浙有钱王,江有何黄"之说。新入门弟子多由何廷仁和黄宏纲教导,时称"接引师"。廷仁在赣州师从王守仁,未参加科举。直到嘉靖元年(1522年)王守仁回浙江守制,才应江西乡试中举,后考进士未第。嘉靖二十年(1541年),廷仁在陈献章的家乡广东新会县任知县,亲自在献章祠中讲学,慕名学子接踵而至。五年期间,依法治政,以德化民。各乡都设置学社,制定训规,并且修忠祠、辟义掾,祭祀为国死难的县民,以教化百姓,使穷山僻壤成为文明礼义之乡。又在县邑关隘处筑堡垒,建炮台,驻军防护,以保疆安民。嘉靖二十五年(1546年),以政绩最佳调升南京工部主事,分司仪真。后又调芜湖掌管专卖,使当地市价度量衡公平合理,市场稳定。任职期满辞官回乡,以讲学著说为乐。任所三县百姓十分怀念他,竖碑记载其德政,绘像以纪念。著有《善山集》等。

②御极治化:登极;即位。谓皇帝登基以来,治理国家、教化人民。

③布列庶位:指安排好一众官员。典出《书·说命下》:"惟说式克钦承,旁招俊乂,列于庶位。"

④海宇:犹海内、宇内。谓国境以内之地。

⑤藩服:古九服之一。古代分王畿以外之地为九服。其封国区域离王畿最远的称"藩服"。典出《周礼·夏官·职方氏》。

⑥祖制:指帝王祖宗规定的制度。

⑦檄:古代官府用以征召或声讨的文书。

⑧棘闱:科举时代考场、试院的称谓。

⑨喁喁:仰望期待貌。

⑩考课:按一定的标准对官吏的政绩进行考核,以决定其升降赏罚。

⑪虞周:周代诸侯国名,在今山西省平陆县东北。

⑫三载考绩:按一定标准考核官吏的成绩。《尚书·舜典》:"三载考绩,三考,黜陟幽明。"孔传:"三年有成,故以考功。九岁则能否幽明有别,黜退其幽者,升进其明者。"

⑬黜陟:指人才的进退,官吏的升降。

⑭虞典:指《尚书·虞书》。

⑮五服:指自京师向四面每五百里为一"服",由近及远分别是甸服、侯服、绥服、要服、荒服。

⑯王时:谓旺盛之时。

⑰巡狩:巡行视察诸侯为天子所守的疆土。

⑱觐:朝见君主或朝拜圣地。

⑲四仲:农历四季中每季的第二个月的合称。即仲春(二月)、仲夏(五月)、仲秋(八月)、仲冬(十一月)。

⑳治:旧称地方政府所在地,如府治、治所等。

㉑群牧:古称九州岛治民的官长,后用以泛指众诸侯或地方长官。

㉒黜陟幽明:黜退昏愚的官员,晋升贤明的官员。

㉓禹益:禹,姓姒,名文命,夏后氏首领,传说为颛顼帝的曾孙。他的父亲名鲧,母亲为有莘氏女修己。相传禹治黄河水患有功,受舜禅让继帝位。伯益,《尚书》称益,《史记》称大费、柏翳,又称伯翳,《世本》《汉书》称化益、伯益。"少昊之后伯益也。"伯益最突出的贡献就是佐禹平治水土,可见于《史记》之《夏本纪》《秦本纪》等。

㉔皋陶:传说虞舜时的司法官。

㉕太颠:侗族农民起义领袖,辅佐周文王、周武王的大臣。

㉖阳明先生:王守仁(1472 年—1529 年),幼名云,字伯安,别号阳明。浙江绍兴府余姚县(今属宁波余姚)人,因曾筑室于会稽山阳明洞,自号阳明子,学者称之为阳明先生,亦称王阳明。明代著名的思想家、文学家、哲学家和军事家,陆王心学之集大成者,精通儒家、道家、佛家。晚年官至南京兵部尚书、都察院左都御史。因平定宸濠之乱军功而被封为新建伯,隆

庆年间追赠新建侯。

㉗良知：王阳明的核心思想是"致良知"。他解释说："见父自然知孝，见兄自然知悌，见孺子入井自然知恻隐，此便是良知。"由此推断，良知是人先天固有的善性，是存在于人心中的天理。但良知常被私欲所侵蚀，故需去除人欲，恢复良知。

㉘下车：官吏到任。

㉙循良：谓官吏奉公守法。指循良的官吏。

㉚卓荦：超出一般，出众。

㉛《卷阿》：《诗经·大雅》篇名。

㉜剔蠹：清除弊害。

㉝股肱：大腿和胳膊，均为躯体的重要部分。引申为辅佐君主的大臣。

一东序

冈城[1]之东乡，曰"东坑"。又东涉一衣带水屯聚数百家，居之水乡之最大而东也，又名以"东甲"[2]焉。东甲距城仅一鸡飞，俗犹古野无声利[3]之相竞。梁子本元[4]，又于其最东居之，号曰"一东"。或曰："取诸乡乎？"梁子曰："未也。乡则所同，惟取于吾事之相似耳。夫环乡皆水，水之东去若东乡之海，熊子之海[5]，木洲之海[6]，则水之最大。凡水于西南与北，弗若也。水之大者，鳞族滋多[7]，故吾渔一于东矣。罗城于外，皆山也。山于西南与北，则密迩民居所谓郊于大国[8]矣，若东乡诸山，樵迹罕及，腰斧以伐，朝夕再次求无弗给，故吾樵一于东矣。又于居东择地最近者买之。课诸子耕其中，为一家八口计。地于西南与北虽信美，非吾土也。故吾耕，亦一于东矣。地乐其近，不必其美，故多高硗[9]。非参以畜力，未易治。不能不牧，而牧则随吾樵以往，还于东乡诸山，丰草绿缛[10]饲吾牛而易于茁壮长者，他山非吾便也。故吾牧，亦一于东矣。天之生民，心计于中力作于外。由其至大,可以济一世;由其至小,亦不失乎其身。今吾幸生太平有道之世,于王公大人[11]暨百执事[12]无能为役养[13],吾拙藏[14]吾身,惟借兹土。兹事苟不失乎,吾身而已矣。又岁时伏腊[15]斗酒相呼,皆东土同志[16]士,自束发以至于今种种然矣。内不易志,外不易交[17],虽以是遗吾子若孙世世可也,由此为号,何如?"予闻之曰:"是谓称情可以号'一东'矣。且有可乐者寓焉!夫有可乐之地,有可乐之时,有可乐之器地,可矣。时之弗未乐也,时至矣,器之弗称未乐也,若一东者,庶几乎哉!东甲之东,可耕可渔。又当圣皇御极[18],海宇清宁[19],而耕而渔,寂无可扰,而一东又能舍大图小,不惟其身之安,又冀其子孙以无忘其业,是岂龌龊[20]者类哉!于是,借兹土以乐兹事,可永终无虞[21]矣。"或曰:"昌后以德不以势。梁子之言之行,德也。安知其无子孙之贤,于其身者,出去澳渫[22]而自显见者耶?顾欲以兹土兹事遗之,过矣!"予又应之曰:"夫梁子,诚念其子孙欲以其身之安者遗之耳。不敢预必其贤于我也。古人固有修德于身责报于天,取必于子孙若,左契交手相付[23]者,此固天之可必也,梁子之后安知其不然乎?但其念不及此也。"因序其事以俟之云。

【注释】

①冈城:新会古称冈州,治地会城古称冈城。

②东甲:位于邑城之东,"东甲甜橙"享誉全国。

③声利:犹名利。

④本元:即梁本元,号一东。

⑤熊子之海:在县南二十里。

⑥木洲之海:在县南东,今新会睦洲镇。

⑦鳞族滋多:鱼类和爬行类等有鳞动物多。

⑧大国:比喻具有独立性的事物,这里指一爿较大且相对独立的地块。

⑨高硗:形容土地坚硬而瘠薄。

⑩丰草绿缛：绿草茂密。

⑪王公大人：国君重臣。

⑫百执事：犹百官。

⑬役养：役使。典出《后汉书·宦者传序》："宦人之在王朝者，其来旧矣。将以其体非全气，情至专良，通关中人，易以役养乎？"

⑭拙藏：笨拙的储藏方法。

⑮伏腊：指伏祭和腊祭之日，或泛指节日。

⑯同志：指志趣相同的人。

⑰易交：谓显贵后忘弃贫贱时的朋友，另结新知。

⑱圣皇御极：皇帝登基；即位。

⑲海宇清宁：喻时世太平。

⑳龌龊：器量局促，常用来形容心胸狭窄之人。

㉑无虞：没有忧患，太平无事。

㉒澳渫：污浊。

㉓左契交手相付：左契，古代契约分为左、右两联，各执一联以为凭证。唐代杜牧《杭州新造南亭子记》："今权归于佛，买福卖罪，如持左契，交手相付。"左契为券契的"存根"，持左契者凭之向人讨还所欠财物。比喻交易成功。

云步处士文川李公墓志铭

处士文川李公，讳圣佑，字孔英，其先盖出于柱下史聃[①]之后。汉齐隋唐之季，其支派蕃硕。至宋乾道间，始有曰侃者，由南雄珠玑巷[②]来居古冈之云步里[③]，实处士始祖也。高祖，讳自成，仕终巡检[④]。曾祖，讳龙膏。祖，讳明。父，讳承芳。皆不仕而能好贤乐道，为里人所称重。处士性坦夷[⑤]，不事边幅。少读书能知其大意，有勉之学举子业[⑥]者，辄谢曰："富贵诎[⑦]于人，曷[⑧]若贫贱之自适？廊庙江湖[⑨]固各有志，弗可强也。"由是恣情于烟云水月而悉究乎阴阳家风水之说，虽家拥厚资，能以俭素自居，见华靡者辄深嫉之。常语诸子曰："丘园之贲⑩，虽不能无戋戋之吝，然胜于尚焜耀以取荡覆⑪者，多矣！为吾子若孙患不能俭而不患其俭之失中⑫，患不能率予行以甘简淡而不患其拂时俗之好以招毁议也。"平居待物，一出于无心，与人无所怨恶，亦不知其人之有怨恶于己。有讥其无辨别之介者，笑曰："吾祖老聃，遇人常嘻嘻然，略无所芥蒂，用能冲静⑬以养。至知若憧憧往来⑭，非老祖超神入化诀也。"常捐钱葺祖坟，修族谱，建桥梁，赙⑮里丧贫乏之无棺者，梓乡先生诗集之可传者，为费甚众。处士略无⑯难色。或曰："李公好俭而所为乃尔⑰，不无类⑱于图不急以变素行者耶？"处士曰："吾铢积寸累⑲，不敢轻费正为此耳。且子之言固以奉身之用为急乎？抑以济时之义为急乎？夫衣食器用之在身事之小者也，凡吾今日之为义之大者也。小者既不屑为，大者又不敢为，是诚徒积而不施者。古之所谓守财虏也，吾将何取乎？"闻者服其至论。平生未尝有争，乡俗有争者，必委曲排解之。恂⑳然无背面语，邑人推坦直者，必以处士称首。所居近黉宫㉑，紫水环绕其前，因号"文川居士"。配陈氏，归德里义官㉒陈球之女。男二人，长若桐，太学生；次若梓，邑庠生，早卒。女一人，适潮连里人陈周南。以嘉靖癸卯㉓四月十六日卯时卒于正寝，距生成化庚子㉔十二月十一日辰时，享年六十有四。若桐卜己酉㉕四月初十日巳时之吉，葬处士于梓里，地名大冈山，巳丙㉖向之原。持乡进士㉗容朝望㉘状来请铭，余辱知处士者，义不当辞。铭曰：坦而不较，动有其方。俭而不匮，用适其臧。鸿渐于云兮仪修以长，雉屯其膏兮肥遁㉙之光。无欲而宜寿兮奄倏㉚而藏，川浚其源兮山崇其冈。既安且固兮永与无疆㉛。

【注释】

①柱下史聃：相传老子曾为周柱下史，后以"柱下"为老子或老子《道德

经》的代称。老子,姓李,名耳,字聃。

②南雄珠玑巷:位于县城北部偏东,该巷南起驷马桥,北至凤凰桥,是古代五岭南北梅关古道的必经之路。

③云步里:新会司前镇石步。

④巡检:官署名巡检司,官名巡检使,省称巡检。始于五代后唐庄宗。宋时于京师府界东西两路,各置都同巡检二人,京城四门巡检各一人。又于沿边、沿江、沿海置巡检司。掌训练甲兵,巡逻州邑,职权颇重,后受所在县令节制。明清时,凡镇市、关隘要害处俱设巡检司,归县令管辖。

⑤坦夷:坦率平易。

⑥举子业:指应科举考试。

⑦诎:屈服,折服。

⑧曷:古同"盍",何不。

⑨廊庙江湖:廊庙,典出《孙子・九地篇》,指殿下屋和太庙,后指代朝廷。江湖,指民间。

⑩丘园之贲:家园美好。

⑪荡覆:动摇颠覆。

⑫失中:亦作"失衷"。不合准则。

⑬冲静:淡泊宁静。

⑭憧憧往来:形容人心里很不安,语言很多,思想不定。

⑮赙:拿钱财帮助别人办理丧事。

⑯略无:全无,毫无。

⑰乃尔:犹言如此。

⑱无类:不分类别。

⑲铢积寸累:形容一点一滴地积累,也形容事情完成得不容易。铢,古代重量单位,铢两,极轻微的分量。

⑳恂:相信。

㉑黉(hóng)宫:文庙,是纪念和祭祀孔子等先贤的祠庙,常称孔庙。

㉒义官:中国古代封建社会专设的一种编外官职,明朝时最为盛行,由官府直接任命或采用其他奖励形式向社会颁布。荣获义官称号后即在社

会上拥有一定的地位,能直接参与当地官府、域内的管理事宜。因为这些义官的家境富裕,不拿俸禄,把为社会做贡献视为己任,各地志书多有关于义官的记载。

㉓嘉靖癸卯:嘉靖二十二年(1543年)。

㉔成化庚子:成化十六年(1480年)。

㉕己酉:嘉靖二十八年(1549年)。

㉖巳丙:东南方向的意思。

㉗乡进士:举人的别称。明清科举由乡试产生举人,考试地点在省城,主考官为布政使司。

㉘容朝望:字几石,号他山,河塘人,嘉靖庚子科(1540年)举人,四川保宁府同知,晋长芦运同,降知陕西商州,有传。(清康熙《新会县志》)

㉙肥遁:喻退隐。

㉚倏:迅疾貌。指短暂的时间。

㉛无疆:疆,止境,穷尽,这里指万寿无疆。

卷七

记

新会县重修乡贤祠记[1]

昔者，圣人辩是非之实，以荣辱天下也，将以惩劝[2]之而已矣。褒当其善而天下以荣，荣则劝；贬当其不善而天下以辱，辱则惩。夫有所劝而敏于善也，有所惩而沮于不善也，而天下有不治者乎！乡饮之礼，贤者宾享之，而不肖者黜焉，以教天下也。乡祠之典，贤者俎豆之，而不肖者远焉，以教后世也。此皆公是公非荣辱惩劝之所寓，圣人转移世道之大端也。

国家彰善瘅恶[3]，尤致谨于乡饮养老乡贤祭祀之典，百余年来民风淳正，视诸古无愧焉。然积渐既久，等为弥文[4]，至有是非混淆而不足以示惩劝者，识者忧之。

雩都善山何侯廷仁来宰是邑，下车之初，即以表章风俗为首务。晋谒乡贤，见其祠宇颓毁，慨然叹曰："兹表率士人之基，而何以至是耶？"爰召乡贤者之后谭善箕、陈大机、鲁孔裔[5]、刘应求等经营规画，去圮为固，易腐为新。不数月间，焕然翼然，观者改视。善箕等又以侯命砻石征记，用诏邑人越受而稽之。俎豆兹祠者，在宋，曰马公持国[6]，马公晞骥[7]、伍公隆起[8]。在元，曰罗公蒙正[9]、周公修[10]。在国朝，曰黎公贞[11]、张公抙[12]、陈公献章[13]、汤公有容[14]、刘公文瑞[15]、鲁公能[16]、陈公经纶[17]、谭公律[18]、汤公和[19]，凡十四人。有道学者，有文艺者，有幽贞者，有立朝忠荩[20]者，有治郡廉能者，有仗义者，有振彝训者，英风懿矩，既久益芳，诚奋乎百世之上，而足以兴起乎百世之下者也[21]。是故崇正道，则学术兴矣；正文艺，则士习纯矣；阐幽贞，则隐德光矣；忠荩昭，而便佞畏矣；廉能著，而贪懦耻矣；仗义章，则民知兴行矣；彝训振，则士思奋立矣。是不可以励俗[22]已乎？然由宋迄今，仅尔数贤；

自宋而上已寂无纪。贤才之生独盛于今,岂固时运[23]污隆[24]致然耶?侯当更考而正之,亦容有昌焉,而厕居[25]者否欤?过情之誉[26]实行罔孚[27]君子弗由也,抑容有泯焉而失纪者否欤?间世之壁尘垢,尚蒙君子弗置也。革之阐之,毫发不爽[28],俾百世而下,知公论之不容泯焉!则国家化民成俗之意,实贤侯攸赖[29],不独古冈人士之惩劝也已。

【注释】

①《乡贤祠记》由明万历《新会县志》起,历次修志均有收录,但收录文章与此文有个别差异。万历《新会县志》没有元代周公修,入祠是十三人;经营规划者则有黎质(在刘应求后)。清乾隆《新会县志》则有周公修,入祠是十四人。

②惩劝:惩罚邪恶,劝勉向善。典出《左传·成公十四年》:"惩恶而劝善,非圣人,谁能修之?"

③彰善瘅恶:表彰美善,憎恨邪恶。

④弥文:弥加文饰,谓夸饰之辞。

⑤谭善箕、陈大机、鲁孔裔:谭善箕,号中宅,邑庠生。陈大机,字邦衡,邑庠生,谭律之子,南宋义士陈元辅七世裔孙。鲁孔裔,都宪(鲁能)之孙,乡宾,寿九十岁。

⑥马公持国:马持国,字鲠臣,南渡入岭遂居新会,荐辟,知容州。

⑦马公晞骥:马晞骥,持国长子也,弱冠入太学读书……知雷州,官至朝议大夫。

⑧伍公隆起:伍隆起,邑人,高祖珉高宗朝为岭南十三将,守南恩州,南宋末率乡民抗元。

⑨罗公蒙正:罗蒙正,字希吕,先祖江西庐陵,南庄人,至正中以明经荐,官南恩州教授。

⑩周公修:周修,字望舒,至正末以明经荐,为邑训导……值元季乱遇难于贼帅黄斌。

⑪黎公贞:黎贞,字彦晦,号秫坡,都会人,从学孙西庵公孙蕡,举明经,著有《秫坡集》等。

⑫张公扬:张扬,字彦谦,蒙正门弟也……洪武初经籍知县谢景旸为构象山书屋,俾邑人受业……以象山先生称之。

⑬陈公献章:陈献章,白沙人,由举人以理学征辟授翰林院检讨,谥文恭,从祀文庙。(明万历《新会县志》)

⑭汤公有容:汤公,讳载,字有容,号弦斋,以字行,河村人,下街住。洪武二十九年(1396年)举人,任广西恭城教谕,又历兴安,终官唐王府伴读。(明万历《新会县志》)

⑮刘公文瑞:刘文瑞,字廷麟,古劳人,正德五年(1515年)进士,授行人占城事竣擢刑科给事中。(明万历《新会县志》)

⑯鲁公能:鲁能,字千之,先世宁国府,金紫街人,景泰五年(1454年)进士,巡抚甘肃右都御史。(明万历《新会县志》)

⑰陈公经纶:陈经纶,字汝学,浐湾人,成化二十三年(1487年)进士,奉使广西纂修成化实录,事竣授南京户部主事,忤权贵谪象州同知。(明万历《新会县志》)

⑱谭公律:谭律,字仲和,瑶步涌人,从游陈白沙先生,成化癸卯举人,广西教谕,升江西建昌府学教授。(明万历《新会县志》)

⑲汤公和:汤和,字清轩,古鲁人,少颖悟,言动有度,贡入成均祭酒,知琼州府安定县。湛若水赞其像曰:"立心公,律身严,居官介,奉先孝,祭祀敬,享年永,宜哉。"(明万历《新会县志》)

⑳忠荩:荩,古同"进",荩臣,原指帝王所进用的臣子,后称忠诚之臣。

㉑诚奋乎百世之上,而足以兴起乎百世之下者也:典出于《孟子·尽心下》:"奋乎百世之上,百世之下闻者莫不兴起也。非圣人而能若是乎?"喻因感动而奋起。

㉒励俗:激励世俗。

㉓时运:指时代的风气。

㉔污隆:升与降。

㉕厕居:参与,混杂在里面。

㉖过情之誉:过情,超出实情。指超出实际、名不副实的赞美。

㉗实行罔孚:实行,实际行动。孚,相应、符合。罔孚,不相符合。指与

实际情况有些不相符。

㉘毫发不爽:没有丝毫差错。不爽,不差。形容一点不差。

㉙攸赖:攸,助词,所。赖,依靠、仗恃。形容为依仗。

新会县名宦祠[①]西麓林公[②]德政[③]记

西麓林先生之掌教古冈也,以明道[④]淑士[⑤]为心,言迪身范[⑥]淳笃[⑦]弗怠。一时士类宗之,彬彬诜诜[⑧],皆知有体用[⑨]之学而上驱古昔[⑩]矣。秩满,以最[⑪]擢南雄府教授[⑫]。至则举此加彼,而士乐从之,犹古冈焉。未几,又以最擢潮州之程乡尹[⑬]。至则移教于政,而民颂其泽,犹士之怿其教焉。绩成声著,时方拭目以究厥施[⑭],而先生且谢劳于驱驰[⑮]矣。夫士之仕也,非以服政为难,而以无愧于分之为难也。仕而人向化之,去而人思慕之,始终出处令德罔渝,非有道君子,其孰能与于此?先生既没[⑯],古冈人士先诣台司[⑰]请从祀于名宦祠。藩司[⑱]少参[⑲]宋公茂熙[⑳]、署督学臬司[㉑]宪佥[㉒]刘公廷范[㉓]闻之,举行恐后,且令撰先生行实[㉔]附之邑乘[㉕],垂示后学。于是,新会县尹何君廷仁、掌教沃君惟禄[㉖]、司训王君天祈[㉗]、陈君凤仪[㉘]偕邑庠生陈懋官、黄选[㉙]等,以越昔辱知[㉚]先生属为之记。

呜呼!我国朝建学育士,慎选师儒,以倡率[㉛]规导之,所以储真才诩盛治[㉜]也。其为责,亦既重矣!顾居是者,往往视为冷官闲职,无所事事,以卤莽岁日[㉝]。求不负师人之道,如先生不多见也。先生器量坦和,德性纯正。其酝蓄也甚富,其践履也甚约。其施教也,本之躬行实得[㉞]而略于言语文词。邑庠弟子,学失师传,圣贤要典,或时抵牾[㉟],先生为之开示关键,剖析几微[㊱],横经[㊲]讲援,弗以劳息。邻邦士徒闻风云集者,不远数百里而文教[㊳]聿兴[㊴]。俗崇尚鬼神,每事祈祷而流风[㊵]滋惑,先生援当道文移,审核神宇,凡不入祀典者，严斥毁之。扦邪剔蠹[41]，而民行以贞。尝以科举之制，以文试士而探其蕴，淑慝[42]之分，难于不爽。故三典文衡[43]，平志意精，权度肃慎，以将之贤者录，不贤者不得以幸进，而时称其得人。其重义也，视诸亲之贫无以自给，每捐俸以助之；其持守也，虽至亲之在枢要，不以非义干之；其退让也，虽僚友之不若己，不以贤知先之。感时寄兴，操觚染翰[44]，声律点画[45]，清劲过人。虽先生为之漫不经意而得其篇什者，未尝不爱重而袭藏之也。盖先生之学，本诸存诚之笃而征诸履道之全。故其家食，则孝悌睦敬[46]，不欺不贰，而乡族称其贤。至于用世，则嘉猷[47]令闻，如珪如璋[48]，而当时称其美，固自有本也哉！夫龙之跃而见也，或渊，或田，为雨，为泽，虽所值不同而变化以利物者，则固神妙不测也。至人之行，在大不难，在小不易。在通方，则不究；在一隅，则不秘。是故，亦一龙焉。己耳观于甘棠之颂[49]，岘山[50]之思，苏湖之训[51]，鹿洞[52]之规，先生英烈，圭峰并峙，则其不待生而存，不随死而亡者，诚有所在，而岂待于祠之与否以为轩轾也耶？抑兹举也，表先哲崇道化义之所不容后者也。吾邑人士式观厥成[53]而胥悦相告[54]，亦可以征先生之德教于无穷矣！先生姓林氏，讳墰，字世崇，号西麓。庚午乡进士，闽莆田人。

【注释】

①名宦祠：本地任职而勤政爱民、着有德业之官员，逝后由当地士民举荐，经本省总督、巡抚，会同学政审核批准，将其牌位入祀于所在州县名宦祠。旧时，该州县官员，则于春秋两季带领士绅祭祀。

②西麓林公：林墰，字世崇，号西麓，福建莆田人。庚午正德五年（1510年）乡进士，正德十一年（1516年）任新会教谕。（清康熙《新会县志》）

③德政：旧指有仁德的政治措施或政绩。

④明道：阐明治道；阐明道理。

⑤淑士：淑人，善人。

⑥言迪身范:遵循自身行为的规范。

⑦淳笃:淳厚笃实。

⑧彬彬诜诜:聚集;汇集。喻众多。

⑨体用:中国哲学的一对范畴,指本体和作用。一般认为,“体”是最根本的、内在的、本质的,“用”是“体”的外在表现、表象。

⑩古昔:往昔;古时。

⑪最:古代考核政绩或军功时划分的等级,以上等为最。

⑫南雄府教授:南雄市处广东省东北部,大庾岭南麓,毗邻江西、湖南,自古是岭南通往中原的要道。明、清两代的府学都设教授。

⑬擢潮州之程乡尹:南朝南齐时(479年—502年)从海阳县分出部分地方置程乡县,辖境包括今梅县、梅江区、蕉岭、平远全部及丰顺一部分。为纪念南迁汉族名士程旻(亦作程旼)而命名。南汉干和三年(945年)于程乡置敬州仅领程乡一县。北宋开宝四年(971年)因避赵匡胤祖父赵敬之讳,改敬州为梅州,因梅江为名,仍领程乡县。此后,梅州之名几废几设,直到民国元年(1912年)废除州府制,梅州改称梅县。这里指升潮州府程乡县知县。

⑭时方拭目以究厥施:时方,指宋元以来通行的药方,对“古方”“经方”而言。喻尽最大努力治病。

⑮驱驰:指辛苦;勤劳。

⑯没:指去世。

⑰先诣台司:指到御史台职司。

⑱藩司:官名。明清时布政使的别称。为主管一省民政与财务的官员。

⑲少参:明代于各布政使下置参政、参议,时称参政为大参,参议为少参。

⑳宋公茂熙:宋茂熙,字靖之,福建莆田人。明代书法家。嘉靖四年(1525年)福建乡试林东海榜举人。嘉靖五年(1526年)龚用卿榜三甲第十三名进士。授行人司行人,嘉靖十一年(1532年)转云南道试监察御史,嘉靖十六年(1537年)三月升广东布政司左参议。

㉑臬司:提刑按察使司。

㉒宪佥:佥都御史的美称。

㉓刘公廷范:刘廷范,明嘉靖壬辰(1532年)进士,历官广东按察使司。(《广东通志》)

㉔行实:指生平事迹。

㉕邑乘:县志;地方志。

㉖沃君惟禄:沃惟禄,教谕,浙江新城人,监生,嘉靖二十年(1541年)任。(清康熙《新会县志》)

㉗王君天祈:王天祈,训导,广西平乐所人,嘉靖十五年(1536年)任。(清康熙《新会县志》)

㉘陈君凤仪:陈凤仪,号静轩,训导,福建侯官人,嘉靖十五年任。迁山东观城教谕。(清康熙《新会县志》)

㉙黄选:号耀苏,邑庠生。

㉚辱知:谦辞。谓受人赏识或提拔。

㉛倡率:率先从事;引导。

㉜诩盛治:夸耀昌明的政治。

㉝卤莽岁日:喻苟且、马虎过日。

㉞躬行实得:亲身实行或体验。

㉟抵牾:抵触、矛盾。

㊱剖析几微:喻详细解释。

㊲横经:横陈经籍。指受业或读书。

㊳文教:指礼乐法度;文章教化。

㊴聿兴:语气助词,这里指文风兴起。

㊵流风:前代流传下来的风气。

㊶剔蠹:清除弊害。

㊷淑慝:犹善恶。善指顺理,恶指违理。

㊸三典文衡:三典,轻、中、重三种刑法。文衡,旧谓判定文章高下以取士的权力。评文如以秤衡物,故云。喻执法公平。

㊹操觚染翰:觚,木简;翰,长而硬的鸟羽。指写文章。

㊺声律点画：声律，中国古代对诗和骈文在声调、音韵、格律等方面的要求。根据汉字单音节的特点，三国时李登作《声类》，以宫、商、角、徵、羽分韵，首以五声配字音。点画，文字之点、横、竖等笔画。

㊻孝悌睦敬：孝，指对父母还报的爱；悌，指兄弟姊妹的友爱。孔子非常重视孝悌，认为孝悌是做人、做学问的根本。喻家庭和睦。

㊼嘉猷：治国的好规划。

㊽如珪如璋：比喻高尚的人品。

㊾甘棠之颂：指对官吏的赞誉。

㊿岘山：在浙江省湖州市城南，本名显山，以唐朝讳改。古代岘山风景名胜众多，如祀历代名人的高风堂、嘉客祠、三贤祠。

(51)苏湖之训：苏湖教法，又名"分斋教学法"，是北宋教育家胡瑗在苏州、湖州二地办学，率先开创的一种新的教法。

(52)鹿洞：指白鹿洞。宋代朱熹讲学处。

(53)式观厥成：喻规定程序完成。

(54)胥悦相告：喻满怀喜悦，奔走相告。

邑侯善山何公去思记[①]

善山何侯，以宰古冈，拜命南京户部主政，既三载矣。邑士庶思之，弗能忘。距县廓之西有象冈者，前俯熊海，云峦翠巘，如拜如揖，望之隐然，众念兹胜概[②]。侯昔视事暇，与诸生讲学处也。因敛金构材建屋数楹，为侯书院，塑像其中，以系景仰。不数阅月而前工告成，义倡事集宜其速也。维时，父老黄成文、黎天与等，偕邑之民庶，谒西屏山人区越征文，以纪厥盛。余曰："诸君德侯之深也，可言其概乎？"

一人曰："昔丁侯彦诚[③]以礼教率吾土，茂敷公甫陈先生之训，用是弦歌沨沨。武城[④]哲人既远，奸慝相望，迩来[⑤]五十余载矣。侯始克绍前贤之轨，迪士教民，孜孜弗息。至于劝学之文典，则照然迷途，以启实悬铎[⑥]，而置之康衢[⑦]者也。”余曰：“斯郑林叔[⑧]雅尚教化之遗风也，可以为善矣。”

一人曰：“令，民之父母也。然操威福以赫临于上，则下情睽隔远于万里而吾民莫敢自直其冤。侯边幅弗峻，而抚字[⑨]惟勤民。有越诉者，听。持牍径抵案前，尽其情伪，徐片言剖之是非罔忒，而庭无滞狱。”余曰：“斯王景兴[⑩]敦仁恕之遗风也，可以为善矣。”

一人曰：“濒海之邦，旱潦洊仍，摽掠[⑪]之夫乘间窃发，而往者有司每玩愒[⑫]视之，迄无宁岁。侯念兹孽起于民贫无名之敛，随事宽抑以纾痌瘝[⑬]。至如税存实亡之田，民贫敛急贻害日深，为之裁议，历历有条。相地险夷，更置营堡以抗贼冲。陂侧以平而宵通征旅。”余曰：“斯其为善也，其诸宣泽屏盗黄次公[⑭]之遗烈者欤！”

呜呼！济阴之申[⑮]文德，以兴教化；会稽之务[⑯]平易，以结人心；颍川之慎[⑰]保障，以靖疆场。彼皆所谓循良之吏也。拓之成嘉绩，垂之为休誉，千载之下，犹想见其人焉！侯萃而施诸古冈，岂非吾士人之幸哉！越尝闻之瑚琏[⑱]、干将[⑲]，天下之至宝也。然非镂饰淬砺之功，则荐之宗庙，试之盘错[⑳]，吾未见其为全美也。侯少负奇志，既领危科[㉑]后，即慕为圣贤之学，从阳明王先生游，服膺[㉒]定性秘旨，所谓无欲之要，大公顺应之常，优之游之，完而好之，非一朝一夕矣。其发为政事，并美前贤，固自有本也哉！故由吾人士者之言侯之善，虽略能知之，至于其所以经纶之蕴，恢恢乎运之无穷，如吾所云者，则或未能尽喻也。侯向用[㉓]方隆，行将为召伯[㉔]以旬宣岭，服甘棠之颂。当与斯士斯人，载歌于斯堂之上，则其梦寐君子而复欲见之者，夫何远之有！于是佥闻之喜，曰：“兹宇之建也，既有以系吾侪所已思兹言之闻也，又有以慰吾侪所未思。”遂并记之。侯姓何氏，讳廷仁，字性之，江西雩都人。谨记。

【注释】

①象山书院在城西,原为象山寺,后废,改象山书院。明嘉靖二十三年(1544年),知县何廷仁讲学于此。区越作《何侯去思记》。万历间,诏废天下书院,以一道学拆建迎宾馆,鬻其地于民。清康熙《新会县志》收录此文。

②胜概:美景。

③丁侯彦诚:丁积,字彦诚。远祖居山东,唐咸通间辗转迁至江西宁都。明成化十四年(1478年)进士,授新会知县。丁积任新会知县期间,鞠躬尽瘁,于成化二十二年(1486年)二月卒于任上,年仅四十一岁。丁积以白沙理学之道执政,赢得骄人的官声政绩。去世之后,陈献章亲自为其营葬,抚恤遗孤,并发起县民立丁侯祠。(清康熙《新会县志》)

④武城:《论语·阳货》:"子之武城,闻弦歌之声。"朱熹集注:"弦,琴瑟也。时子游为武城宰,以礼乐为教,故邑人皆弦歌也。"后借指礼乐教化。

⑤迩来:从那时以来。

⑥铎:一种古乐器,大铃,形如铙、钲而有舌,古代宣布政教法令用的器具。

⑦康衢:四通八达的大路。

⑧郑林叔:郑袤(189年—273年),字林叔,荥阳开封(今河南开封)人。历任临淄侯文学、济阴太守、大将军从事中郎、广平太守等职,拜光禄大夫,封为密陵伯。为政以德化为先,受百姓爱戴。

⑨抚字:谓对百姓的安抚体恤。

⑩王景兴:王朗(?年—228年),字景兴,东海郯(今山东郯城县西南)人。以通经典被任命为郎中,历任菑丘长、会稽太守、谏议大夫、魏郡太守、御史大夫,最后死在司徒(相当宰相)任上。谥号成侯。

⑪摽掠:抢劫、掳掠。

⑫玩愒:指贪图安逸旷废时日。典出宋代李纲《靖康传信录下》。

⑬凋瘵:衰败;困乏。

⑭黄次公:黄霸(前130年—前51年),字次公,淮阳阳夏(今河南太康县)人。西汉时期名臣,官至丞相。

⑮济阴之申:选自晋代皇甫谧《高士传》。申屠蟠,字子龙,陈留外黄

人,年轻时就有良好的名声和高尚的气节。同县女子缑玉为父亲报仇(杀了人),外黄县县令梁配想要判罪处死缑玉。申屠蟠当时十五岁,是县学的一名学生,(向县令)进言规劝说:“缑玉的节操和义行,足够用来感动和激励那些不知廉耻、甘受羞辱的后辈,(即使)不能碰上政治清明的时代,也应当在她的坟墓上(立上牌坊)来表彰(她的行为),为何在耳聪善听(从谏如流)的时代,反而不加以怜悯同情了呢?”县令梁配认为他说得很好,于是替(缑氏女子)重新审判定罪,(使她)得以减免死罪。同乡人都称赞申屠蟠(的义行)。

⑯会稽之务:虞世基(? 年—618 年),字懋世,隋朝时期人物,会稽余姚人。幼沉静,喜愠不形于色,博学有高才,能写书法,尤善草隶。拼命谄媚隋炀帝,先后任光禄大夫、内史侍郎,其生活豪奢。在内史侍郎任内,与牛弘、苏威、宇文述等六人共同参与吏部选官,时人谓之“选曹七贵”。七人中虞世基有专断之权,并借此收受贿赂。

⑰颖川之慎:颖川陈氏世代为官。传至第九代陈霸先,他武艺高强,娴熟兵书,屡立战功,被梁朝封为陈王,后来代梁自立,建立陈朝,定都金陵(今江苏南京)。传四世:文帝陈蒨、废帝陈伯宗、宣帝陈顼、后主陈叔宝。陈后主是昏庸之君,一个好端端的国家被他弄得千疮百孔。祯明三年(589年),隋文帝杨坚派大将韩擒虎将陈攻灭。陈国共立国 32 年。喻以此为鉴,慎重为事。

⑱瑚琏:瑚、琏皆宗庙礼器。比喻治国安邦之才。

⑲干将:古代传说的一把剑。

⑳盘错:交杂纷陈。汉代刘向《说苑》:“酒食珍味,盘错于前。”

㉑危科:犹高第。

㉒服膺:铭记在心,衷心信奉。

㉓向用:指被重用。

㉔召伯:召公名姬奭,又称召伯。召伯是周文王姬昌的庶子,他先辅佐父兄消灭了商纣,建立了周朝,继之又辅佐成王姬诵和康王姬钊,创建了“四十年刑措不用”的“成康盛世”。

耕野记

龙溪[①]，在古冈东，环绕乡，旋源仙派，萦乎不绝。得其秀而最者，潮连也。乡之西南，则名"上滘"，山走龙岭之正脉，得龙溪之正派，亦一乡之特胜者。壤地膏腴，宜稻。比屋[②]之民，居积殷富。刘氏，世居之。力本于农，务时稼穑[③]。居兹曰"耕"，行兹曰"耕"。东方达曙，负耒[④]荷锄，时日出而作也。桑榆返照[⑤]，笠月以归，时日入而息也。既尔载耕，复尔载耘，芃芃竞秀[⑥]，绿涨前村，时则抱孙引子，相与游嬉，击壤而歌[⑦]于旷漠之野，曰："耕而逸也。"期秋而成，筑坞纳稼，瓯窭满篝，污邪满车，五谷蕃熟，穰穰盈家[⑧]。时则烹羊炰羔，斗酒自劳，鼓腹而游于无何有之乡[⑨]，曰："耕而获也。"贵介[⑩]公子辟易[⑪]骇汗[⑫]，无与游者，因迹其事而自号，曰："耕野乡邻。"是之，余适过而语之："大块[⑬]假我以形，劳我而生。劳之将以逸之，逸之将以成之，成于己则完于天。无始[⑭]之上，六极[⑮]之下，可以拉大椿[⑯]，侪[⑰]彭铿[⑱]，游于其间矣。故尝见乎？不自爱者，奔走于形势之区，伺候于公卿之门，足欲进而趑趄[⑲]，口欲言而嗫嚅[⑳]，此无他志，将以求逸也。殊不知求之有道，得之有命，冀侥幸于万一，反自戕贼[㉑]而已。何补于营营[㉒]哉？今子之于耕野，不徇人[㉓]而忘己，不逐外以移内，亦知所以自劳矣。夫知所以自劳，或为他歧夺之，则天下之至逸，将无以自得者，此周公之无逸。俾念稼穑之艰难，罔逸于游，虽所以劳之，实所以逸之也。愿子专业于是，以求成于己，而冀完于天，则所以贻厥子孙，而燕翼[㉔]不替矣。于其勉之，子其勉之！"刘曰："诺。"因书以记之云。

【注释】

①龙溪：在县东三十里，北距圭峰之南，东跨横江，尽于外海。（清康熙

《新会县志》)

②比屋:所居屋舍相邻。

③稼穑:农事的总称。春耕为稼,秋收为穑,即播种与收获,泛指农业劳动。

④耒:古代指耕地的农具。

⑤桑榆返照:夕阳余晖照在桑榆树梢上,借指落日余光。

⑥芃芃竞秀:喻草茂密的样子。

⑦击壤而歌:击壤,古代的一种游戏。打击土堆而唱歌。比喻太平盛世,人人丰衣足食。

⑧瓯窭满篝,污邪满车,五谷蕃熟,穰穰盈家:高地上收获的谷物盛满篝笼,低田里收获的庄稼装满车辆,五谷繁茂丰熟,米粮堆积满仓。典出《史记·淳于髡传》。

⑨无何有之乡:《庄子·逍遥游》:"今子有大树,患其无用,何不树之于无何有之乡,广莫之野。"后多用以指空洞虚幻的境界,这里比喻如仙境般。

⑩贵介:指尊贵、富贵者。

⑪辟易:退避;避开。

⑫骇汗:因惊恐、惶惧而流汗。

⑬大块:大自然;大地。

⑭无始:道家哲学,指没有起始。

⑮六极:谓上下四方。《庄子·应帝王》:"以出六极之外,而游无何有之乡。"

⑯大椿:典自《庄子·逍遥游》:"上古有大椿者,以八千岁为春,以八千岁为秋。而彭祖乃今以久特闻,众人匹之,不亦悲乎!"这里比喻长寿。

⑰侪:等辈,同类的人们。

⑱彭铿:彭祖,名翦,又称篯铿,中国神话传说中南极仙翁的转世化身,并以享寿八百多岁著称于世。

⑲趦趄:欲进而犹豫。

⑳嗫嚅:欲言又止貌。

㉑反自戕贼:指自我摧残。戕贼,摧残,破坏。

㉒营营:形容忙碌而不知休息。
㉓徇人:依从他人;曲从他人。
㉔燕翼:谓善为子孙后代谋划。

藏春楼记

余年家子[①]黄廷和氏,卜居穗城之西,因居前隙地,构一楼曰“藏春”。关西[②]王少参先生,曾为文以表之矣。甲午秋[③],余驾舟溯流,由江门之墟,泛珠江,寓五羊,将以寻幽胜于白云之麓也。黄子谒予,申其名楼之意,曰:“吾闻达人尚适俗士眩私[④],故种芳兰之九畹[⑤],嗅霜英[⑥]于东篱,庭草不除而雅趣可慕,花柳傍随而真乐无穷,要皆神游物表有道者之所为也。予构是楼,树以松竹花卉,每天气宣朗鸟语埙篪[⑦]之相和,红紫高下之并辉,焚宝篆[⑧]以消虑,鼓南薰[⑨]而寄思,不出户庭,春意盎然。是以‘藏春’名之也。”余曰:“藏春之义,大矣! 如子所云,特以名楼而未尽其蕴也。夫春发育之时而藏者,发育之本也。天之于物,果何心哉? 生之息之,流行代禅[⑩]而弗已,其功一气[⑪]之运而已。方其静也,为冬之藏而生长之机已寓及其动也;为春之施而退藏之端已见。或静或动,互为其根,故由一物之枯荣,以究万物之终始,则造化功用之著,不待求之于兹楼之外。向子[⑫]之云见其小而遗其大也。”黄子曰:“若是,其至乎?”余曰:“未也。居是楼者,毋徒观物为也。法春以尽吾仁,法藏[⑬]之用以尽吾之积,而能散忠信以为基,礼以为维,义以为路,道德以为关钥[⑭],优之游之,使自得之君子之备也,则高下巨细罔或不通。在大不难,在小不易,在通方[⑮]则不究,在一隅则不秘,在天下国家亲亲仁民爱物无所施而不得其利。造化之妙,又将约而归诸吾身,而楼之有无,不足言矣!”黄子恍然若得,扣几而歌曰:“穗石之阳兮吾所居,凭高御虚兮混四隅，鸟鸣幽木兮花覆渠，繄[16]大化之无言，谁握其枢。”余使之反而和之曰：“楼中之人兮何所需，核玄流[17]兮读道书，俯仰长啸[18]兮尘土虚，控青虬[19]兮超九衢[20]。”歌罢而别，乃为之记。

【注释】

①年家子：科举时代称有年谊者的晚辈。

②关西：今广州市西关，古时西关位于广州城西外，隶属南海县，由南海县县府直管。

③甲午秋：嘉靖十三年(1534年)。

④眩私：喻炫耀自己。

⑤九畹：《楚辞·离骚》：“余既滋兰之九畹兮，又树蕙之百亩。”王逸注：“十二亩曰畹。”一说田三十亩曰畹。

⑥霜英：经霜的花朵。指菊花。

⑦埙篪：埙、篪皆古代乐器，二者合奏时声音相应和。因常以“埙篪”比喻兄弟亲密和睦。

⑧宝篆：熏香的美称。焚时烟如篆状，故称“宝篆”。

⑨南薰：指《南风》歌。相传为虞舜所作，歌中有“南风之薰兮，可以解吾民之愠兮”等句。

⑩流行代禅：盛行交替。

⑪一气：数量词，一片。用于弥漫散布的景色、气象。

⑫向子：向北。

⑬法藏：佛教语。谓法性含藏的无量功德。

⑭忠信以为基，礼以为维，义以为路，道德以为关钥：典出王阳明心学：“士之学也，以学为圣贤，圣贤之学，心学也。道德以为地，忠信以为之基，仁以为宅，义以为路，礼以为门，廉耻以为垣墙。”喻心是灵明的主宰，心外无物，心外无事，心外无理，“心即理也”。关钥，比喻控制、约束。

⑮通方：共通的道理。

⑯繄：文言助词，唯。

⑰玄流：指君上的恩泽。

⑱俯仰长啸：忽而低头，忽而抬头大声呼叫。
⑲青虬：青色的龙。
⑳九衢：纵横交叉的大道，繁华的街市。

方岳区家庙碑记[①]

我祖宗积德行义，庇我子孙，其来已远，迨于不肖。始登弘治乙丑进士，授嘉善知县。历官户部郎中，至江西左参政。平生作事无以逾人，惟知勉求，古人所谓“清慎勤”[②]者，以为当官之法。守己爱人，始终如一，恐贻玷[③]先德也。年老致政，仅能自给，不能随人发挥家业，以承祭祀，以赡族属，深为不孝。然视古人，以清白遗之者，则不敢有愧也。乃搜囊箧俸禄余资，并投闲以来耕农之入，略足以供建祠之需。爰相本乡龙井祖地一区，前俯席帽，后拥龙山，云峰林麓，环绕左右，堪建祠堂。顾浅狭太甚，尚欠恢拓[④]之功。迟回[⑤]图度者数年，而后获求邻人唐氏、梁氏、陈氏复得地，视前有加，裁割方正，向背明白。遂鸠工[⑥]聚材，始于嘉靖十九年庚子[⑦]之秋，落成于二十一年壬寅[⑧]十一月初十日丙辰。为正室五间，以妥神位。为卷蓬三间，以立家众。为门楼五间，以限内外。规制完备，望之翼然，而兹山胜概[⑨]，相与屹峙，实有焜耀[⑩]矣。布政使合溪张公佑扁[⑪]曰“方岳家庙”，以不肖官至藩司[⑫]，名以义起也。于是，奉享分祖，即高祖考妣、曾祖考妣、祖考妣、显考妣四座神主于内，余留一座，俟不肖百岁后，夫妻安置，以配庙食。是役也，财用之费，则付之五弟赳。而时其盈缩之工程之任，则委之外甥孙凤[⑬]，家人区禄[⑭]而严其课率[⑮]，计费金四百余两，而不肖之资竭矣[⑯]。于是割自己田四十一亩[⑰]之计，与父祖置下蒸尝[⑱]二十四亩[⑲]入庙，命四房子孙轮流掌管，以供祀事。维高、曾祖支分源派，四房之所由始也，维考若祖开先裕后，至有不肖，延及诸昆，各有成立，家声之所由弘也。天高地厚，罔尽厥恩，是宜报本崇祀，百世所不易也。后世子孙，功乏前规而欲列祀是祠，是之谓僭[20]。许众房子孙，以其违训之罪，告之庙而黜[21]之。

呜呼！祭也者，孝子顺孙，追远[22]继孝之大端[23]也。追不及之，养而继未尽之孝，咸[24]于祭焉，伸之可不诚乎？故雨露濡而怵惕[25]之心生焉，而后可以语祀也；霜露降而凄怆之心生焉，而后可以语尝也；心怵于中而事肃于外，所谓诚也。非诚无祭，非祭无亲，吾身吾家，曷所从来？乃至于享祖而诚信弗孚，踣[26]其本而欲求蕃其末，岂不重可叹哉！冀我子孙，巽顺[27]以相与敬，一以将事，使懿行成于家，而诚昭乎祖，以懋承祭祀之盛典，则爱自亲始[28]，而睦可教也；敬自长始，而顺可教也。如是而后，克歆克享[29]，惟懿惟永，而祭斯获福矣。如是而后承式[30]，世仁兴让行，而家声益远矣。呜呼！我祖宗亦惟于尔二三子[31]，是期是赖，其尚慎念兹也哉！其尚慎念兹也哉！

【注释】

①方岳区家庙碑记：古籍为“方岳区氏家庙碑记”，据2018年在方岳家庙出土的碑刻，碑的篆额为“方岳区家庙碑记”，古籍拟为笔误。

②清慎勤：流传最广的“官箴”。意思是清廉、谨慎、勤勉。

③贻玷：使蒙受耻辱。

④恢拓：拓展，开拓扩展。

⑤迟回：迟疑，犹豫。

⑥鸠工：聚集工匠。

⑦嘉靖十九年庚子：1540年。

⑧二十一年壬寅：嘉靖二十一年（1542年）。

⑨胜概：美景。

⑩焜耀：照耀，辉映。

⑪扁：在门户上题字。又指匾额，后多作“匾”。

⑫藩司：区越所任左参政为布政使官员。

⑬孙凤：字兆锳，西屏公区越姐姐的儿子。（区敬慎堂《区氏家谱》）

⑭家人区禄：古籍未记载，据碑刻补。

⑮课率：督率。

⑯费金四百余两，而不肖之资竭矣：古籍为"之事。既竣"，据碑刻改。

⑰四十一亩：古籍为"若干亩"，据碑刻改。

⑱蒸尝：这里指祖尝，旧时大家族为筹集祭祀祖宗所需费用而留出的公田。尝，原指秋天祭祖。

⑲二十四亩：古籍为"若干亩"，据碑刻改。

⑳僭：超越本分。

㉑黜：废除。

㉒追远：祭祀尽虔诚，以追念先人。

㉓大端：本原。

㉔咸：同。

㉕怵惕：戒惧；惊惧。

㉖踣：颠覆。

㉗巽顺：犹卑顺、顺从。

㉘爱自亲始：《孔子家语·哀公问政第十七》："立爱自亲始，教民睦也；立敬自长始，教民顺也。"喻从爱自己的亲人开始。

㉙克歆克享：神灵享受供物，祭品、香火等。

㉚承式：效法。

㉛二三子：典出《论语》，犹言清君，几个人。

岳伯祖庙碑记①

祀初祖之礼，行之士族，达之天下，莫敢废者，重所始也。尘井间饮食，宫室稼穑之开始，于吾民皆有以祀之，而况吾身之始者乎？是故，初祖之祠所由建也。吾南雄之祖，始自雷岩府君一传而生梅溪、竹溪二府君，再传而竹溪府君由珠玑巷徙居新会之富乡冈背里，生分祖四人：长讳远、二讳迟、三讳逊、四讳迈，即遁叟。四府君也支分流衍，迨今远孙观德，实为宗嫡，历十余世而生息日众，守分以能树立者，彼此相望也，余始家食[2]。

时封户部郎中梅月府君，尝命之曰："吾祖自红梅而来，垂三百余禩[3]，云仍[4]继续，将四百余人，里闬之间，庐接肩摩，而长少亲疏之等，间犹有紊者，吾甚悯之。"夫视远祖，犹一日处同宗，犹一人则祀，初联族孝子慈孙，所弗容缓者也。越识之不敢忘。顾自壮岁进历仕途，弗遑家政[5]，既老投闲，又以众言淆乱，迟回者十余年犹落落也。比者慨日月之易迈，念先志之未承，属[6]族长曰文庆[7]，曰璧[8]，以祀祖合族之义，详喻诸昆。即冈背里相地一隙，负山枕海，川原秀丽，鸠工聚材，用建祠庙。命族弟曰鼎[9]，董其事。子姓闻者，随分敛金，以助义举。勿亟子来，惟赴工之恐后焉。肇工于丙午[10]十月二十八日，落成于戊申[11]春正月之吉。为堂三间，以奉居初祖竹溪考妣、二世祖遁叟考妣、三世祖南明考妣、右明考妣。为门楼三间，以限内外。割自己近祠土，名大纛沙坦若干亩，铺屋若干座。又增赋，于官前筑石陂堤江潮，为塘若干亩并入祠，俾族之公平者掌之，以供祭祀。时维长至而庙事适竣，偕我族众瞻拜，致荐礼成而退，罔弗忻悦。呜呼！是举也，明祖德于千载，笃天伦于一家者也，是岂偶哉！夫，一族之众至十百，虽曰夥[12]矣，其始则一人也。知一人分于十百，吾祖之，所以爱，我无或异也。知十百原于一人，则吾之所以事祖者，无容异也。推远祖之心，而思竭其万一之分舍，追远之诚，何能自达？观一祭之间，俎豆载陈[13]，祼献斯举，诚信中存，不戒胥孚[14]，可以语孝敬矣；衣冠萃只，长少秩如，孝弟[15]之心，油然而兴，可以语亲睦矣；敬祖收族[16]，尊尊亲亲[17]，而涣然睽合[18]，可以语报本矣！虽然[19]，祖之所以期望我后人者，如斯而已乎？夫见善能迁，闻过知改，人道当然也。而容不能自勉，又或有甚焉者。则善既不足以成名，而不善且至，于殒身有一，于是非惟其不善者之咎，将知其不协诸轨[20]，而不劝不惩者之，均有负于吾祖也。凡我同姓，长少相逊，有无相通，患难相恤，喜有庆，忧有吊，善之当为者，无弗勉也。至于不善之惩，族之父兄[21]，尤必厚任其责，始以一人喻之，继以众人攻之，不已，则告诸祖，以警其心；再不已，则闻诸官而戒之法，毋坐视其不中不才而弃之也。则彝训[22]明而礼义，笃族[23]尚正而善类兴。异日当有服劳社稷[24]之役，爱百姓以阐扬前休[25]者，其为追远也大矣！《记》曰："收族故宗庙严，宗庙严故重社稷[26]。"《诗》曰："聿修厥德[27]，无忝尔祖[28]。"由上及下，其事一也。呜呼！我子姓，尚咸念之也哉！

时明嘉靖二十九年岁次庚戌孟秋望日吉旦

赐进士出身太中大夫江西左参政九世区越谨撰[29]

【注释】

①此文照残碑抄录，与古籍"区氏初祖祠堂记"有少许差异，原篆"岳伯祖庙碑记"，每行五十字。

②家食：赋闲，不食公家福禄。

③禩：中国殷代指年。

④云仍：远孙。

⑤家政：家庭事务的管理工作。

⑥属：通"嘱"，嘱咐、嘱托。

⑦文庆：潮连务本堂《潮连区氏族谱》记为文兴（十世），德进公次子新宗公积成公（五世）子敬户后裔。积成公次子新宗公宗支、九世西溟公长子。

⑧璧：区璧（九世），字惟珍，号富冈，壬祖六世慎窗公后裔。（《夏园区氏族谱》）残碑在鼎后有"侄区允升、区骏辈"字。

⑨鼎：区鼎（九世），字廷器，号裕塘，性质敏材能经理事务。壬祖六世慎所公后裔。（《夏园区氏族谱》）

⑩丙午：嘉靖二十五年（1546 年）。

⑪戊申：嘉靖二十七年（1548 年）。

⑫夥：多的意思。

⑬俎豆载陈:古代祭祀、宴会时盛肉类等食品的两种器皿。喻排列好祭祀用品。

⑭不戒胥孚:都不能改的意思。

⑮孝弟:孝顺父母,敬爱兄长。享祀宗庙时称“孝弟”。

⑯敬祖收族:谓以上下尊卑、亲疏远近之序团结族人。

⑰尊尊亲亲:尊重值得尊重的人,亲近值得亲近的人,也就是有次第的。喻父亲同儿子的关系。

⑱涣然睽合:分离聚合。

⑲虽然:即使,纵然。

⑳不协诸轨:不合于法度。

㉑父兄:父亲和哥哥,伯父、叔父和堂兄弟。泛指家长。

㉒彝训:指尊长对后辈的教诲、训诫。

㉓笃族:忠实厚道的族人。

㉔服劳社稷:社稷,旧时亦用为国家的代称。喻服务国家。

㉕前休:前人的美善言行。

㉖收族故宗庙严,宗庙严故重社稷:典出《礼记·大传》。比喻同族人聚集在一起,所以有严谨的宗庙制度;有严谨的宗庙制度,所以有国家的尊崇。古籍为“收族故宗庙严,重社稷”,拟为笔误。

㉗聿修厥德:谓继承发扬先人的德业。

㉘无忝尔祖:怀念先祖。

㉙此落款古籍缺,据残碑补。

大鳌山封君[①]墓略

先考[②]受诰敕[③],封赠[④]奉直大夫[⑤]户部署郎中事员外郎[⑥],于正德十五年[⑦]十二月□日卜葬于潮连乡西对江归德都第三图,土名“鳌村大鳌山”,也字崩洪[⑧],艮寅东向[⑨]之原。东至浪罟山,即挂榜山脚水田为界,西至大鳌山顶为界,北至大鳌山比与欧阳甘宅坟山为界,南至大鳌山之南下直抵众户田为界。先是,越与诸弟遍寻葬地。经二年,得此卜吉,乃以俸入余资[10]买葬。又买挂榜山下高田四亩,给与看山人工食,次买白虎山自南徂东以北为前案,为青龙,即挂榜山脚,风水家说"眠弓一抱"[11]是也。葬后三年,越以内艰[12]归,始伐石鸠工,相度[13]修砌,标表明白。四山种松,今皆丛密,大者数围,小亦拱抱。叮咛看山人谨守,非碍坟者,子孙不得擅取。违者众共切责,甚则言于官罪之。挂榜山下近买火山树、梅树各五十株,环植坟前,添长风水。为利不多,越自收取少偿工费。身后与众房子孙,随入家庙[14]蒸尝。又大鳌山、挂榜山内下土名"南中塘"新买各户四十亩及挂榜山北买石田二段,共三亩,大鳌山北买邓家山一亩二分,大鳌山南买英家山地及高田一带三亩,为他日自己蒸尝,各房不得与也。越虑恐后日奸豪之徒、悖乱子孙暴占侵葬,故勒之碑阴[15],预为戒备。

【注释】

①封君:封建时代因子孙显贵而受封典者。

②先考:《礼记·曲礼下》:"生曰父、曰母、曰妻,死曰考、曰妣、曰嫔。"后以"先考"称亡父。

③诰敕:以皇帝诰命的方式,对五品(含)以上官员在世的先人和妻室授予封典。

④封赠:以皇帝诰命的方式,对五品(含)以上官员已去世的曾祖父母、祖父母、父母及妻室追赠封号。

⑤奉直大夫:一种散官名。明、清各代为从五品文散官。

⑥员外郎:官名,员外为定员外增置之意,原指设于正额以外的郎官。

⑦正德十五年:1520 年。

⑧也字崩洪:崩洪乃石梁渡脉,过水具形有十格。廖金精先贤说:"朋山共水难寻脉,石上留真迹,唤作崩洪有十名,官宦此中生。"可见这种渡水峡是很贵重的。十大崩洪有摸石崩洪、节目崩洪、马迹崩洪、螺蚌崩洪、交

角崩洪、之字崩洪、也字崩洪、川字崩洪、十字崩洪、断绪崩洪。

⑨民寅东向：坐西南向东北。

⑩俸入余资：薪水收入和积蓄。

⑪眠弓一抱：案若弓眠，富贵重重。

⑫内艰：谓遭母丧。

⑬相度：观察估量。

⑭家庙：方岳家庙，位于新会潮连（现辖江门蓬江区）。

⑮碑阴：碑的背面。亦指碑后面的文字。

追远堂祀事凡例

恭惟[①]我祖考朴翁[②]府君、考户部郎中梅月[③]府君，共有蒸尝田二十四亩，四房[④]轮流通行祀事高曾祖考，岁时不失。但向无祠庙，随便祀于私室，事无统一，诚或弗孚，神恐不格[⑤]，诚为缺典。余既居长，且历官中外，荷祖宗荫庇特厚，责诚在我。但老人因循[⑥]，不觉七十有七，而祀先祠宇，始克营构落成，非赖我昆弟子侄孝敬相体，输诚协力，恐未能规备若此也。吾心良自慰矣！其建庙置田，祭祀事宜，详著于碑，俾我子孙知守而行之，庶几不致遗忘也。

——祖居左边，土名“龙井头”。原有四房承祖地一片，余于左边用钱五千与唐氏求地一片，又用钱二千与陈氏求地一片，又于右边地后，用钱九千求地一角，然后凑前祖地，补截方正，庙基始成。

——原祖父祀田二十四亩，念其尚少，不足以供祭祀。余以自置土名“第五号”民田三十一亩，及承祖土名“邓田”民田五亩，又用钱五十二千二，次新置祠前塘一口，庙左旁田一段，每年筭扣花利钱二千文，准作田五亩，共田四十一亩，拨入庙，与祖父蒸尝田二十四亩，四房轮流。至于祭祀之日，请同高祖子孙，齐赴班行[7]礼，各致其诚，以共承福泽于不替。祭田粮役，四房分当，不许偏累。其田同批与老实佃人耕管，不许任一己私意，擅致更换及典卖与人。倘有违嘱，首治以不孝。

——朔望[8]侵晨[9]，家长当率少者齐赴庙，正衣冠肃诚，明烛上香瞻拜。其典祭之家，子侄幼者一人，洒扫堂室，拂拭神主，务要洁净。近见莫锦衣[10]家子孙，每日早拜参庙，每朔望致薄祭，皆竭其诚敬。虽礼厌烦数[11]，然其孝心不怠，为人子孙，亦当知慕也。我诸弟子，朔望行礼，庶其念之。

——庙宇岁日渐久，岂无修整使费？合将庙前田塘租钱二千之入每年典祭者，收取齐备，推公廉者一人验贮。遇有修祠，一应公用，照数当众支给。仍置簿一扇，志其出入。若积至岁远，羡余稍多，则置买田地，以增入庙，亦继述之贤子孙也。但不许私相那借[12]，致启争论之端，念之。

——凡遇祭祀日期，典[13]祭祀者，前一日，将猪羊祭品，一一齐备赴庙。族长率诸昆裔省视，其有不足分两，及菲薄不如礼者，当补换，众须明督责之。庶几牲品嘉腯[14]，诚敬乎格[15]。若违者，众切责之。

——凡祭祀务要黎明行礼，家众等须鸡鸣赴庙肃候，住远者宜赴庙上宿。其未祭之前三四日，典祭者预告族众，日期详确，庶几出外者遄回，在家者守候。或在家而不赴庙，及赴拜后时者，不孝之罪，皆不能辞。

——家之礼以祀乎先，正所以致孝弟也。孝弟，顺德[16]也。顺德成则家道昌。匪孝匪弟，逆德也。逆德弗戒，其族无足观[17]者矣。今后朔望少长咸集之时，正祖宗鉴临之际，少者有不善，则长者正言戒之；戒之不从，则鸣于众而攻之。以众人喻一人，而使之改其过，未有不帖然[18]服者也。长者有不善，则少者以巽言谏之；谏之不入，则请于众劝之。以众人诱一人，未有不翻然改者也。若有不善，长者不以言而藏其恶，少者不敢言而宿其怨，兹乖戾之所由起也。其或劝喻再三而不从不改，听告之祖宗，然后闻之官而治之,庶其有徵。

——开祀事日期品物,元旦、清明、中元、冬至,每祭猪首一枚,重五斤。肥鹅一只,重七斤。鱼一尾,重五斤。每桌鹅一碟,鸡或鸭一碟,猪肉一碟,猪肝一碟,鱼一碟,每品除碟,重一斤。果五碟,高七寸。果盒一个,酒一埕,烛一双,香八两。

——考妣忌日并白石山,祭品如前。惟清明加烧猪一只,重三十斤。

——春祭二月十五日前后一二日,秋祭八月十五日前后一二日。每桌猪肉一碟,鹅肉一碟,鸡一碟,鸭一碟,猪肝一碟,鱼一碟,每品各重一斤。汤三道,饭一盂,上等老酒一埕。生豕一只,价一千文。羊一只,价五百文。海青一盘,高四尺,重八斤。点心五盘,各高二尺。大时果五盘,各高二尺。烧猪一只,价三百文。蜡烛十支,马牙香[19]一斤。

——春秋祭祀,届期取出蒸尝钱三千文,各房子孙,协力买办,务要丰洁,以尽三千之费。

嘉靖二十三年二月吉旦孝玄孙区越谨识[20]

【注释】

①恭惟:对上的谦词。一般用于行文之始。

②朴翁:区越祖父,区观颐,字观养,号朴翁。生于洪武壬午年(1402年)八月十五,终于成化庚子年(1480年)三月初四。

③梅月:区越父亲,梅月公。

④四房:指西屏公、方石公、双松公、百竹公四兄弟形成的四支。

⑤不格:不至。

⑥因循:引申为漂泊。

⑦班行:朝官的行列,也泛指行辈、行列。

⑧朔望:朔日和望日,农历每月初一日和十五日。

⑨侵晨:天快亮时,拂晓。

⑩莫锦衣:莫玉泉,古籍为“诗礼之”,据碑刻改。

⑪烦数:频繁;繁复。

⑫那借:挪借,挪移借贷。

⑬典:掌管;主持。

⑭腯:肥壮,多用以形容牲畜,古时祭祀用的猪称"腯肥"。

⑮格:法式,标准,规格。《礼记·缁衣》:"言有物而行有格也。"

⑯顺德:顺从道德。《易》:"君子以顺德,积小以高大。"

⑰足观:值得看。

⑱帖然:顺从服气,俯首收敛。

⑲马牙香:香料的一种。

⑳自"开祀事日期品物"至文章最后结束,是据现保存在潮连方岳家庙内的"追远堂祀事凡例"碑补录上去的,古籍《乡贤区西屏集》则没有此记录。

卷八

敕命制诰

敕命[1]（二章）

敕

奉天承运皇帝，敕曰：地曹总邦计之权，民生是赖。上事佐郎官之政，国用[2]攸资。故必才行之俱优，庶其职业之能举。兹维慎选，务在得人。尔户部贵州清吏司主事[3]区越，蚤登甲第，首领邑符，体国爱民，善政屡腾于荐剡，畴庸[4]晋秩清班，遂陟于郎曹。会计有方，事不劳而毕集；操持罔玷，名浸著[5]而益勤。属当庆典之行，预示褒嘉之宠。功惟懋赏，恩岂徒施。兹特进尔阶承德郎[6]，锡之敕命。于戏！六卿[7]之属，务在于寅恭；八政[8]之畴，必先于食货。尚懋已成之绩，益扬终誉之休。勉副训词，嗣膺显擢。钦哉！

敕命

初任浙江嘉兴府嘉善县知县

今任今职

之宝

敕曰：臣之事君，大小惟其所命；妻之委质，贵贱视其所从。故家有辅助之功，则国有褒封之命。典章具在，风化所关。户部贵州清吏司主事区越妻黎氏，儒宦名家，士流良配。性惟贞静，行持端庄。礼义从夫，有儆戒相成之益；勤俭率下，无贵骄自恃之心。宜锡褒章，以旌懿行。兹特封为安人。益孰祗慎于将来，用副嘉名于不替。

敕命

正德六年十二月十八日

之宝

【注释】

①敕命:帝王的诏书,命令。因以缣帛做载体,将文字直书其上,也称“帛书”。

②国用:为国所用。

③户部贵州清吏司主事:户部贵州清吏司主事一人。

④畴庸:选贤任用。

⑤浸著:喻政绩显著。

⑥承德郎:明正六品初授承直郎,升授承德郎。

⑦六卿:《周礼》执政大官分为六官,亦称“六卿”。后世往往称吏、户、礼、兵、刑、工六部尚书为“六卿”。

⑧八政:古代国家施政的八个方面。《尚书·洪范》:“……八政:一曰食,二曰货,三曰祀,四曰司空,五曰司徒,六曰司寇,七曰宾,八曰师。”后世所称“八政”多指此。

制诰[①]（五章）

诰

奉天承运皇帝，制曰：户部之属，列司职务并重；郎曹之秩，五品长贰相资。盖国计之是关，实民生之攸赖，匪资才行，曷称简求？尔户部湖广清吏司[②]署郎中事员外郎区越，拔秀高科，分符剧邑，载迁民部，历陟正郎。在公精出纳之方，处己励操修之节，贤劳既积，美誉用彰，肆当布德之时，预示褒嘉之宠。兹特进尔阶奉直大夫，锡之诰命。于戏！国以财充，必慎盈虚之节；民惟邦本，尚殚绥辑之劳。嗣有宠褒，以需来效。钦哉！

制诰

初任浙江嘉兴府嘉善县知县

二任户部贵州清吏司主事

三任本部山西清吏司[③]署员外郎事主事

四任本司员外郎

五任今职

之宝

制曰：贤能树立，每资内助之良；朝廷褒封，乃有旁推之命。典章具在，风化所关。户部湖广清吏司署郎中事员外郎[④]区越妻封安人黎氏，系出名宗，嫔于儒族。相夫勤恪，治内详明。夙称馈祀之劳，已荷推封之宠。夫阶既陟，渥命载申。兹特加封为宜人[⑤]，祗服宠褒[⑥]，益孰祗慎。

制诰

嘉靖元年十月十一日

之宝

【注释】

①制诰:皇帝的诏令。

②湖广清吏司:郎中一员,员外郎一员,主事四员(内三员,管通州大运等仓)。

③山西清吏司:郎中四员,主事二人。

④员外郎:隋开皇六年(586年)于尚书省二十四司各置员外郎一人,为各司之次官。两代制。

⑤宜人:封建时代妇女因丈夫或子孙而得的一种封号。宋代政和年间始有此制。明清五品官妻、母封宜人。

⑥宠褒:指帝王给予的褒奖。

诰

奉天承运皇帝，制曰：奖旌贤能，乃朝廷之著令；显扬先德，亦人子之至情。顾惟郎署之英，克服官箴之训，肆推恩典，奚间存亡，尔封承德郎户部贵州清吏司主事区鉴，乃本部湖广清吏司署郎中事员外郎区越之父。谦恭无竞，朴直不华。贤声素重于乡评，义训笃成乎子业。三年奏最，已沾褒锡之恩；五品升华，载示追崇之命。用彰潜德，永贲幽扃。兹特赠为奉直大夫、户部湖广清吏司署郎中事员外郎。匪徒申报德之情，亦以励守官之节。

制曰：孝子爱亲之心，每切于既没；朝廷褒善之典，无间于生存。故得沾纶绋[①]之恩，亦可纾风木[②]之感尔。赠安人[③]梁氏，乃户部湖广清吏司署郎中事员外郎区越之母。起家勤俭，律己谨严。躬顺正以相夫，式隆阃范[④]；佐义方以训子，弗际显荣。爰推锡类[⑤]之仁，载示重褒之典。兹特加赠为宜人。懿灵不昧，尚克歆承。

制曰：继母之训子，恩不可诬；人臣之报君，功所当录。此彝伦[⑥]之攸重，实激劝[⑦]之所关尔。封安人唐氏，乃户部湖广清吏司署郎中事员外郎区越之继母。仁慈成性，恪谨[⑧]持身[⑨]，眷惟嗣子之登庸[⑩]，亦尔慈闱之训诲。养隆鼎釜，方寿考之未涯；光贲[⑪]庭闱[⑫]，宜丝纶之载被。兹特加封为太宜人。服此宠光，益臻晚福。

制诰

嘉靖元年十月十一日

之宝[⑬]

【注释】

①纶绋：《礼记》："王言如丝，其出如纶；王言如纶，其出如绋。"后因称

皇帝的诏令为“纶绋”。

②风木：比喻父母亡故，不及奉养。典出《韩诗外传》。

③安人：封建时代命妇的一种封号。宋代自朝奉郎以上，其妻封安人。明清时，六品官之妻封安人。

④阃范：指妇女的道德规范。

⑤锡类：语出《诗经》：“孝子不匮，永锡尔类。”毛传：“类，善也。”谓以善施及众人。

⑥彝伦：常理；常道。《周书·洪范》：“王乃言曰：‘呜呼，箕子。惟天阴骘下民，相协厥居，我不知其彝伦攸叙。’”

⑦激劝：激发鼓励。

⑧恪谨：恭谨。《商书·盘庚上》：“先王有服，恪谨天命。”

⑨持身：立身；修身。

⑩登庸：选拔任用。

⑪贲：华美光彩貌。

⑫庭闱：内舍。多指父母居住处。

⑬后两段诰文刻在一通明代遗存的砚石碑上，石碑原在西屏公生母和继母合葬墓穴后，十多年前被山洪冲毁，碑身断成两截，且一直荒在山间。于2013年清明节后请回方岳家庙保存，没有碑首和碑座，只有碑身，除底部风化剥落受到一些损坏外，大致保存得还算不错。文字除个别受损外，整体比较清晰。碑身高约153厘米，宽约87厘米，厚约10厘米。根据碑文判断，这通石碑应该是皇帝诰赠西屏公生母和继母的“诰命”碑。碑额“奉天诰命”，碑上正文则是《诰》最后两段。西屏公的父亲区鉴被封赠“奉直大夫”（文散官，从五品），后西屏公擢升“户部湖广清吏司署郎中事员外郎”（郎中正五品，员外郎从五品官）。“安人”和“宜人”是封建时代皇帝对官宦夫人或母亲的一种封号。在明清时期，六品官之妻封“安人”，五品官妻、母封“宜人”。在生的称“封”，已故的称“赠”；封授五品及以上曰“诰授”，六品及以下称“敕授”。这通“奉天诰命”碑对于研究区越和新会人文乃至明代的历史提供了重要参考实物，具有较高的文化和考古价值。

卷九

序

寿区氏具庆[1]序

寿承昌富[2]祉[3]之隆，爵列齿德[4]福之大，爱深者颂切而情同则敬至也。夫爵而寿者，人固难定诸天，天亦孰钟[5]之而孰靳[6]之也耶？君子修身不贰[7]，固置偃仰煦嘘[8]之术于弗讲矣。予于退食景行[9]之余，究其所以，膺天之寿而荷其爵者，必非偶然之故。矧[10]又并沭恩封并跻稀年，怡怡愉愉，使人仰视，有不可及之叹者哉！

古冈[11]区氏，西屏公，与宜人黎氏，同生成化戊子[12]，及是阅七十有一春秋。诸君效诚立轴为寿，而祈予序之。予忝兹土[13]，躬逢盛事，宁能而不悉为辞？西屏，古君子也。幼学壮行，声实俱茂。及致政南归，与诸老结诗社，迭和颂升平焉。宜人归自名门，庄静柔嘉，勤俭而多艺能，大有以光济厥美[14]。故远迩之爱，不睽乡党[15]之睦无间，是盖所谓义则永者。诸君之寿也，固宜！抑予又有说焉。洪范[16]五福，富次于寿，华封[17]多男子之愿，亦不以既富而可少者。李令伯[18]日承诏拜，终不释然，于顾影之怀，近不足休豫其身心，远不能绵衍其世业，是虽日致三祝，亦无以为欢者。西屏与宜人官封，优游而好礼，有资扬休玉色[19]而天和如壮，又有三，丈夫子皆铿然不凡之器，昌富齿德庶其兼之斯，予所以扩诸君之意而为区氏寿也。于是，客有知言者，以予之说为然。区之先世居潮连，敦隐德和薰[20]祉育，已非一日。传至于公，以进士名家，由县尹历秩大参。因卜筑城东，子姓藉藉然，盘桓膝下。公与宜人心舒意畅，益以健强以引以翼享寿考于维祺[21]。黄发儿齿[22]之什，尚能为区氏赋之，书为具庆序。

文林郎[23]新会县知县莆田[24]后斋陈士载[25]撰

【注释】

①具庆:指父母双亲。这里指西屏公夫妇两老。

②昌富:昌盛富庶。

③祉:福也。

④齿德:指年高德劭的人。

⑤孰钟:喻钟爱。

⑥孰靳:喻给予。

⑦修身不贰:比喻专一修养身心,择善而从,博学于文,并约之以礼。无论寿命长短始终如一。

⑧偃仰煦嘘:偃仰,指起伏不定。随世俗沉浮或进退,或指生活悠然自得。煦嘘,嘘气使暖和。比喻心境平和,随遇而安。

⑨退食景行:语出《诗经 · 召南 · 羔羊》:"退食自公,委蛇委蛇。"郑玄笺云:"退食,谓减膳也。自,从也。从于公,谓正直顺于事也。"朱熹集传:"退食,退朝而食于家也。自公,从公门而出也。"后因以指官吏节俭奉公。景行,高尚的德行。喻勤俭节约的美德。

⑩矧:况且;亦。

⑪古冈:新会县古称冈州。

⑫成化戊子:成化四年(1468年)。

⑬兹土:这片土地。喻在新会为官。

⑭光济厥美:犹普济。指后代继承前代的美德。

⑮乡党:古代五百家为党,一万二千五百家为乡,合而称乡党。泛指乡里。

⑯洪范:五种幸福。《史记》:"五福:一曰寿,二曰富,三曰康宁,四曰攸好德,五曰考终命。"

⑰华封:《庄子 · 天地》:"尧观乎华,华封人曰:'嘻,圣人!请祝圣人,使圣人寿。'尧曰:'辞。''使圣人富。'尧曰:'辞。''使圣人多男子。'尧曰:'辞。'封人曰:'寿、富、多男子,人之所欲也,女独不欲,何邪?'尧曰:'多男子则多惧,富则多事,寿则多辱。是三者,非所以养德也,故辞。'"成玄英疏:"华,地名也,今华州也。封人者,谓华地守封疆之人也。"后因以"华封

三祝”为祝颂之辞。

⑱李令伯：李密（224年—287年），字令伯，一名虔，犍为武阳（今四川彭山）人。幼年丧父，母何氏改嫁，由祖母抚养成人。后李密以对祖母孝敬甚笃而名扬于乡里。师事著名学者谯周，博览五经，尤精《春秋左传》。初仕蜀汉为尚书郎。蜀汉亡，晋武帝召为太子洗马，李密以祖母年老多病、无人供养而力辞。祖母去世后，方出任太子洗马，迁汉中太守。后免官，卒于家中。著有《述理论》十篇，不传世。其生平见载于《华阳国志》《晋书》。

⑲扬休玉色：扬休，谓阳气生养万物。扬，通“阳”。玉色，对他人容颜的敬称，犹言尊颜。比喻精于养生，尊颜极好。

⑳隐德和薰：隐德，施德于人而不为人所知。薰，和暖、温和。比喻不张扬，待人和蔼。

㉑寿考于维祺：典出《诗经·大雅·行苇》：“黄耇台背，以引以翼。寿考维祺，以介景福。”祝愿老人长寿幸福，吉祥安康。

㉒黄发儿齿：指年老长寿。典出《诗经·鲁颂·泮水》：“既多受祉，黄发儿齿。”

㉓文林郎：古代的文散官名。明正七品初授承事郎，升授文林郎。

㉔莆田：莆田市史称兴安、兴化，又称莆阳、莆仙。自古是闽中的政治、经济、文化中心。

㉕陈士载：字以文，号后斋，福建莆田人，正德八年（1513年）举人，海阳（今潮州）知县。（《兴化府莆田县志》）嘉靖十八年（1539年）任新会知县。（清康熙《新会县志》）

贺西屏区先生偕宜人[①]黎氏双寿序

大参[②]伯西屏先生，偕诰封[③]宜人黎氏，同庚齐寿，今年七十有一，悬弧芳辰[④]在冬十月二十八日，设帨芳辰[⑤]先两月而又同一日也。令器[⑥]惟基[⑦]诸贤，乐具庆之。未央，以卓儿[⑧]忝公之婿致书，如期为奉觞[⑨]称寿举，乃以双寿序见属。辱公教爱有年,安可以不文辞作而嘉叹曰盛矣哉?双寿也,国家人瑞也。我天子以孝治天下,天下同跻仁寿久矣。海滨素多高年,惟双寿联德子孙多且贤如吾区氏之盛者,邑乡鲜俪[10],是岂一家之私庆乎哉?公世居新会潮连里,起家进士,作邑嘉善。入为户部尚书郎,出秩历至方岳[11],所至慈祥恺悌[12]之实,忠厚正直之声著闻一时。致政南归,卜筑邑城,尤坚晚节,与诸老结诗社,日唱和颂升平焉。宜人归自名门,蚤以贞淑性行[13]相之,妇道母仪,足范闺阃[14],公得无内顾之怀。孝友笃于家,声名成于宦,羽仪[15]高于乡,诗礼传于子。双寿之福,有自来矣!令器惟基,以岁荐[16]升国学[17];仲惟康[18],领乡荐[19]、储春元[20],俱班回,如不欲往,志有在也;季惟裕[21]、孙效忠[22],俱养豫于庠,奉庭训,骎骎乎其进也。余孙尚幼,咸侍几杖[23]。双寿之祝,贤且众矣!是日筵开,风动罗浮[24]之春,光腾函关[25]之气,鹤发联辉,童颜偕老,双寿之康宁,何如也?象笏朱衣[26]翟冠[27]霞帔[28],双寿之尊贵,何如也;群贤子侄绕膝,壶觞双寿之乐事,何如也?寿得于命也,贵得于天也,德合于人也。有双寿之合德,然后受天命之兼隆,此人子之至愿,天下之难得也。诸贤乐之,不知手之舞,足之蹈矣。欲申致庆一言,何以复加!盖天命远而难与人事迩而易知。《传》称老莱子[29]孝奉二亲,今一披卷,想见颜色不过日戏彩[30],取水弄鸟云尔,非有甚高难行之事,然而千载美谈,仁人孝子莫有出其右者,何哉?亦曰悦亲有道而已,或谓非尊养之至,是未足深知也。观其年已七十,则二亲高迈可知。鼓缶[31]而歌,喜惧交集。非承颜养志,未见其能子也;非豫色婉容[32],未见其获亲也。古人一日养不以三公[33]换,良有以也。莱子天真合道,得孔门色难之旨,宜其悦二亲,信当时传后世也。今诸贤森立,非若莱子之一身,年皆英妙[34],非若莱子之暮龄,所以承颜,所以养志,所以爱日[35],术岂多乎哉?道岂远乎哉?亦惟爱敬已至而益至,容色已和而益和。吾知双寿之乐,有诸贤甚于莱子之孝奉二亲。自今伊始，人事愈尽天命愈隆，永享桑榆[36]之真乐，增重山林之高风，且康且宁，天和突衍[37]，此双寿无疆之庆也，诸贤无穷之誉也。式四方劝将来，老莱子岂得专美于前哉！敬序以为寿。

赐进士太中大夫福建都转运盐使司运使[38]南海年家眷生[39]雩峰何文邦[40]谨撰

【注释】

①宜人：封建时代妇女因丈夫或子孙而得的一种封号。

②大参：参政的别称。

③诰封：在明清之际，对文武官员及其先代妻室赠予爵位名号时，皇帝命令有诰命与敕命之分，五品及以上授诰命，称诰封；六品及以下授敕命，称敕封。诰命与敕命形如画卷，轴端一品用玉，二品用犀，三品与四品用裹金，五品以下用角。

④悬弧芳辰：古代风俗尚武，家中生男，则于门左挂弓一张，后因称生男为"悬弧"。芳辰，美好的时光，喻西屏公诞辰的好日子。

⑤设帨芳辰：古礼，女子出生，挂佩巾于房门右。喻黎氏诞辰的好日子。

⑥令器：优秀的人才。

⑦惟基：区元履，字惟基，号双莲，岁贡，历广东四会训导、江西弋阳教谕。西屏公次子。

⑧卓儿：何卓，西屏公长女婿。

⑨奉觞：举杯敬酒。

⑩鲜俪：罕见其匹。

⑪方岳：传说尧命羲和四子掌四岳，称四伯。至其死乃分岳事，置八伯，主八州之事。后称一方之重臣为"方岳"。

⑫恺悌：和乐平易。

⑬贞淑性行：贞淑，贞洁贤淑，多指女子的德行之美。性行，本性与行为。

⑭闺闱：家庭，家族。

⑮羽仪:《易经·渐》:"鸿渐于陆,其羽可用为仪,吉。"孔颖达疏云:"处高而能不以位自累,则其羽可用为物之仪表,可贵可法也。"后因以"羽仪"代指居高位而有才德,被人尊重或堪为楷模。

⑯岁荐:每年荐举。

⑰国学:喻到京都国子监从师求学。国子监是当时的最高学府,又称国子学。

⑱惟康:区元晋,字惟康,号见泉,举人。初领云南镇南知州,擢升福建兴化府同知。西屏公四子。

⑲领乡荐:唐宋应试进士,由州县荐举,称"乡荐"。后世称乡试中式为领乡荐。

⑳春元:中国古代地方科举考试中试者之称。

㉑惟裕:区元益,字惟裕,号冈川,邑庠生。西屏公幼子。

㉒效忠:区效忠,字盖臣,号云乔,礼部儒士。区元履长子,西屏公嫡长孙。

㉓几杖:坐几和手杖,皆老者所用,古常用为敬老者之物,亦用以借指老人。

㉔罗浮之春:罗浮春,酒名。典出宋代苏轼《寓居合江楼》:"三山咫尺不归去,一杯付与罗浮春。"自注:"予家酿酒,名罗浮春。"

㉕函关:"函谷关"的省称。是我国古代思想家、哲学家老子著述五千言《道德经》的地方。千百年来,众多海内外道家道教人士都到这里朝圣祭祖。

㉖象笏朱衣:笏,古代大臣朝见皇帝时拿的手板,用作记事;朱衣,指主考官。身着红袍,手执牙笏。形容仪态端庄肃敬。

㉗翟冠:俗称凤冠,明代妃嫔命妇的首服,用于礼服、常服和吉服中。冠上满铺点翠云朵,并按命妇品级装饰有不同数量的由珍珠制成的翟鸟。冠上还饰有珠牡丹开头、珠半开、翠牡丹叶以及翠口圈、金宝钿等配件。冠顶插一对金翟簪,口中各衔一长串珠结。翟冠戴在头顶发髻上,底部两侧插有金簪一对,用以固定。

㉘霞帔:中国古代妇女礼服的一部分,类似现代的披肩。出现在南北

朝时期,隋唐时期得此名。宋代将它列入礼服行列之中。明代时发展成了霞帔。由于其形美如彩霞,故得名“霞帔”。

㉙老莱子:楚国人,春秋晚期著名思想家,道家创始人之一。

㉚戏彩:指春秋末楚国老莱子穿五彩衣为婴儿状以娱父母之事。

㉛鼓缶:敲奏一种瓦质乐器。

㉜婉容:和顺的仪容。

㉝三公:明清以太师、太傅、太保为三公,作为大臣的最高荣誉头衔。

㉞英妙:年少而才华出众的人;少年英俊。

㉟爱日:珍惜时日。

㊱桑榆:日落时光照桑榆树端,因以指日暮。喻隐居田园。

㊲天和罙衍:天和,谓人体之元气。罙,古同“深”。此处为祝他人身体健康。

㊳转运盐使司运使:官名。始置于元代,设于产盐各省区。明清相沿,简称为盐运使或运司。

㊴年家眷生:科举时代同年登科者两家之间的互称。明以后,往来通谒,不论有无年谊,概称年家。眷生,旧时两家通婚后,尊长对姻亲晚辈的自称。

㊵雩峰何文邦:何文邦,南海人,正德三年(1508 年)进士。西屏婚姻之亲家,西屏公长女适其子何卓。

寿达尊[①]广东西屏翁区老先生华诞[②]序

屏翁区公,曩[③]历吾省,参辖[④]政,尚明恕。民到于今戴之。公致政,今将廿载,斗山[⑤]之仰日隆,岁十月廿八日寿,届八十之五,而聪明腴健无异壮年。每贻书[⑥]令子双莲君元履[⑦],必戒之无以归养为念,但严身教,期造多才,以报世恩。双莲司教吾饶六年,于兹虽黾勉[⑧]承训,而天性不容自解。白昼望云,青宵步月,其怀可掬。门弟子员徐子麟等谋曰:“吾辈师孝于师[9],而容于弗[10]张师孝也。相与告于两庠之师焉。”君充濮、君桂等咸曰:“此吾寅有待之志也。”时维三月,预相率将币[11]求言驿致堂下,为公寿。予跃然受简而复之曰:“此吾党咏堂之正义也。”窃惟仕宦而至将相富贵而归故乡,闻其语矣,见其人也?若夫荣昼锦[12]而养移禄[13],福康宁而寿耄耋,此则未闻之语,未见之人,今于公见之,谓之。国瑞非耶?

今皇帝敬老尊贤,曾诏礼问旧臣。时天下九十者,一人;八十之上者,二人而已。顾其年同而其百禄之绥[14],将未必同若公者,谓之平地神仙,非耶?诸文学言曰:“公之备绥百禄修德行仁之致也。历原圣贤之生,孰无厚生之愿?然常付养于命不敢取,必培栽之常。惟公总禄于天,犹爱子之须于父母。惟所欲有加无已,天亦不自知厚于公也,其殆当运化之极盛欤!”是故天地有定位而无定化,山川有定形而无定运。运化之需,不可探也;运化之至,不可抑也。故言申吕[15]于嵩岳之降,求名世于王者之兴,惟其时耳。彼岭海都会之胜,初无异于岳渎[16],而钟灵毓秀孕为人才[17],视江河南北,大行东西。最后焉始于唐宋而未著,振于我明而未大逮,六十年间,济济洋洋,大魁元相[18],台省侍从[19],项背相望。公与甘泉湛公[20],同产一郡,同对孝皇临轩之问。今也,同尊耆英之会,此非运化之极盛者欤!今夫松柏产于徂徕[21],其长干霄;江河源于昆岷[22],其流宗海。公生于运化,充积盈溢之久,徂徕之松柏,昆岷之江河也。则其绥祉引年[23]之盛,可得而拟议其底止耶?《诗》曰:“如山如阜,如风如陵,如川之方至,以莫不增。”至其公之遐祉[24]欤!宜民宜人,受禄于天,保佑命之,自天申之,其公之旋履[25]欤!诸公颂之,以启公监公,宜倍于自信,无改于移忠[26]之教。双莲慰于有觉,尚安于养志之仕,一时僚友师生之义,岂徒备称觞故事而已哉?

赐进士第巡抚四川都察院御史[27]奉

旨以原职应天府尹[28]致仕

诰晋通议大夫[29]前大理太仆二寺少卿[30]刑工二科都给事[31]旧治下生德兴鸿源戴儒[32]撰

【注释】

①达尊:谓众所共尊。《孟子·公孙丑下》:“天下有达尊三:爵一,齿一,德一。”

②华诞:生日的美称。

③曩:以往,从前。

④参辖:西屏公曾任江西布政使司左参政。

⑤斗山:比喻人们对德高望重或成就卓越者的敬仰。

⑥贻书:写信。

⑦双莲君元履:区元履,字惟基,号双莲,岁贡,江西弋阳教谕。西屏公次子。

⑧黾勉:勉力;努力。

⑨孝于师:孝师,就是尊师、敬师、从师。

⑩弗:不的意思。

⑪币:礼物。

⑫昼锦:称富贵还乡。典出《史记·项羽本纪》:“富贵不归故乡,如衣绣夜行。”后遂称富贵还乡为“衣锦昼行”,省作“昼锦”。

⑬移禄:致仕(退休)俸禄。

⑭百禄之绥:百禄,犹多福。绥,安定。指晚年西屏公子孙众多,生活安稳舒适。

⑮申吕:申国是周代的一个诸侯国,春秋初期为楚文王吞并,其地被楚国设置为县。申国的都城在南阳宛县(今河南南阳市)。吕国是周朝的诸侯国,春秋时期为楚所亡,之后成为楚国北境的重镇。诸侯国吕国位于今河南南阳王村。

⑯岳渎:五岳和四渎的并称。五岳,中国五大名山,即东岳泰山、西岳华山、南岳衡山、北岳恒山、中岳嵩山。四渎,古代对长江、黄河、淮河、济水的合称。

⑰钟灵毓秀孕为人才：古籍为"钟灵孕秀毓为人才"。

⑱大魁元相：大魁，泛指中进士。元相，丞相。泛指通过科举考试，人才辈出。

⑲台省侍从：唐高宗时以尚书省为中台，门下省为东台，中书省为西台，总称为台省，指政府的中央机构。侍从，随侍君王左右的人。这里指中央机构的官员。

⑳甘泉湛公：湛若水于弘治十八年(1505 年)考中乙丑科二甲进士，官至南京礼、吏、兵三部尚书，封太子少保，谥文简。湛若水为继陈献章之后岭南学派主要领导人，"天下靡然从之，号阳明之派曰浙宗，甘泉之派曰广宗，而王阳明早逝，甘泉独以高寿作人，学者慕风而至，得以及门为庆幸"。

㉑徂徕：山名，是泰山的姐妹山，代指生长栋梁之材的大山。

㉒昆岷：昆仑山和岷山。

㉓绥祉引年：绥祉，祝福。引年，谓古礼对年老而贤者加以尊养。后用以称年老辞官。指在还充满活力的时候辞官。

㉔遐祉：绵延不断的福泽。

㉕旋履：表示与各方来往或来往于各方之间等意思。

㉖移忠：谓把孝顺父母之心转为效忠君主。

㉗都察院御史：都察院，中国封建社会朝廷设有专门行使监督职权的机构。御史，官名，秦以前指史官，明清指主管纠察的官吏。

㉘应天府尹：明置应天府在今南京市。府尹，用以泛称太守。

㉙通议大夫：文散官名。明正三品初授嘉议大夫，升授通议大夫。

㉚大理太仆二寺少卿：大理寺，官署名，相当于现代的最高法庭，掌刑狱案件审理。太仆寺，中国古代官署名，中央机构之一。明掌牧马之政令，属兵部。少卿，太仆寺副长官，正四品。

㉛刑工二科都给事：刑部为主管全国刑罚政令及审核刑名的机构，与都察院管稽察、大理寺掌重大案件的最后审理和复核，共为"三法司制"。工部管理全国工程事务。给事，官名，辅助皇帝处理政务并监察六部，纠弹官吏。

㉜戴儒(1488 年—1571 年)：字汝真，号小川，祖籍江西德兴人，嘉靖五

年(1526年)进士,由进士授行人之职,不久转任给事中、工科右给事中。累官至正议大夫、资治尹、应天府府尹,退职后"卜居鄱阳郡城",颐养晚年。著有《鸿源集》。

赠西屏区老先生之任浙臬[1]序

是岁初夏,我堂尊[2]西屏区公,得朝命擢拜[3]两浙[4]宪副[5]。或曰:"公岂鹰鹯[6]邪?"或曰:"鹰鹯,何如鸾凤[7]!公,君子长者之声望天下。畀之提宪,固柄世者闵念元元[8]之微欤!"公曰:"风纪之司,肃寮贞度[9]有责也。顾刑为器凶,狱为事劳。惟淑问[10]者,世祀[11]酷吏之后,斩焉。子干[12]是乎?惧!"梯曰:"惟钦恤哀矜[13]惧之推也。公之惧,宜也。"同寅汉滨张君[14]曰:"公之牧宁国[15]也,未二年。子之贰公[16]也,未一年。其究知[17]公之政乎?"曰:"奚为其不知也?恪而恒属式以靡愒[18],宽而制下检以弗烦,核而省俗惩以有耻,费而经民输[19]以罔匮[20],和而庄士修以敦行,饬[21]而静野妥以勤生。"桐冈郭君[22]曰:"公之政,可施之宪乎?"曰:"奚为其不可也?能恪而恒有伦有要矣,能宽而制不势以威矣,能核而省稂莠嘉谷[23]两途矣,能费而经膏脂[24]命脉一视矣,能和而庄以成三德[25]矣,能饬而静不有五疵[26]矣。夫何有于宪?"公闻之曰:"宪,法也,义也,当济之以仁;牧,惠也,仁也,当济之以义。义以济仁,惠流而不亵;仁以济义,法行而不黩。移牧之宪,固殊途同归之道也。虽然,予不能无惧焉。"公将戒行,群属思之如其僚友,人士思之如其群属。梯作而叹曰:"公信君子长者哉!"昔楚隆[27]称史黯为君子,言其进不见恶,去无谤言,何武[28]去?后常见思评者,谓其长者之政系夫人心。以公方之,不异代而同德欤!固全浙之人之福也。虽然,由此造福天下可俟也。公起乙丑进士,由嘉善尹[29]入属司徒[30],出为闽建郡守[31],再守宛陵[32]。浙臬之陟，人尚淹公，而公不以为意也。公与翰林[33]陈白沙[34]公同里闬[35]，谈道嗜古不异趣。向其为诗有风韵，其文章根理，致其政事以循良为宗。其人品所谓“断断无他，休休有容者”，而惧以临事之心未始忘焉，信古之君子长者也。呜呼！在位而皆公焉，则鸾凤瑞海内，不臻[36]迓衡[37]之化哉！序以俟之。

赐进士第直隶宁国府同知[38]前南京礼部郎中[39]山东左参议[40]年生廖梯[41]顿首撰

【注释】

①浙臬：臬，古代主管一省司法的官员，明清提刑按察使司也称臬司。西屏公任浙江提刑按察副使的简称。

②堂尊：明清时县里属吏对知县的尊称。

③擢拜：提拔授官。

④两浙：浙东和浙西的合称。

⑤宪副：明朝地方掌管一省司法的长官称为按察使，官居正三品；其下设有按察副使，官居正四品。而“宪副”一词即是对按察副使的敬称，因为按察使又称“宪台”。

⑥鹰鹯：鹰与鹯。比喻忠勇的人。

⑦鸾凤：比喻贤俊之士。

⑧元元：百姓；庶民。

⑨肃寮贞度：寮，假借为“僚”。百官，官吏。贞度，谓符合正道的法度。喻严格要求百官尊纪守法。

⑩淑问：善于审判。

⑪世祀：世代祭祀。

⑫子干：卢植（139 年—192 年），字子干，涿郡涿（今河北涿州）人。东汉末年经学家、将领。

⑬钦恤哀矜：钦恤，谓理狱量刑要慎重不滥，心存矜恤。哀矜，哀怜。典出宋代曾巩《代太平知州谢赐钦恤刑狱敕书表》：“臣与被德音者，当宣上意，惟尽哀矜之理，庶符钦恤之心。”

⑭汉滨张君：张瓒，同安人，举人，嘉靖八年（1529 年）任宁国府通判。（清嘉庆《宁国府志》）

⑮牧宁国：宁国府，明朝南直隶宁国府府治在宣城（今安徽省宣城市）。西屏公于丙戌嘉靖五年（1526 年）至己丑嘉靖八年任宁国府知府。

⑯贰公：府、县的副职，如同知、县丞等，嘉靖七年（1528 年），廖梯任宁国府同知。别称贰公。

⑰究知：了解他的实际情况。

⑱靡愒：靡，无。愒，休息，荒废。

⑲民输：人民缴纳赋税。

⑳罔匮：比喻无穷无尽。

㉑饬：整顿，整治，使整齐。

㉒桐冈郭君：郭凤仪，字舜符，号桐冈，祥符人。嘉靖五年（1526 年）进士，嘉靖二十五（1546 年）年任黄州知府，仕至云南按察副使。嘉靖六年任宁国府推官。著有《均奕集》。

㉓稂莠嘉谷：稂和莠，都是形状像禾苗而妨害禾苗生长的杂草。古以粟（小米）为嘉谷，后为五谷的总称。

㉔膏脂：犹言民脂民膏。

㉕三德：三种品德。《周礼·地官·师氏》："以三德教国子，一曰至德，以为道本；二曰敏德，以为行本；三曰孝德，以知逆恶。"

㉖五疵：五过，中国古代司法审判制度的一种，列举了判官的五种禁止性行为，即惟官、惟反、惟内、惟货、惟来。源于西周。

㉗楚隆：春秋战国之交赵襄子的家臣。楚隆作为赵襄子的特使访问了吴国，并圆满地完成了赵襄子交给他的使命。

㉘何武：字君公，西汉蜀郡郫县人，为人仁厚，奖称人之善，历任御史大夫、大司空等官，封汜乡侯，哀帝时与丞相孔光拟定限田、限奴婢方案。其逾限者归官，以缓和矛盾。

㉙嘉善尹：西屏公丙寅正德元年（1506 年）初任浙江嘉善县知县。

㉚司徒：官名。掌管国家的土地和人民的教化。西屏公戊辰正德三年（1508 年）起任户部清吏司主事、署员外郎主事、员外郎、郎中等职。

㉛闽建郡守：西屏公嘉靖二年(1523年)出守福建建宁府知府。

㉜守宛陵：宛陵乃宣城(今安徽省宣城)古地名。西屏公嘉靖六年任宁国府知府，宁国府府治在宣城。

㉝翰林：官名，指翰林学士。

㉞陈白沙(1428年—1500年)：原名献章，字公甫，号石斋，别号碧玉老人、玉台居士、江门渔父、南海樵夫、黄云老人等。本是新会城北圭峰山下都会村人，少年时随祖父迁居白沙乡(今属江门市蓬江区)的小庐山下，故后人尊称为白沙先生。明弘治十三年(1500年)，陈白沙病逝于故土，终年七十二岁，谥号文恭。明万历二年(1574年)，朝廷下诏建家祠于白沙乡，并赐额联及祭文肖像。额曰“崇正堂”，联曰“道传孔孟三千载，学绍程朱第一支”。明万历十三年(1585年)，皇帝又诏准从祀孔庙，有“岭南一人”的荣誉。

㉟里闬：代指乡里。

㊱不臻：不至；不到。

㊲迓衡：谓迎太平之政。

㊳同知：官名。称副职。府同知即以同知为官称，州同知称州同，盐同知称盐同。

㊴礼部郎中：礼部，六部之一。郎中，明清两代于礼部所属仪制、祠祭、主客、精膳四清吏司设郎中，为各司长官，分别冠以各司之名号。

㊵左参议：中国明清等朝代官制之一，为辅佐主官或从官的高级官员。

㊶廖梯：字云卿，兴化府人，正德丁丑科(1517年)进士。授南京户部主事历员外郎中，调礼部精膳司郎中，擢山东参议，后谪徙浙江安州知州。后迁南直隶宁国府同知，又擢贵州镇远府知府。

赠浙副宪[1]西屏区先生迁江右大参[2]序

冈州西屏区公,二浙[3]臬之。明年,朝廷简擢[4]为洪藩[5]大参。宦浙暨浙产诸卿大夫,爰而留之,不可得。胥相[6]赠言,清风穆如[7],谓:“察宜重一语,察不佞[8],何足以知之?”虽然,尝闻公钟英抱朴[9],幼劬载籍[10],洞明三坟[11]。其宅心也静,其处己也恭,其行事也简。壮燕探花,筮仕[12]魏塘邑令[13]。厥俗业渔罟[14]耕桑而少积聚。公身先清约,扫除浮费,处分赋税,宿弊一祛,有自勉师道风。朝嘉乃勋,召为人曹。式克靖共[15],筹边固本,事不避难,倍以勤,逾六载,政最,迁守富沙[16]。厥土风差胜[17]而俗稍侈,又克相攸[18],宜实以刬[19]浮,俭以救奢,田里[20]乐业而弦诵相闻。公殆几于居仁[21]自得。又最,调鄣郡[22]。鄣则民嚣俗诡,视前郡较难治。益克推旧为新,绝私省费,雪冤抑强惟其是,是务虽忤势权不计也。声望复骎骎乎。黄中思永[23]。及迁浙臬,秉宪禔身[24],弥敦慎理,戎工[25]罔忒,提刑刑清贞度[26],度罔弗正。于是乎,有今兹简命[27]。然而知公者,犹以为骥足未尽展也。察因有感焉。夫洪枕荆淮[28]翼吴越[29],衣冠萃止,颇有文物,信亦东南一都会,顾壤地[30]褊隘[31],齿聚稠,勤生而啬施[32],薄义而喜争。脑后珥笔[33],讼烦狱滋重。逆宗毒流,债帅[34]嗣虐[35]憔悴者,至今未尽起。酌时宜,民存乎其人。公也,德性坚定,政理详闻,特以攸往,可优于天下,而况兹洪乎?吾知是行也,动以静制,事以敬主,烦以简御,日宣上德,讲求人瘼[36],镇抚黎元[37]。凡所以为洪福者,信手协中[38],规模自别,薇省[39]春深,棠荫[40]有遗爱。洪,何幸哉!方今朝廷,锐志隆古,急用人,贤如公者,玺书轮帛[41]且至矣。闲中滕阁苏亭[42],能无怀乎?开诚布公,参酌台斗[43],俾幽僻毕达,物物得所,以翼昌运,而大振儒效,皆公所必概于中者也。察也陈人而未忘犬马,敬以是为临歧颂祷云。

赐进士出身浙江按察司副使前太仆寺少卿[44]河南道监察御史[45]侍经筵[46]同修实录[47]姑苏虞山[48]陈察[49]撰

【注释】

①副宪：官名。明始置，为都察院左右都御史的副职，亦分左、右、正三品。

②江右大参：西屏公嘉靖十一年（1532年）任江西布政使司左参政。江右，江西，指长江下游以西的地区。大参，参政的别称。

③二浙：宋代行政区划，浙江东路与浙江西路的合称。辖地约当今浙江省全境及江苏省长江以南地区。

④简擢：选拔任用。

⑤洪藩：江西。

⑥胥相：共同。

⑦清风穆如：谓和美如清风化雨滋养万物。

⑧不佞：谦辞，犹言不才。

⑨钟英抱朴：钟英，极其优异。抱朴，指守住本真，不为外物所诱惑。

⑩幼劬载籍：劬，劳作、苦干。载籍，书籍，常用以形容人学识广博。指自幼就聪慧好学。

⑪三坟：指三皇（伏羲、神农、黄帝）之陵墓，另指三皇所著之书。此所指为后者。

⑫筮仕：指初出做官。

⑬魏塘邑令：魏塘镇又名武塘。明宣德五年（1430年）建嘉善县，西屏公正德元年（1506年）任嘉善县知县。

⑭厥俗业渔罟：其风俗以捕鱼为主。

⑮式克靖共：恭谨地奉守；静肃恭谨。借指尽职尽责。

⑯富沙：建州，福建建宁府。

⑰土风差胜：土风，当地的风俗。差胜，稍微超过。指当地的风俗有些过于奢侈。

⑱相攸：择婿。典出《诗・大雅・韩奕》："为韩姞相攸，莫如韩乐。"

⑲刬：同"铲"。

⑳田里：泛指乡间、民间。喻乡民，百姓。

㉑殆几于居仁：比喻始终保持仁人之心。居仁，内心存仁。

㉒郛郡：今天的江苏南部、安徽南部及浙江北部地区。西屏公嘉靖五年（1526年）出守宁国府（府治在今安徽宣城）。

㉓黄中思永：指皇帝考虑长久之道。

㉔秉宪褆身：秉宪，执掌法令。喻以身作则。

㉕戎工：兵事。

㉖贞度：谓符合正道的法度。

㉗简命：简任；选派任命。

㉘荆淮：荆州和淮河。

㉙吴越：指春秋吴越故地（今江苏、浙江一带）。

㉚壤地：田地。喻当地。

㉛褊隘：亦作"褊厄"。指心胸、气量、见识等狭隘。

㉜勤生而啬施：典出宋代曾巩《分宁县云峰院记》。指勤劳却从不捐施，常为小利而相争。

㉝珥笔：古代史官、谏官上朝，常插笔冠侧，以便记录。指诉讼。

㉞债帅：唐大历以后，政治腐败，凡命一帅，必广输重赂。禁军将校欲为帅者，若家财不足，则向富户借贷；升官之后，再大肆搜刮民脂民膏偿还。因此被称为"债帅"。及韦处厚、裴度为相，此风稍敛。

㉟嗣虐：谓相继为虐。

㊱人瘼：人民的疾苦。

㊲镇抚黎元：偏指安抚黎民百姓。

㊳协中：符合中庸之道；适中，合适。

㊴薇省：紫薇省的简称。借指中枢机要官署。

㊵棠荫：喻惠政或良吏的惠行。

㊶玺书轮帛：专指皇帝的诏书。帛即帛书，写在缣帛上的文字，用缣帛写的文字或书籍。比喻皇帝的任命诏书已到。

㊷滕阁苏亭:滕王阁,位于江西省南昌市赣江畔,江南三大名楼之一。苏亭莲舫指苏子由读书台。苏子由常读书于此,台成船形,象征宦海若舟。亭周围植莲花,象征“出淤泥而不染”。淮阳“七台八景”中八景之一。

㊸参酌台斗:参酌,参考实际情况,加以斟酌。台斗,比喻宰辅重臣。台,三台星;斗,北斗。

㊹太仆寺少卿:太仆寺副长官,正四品。

㊺监察御史:古代官名,掌管监察百官、巡视郡县、纠正刑狱、肃整朝仪事务。

㊻经筵:汉唐以来帝王为讲论经史而特设的御前讲席。明代尤为重视。除皇帝外,太子出阁后,亦有讲筵之设。

㊼同修实录:中国封建时期编年史的一种,专记某一皇帝统治时期的大事。

㊽姑苏:苏州的别称。

㊾陈察(1470年—1552年):字原习,号虞山,别号扬清子,先世为江西弋阳人,迁常熟。弘治十五年(1502年)进士,授南昌推官,历官南京御史、左佥都御史。敢于直言,重气节。人称“陈都宪”。家富藏书,筑虞山精舍。著有《虞山集》。

送西屏区先生归隐序

西屏公将归,诸司之僚曰:“以公之精力志虑①也,强壮弗逮也,而弗弘厥施②,乃隐乎?某等闻之,国之命吏③也,以使贤也;臣之服宠④也,以效忠也。是故上不忍弃其臣,下不敢违其上,而治道⑤成矣。乃公之隐也,纵不为公恤,独不为吾民恤⑥耶?公也,以治邑则名,以为郎则名,以刺郡则名,以莅臬司藩司则名,其才也。铨司⑦知之,以达幽隐,以审兴革,以平征役,以允会计,以化淫浮,以锄强暴,以苏颠危,其政也。细民知之,以宅心则静,以格物则诚,以作事则慎,以处己则虔,其行也。士夫知之,而谓犹有弗知者邪,则相与咨嗟[8],悒悒不乐。”西屏公曰:“嘻!诸君子之爱我也,而不知予之衷乎。予,野人也。无大功德而数致上大夫之秩,夙夜惴惴,惟弗克负荷是惧。矧又厌于驰驱,久而弗请,盖以荷博大之恩,当以报效尺寸也。而今且休矣!今夫任而趋也,与弛担[9]而息也,将孰逸乎?挽舟[10]而溯涛[11],与及岸而登也,将孰安乎?夫其畀我以安逸也,而顾弗适也,岂人情哉?且子不闻吾西屏之胜乎?水泉之环汇,峦嶂之起伏,松竹杂木之秀,黄柑翠橘之饶,繁花异卉之丽,烟霞日月之变化,禽鱼鹿豕之泳游,有终日所不能穷者。是故树艺以为圃,结茅以为庐,穿云以为户,引流以为池。昔也与二三子藏修[12]游息其间,今且与山夫野老考盘啸歌[13]以采、以钓、以觞、以舞,不知吾意之所极也,而顾犹有弗适者耶?是诸君子之弗谅予衷也。”诸僚乃相顾而叹,且叹且服[14],以语时彻。时彻曰:“夫仁君之使臣也,不尽其力以广爱也;忠臣之仕国也,不溺其宠以远辱[15]也。是故四时[16]之序成功者,退禄爵之命及年则止,岂君有所弃而臣有所违哉?逸以优其劳,恩以全夫义而已矣。不然,则召公之求去,二疏之锡归,君子将不谓之非耶?然而诸君子所以惜公者,敦寅之谊也。公之乐于隐者,时止而止也。”于是退而胥与赠言,作西屏归隐序。

赐进士出身中顺大夫[17]江西按察司副使[18]

奉敕提督学校[19]明州[20]张时彻[21]顿首撰

【注释】

①志虑:精神;思想。

②厥施:指其才能得到极大地施展。

③命吏:犹命官。

④服宠:犹宠服。引申为重用贤人。

⑤治道:治理国家的方针、政策、措施等。

⑥恤:顾念。

⑦铨司:宋判吏部铨的简称。主管选授官职的官署。

⑧咨嗟:叹息。

⑨弛担:喻重任。

⑩挽舟:拉纤。

⑪溯涛:逆着波涛而行。

⑫藏修:《礼记·学记》:“君子之于学也,藏焉,修焉,息焉,游焉。”郑玄注:“藏谓怀抱之;修,习也。”后以“藏修”指专心学习。

⑬考盘啸歌:考盘,盘桓之意,指避世隐居。啸歌,长啸歌吟。这里指过着吟颂诗歌的隐居生活。

⑭且叹且服:称赞而且佩服。

⑮远辱:敬称他人从远方来到此处。

⑯四时:指春、夏、秋、冬四季。

⑰中顺大夫:文官名。明为正四品升授之阶。

⑱按察司副使:明初所设按察司的副长官,正四品。

⑲提督学校:学官名。亦称“督学使者”,俗称“学台”。带原衔品级。掌学校政令,岁、科两试。

⑳明州:始置于唐开元二十六年(738 年),州治在小溪(今鄞州区鄞江镇),统辖鄮、奉化、慈溪、翁山(今舟山市)四县。唐长庆元年(821 年)州治迁三江口。宋绍熙五年(1194 年)改明州为庆元府,元代称庆元路。明灭元后因“庆元”之故,复称明州府。太祖洪武九年(1376 年)以明州的明字与国号同而改为宁波府。

㉑张时彻(1500 年—1577 年):字维静,号东沙,又号九一。鄞县布政张家潭村(今属古林镇)人。历官南曹郎,以按察副使督学江西学政,临清兵备副使,福建右参政,云南按察使,山东右布政使,四川巡抚,南京刑部侍郎、兵部侍郎。嘉靖三十三年(1554 年),倭寇犯东南,出任南京兵部尚书,著有《张司马集》《东沙史论》等。

卷十

状铭记歌诗

方岳太中大夫[1]西屏区先生行状

区越，字文广，号西屏，先世梅岭珠玑巷人。由珠玑徙新会潮连里，则自八世祖竹溪公始。太父讳观颐，有隐行。父讳鉴，慕陈太丘[2]为人，笃行信义，为乡闾矜式[3]，后赠户部郎中，娶诰赠宜人梁氏生公，八岁丧母，至老哀慕如一日。迨事继母唐氏，怡颜悦色，曲尽其诚。检讨白沙陈公，作《慈母石》诗遗之。

弘治乙卯，以明易领乡荐，主司阅文，拟以为首，因试日雨甚湿，卷误飞白，遂置为第七人。乙丑与天下士校艺南宫[4]，屡优选，所与游皆四方贤名，宰臣学士咸欲使出其门，与为忘年友。进廷对，赐进士第，授浙江嘉善知县。守身爱民，清白仁爱，无毫发遗憾。

正德间，逆党刘瑾[5]肆虐，朝觐者各挟厚资，期以免祸，公独无具。有儒生郁姓者，德公，恐公仓猝无备，以茗篓藏金馈。公觉，亟却之，曰："荣辱得丧为虑而失其所守，知命者弗为也。"

以循良[6]升户部主事，历员外郎。以丁父忧，去。服阕，补员外郎、署郎中，转运粮储。经营次序，缓急有条。大司徒二泉邵公，雅重之，尝曰："详明悉理，曹司中无出公右者。"差兑粮清江，有同兑征内臣六人，皆奢华相尚。每请公宴，辄辞不往，曰："诸君所费，动计钱数千，非敛取，何以有此？且诸君念佛诵戒，为来生计耳。则种心田福地以积冥功，莫若义取而节用，无穷奢害物之为贵也。"由是胥从省约，清江民庶赖以不扰。

升建宁知府。甫至，遏强扶弱，宣恩[7]舒郁。仅三阅月，士人仰戴之如父母。以丁继母忧，去任。百姓挥泪拥车，至不能行。及补任宁国，前守有故峻法入民，重罪而非其情三十余款。公廉，知其非辜，悉为精究疏释。申御史,或疑其反复,成案太过。公曰:“三代[8]之治,罪疑惟轻。今罪当轻已在不疑,乃以成案重之甚,非国家爱育元元[9]之意。”执之愈坚,而上始悟,卒无冤狱。尝寒夜觉大雪,亟索衣起出,呼荷枷者数人释之,曰:“罪止示戒耳。或以冻死,是政杀无辜也。”随事恤民如此。既拜迁,宣民为主去思碑。

臬副两浙[10],明刑申法,门绝私谒。值岁侵盗起,公为严行“保甲法”与救荒[11]拯政事宜,民获安堵[12]。升江西参政,守湖东道。时盗贼出没湖中,客艘被掠无宁日。公谋之兵宪柴公,择委武弁之才能者,分要地,授之方略。命相机严捕,玩愒[13]无功者,惩之。法立不逾月,缉获摽盗数百。请于督府,悉重赏劝之。由是武夫争相奋策效能,湖贼屏悉,宵通征旅,民有长城之倚焉。属御史,欲论列蠹政[14]者数人,以谋于公。公虽辞不与,然闻者衔之。迨明年,黜陟。遂以老致政归。时论共惜之。

公风神清朗,才识练达,而养之沉邃[15],浑然不露,于事无巨细难易,见辄迎刃释解[16]。其爱君恤民之诚,精白[17]自树,直欲驾轶古之名贤。与流辈甲乙,盖不屑也。其持身致家,悉准于礼。训诸子孙,祀宗祠,一以《小学》[18]《家礼》[19]为法。族属众至数百,公创立祖祠,定为训约,教之孝弟忠信,化洽一乡。居官三十余年,至归,囊无余积。禄入之余,仅以足供俯仰[20]而已。自从大夫之后,于生民利害有裨益,于有司者每诚心告之,随分致力,人阴受其赐者,甚多。

年甫十四,游邑庠,时已文名于文。谓东坡有经济[21]实用于诗,谓放翁得性情真趣,故其诗文典赡[22]清逸。所著有《西屏集》。卒年八十有六。

赐进士第中宪大夫广东等处承宣布政使司左参议年家晚生莆阳周鲲[23]撰

【注释】

①太中大夫:明代亦称大中大夫,为从三品加授之阶。

②陈太丘(104 年—187 年):陈寔,东汉官员、学者。曾任太丘长,故号太丘。以清高有德行闻名于世。

③矜式:敬重和取法;示范。

④南宫:指礼部会试,即进士考试。

⑤逆党刘瑾:逆党,旧指弄权作奸的宦官。刘瑾(1451 年—1510 年),陕西兴平人,本姓谈,六岁时被太监刘顺收养,后净身入宫当了太监,从此改姓刘。弘治年间犯罪赦免后侍奉朱厚照,博得明武宗的宠爱,数次升迁,官拜司礼监掌印太监。掌权后趁机专擅朝政,为“八虎”之首,时人称他为“立皇帝”,武宗为“坐皇帝”。刘瑾被捕后,从其家中查出金银数百万两,并有伪玺、玉带等违禁物。他被认为是当时的“世界首富”。

⑥循良:谓官吏奉公守法。

⑦宣恩:宣扬皇帝的恩德。

⑧三代:指夏、商、周三个朝代。

⑨元元:百姓;庶民。

⑩臬副两浙:区越任浙江提刑、按察司副使。臬,臬使,即按察使。

⑪救荒:救济灾荒。

⑫安堵:犹安居。

⑬玩愒:“玩岁愒日”的略语。谓贪图安逸,旷废时日。

⑭蠹政:败坏朝政。

⑮沉邃:深沉。指思想感情不外露。

⑯释解:解决疑难事件或问题。

⑰精白:纯净洁白;纯洁清白。

⑱《小学》:全书六卷,宋代朱熹撰,分为内、外两篇。内篇分立教、明伦、敬身、鉴古等四个纲目。外篇分嘉言、善行两个部分。

⑲《家礼》:南宋朱熹最有影响的礼学著作,其内容分为通礼、冠、婚、丧、祭等五部分。

⑳俯仰:《孟子》有“是故明君制民之产,必使仰足以事父母,俯足以畜妻子”,后因以“俯仰”借指养家活口。

㉑经济:经世济民。

㉒典赡：谓文辞典雅富丽。

㉓周鲲(1507 年—？年)：字少鱼，号章岩。福建莆田黄石镇清后村人。明代诗人、书画家。嘉靖四年(1525 年)举人，嘉靖十七年(1538 年)进士。历广东布政使司左参议，升江西副使，以辨冤狱忤权贵罢归，隐章林山中，浣衣夆冠，望之不知为贵人。精染翰，片纸寸缥，人争宝之，诗亦饶风致。《明诗纪事》录其诗一首，著有《章林岩藏稿》。

明太中大夫江西左参政西屏区公墓志铭[①]

云同少侍先佥事府君游广之冈州，即得见西屏公。公时以地官即制居，神采秀异，玉立风标。其诸子元履，今二守惟康君元晋，俱属道义之交。公以通家故，每有教言，谆谆渊渊，古之道也，于心常不忘嗣。予以副使奉命督学于广，至冈州课士，因爰拜西屏公，公谢。参知归数年矣，论谨里概，视昔有加，老成雅重，居然典型。叹曰："得非圣世之名贤，粤邦之大老[②]？"与岁星迅易，梦寐常驰。今嘉靖甲子[③]，惟康来守吾郡，欢然道平生，而公之食福多寿，考终备闻焉。因以志铭，请曰："必先生一言，乃慰幽明。"嗟乎！予何辞？夫古人不可作久矣。幸见公，公不可作矣？嗟夫！予何辞不铭公耶？

公讳越，字文广，西屏，别号也。先世梅岭珠玑巷人，后徙新会，即冈州。祖观颐，有隐德。父鉴，敦谊笃行，人拟陈太丘。以公贵，赠户部湖广司郎中。娶梁氏，赠宜人。公生歧嶷[④]异常，十岁能诵古文诸史，出语惊人。十四选弟子员，凡试每冠多士。乙卯领乡荐第七人。乙丑登进士第，授浙江嘉善知县。清慎自将，勤劳匪懈。岁当入觐，时逆瑾肆虐，非厚贿不得免。公一金不持，众危之。有郁生者，感公恩，密以茗入金助公行。却之曰："得丧有命，吾不为官故受金。"噫嚱！古有"四知"[⑤]，公何愧乎？升户部主事，历员外郎、郎中，转运粮储，经画[6]次第，大裨国计。委兑清江仓粮，有诸宦者，仝事类以奢靡[7]相结纳，公曲抑之，且劝以敛约积福，悦而从之，民庶无扰，公德普矣。大司徒无锡二泉邵公[8]，硕德巨望，不轻许可，最雅重公，尝举以告公卿曰："司官无如区郎中某者。"升福建建宁府知府，不吐不茹，大小相安，仅三阅月，戴如父母。守制归，哀送如市，至拥车不能行。起复，补直隶宁国府。狱有重罪而冤者，谳而疏释凡若干，当事者难之。公曰："罪疑惟轻，况在不疑？愿以身当。"卒如议，噫嚱！廷尉无冤民，公其俦乎！尝夜分就寝，忽大雪，亟索衣起，呼荷枷者数人释之，语左右曰："此辈罪止用惩，而寒气凛冽若是，或冻死，是杀无辜也，其谁之咎？"仁慈恳恻，随事恤民，率如此。迁浙江按察副使，以去，民念不释，为碑记思。在浙江，尤以洗冤泽物为任。杜私谒，御盗贼，赈荒饥，凿凿[9]得宜，民利赖之。升江西左参政，守湖东道，湖为鄱阳盗薮也，劫人日久，莫之谁何。公谋兵宪柴君，择武弁有才略者，分要地，授之机宜，示之赏罚，争奋迅擒，杀盗遂息，往来无虞。噫嚱！古有长城，公当之乎！即今海内，多惊莫之，扞蔽[10]得如翁者，数人驰驱焉，宁令四郊多垒乎？声名藉甚[11]，为忌者所撼，遂致政归。壮猷[12]莫悉，东山自娱，论者惜之。

公天性温醇，问学蕴藉。与人恭而有礼，不伐能，不避事，不谀言诡行以要显名，表里一致，诚所谓仁人君子，有道者也。故其历官所至，感人如响，清白自树，终始不移，盖盖棺定矣。孝弟忠信之行，修于身，教于家，洽于乡人，至今城市乡落，犹彬彬遗风，称区大夫不衰云。才华雅赡[13]，为诗文，温厚[14]高迈，如其人。所著有《西屏集》。嘉靖癸丑十二月二十八日终于正寝，距生成化戊子十月二十八日，享寿八十有六。配宜人黎氏，出右族，淑行宜家，生成化戊子八月二十八日，先公十一年卒。子五人，元泰，有学行，早逝；元履，江西弋阳学教谕；元复，邑廪生；元晋，由乡进士，历兴化府同知,才猷超卓,志行皭然;元益,邑庠生。女二人,长适何运使冢子,郡庠士何卓;次适容处士季子,邑庠士容天福。嘉靖乙卯年十月二十日,公与宜人合葬于古冈北门黄云山之原。

铭曰:黄云之山,紫水流焉。灵钟秀会,哲人犹焉。粤维哲人,福祉优优。匪福之优,维德之周。天锡其顺,名寿与休。我稽其昔,平格其侍。人亦有言,仁者有后。振振诜诜,如公孰右。万载攸藏,石华木茂。尚论者谁,吾铭不谬。

赐进士出身嘉议大夫都察院右副都御史奉
敕巡抚湖广等处地方兼赞理军务前奉
敕提督浙江广东两省学校副使翰林院庶吉士通家晚生
莆田林云同⑮谨撰

【注释】

①布政司左参政区越墓在黄云山(阮通志),清道光《新会县志》《潮连乡志》记述西屏公生于成化三年(1467 年),卒于嘉靖壬寅年(1542 年),1995 年版《新会县志》记卒年 1535 年。《新会潮连区氏族谱》资料记载:"区越,字文广,号西屏,生成化四年(1468 年),卒于嘉靖三十二年(1553 年)。"经比对,不同时期的县志、乡志记述均存讹误。

②大老:德高望重的老人。

③嘉靖甲子:即嘉靖四十三年(1564 年)。

④岐嶷:《诗经》:"诞实匍匐,克岐克嶷。"朱熹集传:"岐嶷,峻茂之状。"后多以"岐嶷"形容幼年聪慧。

⑤四知:《后汉书·杨震传》:"当之郡,道经昌邑,故所举荆州茂才王密为昌邑令,谒见,至夜怀金十斤以遗震。震曰:'故人知君,君不知故人,何也?'密曰:'暮夜无知者。'震曰:'天知,神知,我知,子知。何谓无知!'"

⑥经画:经营筹划。

⑦奢靡:奢侈靡费。

⑧大司徒无锡二泉邵公：邵宝（1460 年—1527 年），字国贤，号泉斋，别号二泉，无锡人。成化进士。历为江西提学副使，迁右副都御史，总督漕运。因忤刘瑾，勒致仕。瑾被诛，升户部侍郎。拜南礼部尚书，恳辞不就。嘉靖初（1522 年）起复前职，仍辞去。谥文庄。

⑨凿凿：确实。

⑩扞蔽：犹屏藩。比喻四周的疆土或防御设施。

⑪藉甚：盛大；卓著。

⑫壮猷：宏大的谋略。

⑬雅赡：谓文辞典雅富丽。

⑭温厚：指诗词温柔敦厚，合于《诗》教。

⑮林云同（1491 年—1570 年）：字汝雨，号退斋，城关后埭（今福建莆田市城厢区英龙街）人，生于明弘治四年（1491 年），为曾任新会县教谕林坛之子。

太中大夫祠[①]记

余昔释褐[②]日，以使事道玉山[③]，邂逅西屏先生于逆旅。时先生由浙江副使赴江西参政，适张东沙[④]先生督学江西，来自南昌。西屏先生以余年家子，特设酒肴，夜集默谛二公，言动皆卓绝出风尘，而西屏公尤醇谨[⑤]温雅，足可师法。已而[⑥]予奔走宦途，不一再见。比[⑦]谢事[⑧]归，公之嗣子惟康君过五羊，予问公起居，则墓木拱矣[⑨]。是岁初秋，惟康君书来，令其侄效忠以公祠属予记之。予忝年家后谊，不可辞！第愧学殖[⑩]荒落[⑪]，矧[⑫]阘茸[⑬]不足为公重。虽然，记以志不忘公之德重，则予言亦重。又奚暇计词之文不文哉？

公讳越，字文广。西屏，其别号。先世来自南雄，因家于广之新会。祖，观颐，父，鉴。公少歧嶷异凡儿，稍长即通经义，诵古文，习举子业，下笔滚滚，千言立就。补邑庠弟子员，校官嘉其器局[14]，每试辄优异。无何[15]，领乙卯乡荐第七人。登乙丑进士，授浙江嘉善知县。入觐时值逆瑾用事，苞苴[16]肆行。公行李萧然，卒不阿瑾[17]。故人郁生密怀金置茗中为贶[18]，公峻拒之，人以为难。寻升户部主事，历员外郎、郎中，转运粮储诸所，经画皆切中时病，凿凿可行。监兑清江仓粮，与中贵人共事。中贵人侈靡，以币交。公却而不受。事多所裁抑[19]，且劝其崇俭惜费。自是，公私无苦。大司徒邵二泉雅重公，尝语人曰："司官清慎有识，无如区郎中者。"升福建建宁府知府，以莅事甫三月，多惠政，以忧去，民悲号塞道，如失怙恃[20]。服阕，补直隶宁国。郡有冤狱，公为雪理[21]详谳[22]。当道难之，公曰："罪疑惟轻，况在不疑？脱有错误，罪在守臣，不以累公。"当事者不能夺，竟从公议。尝夜大雪，亟披衣起，命吏释负枷者数人，曰："此辈非死刑，奈何拘常套，令寒夜冒风雪？若冻死，是杀无辜也。其咎，在予。"仁慈恳恻，类多如此。迁浙江按察副使，民为立去思之碑。至则持廉秉公，以洗冤泽物为己任。寻升江西参政，分守湖东。湖东鄱阳湖，巨浸滔天，盗贼所出没，常白日杀人，官军旁睨，莫敢谁何。公谋之兵宪柴公，简[23]武弁料兵夫利器械，分处要害，授之方略，示以信赏必罚。自是人人思奋所向，殊死战，盗贼不敢窥江湖间矣。公为政大率严明果断，而一念仁慈之意，未尝不蔼然行于其间，使之居高位任大事，必能树功勋，播令名，垂之竹帛。乃致为臣而去。悲夫！汉李陵[24]有言，人之相知，贵相知心[25]。嘻！难矣，难矣！所著有《西屏集》。

嘉靖三十二年十二月二十八日考终命于正寝[26]，距生成化四年十月二十八日，享寿八十有六。配宜人黎氏，生成化四年八月二十八日，先公十一年终。子五人，长元泰，有学行；次元履，江西弋阳教谕；次元复，邑廪生；次元晋，即惟康，由举人累官兴化府同知；次元益，附学生。惟康君建公祠于县治之东，未有记也。祠地深凡十五丈五尺，广凡七丈五尺，寝五间，堂三间,仪门一间,前门三间。有庑,有阶,有庖厨。礼卿大夫,莫不有庙,制各以其爵,所以崇先德,严祀事,继往诏来,至秩尊卑,序昭穆,咸于是乎。在予,故备书之,俾区氏万叶[27]子孙有考焉。

赐进士第河南布政使司右布政使

奉诏进阶封通奉大夫年家晚生岑万[28]顿首拜撰

【注释】

①太中大夫祠:西屏区公祠为区越四子区元晋建。重修于万历四十一年(1613年),落成于万历四十四年(1616年),坐落在现新会迎宾馆内,后建餐厅时毁。清康熙《新会县志》称"参政区越祠"。族中又称"区岳伯祠"。古籍为《明太中大夫左参政西屏区公祠记》。祠中有碑刻,现收藏于新会博物馆。

②释褐:脱去平民衣服,喻始任官职。这里指进士及第授官。

③玉山:玉山县属上饶市,是赣、浙、闽三省交通要冲,素有"两江钥匙,八省通衢"之称。

④张东沙:张时彻,字维静,号东沙。受严世蕃排挤,辞职归梓里,居家著述,撰有《救急良方》。另著有《张司马集》《芝园定集》《东沙史论》《四明风雅》《明文苑》等。

⑤醇谨:淳厚谨慎。

⑥已而:旋即,不久。

⑦比:介词,到。

⑧谢事:辞职。

⑨墓木拱矣:指生长在坟墓上的树木已有两手合抱那么粗了。喻指人死了很久。

⑩学殖:原指学问的积累增进,后泛指学业、学问。典出《左传》:"夫学,殖也;不殖将落。"杜预注:"殖,生长也。"

⑪荒落:荒疏;衰退。

⑫矧:况且;而况。

⑬阘茸:庸碌低劣。

⑭器局:器量;度量。

⑮无何:不多时;不久。

⑯苞苴:喻馈赠的礼物,又指贿赂。

⑰阿瑾:曲从、依附刘瑾。

⑱赆:进贡的财物。

⑲裁抑:制止;遏止。

⑳怙恃:父母的合称。语出《诗经》:“无父何怙,无母何恃!”

㉑雪理:洗雪审理。

㉒详谳:审判。

㉓简:选择;选用。

㉔李陵(? 年—前 74 年):字少卿,汉族,陇西成纪(今甘肃天水市秦安县)人。西汉将领,李广之孙。曾率军与匈奴作战,战败投降匈奴,汉朝夷其三族,致使其彻底与汉朝断绝关系。

㉕人之相知,贵相知心:人们的互相了解,最可贵的是了解对方的内心世界。指朋友相交要知心。典出李陵《答苏武书》:“嗟夫子卿,人之相知,贵相知心。”

㉖正寝:寿终正寝,谓年老时在家安然死去。

㉗万叶:万世;万代。

㉘岑万:初名薮,字体一,号浦谷,顺德人。嘉靖五年(1526 年)丙戌科进士,授户部主事,管九江钞关,后历官布政司参议、云南副使、四川参政、河南右布政使、福建左布政使,年五十六致仕,徜徉林泉,有《浦谷集》。

慈母石歌为门人区越作

白沙陈先生

岩石江头峻如壁,舟人指为慈母石。

慈母名来不可闻,巉岩兀嵂秋江碧。

我闻慈母名，起我父母思。

人有父母谁不思，我思父母徒伤悲。

忆昔生我童稚时，家贫逐日图生资。

析薪与我代灯烛，鬻衣与我买诗书。

朝夕俾我苦勤学，戒我勿似庸常儿。

况生我命苦多疾，父母提挈绵岁月。

一朝我病忽呻吟，父母咿哑面如漆。

父母衣我兮宁自寒，父母食我兮宁自饥。

我今身为一命仕，薄俸堪将备甘旨。

二亲已去掩荒丘①，薄俸还将饱妻子。

几回举箸食腥膻，默默不知双泪涟。

收泪还将酒杯奠，杯奠不到音容前。

慈母石，世罕有，汝在江头天地久。

我思父母不能养，恨恨当同尔齐朽。

呜呼罔极恩难报，幸今赖有移忠孝。

尚当竭力事吾君，庶可扬名酬二亲。

诗曰：谁化江边石？世传慈母名。

神枯真可想，意得貌如生。

行路三回顾，题诗独见称。

丹青在人目，千古共沾缨。

【注释】

①二亲已去掩荒丘：此句可知，诗为白沙先生晚年之作。白沙先生享寿七十三岁，弘治八年（1495年）六十八岁时母卒，同年区越二十八岁中举，诗应作于此时或稍后。

慈母石为门人区越作

白沙陈先生

慈孝相感激,天机谢人力。
谁来石下歌,见母不见石。

《归饯图》二十四首

(七律诗之一)

沈檠[①]

才解斑衣着锦衣[②],一心忠孝两依违。
严君[③]喜就花封养,老景宁忘梓里归。
今日红亭江上别,明年紫诰[④]岭南飞。
男儿养志当如此,家国端由转化机。

【注释】

①沈檠:字铭之,号新斋。白皙长身,童年即知属文,方冠,慨然曰:"良骥不骤于庭栖,一巢非计也。"乃挟策遍游诸名公之门,以劳瘁呕血归就医药。与弟槩招文学士,嘲风弄月,扬搉今古。性刚果,严畛域,心口爽然,不作缩朒阴秘态,惜年未及艾卒。著有《新斋集》。(清光绪《嘉善县志》)

②锦衣:精美华丽的衣服,旧指显贵者的服装。

③严君:指父亲。

④紫诰:指诏书。古时诏书盛以锦囊,以紫泥封口,上面盖印,故称"紫诰"。

（七律诗之二）

张元[①]

行李琴书一束轻，帆开南浦[②]晓风清。

明良[③]已际君臣会，慈孝兼全父子情。

驿路香尘随马足，青山绿水送莺声。

到家亲友如相问，便说吾邦即武城[④]。

【注释】

①张元：嘉善人，掾叙，胶州同知。（清光绪《嘉善县志》选举志科贡表）

②南浦：南面的水边。后常用称送别之地。《楚辞·九歌·河伯》："子交手兮东行，送美人兮南浦。"

③明良：谓贤明的君主和忠良的臣子。

④武城：《论语·阳货》："子之武城，闻弦歌之声。"朱熹《论语集注》："弦，琴瑟也。时子游为武城宰，以礼乐为教，故邑人皆弦歌也。"后借指礼乐教化。

（七律诗之三）

于锡[①]

十里躬逢老大[②]还，携壶送饯浙西湾。

三杯绿蚁[③]邮亭[④]畔，一棹[⑤]苍茫云水间。

庾岭[⑥]梅开宜寄折，曲江[⑦]春暖可投闲。

崖门[⑧]山色江门[⑨]月，争与先生映寿颜。

【注释】

①于锡：资料不详。

②老大：德高望重的老人，此处是恭维区鉴之辞。

③绿蚁：酒面上浮起的绿色泡沫。亦借指酒。

④邮亭：驿馆。

⑤棹：古籍为“掉”，拟为笔误。

⑥庾岭：在今江西大余县和广东南雄县交界处。

⑦曲江：水名。即钱塘江。本名浙江，因潮水经浙山下曲折而东入海，故又名曲江。

⑧崖门：位于广东省新会县南，为潭江和西江分支的出海口。南宋末年，宋枢密副使张世杰崖山海战兵败后，陆秀夫负帝昺沉海。

⑨江门：原广东新会县以东。西江与其支流蓬江的汇合处，江南和江北蓬莱山对峙如门，故名江门。

（七律诗之四）

吴益①

花封禄养②暮年荣，梓里③奚胜恋恋情。

岭嶂风烟双鬓短，乾坤云水一身轻。

官如子贵将沾命④，路比来时更趣程。

翠竹黄花秋色里，铁冠⑤金豸⑥看峥嵘⑦。

【注释】

①吴益：嘉善人，能诗。正德七年（1512年）壬申贡生，福建南靖训导。（清光绪《嘉善县志》）

②花封禄养：花封，封建时代的封诰；禄养，以官俸养亲。比喻受到朝廷的奖赏并迎接尊亲同居一起，以便孝养。

③梓里：指故乡。

④沾命：受命。

⑤铁冠：古代御史所戴的法冠，以铁为柱卷，故名“铁冠”。

⑥豸：古时监察、执法等官员所穿的官服，因其上绣有獬豸，称豸衣。

⑦峥嵘：谓仕宦得意。

（七律诗之五）

季哲[1]

行色匆匆不可留，聊将樽酒破离愁。
半年在邑承荣养，千里还乡慊[2]胜游。
梦里鸡声吴下[3]晓，画中山色粤南[4]秋。
到家为报青云[5]信，官诰[6]行将出凤楼[7]。

【注释】

①季哲：字元智，能诗。嘉善人，嘉靖十八年（1539 年）己亥贡生。（清光绪《嘉善县志》）

②慊：满足，满意。

③吴下：吴，中国周代诸侯国名，在今江苏省南部和浙江省北部，后扩展至淮河下游一带。

④粤南：粤，指广东，新会处于广东的西南部，这里指新会。

⑤青云：喻高官显爵。

⑥官诰：皇帝赐爵或授官的诏令。

⑦凤楼：指宫内的楼阁。借指朝廷。

（七律诗之六）

钱昭[1]

贤侯[2]莅政来嘉善，又喜尊翁[3]过浙东。
正好旨甘[4]供禄养，奈何杖屦[5]促行踪。
酒阑[6]仗剑归心壮，诗到题笺别意浓。
发棹[7]不堪搔首处，飞蓬呕哑逐回风。

【注释】

①钱昭：资料不详。

②贤侯:对有德位者的敬称。

③尊翁:称人之父,犹言尊公。

④旨甘:美好的食物。常指养亲的食品。

⑤杖屦:老者所用的手杖和鞋子。谓老者、尊者拄杖而行。敬词。

⑥酒阑:谓酒筵将尽。

⑦发棹:开船。棹,船桨,又借指船或划船。棹,古籍为"掉",拟为笔误。

(七律诗之七)

李山[①]

先生六袠[②]鬓犹青,黄甲[③]贤郎起一经。

天上玉麟真瑞物,山中仙鹤本修龄[④]。

才迎禄养来官寓,又许恩封出帝廷。

明日水程风力便,片帆直抵五羊城。

【注释】

①李山:字仁夫,嘉善人,正德十五年(1520年)庚辰贡生。湖广崇阳教谕。(清光绪《嘉善县志》)

②六袠:袠同"帙",指六十岁。此时西屏公父亲区鉴六十五岁。

③黄甲:科举甲科进士及第者的名单,因用黄纸书写,故名。

④修龄:长寿。

(七律诗之八)

王本[①]

缆舟驻马立歧亭,正直黄梅雨乍晴。

行李独留三尺剑,乡关遥指五羊城[②]。

且斟桑落[③]浇诗思,莫唱骊驹[④]动别情。

去去[5]归程真自得，候门子姓笑相迎。

【注释】

①王本：嘉善人，天顺七年(1463年)癸未贡生。山东东阿县丞。(清光绪《嘉善县志》)

②五羊城：羊城，广东省广州市的别称。根据五羊的传说而得名。汉族民间传说广州府五仙观初有五仙人，皆持谷穗，一茎六出，乘五羊而至。仙人衣服，与羊同色，五羊俱五色，如五方。既遗穗与广人，仙忽飞升而去。羊留，化为石，广人因即其地祠之。

③桑落：即桑落酒，古代美酒名。

④骊驹：典出《汉书·儒林传·王式》。古代告别时所赋的歌词，指告别。

⑤去去：谓远去。苏武《古诗》："参辰皆已没，去去从此辞。"唐代孟郊《感怀》："去去勿复道，苦饥形貌伤。"

(七律诗之九)

孙璧[1]

韩子[2]为文送区册[3]，云仍[4]今复阐鱼鳞[5]。
贤郎制简朝天[6]去，严父拿舟特地临。
到月花封春未动，归时梓里乐将深。
沧江此日成千里，一片南云别后心。

【注释】

①孙璧：字拱枢，亦擅诗文。成化十四年(1478年)贡生，以贡任景州训导。清介寡合。邑丞倪玑聘修邑志。年八十余卒。(清光绪《嘉善县志》)古籍中诗的作者为"朱楷"，但方岳家庙收藏的《饯归图》有朱楷落款印章的是另一首诗。本诗作者拟为孙璧。

②韩子："唐宋八大家"魁首韩愈，有两篇著名的作品，散文《送区册序》和古体诗《送区弘南归》。

③区册:林石公,讳册,字君轼,唐征士,生于永泰元年(765年)六月十七日……于长庆四年(824年)以荐征至京,试《金台赋》,诏授史馆纂修,辞职乞归,终于会昌六年(846年)正月十八日,寿八十有二。据考证区册、区弘是从兄弟,现广州市芳草街有林石公祖祠,《区氏林石公祖祠谱》确记了广州林石公祖祠是以区册字号命名的缘由。该祠在清末为岭南区氏合族祠,新会潮连方岳家庙其中一分支"大成堂"为其两个业主之一。

④云仍:比喻后继者。

⑤鱼鳞:引申为依次, 一个接一个。

⑥朝天:朝见天子。

(七律诗之十)

沈朝阳[①]

一来岁月未全周,随卷琴书上客舟。

溪柳舞风牵别意,岸花带雨引离愁。

故园松菊兴归思,到处江山壮北游。

况复贤郎多德政[②],推封拟下五云楼[③]。

【注释】

①沈朝阳:字向明,嘉善人,正德十三年(1518年)戊寅贡生。江西靖安训导。(清光绪《嘉善县志》)

②德政:旧指有仁德的政治措施或政绩。

③五云楼:指豪华富丽的楼阁。此处指皇帝所在地。

(七律诗之十一)

沈檕[①]

老鹤翩翩归去迟,采衣[②]何自更差池。

难将祖帐[③]更慈帐,暂把离卮[④]抵寿卮。

斜照杳随征旆[5]远，白云遥与片帆[6]驰。

阍人[7]应解别离恨，萧瑟城头起暮吹。

【注释】

①沈檠：字一之，号平斋，嘉靖二十一年（1542年）贡生，师事张东溟福友、魏庄渠校、邵端峰锐，德义渐涵益。自淬砺应贡至京，郑晓荐之，授江西布政司都事不就，归事父母尽孝。居丧蔬食三年，卧起不离，于次家居。考定四礼，多取文公《家礼》为则，而尤严于丧祭，一时称为好古执礼。兄檠颇产毅乐承顺，得其欢心，从侄勋，无后，族有利其产者，檠为力存其祀，恤其寡。每值祖考忌辰，先一日即为堕泪。晚岁家贫，作布菜翁传，以见志后。以夷寇三吴，抱宗佑祭器避之郡城，卒于寓舍。有子五人，俱入庠。著有《诗经漫说》《孝经刊误》《四书赘言》《乡约释义》《笔思记时务议谕》《后盖愆录》《平斋诗文集》。祀乡贤。（清光绪《嘉善县志》）

②采衣：指彩色之衣，亦指未冠者之服。

③祖帐：古代送人远行，在郊外路旁为饯别而设的帷帐，亦指送行的酒筵。

④卮：古代盛酒的器皿。

⑤征旆：古代官吏远行所持的旗帜。

⑥片帆：孤舟。

⑦阍人：周官名，掌晨昏启闭宫门。后世通称守门人为阍人。

（七律诗之十二）

曹嵩[1]

清风琴剑木兰舟[2]，远过嘉禾[3]作胜游。

贤子溥[4]施皆美政，邑民争说是贤侯。

庭前戏彩[5]承欢庆，江外征帆竟莫留。

咫日乌台[6]膺宠沐[7]，伫看迎养上皇州。

【注释】

①曹嵩:嘉善人,正德九年(1514年)甲戌贡生。(清光绪《嘉善县志》选举志科贡表)

②木兰舟:用木兰树造的船。南朝梁任昉《述异记》卷下:"木兰洲在浔阳江中,多木兰树。昔吴王阖闾植木兰于此,用构宫殿也。"

③嘉禾:生长奇异的禾,古人以之为吉祥的征兆。借指政治清明、天下太平的征兆。

④溥:广大。

⑤戏彩:为孝养长辈之典。典出汉代刘向《列女传》:"老莱子孝养二亲,行年七十,婴儿自娱,着五色彩衣。"

⑥乌台:指御史台。

⑦宠沐:犹恩泽。

(七律诗之十三)

朱楷①

一自居官定省违,喜今迎养②舞班衣③。
旋呼春酒登堂拜,又趣行装刻日归。
鸟外④岚光⑤凝宿霭,鸥边草色带斜晖。
定知不久承封诰⑥,白发乌纱乐盛时。

【注释】

①朱楷:字朝式,嘉善人。嘉靖二年(1523年)癸未贡生,湖广临湘知县。(清光绪《嘉善县志》)

②迎养:谓迎接尊亲同居一起,以便孝养。

③班衣:斑衣。相传老莱子为戏娱其亲所穿的彩衣。

④鸟外:指高空。

⑤岚光:山间雾气经日光照射而发出的光彩。

⑥封诰:明清帝王对五品以上官员及其先代和妻室授予封典的诰命。

（七律诗之十四）

沈璧[①]

农务耕田士业经，是公贤嗣惠生灵。
长亭别酒频频劝，祖道[②]离歌细细听。
故国旧游云里路，官河新设雨中汀[③]。
到家不久看腾凤，紫诰荣封下帝廷。

【注释】

①沈璧：字应璋，嘉善人。嘉靖元年（1522 年）壬午贡生，山东新泰教谕。（清光绪《嘉善县志》）

②祖道：古代为出行者祭祀路神，并饮宴送行。

③汀：水边平地，小洲。

（七律诗之十五）

徐济[①]

冠盖[②]纷飞到武塘，摇摇旌旆[③]兴何长。
江淹[④]正尔惊诗友，张翰[⑤]胡为便故乡。
萝茑[⑥]晓攀梅岭月，椒浆[⑦]重奠曲江觞。
归家若问贤郎政，为道清声彻帝傍。

【注释】

①徐济：湖广华容人，举人，升学录。正德元年（1506 年），嘉善教谕。（清光绪《嘉善县志》）

②冠盖：泛指官员的冠服和车乘。

③旌旆：旗帜。

④江淹：传说南朝梁江淹少时，梦人授以五色笔，故文采俊发。

⑤张翰：字季鹰，生卒年不详，西晋文学家，吴郡吴县（今苏州）人。张

翰性格放纵不拘，时人比之为阮籍，号“江东步兵”。齐王执政，辟为大司马曹掾，见祸乱方兴，以秋风起思吴中菰菜、莼羹、鲈鱼为由辞官而归。

⑥萝茑：女萝和茑。两种蔓生植物，常缘树而生。

⑦椒浆：以椒浸制的酒浆。古代多用以祭神。

（七律诗之十六）

江吉①

隐君家老尽儒冠，令子迎来始识韩②。

潇洒襟怀倾洛社③，从容文采压骚坛④。

花封对酒联瑶席⑤，柳馆分携上绣鞍。

此去故园多乐事，彩衣诸胤⑥日承欢。

【注释】

①江吉：字季贞，号澹庵，成化十三年（1477年）举人。令萍乡，有政绩。以亲老解组归，朝夕娱亲，色养备至。亲没，遂不复仕，吟咏自适。一乡推祭酒，年七十余卒。（清光绪《嘉善县志》）

②识韩：犹识荆。原指久闻其名而初次见面结识的敬词。典出唐代李白《与韩荆州书》：“白闻天下谈士相聚而言曰：‘生不用封万户侯，但愿一识韩荆州。’何令人景慕，一至于此耶！”

③洛社：宋代欧阳修、梅尧臣等在洛阳时组织的诗社。此处是借指。

④骚坛：诗坛。

⑤瑶席：形容华美的席面，设于神座前供放祭品。另一说指用瑶草编成的席子。

⑥彩衣诸胤：彩衣，谓孝养父母。胤，后代。指阖家上下济济一堂。

（七律诗之十七）

宋昂[①]

新诗满册酒盈觞，拜饯先生返故乡。
梅子雨晴开祖帐，楝花[②]风急送归航。
亲如隐逸陶弘景[③]，子若神明顾建康[④]。
料得到家娱乐处，又闻天上锡封章[⑤]。

【注释】

①宋昂：嘉善人，掾叙，蜀府工正。（清光绪《嘉善县志》选举志科贡表）

②楝花：二十四番花信风之一。时当暮春。

③陶弘景（456 年—536 年）：字通明，号华阳隐居。南朝梁时丹阳秣陵（今江苏南京）人，著名的医药家、炼丹家、文学家，人称“山中宰相”。有《本草经注》《集金丹黄白方》《二牛图》《陶隐居集》等。

④顾建康：南朝梁顾宪之，性清直。曾为建康令，政清德美。

⑤锡封章：锡，赐予。封章，言机密事之章皆用皂囊重封，故名封章。比喻朝廷赐予的诰书。

（七律诗之十八）

于瓒[①]

堂上严翁鬓已斑，堂前令子日承颜。
暂看列鼎[②]花封养，重觅偏舟梓里还。
对酒醉歌江上月，倚篷吟睇海南山。
归行莫谓冯唐[③]老，仙阙[④]封章早见颁。

【注释】

①于瓒：资料不详。

②列鼎：谓陈列置有盛食物的鼎器。古代贵族按爵品配置鼎数。

③冯唐:冯唐以孝行著称于时,被举荐做了中郎署长,侍奉汉文帝。郎官是汉代的初级官吏,职责是担任皇宫侍卫,干这活的一般都是年轻人,冯唐做郎官时年纪已经不小了。他有才却一直不受重用。汉武帝选求贤良时有人举荐他,但他已九十多岁,难再做官了。唐代王勃《滕王阁序》:"冯唐易老,李广难封。"

④仙阙:指帝王的宫阙。

(七律诗之十九)

沈木[1]

花封禄养暂还留,乡国怀归觅去舟。

客里金樽花对月,腰间宝剑气横秋。

云开海峤[2]仝谁眺,棹倚红亭只自由。

指日[3]推恩簪冕[4]贵,未应华发老沧洲[5]。

【注释】

①沈木:字子乔,号静得逸人、静德逸人,嘉善西塘人。明官员、诗人。成化十六年(1486年)庚子南雍中式举人,山东聊城知县。(明正德《嘉善县志》选举志科贡表)著有《近竹稿》。(见《正德嘉善县志》卷二、《静志居诗话》卷十八、《西塘镇志》、《明诗别裁集》卷十一)

②海峤:海边山岭。

③指日:犹不日,谓为期不远。

④簪冕:冠簪和礼帽。借指在朝为官。

⑤华发老沧洲:喻白首无成。典出陆游词:"当年万里觅封侯,匹马戍梁州。关河梦断何处?尘暗旧貂裘。胡未灭,鬓先秋,泪空流。此生谁料,心在天山,身老沧洲。"

（七律诗之二十）

王琳[1]

令子青云享盛名，泼天德泽霈[2]苍生。
喜看迎养来官邸，忍见治装[3]上客程。
梅子雨晴双鹢[4]动，楝花风[5]暖片帆轻。
貤封[6]恩诰知将下，归到香园早出迎。

【注释】

①王琳：字廷佩，登成化十七年（1481 年）进士，为兵科给事中（明清两代参与军事监察的职官名称，为皇帝的近侍职官名称之一），赏勘事蓟州，不避权豪，中外称之。寻升福建右参议，招抚永安顽民八百户，清废税千余石，绰有政声。转贵州参政。卒于家。（清光绪《嘉善县志》）

②霈：谓赐予恩泽。

③治装：整理行装；准备行装。

④鹢：水鸟名，形如鹭而大，善高飞。古代在船首以彩色画鹢鸟之形，后借指船。此诗指送区鉴的船。

⑤楝花：古籍为“楗”，拟为笔误。

⑥貤封：重叠，重复。一人得功名，亲戚也都相继得到封赏。

（七律诗之二十一）

夏光宇[1]

十年教子固知劳，豸绣[2]行将换布袍。
天性不胜春酒恶[3]，诗才未让古人高。
深期黄发[4]成鲐背[5]，迭喜青云出凤毛。
一棹莫辞归路远，梅花明月久相招。

【注释】

①夏光宇:字克成,北直冀州训导,嘉靖九年(1530年)庚寅贡生。明正德十二年(1517年),参与编写《嘉善县志》(清光绪《嘉善县志》)。

②豸绣:古时监察、执法官所穿的绣有獬豸图案的官服。

③恧:惭愧。

④深期黄发:谓高寿。

⑤鲐背:代指老年。

(五言律诗之一)

张倬[①]

南海真豪杰,高风气与班。

无心随禄养,有兴乐青山。

征旆侵还发,归辕莫我扳。

伫看丹穴[②]凤,服豸侍天颜[③]。

【注释】

①张倬:嘉善人。明正德间诗人。嘉善周鼎孙婿。县学生。正德十二年(1517年)刻有周鼎《土苴集》二卷、《集外诗》一卷、《续集》六卷、《附录》一卷。(见《明别集版本志》)嘉靖十七年(1538年)戊戌贡生,兴化府训导。(清光绪《嘉善县志》)

②丹穴:典出《山海经》:"丹穴之山……有鸟焉,其状如鸡,五采而文,名曰凤皇。"后以"丹穴"为凤凰的代称。诗中喻区越。

③天颜:天子的容颜。

（五言律诗之二）

王度[1]

父跻[2]六旬寿，儿为百里官。

青云远迎养，彩服且承欢[3]。

又喜封恩早，莫辞行路难。

舟车归兴好，水陆总平安。

【注释】

①王度：号纯齐，浙江宁海县人，嘉靖二年（1523年）癸未科进士，起家于益都县知县内，升户部郎中，出守青州府，与僚友和好相处，和属吏以礼相待。初至郡时，地方告状的很多，王度说："滥收诉状，侵害州县的工作，给坏人张胆示恩，是不合礼仪的行为。"于是全部清退那些讼状，嚣张的人都安静下来。后升陕西兵粮道，当时各县租赋除起解京城和边境急需之外，多为地方官侵存。王度上任后严加检查，全部解送，一些军饷和钱粮才得以按时供给。其他事迹如勤抚恤丁民、施惠于鳏寡、兴办学校、清理刑狱案件都是他的政绩，后来升为苑马寺上卿。

②跻：登也。

③承欢：迎合人意，求得欢心；侍奉父母。语出《楚辞·九章·哀郢》："外承欢之汋约兮，谌荏弱而难持。"

（七绝诗一首）

沈遇[1]

绿杨院里风光好，正值先生归去时。

珍重贤郎佳绩著，伫看封诰下瑶池。

【注释】

①沈遇：资料不详。此沈遇，不可能是明初学者沈遇（1377年—1448

年)。或疑为嘉庆二年(1797年)重抄笔误,应作“沈愚”,但是,著名学者沈愚是昆山人,“景泰十才子”之一,年代也早于西屏公。此沈遇,可能是嘉善县一位与名人同名的书生。

注:这24首诗前10首据古籍录入,后14首是从一轴方岳家庙保存的明代古画中抄录的,这是一轴很特别的书画,国画及之下有钤章的那一截文字是明代原件;没有钤章的那一截文字是后来补上去的(年代不详);国画之上的文字是清代嘉庆二年(1797年)八月补抄,另裱装上去的。如此看来,这轴画应裱装过3次以上了。

西屏公于弘治十八年(1505年)乙科考中进士。正德元年(1506年)任浙江省嘉善县知县,至任满升户部主事。在嘉善期间,西屏公父亲区梅月公曾随任(随亲人做官在衙署生活)居嘉善。文称其“封君”,是因为他因子孙显贵而受封典。梅月公居半年后回乡,嘉善县当地一众仕宦,送别至水边的红亭,由嘉善籍宫廷画家胡景明作画一幅,当地官员和生员题诗24首。此画及以下一截文字为当日笔迹。送别诗中有“铁冠金豸”“豸绣”“服豸”等语。“铁冠”是古代御史所戴的法冠,以铁为柱卷,故名。“豸”是古时监察、执法等官员所穿的官服,因其上绣有獬豸,称豸衣。可能是大家听闻西屏公将要升户部主事之类的官,梅月公回乡后将得到封荫。梅月公先行回乡,大概与此有关。至清代嘉庆二年,由于历经290多年,字画缺损,为便于观赏,族人区贤照族谱录下的原诗重抄,贴成上半截。这上半截至今也已历经200多年了。

画者胡昺,字景明,号松轩,更号雪蕉道人,胡昊孙,嘉兴陶庄(今嘉善)人,是明代画家,工诗、善画及写真。弘治间以画取士,入画院。才至京师,因病归。(见《嘉兴志新补》、光绪《嘉善县志》卷二十六)画钤印:武塘胡景明记。

题诗者共24人,共作诗24首,其中七律21首、五律2首、七绝诗1首。经查阅,查不到于锡、钱昭、于瓒相关资料。夏光禹疑在嘉庆二年重抄时有笔误。洗槩则确定是笔误,原件落款是沈槩,沈槩与沈槩是兄弟,沈氏是嘉善县望族;夏光宇是嘉善人嘉靖九年(1530年)贡生。其余题诗的仕宦,皆能在浙江《嘉善县志》中查找到相关资料。

明诰赠奉直大夫区公墓志铭

区之姓，著于岭表，族大而蕃。广州新会龙溪之区，宋南渡时，有讳杰者，自南雄徙来，七传而至公。公，讳鉴，字元晖。大父，讳子全，父，讳观颐，号朴翁，行善有阴德。母李氏。公少颖悟异常。朴翁公，垂老一子，不令习举去左右。受《尚书》于大学李先生。其学务人伦[1]大要，修德行[2]以制用。久之，遂成德器，以至诗文律数[3]医卜[4]阴阳[5]百家之说，靡不通究。事二亲服勤顺志，垂四十年如一日，执丧哀而有礼，教诸子爱而能严。每燕间[6]侍侧，随事训导，动引经传格言先哲懿行，讽谕谆切不懈，各因其材器，使有成立。戒子孙勿出息钱，曰："先君有言，举贷刻责[7]，多逆情敛怨[8]，曷若[9]力耕节用之为良乎？"故终其身，人无怨尤，而家亦饶裕。乡人负气好讼，多罹辜破产，有慕公求质。或闻而召之，为开陈是非，引律例利害以谕之。咸曰："公实佑我。"遂解去。里中有潮田岁一稔，公倡义率有田者，从葫芦山以南，筑堤数百丈以捍海，因冲港列水闸，时蓄泄以备旱潦，著为巡葺之法。岁获两稔[10]，成膏腴，人至今称之。正德六年，以其子越贵，敕[11]封承德郎[12]户部主事。晚乃厌事，营别墅于屏山之下。以麓而规园，因溪以溉田，亭台池岛，萃幽据胜，以游以息，时与客觞咏，有遗世绝俗之风。地多竹树、奇卉杂植，而梅为最。盛延眺[13]芳辉，袭人尤宜月，因号"梅月居士"。先配梁氏，赠宜人[14]；继唐氏，封太宜人[15]。子男五，长即越，户部湖广司郎中；次超、起、赵、赳，皆业儒自淑。女六，皆适士族。孙男六、女五。公生于正统壬戌[16]十二月癸丑，卒于正德丁丑[17]四月乙巳，享年七十有六。正德十五年庚辰[18]十二月巳丑，葬大鳌山之原。越有才望，久欲将迁秩归省，而公不待矣。讣至，越奔丧归图葬事，以户部主事[19]黄君子诚状诣予，泣请铭。予故与越厚,辞不获。为之铭曰:树德既滋,胡啬[20]厥施[21]。有开厥后,实天之为。食报[22]自躬,章服[23]有容。既蕃既昌[24],五鼎[25]既丰。茂林崇冈,郁乎斯藏。列德著词,千禩[26]不忘。

赐进士第朝政大夫赞治少尹国子监祭酒前翰林院侍讲学士太子赞善经筵讲官管修玉牒兼修国史吴郡陈霁[27]撰。

【注释】

①人伦:封建社会中礼教所规定的君臣、父子、夫妇、兄弟、朋友及各种尊卑长幼关系。

②德行:道德之行为。道德,指衡量行为正当与否的观念标准。一个社会一般有社会公认的道德规范。

③律数:我国古代将音律确定为十二律,十二律中又有六律与六吕之分,六律即黄钟、太簇、姑洗、蕤宾、夷则、亡射,六吕即林钟、南日、应钟、大吕、夹钟、中吕。相传十二律是黄帝的乐师伶伦所创,他在大夏之西昆仑之阴,取来解谷的竹子,选择薄厚匀称的竹节,制成十二个竹管,用它们来倾听凤鸟的鸣叫。由于雄鸟鸣叫了六声,因此产生了六律,属于阳性;雌鸟也鸣叫了六声,因此又产生了六吕,属于阴性。又因为凤鸟是卵生的飞禽,它们的身体上生有八个孔窍,所以十二律是"隔八相生"的,即从黄钟起,每隔八律定准一音,连续相生十二次之后,又回到了黄钟的位置上。

④医卜:医术和卜筮。宋代陈亮《陈元嘉墓志铭》:"缙云陈君元嘉,以其读书之余,凡山经地志医卜方技之书,黄帝、岐伯之所答问,郭璞、吕才之所论注,无不熟复而究切之。"

⑤阴阳:古代指有关日、月等天体运转规律的学问。《后汉书·张衡传》:"衡善机巧,尤致思于天文、阴阳、历筭。"唐代韩愈《襄阳卢丞墓志铭》:"阴阳星历,近世儒莫学。"

⑥燕间:亦作"燕闲",指安闲。典出宋代曾巩《中书舍人除翰林学士制》。

⑦刻责:严加责备,严格要求。

⑧敛怨:指招惹怨恨。典出《诗经·大雅·荡》:"女炰烋于中国,敛怨

以为德。”郑玄笺:“敛群不逞作怨之人,谓之有德而任用之。”

⑨曷若:何如。用反问的语气表示不如。

⑩稔:谷熟也。典出《说文》。

⑪敕:帝王的诏书、命令。

⑫承德郎:散官名号。

⑬延眺:引颈远望。唐代张九龄《高斋闲望言怀》:“高斋复晴景,延眺属清秋。”

⑭赠宜人:封建时代妇女因丈夫或子孙而得的一种封号。明清五品官妻、母封宜人。死者称赠。

⑮封太宜人:明清时五品官之母或祖母的封号。存者称封。

⑯正统壬戌:正统七年(1442 年)。

⑰正德丁丑:正德十二年(1517 年)。

⑱正德十五年庚辰:1520 年。

⑲户部主事:明朝户部下设浙江、江西、湖广、陕西、广东、山东、福建、河南、山西、四川、广西、贵州、云南十三清吏司。各司设司长(郎中)一人到三人不等,正五品;副司长(员外郎)一人,从五品;主事二人到七人不等,正六品。

⑳啬:古同“穑”,收割庄稼。

㉑厥施:厥,非常大的。施,给予。指收获极大。

㉒食报:受报答或受报应。

㉓章服:以纹饰为等级标志的礼服。唐、宋官员公服,三品以上紫色,五品以上绯色(大红),有时官品不及而皇帝特许服紫或服绯,凡服绯、紫者须佩鱼袋,称章服。

㉔既蕃既昌:指繁衍昌盛。《左传·闵公元年》:“《屯》固、《比》入,吉孰大焉? 其必蕃昌。”

㉕五鼎:指羊、豕、肤(切肉)、鱼和腊等五鼎。三鼎、五鼎是士礼和卿大夫礼的区别。

㉖禩:指年。

㉗陈霁(1465 年—1539 年):字子雨,号苇川,南直隶吴县(今江苏吴

县)人。弘治九年(1496年)进士,授编修。正德九年(1514年)升南京翰林院侍讲学士,充经筵讲官,终国子监祭酒。正德十三年(1518年)四月二十四日被劾罢官,嘉靖十八年(1539年)卒,年七十五。有《玉堂集》《归田稿》等。

重修岳伯祠记[①]

祠记石刻在景贤里,曾孙耀曾[②]书丹,元孙玙[③]篆额。

西屏区公,繇进士令嘉善,历江西左参政归。葆有遐龄[④],厚有名德,迩则乡贤祀矣。先公之子,教谕元履、同知元晋暨诸庠生凡五人,祠公城东隅,西屏学宫,相宅者谓:“宫墙峨峨[⑤],不足以妥公神。”今公孙世勋[⑥],毅然首倡,遂辟公祠而易其向、新其制。孝义所风,诸孙响应,莫不醵金[⑦],率底于成。复请诸伯父,并考祔公享,更另置祠,请祀小宗、贞节二祠,不迁之主,于祠之左。《诗》曰“孝子不匮,永锡尔类”[⑧],其世勋之谓乎?淳一日偕世勋之甥、千户侯吴继爵[⑨]谒公祠,则见公端坐如生。堂廉竦邃,廊庑峻翼,诸门洞开,鸟革翚飞[⑩]。钟山肩阜,泮水背环,东楼弼焉,青城带焉。凡曳裾蹑屩[⑪]其间者,不肃而敬。徐拂读通奉岑大夫碑[⑫],公之世系政绩,则綦详矣。世勋率诸孙拜手请曰:“岑大夫之碑,昔虽详矣,今日之事,敢以烦公。”淳固辞而请益固,淳乃端拱[⑬]对公扬言曰:“公祠修矣,亦知修公明德,以永厥祀乎?诚事继母,文恭[⑭]有咏,追祀远祖,潮连有祠,孝则征[⑮]矣;雪宁国冤狱,释寒夜荷校[⑯],救荒剔弊,浙民安堵,慈则普矣;逆瑾擅权,郁生代赂,觉即却之,节则劲矣;鄱阳薮盗,合谋柴公,旋即靖之,勇则宣矣;经略运储,大裨国计,邵大司徒,叹之识之,才则伟矣;清江诸俗,结纳奢靡,礼以己之,三纪居官,俯仰仅足,义以安之,廉则振矣。”且淳犹及见公之家居也,雍雍[⑰]乎其闲于度也，恂恂[18]乎其和而无町畦[19]也，昂昂[20]乎其雅操而弗随也。碧玉楚云间，时见与甘泉子[21]游，朱颜鹤发，飘飘乎若仙而不凡也。仰止斯祠，犹如昔日，繇此诸孙必有由祠新而显者，顾名位可必以名德致也，诸孙必知法公以自修矣。吴君曰："于维舅氏，率祖攸行，有为表表，俱可人意。尝修宗祠，建绰楔[22]，池流带映，栋宇焕然。兹复首倡新祠，其孝义尤可风也。"淳曰："唯唯[23]！"遂纪公之名德，为公诸孙勖[24]，若琐琐[25]工程，不备载云。祠重修于万历四十一年[26]癸丑孟秋八日，落成于万历四十四年[27]岁次丙辰孟春初吉。

邑进士黄淳[28]叔化甫[29]顿首拜撰

【注释】

①重修岳伯祠记：现该碑刻为新会博物馆收藏，古籍为《修乡贤方岳区公祠》。

②耀曾：区耀曾，字彦焜，号晴日，元益之孙，区世科之子。区世科，字舜臣，号仰椿，区元益之三子。(《新会潮连区氏族谱》)

③玙：区茂昌，名玙，区日章之孙，其父区心传，号肖岳，是日章三子。(《新会潮连区氏族谱》)"祠记石刻在景贤里，曾孙耀曾书丹，元孙玙篆额。"这两句，在清道光《新会县会》收录时有记录，古籍则没有。

④遐龄：高龄；长寿。

⑤峨峨：高峻貌。

⑥世勋：区世勋，字尧臣，号小川，元益之长子，区越之孙。

⑦醵金：集资，凑钱。

⑧孝子不匮，永锡尔类：出自《诗经・大雅・既醉》，意思是孝顺的子子孙孙层出不穷，上天会恩赐福祉给孝顺的人。

⑨吴继爵：指挥佥事愿服务，世袭百户升千户，以三中武举例授指挥，累选军政，获贼有功。(清康熙《新会县志》)

⑩翚飞：《诗经・小雅・斯干》："如翚斯飞。"后因以"翚飞"形容宫室的高峻。

⑪曳裾蹑屩:曳裾是“曳裾王门”的省称,指在王侯权贵门下的客人。蹑屩,穿草鞋行走,指普通人。

⑫通奉岑大夫碑:指依赐进士第、河南布政使司右布政使、封通奉大夫岑万所撰《明太中大夫江西左参政西屏公祠记》而刻的石碑。

⑬端拱:正身拱手。指恭敬有礼,庄重不苟。

⑭文恭:陈献章谥号。

⑮征:证明;证验。

⑯荷校:以肩荷枷,即颈上带枷。校,枷。

⑰雍雍:雍容,大方。

⑱恂恂:温顺恭谨貌。《论语·乡党》:“孔子于乡党,恂恂如也。”

⑲町畦:比喻拘束。

⑳昂昂:出群、高洁,器宇轩昂貌。

㉑甘泉子:湛若水(1466年—1560年),字符明,号甘泉,增城人。明代哲学家、教育家、书法家。与区越同为陈白沙弟子。

㉒绰楔:亦作绰削、绰屑。古时竖于正门两旁,用以表彰孝义的木柱。古籍为“卓”。

㉓唯唯:恭敬的应答声。

㉔勖:勉励。

㉕琐琐:形容事情细小,不重要。

㉖万历四十一年:1613年。

㉗万历四十四年:1616年。

㉘黄淳:字鸣谷,高地街人,万历八年(1580年)庚辰科进士,浙江宁海知县,有传。(清康熙《新会县志》)

㉙甫:中国古代对男子的美称,多用于表字之后。

俚白恭谒乡贤西屏区老先生大人[1]

龙岩王命璿[2]

孩提处孤茕[3]，哀慕痛所生。

继母如孟母，点凡[4]课以成。

和顺盈闺闼[5]，舆论勒石旌。

鸣琴扬吴越，悬思[6]守坚贞。

正直抗逆瑾[7]，却馈岂沽名。

迄今湖东处，月白映风清。

【注释】

①此五言古诗为方岳家庙收藏的明代书法作品。王命璿任新会县知县时，西屏公已辞世50多年，刚好这年省督学朱燮元将西屏公祀入乡贤祠。王命璿到任后，到乡贤祠谒见赞拜。此五言古诗，概括了西屏公一生事迹。西屏公的为官之道，成为王命璿的楷模。

②王命璿：字君衡，龙岩州人，万历三十二年（1604年）进士，万历三十三年（1605年）知新会县。治尚拊循，宽徭均赋，刑清政简，为士民所亲爱，五年间百废具举，修邑乘，建凌云塔（熊子塔）、见龙楼、化龙桥，斡旋地运，士多蔚起。以治最召去，民怀之，奉祀三贤祠。寻擢御史，巡按广东，尝行部至新会，老幼拥道欢迎，幰车至不得行，乃进父老与言情，如家人父子，为留十日始去。仕终刑部尚书。（清道光《新会县志》）

③孤茕：孤独，无依无靠。

④点凡：指点凡人成为圣人。

⑤闺闼：家庭，家族。

⑥悬思：揣想。北周庾信《故周大将军赵公墓铭》："月中桂树，切问能训。石上木生，悬思即悟。"

⑦逆瑾：指刘瑾。

崇高莫大乎富贵[①]

区越

同考试官教谕刘[②]批：理到词工，非稚笔可及。

同考试官学正蒋[③]批：崇高即富贵，作者多为所窘，体认亲切，措词丰瞻，无如此篇。

考试官教谕顾[④]批：甚佳。

考试官教谕赵[⑤]批：文气昌。

论势，极乎天下者，在尊。极乎天下者，盖富有天下而贵，履帝位尊之极也。然则论崇高之势者，孰有过于是哉。昔夫子[⑥]于大传[⑦]，欲形容蓍龟[⑧]功用之大，而借此以明之，谓夫巍然特出，范[⑨]，斯世于仰瞻之下，举天下莫敢与并者，此所谓崇高也，是崇高也，有如上天之不可望矣，求其当此者，其惟富有四海者乎！翘然高拱。域[⑩]，斯世于俯视之中，举天下莫敢与抗者，亦所谓崇高也，是崇高也有如日月之无得而踰矣，求其当此者，其惟贵为天子者乎！以言其富也，任土作贡[⑪]而享有九州之奉，执玉[⑫]来庭[⑬]而毕献四方之物，以天下奉一人，天下之富皆其富也，岂有家有国之富可比哉；以言其贵也，端冕凝旒[⑭]，尊居于五位之间，垂衣拱手正位乎？九重[⑮]之上操八柄[⑯]而统驭乎！四海立四极而臣妾乎？万邦以四海仰一人，天下之贵皆其贵也，岂三德六德之贵可论哉。吁富贵虽不期于崇高，而崇高自莫大于富贵，知此则蓍龟为卜筮之大也可知矣，抑又论之“天地之大德曰生，圣人之大宝曰位”[⑰]。盖天地以生物为心，故人以大德归之，圣人居崇高之位，则可以参天地赞化[⑱]，育泽可远施天下之人，幸圣人之有位以蒙其泽，故以大宝称之,然圣人所以保其位于永久者,必有其道,故又曰:"何以守位曰仁。"⑲敢并及之。

【注释】

①此篇摘自《天一阁藏明代科举录选刊·乡试录》。

②教谕刘:刘栗,字锡玉,江西安福县人,己酉贡士,河南汝州鲁山县儒学教谕。

③学正蒋:蒋昂,字世举,福建侯官县人,丙午贡士,湖广武昌府兴国州儒学学正。

④教谕顾:顾润,字良玉,应天府上元县人,丙午贡士,河南河南府洛阳县儒学教谕。

⑤教谕赵:赵琥,字时用,江西余干县人,丁酉贡士,直隶太平府芜湖县儒学教谕。

⑥夫子:孔门尊称孔子为夫子,后因以特指孔子 。

⑦大传:《周易》中解释经(卦辞、爻辞)的传,凡七种,即《彖》《象》《文言》《系辞》《说卦》《序卦》和《杂卦》。也称大传。

⑧蓍龟:古人以蓍草与龟甲占卜凶吉,因以指占卜。

⑨范:法度。

⑩域:疆界,疆域。

⑪任土作贡:依据土地的具体情况,制定贡赋的品种和数量。《尚书·禹贡》序说禹在划分九州时,让被征服的部落根据土地的肥沃程度缴纳贡赋,为"任土作贡"。

⑫执玉:隐喻一个人具有美好的品德、高尚的情操。

⑬来庭:犹来朝,谓朝觐天子。

⑭端冕凝旒:端冕,指玄衣和大冠,即古代帝王、贵族的礼服。凝旒,指冕旒静止不动。旒,指古代帝王礼帽前后悬垂的玉串。形容帝王神态肃穆专注。

⑮九重:指朝廷。

⑯八柄:指的是古代统治者驾驭臣下的八种手段。《周礼·天官·大

宰》:“以八柄诏王驭群臣。一曰爵,以驭其贵;二曰禄,以驭其富;三曰予,以驭其幸;四曰置,以驭其行;五曰生,以驭其福;六曰夺,以驭其贫;七曰废,以驭其罪;八曰诛,以驭其过。”

⑰天地之大德曰生,圣人之大宝曰位:天地之大德,在于使万物生生不息;圣人之大宝(皇帝之位),在于有着崇高的地位。

⑱参天地赞化:赞助教化。典出《礼记·中庸》:“能尽物之性,则可以赞天地之化育;可以赞天地之化育,则可以与天地参矣。”

⑲何以守位曰仁:喻要守住地位,就要施行仁政。

阮公像赞①

惟公之生也,存心仁厚,而孝悌可称,故其没也,垂裕后昆②,而子孙绳绳,致爱有祠,泷冈③有表,百世云礿,蒸尝是守,其泽也深,其思也久,展拜瞻图,容仪犹旧,壮志俨然,永传不朽,有后如此,何叹乎颜④之夭!而羡乎跖⑤之寿。

【注释】

①阮公像赞:阮公,即阮嗣宗,字世美,阮学愚之父,生于天顺元年(1457年)十一月,终于成化十六年(1480年)十二月。《潭冈族谱》记载:“公游于陈白沙之门,白沙先生常期许之,惜天不假年耳!”但查各个年代的《新会县志》和阮榕龄编《白沙门人考》等资料,均未能查找到阮嗣宗为白沙门人的资料。(新会《潭冈族谱》)

②垂裕后昆:为后世子孙留下功业或财产。典出《尚书·仲虺之诰》:“以义制事,以礼制心,垂裕后昆。”

③泷冈:新会一地名。

④颜:颜回(前521年—前481年),尊称颜子,字子渊,春秋末期鲁国人。颜回是孔子最得意的弟子,极富学问,不幸早亡。

⑤跖:盗跖,在中国民间传说中为春秋时期率领盗匪数千人的大盗《论

衡·祸虚篇》:“盗跖日杀不辜,肝人之肉,暴戾恣睢,聚党数千,横行天下,竟以寿终,是独遵何哉?”

赠宜秋[①]先生汀州任归[②]

教声久矣达皇都,考绩佥期握虎符。
为惜全身官梦少,应怜三径菊花芜。
诗当吟苦肩还耸,客到樽空酒再沽。
勘破利名归去乐,飘飘前路问征夫。

【注释】

①宜秋:易龙(1448年—1522年),字体乾,号宜秋,坡山人,博闻强记,性端洁,从游陈白沙先生,弘治十四年岁贡,郴州训导,服阕,补汀州府训导。(坡山《易氏族谱》)

②该诗摘自清道光《鹤山县志》。

西屏公区越年谱

宪宗成化四年(1468 **年**)

十月二十八日,公生于广东新会县潮连龙井头。

高祖月轩公,讳皓,字悦明,有二子,长本弟,次石泉。曾祖石泉公(1369 年—1405 年),讳子全,殁在交趾,有一子朴翁。祖父朴翁公(1402 年—1480 年),讳观颐,字观养,有一子梅月。父梅月公(1442 年—1517 年),讳鉴,字元晖,封奉直大夫、户部署郎中事员外郎,配梁氏,生男区越(字文广、行一,号西屏),女二人,一适本乡孙壬,字一真,号纳乔,二适本乡卢子诚,号可翁。梅月公续娶唐氏,生子超、起、赵、斗四人,女四人,一适本乡曾茂才,字鹤林,二适本乡李汝准,三适外海黄茂才,字可男,四适麻园林茂才,字服膺,梁氏、唐氏俱封太宜人。

成化十一年(1475 **年**)

公丧母。母梁氏生于正统九年(1444 年)五月十七日,终于成化十一年(1475 年)十月廿二日。

成化十三年(1477 **年**)

是年父梅月公,续弦唐氏。唐氏视公为己出,公待继母则曲尽其诚。

成化十七年(1481 **年**)

公为邑庠生,少年从游献章陈白沙先生。

成化十八年(1482 **年**)

公有诗《立春呈白沙先生》。

成化十九年(1483 **年**)

陈白沙先生请求辞官归家,以终养年老的母亲并得到准许。

弘治八年(1495年)

公得陈白沙先生诗《慈母石歌》。

公八月应乡试,九月发榜,以《易》中举人,主考官批阅文章时,拟定为第一名,因试日下大雨弄湿了考卷,卷子误了飞白,遂置为第七人。答卷《崇高莫大乎富贵》收录于弘治乙卯科《广东乡试录》。

弘治九年(1496年)

公进京参加会试不举。

弘治十三年(1500年)

七月二十一日,会葬白沙先生于圭峰之麓。

弘治十八年(1505年)

公登乙丑科顾鼎臣榜三甲进士。同榜进士中有严嵩,粤籍进士有陈锡(南海)、方献科(南海)、韩贵(番禺)、黄著(顺德)、区行(顺德)、湛若水(增城)、郑铭(新会)、区越(新会)、刘湧(阳江)、刘竑(阳江)、郑一初(揭阳)、周用(饶平)12人。

武宗正德元年(1506年)

公出任浙江省嘉善县知县。

正德三年(1508年)

公任嘉善县知县至任满将升户部主事,在嘉善期间,其父梅月公曾随任,居住半年后先行回乡。

据《嘉善县志·名宦传》记载,公"慈祥简静,得亲民体,平居无疾言遽色,民甚怀之"。

正德四年(1509年)

公以循良升户部贵州清吏司主事。

正德五年(1510 **年**)

左给事李贯充当正使,刘宓充当副使,行之广东宓突然亡故,以新会人刘文瑞替代前往占城,封沙古卜洛为占城国王。李贯不想前往,行之广东,屡奏请假,迁延了七年也不成行。公有《赠同年廷麟刘大行奉使占城》诗。

正德六年(1511 **年**)

十二月十八日《敕命》二章,公任户部贵州清吏司主事,妻黎氏封为安人。

正德七年(1512 **年**)

公任户部山西清吏司署员外郎事主事,负责运粮进京。

正德八年(1513 **年**)

公任户部山西清吏司署员外郎事主事,负责运粮进京。

正德十一年(1516 **年**)

公任户部湖广清吏司署郎中事员外郎期间,主管转运粮储。

正德十二年(1517 **年**)

公任户部山西清吏司署员外郎。

四月十八日,公父月公去世,享寿七十六岁。

正德十五年(1520 **年**)

十二月,公将先父梅月公卜葬于潮连乡西对江、归德都第三图,土名“鳌村大鳌山”,也字崩洪,艮寅东向之原。公撰《大鳌山封君墓略》并刻碑阴,国子监祭酒吴郡陈霁撰《明诰赠奉直大夫区公墓志铭》。

正德十六年(1521 **年**)

八月,公与同门湛若水游广州西禅寺,有诗《仲秋同甘泉湛太史游西禅寺》。

嘉靖元年(1522 **年**)

服阕。

十月十一日《制诰》五章,妻黎氏加封为宜人,父区鉴赠奉直大夫,户部湖广清吏司署郎中事员外郎，母加增为宜人，继母加封为太宜人。

十二月十七日，继母唐氏去世，享寿六十三岁。

是年除夕，与方西樵学士诗《燕城除夕呈同年方西樵学士》。

嘉靖二年(1523 **年**)

返回新会守制途中赋诗《燕城早出南关有感》。

嘉靖四年(1525 **年**)

公四子元晋，字惟康，号见泉，参加乡试中举人。

嘉靖五年(1526 **年**)

九月，以福建建宁知府丁忧服阕补宁国府知府。接任因马政案四月已离任知府及宦的职务，时宣城民情涌动。公赴任宁国府知府一职途中有诗《丙戌九日重过吴兴》。

嘉靖六年(1527 **年**)

公任宁国府知府。

二月，连雨不止，有忧民诗。《嘉靖丙戌予出守宣城值仲春廿日连雨不止正有闾阎之忧忽津吏走报麦垄淹没遂偕同寅汪东麓登北楼四望怅然》。

嘉靖七年(1528 **年**)

考稽宁国府乡贤名实，刻石于乡贤祠。

兴修宁国府军储仓，旌德县教谕吴钰有《陵阳一新记》。

十月二十八日，六十一寿，府县僚属为公祝寿，汪佃有诗《寿太守西屏区公次韵》。公有诗《戊子诞日承东麓汪侍讲以诗庆次韵》。

嘉靖八年(1529 **年**)

二月十四日，公升任浙江按察副使。

嘉靖九年(1530 **年**)

公任浙江按察司副使。

知悉宁国府百姓为他立“去思碑”，谓其“敦厚平易，士民称良者”，公有诗《宁国府同年章主政书至延誉太过使回拙作附答》。

嘉靖十年(1531 **年**)

公任浙江巡刑按察副使，明刑申法，闭门谢绝因私事而干谒请托。时盗贼四起，公严格执行“保甲法”并实行灾荒之年救济策略，让百姓获得安居。

嘉靖十一年(1532 **年**)

公任江西布政使司左参政。浙江按察司副使陈察撰《赠浙宪副西屏区先生迁江右大参序》。

嘉靖十二年(1533 **年**)

公任江西布政使司左参政，分守湖东道。

嘉靖十三年(1534 **年**)

公应郑铭子时举，泣以状请求，为新会乡贤、同科进士郑铭撰《冈州郑太守行状》。

嘉靖十四年(1535 **年**)

公守湖东道。时盗贼出没湖中，客艘被掠无宁日。公与兵宪柴公商议，选择委派武官中的有才能者，分要地，教授良方妙计，相机严捕，对于那些贪图安逸、旷废时日的人一律严惩。立了这法不久，便缉获剽盗数百人。又呈请于督府，悉数兑付承诺，重赏有功之人。由此，武夫争相奋策效能，湖贼便销声匿迹。一系列措施实行之后，老百姓心中似有长城可倚之感。

嘉靖十五年(1536 **年**)

公遂以老致政归。初归潮连，后迁居邑学东南方岳里。

嘉靖十七年(1538 **年**)

子元晋赴京会试不举。

公七十一岁寿诞，新会知县陈士载撰《寿区氏具庆序》。亲家南海何樗峰撰《贺西屏区先生偕宜人黎氏双寿序》。

嘉靖十八年(1539 **年**)

门人李翔刻《慈母石碑》立于潮连。

公有诗《蔡半洲中丞提兵征黎和韵》二首。

嘉靖十九年(1540 **年**)

公肇建潮连方岳家庙,有返乡诗《新春晓行返潮连旧居》一首。

嘉靖二十年(1541 **年**)

公有诗《江门对月次明府何善山韵》与新会知县何廷仁。

公应甥婿之请,撰《寿香山存善处士黄君初度叙》。

嘉靖二十一年(1542 **年**)

妻黎氏夫人仙逝,享寿七十五岁。

潮连方岳家庙落成,公撰《方岳区家庙碑记》并刻碑,立于方岳家庙内。

嘉靖二十二年(1543 **年**)

公参加宋表旌义士陈公祠落成,题《陈邦衡以修复六代祖旌亭见示赋此》诗。知县何廷仁重修乡贤祠,公撰《新会县重修乡贤祠记》。

应知县何廷仁、掌教沃惟禄、司训王天祈、陈凤仪偕邑庠生陈懋官等嘱记,公撰《新会县名宦祠西麓林公德政记》。

嘉靖二十三年(1544 **年**)

岳家庙落成后,公撰《追远堂祀事凡例》,将置田、祭祀等事宜详著于碑并立于方岳家庙内。

嘉靖二十五年(1546 **年**)

公倡建潮连区岳伯大宗祠。

嘉靖二十七年(1548 **年**)

区岳伯大宗祠落成。

嘉靖二十八年(1549 年)

乡进士(举人)河塘人容朝望状来请铭,公撰《云步处士文川李公墓志铭》。

嘉靖二十九年(1550 年)

应秫坡公黎贞先生裔孙黎质之请,公撰《秫坡黎先生文集序》。

孟秋望日,公撰《岳伯祖庙碑记》并刻碑,立于区岳伯大宗祠内。

嘉靖三十一年(1552 年)

公赋诗《寿日和林别驾韵》,与林瓒分享得到皇帝赏赐的喜悦。

寿诞日知县惠礼,公赋《寿诞黄菊初开邑长诸公惠礼赋此以谢》。

嘉靖三十三年(1554 年)

公于十二月二十八日辞世。

嘉靖三十四年(1555 年)

二月初一,同门湛若水撰《奠区西屏文》。文云:"上林春辉。我十一人,缓辔游嬉,长者云教,少者冰澌。"

岁次乙卯十二月己丑初七丁酉吉旦,与宜人黎氏合葬于邑城北黄云山。

嘉靖四十三年(1564 年)

莆田林云同撰《明太中大夫江西左参政西屏区公墓志铭》。

嘉靖四十四年(1565 年)

哲嗣见泉公区元晋付梓《乡贤区西屏集》。

万历四十四年(1616 年)

《乡贤区西屏集》再版。

清乾隆六年(1741 年)

《乡贤区西屏集》调整版式再版。

新會潮連區西屏見泉二公合集

區奉政遺稿　辑注

区小健　辑注

梁永琳

中原出版传媒集团
中原传媒股份公司
大象出版社
·郑州·

见泉区先生遗稿序（首）

见泉遗稿者，古冈区先生诗辞之稿也。稿而曰遗者，先生平生著作甚富，特不屑夸靡[①]，多不存稿。令子仲修[②]氏搜辑遗墨，得诗三百首，又录其心思所记忆者，及旁求诸应酬之家，复得诗辞三百有奇，惧其再逸，亟付诸梓，而文稿未全，则尚有待于续集也。编成寄予，且以序属。予手其稿，歔欷[③]久之。忆昔先生岁之乙丑[④]莅予兴化[⑤]，猥以旧雅[⑥]，曾出先翁太中诗文，征予叙之，仍乞铭志墓矣。讵意别仅一纪[⑦]而复叙先生遗稿也耶！遍阅其稿，如见其人，凄然今昔之感。言念先生，与予莆乡士大夫，宦邸林下，往来赓倡，每连篇累牍。今所梓[⑧]止是，信乎稿之不能无遗，而遗稿之不容已于亟梓也。夫务实遗名，君子为己之学也；名实俱存，用图不朽，孝子爱亲之心也。古称不朽者三，道德也，功业也，文章特其一耳。先生于兹三者，皆非作意为不朽计，而实有不能自掩焉。盖其资禀端悫[⑨]，践履纯笃家学，渊源远有端绪[⑩]，故虽未尝专门论道，而出处语默动有法程，迄今士林追慕之，所谓古有道之士，非欤？历官滇闽，只拜奉政之命。辞荣耽寂，未究厥施[⑪]，归结诗社，歌咏升平，享年七十有三。而子姓[⑫]云仍[⑬]，礼乐诗书，克绍前烈[⑭]，则先生所不尽施者，乃所以传远而遗其后矣！稿中诸体具备，无雕刻骇人语，初若矢口，不经意而浑浑灏灏[⑮]，辞达理足，咀嚼有余味，即此可以传矣！夫文者，道之器也；行者，言之实也；子孙者，身之遗也。故曰：三者皆非先生作意，而实不容掩，于兹见君子之学焉，于兹见孝子之心焉！虽然不生而存，不死而亡，先生不朽，固有出于斯稿之外者，予言奚足为先生轩轾[⑯]哉？

万历丙子[⑰]莫春[⑱]既望[⑲]

赐进士资善大夫[20]南京工部尚书前都察院副都御史[21]奉

敕巡抚[22]湖广等处兼理军务前奉

敕提督[23]浙江广东两省学校翰林院庶吉士[24]莆田寄寄山人退斋林云同[25]撰

【注释】

①夸靡：语出唐代韩愈《送陈秀才彤序》："读书以为学，缵言以为文，非以夸多而斗靡也。"后以"夸多斗靡"指读书或写文章以数量多、辞藻华美相夸耀。

②仲修：见泉公子区仲修，讳日章，号谓澜，庠生，礼部儒士。(《潮连区氏族谱》)

③歔欷：悲泣，抽噎，叹息。同"嘘唏"。

④乙丑：嘉靖四十四年(1565年)。

⑤兴化：福建省莆田市史称兴安、兴化，又称莆阳、莆仙。自古是闽中的政治、经济、文化中心。历史悠久，文化源远流长，素有"海滨邹鲁""文献名邦"之誉。(《兴化府莆田县志》卷七)

⑥猥以旧雅：猥，犹言"忝"。指不具备某种才能德行，却被破格重用。旧雅，犹旧谊。

⑦一纪：岁星(木星)绕地球一周约需十二年，故古称十二年为一纪。

⑧梓：木头雕刻成印刷用的版。

⑨资禀端悫：资禀，天资，禀赋。端悫，正直诚谨。喻禀赋正直。

⑩端绪：语出《淮南子·兵略训》："一晦一明，孰知其端绪。"指头绪，端倪，些微的认识或模糊的想法。

⑪厥施：非常大的措施。

⑫子姓：泛指子孙、后辈。

⑬云仍：比喻后继者。

⑭克绍前烈：克绍，能够继承。前烈，指前人的功业，同时也有前贤的意思。喻继承前人的功业。

⑮浑浑灏灏：雄浑浩大。

⑯轩轾:褒贬抑扬。

⑰万历丙子:万历四年(1576年)。

⑱莫春:暮春,晚春。

⑲既望:农历一月内的有些天有特定的称呼,十六称既望。

⑳资善大夫:明代训导太子读书的官员。

㉑都察院副都御史:官名。明始置,为都察院左右都御史的副职,亦分左右,正三品。

㉒巡抚:官名。中国明清时地方军政大员之一。又称抚台。巡视各地的军政、民政大臣。

㉓提督:提督为武职官名。全称为提督军务总兵官。负责统辖一省陆路或水路官兵。

㉔庶吉士:明清时期翰林院官员,为皇帝近臣,负责起草诏书,有为皇帝讲解经籍等责,是为明内阁辅臣的重要来源之一。

㉕林云同:字汝雨,号退斋,谥“端简”。明孝宗弘治十三年(1500年)生于莆田城内后埭(今荔城区英龙社区),明南京刑部尚书。朝廷初授林云同翰林庶吉士,在京都负责掌编修国史,记载皇帝的起居注,进讲经书以及草拟册立、制诰等文书之职。因他不攀龙附凤而得罪了宰相,被调任户部山西司主事。嘉靖七年(1528年)朝廷命他任广西乡试主事,而后,调任江西九江税官,后擢升任礼部按察司员外郎;嘉靖十二年(1533年),云同转任浙江提学佥事,管理所属州县学校和教育之事;嘉靖十五年(1536年),云同转任广东提学副使;嘉靖二十五年(1546年),擢为都察院副都御史,巡抚湖广。

见泉区先生遗稿叙(次)

尝稽欧阳子[①]曰:“君子之学,或发于事业,或见于文章,而常患于难兼。”斯性习之偏而通才者,鲜矣。皇明文学[②],大振于东粤。粤之会邑,风气盛开,时白沙先生[③]崛起,其间以述作之余兼讽咏之,体风流膏馥沾被里闬[④],为海内学艺之巨宗[⑤]。近代祖述汉魏,规效初唐,色泽逾新,习尚益靡,未有钩奇抉异[⑥],穷本极变,以炜烨[⑦]之气,发遒丽[⑧]之辞,如见泉先生者也。先生少长广之古冈[⑨],颖悟不凡,早掇危科[⑩],筮仕镇南[⑪],迁贰兴化。学术经济[⑫]历有声称,滇闽弦诵至今不衰,尤终始典于学。凡六经百家之言,罔不玩味,加以天真潇洒,迥出尘缘,托志远游,纵心自放。其所交欢,悉贤士大夫,淬砺劘切[⑬]。究其所业,纯粹以精,故焕于文辞,情兴所属,肆笔而成。自楚些汉赋[⑭],为昭明太子[⑮]所选,以讫于开元大历[⑯]之所为诗歌者,咸习其体而通之。于是驰骋出入,纵横变化。凡谣俗之美恶,政治之得失,喜之为宴好,奋之为师旅[⑰],抑之为幽忧,困之为行旅,艳之为闺阁[⑱],旷之为游瞩[⑲],赋形构象,举中法程,猗欤休哉[⑳]!迨其晚节,复耽内学[㉑],扣河上之玄牝[㉒]希,丈室[㉓]之息言刌度[㉔],声气窥测灵宪[㉕],思成一家之言,藏诸石室,此志未竟,天殆夺之,论世者不免长太惜也。虽然,严周[㉖]以隐高而乏斧藻[㉗]之誉,杨王[㉘]以才显而无节概之名,若先生者,事业文章,尽善且美,古所谓难兼,今独兼之,岂非华实相副,而永誉无斁[㉙]者乎?是可以与日月争光矣!予昔令南海,预观风莅会登先生之堂。先生时在莆治,见嗣子庠士仲修君,获倾盖[㉚]焉!每出先生所为文赋,辄讽咏抽绎[㉛],不忍释手。万历甲戌[㉜],予应转而琼[㉝],东亭[㉞]便道晋接,先生颜犹渥然丹也。方期源奉謦欬[㉟]。胡逾岁[36]之冬再经会邑,而先生已卒正寝,徒致一奠,不可复作矣!仲修君随叩予于舟次,以遗稿见属。因为校雠[37],用敦通家之谊。与我同好者,得斯帙[38]而观之,吞精脱浮,知先生之遗风不坠也。惜先生文稿散逸,以其生平不事表暴焉耳,幸诗辞犹有存者。仲修君于读礼之余,勒成先志,殆能子哉!

时万历四年丙子[39]孟冬朔旦[40]

赐进士第中宪大夫广东琼州府知府前南京刑部郎中通家[41]生肖野郭梦得[42]顿首拜撰

【注释】

①欧阳子:欧阳修(1007年—1072年),字永叔,号醉翁、六一居士,吉州永丰(今江西省吉安市永丰县)人。北宋政治家、文学家,且在政治上负有盛名。

②皇明文学:指儒家学说。

③白沙先生:陈献章(1428年—1500年),字公甫,号石斋,别号碧玉老人、玉台居士、江门渔父、南海樵夫、黄云老人等,因曾在白沙村居住,人称白沙先生,世称为陈白沙。白沙先生是明代思想家、教育家、书法家、诗人,广东唯一的一位从祀孔庙的明代硕儒。主张学贵知疑、独立思考,提倡较为自由开放的学风,逐渐形成一个有自己特点的学派。

④膏馥:本为脂膏的香味,借喻对诗文的美好的回味。沾被:滋润庇荫。里闬:代指乡里。

⑤巨宗:泛指各学派、各组织的代表人物。

⑥钩奇抉异:指搜求奇异的文句。

⑦炜烨:谓文辞明丽晓畅。

⑧遒丽:刚健秀美。

⑨古冈:新会旧称冈州。

⑩危科:高科。科举名登前列。

⑪筮仕镇南:指初出做官。镇南,镇南州,元朝时设置的州。至元二十二年(1285年)置,治所在今云南省南华县。属威楚路。明、清属楚雄府。

见泉公曾任镇南州知州。

⑫经济:经世济民。是使社会繁荣、百姓安居的意思,这是古代贤士的立世准则。指治国的才干。

⑬淬砺劘切:淬砺,激励,磨炼。劘切,切磨,切磋相正。

⑭楚些汉赋:楚些,指招魂歌,亦泛指楚地的乐调或《楚辞》。出自《昭明文选》。汉赋,赋是汉代流行的主要文学体裁,从《楚辞》发展而来,并吸收了荀况《赋篇》的体制和纵横家的夸张手法,形成一种兼有诗歌与散文特征的文学形式。有大赋与小赋之分,大赋多写宫廷生活,小赋富于抒情。

⑮昭明太子:萧统(501 年—531 年),字德施,小字维摩,南兰陵(今江苏常州)人,南朝梁代文学家,梁武帝萧衍长子,母亲为萧衍的贵嫔丁令光,又称丁贵嫔。于天监元年十一月被立为太子,然英年早逝,未及即位即于531 年去世,死后谥号"昭明",故后世又称"昭明太子"。主持编撰的《文选》又称《昭明文选》。

⑯开元大历:盛唐时代。开元,唐玄宗李隆基年号(713 年—741 年)。大历,唐代宗李豫年号(766 年—779 年)。

⑰师旅:指众属吏。出自《左传·襄公十年》:"官之师旅,不胜其富。"

⑱闺阁:写女子情感的诗,诗论一向称作闺阁体或闺怨诗。因此有时候把闺阁女子写的诗词也叫作闺阁体。不过需要注意的是闺阁体并非女子独擅,宽松地说,应该包括男子代言和女子自作两类。

⑲游瞩:犹游览。

⑳猗欤休哉:意为多么美好呀!为古代赞颂的话。猗欤,叹词,表示赞美。休,美好。

㉑内学:谓道教所习神仙导养之学。

㉒玄牝:道教与修真术语,道家指玄牝是滋生万物的本源,比喻道。

㉓丈室:犹斗室。言房间狭小。

㉔刌度:谓使乐曲处处中节合律。

㉕灵宪:《灵宪》是一部古代汉族天文学巨著,也是世界天文史上的不朽名作。由张衡积多年的实践与理论研究而成。该书全面阐述了天地的生成、宇宙的演化、天地的结构、日月星辰的本质及其运动等诸多重大课

题，将古代汉族的天文学水平提升到了一个前所未有的新阶段。

㉖严周：庄子，姓庄名周，字子休，宋国蒙人，战国中期思想家、哲学家和文学家，为道家学派主要代表人物。

㉗斧藻：修饰。

㉘杨王：初唐四杰中的杨炯、王勃。杨炯(650年—？年)，华阴(今陕西华阴)人。授校书郎。武后时为婺州盈川令，世称杨盈川。作诗擅长五律，叙写边塞生活的诗作尤为突出。王勃(650年—676年)，字子安。绛州龙门(今山西河津)人。应举及第，授朝散郎。沛王李贤闻其名，召为王府修撰，因戏作《檄英王鸡》，被高宗逐出王府。少时即才华出众，与杨炯、卢照邻、骆宾王并称“初唐四杰”。作诗能突破当时文坛的宫体诗束缚，风格较为清新明朗。

㉙永誉无斁：斁，败，终止。意思是名声永远不会衰落终止。

㉚倾盖：指途中相遇，停车交谈，双方车盖往一起倾斜。形容一见如故或偶然的接触。

㉛讽咏抽绎：讽诵推究，寻绎义理，理其端绪。

㉜万历甲戌：万历二年(1574年)。

㉝琼：海南的简称。

㉞东亭：东亭驿，位于新会县城南面，已毁。

㉟謦欬：借指谈笑，谈吐，聊天。

㊱逾岁：过了一年；到了第二年。

㊲校雠：一人独校为校，二人对校为雠。谓考订书籍，纠正讹误。

㊳帙：整理书籍。杜甫《晚晴》：“书乱谁能帙，杯干可自添。”

㊴万历四年丙子：公元1576年。

㊵孟冬朔旦：孟冬，指冬季的第一个月，即农历十月。朔旦，旧历每月初一。

㊶通家：犹世交。世代交好之家，指两代以上彼此交谊深厚，如同一家。

㊷郭梦得：字甫卿，号肖野，明代福建同安县(今属福建厦门)在坊里后郭人。嘉靖四十一年(1562年)进士，授潮阳县令，后升南京户部主事，再任琼州府太守。琼产珍珠，由当地衙门采办，经办官员从中牟利，他到任后，将具体规定告示于民，使官员无法谋私，其廉洁声播粤中。

奉政见泉区公诗集后叙

夫诗以言志，本诸性成，诸教用于民风国俗，其大都[①]则忠臣孝子、逋人逸士[②]之所感兴，而宣之辞者也。譬彼鸾凤[③]之嘒哕喈雍[④]，洪钟之铿訇镗鞳[⑤]，率若天籁而音律[⑥]自中，兹三百篇之所为选也。删后寥寥，推盛先唐。逮我皇明，吾郡邑文献，以诗名者，则有西庵孙公[⑦]、雪蓬黄公[⑧]、秫坡黎公[⑨]、白沙陈公，皆章章[⑩]著者，自是以后闻风而兴。若奉政大夫见泉区君，乃太中大夫西屏翁[⑪]之仲子[⑫]也。少负岐嶷异质[⑬]，偾草冈州，先大夫以名进士，参政名藩所更多矣。君尝随侍，得宗家学。年甫弱冠[⑭]，发科兰省[⑮]。无何，屏翁解组[⑯]南还，遂决计终养偾冈，初志澹如也，年逾知命[⑰]，始受专符[⑱]而守镇南[⑲]，继复分符而丞兴化，所至籍籍有声，佥[⑳]方倚以响用，而君幡然悬车[㉑]，以山水文籍自娱，时年尚未七十也。于乎！君之奇瑰，又荷先大夫之教且翼飞之。是故隐不遗亲，贞不绝俗，油然以忠孝溢于家国。自从父师宦游，以至受命居官，前后将四十禩[㉒]，踪迹且半天下。其间，浮秦晋[㉓]、客燕赵[㉔]、交欢[㉕]齐鲁[㉖]吴越[㉗]诸豪杰，民风国俗，阅历深矣！比其归也，后乐有洞，交溪有馆，登黄云之台，弄紫水之钓，横熊海之舟，吹江门之笛，访双节[㉘]于雷电[㉙]，唁三忠[㉚]于崖山[㉛]，虽季真[㉜]之在鉴湖，龙门[㉝]之有乐天，不是过也。其味于逋人逸士之趣，又若素无宦情。然者今读君诗，如入明堂，观古器诸体咸备，而性天[㉞]之雅，音律之工，盖有直追盛唐，凌驾哲匠[㉟]。而吾郡邑诸公，如孙如黄、如黎如陈，岂得专美于前哉？先是，地官冢宰[㊱]退斋林公督学吾广。林公，君八拜交也。予时为诸生课，最得知名于先大夫，命授诸孙，曾经始与君通往。还未几，予领乡书[㊲]，同君与计，偕相得益甚。方君之贰兴化也,予亦出宰雩都[38],后复偕隐羊城十年。君凡有所敲推,予未尝弗得寓目[39]而赓咏之者。今君宗嗣仲修,甫惓惓裒[40]君诗辞遗稿,谋寿诸梓[41]以垂不朽,征言于予。予义不容辞,遂述君家学之大致,以书于末简[42],俾观者咸知渊源之所自,而仲修甫克世二大夫之业,亦其善述之一端也欤。

万历四年丙子孟冬朔六日

乡进士文林郎[43]知雩都县同邑念谷高士蜚[44]顿首拜撰

【注释】

①大都:泛称都邑之大者。

②逋人逸士:喻避世且节行高逸之士,隐逸者。

③鸾凤:比喻贤俊之士。

④嘒哕喈雍:声音平和,动听有节奏。典出《诗经·大雅·卷阿》:"凤凰鸣矣,于彼高冈,梧桐生矣,于彼朝阳,菶菶萋萋,雍雍喈喈。"

⑤铿訇镗鞳:铿訇,形容声音洪亮。镗鞳,象声词,指钟鼓声。

⑥音律:指音乐的律吕、宫调等。《庄子·徐无鬼》:"鼓宫宫动,鼓角角动,音律同矣。"《汉书·武帝纪赞》:"协音律,作诗乐。"泛指乐曲,音乐。

⑦西庵孙公:孙蕡(1338 年—1393 年),字仲衍,号西庵,广东南海平步(今顺德乐从)人。元末明初以其为代表的岭南文人,在广州南园结社吟诗,形成了一个以南园五先生(孙蕡、王佐、黄哲、李德、赵介)为核心的地域文人集群,从而形成了岭南诗派。

⑧雪蓬黄公:黄哲,字庸之,学者称雪蓬先生,元末明初广东番禺(今广东广州)人。少时刻苦读书,通五经,尝借《文选》手抄之,遂能作诗。性好山水,结庐蒲涧,往来罗浮、峡山诸名胜,犹未为足,辞家度大庾岭,游吴、楚、齐、燕。海内英豪,多与之交游。明初,被荐官拜翰林待制,侍太子读书,寻兼翰林典签,出知东阿县,升东平府通判,寻坐法死,有《雪蓬集》。黄,古籍为"王",拟为笔误。

⑨秫坡黎公:黎贞,都会人,举明经(明经就是通晓经学,明清对贡生的尊称),祀乡贤,有传。(清康熙《新会县志》)黎贞是孙蕡门人。

⑩章章:昭著貌。宋范仲淹《皇储资圣颂》:"天意人事章章乎,岂符谶而后着也。"

⑪太中大夫西屏翁:区越,字文广,号西屏,官至江西左参政授太中大夫。(《潮连区氏族谱》)

⑫仲子:对兄弟中排行为第二者的尊称。此处表述有误,西屏公子有区元泰(早逝)、区元履、区元复、区元晋、区元益。作者作叙时区元复已逝,故有笔误。

⑬岐嶷异质:《诗经·大雅·生民》:"诞实匍匐,克岐克嶷。"朱熹注《诗经集传》:"岐嶷,峻茂之状。"后多以"岐嶷"形容幼年聪慧。异质,特异的资质、禀赋。比喻才能出众的人。形容少年才俊。

⑭弱冠:古人二十岁行冠礼,以示成年,但体犹未壮,还比较年少,故称"弱"。冠,指代成年。

⑮发科兰省:科举考试应试得中。兰省,即兰台,指秘书省。区元晋嘉靖四年(1525年)乙酉科举人,潮连人,参政越之子,福建兴化府同知。(清康熙《新会县志》)

⑯解组:谓辞免官职。

⑰知命:《论语·为政》:"五十而知天命。"后以"知命"代称五十岁。

⑱专符:官府下行的文书。

⑲镇南:云南镇南州。元朝时设置的州。至元二十二年(1285年)置,治所在今云南省南华县。

⑳佥:众人,大家。

㉑幡然悬车:迅速而彻底地致仕。

㉒四十禩:禩,中国殷代指年。即四十年。

㉓秦晋:今陕西和山西一带。

㉔燕赵:古代的"燕赵"之地,包括现在的北京、天津北部四县,以及山西、河南北部、内蒙古南部的周边部分地区。

㉕交欢:谓与人结交而取得对方的欢心。

㉖齐鲁:今山东省一带。

㉗吴越:今江、浙、闽一带。

㉘双节:泛指高官或神仙之仪仗。

㉙雷电:雷电山,在城西里许。(清康熙《新会县志》)

㉚三忠:三忠祠原叫“大忠祠”,是奉祀南宋重臣文天祥、陆秀夫、张世杰的祠宇。

㉛崖山:崖山一名厓门,在县南七十里。(清康熙《新会县志》)

㉜季真:贺知章(约659年—约744年),字季真,晚年自号“四明狂客”“秘书外监”,越州永兴(今浙江杭州萧山区)人。唐代诗人、书法家。武则天证圣元年(695年)乙未科状元,授予国子四门博士,迁太常博士。后接太常少卿,迁礼部侍郎,加集贤院学士,改授工部侍郎。俄迁秘书监。他为人旷达不羁,好酒,有“清谈风流”之誉,晚年尤纵。天宝初,请为道士还乡里,诏赐鉴湖剡川一曲,御制诗以赠行,皇太子以下咸就执别。建千秋观以隐居其内,未几卒,年八十六。肃宗赠礼部尚书。

㉝龙门:古代科举试场的正门,后比喻会试中式为登龙门。

㉞性天:犹天性。谓人得之于自然的本性。

㉟哲匠:泛指有高超才艺的文人、画家等。

㊱冢宰:称吏部尚书为冢宰。

㊲乡书:周制,乡学三年大比,乡老与乡大夫荐乡中贤能之书于王,谓之“乡书”或“乡老书”。见《周礼·地官·乡大夫》。后世科举因以“乡书”代指乡试中式。

㊳出宰雩都:任雩都知县。雩都县,1957年改“雩都”为“于都”,位于江西省南部。

㊴寓目:犹过目,观看。

㊵裒:聚集,裒集,裒辑,裒敛。

㊶谋寿诸梓:喻谋求用木头雕刻成印刷用的木版,印刷成书出版以长久流传。

㊷末简:书籍的后页。

㊸乡进士文林郎:“乡进士”是举人的别称。明清科举由乡试产生举

人,考试地点在省城,主考官为布政使司。文林郎为隋文帝置,非职官,而是散官,明、清时都用来授正七品文官。

㊹高士蜚:字载翀,新会马滘人,顺德县学学生,嘉靖二十五年(1546年)丙午科举人,江西雩都知县。(清道光《新会县志》)

目录

卷一　七言律诗

卷二 七言律诗

卷三　七言律诗

卷四　七言律诗

卷五 五言律诗

卷六　七言绝句

卷七　五言绝句

卷八 古诗排律

卷九 词

卷十　歌

卷一

七言律诗

报升兴化[1]

捧接升书拜衮龙[2]，隼旟[3]从此入闽东。

身轻琴鹤[4]还疑累，家远云山转觉重。

奕叶[5]每思世德[5]厚，三朝[7]难报国恩隆。

劝耕[8]本是朱轮[9]职，卖剑[10]期收渤海功[11]。[❶]

❶拜官兼管海防，牧守以课劝农桑为职，必盗息潢池[12]，而民斯不失耕也。求少效涓滴于上，不负先训于家而已。

【注释】

①兴化：福建省莆田市史称兴安、兴化，又称莆阳、莆仙。见泉公区元晋嘉靖四十五年(1566年)任福建兴化府同知。

②衮龙：朝服上的龙。指衮龙袍。

③隼旟(yú)：指代州郡长官。典出唐代齐己《荆渚病中，因思匡庐，遂成三百字，寄梁先辈》诗："每许亲朱履，多怜奉隼旟。"

④琴鹤：琴与鹤。古人常以琴鹤相随，表示清高、廉洁。

⑤奕叶：累世，代代。

⑥世德：累世的功德；先世的德行。

⑦三朝：指前后三代君主统治的时期。

⑧劝耕：犹劝农。鼓励农民努力耕作。

⑨朱轮：古代王侯显贵乘的车子用朱红漆轮，故称。借指禄至二千石之官。

⑩卖剑：卖剑买牛。原指放下武器，从事耕种。喻改业务农或坏人改恶从善。

⑪渤海功：汉宣帝时，渤海地区灾荒严重，人民饥不得食，无以为生，于是持刀举剑起义。为了平息人民的起义烽火，朝廷派龚遂到渤海地区任太守。龚遂到任以后，一方面下令各县停止大规模捕杀，对放下武器的人概

不追究,而对持戈拿刀行劫者,严加惩处;另一方面,又下令各县,对手握锄镰从事生产的农民,不得有丝毫干扰,并要求普遍引导民众有刀剑者,"卖剑买农具,卖刀买犊",从事生产自救。农民在官吏的引导下,卖掉刀剑,买回耕牛、农具,从事辛勤的农业耕种。人民生活从此逐渐有所好转。

⑫潢池:旧时用为造反的讳称。

别郡学①师生

翩翩官骑蹴飞尘,陌上②衣冠③祖饯④勤。

香扑山花花劝酒,歌传林鸟鸟留人。

君当文苑⑤须求富,我忝⑥民司不厌贫。❶

遭际⑦幸逢明主⑧在,且弹孤剑赋凌云⑨。

❶时士辈有忧太守途遥囊薄,且不受里甲长夫之助,而叹其贫,故云。

【注释】

①郡学:郡国的最高学府。据钦定《四库全书·云南通志》记载:"区元晋,广东新会人,嘉靖乙酉年(1525 年)举人,嘉靖三十九年(1560 年)任云南镇南州知州,政治循良,好士爱民,修建庙学。"于嘉靖乙丑年(1565 年)迁庙学于城东。

②陌上:陌上就是"田间"。古代规定,南北走向的田间小路叫作"阡",东西走向的田间小路叫作"陌"。

③衣冠:衣和冠。古代士以上戴冠,因用以指士以上的服装。

④祖饯:饯行。

⑤文苑:文人聚集的地方。

⑥忝:辱,有愧于,常用作谦辞。

⑦遭际:遭遇时机,指受到达官贵人的提拔、赏识。

⑧明主:贤明的君主。

⑨且弹孤剑赋凌云:指凭借武士的勇气和崇高志向,意气高超,向往未来。

别郡耆庶[①]

三年考绩有何成,惭愧乌台[②]过誉声。[❶]
父老漫劳留去辙[③],使君[④]焉敢冒群情。
空余憔悴民犹旧,欲散穷愁恨未能。
记取绿杨桥畔[⑤]路,踌躇同尔听迁莺[⑥]。

❶予考满后,台山孙代巡奖荐曰:“器度温雅,识见通明。律己严,里甲无分毫之扰;听讼当,闾阎[⑦]绝怨抑之声。政既报成,民咸称服。”

【注释】

①耆庶:指年老有声望的人。

②乌台:古代官职名,指的是御史台,汉代时御史台外柏树很多,树上有很多乌鸦,所以人称御史台为乌台,也戏指御史们都是乌鸦嘴。

③漫劳留去辙:徒劳送别。

④使君:尊称州郡长官。

⑤绿杨桥畔:桥边杨柳依依。

⑥迁莺:喻升官。

⑦闾阎:闾,泛指门户,人家。古代以二十五家为闾。阎,指里巷的门。喻民间。

南安①郡守②容正所③楚雄④邑长⑤方云谷⑥禄丰⑦邑长沈龙源定远邑长刘鸣冈⑧掌卫挥使⑨陈文坡府赞⑩徐秋泉樊蓝田外翰⑪周竹冈季心惟诸君彩帐赐贺

贺卮⑫凌晓集轩裳⑬,薄劣何才敢与当。

考绩⑭自甘书下下,逢人徒愧说堂堂。

滇⑮云东望帆樯⑯渺,洱水⑰西来塞雁长。

归把骊珠⑱环宇壁,诵公文是觌⑲清光。

【注释】

①南安:南安州,元置,明清因之,属云南楚雄府,民国改县。

②郡守:知府亦称郡守。

③容正所:容学周,新会人,广西马平举人,嘉靖辛酉年(1561年)任。(清康熙《南安州志》)

④楚雄:楚雄府,位于云贵高原中部,红河水系与金沙江水系分水岭地带,东邻禄丰县,南连双柏县,西与南华、景东县接壤,北同牟定县毗邻。今云南楚雄彝族自治州。

⑤邑长:邑里之长。

⑥方云谷:方应规,静宁监生,嘉靖年间任。(清宣统《楚雄县志》)

⑦禄丰:禄丰县,今云南楚雄彝族自治州下辖的一个县。明代属安宁州。

⑧定远邑长刘鸣冈:定远,云南牟定县旧称,明代属楚雄府。刘鸣冈,即刘知性,四川监生,嘉靖年间任。(清康熙《楚雄府志》)

⑨掌卫挥使:明朝军队编制实行"卫所制"。军队组织有卫、所两级。一府设所,几府设卫。卫设指挥使,统兵士5600人。卫下有千户所(1000名士兵),千户所下设百户所(100名士兵)。

⑩府赞:古代对县丞的别称。

⑪外翰：外放的翰林。

⑫卮：古代一种盛酒器，圆形，容量四升。

⑬轩裳：代称有高位的人，用为对人的敬称。

⑭考绩：按一定标准考核官吏的成绩。《书·舜典》："三载考绩。三考，黜陟幽明。"孔传："三年有成，故以考功。九岁则能否幽明有别，黜退其幽者，升进其明者。"

⑮滇：云南省的简称。

⑯帆樯：船帆与桅樯，常指舟楫。

⑰洱水：即洱海。

⑱骊珠：宝珠，比喻珍贵的人或物。

⑲觌：显示，现出。

胡相江佥宪[①]召饯临元道[②]

公才当世称无双，战捷龙门[③]众士降。

旋握旌旄[④]开帅府，便从樽俎[⑤]殪[⑥]侯[⑦]王。❶

东闽光揭文衡[⑧]日，洱水尘清宪节[⑨]霜。

闻说肤功[⑩]归疏草[⑪]，伫[⑫]看调鼎赞虞唐[⑬]。

❶公亲征叛侯，擒其渠魁[⑭]号"混天大王"者。

【注释】

①胡相江佥宪：即胡庭兰（1507 年—1581 年），字伯贤，号相江。增城人。嘉靖二十九年（1550 年）进士。授南京户部主事，以云南按察司分巡安普道带官临安兵备佥事，以监军指挥擒贼，功尤大。因忌者构陷，遽移疾归，遂不复出，著有《相江子集》。（清《四库全书·云南通志》）古籍为"胡象江"，拟为笔误。明代都察院设有左右佥都御史，称为佥宪。

②临元道：今云南建水县，明代于此置临安府和临元镇总兵官。

③龙门：位于昆明西山上。

④旌旄:军中用以指挥的旗子。

⑤樽俎:古代盛酒和盛肉的器皿,常用为宴席的代称。

⑥殪:杀死。

⑦侯:古本缺,据民国本补。

⑧文衡:旧谓判定文章高下以取士的权力。评文如以秤衡物,故云。

⑨宪节:廉访使、巡按等风宪官所持的符节。

⑩肤功:亦作"肤公"。大功。《诗经·小雅·六月》:"薄伐猃狁,以奏肤公。"

⑪疏草:奏章的草稿。

⑫伫:长时间地站着。

⑬虞唐:唐尧与虞舜的并称。亦指尧与舜的时代,古人以为太平盛世。

⑭渠魁:指首领,大头目。

少参①归凤屿②以带币赐贺

三年何德牧南邦,青眼③真劳顾盼长。

驽马④岂堪期远道,珍仪惊见出殊方⑤。

币从综错机成锦⑥,带缕云霞馥满裳。

文藻⑦灿然皆实用,敢忘佩服负台光⑧。

【注释】

①少参:明代于各布政使下置参政与参议,时称参政为大参,参议为少参。

②归凤屿:即归大道,长洲人,进士,云南布政使司右参议。(清《四库全书·云南通志》)

③青眼:对人的喜爱或者重视,借指知心朋友。

④驽马:行走缓慢的马。谦称,褒义词。

⑤殊方:不同的方法、方向或旨趣。

⑥币从综错机成锦：喻礼品众多。币，礼单。

⑦文藻：词采，文采。

⑧台光：三台星光。亦以喻宰辅之位。

霸州守[1]毛碧峣[2]邑长郝见浦春元[3]段虚舟宵饯归化寺[4]三公滇产也碧峣尊甫[5]讳玉[6]乃先君同榜年伯掌科[7]正德间谏南狩[8]被黜见浦虚舟二丈又余廿年前西台[9]同事故交也

携手难消此夜心，一灯禅榻共沉吟。

长途未了驱驰愿，壮志偏怜岁月侵。

薇省[10]云龙[11]世谊重，燕台[12]风雨旧情深。

秋江别去芙蓉满，欲采凭谁寄远岑。

【注释】

①霸州守：指霸州的行政长官。霸州，今河北省霸州市。

②毛碧峣：毛沂，毛玉之子。明嘉靖年间杨慎（号升庵）因"大礼议"事件被谪戍云南，毛沂将父亲毛玉于云南省昆明市西山脚下高峣村的庭院改名为"碧峣精舍"寓所，请杨慎到此讲学，后改为供奉明代著名文学家杨慎的祠堂——升庵祠。

③春元：古代科举考试举人的别称。

④归化寺：昆明城东南十里铺附近有一座名叫归化寺的古寺。古寺始建于明宪宗成化年间（1465 年—1487 年），是驻守云南的黔国公沐琮奉敕修建的，归化寺位于金马山东麓。

⑤尊甫：对他人父亲的敬称。

⑥玉：毛玉（？年—1524 年），字国珍，一字用成，号琢庵，云南昆明人。毛玉是明代云南右卫屯田军人的后代，与见泉公父西屏公区越同登弘治十八年（1505 年）乙丑科进士，初任行人司行人，正德五年（1510 年），升任南京礼科给事中（谏官，当时称"给谏"）。后来改任吏科给事中，与杨慎同为

僚友。1522年，世宗接位，受宠信的内监日益骄横。毛玉不畏权势，上疏劝皇帝“戒嗜欲，杜请托，以破侥幸之门，塞蛊惑之隙”(《明史·毛玉传》)。嘉靖三年(1524年)四月，朝中“大礼议”之争已到白热化程度，毛玉属反对皇帝遵生父为“皇考”的一派。七月，一次朝散，毛玉和群臣跪于皇宫左顺门前哭谏，世宗严令“廷杖”，结果，16人被打死，134人被逮入锦衣卫狱。毛玉被打得皮开肉绽，死于狱中。死后穷至无钱装殓的地步。隆庆元年(1567年)，毛玉始得平反，追赠光禄寺少卿。后人将他的奏章编为《琢庵奏议》全书十卷。

⑦掌科：官名，明代指六科掌印者。

⑧南狩：犹南巡。

⑨西台：官署名。御史台的通称。

⑩薇省：紫薇省的简称。借指中枢机要官署。

⑪云龙：喻朋友相得。

⑫燕台：指幕府。

雨余小憩万里亭

云收云脚转峥嵘，绿水分流万壑鸣。

半世忧勤成底事①，五年奔走只虚名。

星霜②屡换貂裘敝③，梓里④重劳故旧迎。

三径⑤就荒松竹在，羞应童子问东行。❶

❶岭南视闽为东。

【注释】

①底事：此事。

②星霜：星辰一年一周转，霜每年遇寒而降，因以星霜指年岁。

③貂裘敝：季子的貂裘。指战国时苏秦入秦求仕，资用耗尽而归之事。

④梓里：指故乡。

⑤三径:亦作“三逕”。晋赵岐《三辅决录·逃名》:“蒋诩归乡里,荆棘塞门,舍中有三径,不出,唯求仲、羊仲从之游。”后因以“三径”指归隐者的家园。

九月十日谒佥宪彭楚山[①]饮洱海道中补重九之会

秋冷荒台茱菊稀,孤吟徒自绕疏篱。
怪来别驾[②]非刺史[③],那得青州[④]望白衣[⑤]。
寺远随云僧半出,山寒带露叶频飞。
孟嘉[⑥]此日西园宴,可是无风帽不欹。❶

❶桓温[⑦]骄傲,朝士磬折[⑧],落帽之侮,讽之也。楚山谦仰,虽有士如嘉者,曷所用其侮而讽耶。

【注释】

①彭楚山:彭谨,江西新淦人,嘉靖二十年(1541年)进士,云南按察使司佥事。嘉靖四十一年,大理有专门祭祀“风伯”的祠堂,为佥事彭谨见风暴不息,因应民情而建,岁冬至后戌日祭。

②别驾:官名。汉代设别驾从事史,省称别驾,为州刺史的佐吏。

③刺史:中国古代职官名,“刺”是检核问事的意思,即监察之职。“史”为“御史”之意。

④青州:“青州从事”和“平原督邮”,是酒的隐语。“青州从事”是美酒。“平原督邮”是坏酒。典出南朝宋刘义庆《世说新语·术解》。

⑤白衣:古代官府中的小吏。

⑥孟嘉(296年—349年):字万年。阳新县阳辛(隶属江夏)人。东晋时大将军桓温的参军。形容才思敏捷,洒脱有风度。《晋书·孟嘉传》:“(嘉)后为征西桓温参军,温甚重之。九月九日,温燕龙山,寮佐毕集。时佐吏并着戎服。有风至,吹嘉帽堕落,嘉不之觉。温使左右勿言,欲观其举止。嘉良久如厕,温令取还之,命孙盛作文嘲嘉,着嘉坐处。嘉还见,即答

之，其文甚美，四坐嗟叹。”后因以“落帽”形容文人既有气度，又风流倜傥、潇洒儒雅。

⑦桓温（312年—373年）：字元子（一作符子），谯国龙亢（今安徽怀远县龙亢镇）人。东晋重要将领及权臣、军事家，谯国桓氏代表人物。官至大司马、录尚书事。

⑧磬折：犹言卑躬屈膝，受屈辱。

韦轩黄少参[①]宴紫薇堂

东风漠漠日迟迟，庆集薇垣[②]宴语时。

万里新承金马[③]节，一尊同醉故人卮。

春生紫阁[④]燕来数，地渺衡阳[⑤]雁过稀。

闲把剑珠弹一曲，不知槐影绿浮衣。❶

❶公有惠政及人，而令子皆清才，三槐[⑥]之庆，其有征乎。

【注释】

①黄少参：即黄朝聘，顺德人，嘉靖二十九年（1550年）进士，云南布政使司左参议。（清《四库全书·云南通志》）

②薇垣：明清时常以薇垣称相当于中书省的中枢机构或布政司。

③金马：借指翰林院。亦指翰林。

④紫阁：金碧辉煌的殿阁。多指帝居。

⑤衡阳：今湖南省衡阳市，因地处南岳衡山之南而得此名。因“北雁南飞，至此歇翅停回”，故雅称“雁城”。

⑥三槐：相传周代宫廷外种有三棵槐树，三公朝天子时，面向三槐而立。后因以三槐喻三公。

建溪①陈邦伯②书币③致贺❶

碧空秋动雁鸿飞，无限离情满翠微。

共喜朱轮初入郡，独怜青眼不同时。❷

数编年谊④人如见，❸双币机云⑤世所知。❹

厚馈未酬分手去，古来萍梗⑥本无期。

❶公闽人，新迁楚雄太守，讳元琰。

❷余报转兴化，而公适至，以不得侍教为憾。

❸所惠书，乃年伯⑦黄公讳巩⑧者所著。

❹公伯氏，讳元机，与公皆甲科。

【注释】

①建溪：位于中国福建省，闽江的北源，为闽江上游。

②陈邦伯：陈，陈元琰，字仲文，怀安人，嘉靖庚戌科（1550 年）进士，楚雄知府。邦伯，亦称州牧。古代用以称一方诸侯之长。《书·召诰》：“命庶殷侯甸男邦伯。”孔传：“邦伯，方伯，即州牧也。”后称刺史、知州等一州的长官。

③书币：泛指修好通聘问的书札礼单和礼品。

④年谊：由于同年登科而形成的关系。

⑤机云：晋陆机、陆云两兄弟的并称。亦借称两位杰出的兄弟。

⑥萍梗：浮萍断梗。因漂泊流徙，故以喻人行止无定。

⑦年伯：封建社会称同一年考取进士的人为“同年”，后辈称与父辈同一年考上的人为“年伯”。科举时代为对父亲同年登科者的尊称，明代中叶以后亦用以称同年的父亲或伯叔。

⑧黄公讳巩：黄巩（1480 年—1522 年），字伯固，号后峰，福建莆田人。正德年间，谏武宗南巡，请诛奸佞江彬以谢天下。被廷杖五十，削职为民。

即归潜心著述,有《后峰集》,又名《黄忠裕公文集》。古籍为"王巩",查明弘治十八年(1505年)乙丑科与区越同科进士有黄巩,无王巩之名,拟为笔误。

普定[1]行台[2]兵宪熊龙泉[3]顾话兼示水程[4]

新桥柳色袭旌旆,喜接高谈得破愚。

自分官程当策勉,敢忘时序忽居诸。

秋清北汉台光近,月澹南楼[5]雁影孤。

他日思君台鼎[6]上,可能留念到提壶。❶

❶公携壶于行台留叙,适侍御公行之逼,不能细论,深以为歉也。

【注释】

①普定:普定县位于贵州省西部。普定"取普里底定之义也"。普里为部落名。普定之名在历史上出现较早,在建置上与今安顺市密切相连。古为牂牁夜郎国地,有彝族居住。

②行台:旧时地方大吏的官署与居住之所。

③兵宪熊龙泉:兵备道,此官由按察使或按察佥事充任,是分巡道的一种。又称兵备副使、兵宪。熊龙泉,即熊勉学,汝宁人,嘉靖二十六年(1547年)丁未科进士,嘉靖年间任贵州按察副使。(清《四库全书·贵州通志》)

④水程:水路。唐卢纶《送何召下第后归蜀》诗:"水程通海货,地利杂吴风。"

⑤南楼:古楼名。位于云南省昆明市南。明西平侯沐英驻节此处,题曰"南楼望远",刘有年有记。

⑥台鼎:古称三公为台鼎,如星之有三台,鼎之有三足。

中丞[1]赵雪屏[2]以屏剑远贶[3]

笑策文书眼便明，摩挲闲狎[4]两良朋。
若教米芾[5]狂应拜，不是公孙[6]舞亦兴。
出匣光芒含七曜[7]，倚轩云雾湿孤屏。
须知元老名齐斗[8]，漫说[9]来珍价抵城。❶

❶公以庶吉士为文选郎，历都御史，协管院事，爵高礼谦，有古君子之风。

【注释】

①中丞：官名。明代改御史台为都察院，都察院的副职都御史即相当于前代的御史中丞。

②赵雪屏：赵汝濂（1495年—1569年），字敦夫，士人尊称为雪屏公。云南大理下关人，祖籍南京上元。嘉靖十一年（1532年）壬辰科进士，历官翰林院庶吉士，南京都察院右副都御史，协管院事，崇祀乡贤名宦。

③贶：赠，赐。

④狎：亲近，接近。

⑤米芾（1051—1107）：初名黻，字符章，时人号襄阳漫士、海岳外史，自号鹿门居士。北宋著名书法家、鉴定家、画家、收藏家。

⑥公孙：对贵族官僚子孙的尊称。

⑦七曜：亦称“七政”“七纬”“七耀”，就是日、月、火星、水星、木星、金星、土星七星。

⑧齐斗：像北斗星一样令人敬仰，如泰山一样崇高。形容人德才兼备，享有很高的威望。

⑨漫说：犹休说。

与周邦伯[①]话旧[❶]

绕廓山光入画图，往来人称使君居。

登堂共把千峰酒，倾盖聊停五马车[②]。

百亩登场耕有稼，[❷]千金盈筐[③]橘垂珠。[❸]

秋光共话平生事，更与焚香[④]选士徒。

❶公讳鲁，贵竹人，予昔同事场屋[⑤]中。

❷君言，归田幸遇丰登，庄田虽少，而数口无饥。

❸言家无长物，唯种橘千头，亦足代耕。

【注释】

①周邦伯：周鲁，贵竹长官司（土司名）人，明洪武五年（1372年）置长官司，治所在今贵州贵阳市。周鲁为举人，嘉靖年间任大理府知府。（清乾隆《大理府志》）

②五马车：借指太守的车驾。

③筐：古代圆形的盛物竹器。

④焚香：古代的雅致文人乐于焚香读书，品茗操琴，以修养心性。琴茶、焚香都是静心的必备程序。古代文士淑女操琴时焚香，也是为了创造一种幽静风雅的氛围。

⑤场屋：科举考试的场所。

南山沈廉宪[①]以豸币[②]贶贺[❶]

铃阁[③]风清夜不惊，洱云万里重长城。

玉存幸赖昆炎[④]熄，狼殪犹疑虎暴横。

每颂甘棠[5]春已满，式承金豸馈非轻。

明朝鞍马辞公去，还把绨袍[6]说此情。❷

❶公先任洱海兵备[7]，为旧上司。

❷公昔征西川，时议上酋叛服不常，欲尽歼之。公曰："玉石当辨。"不从，人赖以活者甚众。又土酋高钦[8]，泥继先，姚安黠也，郡守请督府加诛，公建议曰："高钦之恶浮于继先，而啸聚一郡，其吞噬兼并之心，土酋未尝一日忘也。譬之一山中狼虎并处。高钦，狼也；继先，虎也。存狼以抗虎，则害之大者犹有所顾忌而不敢肆。"遂贳继先，爰设营，遣官守御，兼统继先之众。由是狼贴服而虎亦敛迹。时论伟公之功焉。

【注释】

①沈廉宪：沈桥，会稽人，嘉靖二十年(1541年)进士。历官顺庆(今四川南充市)知府，洱海兵备副使、按察使。廉宪，廉访使的俗称，主管监察事务。

②豸币：喻贵重的丝织品礼物。豸，古代传说中的异兽，能辨曲直，见有人争斗就用角去顶坏人。古时御史及按察使的补服前后还绣有獬豸图案。

③铃阁：指翰林院以及将帅或州郡长官办事的地方。

④昆炎：昆仑山之火。借指烈火。

⑤甘棠：即棠梨。《史记·燕召公世家》："周武王之灭纣，封召公于北燕……召公巡行乡邑，有棠树，决狱政事其下，自侯伯至庶人各得其所，无失职者。召公卒，而民人思召公之政，怀棠树不敢伐，哥咏之，作《甘棠》之诗。"后遂以"甘棠"称颂循吏的美政和遗爱。

⑥绨袍：指眷念故旧。

⑦兵备：明制于各省重要地方设整饬兵备的道员，掌监督军事，并可直接参与作战行动。

⑧土酋高钦：嘉靖年间，云南姚安府土知府。

象川林少参①旅顾致谭二守瓶台②故人消息

烹鲜手易调商鼎③,制锦④才堪补舜裳⑤。

恰喜薇垣相邂逅,共谈棠⑥泽见声光⑦。

兵余败垒⑧愁云黑,乱后遗墟宿草长。

闻说海防成峻筑⑨,已曾借手障濒方。❶

❶公言,瓶台近在莆阳,筑海堤甚劳。视予早赴郡,将以是役归予也。

【注释】

①象川林少参:林一新,字震起,号象川,晋江人,性之子也。嘉靖丁未(1547年)进士,授户部主事,转员外郎旋升江西佥事,转云南参议东川土官,因被诬陷,闲居七年,起湖广佥事累转江西副使,后调云南转参政,历廉使进右布政。(《旧郡志新郡志闽书》)

②谭二守瓶台:谭维鼎,字朝铉,号瓶台,新会人,举嘉靖庚子第二人……累官广西按察副使,有传。(清康熙《新会县志》)嘉靖三十七年谭维鼎为同安知县。当时,境内倭寇常来侵扰,掠杀乡里,他发动百姓筑碉堡自守;嘉靖三十九年(1560年),倭寇犯金门岛,他亲率乡兵渡海增援,连战连捷,俘获倭首阿土机等七人;翌年,倭寇伙同土贼,每次纠众近万人,一再掠夺沿海地区,攻击县城,他率兵民频频出击,大小数十战皆获胜,最终迫使倭寇退却,同安赖以为安。同安绅民为感戴他的恩德,在城郊岳口村建造"铭恩亭功德碑",以示纪念。后升任泉州府同知,历任广西佥事等职。二守,州府长官太守的副手。

③商鼎:烹调食物的器皿。

④制锦:喻贤者出任县令。

⑤舜裳:典出《易·系辞下》:"黄帝、尧、舜垂衣裳而天下治,盖取乾坤。"后指圣贤的君主。

⑥棠:即棠梨,亦叫甘棠。

⑦声光：声誉和荣耀。
⑧垒：古代军中作防守用的墙壁。
⑨峻筑：形容高而陡。

岳伯丘荆野[①]宴方岳台[②]过承[③]三顾叠惠临别远送（二首）

东风柳外暂停鞍，路入三槐又一关。
感事席边频看剑，忧时花底独凭栏。
天连金阙[④]彤云曙，日转薇垣[⑤]紫气斑。
台鼎付公何日了，慢谈嘉荔八年丹。❶

当年簪笔[⑥]上岩廊[⑦]❷，侃论英英[⑧]斗宿[⑨]光。
龙德[⑩]共瞻弥六合[⑪]，凤鸣争睹出高冈。
谏章久赖敷民瘼[⑫]，斧钺尤凭镇鬼方。❸
闻道阿衡[⑬]虚席久，征书先已到莆阳。❹

❶公评闽、广荔，以闽为上。因宦游，违嗜八年云。
❷昔为谏官。
❸贵州旧称。
❹莆中有书报公转巡抚，而贵州则未之知也。

【注释】

①岳伯丘荆野：相传尧舜时四岳为四方诸侯之长。后以“岳伯”泛称封疆大吏。丘荆野，即丘预达，字若孚，号荆野，莆田人，嘉靖二十六年(1547年)进士，山西按察使，嘉靖四十一年任四川左布政使，嘉靖四十五年任贵州右布政使。(明万历《贵州通志》)岳荆野，古籍为“丘荆川”，拟为笔误。

②方岳台：指官衔。方岳，指州郡。任专一方之重臣称为“方岳”。

③过承：拜访。

④金阙：指天子所居的宫阙。

⑤薇垣：明洪武九年改元代行中书省为承宣布政司，称为薇省或薇垣。

⑥簪笔：谓插笔于冠或笏，以备书写。古代帝王近臣、书吏及士大夫均有此装束。

⑦岩廊：借指朝廷。

⑧英英：奇伟的，杰出的。

⑨斗宿：二十八宿之一。俗称南斗，共六星。

⑩龙德：圣人之德，天子之德。

⑪六合：常用于指上下和四方，泛指天地或宇宙。

⑫民瘼：民众的疾苦。

⑬阿衡：商代官名。师保之官。引申为任国家辅弼之任。

镇远行台[①]与剑潭熊太守[②]夜弈[③]

（二首）

银烛高烧刺史堂，一枰[④]同此战秋光。

着中先后谋应审[⑤]，局上风云变靡常[⑥]。

淹坐可虞[⑦]柯[⑧]易朽，乘闲正值橘初黄。

归来却怪婴情[⑨]久，残月无多影半窗。

竹影移阴满石坛[⑩]，公余棋子正堪弹。

百年日月消浮局[⑪]，万古山河费几盘。

鼎足暂分刘[⑫]可守，鸿沟中断羽[⑬]堪寒。

弈余指点玄玄[⑭]谱，世事谁甘袖手看。

【注释】

①镇远行台:镇远位于贵州东部,地处湘黔两省三地(湖南怀化,贵州黔东南、铜仁)交界地区,素有"滇楚锁钥、黔东门户"之称。行台,旧时地方大吏的官署与居住之所。

②熊太守:熊,熊爌,南昌人,得官荫而入国子监读书。嘉靖年间任镇远府知府。太守,郡守的尊称。

③弈:对弈,下棋。

④枰:棋盘。

⑤谋应审:周密谋划。

⑥靡常:无常,没有一定的规律。

⑦虞:预料。

⑧柯:斧柄也。

⑨婴情:婴,萦也。指专情,挂心。

⑩石坛:石制的台或墩。

⑪消浮局:虚耗。

⑫刘:即刘邦。

⑬羽:即项羽。

⑭玄玄谱:《玄玄棋经》,又名《玄玄集》,是我国古代一部比较著名的围棋著作,由元代棋手严德甫主编,晏天章帮助整理刊刻。这本书刊印于元至正年间。

宜章[①]行台邑宰陈前峰[②]宴饮述谢

岩畔清风散晓凉,雨晴秋蔼满衣裳。

琴樽[③]此日逢知己,航苇[④]明朝是故乡。

远水迸流归粤海,片云随雁度潇湘。

客怀不尽宜阳月[⑤],剩贷花前一醉狂。

【注释】

①宜章:宜章古称义章,建县于公元617年。976年,为避宋太宗赵光义讳,改称宜章。雄居湘南边陲,地处楚尾粤头,居七泽之末,联五岭百粤之徽,进可制韶关,退可蔽衡湘,固南北之咽喉,势险要之当防,素为兵家必争之地,是湖南的"南大门",史称"楚粤之孔道"。

②邑宰陈前峰:邑宰,县邑之长,即县令。陈传尧,琼山人,举人,嘉靖三十八年(1559年)任宜章知县。(清康熙《郴州总志》)

③琴樽:琴与酒樽,为文士悠闲生活用具。

④航苇:指小舟。

⑤阳月:农历十月的别称。

舟次沅洲[①]别门生[②]马春元[③]

东风吹柁古沅洲,载月船轻意自悠。

共说飞凫成汉舄[④],谩论[⑤]狐腋到齐裘[⑥]。

岸容独挽秋光峻,石势长堤逝水流。

数尺鱼笺[⑦]伴琴鹤,还山曾异出山否。

【注释】

①沅洲:湖南沅江。又称沅水,长江流域洞庭湖支流。

②门生:相传受业者为门生。

③春元:明清时,称乡试中试的人为举人,亦称为大会状、大春元。

④飞凫成汉舄(xì):即飞凫舄,《后汉书·方术列传·王乔》:"王乔者,河东人也。显宗世,为叶令。乔有神术,每月朔望,常自县诣台朝。帝怪其来数,而不见车骑,密令太史伺望之。言其临至,辄有双凫从东南飞来。于是候凫至,举罗张之,但得一只舄焉。乃诏尚方诊视,则四年中所赐尚书官属履也。"后因以"凫舄"指会飞的仙鞋,亦常用为县令的典实。

⑤谩论:徒然论及,典出《送李庭尉濠梁》。

⑥狐腋到齐裘：狐腋，指狐狸腋下的皮毛。裘，皮衣。狐狸腋下皮毛虽少，但聚集起来能制一件皮袍。比喻积少成多。

⑦鱼笺：鱼子笺的简称，古时四川所造的一种纸，代称书信。

洛昌道中次韵[①]写怀

芦荻洲前飞云紫，满江秋色漾星槎[②]。

琴书[③]担小官囊薄，湖海身浮客念赊。

击楫[④]正逢匏[⑤]有叶，弹冠[⑥]那计宦为家。

青松白石何时约，应笑驱驰鬓已华。

【注释】

①次韵：旧时古体诗词写作的一种方式。按照原诗的韵和用韵的次序来和诗。

②星槎：泛指舟船。

③琴书：琴和书籍。多为文人雅士常伴之物。

④击楫：比喻立志奋发图强。

⑤匏：一年生草本植物，果实比葫芦大，老熟后可剖制成器具。亦指这种植物的果实。《论语·阳货》："吾岂匏瓜也哉！焉能系而不食？"后因以喻未得仕用或无所作为的人。

⑥弹冠：指将出来做官。

濒行和答岑方伯[①]彭郡守二年丈[②]暨赵副宪[③]何中丞诸老先生（三首）

拜命[④]归来念念长，蹁跹毛发已成苍。

风流未说班前辈，清白难忘扁旧堂。❶

紫阁千年犹借泽，朱弦三叹⑤且留腔。
何时微雨初醒后，共对闲庭夜合⑥香。

孤市辉辉日半城，鸣驺⑦门外即修程。
霜清岱色⑧偏凌汉⑨，腊近梅花乱着英。
对酒可胜游子念，买舟还作济川⑩行。
当筵郢曲⑪堪谁和，三叠阳关⑫是此声。

山阁⑬开尊⑭胜日明，千杯难了别离情。
独怜经济无长策，堪笑驱驰已半生。
鸿雁伴云天共远，芙蓉⑮照水影同清。
风光点笔皆奇景，谁画羸骖⑯晓出城。

❶旧有清白堂⑰扁。

【注释】

①岑方伯：岑，即岑万，初名蒰，字体一，号浦谷，顺德人，嘉靖五年(1526年)丙戌科进士，授户部主事，管九江钞关，后历官布政司参议、云南副使、四川参政、河南右布政使、福建左布政使，年五十六致仕，徜徉林泉，有《浦谷集》。方伯，泛称地方长官。明清之布政使称“方伯”。

②年丈：犹年伯。科举时代为对父亲同年登科者的尊称，后用以泛指父辈。

③赵副宪：即赵雪屏。副宪，官名。明始置，为都察院左、右都御史的副职，亦分左、右，正三品。在外督抚，也加都御史或副、佥都御史衔。

④拜命：受命。多指拜官任职。

⑤朱弦三叹：指称音乐的美妙。

⑥夜合：合欢的别称。据《广东新语》载，罗浮山夜合含笑花大至合抱，开时一谷皆香。古代称合昏花。

⑦骆：古代养马的人（兼管驾车）。

⑧岱色：青黑色。

⑨凌汉：高耸。

⑩济川：犹渡河。

⑪郢曲：战国楚宋玉《对楚王问》："客有歌于郢中者，其始曰《下里》《巴人》，国中属而和者数千人。其为《阳阿》《薤露》，国中属而和者数百人。其为《阳春》《白雪》，国中属而和者，不过数十人。引商刻羽，杂以流徵，国中属而和者，不过数人而已。"后以"郢曲"泛指乐曲。

⑫三叠阳关：琴曲。琴谱以唐王维《送元二使安西》诗为主要歌词，并引申诗意，增添词句，抒写离别之情。因全曲分三段，原诗反复三次，故称"三叠"。后泛指送别之曲。

⑬山阁：依山而筑的楼阁。唐代杜甫《缚鸡行》："鸡虫得失无了时，注目寒江倚山阁。"

⑭开尊：举杯饮酒。

⑮芙蓉：荷花的别名。《楚辞·离骚》："制芰荷以为衣兮，集芙蓉以为裳。"

⑯羸骖：瘦弱的马。

⑰清白堂：位于浙江绍兴。1982 年，绍兴市园林部门在越王殿下清理场地时发现了清白泉遗址，同时出土两块明代石碑。一块为明成化十三年（1477 年）十二月绍兴知府戴琥撰写的《复清白泉记》，另一块为《清白堂·清白泉记》。

九鲤湖[①]赓陈别驾[②]韵呈太守易堂尊[③]有引

（三首）

浮世梦也。顺理吉，逆理凶，梦之征也。又何待于祈哉！乃谈九鲤者则不然。以其所欲预达于仙，设榻就寝以俟其畀[④]而占其吉凶。彼梦魂仿佛之间，应者何以与，求者何以受，而休咎不爽如是，是亦怪矣。晋夙慕仙界，以仲春偕诸寅丈同登览焉。至则洪涛撼石，若龙虎斗吼；峦岫凌霄，若螺黛布罗，湖光林霭，掩映于岩壑之间。方属兴未已，而素月送晖矣。既归，追思前游，已成陈迹。用韵赋此。

红紫千山过雨新，仙源清寂绝纤尘。
窗间残梦闲今古，座上浮云渺晋秦。
蕉鹿[⑤]漫言真亦假，华胥[⑥]信有境由人。
逍遥我爱希夷子[⑦]，尽把行藏付睡神。

水晶宫宇夜初阑，廿载行藏一梦间。
春暮不堪为客远，路危真觉着鞭难。
石翻巨浪疑龙斗，松闪晴霞见鹤还。
尘世劳劳成底事，且将闲适扣仙关。

世事纷纷影响间，也求仙梦绕青山。
阅穷尘界人人错，兴入浮云念念闲。
草色含烟萦远岫[⑧]，花光随日泛回滩。
归来陈迹都成幻，垂老才分梦觉[⑨]关。

【注释】

①九鲤湖:位于福建仙游县钟山镇,以湖、洞、潭、石四奇著称,尤以飞潭为最,自古有“鲤湖飞潭天下奇”之誉。

②陈别驾:陈永,浙江人,嘉靖四十二年(1563 年)由吏员任通判,因受贿罢官。

③易堂尊:即易道谈,字进明,巴陵人,嘉靖四十二年任知府,有传。(《兴化府莆田县志》卷七)堂尊,明清时县里属吏对知县的尊称。

④畀:给,给以。

⑤蕉鹿:《列子·周穆王》:“郑人有薪于野者,遇骇鹿,御而击之,毙之。恐人见之也,遽而藏诸隍中,覆之以蕉,不胜其喜。俄而遗其所藏之处,遂以为梦焉。”蕉,通“樵”。后以“蕉鹿”指梦幻。

⑥华胥:指华胥梦。华胥,传说是伏羲氏的母亲。《列子·黄帝》:“(黄帝)昼寝,而梦游于华胥氏之国。华胥氏之国在弇州之西,台州之北,不知斯齐国几千万里。盖非舟车足力之所及,神游而已。其国无师长,自然而已;其民无嗜欲,自然而已……黄帝既寤,怡然自得。”后用以指理想的安乐和平之境,或作梦境的代称。

⑦希夷子:即刘希夷,字延之,汝州人,唐朝诗人。唐高宗上元二年(675 年)进士,善弹琵琶。其诗以歌行见长,多写闺情,辞意柔婉华丽,且多感伤情调。夷,古籍缺,据全粤诗补。

⑧远岫:远处的峰峦。

⑨梦觉:睡梦和醒来。

春日早行次韵书怀

（二首）

老子轻车晓出行,千峰如锦日华[①]生。

郊原莞尔[②]恣游[③]目,天地悠然共此情。

柳陌[4]风和莺语滑，杏楼春暖蝶飞轻。
数村烟火寒沙外，真觉闾阎乐盛[5]平。

下马行依绿竹隈[6]，瓦瓶[7]呼酒可谁陪。
廿年宦迹真如寄，万里乡怀强独开。
野径雨晴花影净，山楼风满笛声哀。
春光何限乡庐意，目送飞鸿到粤台。

【注释】

①日华：道家指太阳的精华。
②莞尔：微笑时的样子。
③恣游：纵情游览，纵情游荡。
④柳陌：植柳之路。
⑤乐盛：兴盛太平。
⑥隈：山水等弯曲的地方。
⑦瓦瓶：陶制的一种容器。

双槐[1]次澹所兄韵

开轩襟袖翠轻笼，吟对双槐一座中。
喜集高丛鸣鸟雀，瑞流清影动虬龙。
繁花赛粟低含日，嫩叶如钱细舞风。
千载二郎[2]传盛事，玉壶[3]堪赏绿阴浓。

【注释】

①双槐："双槐，亭名，在广郡会城，予解组后栖息处也。"(《双槐岁钞》作者黄瑜自序)。黄瑜，字廷美，香山人，明景泰七年中乡举，入国子监肄业，继而在户部任职，前后在京师八年。

②二郎：指晋杜轸与李骧。

③玉壶：绿护屏在县北十里，左连圭峰，为邑屏障，周回八十里，顶有湖六，又名六湖，亦谓之玉壶。（清乾隆《新会县志》）

雨霁[1]郊游用门生杨春元韵

长堤随步引行车，四望春光接晓沙。
细雨绿匀千亩麦，好风红展万丛花。
政疏[2]抚字[3]颜徒厚，兴落林庐念转赊[4]。
何日吾民憔悴解，空惭岁月属官家。

【注释】

①霁：雨下过后初晴的样子。

②政疏：上奏朝廷。

③抚字：谓对百姓的安抚体恤。

④赊：古同“奢”，奢侈。

宦邸和寄社英有引

（三首）

昔人云，诗工于隐人逸士。呜呼！隐逸之流，无世俗之累以分其志，放怀天地之外，怡情水月之中。禽鸟之和鸣，花草之点缀，雷电之震击，风云之变态，收诸肺腑而发泄于诗歌，可秾可澹，可常可异，可喜可骇，幽可以通鬼神，明可以达礼乐，如之何其不工且精也。少陵[1]居夔州[2]，东坡[3]徙琼海[4]，作为诗词，皆远胜为工部[5]、翰苑[6]之时。至于孤山[7]梅花之咏，非隐逸情思无以尽千古幽贞之妙，诗工于穷居，尤可征矣。承寄示诸作，皆组织缜密，文采灿然，非隐居无累留心昆体[8]而深得其趣者，其能若是乎！由是而求造其极，以无系累之心，肆意吟咏，唐之李义山[9]、宋之宋文宪[10]辈，可方驾并驰矣。不才进不足裨益于时，奔走畏途[11]，而旧学日荒，静坐以思，每日发叹。承远寄珠玉，执笔强和，不成声律，诚可笑也。录寄遐思，奉无深哂。

三年未报国恩隆，惭愧故人属句雄。
别久每惊时序改，诗来真觉海山重。
三春耒耜[12]祈甘雨，七月巡行念栉风[13]。
满目流亡难袖手，敢从孤剑说屠龙。

江头打坐伴凫鸥，谁似清溪隐者流。
索杖鹤随松畔榻，烹茶云覆竹边瓯[14]。
句联石鼎[15]知何日，书到梅关[16]又九秋。
五马[17]未能宽羁靮[18]，几时同访北山游。

身闲那得似吴侬，吟对庭花近榻红。
遁世自宜猿鹤伴，结庐偏爱水云封。
南山得雾堪藏豹[19]，溟海凌波看跃龙。
此日思君何限乐，诗成吹笛月明中。

【注释】

①少陵：即杜甫，字子美，河南巩县(今河南巩义)人，自号少陵野老，后世也称其杜少陵、杜工部。乾元二年(759年)，他弃官西行，最后到四川，定居成都。一度在剑南节度使严武幕中任检校工部员外郎，故有杜工部之称。晚年举家东迁，途中留滞夔州二年，出峡。

②夔州：奉节，古属夔州。

③东坡：苏轼，字子瞻，又字和仲，号东坡居士，眉州眉山人。中国北宋

文豪,“唐宋八大家”之一。其诗、词、赋、散文均成就极高,且善书法和绘画,是中国文学艺术史上罕见的全才,也是中国数千年历史上被公认文学艺术造诣最杰出的大家之一。哲宗时,任翰林学士,出知杭、颍、扬、定四州。

④琼海:指海南岛。

⑤工部:中国古代官署名,六部之一。广德二年(764年)春,严武再镇蜀,杜甫回到成都草堂,严武表荐杜甫为检校工部员外郎。故代指杜甫在此期间。

⑥翰苑:翰林院的别称,指苏东坡在翰林院期间。代指苏轼。

⑦孤山:山名。因多梅花,一名梅屿。在浙江杭州西湖中,孤峰独耸,秀丽清幽。宋林逋曾隐居于此,喜种梅养鹤,世称孤山处士。

⑧昆体:即西昆体。宋初杨亿、刘筠等彼此唱和,有《西昆酬唱集》行世,后称他们的诗体为西昆体,简称昆体。

⑨李义山:即李商隐(约813年—858年),字义山,号玉谿生,又号樊南生,原籍怀州河内(今河南沁阳),祖辈迁荥阳(今河南郑州荥阳),是晚唐最出色的诗人之一。

⑩宋文宪:宋白,字太素,大名(今属河北)人,善属文。尝三掌贡举,颇致讥议。仕终吏部尚书。卒,谥文宪。白尝与李昉等编文苑英华一千卷,《宋史本传》又有文集一百卷,《文献通考》并行于世。

⑪畏途:险恶可怕的路径,比喻做起来很危险和艰难的事。

⑫耒耜:古代汉族民间耕地翻土的农具。耒是耒耜的柄,耜是耒耜下端的起土部分。

⑬栉风:用以形容经常在外面奔波劳碌。

⑭瓯:杯,盅。

⑮石鼎:陶制的烹茶用具。

⑯梅关:古称秦关,又称横浦关。位于广东南雄市梅岭顶部,两峰夹峙,虎踞梅岭,如同一道城门将广东、江西隔开。梅关的隘口合岭路,为唐朝开元四年(716年)丞相张九龄主持开建。

⑰五马:太守的代称。

⑱羁靮：马络头和缰绳。泛指驭马之物。

⑲南山得雾堪藏豹：即“豹藏雾”，喻潜心修养，洁身自好。

寄高春元[①]答怀

寒腊[②]孤灯伴客情，迩来[③]春漏刻分平。❶

绸缪[④]不尽风云际，悲喜宁堪雨雾零。❷

绣句莫酬孤鹤怨❸，洞箫还讶舞鸾惊。❹

相思倚偏东楼[⑤]月，曾照当时笔阵[⑥]兵。

❶去腊同旅羊城，迨兹已春半矣。

❷时予禫祭[⑦]毕，而公大祥[⑧]后，各有所感。

❸公有哭侄效恭诗，久而欠和云。

❹此意时有所指。

【注释】

①高春元：即高文山，区氏族人的私塾先生。

②寒腊：寒冬腊月。

③迩来：近来。

④绸缪：比喻事前的准备。

⑤东楼：“新城东接马山……东曰宾升……各有楼橹……”（清道光《新会县志》）即宾升楼，见泉公家居住在该楼附近。

⑥笔阵：比喻写作文章。谓诗文谋篇布局譬画如军阵。

⑦禫祭：古代除去孝服时举行的祭祀。

⑧大祥：古时父母丧后两周年的祭礼。

和表兄曾大尹[1]写怀

（二首）

山深元不羡棼[2]华，廿载畏途岂足夸。
云水堆中须着我，蕊兰汀畔未移家。
马驰栈道曾吹笛，船过瞿塘[3]强看花。❶
此日得闲闲始乐，与君同咽玉台[4]霞。

往时挟策[5]走遥峰，大似化缘历万重。
行脚僧疑孙行者，叹时公是鹿皮翁[6]。❷
诗评梓里[7]声难协，酒放柴桑[8]趣可同。
岩壑[9]风流吾足矣，笑听儿稚说登庸[10]。

❶此予昔亲经历之事。

❷杜云："叹世鹿皮翁。"

【注释】

①曾大尹：曾远，字惟明，新会潮连人。嘉靖七年（1528 年）戊子科举人，江西瑞昌知县。（清康熙《新会县志》）西屏公甥子。

②棼：阁楼的栋。喻繁华。

③瞿塘：瞿塘峡，又被称为夔峡，东起巫山县的大溪镇，西至重庆市奉节县的白帝城，以其雄伟壮观，奇、险、峻的特色著称于世。

④玉台：圭峰山顶挺拔玉立，其顶四方，故称玉台。（清道光《新会县志》）

⑤挟策：手拿书本。喻勤奋读书。

⑥鹿皮翁：传说中的仙人名字。杜甫名言："生年鹖冠子，叹世鹿皮翁。"

⑦梓里：故乡。

⑧柴桑：代指故里。

⑨岩壑：山峦溪谷，借指隐者的住所或隐者。

⑩登庸：指科举考试应考中选。

奉和[1]元阳余文学[2]诵先君[3]之作

山斗[4]人能仰旧名，岂徒词垒称长城。

教贻后裔惟清白，德表门闾[5]自准程[6]。

薇省恩波同海阔，臬台[7]霜月彻霄明。

痴儿拜睹儒英[8]诵，感恋难忘表劝声。

【注释】

①奉和：谓做诗词与别人相唱和。

②元阳余文学：即余宗文，嘉靖壬午（1522年）科举人，湖广黄陂教谕。（明万历《新会县志》）

③先君：已故的父亲。

④山斗：泰山、北斗的合称。比喻为世人所钦仰的人。敬称。用来称呼对方。

⑤门闾：家门。

⑥准程：准则，法式。

⑦臬台：按察使简称臬台、臬司，掌管一省的司法、监察以及驿传事务。

⑧儒英：谓饱学的儒士。

东台[1]赵宪副[2]远惠竹画赋谢

琅玕[3]几竹伴青葱，水墨淋漓妙化工[4]。

玉笋[5]数看诸子立，清风遥拜此君容。

晚坚劲节名逾远，日报平安兴转浓。

扫却渭川千亩⑥绿，更从淇澳⑦论高踪⑧。

【注释】

①东台：东都御史台的省称。

②赵宪副：即赵雪屏。宪副，都察院副长官左副都御史的别称，是监察史的副手。

③琅玕：翠竹的美称。唐杜甫《郑驸马宅宴洞中》诗："主家阴洞细烟雾，留客夏簟青琅玕。"仇兆鳌注："青琅玕，比竹簟之苍翠。"

④化工：自然形成的工巧。

⑤玉笋：笋的美称。文学作品中往往被赋予美好的形象。

⑥渭川千亩：用以言竹之繁茂。《史记·货殖列传》："齐、鲁千亩桑麻，渭川千亩竹……此其人皆与千户侯等。"

⑦淇澳：旧时常用以称颂辅佐国政的人。典出《毛诗注疏》："淇奥美武公之德也。有文章，又能听其规谏，以礼自防，故能入相于周。"

⑧高踪：指高的造诣。

赏　莲

十丈亭亭玉井峰①，灵根②移种小堂东。

拥衾③夜雨初经夏，照眼④天葩⑤已着丛。

耀灼尽教含日色⑥，低昂⑦何限向人容。

曾闻洛里⑧花传胜，把酒茫然笑阿翁⑨。

【注释】

①玉井峰：据传是得道仙人王仲可的修仙之地。

②灵根：植物根苗的美称。

③拥衾：谓半卧以被裹护下体。

④照眼：形容物体明亮或亮度强。

⑤天葩：非凡的花，常比喻秀逸的诗文。

⑥日色：太阳的颜色。

⑦低昂：指争高下。

⑧洛里：指洛阳。

⑨阿翁：古文言文用以对祖父、父亲或老年男子的尊称和敬称。

添孙自庆用奕溪徐博士[①]寿贱诞[②]韵

（二首）

云映榴[③]台景甚都[④]，孙枝[⑤]先梦到悬弧[⑥]。
便期长大扶翁醉，未说辛勤历仕途。
清白敢忘贻燕翼[⑦]，诗书元足代耕锄。
载歌薇省春深颂，参作高门驷马[⑧]图。

樗栎[⑨]应无岁月悭，八龙[⑩]分荫过燕山[⑪]。
儿孙但衍箕裘[⑫]业，老子何妨水竹[⑬]关。
万卷芸窗[⑭]原有待，一图绿野更须刊。
东风舞灿阶前王[⑮]，满径梅花[⑯]足笑颜。

【注释】

①徐博士：博士，古代学官名。徐椿，江西人，训导，嘉靖九年（1530 年）任。（明万历《新会县志》）

②贱诞：对自己生日的谦称。

③榴：即石榴。石榴房中多子，祝人多子之意。

④甚都：很美。

⑤孙枝：喻孙儿。

⑥悬弧：古代尚武，生男孩则于门左悬挂一张弓，后称生子为“悬弧”。

⑦燕翼：谓善为子孙后代谋划。

⑧驷马：指显贵者所乘的四匹马驾的高车。表示地位显赫。

⑨樗栎：《庄子·逍遥游》："吾有大树，人谓之樗。其大本拥肿而不中绳墨，其小枝卷曲而不中规矩。立之途，匠者不顾。"后因以"樗栎"喻才能低下。用为自谦之辞。

⑩八龙：神话中的八匹龙马，传说中的神兽。

⑪燕山：宋宣和四年（1122年）改燕京为燕山府。后以指燕京，即今北京市。

⑫箕裘：比喻祖先的事业。

⑬水竹：水和竹。常借指清幽的景色。

⑭芸窗：指书斋。

⑮前王：古代举行仪式时在前面引导帝王。

⑯梅花：象征中华民族坚韧不拔、不屈不挠、奋勇当先、自强不息的精神。

太中府君[①]诞辰感述镇州[②]十月二十八日

牧爱堂[③]前一炷香，痴儿心事海天长。

恩当罔极云何报，情到逢辰倍自伤。

高树日晴鸦反哺，碧空云净雁成行。

不知薇省修常祀[④]，兄弟同谁肃拜[⑤]将。

【注释】

①太中府君：区越（1468年—1553年），字文举，号西屏。区元晋父，新会历史名人，明代名宦，是明代大儒陈献章（白沙先生）的几个得意门生之一。弘治八年（1495年）乙卯科乡试第七名，登弘治十八年（1505年）乙丑科殿试顾鼎臣榜三甲进士第九名。正德元年（1506年），初任浙江嘉庆府嘉善县知县，擢户部主事历员外郎中，迁浙江按察副使，晋江西左参政，分守

湖东。平积年捕冠,以老致仕,授太中大夫,卒年八十有七。其善撰诗文,诗风清逸刚健,著有《西屏集》。历代《新会县志》都为他立传。他践行白沙思想,做好人,当好官,其个人诗文集的传世,带动了区氏家族乃至潮连乡的文化风气,为地方留下了宝贵的文化遗产。见泉公则几十年一直陪侍在其父身边。

②镇州:云南镇南州。元朝时设置的州。至元二十二年(1285年)置,治所在今云南省南华县。属威楚路。明、清属楚雄府。知州,区元晋,广东新会人,举人,迁建学宫。(《镇南州志略》卷七《职官略题名》)

③牧爱堂:县衙大堂。

④常祀:固定的祭祀。

⑤肃拜:中国古代一种礼俗。

诰封宜人[1]先慈[2]诞辰感述

望望鸾轩[3]下玉台,仙城万里郁崔嵬[4]。
山留紫诰[5]神明卫,地拥黄云[6]锦绣堆。❶
卷耳[7]可谁同静一[8],螽斯[9]长此藉栽培。
却怜尊酒[10]逢辰日,肠断当年膝下开。

❶先人合葬于黄云山。[11]

【注释】

①诰封宜人:诰封,封建王朝对官员及其先代、妻室赠予爵位或称号。宜人,封建时代妇女因丈夫或子孙而得的一种封号。

②先慈:称亡母。

③鸾轩:喻仙人坐的车。鸾是古代传说中凤凰一类的神鸟。

④崔嵬:本指有石的土山。后泛指高山。

⑤紫诰:诏书。古时诏书盛以锦囊,用紫泥封口,上面盖印,故称紫诰金章。

⑥黄云：黄云山，在城西北一里。其前为古冈州治。唐睿宗景云元年（710年），有黄云出山上，其色如金，僧一行曰："后八百岁冈州当产大贤。"因结庵于此，名黄云寺（今废），师去，其徒元禅师定居之，称黄云。明宣德三年（1428年），而陈文恭献章生，其言果验。（清康熙《新会县志》）

⑦卷耳：一年生草本植物，果实呈枣核形，上有钩刺，名苍耳子，可做药用。

⑧静一：镇定宁静，专一不变。

⑨螽（zhōng）斯：即蝈蝈，别名聒聒儿。

⑩尊酒：犹杯酒。

⑪先人合葬于黄云山：江西布政使司左参政区越夫妇合葬墓在黄云山，20世纪50年代毁，在原墓址上修建新会"革命烈士纪念碑"后，由族人迁回潮连，安葬于方岳家庙后龙岭山上。现黄云山革命烈士纪念碑北，尚留有一通石碑，上刻"区姓祖坟，县宪勘训"。原立于墓道两侧的石像生，现尚留存一对石马和一对石羊，石人则一直丢弃在新会动物园猴子山侧，后新会区政府处置动物园资产后丢失。石马、石羊则藏于新会博物馆。

官舍和百竹叔[①]赠行诗韵

（二首）

一官疏拙[②]守镇州[③]，亦滥朱轮作宦游。
岭树梦残惊客远，风尘鬓短为民忧。
期将袜线[④]酬明主，肯傍瓜田学故侯[⑤]。
屈指龙溪[⑥]春又满，未能烟艇弄清流。

顾影须求不愧行，两年交绝孔方兄[⑦]。
轻肥[⑧]信美[⑨]元非愿，齑菜[⑩]虽贫故有程。

饮水昔尝承戒训❶,为高⑪今幸藉丘陵⑫。
涓埃⑬欲报恩波阔,可信皇都是北溟⑭。❷

❶岳伯家训曰:“官居澹薄之地,可为清白之助。使位处棼华,亦当饮水自励,安得以身为溪壑,求田问宅,为子孙计乎?”

❷澹所兄见毅堂曾大尹诗“只计南溟与北溟”,笑曰:“以渔翁钓处,为仕版⑮峻途耶!”

【注释】

①百竹叔:区赳,字文济,号百竹,西屏公之五弟。(《潮连区氏族谱》)

②疏拙:粗疏笨拙,粗略拙劣。

③镇州:云南镇南州。元朝时设置的州。至元二十二年(1285年)置,治所在今云南省南华县。属威楚路。明、清属楚雄府。知州,区元晋,广东新会人,举人,迁建学宫。(《镇南州志略》卷七《职官略题名》)

④袜线:谓艺多而无一精者。亦比喻才学短浅。

⑤故侯:西屏公区越。

⑥龙溪:在古冈东,今属江门江海区。环绕乡,旋源仙派,萦乎不绝,得其秀而最者,潮连也。

⑦孔方兄:指钱。

⑧轻肥:穿着轻暖的皮袄,骑着肥壮的好马。形容生活阔绰。

⑨信美:真的很美。

⑩虀(jī)菜:捣碎的姜、蒜、韭菜等。

⑪为高:素养和人格涵养高。

⑫丘陵:比喻高大或多。

⑬涓埃:细小的水流和尘埃。比喻微小。

⑭北溟:不是与南溟相对的存在物,而是道的象征。明代释德清《庄子内篇注》:“北溟,即北海,以旷远非世人所见之地,以喻玄冥大道。海中之鲲,以喻大道体中,养成大圣之胚胎,喻如大鲲,非北海之大不能养成也。”

⑮仕版:旧指记载官吏名籍的薄册。

拜先人山亭采荔

北郊采荔足清游，正是连坡紫翠浮[1]。

采荐星苞倾绿醑[2]，肯从筐篚[3]较牙筹[4]。

千年泽自贻孙[5]计，百亩田应为鹤谋。

诸子欲知先德远，共看山峙与川流。

【注释】

①紫翠浮：雾气浮沉。

②绿醑(xǔ)：绿色美酒。唐太宗《春日玄武门宴群臣》诗："清尊浮绿醑，雅曲韵朱弦。"

③筐篚：盛物竹器。方曰筐，圆曰篚。

④牙筹：象牙或骨、角制的计数酒筹。

⑤贻孙：指留传给子孙后代。

黄云山游代柬

积雨初晴日满关，杖藜[1]看到几名山。

公能远览休辞远，我是闲人不厌闲。

紫壑[2]擎霄频属望，苍松倾日可容扳。

白头兴溢樵歌外，村沽[3]频斟肯作难。

【注释】

①杖藜：谓拄着手杖行走。藜，野生植物，茎坚韧，可为杖。

②紫壑：深谷。

③村沽：村酒。

舟游看山侄仲行业宣[1]偕同袍[2]周茂才载酒候登古文洲[3]

晓霜铺径薄于纱，路绕云根别有家。

望断烟霞连紫极[4]，坐惊蓬岛落天涯。

禽声讶客穿珠树[5]，石势维舟[6]障雪花。

千载灵峰留宝藏，祇应玄览[7]待张华[8]。

【注释】

①仲行业宣：区元晋同族侄子，是四世祖德新公季子月亮公（五世）之后裔。月亮公，讳皎，号粤宇；仲行，号舒窗，邑庠生，为十世区彦卿之次子；业宣，号念所，邑庠生，为十世区集伯之次子。（《潮连区氏族谱》）

②同袍：泛指朋友、同年、同僚、同学等。

③古文洲：位于新会县。“遗爱亭在古文洲之西，知县张文凤有德爱民，既去，而民思之。明嘉靖庚子父老为建，知县陈士载记。”（清康熙《新会县志》）

④紫极：泛指天空。

⑤珠树：树的美称。

⑥维舟：系船停泊。

⑦玄览：远望，远眺。

⑧张华（232年—300年）：字茂先，范阳方城（今河北固安）人。西晋时期政治家、文学家、藏书家。

和赵宪副诗轴见寄兼呈年家[1]岑都谏[2]

白雪声高俯众鸣，纵横笔阵万人倾。

端令苏李[3]为奴隶，肯放钟王[4]作主盟。

六诏[5]甘棠歌蔽芾[6]，三槐清荫侈舒荣[7]。

秋来多少霜台兴，兰荐芬芳菊吐英。

【注释】

①年家：科举时代称有年谊者的晚辈。

②岑都谏：岑万，字体一，又称蒲谷，顺德人。嘉靖五年（1526年）丙戌科进士，观政工部，授户部主事，历江西参政，升云南副使，升迁福建左布政使，后任广西按察使、河南布政使，享年七十七岁，祀四川名宦。明代亦无专职谏官，而由“给事中”和各道御史兼任谏职，流俗为“给谏”。

③苏李：苏，即苏轼，北宋文学家、书画家、唐宋八大家之一。李，即李邕（678年—747年），字泰和，鄂州江夏（今湖北武汉市江夏区）人，唐代书法家。

④钟王：书法家钟繇、王羲之的并称。

⑤六诏：唐西南夷乌蛮六个部落的总称，即蒙巂诏、越析诏、浪穹诏、邆赕诏、施浪诏、蒙舍诏。“诏”义为王或首领。其帅有六，因称“六诏”。唐开元二十六年（738年）后，蒙舍诏并吞其他五部，因其在五部南（今巍山县南境），史称南诏。其地在今云南及四川西部。

⑥蔽芾：相传西周的召伯曾在棠树下听讼断狱，办理政事，公正无私，使官民各得其所，天下大治。后人因作《甘棠》诗歌颂其政绩，诗中有“蔽芾甘棠”之句。后因以“蔽芾”“甘棠”等颂扬有政绩的官吏或其政绩。

⑦舒荣：滋生蕃茂。

秋游呈邓侍御[1]

何处青山色最高，玉台[2]分霭袭仙袍。

东篱[3]影里年年健，郢曲声中字字豪。

得意江山凭杖舄[4]，承家[5]金紫[6]付倪旄[7]。

秋光亦是春光好，醉插黄花看碧桃[8]。

【注释】

①邓侍御：邓文宪，滘头人，正德己卯（1519年）科举人。由学录擢南道御史，以言事贬驿丞，历南京户部员外，终江西建昌知府。（清康熙《新会县志》）殿中侍御史、监察御史为侍御。

②玉台：位于新会圭峰山的玉台寺。

③东篱：语出陶渊明《饮酒》诗："采菊东篱下，悠然见南山。"因以"东篱"指种菊花的地方。

④杖舄：谓拄杖行走。明李东阳《和沉地官时旸游城西朝天宫韵》："十日不一见，何以写我悰。揭来城西游，杖舄谁与同？"

⑤承家：承继家业。

⑥金紫：金鱼袋及紫衣。唐宋的官服和佩饰。也用以指代贵官。

⑦倪旄：幼儿和老人。

⑧碧桃：一种供观赏的桃树，花重瓣，有白、粉红、深红等颜色。

秋日漫兴呈潘别驾①余郡博②

西园爽气集青尊③，漫把炎蒸一笑吞。

远水蒹葭④明浅濑⑤，夕阳红紫散孤村。

江湖踪迹休怜渺，风雨尘途可那翻。

咫尺⑥洞庭⑦秋正好，欲将烟月付渔竿。

【注释】

①潘别驾：潘大壮，字健行，号粤屏，浙江青田人。祖从卫指挥，德明，徙新会，乙卯举于乡，隆庆戊辰授临江别驾。（明万历《新会县志》）

②余郡博：府学学官。余宗文，嘉靖壬午科举人，湖广黄陂教谕。（清康熙《新会县志》）

③青尊：盛酒的酒杯。青，酒别名绿蚁。

④蒹葭：指没有长穗的芦苇和初生的芦苇。

⑤浅濑：从沙石上流过的急水。

⑥咫尺：周制八寸为咫，十寸为尺。谓接近或刚满一尺。形容距离近。

⑦洞庭：洞庭湖，在古代曾被称为云梦、九江和重湖，位于中国湖南省北部。

赴任诸弟远饯用韵留别❶

（二首）

皇事驱驰官有程，江山宁笑往来轻。
筵开云水成鹓①列，舟泛芙蓉②过锦城③。
弦颂敢忘声息柝④，桑麻⑤犹虑影妨耕。
何人政拙⑥催科⑦后，更着辛勤抚字情。

共说孙侨⑧真大夫，蜚猷⑨千古可谁符。
只将惠泽沾枯槁⑩，不较声名到有无。
自昔四知⑪垂宝鉴⑫，肯忘一念坠迷途。
诵翁简易公平训，更与甘棠作后图。

❶先训有“四知先自儆，百务始能兴”云云。

【注释】

①鹓：古书上指凤凰一类的鸟，鹓雏、鸿雁飞行有序，比喻朝官班行。

②芙蓉：“芙蓉之城”，我国古代对四川成都的美称。

③锦城：代指成都。

④柝（tuò）：古代打更用的梆子。

⑤桑麻：泛指农作物或农事。

⑥政拙：谓拙于政事。

⑦催科：催收租税。租税有科条法规。后以“抚字催科”指地方官吏的

治政。

⑧孙侨：子产（？年—前522年），姬姓，公孙氏，名侨，字子产，又字子美，因为是郑穆公的孙子，史书又称“公孙侨”，春秋时期著名的政治家和思想家。

⑨猷（yóu）：计划，谋划。

⑩枯槁：喻苍凉。枯，指古木。槁，指树木上头缺枝少叶。

⑪四知：天知，神知，我知，子知。多用于廉洁自持、不受不义馈赠的典故。

⑫宝鉴：是对事情进行归纳总结、去伪存真、补缺续断、正本清源等工作。

冬日上省舟泊龙湾①❶

（二首）

蒹葭②影里一停杯③，再岁龙湾我复来。
苇岸色连残雪曙，渔汀歌隔暮云堆。
溯流不尽澄清意，击楫④深惭济涉⑤才。
目引仙城⑥天咫尺，片帆还趁好风开。

野色波光泛酒杯，旧游佳伴几人来。
空怜听笛清江曲⑦，更忆联帆翠浪堆。
珠寺⑧疏钟⑨徒在念，❷白云霜雁每论才。❸
相思此日蒹葭渺，迢遰⑩孤篷⑪独自开。

❶旧冬偕高文山、宋石坡⑫二春元入羊城，泊此。

❷去岁石坡约同上省，拟游珠寺不果，故云。

❸昔同文山在此地联句，有“白云秋冷雁声高”之句，众叹其才云。

【注释】

①龙湾:今广东省广州市番禺区沙湾镇龙湾村。

②蒹葭:指没有长穗的芦苇和初生的芦苇。此处为诗人在水边怀念故人。

③停杯:谓停止饮酒。

④击楫:指晋祖逖统兵北伐,渡江中流,拍击船桨,立誓收复中原的故事。此处指行舟。

⑤济涉:渡过水面。

⑥仙城:指广州市。根据五羊的传说而得名。除羊城之外,广州还被称作穗、穗垣、仙城、花城。汉族民间传说广州府的五仙观,初有五仙人,皆持谷穗,一茎六出,乘五羊而至。仙人衣服,与羊同色,五羊俱五色,如五方(指东、南、中、西、北五方,作为五行思想的一部分,逐渐成为中国人的空间观,也常常与五色之说相伴)。既遗穗与广人,仙忽飞升而去。羊留,化为石,广人因即其地祠之。五羊传说展现了古代汉族劳动人民开拓岭南的历史。

⑦清江曲:词牌名。双调五十六字。前段四句三平韵,后段四句三仄韵。其为宋苏庠泛舟清江所作,故名。

⑧珠寺:海珠寺,位于广州市。

⑨疏钟:稀疏的钟声。

⑩迢遰(dì):亦作"迢递",遥远貌。

⑪孤篷:常用以指孤舟。

⑫宋石坡:宋治,嘉靖二十二年(1543年)癸卯科举人,福建仙游知县。(清康熙《新会县志》)

旅馆书怀

(二首)

战罢枯棋[①]敛客居,笑看人事一枰余。

相如[②]虽渴宁辞拙,马氏[③]终成不负初。

每惜玄珠④轻抵雀，肯将长铗叹无鱼⑤。
行藏⑥自有床头易，漫向城都问卜⑦书。

江静山钟入小居，客怀清寂阁灯余。
坐邀新月消良夜，吟傍梅花探太初⑧。
北顾翱翔惭独鹤，南来消息渺双鱼⑨。❶
关河⑩缭绕催霜曙，谁伴云程束剑书。

❶时候石坡同北上，不至。

【注释】

①枯棋：指棋艺，它和忘忧、乌鹭、黑白、烂柯一样，是围棋的别名。

②相如：司马相如（约公元前179年—前118年），字长卿，蜀郡成都人，西汉辞赋家。司马相如是史载消渴症第一人，古代文人把消渴症也称为“相如病”。

③马氏：战国时赵国大将赵奢于公元前270年率军在秦、赵阏与之战中大败秦军，赵惠文王因此把马服一地分封给赵奢，并赐其号为“马服君”，与廉颇、蔺相如职位相等。赵奢的子孙后代便以“马服”为姓，后又改为单姓“马”。

④玄珠：比喻贤才或宝贵的事物。

⑤长铗叹无鱼：喻处境窘困，有求于人。长铗，剑的一种，指长剑。刀身剑锋长者称“长铗”，短者称“短铗”。

⑥行藏：行迹；出处。

⑦问卜：占卦。用以推断吉凶，解决疑难。

⑧太初：道家指道的本源。

⑨双鱼：一底一盖。把书信夹在里面的鱼形木板，常指代书信。

⑩关河：泛指山河。

卷二

七言律诗

退斋林[1]都宪[2]饯别诗教和答

（三首）

到处台阶着眼频，乞闲犹是未闲身。
九华[3]自昔参嵩岳，四海期公再甫申[4]。
绣斧[5]霜曾飞獬豸[6]，赤霄[7]名待画麒麟[8]。
北山[9]纵有遗文在，不道重瞳[10]倚毗[11]勤。

念[12]年湖海两相望，何幸堂堂[13]共举觞[14]。
乍叙寒暄惊始定，细论故旧感偏长。
烟波满目重倾盖，尊俎[15]临歧[16]又隔乡。
此日一壶花下酒，非关春暮亦堪伤。

依壑青梧[17]拂汉苍，搏云常拟起鸾凰[18]。
山间景好情堪适，座上谈高觉兴长。
日色暖熏庭色丽，涧声清带雨声凉。
洞中猿鹤[19]随公久，尤恐征书[20]到草堂。

【注释】

①退斋林：林云同，字汝雨，号退斋。

②都宪：明代都察院都御史的别称。

③九华：山名。福建莆田九华山，位于荔城北 10 公里的天尾镇、常太镇交界处。

④甫申：周代名臣申伯和仲山甫的并称。

⑤绣斧：指皇帝特派的执法大员。

⑥獬(xiè)豸(zhì):也称解廌(zhì)或解豸,是中国古代传说中的上古神兽,体型大者如牛,小者如羊,类似麒麟,全身长着浓密黝黑的毛,双目明亮有神,额上通常长一角,俗称独角兽。在古代,獬豸就成了执法公正的化身,古代法官戴的帽子又称"獬豸冠"。

⑦赤霄:指帝王所居的京城。

⑧麒麟:中国古代神话传说中的神兽,据说能活两千年。性情温和,不伤人畜,不践踏花草,故称为仁兽。

⑨北山:即钟山,又名紫金山。在今江苏南京市东。

⑩重瞳:上古神话里记载有重瞳的人一般都是圣人。

⑪依毗:倚仗。

⑫念:在古文中通廿,即二十。

⑬堂堂:乐曲名。

⑭举觞:举觞称贺。觞,古代酒器。

⑮尊俎:古代盛酒肉的器皿。

⑯临歧:本为面临歧路之意,后亦用为赠别之辞。

⑰青梧:梧桐。树皮色青,故称青梧。

⑱鸾凰:鸾凰配对。比喻夫妻或情侣。

⑲猿鹤:借指隐逸之士。

⑳征书:古代记载灾异征兆的纬书。

赋归用少村黄侍郎[①]话别韵

(三首)

霏霏轻露点征衣,正好春光胡不归[②]。

无奈闲愁添鹤发,且饶疏懒[③]坐渔矶[④]。

青松绕郭含云湿,紫荔连坡喷雾飞。

胜景都因忙负却,最迟今始脱尘机。

江上春沙漾水[5]明，与鸥相狎[6]看阴晴。
鸥能分我半沙碧，我直同鸥千虑轻。
爱酒客来花下醉，踏歌人过柳边声。
东风满眼兰荪[7]长，闲里鸿钧[8]更有情。

长陌[9]归来眼独明，葛衫[10]闲试称春晴。
扉[11]悬白板心常逸，路远红尘步自轻。
柳暗陶门[12]无俗屦[13]，桃妍秦洞[14]有鱼声。
儿孙只道溪园寂，犹把书诗猎世[15]情。

【注释】

①少村黄侍郎：黄廷用，字汝中，号四素居士，学者称少村先生，莆田人。嘉靖十四年(1535年)乙未科进士，累官至工部右侍郎。

②胡不归：胡，为什么。不归，不回去。

③疏懒：懒散。

④渔矶：可供垂钓的水边岩石。

⑤漾水：古水名。《尚书·禹贡》："嶓冢导漾，东流为汉。"指汉水上源。

⑥相狎：彼此亲昵、接近。

⑦兰荪：即菖蒲。一种香草。

⑧鸿钧：指天或大自然。

⑨长陌：长路。

⑩葛衫：一种比较粗糙的衣服。

⑪扉：门扇。

⑫陶门：陶渊明，又名潜，字元亮，号五柳先生，出身于没落的仕宦家庭。

⑬屦：古代用麻、葛制成的一种鞋。

⑭秦洞：桃源洞。

⑮猎世：表示和众随俗。

和章岩周少参[1]赠行之作

十载梅花[2]覆海涯，也寻僧寺到南华[3]。

尊前[4]宝箓[5]闻新论，榜上云龙[6]说故家。

迹远且邀鸥作侣，身闲偏爱鹿随车[7]。

春光何限临歧念，相忆桃溪[8]钓锦霞。

【注释】

①章岩周少参：周鲲，字少鱼，号章岩，莆田人。嘉靖十七年（1538年）戊戌科进士，历广东布政使司左参议，升江西副使，以辨冤狱忤权贵罢归，隐章林山中，浣衣箨冠，望之不知为贵人。有《章林岩藏稿》。（《兴化府莆田县志》）

②梅花：梅具四德，初生蕊为元，开花为亨，结子为利，成熟为贞。这里为贞德。

③南华：南华寺又称宝林寺，位于广东韶关市曲江区马坝镇以东曹溪河畔，是中国佛教名寺之一，也是禅宗六祖慧能弘扬南宗禅法的发源地。

④尊前：在酒樽之前。指酒筵上。

⑤宝箓：道家的符箓。

⑥云龙：喻豪杰。

⑦鹿随车：鹿拉的车子。指仙人所驾的车。

⑧桃溪：位于福建省武平县。

和天池余佥宪[1]赠行韵

燕城[2]风雨夜篝灯[3]，青锁[4]勋猷[5]重继承。

公自才华夸迥出[6]，我徒顽钝[7]愧无能。

歌翻垂柳连歧陌[8]，望渺孤峦隔远层。
何许罗浮[9]还订约，芰荷衣缉[10]绿云凝。

【注释】

①天池余佥宪：余一鹏（1512年—？年），字朝举，号天池，莆田人。嘉靖二十三年（1544年）甲辰科进士，历深州知州（祀河北深州名宦祠），广西按察司佥事、按察使。（《深州风土记·名宦》）

②燕城：福建省永安市区的别称。地处江畔，江似燕形，故名燕城。明代属建宁府，见泉公尊翁西屏公曾任建宁府知府。

③篝灯：谓置灯于笼中。《宋史·陈彭年传》："彭年幼好学，母惟一子，爱之，禁其夜读书，彭年篝灯密室，不令母知。"

④青锁：借指宫廷。

⑤勋猷：喻功业、功绩。

⑥迥出：截然超出；远远超过。

⑦顽钝：指愚昧而迟钝的人。

⑧歧陌：喻崎岖道路。

⑨罗浮：山名。在广东省东江北岸。风景优美，为粤中游览胜地。晋葛洪曾在此山修道，道教称为"第七洞天"。相传隋赵师雄在此梦遇梅花仙女，后多为咏梅典实。

⑩芰荷衣缉：芰荷指菱叶与荷叶。自屈子有"制芰荷以为衣兮，集芙蓉以为裳"（《离骚》）的比拟后，后世常借"荷衣"以指隐者的服装，而"荷衣"这个词语也就具有隐者的含义。

秋日有怀

槭槭[1]飘梧晚藾[2]清，满庭幽思接秋生。
丹枫江上鲈应美，紫滟[3]篱边菊又馨。
梦断青鸾[4]曾有约，书沉白雁[5]可无情。

论交谁似晏平子[⑥],气味金兰[⑦]比尚轻。

【注释】

①槭槭:象声词。风吹叶动声。

②藾:即艾蒿。

③紫滟:水光貌,形容水波闪动的样子。

④青鸾:即青鸟。借指传送信息的使者。

⑤白雁:候鸟。体色纯白,似雁而小。古时多用作贽礼。

⑥晏平子:即晏婴,字仲,谥“平”,史称“晏子”。春秋时齐国夷维(今山东高密)人,齐国大夫。他是一位重要的政治家、思想家、外交家,以有政治远见、外交才能和作风朴素显名于诸侯。

⑦金兰:形容友情深厚,相交契合。“义结金兰”比喻情谊坚固契合。后来用作结拜为兄弟姐妹的代称。

官舍怀张参戎[①]区经卫[②]二丈不至

径僻清斋[③]枕石湾[④],跏趺[⑤]镇日[⑥]对青山。

雨晴灵鹊窥檐语[⑦],风静飞云度壑还。

政简[⑧]侗庭无物扰,日长吟篋[⑨]有诗摊。

芳尊[⑩]可念羁怀[⑪]否,携醉秋光一解颜。

【注释】

①张参戎:张廷悦,袭正千户,祖山东济南人,父张俊。(明万历《新会县志》)明清武官参将,俗称“参戎”。

②经卫:官名,衙门掌握财经的文官。

③清斋:清静之室。

④石湾:古代新会县丞所在地,石湾直街(现属江门市蓬江区)。

⑤跏趺:佛教中修禅者的坐法。两足交叉置于左右股上,称“全跏坐”。

⑥镇日:整天,从早到晚。

⑦雨晴灵鹊窥檐语:更是灵鹊多情,窥檐而告诉人以新晴之欢,生动而有风致。灵鹊,中国民间认为喜鹊通灵,所以能够报喜,故又称灵鹊。

⑧政简:旧时形容法令简省,社会风气好,犯罪的人少。常用作称道地方官政绩的话。

⑨吟箧:装诗笺的小箱。

⑩芳尊:精致的酒器。亦借指美酒。

⑪羁怀:寄旅的情怀。

乡思漫书

(二首)

紫水[①]溪头月几湾,数椽[②]茅屋静依山。
春寻笋蕨[③]携篮出,秋忆蓴鲈[④]放艇还。
翠石摊云诗卷湿,高松滴露酒杯寒。
丹炉[⑤]茶灶[⑥]清堪适,徒向南天[⑦]引目斑[⑧]。

柿叶殷红枫叶丹,空斋[⑨]怀抱笑为官。
却怜枕上连霄梦,曾到江南半晌还。
五夜[⑩]灯悬千壑雨,三年家住万山盘。
秋来何限乡关念,尚觉飞鸿一信难。

【注释】

①紫水:在县西三里,源自龙山,绕万寿寺出,妙宗桥过,分水江入海。宋皇祐间,水色变紫者旬日,人以为瑞,故名。(清康熙《新会县志》)新会旧八景有“沙堤紫水清”。

②数椽:古代房屋间数的代称。

③笋蕨:竹笋与蕨菜。

④蓴(pò)鲈:故乡之美食也。意指思乡。

⑤丹炉:炼丹的炉灶。

⑥茶灶:烹茶的小炉灶。

⑦南天:指南方。有时特指岭南地区。

⑧引目斑:喻感慨流泪。引目,举目。

⑨空斋:喻独自一个人坐在空荡荡的房间里面。

⑩五夜:指戊夜,即第五更。

中秋同张东溪赞戎[①]涂桂泉谪仙[②]饮三宝山[③]

碧空云净迥无痕,万里堪舆[④]一照匀。

砌近银蟾[⑤]移席[⑥]满,山高弦管自天闻。

白生[⑦]蔀屋[⑧]浑疑昼,光闪层峦欲转坤。

闻说秋光随处好,试从玄兔问乡园。

【注释】

①赞戎:犹拱卫。掌宿卫近侍控鹤军六百余户及仪卫之事。

②谪仙:原指神仙被贬入凡间后的一种状态,引申为才情高超、清越脱俗的人如自天上被谪居人世的仙人。借指被谪降的官吏。

③三宝山:位于云南永德县。

④堪舆:相宅相墓之法。堪为高处,舆为下处。这里指称量天地。

⑤银蟾:月亮的别称。传说月中有蟾蜍,故称。

⑥移席:指离开原席到另一座位。席,用草或竹篾等做的坐卧用具。

⑦白生:喻太阳。

⑧蔀(bù)屋:草席盖顶之屋。泛指贫家幽暗简陋之屋。

普淜[①]道中重阳和崔斗山郡博[②]

（二首）

征车札札行迟迟，正是官程未了时。
万里真惭萍梗迹，两年空负菊花卮。❶
尊开北海[③]怀应放，诗见南山[④]句自奇。
留得晏婴[⑤]当日语，不须重九更镌碑。

万里重阳兴可知，肯从官里负良时。
香生野菊浮衣桁[⑥]，青送寒山入酒卮。
破帽多情还自正，轻舆[⑦]随岁可搜奇。
明朝又是苍山[⑧]约，为问逍遥有几碑。

❶予辛酉[⑨]在场屋[⑩]，回至广通县[⑪]，过重九，兹复在途云。

【注释】

①普淜：普淜镇是大理州的东大门，地处两州（大理、楚雄）三县（祥云、南华、姚安）交界。从唐代置河西县至今已有一千多年的历史，是历史上茶马古道和丝绸之路的重要驿站。明朝时设普淜分州，属姚州，后改普淜驿。传说，明代普姓为官在此建有水坝，当地人称水坝为“淜”，故名。

②崔斗山郡博：崔翰，贵阳人，举人，嘉靖年间楚雄府教授。（清康熙《楚雄府志》）

③尊开北海：亦作“北海樽”。比喻主人好客。

④南山：《诗经》篇名。

⑤晏婴：晏子以生活节俭、谦恭下士著称。据说晏婴身材不高，其貌不扬。晏婴头脑机灵，能言善辩，善于辞令，使楚时曾舌战楚王，维护国家尊严。内辅国政，屡谏齐君。对外他既富有灵活性，又坚持原则，出使不受

辱,捍卫了齐国的国格和国威。

⑥衣桁(héng):是用来展开挂和服等的一种家具。中国的衣桁指的是挂衣服的横木。

⑦轻舆:轻车。

⑧苍山:又称"点苍山"。在云南省大理市西北、洱海西岸。属横断山脉云岭。

⑨辛酉:明嘉靖四十年(1561年)为辛酉年。

⑩场屋:科举考试的场所。

⑪广通县:今为广通镇,属云南省楚雄彝族自治州禄丰县。广通历史悠久,周为百濮地,汉属益州,晋属宁州,唐属南诏国,宋大理国段思平改定十赕地称路赕,元宪宗七年(1257年)称路赕十户,至元十一年(1274年)设广通县,属安南州,明清属楚雄府,现为禄丰县的一个建制镇。

寒夜和云中①诸僚友②

座上珠玑③焕斗文④,兰亭⑤风韵已平分。

醉能辞醉真惭我,诗到无诗独羡君。

石鼎⑥句联何日约,山瓶⑦酒在几时醺。

相思此夜梅花发,月印寒山⑧影半匀。

【注释】

①云中:指云南。

②僚友:指官职相同的人。

③珠玑:比喻说话、文章的词句十分优美。

④斗文:指文章数量多。

⑤兰亭:兰亭春,宋代官酿酒名。

⑥石鼎:陶制的烹茶用具。

⑦山瓶:山野人家所用的酒瓶。

⑧月印寒山:指月色像印在静谧的山峦。月印,明月高挂天空。寒山,冷落寂静的山。

夜坐书怀

待腊[1]梅开未尽时,天涯春动可胜思。

音书肯信沉鱼雁[2],占卜[3]频劳测偶奇。

浮世功名飞絮薄,故乡心事短檠[4]知。

渔矶远在黄云外,何日歌词唱竹枝[5]。

【注释】

①待腊:等到腊月。

②鱼雁:借指书信。

③占卜:古代用龟甲、蓍草等,后世用铜钱、牙牌等推断吉凶祸福。

④短檠(qíng):矮灯架。借指小灯。

⑤竹枝:竹枝歌,唐教坊曲名,后用为词牌。单调十四字,分平韵、仄韵两体。

秋日同僚属[1]登声远楼[2]

凭高一望遍遐陬[3],览胜真宜陟此楼。

官里簿书[4]无暇日,檐前鸿雁见初秋。

闾阎习朴居何陋[5],蛮獠风淳古可俦[6]。

坐听弦歌蔼比屋,直从南诏[7]论中州[8]。

【注释】

①僚属:旧时指下属的官吏。

②声远楼:云南楚雄府著名楼阁。

③遐陬(zōu):边远一隅。《宋书·谢灵运传》:"内匡寰表,外清遐陬。"

④簿书:官署中的文书簿册。

⑤闾阎习朴居何陋:闾阎泛指平民老百姓。喻百姓生活习俗淳朴、居住简陋。

⑥蛮獠风淳古可俦:意为淳厚古朴民风谁可比拟。蛮字原缺,据民国版补。獠即僚,中国古族名。分布在今广东、广西、湖南、四川、云南、贵州等地区。泛指南方各少数民族。

⑦南诏:南诏国(738年—902年),位于云南大理。8世纪崛起于云贵高原的古代王国,由白族先民蒙舍部落首领皮罗阁于738年建立,902年权臣郑买嗣推翻蒙氏南诏,自立为王,改国号为"大长和"。

⑧中州:指中原地区。

次区经卫韵寄怀

客里光阴叹索居[①],相思何止九秋余。
行看岛屿停云灿,吟对梅窗夜月虚。
共计飞腾同彩凤[②],肯论五十服绯鱼[③]。
新诗易得开怀抱,远寄烦君更几书。

【注释】

①索居:孤独地散处一方。

②彩凤:凤凰的美称。

③绯鱼:指绯衣与鱼符袋。旧时朝官的服饰。

晓行十八盘[①]次灵湫高正郎[②]韵

傍岩茅屋数声鸡，石径穿云曙色微。
荽草[③]破霜留虎迹，断藤挂月露猿啼。
行冲雁阵诸天近，立瞰层霄[④]万象低。
十八盘中为客远，几时归采北山薇[⑤]。

【注释】

①十八盘：十八盘山位于古镇南州。苴力铺山在州西四十五里，即十八盘山。（云南《镇南州志》）

②高正郎：高梦说，云南定远人，岁贡，任襄阳教授，方正持躬，长后型俗，举乡饮大宾。（清康熙《楚雄府志》）正郎，即司正郎，散官名。

③荽（suī）草：即芫荽，一年生草本植物，通常称为香菜。

④层霄：高空。指云气。

⑤薇：古书上指巢菜。

游西山寺[①]和杨状元[②]谪仙韵

远水浮烟入戍楼[③]，孤城砧杵[④]动高秋。
暂抛尘鞅[⑤]情偏适，才上云岩[⑥]境便幽。
野寺晡[⑦]余钟报饭，山阳风外笛归牛。
儿童应笑痴顽守，尽放名峰脚步[⑧]头。

【注释】

①西山寺：西山位于昆明西郊，峰峦起伏、林木苍翠、百鸟争鸣、洞壑流泉、景色秀丽。茂密的森林植被，常年郁郁葱葱，山上有华亭寺、太华寺等寺院。

②杨状元：杨慎(1488年—1559年)，字用修，初号月溪、升庵，又号逸史氏、博南山人、洞天真逸、滇南戍史、金马碧鸡老兵等。四川新都(今成都市新都区)人，祖籍庐陵。明代著名文学家，明代三才子之首，东阁大学士杨廷和之子。杨慎于正德六年(1511年)状元及第，官翰林院修撰，参与编修《武宗实录》。武宗微行出居庸关，上疏抗谏。世宗继位，复为翰林修撰，任经筵讲官。嘉靖三年(1524年)，因"大礼议"受廷杖，谪戍于云南永昌卫。曾率家奴助平寻甸安铨、武定凤朝文叛乱，此后虽往返于四川、云南等地，仍终老于永昌卫。嘉靖三十八年，杨慎卒于戍所，年七十二。明穆宗时追赠光禄寺少卿，明熹宗时追谥"文宪"，世称"杨文宪"。杨慎在滇南三十年，博览群书。明代记诵之博，著述之富，推杨慎为第一。他又能文、词及散曲，论古考证之作范围颇广。其诗沉酣六朝，揽采晚唐，创为渊博靡丽之词，造诣深厚，独立于当时风气之外。著作达四百余种，后人辑为《升庵集》。作者是和杨慎《重寄张愈光》这首诗的韵。

③戍楼：边防驻军的瞭望楼。

④砧杵：亦作"碪杵"。捣衣石和棒槌。亦指捣衣。

⑤尘鞅：世俗事务的束缚。鞅，套在马颈上的皮带。

⑥云岩：高峻的山。

⑦晡：晡时是十二时之一，即申时，又名日铺、夕食等，即下午3时至下午5时。

⑧脚步：足迹，脚印。亦比喻行踪或动向。

夜宿圆隐寺同何郡守留题[1]

日淡长林[2]鸟欲栖，试题名姓觅招提[3]。

自怜五马[4]驱驰远，肯讶群僧出迓[5]迟。

溪近水云穿牖[6]户，霜深枫叶拥墙埤[7]。

十年紫陌[8]红尘遍，却笑于今说息机[9]。

【注释】

①留题：题字留念。

②长林：高大的树林。喻隐逸者的居处。

③招提：寺院的别称。

④五马：太守的代称。

⑤出迓(yà)：出外迎接。

⑥牖(yǒu)：窗户。

⑦埤(pì)：城上的矮墙。

⑧紫陌：旧谓帝都的道路。

⑨息机：停止机心。《楞严经》卷六："息机归寂然，诸幻成无性。"

偕太守左双江二守赵合江郊游

岭雁声遥边树长，郊原四望肃清霜。

衣催刀尺[1]□寒近，云剪粳粳[2]觉岁忙。

政简[3]不妨乘暇出，民闲[4]真喜乐时康[5]。

幽花绕径香迎骑，谁为三江咏召棠[6]。❶

❶以二公别号，故云三江。

【注释】

①衣催刀尺：催动刀尺(剪刀和尺)裁剪布料做寒衣。

②粳粳：粳稻。水稻的一种，米粒宽而厚，近圆形，米质黏性强。

③政简：旧时形容法令简省，社会风气好，犯罪的人少。常用作称道地方官政绩的话。

④民闲：意指冬天老百姓闲下来了。

⑤时康：时世太平。

⑥召棠：颂扬官吏政绩之词。

左双江赵合江陈东桥刘西华诸郡守同游云林禅寺留题信宿[①]

（二首）

望望遥峰紫翠深，轻车乘兴此登临。
山空佛屋烟常锁，地阒[②]禅房藓日侵。
度壑不妨珠履[③]迹，出岑[④]宁是白云心。
袈裟一榻从僧借，暂听青莲[⑤]洗旧襟。

为约禅林兴便倾，况逢地主[⑥]共题名。
笙歌入院还穿竹，野服[⑦]披云更拉僧。
山阁松风飘远磬[⑧]，石床[⑨]花影暗残经。
幽怀[⑩]欲访支公[⑪]远，一夜虚无对佛灯[⑫]。

【注释】

①信宿：谓两三日。

②地阒（qù）：寂静的样子。喻幽静的地方。

③珠履：典故名，典出《史记》卷七十八《春申君列传》。这里指珠饰之履。

④岑：小而高的山。

⑤青莲：佛教以为莲花清净无染，故常用以指称和佛教有关的事物。

⑥地主：当地的主人（对来往客人而言）。

⑦野服：村野平民服装。借指平民百姓。

⑧磬：佛寺中使用的一种钵状物，用铜铁铸成，既可作念经时的打击乐器，亦可敲响集合寺众。

⑨石床：供人坐卧的石制用具。

⑩幽怀：隐藏在内心的情感。

⑪支公：支遁，字道林，东晋人，年二十五而出家为僧。他既是名僧，又是名士，与谢安、王羲之等交往甚密。

⑫佛灯：供于佛前的灯火。

菊月王使君[1]拉饯三塔寺[2]附题

（二首）

峍屼[3]层峦万叠盘，西来形胜若为冠。
苍屏[4]九夏光涵雪，洱水[5]千寻[6]玉漱湍[7]。
云外楼台新世界，佛前香火老蒲团[8]。
翛然[9]花雨[10]真何境，试问禅家色相观。

忙里棼[11]华静可捐，喜逢羽客[12]共谈玄[13]。
丹炉[14]岁月三天[15]上，紫苑[16]烟霞六诏前。
云覆星坛[17]光缥缈，鹤盘珠树影蹁跹[18]。
凭高一笑尘根尽，直控青虬[19]遍八埏[20]。

【注释】

①使君：对州郡长官的尊称。

②三塔寺：云南大理白族自治州的三塔寺，即崇圣寺，是我国现存古代佛塔中造型最精美的建筑之一，它位于大理县城西北约三里处的苍山第一峰即小岭峰下。

③峍（lù）屼（wù）：亦作“峍兀”。高耸貌。引申为奇特。

④苍屏：苍山，又名点苍山，是云岭山脉南端的主峰，由十九座山峰由北而南组成，北起洱源邓川，南至下关天生桥。

⑤洱水：洱海，古称叶榆泽。它因两头窄中间宽，略弯曲，形如人的耳朵而得名。

⑥千寻：崇圣寺三塔，由一大二小组成，大塔叫千寻塔。

⑦玉潄湍：大理国二十二代皇帝中，有九位到崇圣寺出家为僧。在1056年，缅甸国王曾二次来崇圣寺迎佛牙，大理皇帝段思廉在寺中以玉佛相赠。

⑧蒲团：以蒲草编织而成之扁圆坐具。乃僧人坐禅及跪拜时所用之物。

⑨翛（xiāo）然：无拘无束、自由自在的样子。

⑩花雨：佛教语。用为赞颂高僧、颂扬佛法之词。据说佛说法至微妙处天降花雨。亦指代佛门灵迹。

⑪棼：纷乱。

⑫羽客：即道士，又尊称为道长。

⑬谈玄：讨论深奥的问题，如哲学、玄学等。

⑭丹炉：炼丹的炉灶。

⑮三天：道教称清微天、禹余天、大赤天为三天。

⑯紫苑：思念远在他乡的人。

⑰星坛：道士施法之坛。

⑱蹁跹：旋转的舞姿。

⑲青虬（qiú）：青色的龙。

⑳八埏：指边远之地。

和客咏莲韵送男日章①并弟侄孙辈赴试

满眼风光霭碧池，景良偏与晓妆②宜。

灵龟③故故④依青盖⑤，翡翠⑥飞飞⑦出绿漪⑧。

笔底⑨几时花入梦，槛前刚喜锦环卮。

墙限笑尔森森桂，暗里迎秋客未知。

【注释】

①日章：见泉公之子。区仲修，讳日章，号渭渊，庠生，礼部儒士。

②晓妆：指晨起梳妆。

③灵龟：比喻有才之士。

④故故：屡屡，常常。

⑤青盖：借指帝王。

⑥翡翠：指翠羽。用以装饰车服，编织帘帷。

⑦飞飞：飘扬貌。

⑧绿漪：《绿漪堂》，是宋代诗人文天祥的作品之一。明写竹子茁壮成长直冲云霄是雨露之功，暗写“国初名将永德”教子有方。

⑨笔底：犹笔下。

玉簪花[①]

谁把冰霜捻作花，飘然态度擅天涯。

绮琴[②]声寂存瑶柱[③]，纤指娇盈出绛纱[④]。

自信素娟[⑤]忘俗状，肯从朱粉[⑥]向人夸。

玉桥[⑦]游冶[⑧]今何似，徒对遗簪[⑨]忆帝家。

【注释】

①玉簪花：为百合科多年生草本植物。秋季开花，色白如玉，未开时如簪头，有芳香。喻脱俗、冰清玉洁。

②绮琴：即绿绮琴，古琴名。传说汉司马相如作《玉如意赋》，梁王悦之，赐以绿绮琴。后即用以指琴。

③瑶柱：喻光明洁白。

④绛纱：犹绛帐。对师门、讲席之敬称。

⑤素娟：素女为古代神话中的女神。据传她与黄帝同时期，擅长音乐。在中国文学史上，她的形象被定位为古代第一位操琴女乐师。

⑥朱粉：胭脂和铅粉。妇女用的化妆品。
⑦玉桥：美石砌造的桥。此处特指御河桥。
⑧游冶：出游寻乐。
⑨遗簪：比喻旧物。

溪居[①]漫[②]述十咏和施处士

（十首）

西水[③]辰山[④]翠满津，解冠[⑤]从此乐余春。
酒携竹下呼邻[⑥]老，诗赋梅边寄远人[⑦]。
薜荔[⑧]墙低时过月，桂花丛密自抟云。
柴关[⑨]莫讶烟霞僻，市鼓尘喧本厌闻。

一曲溪流一曲津，津头风暖四时春。
餐霞客授还山诀，吹笛风传隔陇人。[⑩]
晓枕红摇东海日，午窗凉覆北山云。
江山何处芙蓉棹[⑪]，又送相思入夜闻。

海上东来住此津，钓裘[⑫]久敝喜逢春。
休疑水月十年壁，原是江湖一散人[⑬]。
世态随时观尺蠖[⑭]，声名于我本浮云。
溪前拈起逍遥语，却笑无闻亦有闻。

紫陌红尘天上津，当时匹马竞寻春。

向前奔逐[15]无畏地，垂老讴歌有几人。
猿鹤喜从新洞府，缨裳[16]惭负碧霄云。
令人却念风山老，饮水空传老稚[17]闻。

蚬蛤[18]朝朝满旧津，山村何处不宜春。
八珍[19]烹野那妨客，半枕羲皇[20]肯贷人。
千里怀生良夜月，五湖清泛小溪云。
终然鼓枻[21]歌渔父，举世何曾醒里闻。

辉辉江日落寒津，矮屋茅穿暖见春。
竹里秋棋招橘老，阶前野鹤伴陈人[22]。
世情阅破都浮局，逸兴年来只白云。
回首簿书思往迹，睡酣无那曙钟[23]闻。

晨喜扶藜[24]过这津，由芜[25]初日催[26]喧春。
暖生钓笠堪乘艇，雨足耰锄[27]又趁人。
晴霭[28]霁[29]余千嶂锦，晚风晴卷半溪云。
招提[30]路在梅花外，仿佛鸾笙[31]入坐闻。

烟火数家近接津，居同沮溺[32]漫冬春。
鱼虾嗜浅那干市，麋鹿[33]群驯每近人。
台上漫谈冀北[34]骏，枕边频拭华山[35]云。
多情酒伴能未否，檐鹊声稀亦罕闻。

飞花满眼点澄津，把钓残红度晚春。
竿上每怜鱼不饵，江头空有鹤随人。
开尊香扑梅花雪，烹茗烟飘竹杪[36]云。
懊恼宫商[37]才数曲，不堪邻笛乱清闻。

乘槎[38]何处问天津[39]，桥畔鹃啼二月春。
闲傍风光长有句，老知羹鼎[40]是何人。
屧[41]寻芳草凉飘露，衣缉圆荷绿带云。
欲向青田[42]招鹤侣，数声曾彻九皋[43]闻。

【注释】

①溪居：居住在溪水边。

②漫：随便，随意。

③酉水：又称更始河。长江支流沅江的最大支流。发源于湖北省宣恩县，流域为土家族、苗族聚居地区，自源地流经宣恩（湖北）、龙山（湖南）、来凤（湖北）、酉阳（重庆）、秀山（重庆），至高桥入湖南省保靖县境，再经永顺、古丈、沅陵等县。酉水和清江一样，被称为土家族人的母亲河。

④辰山：地名，位于湖南省安化县内。

⑤解冠：谓辞去官职。

⑥邻：古籍为“僯”。

⑦远人：远行的人；远游的人。多指亲人。

⑧薜荔：植物名。又称木莲。果实富胶汁，可制凉粉，有解暑作用。

⑨柴关：犹寒舍。

⑩餐霞客授还山诀，吹笛风传隔陇人：喻清闲恬适，不追求名利的生活状态。作者认为人应活得悠闲自在，不应受名利所驱。

⑪芙蓉棹：指乘舟观赏荷花。

⑫钓裘：喻隐居生活。典出“羊裘垂钓”。汉代严光与汉光武帝刘秀一起游学，刘秀即帝位，严光改名隐居起来，刘秀亲自到他的住所请他出山，

他委婉谢绝。并且经常与渔人在一起,穿着羊皮衣钓鱼,自得其乐。

⑬散人:不为世用的人;闲散自在的人。

⑭尺蠖(huò):尺蠖蛾的幼虫,体柔软细长,屈伸而行。常作为先屈后伸之喻。

⑮逐:古籍为"遂"。

⑯缨裳:官服。借指官职。

⑰老稚:老人和小孩。

⑱蚬蛤:蚬,软体动物,介壳圆形或心脏形,表面有轮状纹。蛤,文蛤等双壳类软体动物。

⑲八珍:泛指珍馐美味。

⑳羲皇:即伏羲氏。伏羲氏是我国神话中人类的始祖。传说他根据天地万物的变化,发明创造了八卦,创造文字结束了"结绳记事"的历史;他又教民结绳为网,从事渔猎畜牧;他还发明了瑟,创作了《驾辩》。

㉑鼓枻:划桨。谓泛舟。典出《楚辞·渔父》:"渔父莞尔而笑,鼓枻而去。"

㉒陈人:犹老朽。

㉓曙钟:拂晓的钟声。

㉔藜:用藜的老茎做的手杖,质轻而坚实。

㉕芜:乱草丛生的地方。

㉖催:古籍为"崔"。

㉗耰(yōu)锄:亦作"锄耰"。锄和耰。农具名。犹耕种。

㉘晴霭:清朗的云气。典出唐代李咸用《富贵曲》:"画藻雕山金碧彩,鸳鸯叠翠眠晴霭。"

㉙霁:雨后或雪后转晴。

㉚招提:寺院的别称。

㉛鸾笙:笙的美称。

㉜沮溺:谓水淹之患。

㉝麋鹿:人称"四不像"。中国著名的特产动物,亦是吉祥物。

㉞冀北:谓良马产地,并指人才荟萃之所。

㉟华山：山名，五岳之一，在陕西省华阴市南，北临渭河平原，属秦岭东段。

㊱竹杪：竹枝的末梢。

㊲宫商：古代音律中的宫音与商音，后人用其泛指音乐。

㊳乘槎：槎，比喻灵槎，指能乘往天河的船筏。传说天河与海通，有居海渚者，年年八月见有浮槎去来，不失期，遂立飞阁于槎上，乘槎浮海而至天河，遇织女、牵牛。

㊴天津：银河。二十八星宿之女宿，意为银河渡口。

㊵羹鼎：喻治理政事。

㊶屦：古代用麻、葛制成的一种鞋。

㊷青田：指长着青苗的农田。

㊸九皋：曲折深远的沼泽，用为称美隐士或贤人的典实。

兰赋和李居士

（二首）

蓬艾[1]萧萧风露深，幽香潜处每重寻。
矜持自信无惭色，采掇谁怜羞献心。
隐谷操[2]成情若寄，楚骚[3]歌罢思难禁。
何人迹屏[4]鲍鱼[5]外，来伴花前居士吟。

灵根[6]培植傍疏林[7]，也借垂垂橘柚阴。
犹恐开时忘采佩，每逢看处辄援[8]琴。
香飘弱朵嫌风袅，红拆纤芽喜露侵。
岁晏[9]生涯凭九畹[10]，不妨离梦续清吟。

【注释】

①蓬艾:蓬蒿与艾草。亦泛指丛生的杂草。

②操:古琴曲名。多抒生不逢时、怀才不遇之情。

③楚骚:泛指《楚辞》。

④迹屏:指隐居不出。

⑤鲍鱼:古代的鲍鱼是盐腌鱼,即咸鱼。古语讲"腌而湿者谓之鲍",说的就是盐腌鱼。这里比喻坏人。

⑥灵根:神木的根。指有才德的人。

⑦疏林:稀疏的林木。

⑧辄援:指物作诗立就。

⑨岁晏:一年将尽的时候。指人的暮年。

⑩九畹:《楚辞·离骚》:"余既滋兰之九畹兮,又树蕙之百亩。"王逸注:"十二亩曰畹。"另一说,田三十亩曰畹。见《说文》。后即以"九畹"为兰花的典故。

菊下书怀

花前酌酒可无诗,花酒逢诗便不痴。

两鬓肯嫌霜雪短,数联唯有岁寒知。

情酣粉蝶探还舞,歌好幽禽[1]去复窥。

堪笑孱[2]童疲抱瓮[3],只凭时雨为浇之。

【注释】

①幽禽:鸣声幽雅的禽鸟。

②孱:软弱,弱小。

③抱瓮:"抱瓮灌园",喻安于拙陋的淳朴生活。

雨后菊益鲜妍再赋

淡洗繁妆似索诗，向来面目岂曾痴。
百年潇洒非凡态，一雨空蒙是故知。
小径香清扶杖适，短篱风远许谁窥。
醉狂归去满头插，还笑当年杜牧之[①]。

【注释】

①杜牧之：杜牧，字牧之，号樊川居士，京兆万年（今陕西西安）人。晚唐著名诗人和史学家。擅长长篇五言古诗和七律。

闰[①]冬初旬风雨作寒迨[②]晴溪前花鸟喧妍温和可掬用韵赋诗候一二知己

（二首）

城云漏日晓窗和，笑脱寻梅带雪蓑[③]。
拨瓮[④]香浮新酒熟，倚门情恋故游多。
诗为鼓吹鸟为和，花作机丝[⑤]蝶作梭。
况是溪台晴可曝，身闲何处不宜歌。

布褐[⑥]衣轻景渐和，小晴溪日已盈蓑。
行吟南坞春犹远，坐曝茅檐[⑦]兴独多。
冷莫侯门夸炙手，暖须民杵叹无梭。
朝来一掬[⑧]煦熙[⑨]念，徒向东风拍掌歌。

【注释】

①闰:每四年加一日,称“闰日”。有闰日的这一年称“闰年”。这是公历的“闰”。中国的农历,二年或三年,需要加一个月,所加的这个月称“闰月”,平均十九年有七个闰月。

②迨:等到。

③雪蓑:御雪的蓑衣。

④拨瓮:亦泛指酒。

⑤机丝:织机上的丝。

⑥布褐:粗布短衣。

⑦茅檐:意为茅草盖的房屋。檐,古籍为“蒼”,讹误。

⑧一掬:两手所捧(的东西)。

⑨煦熙:喻旭日东升。

伍大尹[1]莅乡以鹅[2]寿孙屏岗老者

晴雪溪扉锁翠萝,东风轻透老渔蓑。

偶逢花县前驱马,快睹於陵[3]昔日鹅。

粟帛[4]共瞻明诏[5]渥[6],闾阎尤借长官摩。

愿将一掬安怀[7]念,遍与吾民作诵歌。

【注释】

①伍大尹:大尹,对府县行政长官的称呼。伍睿,字用思,号明宇,广西全州人。进士,新会知县,隆庆五年任,有筑城功,祀名宦,有特祠,有碑,有传。(清康熙《新会县志》)

②鹅:沈榜《宛署杂记》里说,乡村尊贤养老,搞乡饮酒礼,根据宾客等级,分上、中、下席,上席必须有大鹅一只,其他档次酒席只能用鸡。故此鹅是明朝的身份菜。

③於(wū)陵:地名。借指陈仲子。因居於陵,故亦称於陵仲子。陈仲

子，名定，亦名陈仲、田仲，是战国时著名的贤士。

④粟帛：粮食和布帛。

⑤明诏：公开宣示。

⑥渥：浓，厚。

⑦安怀：为人处世的美德，意思是尊重老人使其安逸，关怀年轻人使其信服。

赠别屏南杨使君①归隐

（二首）

红紫千山出送迟，穿云仙骑渺难羁。
可堪冰檗②操无右，犹复雌黄口浪疵③。
行李尚嫌孤鹤累，❶暮金④尤绝故人私⑤。
群黎⑥交说芙蓉泽，五马无穷两郡思。❷

弹指花封⑦一岁过，已曾保障赖公多。
才方渤海⑧只如此，兵弄潢池⑨昔若何。
远道惊闻投组笏⑩，寒岩无计借阳和⑪。
可应尧禹⑫明良世，犹有人间毁誉颇。

❶公以鹤遗予，曰："道远，恐带此为行李累耳。"

❷公守韶郡⑬，视篆⑭本邑，芙蓉，韶驿名。

【注释】

①杨使君：即杨继宗，字期肖，福建莆田人，韶州府同知。

②冰檗(bò)：喻寒苦而有操守。

③口浪疵：意为语言中伤。

④暮金:暮夜金。汉代杨震道经昌邑,震所举昌邑令王密"至夜怀金十斤以遗震。震曰:'故人知君,君不知故人,何也?'密曰:'暮夜无知者。'"(《后汉书·杨震列传》)后因称暗中贿赂为"暮夜金"。

⑤故人私:喻不能依赖亲情私交收受贿金。

⑥群黎:万民,百姓。

⑦花封:封建时代赐给贵妇人的封诰。

⑧渤海:指我国唐代以靺鞨族为主体所建的政权。

⑨兵弄潢池:同"弄兵潢池",喻不自量力而起兵。有不足道之意。典出《汉书·循吏传·龚遂》。潢池,积水池。

⑩投组笏:喻弃官。笏,古时君臣在朝会相见时大臣拿着的手板,分别用玉、象牙或竹片制成,上面可以记事。

⑪阳和:温暖,和暖。

⑫尧禹:尧和禹。传说中尧号陶唐氏,原居冀方(今河北省唐县附近),后迁至平阳(今山西汾河流域)。传说禹的先祖住在河套一带,禹的时候迁徙到今河南西部。禹以天下为己任,率领百姓治理水患,发展生产,受到高度的赞扬。

⑬韶郡:即今韶关市。韶关是一座历史名城,它山清水秀,"韶关"一词可上溯至二千多年前的汉代,元鼎六年(前111年)设曲江县时,便以韶关为县治。这里原先被称为韶州。

⑭视篆:掌印视事。官印例用篆文,故称。

读崖志①有感次高春元②韵③

国步④如棋局面残,正寻生着死中难。

崎岖恢复孤臣⑤在,十二金牌⑥一召还。

沉海敢忘忠捧日⑦,逢崖空有恨排山。

试看蜀魄⑧啼春处,犹带英雄血泪斑。

【注释】

①崖志:这里的"崖志"是指有"岭南第一碑"之称的陈白沙先生作碑记的慈元庙碑。

②高春元:即高文山。

③明代黄淳《崖山志》收录该诗,诗名为《读崖志有感次高孝廉韵》。

④国步:国家的命运。国家处于危难之中。

⑤孤臣:喻当成为有自己的思想和个人操守,不追求名利权势而趋炎附势的人。这里指岳飞。

⑥十二金牌:宋代凡赦书及军事上最紧急的命令,用金字牌,由内侍省派人递送,叫作"金牌"。后来用作紧急命令的代称。连续十二道金牌,表示命令万分紧急重要。南宋抗金名将岳飞,在取得节节胜利之际,宋高宗于绍兴十一年(1141年),一日内连发十二道金牌,将在前线作战的岳飞招回临安。

⑦捧日:喻忠心辅佐帝王。

⑧蜀魄:犹蜀魂,指杜鹃。相传战国时蜀主名杜宇,号望帝,死后魂魄化为鹃。春月昼夜悲鸣,蜀人闻之,曰:"我望帝魂也。"故称"蜀魄"。典出晋《十三州志》。

花石岩①道中和郭司谏②

朝踏西坡暮复东,浮踪无定与云同。

乘槎③可是淹三月,揽辔④真成历万峰。

宿雾半开晴带雨,晨暾初出霭分红。

宦情肯厌居留⑤久,鴃舌⑥年来语渐通。

【注释】

①花石岩:在广西桂林灌阳县。

②司谏:官名。《周礼》地官之属,主管督察吏民过失,选拔人才。

③乘槎：乘坐竹筏、木筏。

④揽辔（pèi）：挽住马缰。

⑤留：原缺，据民国版补。

⑥鴃（jué）舌：形容语言难懂。旧时讥人操难懂的南方方言。鴃，古书上指伯劳，一种鸟类。

陶太守[①]凤山邀饮龙泉寺[②]手谈[③]

是处名山可遍求，况联五马共遨游。

疏松筛日金溜榻，弱筱[④]含烟翠湿裘[⑤]。

高阁[⑥]经残僧伴少，石泉龙起[⑦]玉光浮。

笑弹数着西廊下，月满袈裟局未收。

【注释】

①陶太守：陶情，广西仪卫司人，举人，嘉靖二十三年（1544 年）任归善知县。（《归善县志》）

②龙泉寺：位于惠州佛岭村，建于明成化年间。《归善县志》有记。

③手谈：泛指下围棋。

④弱筱：原指细竹子，现一般形容小。

⑤翠湿裘：形容山岚苍翠欲滴，湿衣如雨。借用美学的“通感”手法，用触觉的干湿来感知视觉的翠色。

⑥高阁：放置书籍、器物的高架子。

⑦龙起：旧时比喻升官提职。

羊城[1]旅夜呈通政[2]伦右溪襟丈[3]

笑从邻老整衣巾，廿载琴书[4]未博贫。
九陌[5]风尘看渐近，三城声语习偏驯[6]。
梦惊栩蝶[7]凭孤枕，吟傍梅花忆故人。
莫向南楼听玉笛，宦情乡思不胜新。

【注释】

①羊城：今广东省广州市的别称。相传周夷王时，有五位仙人骑着五只口含谷穗的羊飞至此地，把谷穗赠给当地人，祝愿此地永无饥荒，言毕仙人腾空而去，羊化为石，故广州又叫羊城、穗城。

②通政：官名。明代在两京设置通政司，司设有通政使、左右通政等官。

③襟丈：妻子姊妹的丈夫。

④琴书：琴和书籍。多为文人雅士清高生涯常伴之物。

⑤九陌：泛指都城大道和繁华闹市。

⑥偏驯：喻熟习。

⑦栩蝶：出自《庄子·齐物论》："栩栩然胡蝶也。"

观海操有怀

雨暗铜驼[1]泪满巾，千峰戎马万家贫。
婴儿[2]坝上成何事，豺虎山中亦易驯。
呕哑楼船驱海若，飘摇旗帜骇游人。
不知水战谁周瑜[3]，受赏还教报捷新。

【注释】

①铜驼:铜铸的骆驼。多置于宫门寝殿之前。

②婴儿:犹年轻,指未成年人。

③周瑜:字公瑾,庐江郡舒县(今安徽庐江西南)人。东汉末年三国时期吴名将,他指挥的赤壁之战,是中国历史上著名的以少胜多的战役,直接决定三国时代魏蜀吴三国鼎立。

宋春元[1]宅上玩菊和高春元韵

(四首)

霜前淡淡景初成,一抹风光菊满庭。
清劲直符松柏操,娉婷[2]羞比女郎情。
摘簪[3]破帽人同瘦,吟傍疏篱[4]句易馨。
就里甘芳[5]能济老,错从陶令[6]得闲名。

染织风光五色[7]成,文章灿烂长公庭[8]。
可谁今日根荄[9]见,共语群芳霜雪情。
崔氏[10]一坡元有谱,陶家[11]三径亦流馨。
莫将行止花前论,未了人间吏隐名。

采采秋英[12]正落成,悠然佳思满幽庭。
甘芳易得餐时味,潇洒难忘玩后情。
暮染朝熏争出巧,融霞浥露[13]总含馨。
帽檐笑把朱英[14]插,香夺南枝[15]更有名。

到眼风光画不成，谢家[16]琼玉[17]倚芳庭。

花中清丽真谁右，雪里峥嵘似尔情。

清露匝篱花带玉，晓霞铺径霭分馨。

芳标合并梅花论，红白何妨晚著名。

【注释】

①宋春元：宋治，嘉靖癸卯科（1543年）举人，福建仙游知县。（清康熙《新会县志》）

②娉婷：形容女子姿态美好的样子。亦借指美人。

③簪：旧时用来别住头发的一种饰物。用金属、玉石、骨头等制成。

④疏篱：喻清幽、远离尘世的地方。

⑤甘芳：甜美芳香。泛指美味。

⑥陶令：指陶潜，名渊明，字元亮，东晋诗人。他曾经做过彭泽县令，故称陶令。

⑦五色：泛指各种颜色。

⑧公庭：古代国君宗庙的厅堂或朝堂。

⑨根荄：植物的根。比喻事物的根本、根源。

⑪崔氏：崔与之（1158年—1239年），又名星郎，字正子，一字正之，号菊坡。广东增城崔屋村人。祖籍河南汴京（今河南开封），曾祖因乱南迁。博陵郡望族。父世名，屡试不中，潜心学医。崔与之于南宋绍熙四年（1193年）中进士，授浔州司法参军。调淮西提刑司检法官，成为广东由太学取士的第一人。其开创的“菊坡学派”是岭南历史上第一个学术流派。

⑪陶家：指东晋诗人陶潜。

⑫秋英：秋花。

⑬浥露：湿润。

⑭朱英：红花。

⑮南枝：借指梅花。

⑯谢家：指东晋太傅谢安家，亦常用以代称高门世族之家。

⑰琼玉：比喻贤才。

明妃[1]咏用韵

将军万户[2]总婴儿[3],坐拥貔貅[4]怯鼓鞞[5]。
正念封侯[6]堪扼腕[7],空教和虏[8]借蛾眉[9]。
黄金宠歇[10]随空散,青冢[11]魂游托雁飞。
一曲琵琶恨千古,故应闻者共兴悲。

【注释】

①明妃:即王昭君,汉元帝时宫女,容貌美丽,品行正直。晋人避司马昭讳,改昭为明,后人沿用。

②万户:官名。万户为"万夫之长",总领中央的枢密院;驻于各路者,则分属于行省。

③婴儿:西汉末年,朝廷混乱。卖官鬻爵成风,军队战斗力下降,许多将军、万户侯都是封给一些刚出生不久的王子。

④貔貅:传说中一种凶猛的瑞兽。貔貅能吞万物而不泄,故有纳食四方之财的寓意,相传它有赶走邪气、带来欢乐及好运的作用。

⑤鼓鞞:古代用于祀神之鼓,属六鼓中雷鼓一类。

⑥封侯:一般指封爵,泛指显赫功名。

⑦扼腕:用一只手握住自己另一只手的手腕,表示愤怒、振奋、惋惜等情绪。是书面语言。

⑧和虏:中国古代对北方外族的贬称。这里指与外族和亲。

⑨蛾眉:指女子细长的眉毛,泛指貌美的女子。

⑩黄金宠歇:典出李白《妾薄命》,黄金就是指金屋藏娇,代指美女阿娇,这里的意思是昭君若和阿娇一样被汉朝皇帝宠信,最后仍会失去宠信。

⑪青冢:指汉王昭君墓。

惕斋[1]弟沼荷再出并头移舟观赏

（二首）

曾向华溪系短蓬[2]，银丝绘鲤醉芙蓉。
非因酒渴耽游数，自爱花奇引兴浓。
晴日漾波摇独干，轻风送霭动双红。
三年此景频真赏，回忆西湖是梦中。

共倒金樽[3]菡萏[4]旁，仙葩两两出群芳。
艳羞晋隗[5]香联佩[6]，袅[7]夺吴姬[8]色并妆[9]。
花巧娱人真有待，灵根[10]流庆故应长。
看渠[11]衮衮[12]将来征，不独槐荫数二郎[13]。

【注释】

①惕斋：区允直，字彦方，号惕斋，县廪生，胜老祖之养愚公后裔，耕侣公玄孙，区元晋同宗兄弟。（《潮连区氏族谱》）

②短蓬：即彩虹。

③金樽：中国古代的盛酒器具。

④菡萏：荷花别称，又称莲花，古称芙蓉、菡萏、芙蕖。

⑤晋隗：典出《春秋左传正义》。季隗是赤狄部族的一支廧咎如的公主，隗姓，和晋文公重耳生活了十二年。夷吾派人刺杀重耳的时候，重耳匆匆逃离狄国，临行时告诉季隗希望能抚养好孩子，等自己回来，并且说二十五年后如果回不来，就让季隗改嫁。对于季隗来说，自然不舍得他离开，但她安慰重耳好男儿志在四方，又说二十五年之后，自己已经行将就木，还嫁什么人。其言外之意就是她会抚养好孩子，也会等重耳回来。言语之中饱含着深情。这段历史典故也被后世传为佳话。

⑥联佩：佩玉相连。

⑦袅：体态柔美的样子。

⑧吴姬：吴地的美女。

⑨籹(nǚ)：古代一种环形的饼。

⑩灵根：指才德修养。

⑪渠：赣语的第三人称为“渠”，常俗化为“佢”。

⑫衮衮：古代君王等的礼服。

⑬二郎：泛指子侄辈。

经府[①]澹所宗丈[②]过访就馆[③]小洞贰室[④]旬日言别赋此留之

官里桃开客集门，芬华同忆静中村。
即看后洞花联榻，何似宗家骑僦[⑤]园。❶
三载风烟怜绝塞[⑥]，一时怀抱对青尊。
明朝休动河梁[⑦]念，棠棣[⑧]情深未忍论。

❶云中有宗家园，多桃树。尝与公宦游，息骑于此，有故乡之思。

【注释】

①经府：知府的属官，主管出纳文书事。

②宗丈：旧时同姓年长者之间的尊称。

③就馆：谓赴官廷治事之所，后用以称到主人家授徒或充幕僚。

④贰室：别室，离宫。

⑤僦：租赁。

⑥绝塞：极远的边塞地区。

⑦河梁：借指送别之地。

⑧棠棣：常用以指兄弟。

炎暑和韵

五月烦蒸奈尔多，云头焰焰火峰峨。
日侵矮屋吟依竹，风蔽低垣坐剪萝[1]。
碧斝[2]漫夸河朔饮[3]，冰山徒侈贵豪酡[4]。
北窗我爱陶潜卧，岸帻[5]朱明[6]一笑过。

【注释】

①剪萝：石竹科剪夏萝，可以全草、根入药。

②碧斝：翠玉酒杯。

③河朔饮：指夏日避暑之饮或酣饮。

④酡：像饮酒后脸上泛现的红色。

⑤岸帻：推起头巾，露出前额。形容态度洒脱，或衣着简率不拘。

⑥朱明：指夏季。《尔雅·释天》："春为青阳，夏为朱明，秋为白藏，冬为玄英。"

挽戚鳌峰[1]太守

病觉侵寻[2]已不支，犹从案牍[3]问疮痍[4]。
黄堂[5]爵未论官贵，白版扉同作士时。
报称徒勤鬓已改，乞休虽切愿多遗。
西风薤露[6]声何恶，歌向斜阳满路悲。

【注释】

①戚鳌峰：戚慎，安徽宣城人，嘉靖二十三年（1544年）甲辰科进士，嘉靖四十一年知楚府事，清介有守，折豪强翼，良善，士民思服，卒于官，囊无余财，僚属醵金以殓。（清光绪《楚雄县志》）

②侵寻：渐渐进至。

③案牍：官府文书。

④疮痍：创伤。

⑤黄堂：古代太守衙中的正堂。借指太守。

⑥薤(xiè)露：薤上的露水。中国古代著名挽歌。薤，植物的一种。

秋日拟归故乡

（二首）

秋光漠漠叹离居，五月携违[1]只一书。
老怯逢迎宁免拙[2]，病添痴懒转成疏。
江山满目堪吟咏，世事浮云任卷舒。
但得阶庭兰蕙长，白头何虑更消除。

岸容江色澹城秋，归忆故园处处幽。
坐拉曲生[3]谈旧癖，行吟饭颗[4]遣新愁。
曲终山觅桓伊笛[5]，兴剧溪乘逸少舟。
寄语凫鸥休猜讶，弄闲同尔浴清流。

【注释】

①携违：喻离开。

②免拙：谓才力不称职而不为人所知或不使人知。

③曲生：美酒的拟人称谓。典出唐郑綮《开天传信记》："曲生风味，不可忘也。"

④饭颗：饭颗山，相传是唐代长安附近的一座山。后遂用作表示诗作刻板平庸，或形容诗人拘守格律、刻苦写作。

⑤桓伊笛：桓伊，字叔夏，小字野王。东晋谯郡（今安徽宿县境内）人。

善吹笛。淝水之战立有大功。曾抚筝而歌,讽谏孝武帝应和宰相谢安合作。又曾在青溪河边应王徽之要求,奏笛曲《三调》,奏毕即离去。明代《神奇秘谱》所载琴曲《梅花三弄》,据说即根据此笛曲改编而成。后因以"桓郎笛"为巧用乐曲传达心曲的典故。

秋日黄文学[1]宴集西郭[2]山寺

红树青林满旧矶,风光闲探石桥西。

羞看白发逢秋短,敢妄浮云阅世低。

野服不妨荷芰[3]缉,锦囊应为茝兰[4]携。

乘凉欲了朱明[5]约,行处须扶太乙藜[6]。

【注释】

①黄文学:黄选,号臞苏,邑庠生。文学,儒生,泛指有学问的人。

②西郭:西边外城。

③荷芰:指荷叶与菱叶。《楚辞·离骚》:"制芰荷以为衣兮,集芙蓉以为裳。"

④茝兰:白芷与兰草的合名,通常泛指具有香气的草本植物。

⑤朱明:指立夏节。

⑥太乙藜:典出《三辅黄图·阁》,汉代学者刘向元宵节时一人在天禄阁校书,有一黄衣老者进来燃拐杖照明,自称是太乙星的精魂。

横江[1]吴丈[2]以诗求和答之

江湖满地一溪津,巾栉[3]随时冬复春。

辟草莱开三径路,举杓[4]尊属几闲人。

背城屋破山连榻,钓石溪清影蘸云。

却喜鱼笺[⑤]慰岑寂[⑥]，调高疑在郢中[⑦]闻。

【注释】

①横江：新会县棠下镇横江村（现江门市蓬江区）。

②吴丈：即百户吴世杰，见泉公姻亲，吴兆奇之祖父。区氏参政越孙女，为百户吴兆奇妻，年二十五，奇卒，孀守孝事祖姑，里老具呈，知县王命璇表其闾曰："贤节馨闻。"百户吴兆奇，世杰孙，以生员袭；吴继爵，兆奇子，恩授千户。（清康熙《新会县志》）

③巾栉：巾和梳篦。泛指盥洗用具。

④杓：舀东西的器具。

⑤鱼笺：鱼子笺的简称。古时四川所造的一种纸。

⑥岑寂：高而静。亦泛指寂静。

⑦郢中：郢中歌。指高雅的乐曲或诗文。

寿吴碧冈[①]八十一诞

三度函关寿未央[②]，新诗曾记侑[③]秋觞。

风光窈窕菊犹媚，淑气舒徐梅又香。

黄鹤每随穿壑杖，红尘不上钓溪[④]航。

当筵莫讶仙筹[⑤]亟，自是闲人岁月长。

【注释】

①吴碧冈：据考证，新会古井文楼有吴碧冈墓。吴世杰，屡有战功，寿八十。（明万历《新会县志》）"寿八十"，疑《新会县志》讹误，同期的《新会县志》记述区越的年龄也为讹误。

②三度函关寿未央：典出老子出世传说，喻吉祥，长寿无疆。

③侑：劝进肉食。劝食，助食。

④钓溪：钓鱼之溪畔。

⑤仙筹：指仙人为他人来筹划决定增添其寿，如鹤一样长命百岁。

元日[1]书怀

岭屋烟晴腊已消，太和[2]再睹圣明朝。
屠苏[3]集宴聊从俗[4]，丁卯题诗不用桥[5]。
别院[6]风生杨柳细，小池暖动鹭[7]凫[8]骄。
春光杖履堪乘兴，更枉比邻折简招[9]。

【注释】

①元日：即春节，中国最隆重的传统节日，在中国指农历正月初一，又叫阴历年。

②太和：人的精神、元气；平和的心理状态。

③屠苏：一种酒的名字。饮屠苏酒，意为屠绝鬼气，苏醒人魂，是过年的一种风俗。据说于元日早上喝此酒，可保一年不生病，以后便将春节喝的酒统称“屠苏酒”。

④从俗：依从习俗。

⑤丁卯题诗不用桥：丁卯，明隆庆元年（1567 年）。丁卯桥建于晋元帝时，位于江苏省镇江市城南三里丁卯港。晋元帝子裒镇广陵，运粮出京口，为水涸，奏请立埭，以丁卯日制可，后人筑桥，因名。唐朝许浑长居于京口（今江苏镇江）丁卯涧，以“丁卯”名其诗集，因此丁卯桥随着许浑的名声而著名。宋陆游《小筑》诗：“虽非隐士子午谷，宁愧诗人丁卯桥。”这句诗比喻在丁卯年不用在丁卯桥上也可题诗。

⑥别院：顾名思义，就是主宅院之外的同属于一个主人的宅院。别院可以在主宅院的旁边、附近，也可以和主宅院相隔甚远。别院里住的通常是家里的亲戚或者主人本人，当然也有空置的情况。在大家庭里，家族的旁支或者与当家人关系不好的成员大都住在别院。

⑦鹭：鸟类的一科，翼大尾短，嘴直而尖，颈和腿很长，常见的有白鹭。

⑧凫：水鸟，俗称“野鸭”，雄的头部为绿色，背部为黑褐色，雌的全身为

黑褐色，常群游湖泊中，能飞。

⑨折筒招：折筒，就是折断、折半的竹筒。也通“折柬”。古人以竹筒当纸，所有折半的竹筒就像我们今天随便裁下一条纸写信一样。招，在这里通“召”，就是召来、召集的意思。这里指发请柬。

送春和韵

正好春光伴石台，踟躇[1]无奈绿阴来。

香销栩蝶[2]余新梦，子满[3]岩花[4]忆旧开。

绕径柔丝闲白昼，倚楼飞絮点清醅[5]。

多情最是东邻[6]笛，犹送寒梅到酒杯。

【注释】

①踟躇：心里迟疑，要走不走的样子。同踟蹰。

②栩蝶：美梦。栩栩，喜貌。《庄子·齐物篇》：“梦为蝴蝶，栩栩然蝶也。”喻美好的梦境。

③子满：比喻花朵盛开后缀满了初结的果子。

④岩花：岩石上的花丛。

⑤醅：书面用字，指没有过滤的酒。泛指酒。

⑥邻：古籍为“僯”。

贻诸孙业师[1]解馆[2]

（二首）

炳炳[3]寒灯剪夜残，青衿[4]从此励鸡坛[5]。

过蒙启迪功逾倍，渐觉云霄步不难。

百折且同川到海，九还[6]须借学成丹。

寸阴许续西斋⑦约,莫把悠然岁月看。

开遍梅花腊未残,东风遥泄到书坛。
可应桑梓⑧归宁易,独感光阴送别难。
剑佩⑨拂霜星斗灿,客裘笼日晓枫丹。
须知此景辛勤处,博取长安锦杏⑩看。

【注释】

①业师:指教育过自己的老师。

②解馆:指塾中休假。

③炳炳:光彩照耀貌。

④青衿:贤士的代称。古指读书人。

⑤鸡坛:晋周处《风土记》:"越俗性率朴,初与人交,有礼,封土坛,祭以犬鸡,祝曰:'卿虽乘车我戴笠,后日相逢下车揖。我步行,卿乘马,他日相逢卿当下。'"后遂以"鸡坛"为交友拜盟之典。

⑥九还:指九还丹。九还丹者,第一丹名丹华,第二丹名神丹,第三丹亦名神丹,第四丹名还丹,第五丹名饵丹,第六丹名炼丹,第七丹名柔丹,第八丹名伏丹,第九丹名寒丹,皆云服之成仙也。道教谓经九次提炼。比喻反复诵读。

⑦西斋:文人的书斋。指西屏公家族的私塾。

⑧桑梓:代指故乡或父老乡亲。

⑨剑佩:宝剑和垂佩。

⑩锦杏:泛指授徒讲学之处。

春游和施处士韵

（二首）

会惜芳菲步出津，芙蓉扶我远寻春。
红随流水桃浮涧，绿暗长亭柳袭人。
日炙幽花林绽锦，潮回洲渚岛生云。
乾坤何处融和趣，前者歌传后者闻。

陶令归来柳外津，看残秋菊又看春。
虽凭绿醑[①]倾佳节，也爱酡颜伴里人。
何处微词销白璧，尚怜素发倚青云。
东风传得幽禽语，空对韶光一慨闻。

【注释】

①绿醑：绿色美酒。唐太宗《春日玄武门宴群臣》诗："清尊浮绿醑，雅曲韵朱弦。"

李与崖以元宵寄怀诗并黄柑[①]惠教答之

诗来兼拜黄柑惠，遥忆遗柑出帝扉[②]。
时节可缘金紫[③]重，月华无间草茅稀。
花深小院灯光灿，鱼杳[④]长江尺素[⑤]违。
何限幽怀君在远，一年惆怅兔乌飞[⑥]。

【注释】

①黄柑:柑的一种。

②帝扉:官门。

③金紫:金鱼袋及紫衣。唐宋的官服和佩饰。亦用以指代贵官。

④鱼杳:鱼沉雁杳,比喻书信不通,音信断绝。

⑤尺素:小幅的丝织物,如绢、帛等。

⑥兔乌飞:古时传说日中有三足乌,月中有兔,故以“乌飞兔走”比喻日月运行,光阴流逝。

小儿日章①纳妇②恭和严君③霜押示之

爱尔婚姻及盛年④,承家⑤何必问庄田⑥。

关雎⑦诗上求风化⑧,鸾凤⑨声中陋管弦⑩。

警戒⑪尚闻星有烂,翱翔无谓弋⑫非贤。

而家祖德⑬三槐并,看衍箕裘⑭奕叶千。

【注释】

①日章:区日章,字仲修,号渭渊,庠生,礼部儒士。(《潮连区氏族谱》)

②纳妇:娶妇。

③严君:指父亲。西屏公有诗《孙日章新婚诗以示之》,见《乡贤区西屏集》卷二。

④盛年:指青壮年。

⑤承家:承继家业。

⑥庄田:专门设庄管理而大规模租给佃户耕种的田地,泛指田亩土地。

⑦关雎:《关雎》在《诗经》中位于卷首,《毛诗序》认为这首诗是赞美“后妃之德”的,以为女子只有忠贞贤淑、含蓄克制,才能够配得上王侯。因此,把这首诗放在《诗经》之首,以明教化。现在一般认为它是一首优秀的爱情诗。

⑧风化：犹风教、风气。

⑨鸾凤：比喻夫妇。

⑩管弦：泛指音乐。

⑪警戒：戒备，戒惧。

⑫弋：指禽鸟。

⑬祖德：祖宗的功德。

⑭箕裘：比喻先辈的事业。

叠韵写怀

阿翁①还笑作翁年②，养鹤家贫费鹤田。
每把诗书贻燕翼③，预调心性到韦弦④。
开尊便续芳园乐，爱客谁如北海⑤贤。
试课⑥溪头花柳句，东风红紫又成千。

【注释】

①阿翁：为老年男子的自称。

②翁年：年纪大。

③燕翼：《诗经·大雅·文王有声》："丰水有芑，武王岂不仕。诒厥孙谋，以燕翼子。"后以"燕翼"谓善为子孙后代谋划。

④韦弦：《韩非子·观行》："西门豹之性急，故佩韦以自缓；董安于之心缓，故佩弦以自急。故以有余补不足，以长续短之谓明主。"后因以"韦弦"比喻外界的启迪和教益。用以警戒、规劝。

⑤北海：古代帝王宫苑。

⑥试课：考核，考查。

寓省与年丈洞泉彭邦伯话旧喜洞泉令孙登第

寒江雪舫忆桐城①,聚首仙羊岁屡更。

枕上风涛犹在梦,灯前尊酒不胜情。

黄云②泽满千家颂,珠海③鹏抟万里程。

种德④几人流后裔,对君时复⑤好怀生⑥。

【注释】

①桐城:桐城古为“七省通衢”,有“中国文都”“江淮第一城”之美誉。明代桐城属安庆府,直隶京师。

②黄云:黄云山,位于新会城北,见泉公先严慈合葬于此山。

③珠海:喻宦海。

④种德:犹布德。施恩德于人。

⑤时复:时常。元关汉卿《青杏子·离情》套曲:“与怪友狂朋寻花柳,时复间和哄消愁。”

⑥怀生:安于生计。

卷三

七言律诗

方伯岑浦谷[①]年丈宅上赋别之任

（二首）

一自承恩[②]出凤城[③]，江山随处是官程。
力存老马休论齿[④]，心竭丹葵[⑤]且吐英。
雪岸每依星旆[⑥]转，彩云还傍晓帆行。
相思别后何时会，迢递[⑦]关河[⑧]听雁声。

案上烟霞拂纸明，诗篇重赠感君情。
自怜毛发星星染，犹对风云故故生。
揽辔[⑨]长飔[⑩]吹袂[⑪]急，倚船新月照江清。
酒狂击剑高楼上，星斗分明接帝城。

【注释】

①岑浦谷：岑万，字体一，号浦谷，顺德人，嘉靖五年（1526年）丙戌科进士。

②承恩：蒙受恩泽。

③凤城：京都的美称。

④论齿：论年岁，按年龄说。

⑤丹葵：向日的葵花。比喻忠君之心。

⑥旆：古时旌旗末端形状像燕尾的飘带，泛指旌旗。

⑦迢递：遥远的样子。

⑧关河：关塞，关防。泛指山河。

⑨揽辔：挽住马缰。

⑩飔：疾风劲吹时发出的啸叫声。

⑪袂：袖子。

和诸亲友赠行韵

徘徊心自故园长，修竹檀栾[1]兰蕙苍。

门外客来邀憩[2]石，阶前孙舞引登堂[3]。

径连裘仲[4]何须约，声奏埙篪[5]底用腔。

此日临歧[6]分手去，春光相忆岭云香[7]。

【注释】

①檀栾：秀美貌。诗文中多用以形容竹。

②憩：休息。

③登堂：升上厅堂。

④裘仲：指汉代羊仲、裘仲。后用以泛指廉洁退隐之士。

⑤埙篪：埙与篪。皆乐器。引申为谐和、和顺。

⑥临歧：本为面临歧路，后亦用为赠别之辞。

⑦岭云香：指昔日品茗赏景。

中秋三宝硐[1]采矿定课[2]感述

戎马纵横百战残，征诛[3]容易运储难。

苍岩宝镪[4]知多少，黄纸[5]征书[6]重往还。

一自兵车[7]违井野，便从煮铸[8]遍江山[9]。

不才[10]行役[11]嗟何补，徒赋皇华[12]独悚[13]颜。

【注释】

①硐：山洞，窑洞。

②定课：定赋税的金额。

③征诛：讨伐。

④宝镪(qiǎng):皇家所赐的钱。

⑤黄纸:祭拜亲人亡灵,在坟前燃烧的一种黄色的纸,俗称钱粮。人们认黄纸为地下世界的黄金。祭拜用黄纸就是代替黄金之意。

⑥征书:古代记载灾异征兆的纬书。

⑦兵车:借指兵威、武力。

⑧煮铸:即铸山煮海,典出《史记·吴王濞列传》:"吴有豫章郡铜山,濞则招致天下亡命者盗铸钱,煮海水为盐。"这里指开发自然资源。

⑨江山:江河山岳。

⑩不才:没有才能的人。亦为对自己的谦称。

⑪行役:旧指因服兵役、劳役或公务而出外跋涉。

⑫皇华:赞颂奉命出使或出使者的典故。

⑬悚:一般表示惊恐、害怕的意思。

景东[①]郡查盘[②]见赵东台少参壁间诗用韵呈诸郡守

休说云飞与鸟翔,此身云鸟共遐乡。

征输[③]自昔曾何失,皮絣[④]于今亦改常[⑤]。

鹿性未驯虞❶可即,金科[⑥]恒唤吏堪将。❷

从前欲继文翁[⑦]绩,申告皇明[⑧]谕俗章[⑨]。

❶虞,山泽官。

❷景风野梗如鹿,[⑩]吏不能掺法,故钱粮逋负[⑪]。

【注释】

①景东:景东彝族自治县,位于云南省西南部,是滇南连接滇西的咽喉。

②查盘:检查盘点。

③征输:征收赋税。

④皮絣(bēng):指朝服、官帽。絣,穿甲的绳子。

⑤改常:犹反常。改变常态。

⑥金科:法律,法令。

⑦文翁(前187年—前101年):名党,字仲翁,西汉官吏。庐江郡舒县(今安徽庐江)人。汉景帝末年为蜀郡守,兴教育、兴贤能、修水利,政绩卓著。

⑧皇明:皇帝的圣明。封建时代臣下对皇帝的谀辞。在古代,人们普遍把执政者神化,借此巩固人们心中的神圣信仰。

⑨谕俗章:即谕俗文,是指地方官员对民众发布的布告、榜文。

⑩景风野梗如鹿:景东郡的民风像野鹿一样生硬,不随和。

⑪逋负:拖欠赋税、债务。

晓行迷渡道中和中溪李侍御[1]

苇树潇森叶拥关,鸣驺[2]凌晓度前山。

马窥侧径愁霜滑,人过危桥怯水潺。

荏苒[3]风尘千感集,奔驰世路几时闲。

春来念念交溪[4]远,徒羡飞云自往还。

【注释】

①中溪李侍御:即李元阳(1497年—1580年),字仁甫,号中溪,别号逸民,大理府太和县人,白族。嘉靖五年(1526年)丙戌进士,明代云南著名文学家、理学家,著有《中溪漫稿》《心性图说》等。

②鸣驺:古代随从显贵出行并传呼喝道的骑卒。有时借指显贵。

③荏苒:(时间)渐渐过去。

④交溪:古称长溪,是闽东最大的河流。上源东溪和西溪均出于太姥山、鹫峰山和与浙江省毗邻的洞宫山脉。

夜访经历[①]区澹所宗丈化仙硐中

惊湍喧浪落寒湾，万室燃灯列火山。

金埒[②]景饶[③]须尽醉，玉华[④]秋好共忘还。❶

力倾琢石求应苦，课在囊沙[⑤]得亦难。❷

千载输边谁卜式[⑥]，笑从铢两[⑦]献龙颜。

❶言化仙硐中景。

❷言采矿之苦，征课之难。

【注释】

①经历：明清时院、司、府属官，职掌出纳文书。

②金埒（liè）：用钱币筑成的界垣。喻富裕。

③景饶：喻富庶。

④玉华：指纯洁如玉的白花，多指菊、梅等。

⑤囊沙：指韩信囊沙破敌之计。

⑥卜式：西汉大臣，河南郡（今属河南）人。以牧羊致富。武帝时，匈奴屡犯边，他上书朝廷，愿以家财之半捐公助边。帝欲授以官职，卜式辞而不受。又以二十万钱救济家乡贫民。朝廷闻其慷慨爱施，赏以重金，召拜为中郎，布告天下。他以赏金悉助府库；身为郎，仍布衣为皇家牧羊于山中。武帝封其为缑氏令，以试其治羊之法，有政绩，赐爵关内侯。元鼎中期，官至御史大夫。后因反对盐铁官营，又兼不习文章，贬为太子太傅，以寿终。

⑦铢两：一铢一两。引申为极轻的分量。

和答诗人

忆昔花源旭日黄，拜公忙上候潮航。
情深每恨分携远，诗好不知歌咏长。
十二窝中饶浩荡，三千界①外任苍茫。
消将诗律②参冬律，词叠森严字字霜。

【注释】

①三千界："三千大千世界"的省称。略称"大千世界"。佛教说一日月照四天下，覆六欲天、初禅天，为一"小世界"；一千个小世界覆一二禅天，为一"小千世界"；一千个小千世界覆一三禅天，为一"中千世界"；一千个中千世界覆一四禅天，为一"大千世界"。一大千世界有小、中、大三种"千世界"，故称三千大千世界。比喻俗世之外的地方。

②诗律：诗的格律。

约同社舟游

梅坞①参差柳岸黄，雪晴幽意满轻航。
正思招隐②无公右③，敢妄临流④滥我长。
九陌嚣尘方隔断，五湖春色又弥茫。
好知范蠡⑤游非浅，一棹⑥清风亘⑦万霜。

【注释】

①梅坞：指梅园。

②招隐：征召隐居者出仕。

③右：古代以左为尊，以右为尚，故尊左贵右，尊道贵德。比喻比不上。

④临流：坐在水边。

⑤范蠡:生卒年不详,字少伯,又名鸱夷子皮或陶朱公,原为春秋末越国大夫、谋士。后以经商致富,广为世人所知,后代许多生意人皆供奉他的塑像,称之为财神。

⑥一棹:一桨。借指一舟。棹,古籍为“掉”,拟为笔误。

⑦亘:空间和时间上延续不断。

寿东沂杨邦伯诞

昨夜台光[①]烛岳嵩,晓听歌祝四民[②]同。
勋阶[③]公自跻天上,福祉人咸[④]指日东[⑤]。
保障功成卑尹铎[⑥],崇儒化浃[⑦]并文翁。
试看霜后阳和满,可是南山淑气[⑧]融。

【注释】

①台光:为邀请他人赴会的敬辞。

②四民:古代所谓四民,指士、农、工、商。

③勋阶:勋官的等级。

④咸:都,全。

⑤日东:日东月西,比喻远隔两地,不能相聚。

⑥尹铎:少昊的后裔,晋卿赵鞅的家臣。

⑦浃:喻深入、透。

⑧南山淑气:指天地间神灵之气。南山,指南岳衡山。淑气,温和之气。

崖山[①]吊古和石泉吴博士[②]

（三首）

潇然雨打复风吹，祠殿荒芜世代移。
共道从龙能报主，岂期浴日[③]竟沉儿。
悲风入海号偏壮，正气凌山屹不欹。
读罢诸忠殉国咏，泪痕随墨共淋漓。

十万相随海上州，安能一苇障颓流[④]。
终朝鼎足[⑤]能存汉，岂有遗黎[⑥]可复周。
运去风徒污闰历[⑦]，时危龙亦负翔游[⑧]。
空余千古忠魂在，山自高深水自悠。

宋代纲常[⑨]万死收，燕云[⑩]崖水漫沉浮。
风传蜀鸟哀仙驭[⑪]，雨湿陵花泣帝丘[⑫]。
坐剔断芜看古碣[⑬]，行寻折戟问渔舟。
长江似诉当时恨，日夜寒声咽暮秋。

【注释】

①崖山：山名，又名崖门山。位于广东新会南面，东有崖山，西有汤瓶山，对峙如门，形势险要。宋绍兴时置崖山寨，为扼守南海门户。宋末为抗元最后据点，陆秀夫负帝昺投海于此。

②石泉吴博士：吴天赋，号石泉，福建龙岩人，岁贡，嘉靖四十五年（1566年）任教谕，志行光洁以升去。（清康熙《新会县志》）博士，郡博士，府学学官。古籍为“石源吴博士”，拟为笔误。

③浴日：指太阳初从水面升起。

④颓流：下坠。

⑤鼎足：比喻处于重要的地位。

⑥遗黎：亡国之民。

⑦闰历：岁历。

⑧负翔游：喻在海中游翔。指投海。

⑨纲常："三纲五常"的简称。封建时代以君为臣纲、父为子纲、夫为妻纲为三纲，以仁、义、礼、智、信为五常。

⑩燕云：明代京都地区。

⑪仙驭：婉辞，古谓人死为驾鹤仙游，因称"仙驭"。

⑫帝丘：指帝王建都的地方。

⑬古碣：遗留下来古旧的、圆顶的石碑。

紫　菊

数亩烟霞漫托家[①]，种花闲作老生涯。

行看紫艳开三径，坐课[②]游峰趁两衙[③]。

自爱根荄求品异，肯夸容色到秋加。

朱砂[④]他日灵源[⑤]满，凭泛长生采药槎。

【注释】

①托家：栖止。喻寄居、停留。

②坐课：谓因上级考核。

③两衙：明清时，六科给事中与都察院各道监察御史官署合称"科道两衙门"。

④朱砂：又称辰砂。为古代方士炼丹的主要原料，也可制作颜料、药剂。

⑤灵源：指隐者所居、远离尘世之地。

白长春花[①]

小圃长春莫问年，年年人在锦丛边。

对花少中三杯后，抚景何如念载前。

香拆银苞[②]微带露，娇生素艳薄匀烟[③]。

梦中蝴蝶[④]谁传笔[⑤]，为写花神邂逅缘。

【注释】

①白长春花：夹竹桃科长春花属的植物。分布于广东、广西、湖北武汉等地。

②香拆银苞：芳香缓缓盛开的花苞。

③薄匀烟：比喻细雨蒙蒙的情景。

④梦中蝴蝶：庄周梦蝶，典出《庄子·齐物论》，是战国时期道家学派主要代表人物庄子所提出的一个哲学命题。在其中，庄子运用浪漫的想象力和美妙的文笔，通过对梦中自己变化为蝴蝶和梦醒后蝴蝶复化为自己的事件的描述与探讨，提出了人不可能确切地区分真实与虚幻和生死物化的观点。

⑤传笔：传笔梦，南朝梁纪少瑜曾梦见陆倕把一束青镂管笔送给他，从此文章大进。后人因以“传笔梦”为文思精进之典。

菊日登高和答黄象谷[①]

（二首）

茅柴尊尽[②]隔林呼，此兴龙山[③]亦有无。

岳色萦回穿壑履[④]，海潮隐见济川舻[⑤]。

行随少室[⑥]夸庐阜[⑦]，老爱知章[⑧]觅鉴湖[⑨]。

短鬓不嫌茱菊满，是谁顽健笑狂夫。

四野秋声入阵呼，消将词叠较虚无。

挥毫有客屯云鸟，横槊[10]何人赋舳舻[11]。

正好千山开景界，尚怜一念绕江湖。

关河[12]自昔无穷事，赖有公才出万夫[13]。

【注释】

①黄象谷：黄孚，字颙伯，号鸣鹤，岁贡，昌化训导，福建德化教谕，著有《太极匙》《性理真鉴》《白沙遗事》《两化集》《象谷诗稿》。（万历《新会县志》）

②尊尽：干杯。

③龙山：位于新会县城东北。

④蹙履：比喻行走在深谷。

⑤济川舻：喻渡河的大船。

⑥少室：少室山，为嵩山最高峰，山北五乳峰下有声威赫赫的少林寺。

⑦庐阜：小庐山。位于新会县城东，陈献章（白沙）宅小庐山。

⑧知章：贺知章，字季真，晚年自号“四明狂客”“秘书外监”，越州永兴（今杭州萧山区）人，唐代诗人、书法家。

⑨鉴湖：位于浙江省绍兴城西南，为浙江名湖之一。俗话说“鉴湖八百里”，王羲之“山阴道上行，如在镜中游”的诗句所言无虚。贺知章受此“湖山奇丽”而终老此乡。

⑩横槊：形容气概豪迈。

⑪舳舻：指首尾相接的船只。

⑫关河：古称朱提江，发源于五莲峰南段，从南向北流经鲁甸、昭通、大关、盐津、水富五县市。据古籍资料载，每年仅转运京铜即达百万斤。

⑬万夫：万人，万民，众人。

拜黄云山[1]叠韵

缥缈如闻鹤到呼，黄云精爽[2]漫云无。
不乘邺下[3]双凫舄[4]，定泛西来一叶舻。
瞻拜几回增感慨，严慈[5]随念满江湖。
诵余荐藻[6]高冈句，白发何情着此夫。

【注释】

①黄云山：位于新会，在城西北一里，见泉公先严慈合葬于黄云山。

②精爽：魂魄。

③邺下：今安阳市的代称。东汉后期曹魏政权胁持汉献帝的地方。

④双凫舄(xì)：传说东汉明帝时叶县令王乔有神术，尝化两舄为双凫，乘之至京师。后因用为县令的典实。舄，重木底鞋，古时最尊贵的鞋，多为帝王大臣穿。

⑤严慈：指父母。

⑥荐藻：指华丽的文辞。

祈雨祀龙[1]和门生洱霞李春元[2]

胜日[3]寻芳曲折行，直探龙窟为春耕。
蚁诚[4]敢自违三宿[5]，肤寸[6]真祈冒万生[7]。
高涧泉分低涧满，前坡秧接后坡青。
嘉征有兆吾何虑，坐听流莺出谷声。

【注释】

①祈雨祀龙：龙是古人想象中能够飞天入地的神物，并一直被当作掌管雨水的水神进行崇拜和祭祀。在明代，新会祈雨祀龙活动是当地的一个

重要民俗。

②李春元：李以龙，字宇见，东亭人，嘉靖戊午科（1558 年）举人，不仕，有传。（清康熙《新会县志》）

③胜日：指亲友相聚或风光美好的日子。

④蚁诚：犹蚁忱。谦辞，犹言微末的真诚。

⑤三宿：犹言三日；三夜。谓时间较久。

⑥肤寸：谓云气逐渐集合。

⑦万生：犹众生。泛指老百姓。

东台赵中宪[1]观伎[2]诗来和寄

榆荚[3]风轻叶点池，采春弦管任穿篱。

娇歌紫燕调新舌，纤舞夭桃[4]妒滟肌。

矍铄[5]将军犹挂齿，风流[6]京兆[7]漫谈眉[8]。

细听玉柱[9]传心事，更觉鱼书[10]约会迟。

【注释】

①赵中宪：赵汝濂，字敦夫，号雪屏。明清为文职正四品封阶。中丞的别称。

②观伎：意指观看歌伎表演。伎，古代指以歌舞为业的女子。古籍为“妓”。

③榆荚：榆树的果实。初春时先于叶而生，连缀成串，形似铜钱，俗呼榆钱。

④夭桃：喻艳丽的桃花。

⑤矍铄：形容老人目光炯炯、精神健旺。

⑥风流：指有才学而不拘礼法。

⑦京兆：指京师所在地区。

⑧眉：借指美女。

⑨玉柱:玉制的弦柱。亦指代琴、瑟、筝等弦乐器。

⑩鱼书:《乐府诗集·相和歌辞十三·饮马长城窟行之一》:"客从远方来,遗我双鲤鱼。呼儿烹鲤鱼,中有尺素书。"后称书信为"鱼书"。

谒[1]陈白沙先生书院[2]次同年[3]赵司务[4]韵

清秋[5]祠外水明砂,千古高风岂易夸。
一表孤诚[6]陈魏阙[7],百年慈母[8]共天涯。
学亏易简[9]终旁径,道接朱程[10]是大家。
此日瞻依[11]庑阶[12]下,羹墙[13]如在思弥加。

【注释】

①谒:拜谒。

②陈白沙先生书院:陈白沙(1428年—1500年),原名献章,字公甫,号石斋,别号碧玉老人、玉台居士、江门渔父、南海樵夫、黄云老人等。本是新会城北圭峰山下都会村人,少年时随祖父迁居白沙乡(今属江门市蓬江区)的小庐山下,故后人尊称为"白沙先生"。陈白沙是明代著名的思想家、教育家、书法家、诗人。书院即小庐山书院,今废。

③同年:科举时代称同榜或同一年考中者为同年。

④司务:官名。明代六部都设有司务。掌出纳文书及衙署内部杂务。其官署名司务厅。

⑤清秋:明净爽朗的秋天。

⑥孤诚:忠贞自持,不求人体察的节操。指忠贞自持的人。

⑦魏阙:古代宫门外高大的建筑,用作朝廷的代称。

⑧慈母:陈白沙曾为门人区越(区元晋父)作《慈母歌》和《慈母诗》。

⑨易简:平易简约。

⑩朱程:程朱理学亦称程朱道学,是宋明理学的主要派别之一,也是理学各派中对后世影响最大的学派之一。其由北宋河南人二程(程颢、程颐)兄弟开始创立,其间经过弟子杨时,再传罗从彦,三传李侗的传承,到南宋

朱熹集为大成。

⑪瞻依:瞻仰依恃。表示对尊长的敬意。

⑫庑阶:廊庑和台阶。

⑬羹墙:《后汉书·李固传》:“昔尧殂之后,舜仰慕三年,坐则见尧于墙,食则睹尧于羹。”后以“羹墙”为追念前辈或仰慕圣贤的意思。

陈南斋考擢[①]社师[②]

不将糟粕用工夫,老斫[③]轮非卓士乎。
白首芸窗[④]甘扫晷[⑤],清秋云社又开徒。
志同枥骥[⑥]闻风壮,诗对霜台[⑦]影月孤。
从此华山更秘术[⑧],睡仙图作醒仙图。

【注释】

①擢:提拔,提升。

②社师:社学的教师。元、明、清时于大乡巨镇各置社学,以生员为社师。

③老斫:谓精于其艺,经验丰富的老手。典出《庄子·天道》:“是以行年七十而老斫轮。”斫,砍,削。

④芸窗:指书斋。

⑤晷(guǐ):古时按照日影测定时刻的仪器。

⑥枥骥:俯首马槽上的骏马。喻有抱负未能施展者。

⑦霜台:御史台的别称。御史职司弹劾,为风霜之任,故称。

⑧秘术:民间流传的绝密之术,通常都有着神奇的力量。

题熊邑博[①]南天[②]遥祝卷

芹曝[③]难消五尺天[④],寝兴何日罄[⑤]亲前。
望遥南极心徒恋,思入蟠桃席共传。

建水[6]春生[7]琼液[8]满，幔亭[9]云霭[10]瑞光[11]连。

称觞[12]看取他年[13]寿，捧檄[14]还居戏彩[15]先。

【注释】

①熊邑博：熊濂，福建瓯宁人，岁贡，隆庆二年(1568年)任新会教谕，以升去。(清康熙《新会县志》)

②南天：指南方。有时特指岭南地区。

③芹曝：谦辞。谓所献微不足道。

④五尺天：谓宫廷。

⑤罄：尽也。

⑥建水：建水县，位于云南省南部红河北岸，素有"文献名邦""滇南邹鲁"之称。

⑦春生：犹言春天到来。

⑧琼液：指美酒。

⑨幔亭：用帐幕围成的亭子。

⑩云霭：云气，云雾。

⑪瑞光：吉祥之光。

⑫称觞：举杯祝酒。

⑬他年：犹言将来，以后。

⑭捧檄：典出《后汉书·刘平等传序》毛义捧檄的故事。后以"捧檄"为为母出仕的典故。

⑮戏彩：喻孝养长辈。

腊菊并头呈何春元[1]昆玉[2]

谁家能有此花枝，紫焰凌霜晚出奇。

正爱联芳[3]同一蒂，莫因连璧辨双姿。

容无俯仰偏撩酒[4]，香岂寻常可欠诗。

试向高堂[5]占瑞应[6]，会从花外见郊祁[7]。

【注释】

①何春元：何孟伦，字慎明，河塘人，嘉靖甲午科（1534年）举人，嘉靖二十年（1541年）辛丑科进士，官户部郎中。

②昆玉：对别人兄弟的美称。

③联芳：比喻两种美好的事物在一起，佳偶天成，相得益彰。

④擦洒：用手舀酒。

⑤高堂：指父母。

⑥瑞应：古代以为帝王修德，时世清平，天就降祥瑞以应之，谓之瑞应。

⑦郊祁：宋代宋郊、宋祁兄弟的并称。后遂以"郊祁"为称人兄弟并美之词。

赠石泉吴郡博[1]归隐

一脉苏湖[2]阐四科[3]，俊髦[4]从此诵菁莪[5]。

先生岂可栋梁负，山斗其如瞻恋[6]何。

柳折邮亭[7]青蔟骑，桃临流水锦生波。

春光念念长江远，无恨离情听棹歌[8]。

【注释】

①石泉吴郡博：吴天赋，号石泉，福建龙岩人，岁贡，嘉靖四十五年（1566年）任教谕，志行光洁以升去。（清康熙《新会县志》）郡博，府学学官。

②苏湖：指"苏湖教法"，又名"分斋教学法"。是北宋教育家胡瑗在苏州、湖州两地办学，率先开创的一种教法。

③四科：孔门四种科目。指德行、言语、政事、文学。

④俊髦：才智杰出之士。

⑤菁莪（é）：《诗经·小雅·菁菁者莪序》："菁菁者莪，乐育材也，君子能长育人材，则天下喜乐之矣。"后以"菁莪"指育才。

⑥瞻恋:仰慕,依恋。唐薛存诚《谒见日将至双阙》诗:“雕虫竟何取,瞻恋不知回。”

⑦邮亭:古时传递文书的人沿途休息的处所,驿馆。

⑧棹歌:行船时所唱之歌。

寄年家[1]敬所筠源黄博士

燕邸[2]依稀六十年,书来往事只凄然。

仪刑[3]天上思双老,身势[4]壶中仅五仙[5]。

高谊[6]金兰[7]真不替,故家乔梓[8]总堪传。

却惭儿稚皆豚犬[9],不及名门韦曲[10]贤。

【注释】

①年家:科举时代同年登科者两家之间的互称。明末以后,往来通谒,不论有无年谊,概称年家。

②燕邸:泛指旧时官员在京师的邸舍。

③仪刑:效法。

④身势:人的一举一动。

⑤五仙:道教五仙指天、地、神、人、鬼。

⑥高谊:深情厚谊。多用于敬称别人的情谊。

⑦金兰:形容友情深厚,相交契合。

⑧乔梓:喻父子。

⑨豚犬:谦称,称不成器的儿子。

⑩韦曲:地名,唐代位于长安城南郊,因韦氏世居于此而得名。今属陕西省西安市长安区。

和西洲唐郡伯[①]对竹赋

鸣玉[②]锵锵翠满阑，济川[③]佳致此时看。
春风不厌儿孙长，劲节尤宜霜雪寒。
栖凤每留千岁实[④]，掣鳌还付八冥竿。
高楼取就西山外，谁玩当年傲吏[⑤]冠。

【注释】

①西洲唐郡伯：即唐胄（1471 年—1539 年），字平侯，号西洲，海南琼山人。弘治十五年（1502 年）进士，官至户部左侍郎。郡伯，爵名。古籍为“西洲曾郡伯”，拟为笔误。

②鸣玉：指风铃。用碎玉片组成。风吹相击发声，即知有风。古称占风铎。

③济川：犹渡河。语出《尚书·说命上》：“爰立作相。王置诸其左右。命之曰：‘朝夕纳诲，以辅台德。若金，用汝作砺；若济巨川，用汝作舟楫。’”后多以“济川”比喻辅佐帝王。

④千岁实：千年结出的果实。形容果实的美好、难得。

⑤傲吏：不为礼法所屈的官吏。

举孙和诸亲友贺章六举孙凡六首

（六首）

郁葱佳气溢比邻[①]，枕畔添孙报祖勤。
正念槐阴弥岁月，重逢释氏[②]送麒麟[③]。
诗书一味贫堪业，水竹千茎世有人。
笑酌金罍[④]同客醉，燕山[⑤]容易超芳尘[⑥]。

筵开汤饼[7]集亲邻，爱汝书来属念[8]勤。
万里襟怀欢二老[9]，三年门第[10]获双麟。
命名类祖应惭我，继业如曾合[11]有人。
共说薇垣花灿发，清风随处播香尘[12]。

夜惊箕毕[13]照楹檐，晓赋琼瑶[14]兴转添。
小院平安环数竹，西山晴霭[15]阁三尖。
旋牵客裾[16]从嬉狎[17]，纵捻翁髯肯讶嫌。
我是廷评[18]教善视[19]，望渠[20]成立亦非廉。

承家何处问奇方，千载趋庭[21]赫有光。
正喜儿孙添个个，也应诗礼立双双。
窗前涂字群鸦黑，灯下循行数卷黄。
幼小蹁跹俄[22]长大，教渠[23]谁者莫轻量。

溪日辉辉鹊噪檐，柴门迎客为孙添。
香生丛桂丹流霭，笋长新篁玉露尖。
家世日长书可积，庄田无置分休嫌。
连生五凤非无意，属望天公本自廉。

晨起悬弧[24]表四方，仙屏云气荡秋光。
瑞征[25]周士还加两，雏数徐卿[26]倍又双。
世自抡材[27]纷梓棘，人谁辨马出骊黄[28]。
等闲梨栗[29]休轻笑，为智为愚福未量。

【注释】

①邻:古籍为“僯”。

②释氏:佛姓释迦的略称。亦指佛或佛教。

③送麒麟:麒麟送子是我国古时候祈子法的一种。传说中麒麟是仁兽,是吉祥的象征,能为人们带来子嗣。

④金罍(léi):泛指酒盏。

⑤燕山:指燕京,即今北京市。

⑥芳尘:指落花。

⑦汤饼:旧俗寿辰及小孩出生第三天或满月、周岁时举行的庆贺宴会。因备有象征长寿的汤面,故名。

⑧属念:时刻想着;挂念。

⑨二老:指父母。

⑩门第:家世。后指显贵之家。

⑪合:喻自然、全面。

⑫香尘:芳香之尘。多指女子之步履而起者。

⑬箕毕:箕与毕为二星宿名,据传箕星主风,毕星主雨。

⑭琼瑶:喻美好的诗文。

⑮晴霭:清朗的云气。

⑯裾:衣服的前后襟。

⑰嬉狎:嬉闹、亲近。

⑱廷评:官名,廷尉平简称。廷尉秩为中二千石,属官有廷尉正和左、右监各一人。汉宣帝刘询鉴于廷尉派往地方鞫狱的廷尉史任重而禄薄,于是增设秩为六百石的廷尉平四人,以加强对地方司法机构的控制。其属官综上有:廷尉正,主决疑狱;左右监,管逮捕;左右平,掌平诏狱;廷尉史、奏谳(审判案件)掾、奏曹掾等。

⑲善视:善加看待。

⑳望渠:谋望。

㉑趋庭:喻子承父教。

㉒俄:短时间。

㉓教渠：教育他人。

㉔悬弧：古代风俗尚武，家中生男，则于门左挂弓一张，后称生男为悬弧。

㉕瑞征：吉祥的征兆。

㉖徐卿：典出唐杜甫《徐卿二子歌》："君不见徐卿二子生绝奇，感应吉梦相追随。"这里比喻两个孙子可比拟徐卿两个儿子。

㉗抡材：选拔人才。

㉘骊黄：这里指非反映事物本质的表面现象。

㉙梨栗：梨树与栗树。

别驾[①]卢慕泉表弟[②]以新居举孙诗见教和之

隐隐江山结构[③]新，望中佳气毓祥麟[④]。

也应宗胤[⑤]流芳远，不负侯封布泽勤。

台阁[⑥]故雄今日景，风云尤借后来人。

笑予蓑笠君朱绂[⑦]，同对渔竿[⑧]祝五云[⑨]。

【注释】

①别驾：隋初废郡存州，改别驾为长史。唐初改郡丞为别驾，高宗又改别驾为长史，另以皇族为别驾，后废置不常。宋各州的通判，职任似别驾，后世因以别驾为通判之习称。

②卢慕泉表弟：卢子诚（见泉公之姑父）之子（潮连敬慎堂《区氏族谱》）。卢大元，嘉靖丙午科举人，浔州府通判。（明万历《新会县志》）

③结构：诗意指修筑的新居坐落在山林中。

④祥麟：是古代传说中的瑞兽，象征祥瑞。

⑤宗胤：子孙，后裔，子嗣。

⑥台阁：台与阁的并称。亦泛指亭台楼阁等建筑物。

⑦朱绂：古代礼服上的红色蔽膝。后多借指官服。

⑧渔竿：指隐居者。

⑨五云：五色瑞云。多作吉祥的征兆。

元夕[1]漫兴

水郭山楼淑气匀，东风随处咽桃唇。

千灯分彩凝坤轴[2]，万象涵光拱极辰[3]。

笑语再逢熙穆[4]世，讴歌齐效舜尧[5]人。

回思宋室鳌峰[6]乐，翠管[7]青娥[8]未筭[9]春。

【注释】

①元夕：农历正月十五日为上元节，是夜称元夕，与“元夜”“元宵”同。

②坤轴：古人想象中的地轴。

③拱极辰：喻拱卫君王或四裔归附。

④熙穆：和顺。

⑤舜尧：传说中的上古帝王舜和尧，传说均是上古的贤明君主，后泛指圣人。

⑥鳌峰：指翰林院。

⑦翠管：碧玉镂雕的管状盛器。

⑧青娥：即青女。主司霜雪的女神。

⑨筭：同“算”，计算。

龙津号用韵

远水分潮绕埭[1]东，幽栖曾此见元龙[2]。

灵源[3]剩有千寻[4]脉，沛泽[5]还期九万风[6]。

日影光摇[7]鳞甲[8]动，花阴晴覆醴泉[9]浓。

剑南[10]胜事凭谁说，紫气苍茫两岸中。

【注释】

①埭：堵水的土坝。

②元龙：道教语。犹元阳。道教对“得道”的别称。

③灵源：指隐者所居、远离尘世之地。

④千寻：古以八尺为一寻。千寻，形容极高或极长。

⑤沛泽：沼泽，水草茂密的低洼地。

⑥九万风：比喻志向或前程远大。

⑦日影光摇：日光照射物体所形成的阴影在摇动。

⑧鳞甲：泛指一切有鳞和甲的水生动物。

⑨醴泉：甜美的泉水。

⑩剑南：文学作品中亦指代陆游。

小洞[1]避暑

水郭[2]凉生六月余，玉箫风外彩云舒。

金茎[3]露美谁曾到，石步[4]廊岑[5]事已殊。

栩蝶梦回山阁静，柔丝游处夜窗虚。

细吟殿阁微凉句[6]，羽扇[7]无功献帝居[8]。

【注释】

①小洞：地名，位于新会县城西面。

②水郭：傍水之城郭。亦指依郭之水。

③金茎：指承露盘或盘中的露。

④石步：置于溪流小河中供人渡涉的踏脚石。

⑤廊岑：廊，房屋前檐伸出的部分，可避风雨、遮太阳。岑，小而高的山。喻高大的廊。

⑥微凉句：《微凉》是宋朝诗人余靖的作品之一。

⑦羽扇:用鸟类羽毛做成的扇子。羽扇已有二千多年历史。

⑧帝居:天帝、天子所居之处。亦指京都。

秋夕赋怀

乌桕[1]飘霜溪月清,栖鸦时复绕枝鸣。

紫云遥忆天边曲,鼙鼓[2]空闻江上声。

酒醒鬓丝明素魄[3],露余虫语搅幽情。

凭轩终夕看无寐,也为灵光[4]覆万生。

【注释】

①乌桕:落叶乔木,是一种色叶树种,秋季叶色红艳夺目,不下丹枫。

②鼙(pí)鼓:古代军队所用的小鼓。

③素魄:月的别称。亦指月光。

④灵光:比喻帝王或圣贤的德泽。

客来览秀堂玩葵[1]次韵

青尊同客对奇株,又见灵根禀气[2]殊。

锦在丛中虽漫尔[3],丹求心上却相如。

三阳[4]倾向逢虞[5]日,五色灿烂忆帝裾[6]。

绕膝儿孙花下舞,传芳[7]宁解继三余[8]。

【注释】

①葵:锦葵,一年生或多年生草本植物,夏季开淡紫色或白色花,供观赏。

②禀气:天赋的气性。

③漫尔:随意貌。

④三阳:古人称农历十一月冬至一阳生,十二月二阳生,正月三阳开泰,合称“三阳”。

⑤虞:古代一种祭祀名。既葬而祭叫虞,有安神之意。

⑥帝裾:皇帝的衣裳。

⑦传芳:流传美名。

⑧三余:泛指空闲时间。

感时[①]呈郭二守

过去殍[②]艘急似飞,万家儿女吁[③]天悲。
岂无大将舒筹策[④],终见凶酋[⑤]叹靡披[⑥]。
流血可堪壤土赤,救焚何补羽书[⑦]驰。
长城此日真凭寄,为靖[⑧]妖氛报玉墀[⑨]。

【注释】

①感时:感慨时序的变迁或时势的变化。

②殍:饿死,饿死的人。

③吁:疾首号呼也。

④筹策:犹筹算。谋划,揣度料量。

⑤凶酋:匪首。

⑥靡披:形容军队溃败,不能立足。

⑦羽书:古代插有鸟羽的紧急军事文书。

⑧靖:平定,使秩序安定。

⑨玉墀:宫殿前的石阶。亦借指朝廷。

早　秋

帘卷高堂颢露[1]飘，坐收纨扇[2]暑全消。
山腰月转花流席，石齿[3]泉鸣溪入潮。
远戍砧声[4]悬浩月，高楼玉笛起中宵。
炎凉渐入平分候，调燮[5]宁忘望斗杓[6]。

【注释】

①颢露：白露。

②纨扇：细绢制成的团扇。

③石齿：齿状的石头。亦指山石间的水流。

④砧声：捣衣声。

⑤调燮：调和。

⑥斗杓：北斗柄。指北斗的第五颗星至第七颗星，即衡、开泰、摇光。北斗，第一颗星至第四颗星像斗，第五颗星至第七颗星像柄。《国语·周语下》："日在析木之津，辰在斗柄。"

兰　窗[1]

隐谷秋深有异芳，卷帘琼朵泛祟光。
坐忘[2]应许人为一，注品还教蕙作双。
绮陌风情徒自蔼，山林意态故难降。
离骚[3]读罢潇湘[4]近，纫佩[5]无劳问涉江[6]。

【注释】

①兰窗：喻优雅之地。

②坐忘：本是庄老哲学用语。《庄子·大宗师》云："堕肢体，黜聪明，离

形去知,同于大通,此谓坐忘。”坐忘也是中国茶道中的一种理念。

③离骚:《离骚》是《楚辞》篇名,屈原代表作,以浪漫抒情的形式来叙事,表达了其远大的政治抱负。

④潇湘:湘江与潇水的并称,多借指今湖南地区。

⑤纫佩:语出《楚辞·离骚》:“纫秋兰以为佩。”谓捻缀秋兰,佩带在身。后用以比喻对别人的德泽或教益铭感于心,如纫佩在身。多用于书信。

⑥涉江:《楚辞·九章》篇名。战国楚人屈原作。篇中记叙了作者渡过江、湘南下的放逐路程,并表达了至死不回的坚贞信念和决不与楚国黑暗势力妥协的决心。

对菊和周茂才

客来结驷[①]共云霞,曾是桃源旧隐家。

九月可人过十月,菊花流滟到梅花。

纵情岁日[②]吾烟艇[③],得意文章子国华[④]。

何许长安红十里,相将蓑笠送秋沙[⑤]。

【注释】

①结驷:用以指乘驷马高车之显贵。

②岁日:元旦,新年第一天,即农历正月初一。

③烟艇:烟波中的小舟。

④国华:国家的杰出人才。

⑤秋沙:暮秋,秋末。

菊下宴集

（二首）

素滟珠联紫吐霞，风光颜色本同家。
便将石径凌霜[①]态，看比琼楼[②]冒雪花。
自爱魏公[③]存晚节，每怜韩令[④]屏秾华[⑤]。
秋光纵有芙蓉美，尤恐霜风卷落沙[⑥]。

漠漠秋光澹抹霞，百年幽致几渔家。
吸余原水方知寿，兴溢柴桑岂在花。
金折小苞[⑦]含玉露，雪裁新瓣缀瑶华[⑧]。
频来不厌裘羊[⑨]伴，莫遣花前怅捻沙。

【注释】

①凌霜：抵抗霜寒。常用以比喻人品格高洁，坚贞不屈。

②琼楼：原指传说中月宫里的宫殿。后借指月亮或帝都。

③魏公：魏徵（580年—643年），字玄成。唐巨鹿（今河北晋州市）人，一说馆陶（今河北馆陶）人。唐朝政治家。曾任谏议大夫、左光禄大夫，封郑国公，谥文贞，以直谏敢言著称。

④韩令：韩愈。曾因上疏极论宫市之弊，贬为阳山（今广东阳山）令，故称。

⑤秾华：繁盛艳丽的花朵。

⑥落沙：形容心中有缥缈离落的感觉，是压抑情绪的释放。

⑦金折小苞：喻花落。

⑧瑶华：指霜、雪。

⑨裘羊：借指隐者或隐居生活。

中秋玩月用唐人韵

银汉[①]盈盈影蘸堂，新秋重举旧时觞。
浮云薄扫千峰净，桂子[②]潜飘万户香。
羽扇[③]暂停鹑火[④]歇，山楼新度雁声凉。
西岩[⑤]动是明年约，莫笑长歌[⑥]效楚狂[⑦]。

【注释】

①银汉：天河，银河。

②桂子：桂花。

③羽扇：用鸟羽毛制成的扇子。

④鹑火：星次名。南方有井、鬼、柳、星、张、翼、轸七宿，称朱鸟七宿。首位者称鹑首，中部者（柳、星、张）称鹑火（也叫鹑心），末位者称鹑尾。《晋书·天文志》："自柳九度至张十六度为鹑火，于辰在午，周之分野，属三河。"日至其初为小暑，至其中为大暑。

⑤西岩：位于今江西上饶市。

⑥长歌：放声高歌。

⑦楚狂：指陆通，楚人，字接舆。昭王时，政令无常，陆通乃披发佯狂不仕，时人谓之楚狂也。后常用为典，亦用为狂士的通称。

诞日和韵

（二首）

青云片片点台矶[①]，照眼晴光东复西。
菊对南山随意适，诗成东野[②]合头低。
清秋眉宇如公儿，古调[③]珠玑重我携。

何许梅花期不尽，春来更动小溪藜。

蒚落罅边[4]一瓦尊[5]，每储沆瀣[6]当醪[7]吞。
客来珠履真惭主，筵聚神仙莫问村。
棋局千年论变态，诗涛三峡[8]羡掀翻。
不妨再订罗浮约，采采灵芝岁共飧[9]。

【注释】

①台矶：泛指台阶。

②东野：东郊。泛指乡野。

③古调：指古代的曲调，脱俗的诗文。

④罅边：犹边隙。

⑤瓦尊：陶制的注酒器，可作礼器。

⑥沆瀣：夜间的水汽。

⑦醪：泛指酒。

⑧三峡：重庆、湖北两省市境内，长江上游的瞿塘峡、巫峡和西陵峡的合称。

⑨飧：晚饭，亦泛指熟食、饭食。

答滄所区经历

（二首）

槭槭疏梧起暮思，与君岁晚见襟期[1]。
霜蹄[2]伏枥无虞坂[3]，倦翼投林有好枝。
每忆赞猷[4]囊脱颖，不随输饷茧抽丝。
循良[5]自昔羞矜炫[6]，肯讶阳城[7]是钝迟。

瘦影伶俜[8]鹤共深，羽衣[9]吾洞亦山阴[10]。

黄庭[11]诀在谁堪授，紫陌尘轻念不侵。

莫问亡羊兼失马，休谈枉尺更伸寻[12]。

与君混迹罗浮顶，未了梅花是醉吟。

【注释】

①襟期：犹心期。指人与人之间的相互期许。

②霜蹄：指马蹄。

③虞坂：位于山西安邑县南，平陆县东北，古颠軨坂也，俗名青石槽，南通茅津渡，东北通夏县王峪口，悉中条之冲作也，旧时道峡而险，经明御史张士隆修治，可通盐车。

④赞猷：喻赞襄谋划的辅佐大臣。

⑤循良：谓官吏奉公守法。

⑥矜炫：夸耀，炫耀。唐罗隐《残花》诗：“繁阴莫矜炫，终是共尘埃。”

⑦阳城：春秋时楚国贵族的封邑。

⑧伶俜：孤独，孤单。

⑨羽衣：指轻盈的衣衫。

⑩山阴：晋王羲之的代称。王羲之曾居会稽山阴，故以代指。

⑪黄庭：指《黄庭经》。道教的经典著作。

⑫枉尺更伸寻：屈折的只有一尺，伸直的却有一寻。比喻小有所损，而大有所获。枉，弯曲；伸，伸直；寻，古量名，八尺。

题惕斋弟并头莲卷

（二首）

异蕊端凭淑气将，粉红轻坠露青房[1]。

波涵孤干还分影，镜对双娥共一妆。

初似含情相俯仰，忽疑停语伴谪[2]量。
他年尚论花传胜，注品君家[3]孰并芳。

清玩[4]重劳问昔栽，寻常那见此花开。
应缘雨露添新态，不是滋培改旧荄。
皓月低回相照水，东风妆点共登台。
天机云锦[5]无穷兴，岁岁逢君酒有媒。

【注释】

①青房：指莲房，莲蓬。

②谪：责备，指摘。

③君家：敬称对方。犹您。

④清玩：供玩赏的精美雅致的物品，如书画、金石、盆景、古董等；案上置端砚、笔洗等，以为清玩。

⑤天机云锦：天上织出的丝锦。比喻诗文华美精妙，浑然天成。

答易冰壶[1]诗人

枉把黄金说铸陈，强披冥索[2]总伤神。
须从雪月尧夫[3]句，更探童冠点也春。
栗里门墙[4]谁共适，辋川[5]图画已离真。
东风何限莺花外，取次[6]悠然兴自新。

【注释】

①易冰壶：古劳人，是当时活跃在新会诗坛的一位诗人。

②冥索：潜心探究。

③尧夫：邵雍（1011 年—1077 年），字尧夫，自号安乐先生、伊川翁，后人称百源先生。范阳（今属河北保定涿州市）人。北宋哲学家、易学家。少

有志,读书苏门山百源上。他融合《易经》、道家、孟子的某些观点,形成象数之学(又称“先天学”),以为万物皆由“太极”演化而成。著有《先天图》《伊川击壤集》《皇极经世》等。

④栗里门墙:指陶潜学术的门径。栗里,今江西省九江市西南。晋陶潜曾居于此。门墙,师门。

⑤辋川:辋川镇位于蓝田县中部偏南,青山逶迤,重峦叠嶂,奇花野藤遍布幽谷,瀑布溪流随处可见。因辋河水流潺湲,波纹旋转如辋,故名辋川。

⑥取次:亦作“取此”。随意,任意。

和答郑过斋①寄怀

(二首)

千峰慵出阁蓝舆②,小洞阴深闭竹居。
正尔海门③驰思远,竭来④诗律得怀舒。
眠听啼鸟欹高枕,行数飞花点翠渠。
老去流光还念不,数函云壑⑤有丹书⑥。

山水无阴客息舆⑦,垂杨溪下得深居。
了空纷虑境长静,只有相思怀未舒。
茅屋依山青入榻,柴门流水绿交渠。
疏迂可似嵇中散⑧,活计⑨些儿四壁书。

【注释】

①郑过斋:郑相,字文弼,号过斋。就斗室以居,置古书数十卷,洒扫雅洁,中悬吴康斋先生“毋不敬”三字,左阁一琴无弦,右依一方竹杖……无嗣,有《过斋集》。(清康熙《新会县志》)

②蓝舆:竹轿。

③海门:入海口。内河通海之处。

④朅来:犹言尔来或尔时以来。

⑤云壑:云气遮覆的山谷。

⑥丹书:传说中赤雀所衔的瑞书。

⑦舆:车中装载东西的部分,后泛指车。

⑧嵇中散:三国魏嵇康曾任中散大夫,世以"中散"称之。

⑨活计:生计,谋生的手段。

家君[①]八十一寿诞❶

堂上风光雪透梅,罗浮消息又春来。

当筵锦绣成嘉祝,绕膝斑斓[②]愧菲才[③]。

洛社[④]声猷[⑤]元有谱,汾阳[⑥]寿祉[⑦]岂无媒[⑧]。

看翁调鼎[⑨]归闲日,何限恩波[⑩]被草莱[⑪]。

❶和姻亲何中宪、梁少参、门婿[⑫]余春元诸君韵。

【注释】

①家君:家父。

②斑斓:比喻孝养父母。

③菲才:浅薄的才能。多用作自谦之词。

④洛社:宋欧阳修、梅尧臣等在洛阳时组织的诗社。

⑤声猷:声誉和业绩。

⑥汾阳:犹汾射。《庄子·逍遥游》:"尧治天下之民,平海内之政,往见四子藐姑射之山,汾水之阳,窅然丧其天下焉。"后因以"汾射"指隐士的居处。汾,古籍为"汵",据《全粤诗》考。

⑦寿祉:长命而幸福。

⑧无媒:没有引荐的人。

⑨调鼎:烹调食物。

⑩恩波:谓帝王的恩泽。

⑪草莱:布衣,平民。

⑫门婿:入赘的女婿。

喜弟辈堂前[1]庆寿有怀兄双莲[2]宦饶郡不至

容膝[3]斋前伴寝兴,芳辰[4]殊觉好怀生[5]。

行吟花下埙篪[6]和,照影溪头水月清。

南极[7]星临同戏彩[8],麻姑[9]晡[10]熟亦分馨。

因君兼忆饶阳[11]雁,岁晚不来空寄声。

【注释】

①堂前:代指母亲。

②双莲:区元履,字惟基,号双莲,时任江西弋阳教谕。(《潮连区氏族谱》)

③容膝:仅能容纳双膝。多形容容身之地狭小。亦指狭小之地。

④芳辰:美好的时光。多指春季。

⑤怀生:安于生计。

⑥埙篪:比喻兄弟亲密和睦。

⑦南极:南方极远之地。

⑧戏彩:指春秋末楚国老莱穿五彩衣为婴儿状,以娱父母之事。

⑨麻姑:麻姑酒是江西省汉族传统名酒,以香气浓郁、味美甘甜、酒性柔和、醇度适中而名。此酒选用麻姑山优质糯米和泉水精心酿制,并采集麻姑山芙蓉峰特产首乌、灵芝等20余味中药材,封缸三年以上而成。

⑩晡:申时,即午后三时至五时。

⑪饶阳:指江西上饶、弋阳。区元履时任江西弋阳教谕。

迎仙台[①]次韵

尘外逢迎有异人，披云欹裹白纶巾[②]。
闲惟煮石[③]犹存火，老去栖霞[④]不记春。
共对残棋谈旧着，因思烂斧惜离群。
山花不似溪桃落，肯借渔郎更问津。

【注释】

①迎仙台：位于闽浙边界的福建省福鼎市境内太姥山。
②纶巾：冠名。古代用青色丝带做的头巾。
③煮石：煮白石，旧传神仙、方士烧煮白石为粮，后因借为道家修炼的典实。
④栖霞：指夕阳落山后红色的云霞。

元日用韵

（二首）

柴扉[①]晨启锦霞明，箫鼓[②]千门报曙声。
四气[③]寒暄[④]相代[⑤]禅，一丸天地[⑥]递虚盈[⑦]。
心无形役[⑧]居长静，伴有渔樵兴自生。
珍重东邻西社[⑨]酒，年年沉醉为春更。

拂笺[⑩]山日入窗明，又赋阳和第一声。
世际淳熙[⑪]归会极，人从警戒颂持盈[⑫]。
太平有象超千古，雨露无私覆万生。
何处唐虞[⑬]今击壤[⑭]，蒿莱[⑮]腔调本无更。

【注释】

①柴扉:柴门。亦指贫寒的家园。

②箫鼓:箫与鼓。泛指奏乐。

③四气:指春夏秋冬四时之气。

④寒暄:见面时的应酬话。

⑤相代:互相代替,相互交换的意思。

⑥一丸天地:喻泡一壶清茶。一丸,紫砂泥。

⑦虚盈:比喻事物的盛衰、消长、兴亡等变化。

⑧形役:谓为形骸所拘束、役使。犹言被功名利禄所牵制、支配。

⑨西社:古代祭祀土地神之所,为五社之一。

⑩笺:小幅华贵的纸张,古时用以题咏或写书信。

⑪淳熙:比喻忠厚正直,清明和乐,安乐和睦。

⑫持盈:保守成业。

⑬唐虞:唐尧与虞舜的并称。亦指尧与舜的时代,古人以为太平盛世。

⑭击壤:古歌名。相传唐尧时有老人击壤而唱此歌。

⑮蒿莱:野草,杂草。

春　日[①]

春光还喜瘦筇[②]支,青帝[③]东来物色熙。

溪岸初晴窥柳眼,石泉暗响觉流澌[④]。

烟轻竹院敲茶鼓[⑤],风软长街飐[⑥]酒旗。

笑抚孤松看桃李,年年分色伴霜姿。

【注释】

①春日:立春之日。

②瘦筇(qióng):指手杖。筇竹,节高干细,可作手杖,故称"瘦筇"。

③青帝:古代神话中五天帝之一,是位于东方的司春之神,又称苍帝、

木帝。

④流澌:流水。

⑤茶鼓:佛教语。禅寺法堂西北角设置此鼓,集僧用茶汤时用。

⑥飐:风吹物使其颤动。

浴日亭[1]用韵

未必咸池[2]非此天,且从晨旭曝江湾。
初惊锦练腾千道,旋觉黄绸遍万山。❶
曙色半涵青荔浦,波光平接赤霄[3]颜。
扶桑[4]兴好谁分付,长在渔舟掩映[5]间。

❶荔子湾在浴日亭西,有东坡倚荔台,今毁。

【注释】

①浴日亭:据《广州府志》记载:"浴日亭,在扶胥镇海神庙之右,小山屹立,亭冠其上,前瞰大海,茫然无际。"在今广州市东南黄埔区庙头村南海庙西侧黄水湾水边章丘岗上。

②咸池:古乐曲名。相传为尧乐。一说为黄帝之乐,尧增修沿用。

③赤霄:极高的天空。

④扶桑:古代神话中海外的大树,据说太阳从这里升起。

⑤掩映:彼此遮掩而互相衬托。

村庄漫述和赵中丞[1]韵

（八首）

茅屋潇潇竹绕扉,千峰岑寂翠成围。
每寻丹壑随云出,闲倚孤松待鹤归。

余粟探瓶犹足乐，青钱[2]阿堵[3]羡谁飞。
山斋[4]笋蕨[5]休嫌淡，不向何曾博腯肥[6]。

江门[7]浦口[8]兴无休，欲向高人问此游。
岁远虚堂[9]遗碧玉[10]，春回嘉树忆唐球[11]。
身须不枉三千界[12]，名亦焉求十二楼[13]。
案上陈庄[14]清卷在，都将风月薄王侯[15]。

晚爱幽堂[16]入径斜，开云种玉[17]祇[18]三家[19]。
每从过续看流水，也放清闲数落花。
芒屦[20]登山夸赤舄[21]，香粳[22]随分饱胡麻[23]。
春来满地参苓[24]长，纵住青门不种瓜[25]。

汲湘燃竹[26]是吾堤，信宿[27]渔舟也傍栖。
津荇[28]绕矶驯鹿迹，野棠[29]当户听莺啼。
青山未老诗常瘦，白发无情世漫低。
拟钓寒江霜雪去，短蓑风景倩谁题。

鸣鸣野笛遏行云，千古桓伊几后尘。
世外恍逢勾漏[30]吏，曲终如见武陵[31]春。
江清鹭羽无凡态，云暗羊裘[32]有旧津。
试把逃名[33]按楚调[34]，知音谁是北窗[35]民。

细把蒙庄[36]说与君，南柯[37]千丈岂无勋。

百年沤沫[38]真何恋，万事尘埃且莫分。
诗思独怜潭底影，枕痕谁伴竹根云。
春光满目罗浮杖，何处邻翁可共闻。

饥饵[39]黄精[40]渴饮泉，了无长物正花妍。
蔗浆可办逡巡[41]饮，野老[42]时来信宿缘。
秋遍丹崖频倚杖，潮生青濑独移船。
清狂可是孤山[43]兴，吟罢梅花伴鹤眠。

春晓荆扉也不扃，身闲频借北山[44]灵。
坐忘役役[45]从千状，看到玄玄[46]又一经。
白发千茎随野鹤，朱弦三奏[47]倚孤屏。
何人鼓枻沧波外，更把闲情说醉醒。

【注释】

①赵中丞：即赵雪屏。

②青钱：即青铜钱。

③阿堵：俗指银钱。

④山斋：山中居室。

⑤笋蕨：竹笋与蕨菜。

⑥腯肥：指肥壮的牲畜。

⑦江门：江门因地处西江与其支流蓬江的汇合处，江南的烟墩山和江北的蓬莱山对峙如门，故名“江门”。江门原为新会县属地，早在元末明初(1368年—1388年)便形成墟集。

⑧浦口：小河入江之处。

⑨虚堂：高堂。对父母的敬称。

⑩碧玉：陈白沙先生重获的祖传碧玉，为更好珍藏这块祖传碧玉，专门

建一楼志庆,命名“碧玉楼”,并用以作为奉养母亲之所。

⑪唐球:泛指大的玛瑙。

⑫三千界:“三千大千世界”的省称。略称“大千世界”。佛教说一日月照四天下,覆六欲天、初禅天,为一“小世界”;一千个小世界覆一二禅天,为一“小千世界”;一千个小千世界覆一三禅天,为一“中千世界”;一千个中千世界覆一四禅天,为一“大千世界”。一大千世界有小、中、大三种“千世界”,故称三千大千世界。比喻俗世之外的地方。

⑬十二楼:指神话传说中的仙人居处。

⑭陈庄:指陈白沙和庄昶。庄昶(1437年—1499年),字孔旸,号木斋,学者称定山先生,明代官员、学者。朱彝尊编《明诗综》说:“成化间白沙与定山齐称,号陈庄体。”属山林诗风。

⑮王侯:王爵和侯爵,泛指显贵的爵位。

⑯幽堂:幽深的厅堂。

⑰种玉:比喻缔结良缘。

⑱祇:敬,恭敬。

⑲三家:即三家诗,指“鲁诗”“齐诗”“韩诗”三个解说《诗经》含义的学派,同属今文学派。

⑳芒屦:芒鞋。用芒茎外皮编织成的鞋。亦泛指草鞋。

㉑赤舄:古代天子、诸侯所穿的鞋。赤色,重底。

㉒香粳:一种有香味的粳米。

㉓胡麻:胡麻饭,俗称麻糍,是将上好的糯米经水浸透后蒸熟,捣烂后揉成小团,再拌上芝麻、白糖等,即可食用。据传常为神仙待客所用,故又称为“神仙饭”。

㉔参苓:中药名。人参与茯苓。

㉕青门不种瓜:青门种瓜,在京城东门外种瓜。一语双关,指隐居不当官。喻退隐。

㉖汲湘燃竹:取水、燃烧竹子。

㉗信宿:谓两三日。

㉘荇:即荇菜。

㉙野棠：果木名。即棠梨。

㉚勾漏：亦作“勾扁”。山名。在今广西北流市东北方。有山峰耸立如林，溶洞勾曲穿漏，故名。为道家所传三十六小洞天的第二十二洞天。见《云笈七签》卷二七。

㉛武陵：代指桃花，桃花与武陵相联系，典出晋陶潜《桃花源记》，“晋太元中，武陵人捕鱼为业。缘溪行，忘路之远近。忽逢桃花林，夹岸数百步，中无杂树，芳草鲜美，落英缤纷”。隋改临元县，宋乾德中又析置桃源县，县名即源于《桃花源记》。

㉜羊裘：指隐者或隐居生活。

㉝逃名：逃避声名而不居。

㉞楚调：原泛指古代楚地的曲调，后为乐府相和调之一。楚调现多指一种流行于汉魏时期的音乐种类，具有相和曲的艺术特征，是相和曲五调（清调、平调、瑟调、楚调、侧调）之一。

㉟北窗：比喻悠闲自得。

㊱蒙庄：庄子（约前369年—前286年），姓庄，名周，战国时期伟大的思想家、哲学家和文学家，宋国蒙（今河南商丘东北）人，道家学说的主要创始人之一。

㊲南柯：指梦境。亦比喻空幻。

㊳沤沫：指虚空无常的世事。

㊴饵：服食，吃。

㊵黄精：又名老虎姜、鸡头参。黄精以根茎入药，具有补气养阴、健脾、润肺、益肾的功能。

㊶逡巡：迟疑不敢向前的样子。

㊷野老：村野的老百姓、农夫。

㊸孤山：山名。在浙江杭州西湖中，孤峰独耸，秀丽清幽。宋林逋曾隐居于此，喜种梅养鹤，世称孤山处士。孤山北麓有放鹤亭和梅林。

㊹北山：山名，即今南京东郊的钟山。又名紫金山。

㊺役役：劳苦不息貌。

㊻玄玄：指道家所称的道。

㊼朱弦三奏：指称音乐的美妙。

赏菊

（二首）

曲阑花好菊轻黄，谁道玄冬[1]万象藏。
冷蕊独含今日意，香风还动九秋[2]狂。
尊前日转金流影，篱外寒添色厉霜。
诗老直知花格[3]在，肯教元亮[4]坐高堂。

绿绮丛中色间黄，笑看幽菊破冬藏。
容添老圃香仍远，诗对南山兴更狂。
未羡霓裳[5]夸俗眼[6]，且依瑶石[7]傲清霜。
相撩[8]不奈寒梅近，遥泄春光到小堂[9]。

【注释】

①玄冬：冬天，冬季。

②九秋：指九月深秋。

③花格：竹制家具特殊操作工艺之一，也是竹家具中富于民族风格的一种装饰方法。其形式通常有万字花格、扇形花格、炉桥花格、人字花格、套格、连脚挽、寿字圈和冰梅纹等。

④元亮：东晋诗人陶渊明，又名潜，字元亮。

⑤霓裳：神仙的衣裳。相传神仙以云为裳。

⑥俗眼：世俗的眼光，借指凡夫俗子。

⑦瑶石：美石，次等的玉。

⑧相撩：拨动，拂动。

⑨小堂：喻楼堂。

会试[1]后奉和同侪[2]时亦有授官之意

春寒文阵[3]战频更，要向龙江[4]着步平。

北斗[5]光含剑气[6]合，南宫[7]雪映笔花[8]明。

苑边日丽莺初啭，天上阳回蛰已惊[9]。

领取皇都新景色，绛桃[10]红杏逐春生。

【注释】

①会试：明清科举制度，每三年会集各省举人于京城考试为“会试”。乡试后第二年的春天。

②同侪：辈分相同的人。

③文阵：犹文坛。

④龙江：喻出仕。

⑤北斗：北斗七星排列成斗勺形，因以喻酒器。

⑥剑气：指剑的光芒。常以喻人的才华和才气。

⑦南宫：指礼部会试，即进士考试。

⑧笔花：喻才思俊逸，文笔优美。

⑨蛰已惊：已惊蛰。

⑩绛桃：绛桃为蔷薇科落叶小乔木。

小洞观菊和白沙先生韵

（二首）

坐扫烟霞到几层，悠然句在和难成。

不辞洞里秋联榻，共醉花前夜继灯。

矮竹雪晴清并立，小阑风狎[1]笑相凭。

看花不堕棼[2]华念，肯信渊明亦是僧。

淡黄轻白紫还层，晚觉栽花一枝成。
昼永[3]荀[4]炉熏馥麝[5]，月明秦锦焰霜灯。
英餐[6]楚些[7]词空慨，酒送江州[8]醉易凭。
满目秋光兴未了，杖藜还觅看云僧[9]。

【注释】

①狎：亲昵，亲近而态度不庄重。

②棼：纷乱。

③昼永：白昼漫长。

④荀：传说中的一种香草。

⑤麝：麝所分泌的麝香是一种名贵的中药材和高级香料。

⑥英餐：应为餐英。《楚辞·离骚》："朝饮木兰之坠露兮，夕餐秋菊之落英。"后世咏菊时遂用"餐英"为典故，隐喻高洁之意。

⑦楚些：《楚辞·招魂》是沿用楚国民间流行的招魂词的形式而写成，句尾皆有"些"字。后因以"楚些"指招魂歌，亦泛指楚地的乐调或《楚辞》。

⑧江州：借指失意的文人。

⑨云僧：行脚僧。

春日访施介洲[1]次津庵黄二府[2]韵

才了山斋一箸[3]齑[4]，又寻东老杖青藜。
到门倒屣那题凤[5]，为黍张筵陋杀鸡[6]。
小篆[7]氤氲[8]花百和，幽林宫徵[9]鸟双啼。
归来记得春风面，岩柏[10]溪桃色笑齐。

【注释】

①施介洲:施应岳,字粤宾,施用第五子,广西浔州府(今广西桂平市)训导,王府教授,寿九十五。

②津庵黄二府:黄砻,字金卿,号津庵,小渡人,嘉靖癸卯科(1543年)举人,广西庆远府同知改知和曲州,有传。津庵,古籍为"液津",拟为笔误。

③一箸:指一双筷子所夹的食物。形容量少。

④齑:捣碎的姜、蒜或韭菜碎末儿。

⑤题凤:南朝宋刘义庆《世说新语·简傲》:"嵇康与吕安善,每一相思,千里命驾。安后来,值康不在,喜出户延之,不入。题门上作'凤(鳳)'字而去。喜不觉,犹以为欣,故作。'凤'字,凡鸟也。"后因以"题凤"为访友的典故。

⑥为黍张筵陋杀鸡:谓殷勤款待宾客。《论语·微子》:"止子路宿,杀鸡为黍而食之。"

⑦小篆:指熏香的炉。

⑧氤氲:烟气、烟云弥漫的样子。

⑨宫徵:古代五音中宫音与徵音的并称。泛指声调。

⑩岩柏:一种中药。

寿思斋[①]弟六十初度[②]

(二首)

未了渔蓑未了闲,且随闲处乐人间。
诗书孙子教群习,世态炎凉放两关[③]。
花甲从头再数去,海筹[④]屈指几遭还。
与君岁岁台莱[⑤]咏,参对南山[⑥]与北山[⑦]。

我生七十君六十,桃自妍春菊滟秋。

对酒风花无尽藏，传家簪组[8]有前筹[9]。
钓空碧海天逾远，看到红尘世亦浮。
甲子[10]无穷绛老在，问君还是偓佺[11]不[12]。

【注释】

①思斋：区思斋，讳元升，字惟顺。西屏公区越三弟方石公区起之长子。(《潮连区氏族谱》)

②初度：出生年时，后称人的生日。

③两关：指阳关和玉门关。

④海筹：原指长寿，后为祝寿之辞。

⑤台莱：台，莎草。莱，草名，又名藜。一种一年生草本植物。嫩苗可食，生田间、路边、荒地、宅旁等地，为古代贫者常食的野菜。《诗经·小雅·南山有台》："南山有台，北山有莱。"

⑥南山：指终南山，在陕西省西安市南。

⑦北山：即钟山，又名紫金山，在今江苏南京市东。

⑧簪组：冠簪和冠带。借指官宦。

⑨前筹：谓筹划。

⑩甲子：古代以六十年为一个甲子。用十天干和十二地支相配，六十年轮一遍，周而复始。这里比喻六十岁。

⑪偓佺：古代传说中的仙人名。

⑫不：通"否"。

卷四

七言律诗

十月朔旦[①]县学[②]诸公同顾小洞请乡饮酒礼[③]

笑抚孤松白日闲，穿云仙骑忽临关。
长官礼数[④]能敦典[⑤]，野老衰迟独厚颜。
桂斝[⑥]香风飘湛露，奎堂[⑦]晴焰起南山。
圣朝教化[⑧]无遗地，也到渔樵水石间。

【注释】

①十月朔旦：中国古代传统的祭祀仪式，因发生在农历十月一日而得名。它与清明节、中元节并称三大鬼节，是重要的上坟的日子。

②县学：旧时供生员读书之学校。科举制度童试录取后准入县学读书，以备参加高一级之考试，谓之“进学”“入学”或“入泮”，士子称“庠生”“生员”，俗称“秀才”。

③乡饮酒礼：周代流行的宴饮风俗。主要目的是向国家推荐贤者。由乡大夫做主人设宴，后演为地方官设宴招待应举之士，此宴为“乡饮酒”。

④礼数：古代按名位而分的礼仪等级制度。亦指官阶品级。

⑤敦典：谓敦厚的典礼。

⑥桂斝（jiǎ）：指酒。

⑦奎堂：谓科举时代的考场。

⑧教化：政教风化。

正月望日[①]乡饮宾[②]筵归述

彩云高缬[③]日曈昽[④]，宾主相酬揖让[⑤]中。
律[⑥]里温言真盛典，民间懿行[⑦]是皇风[⑧]。

青蓑[9]也滥明堂[10]宴，朱绂[11]还寻物外[12]踪。

歌罢鹿鸣[13]归劝俗[14]，白头何敢负飞龙[15]。

【注释】

①正月望日：指农历一月十五。

②乡饮宾：乡饮酒礼的宾介。周制，乡饮酒礼举乡里处士之贤者为“宾”，次为“介”，又次为“众宾”。其后历代相沿，名称不尽相同。

③缬：有花纹的纺织品。

④曈昽：形容太阳初升由暗而明。

⑤揖让：宾主相见的礼仪。

⑥律：即十二律，我国古代审定乐音高低的标准，分为阴阳两大类。阳律分别为黄钟、太簇、姑冼、蕤宾、夷则、无射；阴律分别为大吕、夹钟、中吕、林钟、南吕、应钟。

⑦懿行：善行。《新唐书·柳公绰传》：“实艺懿行，人未必信；纤瑕微累，十手争指矣。”

⑧皇风：皇帝的教化。

⑨青蓑：胡麻叶。

⑩明堂：古代帝王宣明政教的地方。凡朝会、祭祀、庆赏、选士、养老、教学等大典都在此举行。

⑪朱绂：古代礼服上的红色蔽膝，后多指官服。

⑫物外：世外。谓超脱于尘世之外。

⑬鹿鸣：古代宴群臣嘉宾所用的乐歌。

⑭劝俗：对民众施行教化。

⑮飞龙：比喻帝王。

毅堂曾大尹以雀角[1]扰老怀[2]因寓城馆庆诞席上用白沙陈先生韵讽之

击筑[3]逢君一浩歌[4]，壶中岁月正婆婆[5]。
虚疑紫气函关[6]远，再见青牛[7]老子[8]过。
花隔鸟声啼卧榻，雨分苔色[9]点吟窝[10]。
长生诀[11]在丹炉外，只放心闲得便多。

【注释】

①雀角：指狱讼，争吵。

②老怀：指争讼给老人带来诸多麻烦，影响心情。

③击筑：筑，古代的一种弦乐器，似筝，以竹尺击之，声音悲壮。后以“击筑”指代慷慨悲歌或悲歌送别。

④浩歌：放声高歌，大声歌唱。

⑤婆婆：婆婆嘴。指好议论而又言语非常啰唆的人。

⑥函关：函谷关的省称。

⑦青牛：相传老子出关的坐骑。牛，古籍为“于”，据《全粤诗》考。

⑧老子：司马迁《史记》记载，老子姓李，名耳，字聃，谥号“伯阳”。因而人称老聃，曾做过周王室管理藏书的史官，后来隐居不仕，骑着青牛西出函谷关后“莫知其所终”。老子是中国古代哲学家、思想家和道家学派的创始人，一生最大的成就是开创了道家学派，并为后人留下了一部五千余言的《道德经》。

⑨苔色：苔藓的颜色。

⑩吟窝：指各种昆虫鸣叫。

⑪长生诀：道家宝典，传说为上古黄帝之师广成子以甲骨文所作。

赠蒋画师传神[1]还省[2]

春舫来君剡曲[3]东，高谈珠玉[4]满幽丛。

酒杯光溜葵榴日，竹簟[5]凉分菡萏[6]风。

笑我山林松一壑，羡谁富贵槿[7]千红。

轩裳[8]绘得江蓑态，便在丹崖[9]万仞[10]中。

【注释】

①传神：指精神状态好。

②还省：回家乡探望父母或其他尊亲。

③剡(shàn)曲：泛指浙江曹娥江上游之剡溪。

④珠玉：比喻妙语或美好的诗文。

⑤竹簟(diàn)：竹席。

⑥菡萏：古人称未开的荷花为菡萏，即花苞。

⑦槿：指木槿。夏秋开花，花有白、紫、红诸色，朝开暮闭。

⑧轩裳：代称有高位的人。宋代王自中《酹江月·题钓台》："到底轩裳，不如蓑笠，久矣心相与。"

⑨丹崖：绮丽的岩壁。

⑩万仞：仞，古代计量单位，一仞周尺八尺或七尺。周尺一尺约合二十三厘米。形容山极高。

逢辰[1]和陈茂才

每向羔羊[2]诵昔诗，嘉君才敏售何时。

文评锁闼[3]应相轧[4]，望出黉宫[5]亦匪□。

岂有燕台[6]遗骏足[7],漫嗟[8]廊庙[9]种蔷薇。

相思未了梅花约,倚遍茅斋[10]雪后晖。

【注释】

①逢辰:指遇到好时机。

②羔羊:天真、纯洁、温顺而柔弱的人。

③锁闼:指科举考场。

④相轧:互相挤压。

⑤黉(hóng)官:学官,古代的学校。

⑥燕台:指幕府。

⑦骏足:指良马。喻贤才。

⑧漫嗟:空叹。

⑨廊庙:指朝廷。

⑩茅斋:用茅草、稻草等盖的屋舍。斋,多指书房、学舍。

诞日和周茂才

樗寿[1]人间孰并之,我方樗也寿应宜。

自从匠石[2]抛遗日,何限青山无累时。

戏剧[3]斑斓成部落[4],饮余沆瀣[5]当琼卮[6]。

千门[7]高大真何似,笑付群驹学骋驰。

【注释】

①樗(chū)寿:比喻无用之才,谦称自己的寿辰。樗,臭椿。

②匠石:即名为石的巧匠。出自春秋《庄子・徐无鬼》。后亦泛称能工巧匠或擅长写作的人。

③戏剧:旧时专指戏曲。

④部落:指同好者聚在一起。

⑤沆瀣:夜间的水汽、露水,比喻普通的酒。

⑥琼卮：指玉制的酒器。亦用作酒器或酒的美称。

⑦千门：借指众多宫殿。

寿筵庆歌乐[①]宾醉述

共醉壶天[②]莫问期，金龟[③]当尽有朝衣[④]。

但令碧瓮[⑤]长年满，便是狂夫不老时。

行马[⑥]且看杨子[⑦]宅，笙歌何羡习家池[⑧]。

逢辰不用琼瑶祝，消得南山几句诗。

【注释】

①歌乐：谓唱歌奏乐以示赞美。

②壶天：典出《后汉书·方术传下·费长房传》。后即以“壶天”谓仙境、胜境。

③金龟：指所佩杂玩之物。

④朝衣：君臣上朝时穿的礼服。

⑤瓮：一种盛水或酒等的陶器，借指酒。

⑥行马：古代官府门前拦阻人马通行的木架。一木横中，两木互穿以成四角，施之于建筑物周围或门前，以为路障。俗亦称鹿角，古谓梐枑。

⑦杨子：杨孚，字孝元，东汉时番禺县下渡头村（今广州河南新滘下渡村）人。其学问和人品在当时已闻名遐迩。汉章帝建初年间（76 年—83 年），举贤良对策上第，拜议郎。议郎是皇帝近臣，职掌顾问应对，参与议政，指陈得失，是影响施政的显要之职。后来归里隐居，带回洛阳之松树移植宅前。

⑧习家池：又称为高阳池，位于湖北省襄阳城南约五千米的凤凰山南麓。由东汉初年襄阳侯习郁在宅前筑堤修池的私家园林，是全国最早的园林建筑。

寿紫溪郑亲家初度用八音[1]起

金谷[2]堂开寿日筵，石桥东畔集群仙。

丝黄[3]叠按蓬莱曲，竹简[4]新书海屋[5]年。

匏杓[6]酌春云液[7]满，土阶[8]呈瑞玉芝[9]连。

革将尘障[10]纤毫尽，木德[11]还君世有缘。

【注释】

①八音：我国古代对乐器的统称，通常为金、石、丝、竹、匏、土、革、木八种不同材质所制。

②金谷：借指仕宦文人游宴饯别的场所。

③丝黄：是指丝竹，可引申为音乐声。

④竹简：古代用以书写、记事的竹片。指史册。

⑤海屋：即海屋筹添。原指长寿，后为祝寿之词。

⑥匏杓：匏瓜，一年生攀缘草本植物。果实比葫芦大，对半剖开可作水瓢。

⑦云液：古代扬州名酒。亦泛指美酒。

⑧土阶：指把素土夯实了，形成高高方方的高台，然后把建筑建造在上面。

⑨玉芝：草药名，别名黄精。比喻贤才。

⑩尘障：指尘世的烦恼。

⑪木德：谓上天生育草木之德。亦特指春天之德，谓其能化育万物。语出《礼记·月令》。

题土官陶太守①台馆❶

门外清溪溪外山,习家台馆②枕晴湾。
秋光散霭含虚阁,野色分青袭曲阑。
入院云龙③瞻紫诰④,倚楼天日见长安。
丹心只许倾葵藿⑤,莫羡樱桃⑥点素⑦樊。

❶土官声化遐逖⑧,耽于酒色,故讽之。

【注释】

①土官陶太守:"土官"是相对于"流官"而言,土官是朝廷封赐的一方能世袭的官员或统治者。陶太守即陶鲁。陶鲁,广西郁林人……鲁以世功,奏请赐籍广东,鲁由丞至广东布政使;鲁子梁民由舍人以功升广州左卫所试百户……子壮袭百户……(清康熙《新会县志》)

②台馆:楼台馆阁。

③云龙:比喻朋友相得。

④紫诰:指诏书。古时诏书盛以锦囊,以紫泥封口,上面盖印,故称。

⑤葵藿:单指葵。葵性向日。古人多用以比喻下对上的赤心。

⑥樱桃:借指女子。

⑦点素:指在绢素上作画。

⑧遐逖:远方。

登圭峰①

廿载名山一再登,白头犹伴昔时僧。
烟和古寺松花落,日淡长林鹤唳清。
绿护②云深频在望,白龙泉渺独含情。

坐忘潭影心同寂，尽把投闲悟佛经。

【注释】

①圭峰：邑之镇山，一名玉壶，在城北三里处。（清康熙《新会县志》）

②绿护：绿护屏在县北十里处，左连圭峰，为邑屏障。周回八十里，顶有湖六，又名六湖，亦谓之玉壶。有白沙钓台、玉壶村，有李翔绿护书舍，其东为大林洞，有铁布寺……东北为蒲涧……九节菖蒲丛生，涧畔上流可以泛觞，其下水帘千尺，注入大小龙潭，龙潭者圣池也。（清康熙《新会县志》）

便道还乡①阅月②赴任和诸士大夫赠章③

（二首）

十月小阳④春满城，笑携长剑事云程⑤。
不辞孟浪⑥还今日，敢冒贤名比昔英。
万顷波光舟五两⑦，千山晴色酒三行⑧。
相违⑨折简⑩知何日，动是流莺出谷声。

滇云东泛楚江⑪明，两月难消六载情。
执袂⑫忽惊离远道，逢时⑬何敢负苍生。
梧桐⑭月上三山⑮朗，棠荫⑯春深奕叶清。
珍重赠词皆锦绣，岂徒言语侈冈城⑰。

【注释】

①还乡：返回乡里。时见泉公随侍西屏公，由潮连迁居邑城东门（新会城城东）。

②阅月：经一月。

③赠章：相赠的诗词。

④十月小阳：指夏历（农历）十月。明谢肇淛《五杂组 · 天部二》：“十

月有阳月之称。即天地之气，四月多寒，而十月多暖，有桃李生华者，俗谓之小阳春。”

⑤事云程：遥远的路程。指赴云南镇南州任职。

⑥孟浪：言语轻率不当。

⑦五两：亦作“五緉”，古代的测风器。鸡毛五两或八两系于高竿顶上，借以观测风向、风力。

⑧酒三行：祝酒三次。

⑨相违：互相避开。

⑩折简：指裁纸写信。

⑪楚江：古人亦称长江为楚江。

⑫执袂：拉住衣袖。形容分别时依恋不舍。亦借指送行者。

⑬逢时：指遇上好时运。

⑭梧桐：古诗中梧桐有象征高洁美好品格之意。

⑮三山：传说中的海上三神山。

⑯棠荫：比喻惠政或良吏的惠行。

⑰冈城：新会古称冈州，冈城即新会城。

和象洲叶大尹[1]绯桃[2]之作

（二首）

莫向玄都[3]觅旧红，浅深无定是天工[4]。
点垣[5]琼蕊[6]霞光合，匝院芳丛日晕[7]浓。
色夺朱铅[8]春蔼蔼，影流绛帐[9]月胧胧。
呼儿听说长安杏，十里珠帘[10]看可同。

熏染春光出异红，绛罗[11]细剪未论工。

也应西海[12]传芳远，不枉河阳[13]着意浓。

小院烘霞[14]流积霭，横钗带月[15]看新胧。

花前拟结千年实，岁岁蓬莱宴会同。

【注释】

①象洲叶大尹：叶汉，字维东，号象洲，大庙头人，嘉靖四年（1525年）乙酉科举人，江西宁都知县，有《象洲集》。（清康熙《新会县志》）

②绯桃：桃花，花鲜红色，重瓣，花期略晚。《绯桃》为叶大尹的诗作，这是和叶大尹的诗。

③玄都：传说中神仙的居处。

④天工：天然形成的工巧。

⑤垣：矮墙。

⑥琼蕊：对白色花的美称。

⑦日晕：日光通过云层中的冰晶时，经折射而形成的光的现象。

⑧朱铅：指胭脂铅粉。

⑨绛帐：泛指师门、讲席之敬称。

⑩珠帘：珍珠等材质的串珠缀成的帘子。

⑪绛罗：红色纱罗。

⑫西海：传说中西方之神海。

⑬河阳：晋潘岳（即潘安）曾任河阳县令，在河阳县遍种桃树。

⑭烘霞：桃坞烘霞，“岳麓八景”之一，指岳麓书院头门外坡下的一片桃林。

⑮带月：披戴月色。

答怀陈参戎[1]

记得雄韬六诏闻，笔锋还扫万人军。

信威[2]世共方充国[3]，文雅人能说祭遵[4]。

别院看花移榻遍，小桥载酒坐茵[5]温。

于今玉册[6]凌烟[7]近，尊俎[8]同瞻上将[9]勋。

【注释】

①参戎：参将的俗称，即镇守边区的统兵官，位次于总兵、副总兵、副将。

②信威：显示威力。信，通“伸”。

③充国：西充县的别称，今属四川省南充市辖县。

④祭遵（？年—33年）：字弟孙，颍川颍阳人（今河南许昌），东汉大将，“云台二十八将”之一。

⑤茵：铺垫的东西，垫子、褥子、毯子的统称。

⑥玉册：传说中天子受命的符瑞。

⑦凌烟：凌烟阁的省称。凌烟阁是位于唐长安城太极宫西南三清殿旁的小楼。唐太宗为怀念当初一同打天下的诸多功臣，命阎立本在凌烟阁内描绘了二十四位功臣的画像，是为《二十四功臣图》，比例皆真人大小，画像均面北而立，太宗时常前往怀旧。

⑧尊俎：古代盛酒肉的器皿。尊，盛酒器；俎，置肉之几。常用为宴席的代称。

⑨上将：泛指高级将领。

贻汪医士❶①

潇森[2]枫树拥柴门，药笼[3]君来度几村[4]。

怀里当归[5]淹客梦[6]，天涯远志[7]隔乡园。

因思柏府[8]霜前月，曾对而翁海上尊[9]。

四十余年如一瞬，眼前今古不堪论。

❶汪医，浙人，乃父昔为名医。予昔随任先君宪浙，用之。

【注释】

①医士：医生。

②潇森:清幽阴冷。

③药笼:盛药的器具。比喻储备人才之所。

④几村:多个地方。

⑤当归:中药名。

⑥客梦:指异乡游子的梦。

⑦远志:中药名。巧妙地将当归、远志两种中药名填入诗中。

⑧柏府:御史府的别称。

⑨海上尊:极为敬重。

和文洲区茂才见寄

三叹朱弦识者稀,君才何处不相宜。

且醒无定输赢梦,共醉有时际会卮。

桂蔼[1]晚香留月阙[2],菊舒寒滟迸霜篱。

秋光何限相思感,独向皋原[3]放雪衣[4]。

【注释】

①桂蔼:生长繁茂的桂花。

②月阙:月宫。月宫又名广寒宫,传说是上界神仙为嫦娥建造的一座宫殿。

③皋原:沼泽和原野。唐代温庭筠《郊居秋日有怀一二知己》:"皋原寂历垂禾穗,桑竹参差映豆花。"

④雪衣:白色的羽毛。

从吾阮掌教[1]予表兄也偶瞻遗像感赋

载瞻清像念飞黄[2],四十余年驹隙忙。

玄泽[3]几回遗我恨,青刍[4]无地为君将。

鹤鸣华表[5]今何世，云覆[6]仙潭有故乡。

每忆舅家童稚日，不堪梨栗涕沾裳。

【注释】

①阮掌教：阮应有(1499年—1549年)，字谦卿，号从吾，学愚子，岁贡，嘉靖丙午(1546年)授福建邵武府训导。

②飞黄：引申为仕途。

③玄泽：圣恩。

④青刍：新鲜的草料。

⑤鹤鸣华表：鹤鸣，《诗经·鹤鸣序》："诲宣王也。"郑玄笺："教宣王求贤人之未仕者。"后因以"鹤鸣"指贤者隐居之义。华表，古代用于表示王者纳谏或指路的木柱。鹤鸣华表的意思是感叹人世的变迁。

⑥云覆：比喻人情世态反复无常。

林下经营祖居池圃[1]

应笑投闲未尽闲，一忙犹落有营[2]间。

偶因种土求新径，复尔开云辟旧关。

寸土尽教龙箨[3]长❶，一畦深愧鹤群还。❷

虽然于頔[4]非予癖，也罄贫囊[5]学买山[6]。

❶栽竹长龙孙，人所同愿，敢惜寸土，而厌其穿我石苔哉。

❷廿五亩为畦。予居地连林塘未及半也，何以为鹤谋乎。

【注释】

①祖居池圃：祖传房舍园中水池。

②营：筹划，管理，建设。

③龙箨：竹笋的异名。

④于頔(？年—818年)：字允元，河南洛阳人。唐代大臣。始以门荫补

千牛,调授华阴尉,累迁侍御史。充入吐蕃计会使,擢长安令、驾部郎中。其善待士人,以市声名,苻载隐庐山,乞百万钱买山,頔遂与之,仍加纸墨衣服等。

⑤贫囊:数量较少的钱财积累。

⑥买山:南朝宋刘义庆《世说新语·排调》载:"支道林因人就深公买印山,深公答曰:'未闻巢、由买山而隐。'"后以"买山"喻贤士的归隐,亦用于形容人的才德之高。

谈　棋

日长[1]花径客相过,棋上闲观世态多。

局倩老妻怜画久,心忘鸿雁恐传讹。

三分势立宁非亮,一将奇成不异何。

笑杀澶渊[2]王学士[3],解围无策付诗歌。

【注释】

①日长:午后。

②澶渊:故址在今河南濮阳市西,历史上北宋与辽国的"澶渊之盟"即发生在此。

③学士:犹学者。

小庄后乐洞[1]转升便还与客游咏[2]

(二首)

插槿编篱漫作门,春深红紫看成村。

晚从幽乐寻真境,天与芳菲共此园。

隔浦[3]渔归烟半艇,傍岩客过月盈尊。

溪前不减吴江[4]景，枫落莼鲈[5]尚费论。

杨柳阴阴昼掩门，几家茅屋近江村。

因观鱼乐临清沼，为听莺声到小园。

堤草绿匀蛙聒[6]枕，庭花香泛蚁浮尊[7]。

来朝社鼓[8]溪南北，又把升平[9]入句论。

【注释】

①后乐洞：地名，在邑城（现新会城）东门外。

②游咏：游乐歌咏。

③隔浦：隔着沙洲。

④吴江：借指苏州。

⑤莼鲈：故乡之美食。

⑥蛙聒：蛙叫声频繁。

⑦蚁浮尊：指绿蚁酒，新酿的酒，未滤清时，酒面浮起一层酒渣，色微绿，细如蚁，称为“绿蚁”。后世用来指代新酿出的酒。蚁，酒的泡沫。蚁尊，酒杯。借指酒。

⑧社鼓：旧时社日节祭神所鸣奏的鼓乐。

⑨升平：太平。《汉书·梅福传》：“使孝武皇帝听用其计，升平可致。”

虚窗林大尹[1]诗札[2]示游东郊过我洞门不遇和答

洞里流泉洞外门，悠然物外是江村。

因投簪绂[3]开三径，莫向桃源觅独园。

顿觉群喧忘净社，只余百籁[4]和吟尊[5]。

秋来欲约逍遥客，携手烟霞一共论。

【注释】

①林大尹：林会春，福建惠安人。举人，隆庆二年任新会知县，升户部主事，祀名宦、有特祠、有传。（清康熙《新会县志》）

②札：古代书写用的小木片，多指书信，如信札。

③簪绂：指冠簪和缨带。古代官员服饰。亦用于喻显贵、仕宦。

④百籁：从孔穴中发出的各种声音。

⑤吟尊：指对酒器吟诵。

濒行和思斋弟韵

（二首）

忆昔云移柳渡舟，茶炉客去自夷犹[①]。
诗联远屿清千仞，帆趁长风迅万牛。
廿载江河添客念，一官升斗[②]减贫忧。
他年行李唯图籍[③]，闾巷[④]人谁迓邺侯[⑤]。

风顺长江客进舟，满川烟景正夷犹。
听来玉笛飘杨柳，可喜春光到土牛[⑥]。
涓滴恩深徒忝[⑦]报，驱驰心远敢忘忧。
承家自笑清贫惯，未把轻肥羡五侯[⑧]。

【注释】

①夷犹：亦作“夷由”，比喻从容自得。

②升斗：容量单位。十合为升，十升为斗。比喻微薄的薪俸。

③图籍：文籍图书。

④闾巷：里巷，乡里。

⑤邺侯：指唐代李泌，贞元三年（787年），拜中书侍郎、同中书门下平章

事,累封郑县侯,家富藏书。后用于赞美他人藏书众多之典。

⑥土牛:用泥土制作的牛。古代在农历十二月制作土牛以除阴气。立春时造土牛以劝农耕,象征春耕开始。

⑦忝:有愧于,有辱。

⑧五侯:泛指权贵豪门。

小舫将成拟游罗浮钓嬴海用韵预告同志[1]

早从世路[2]逐飞黄,垂老投竿上野航[3]。

半枕梦惊今日醒,一丝心恋晚江长。

荒城[4]秋迥砧凄断,远水潮生棹渺茫。

脚底谢公[5]何处屐,廿年犹负铁桥[6]霜。

【注释】

①同志:在我国古代,同志与先生、长者、君等词的含义一样,都是朋友之间的称呼。

②世路:指宦途。

③野航:指农家小船。

④荒城:指荒坟。

⑤谢公:谢灵运(385年—433年),浙江会稽(今属浙江)人,原为陈郡谢氏士族。好营园林,游山水,制作出一种"上山则去前齿,下山去其后齿"(《宋史·谢灵运传》)的木屐,后人称之为"谢公屐"。

⑥铁桥:指广东省增城东罗浮山中的石梁,望之如桥,因称。

同杨二守[1]游玉台[2]用壁间韵

老爱垂竿钓八溟[3],也从山寺订新盟。

玉台可贷[4]寒蓑影,朱绂[5]端惭紫陌名。

采药喜逢丹井客，谈玄频拉白云僧。

风流输却贤韶守，数酌壶山一笑并。

【注释】

①杨二守：杨继宗，字期肖，莆田人。嘉靖二十五年(1546年)举人，嘉靖三十三年任韶州府同知。(《韶州府志》)

②玉台：位于新会圭峰山的玉台寺。

③八溟：泛指天下所有湖海。

④可贷：指可宽恕。

⑤朱绂：古代礼服上的红色蔽膝，后多借指官服。

施介洲诞招饮赋贺

老觉长生实不悭，采芝频自陟名山。

摩挲铜狄[1]真何岁，仿佛青牛又度关。

世外浮云空过眼，意中流水可谁刋[2]。

不知蓬岛春多少，灿烂溪桃已映颜。

【注释】

①铜狄：铜铸之人，即“铜人”。古时多铸以置于宫庙间，或铭文其上。

②刋(qiàn)：切。

虚舫罗大尹[1]谱牒[2]喜成次韵

邂逅[3]长沙[4]已失宗，孰从旷代[5]想音容。

孝思未了千年念，亲族端凭一谱功。

滚滚源头回旧派[6]，森森祠木[7]表高风。

从今灌献冠裳[8]集，世德[9]期看奕叶[10]隆。

【注释】

①罗大尹：罗兆鹏，古劳人，嘉靖己酉年(1549年)举人，福建长泰知县。(清康熙《新会县志》)

②谱牒：记述氏族或宗族世系的书籍。

③邂逅：指偶然的、不期而遇的。

④长沙：湖南省长沙市。西汉为长沙国都城。东汉复为长沙郡治，上隶荆州。

⑤旷代：历代，历时长久。

⑥旧派：宗族的字派。

⑦祠木：供奉祖宗、鬼神或有功德的人的灵位。

⑧冠裳：指文明、礼仪制度。

⑨世德：指累世的功德，先世的德行。

⑩奕叶：累世，代代。

寿李逊白[1]初度

琼枝[2]灿错[3]绕华筵，寿酌逢翁兴独偏[4]。

野鹤[5]顶成[6]年自永，孤松苓就[7]老逾坚。

七贤[8]才一谁堪续，四老[9]余三数可填。

徙倚[10]庄椿[11]歌此曲，又从熙穆[12]论钱铿[13]。

【注释】

①李逊白：潮连人，邑庠生，乡宾冠带。(《潮连李氏族谱》)李逊白是区越门人李翔的侄子。李翔，嘉靖二年(1523年)癸未科进士，其兄李翰是弘治壬子科举人，官至山西道御史。古代在新会是一望族。

②琼枝：比喻灯烛。

③灿错：犹言色彩缤纷。

④偏：古籍为“徧”，拟为笔误。

⑤野鹤：意为鹤居林野，性孤高，常喻隐士。

⑥顶戍：戍通“承”。喻承担。

⑦孤松苓就：茯苓是寄生于松树根下的一种菌类植物。喻人虽然孤零，而志弥坚。

⑧七贤：魏正始年间（240 年—249 年），嵇康、阮籍、山涛、向秀、刘伶、王戎及阮咸七人常聚在当时的山阳县（今河南焦作修武一带）竹林之下，肆意酣畅，世谓“竹林七贤”。

⑨四老：指“商山四皓”，汉初商山的四位隐士。

⑩徙倚：徘徊，流连不去。

⑪庄椿：祝人长寿之词。

⑫熙穆：和顺。

⑬篯（jiān）铿：彭祖，彭姓，名翦，中国神话中的长寿仙人，传说是南极仙翁的转世化身，并以享寿八百多岁著称于世。

拟再游海珠寺[①]

尚有登临未了山，幽期重拟扣禅关[②]。

轻含远屿看云出，低傍长林数鸟还。

醉眼川原从落魄，短筇岁月剩清闲。

青霞[③]紫苑三天[④]界，更与僧谈水石[⑤]间。

【注释】

①海珠寺：海珠寺坐落在海珠岛，因岛得名。海珠岛即著名的海珠石，乃礁岛一座，位于今广州珠江北岸长堤的海珠花园一带。1931 年，市政当局为拓宽长堤大马路，将岛与岸之间的江段填平。

②禅关：禅门。

③青霞：指佛家的禅房。

④三天:佛教称欲界、色界、无色界为三天。

⑤水石:犹泉石。多借指清丽胜景。

拟游白云[1]和张主政[2]

溪上归来一钓槎,万竿团翠竹交加。

不辞袜线[3]谈无补,也爱尘冠濯可夸。

尽把形骸[4]随四大[5],尚余歌咏颂重华[6]。

岭南万户皆春色,何事桃源更卜家[7]。

【注释】

①白云:指白云山,位于广州市的东北部,自古以来就是羊城有名的风景胜地。

②主政:官名。旧时各部主事的别称。

③袜线:谓艺多而无一精者,亦比喻才学短浅。

④形骸:人的躯体。指外貌,容貌。

⑤四大:见泉公信奉道教,此处指道、天、地、人四大。

⑥重华:指舜,是中国历史传说中的人物,是五帝之一。

⑦卜家:犹卜居,比喻择地居住。

题小洞和答

休言明镜此非台,还借禅家一味来。

门外红尘飞扑面,槛前流水净无埃。

徒闻御寇[1]凌空去,谁向溢江[2]影照回。

每把打乖[3]歌邵子[4],碧梧[5]疏柳自高齐。

【注释】

①御寇：指列御寇。战国郑人，属道家。

②湓江：湓水，今江西省龙开河的古称。

③打乖：耍花招，不老实。指机变。

④邵子：指邵雍。

⑤碧梧：绿色的梧桐树。比喻美好的才德或英俊的仪态。

题洞中光霁[1]台和韵

莫向湛然[2]说定[3]中，此心星宿本来通。

萦舒自觉沧溟[4]阔，淡泊那教世味[5]同。

花底鹤还清弄影，镜中云度锦流踪。

山僧[6]卓锡[7]成何事，会见储龙起碧空。

【注释】

①光霁：形容雨过天晴时万物明净的景象，也比喻开阔的胸襟和心地。

②湛然：清澈貌。

③定：典出《大学》：“知止而后有定，定而后能静，静而后能安，安而后能虑，虑而后能得。”比喻思虑周详方能达到“至善”。

④沧溟：大海。

⑤世味：指功名宦情。

⑥山僧：住在山寺的僧人。

⑦卓锡：锡杖又名智杖、德杖，法师云游时皆随身执持锡杖。因此名僧挂单某处，便称为“住锡”或“卓锡”。

岳伯家君学校[1]呈举乡贤余文学有诗咏赞和复

金殿赐题[2]壮岁名[3],还舟小试武塘[4]城。

六年粉署[5]留边策[6],两郡甘棠表宦程[7]。

泽沛旬宣[8]同海润,法抟[9]霜月彻霄明。

归来幽伴双琴鹤[10],尤树儒林[11]古淡[12]声。

【注释】

①学校:京城设太学,郡设立的学校称学,县设立的学校称校。

②金殿赐题:殿试由皇帝亲自出题,考卷由阅卷大臣打分,获得前十名的考卷皇帝还要亲自过目,考中的被赐予进士。

③岁名:指干支纪年的年名。

④武塘:据浙江省嘉善县简介,魏塘又名武塘。宋时设巡检司,元代设有魏塘务,并升为镇。明洪武三年(1370年)政税务官署为税课局。明宣德五年(1430年)建嘉善县,县治在魏塘镇。

⑤粉署:指粉省,尚书省的别称。

⑥边策:安边的谋略。

⑦宦程:赴任的期限。

⑧旬宣:巡视各地,宣布德教。

⑨抟:盘旋。

⑩琴鹤:古人常以琴鹤相随,表示清高、廉洁。

⑪儒林:泛指儒生、读书人。

⑫古淡:古朴淡雅。

赞黎秫坡[①]先贤像和董侍御[②]韵

（二首）

无弦琴[③]上亦无星，谁契[④]先生万古情。
盘谷[⑤]境闲猿鹤[⑥]渺，葫芦[⑦]秋在月风清。
丝纶[⑧]不逐浮沉影，文字堪夸远近名。
想到放歌秋秫熟[⑨]，此身天地共忘形。

辽海[⑩]归来处士星[⑪]，直须巢父[⑫]可同情。
山高水远无穷愿，野鹤秋云分外清。
东壁图书[⑬]存旧迹，故家[⑭]乔木[⑮]藉芳名。
丹青[⑯]描画先生几，八表[⑰]神游[⑱]岂在形。

【注释】

①黎秫坡：黎贞，字彦晦，号秫坡，都会人。从游孙西菴蕡，举明经（明经就是通晓经学，明清对贡生的尊称），祀乡贤，有传。（清康熙《新会县志》）

②董侍御：董筐，番禺人，黎贞门人，官贵州监察御史。有《秫坡像赞》诗。

③无弦琴：没有弦的琴。有闲适归隐之意。

④契：同“锲”，用刀子刻。

⑤盘谷：犹山谷。

⑥猿鹤：借指隐逸之士。

⑦葫芦：中国最早将葫芦称为瓠、匏和壶。葫芦在《诗经》《论语》中均被提到，如《诗经·豳风·七月》：“七月食瓜，八月断壶。”

⑧丝纶：《礼记·缁衣》有“王言如丝，其出如纶”，后因称帝王诏书为“丝纶”。

⑨秫熟：指谷物粮食成熟。

⑩辽海：泛指现在辽宁省东南一带，古代这些地方常有战事。黎秫坡……拟严光后以事，为讼者所诬，遣戍辽东十三年。艰危困苦之中，学愈博而识趣愈高，气愈克而议论愈出……（清康熙《新会县志》）

⑪处士星：少微星。借指隐士。

⑫巢父：传说为尧时的隐士，因筑巢而居，人称巢父。

⑬东壁图书：《晋书·天文志上》有“东壁二星，主文章，天下图书之秘府也”，因此称为皇宫藏书之所。

⑭故家：世家大族，世代仕宦之家。

⑮乔木：形容故国或故里。

⑯丹青：我国古代绘画常用朱红色、青色，故称中国画为“丹青”。

⑰八表：八方之外，指极远的地方。

⑱神游：谓形体不动而心神向往，如亲游其境。

诞日感述①

晨起行歌溪上堂②，幸生尧世③际辰芳。

虚舟④自信心无系，直钓何妨饵有香。

涧阴⑤小庭槐日遍，坐凭孤阁杞天⑥长。

秋怀满目沧江⑦阔，又笑芙蓉⑧索杖忙。

【注释】

①此诗清乾隆《新会县志》收录。

②上堂：厅堂，殿堂。《后汉书·赵岐传》：“嵩先入白母曰：‘出行，乃得死友。’迎入上堂，飨之极欢。”

③尧世：比喻太平盛世。

④虚舟：比喻胸怀恬淡旷达。

⑤阴：古籍为“荫”。

⑥杞天：比喻不必要或缺乏根据的忧虑和担心。

⑦沧江：江流，江水。以江水呈苍色，故称。

⑧芙蓉：荷花的别名。

喜侄业宣添孙分韵[1]得纱字

闻说天孙[2]几幅纱，为裁绷袴[3]到儒家[4]。

山川毓秀浑无限，门祚[5]宜人[6]总未涯。

接壤[7]芳传桂缀玉，傍垣薇发紫团花。

新诗拈出平阳胄[8]，儿长端明壮国华[9]。

【注释】

①分韵：数人相约赋诗，选择若干字为韵，各人分拈，依拈得之韵作诗，谓之分韵。

②天孙：指传说中巧于织造的仙女。

③绷袴：指婴儿的包被，小儿襁衣。

④儒家：指读书人家。

⑤门祚：家世。

⑥宜人：谓合人心意。

⑦接壤：交界。比喻后继有人。

⑧平阳胄：指平阳侯。比喻贵族的后代。

⑨国华：指国家的杰出人才。

壶山[1]归兴赠别戴太守

载酒送公感兴长，木兰[2]吾昔泛轻航。

萍蓬[3]每忆当年迹，河岭那堪此日觞[4]。

春哢锦莺歌断续，潮生珠海泽汪洋。

使君德政[5]播南粤，不负朱轮返故乡。

【注释】

①壶山：位于福建莆田，"壶山致雨"是莆田二十四景之一。

②木兰：香木名，又名杜兰、林兰。深山生者尤大，可以为舟。

③萍蓬：萍浮蓬飘。比喻行踪转徙无定。

④觞：欢饮，进酒。

⑤德政：指有仁德的政治措施或政绩。

答谭天池丈诗集惠教

数声长笛古城秋，晴雪幽怀满故洲。

每对青尊[1]开北海[2]，独携佳卷眺南楼[3]。

诗从摭[4]锦终高手，味到参禅[5]始上流。

眼底悠然谁点笔[6]，几回池草[7]梦交游。

【注释】

①青尊：盛酒的酒杯。

②北海：即"北海尊"。汉末孔融为北海相，时称孔北海。比喻好客。

③南楼：即镇海楼。新会邑城南面楼橹。

④摭：拾取，摘取。

⑤参禅：佛教禅宗的修持方法。有游访问禅、参究禅理、打坐禅思等形式。

⑥点笔：指作诗文、绘画等。

⑦池草：比喻潭天池的诗词。池，即潭天池。草，文书的底稿，初稿。

莘野尹茂才[1]诗教和韵

休言鱼鸟[2]共悠悠，归忆龙川[3]意更稠。

客舫梦魂江月冷，宦游[4]踪迹水烟浮。

朝歌荔浦[5]珠连榻，晚对池光镜满楼。

眼底名驹方驳踏[6]，当时诗句可横秋[7]。

【注释】

①莘野尹茂才：尹佐，号莘野，天游子，邑痒生。

②鱼鸟：指梦境。

③龙川：安徽绩溪县龙川村。

④宦游：旧谓外出求官或做官。

⑤荔浦：荔浦县，是广西壮族自治区桂林市辖县，位于广西东北部。

⑥驳踏：比喻良才刚刚起步。

⑦横秋：形容人的气势之盛。

陈少崖咏庭葵并干和之

（二首）

寻杖休谈碧槛红，只应培埴[1]探玄工[2]。

干从合并无凡态，蕊觉分舒有异容。

叶叶共倾心并赤，枝枝交映月轻胧。

对花每忆天孙锦[3]，巧售机云[4]杼轴[5]同。

芙蓉夸绿槿夸红，模写[6]终遗造化[7]工。

合干岂殊倾日意，同心还作献时容。
依墙九尺花全露，弄月双清影半胧。
闻说牡丹征胜事[⑧]，品分姚魏[⑨]也难同。

【注释】

①培埴：古通“培植”。

②探玄工：指种花人。

③天孙锦：指最好的绸缎。

④机云：晋陆机、陆云两兄弟的并称。

⑤杼轴：织布机上的两个部件，即用来持纬（横线）的梭子和用来承经（直线）的筘。比喻诗文的构思和布局。

⑥模写：指依样描写，泛指描写。

⑦造化：创造演化，指自然界自身发展繁衍的功能。

⑧胜事：美好的事情。

⑨姚魏：姚黄和魏紫的省称，二者为牡丹中名贵品种。亦泛指名贵的花卉。

贻写真画工[①]

短筇扶醉埭西东，不坐花丛便竹丛。
四大形骸随老态，七贤潇洒自清风。
尚怜骨瘦非诗瘦[②]，可讶颜红是酒红[③]。
野鹤沙鸥元有社[④]，凭君描画水云中。

【注释】

①写真画工：写真在汉语中的本义是画人物的肖像，比喻以绘画为职业的人。

②尚怜骨瘦非诗瘦：“骨”（人）和“诗”，一为自然之物，一为社会之物，二者本无从比较，但诗人用一个“瘦”字把二者紧密地联系在一起，人具有

清瘦的形象,而诗却十分丰富有风格。“瘦”字用得绝妙,为全诗定下了意境和氛围。

③酒红:指饮酒后面部或眼睛呈现的红色。

④沙鸥元有社:即鸥社,谓与鸥鸟为友,比喻隐退。

弟罗樵[1]别号[2]次韵

是处罗浮是处峰,振衣千仞[3]总奇踪。

好将龙井[4]栖迟地,并入朱明[5]指顾中[6]。

橘遇棋仙[7]那计斧[8],樵因巢鹤每留松。

凭高笑点[9]飞尘过,真觉烟霞一坌[10]洪。

【注释】

①罗樵:区元鼎,字惟凝,号罗樵,庠生,恩例冠带。西屏公五弟百竹公区赳之三子。(《潮连区氏族谱》)

②别号:旧时名、字以外另起的称号。

③振衣千仞:在极高的山冈上整饬衣服,抖落衣服上的灰尘。形容一种放任自由的人生态度。

④龙井:龙井头,位于潮连方岳里,区氏族人的聚居地。(《潮连区氏族谱》)

⑤朱明:指明朝。明朝皇帝姓朱,故称。

⑥指顾中:手指目视,指点顾盼。

⑦橘遇棋仙:即橘中棋仙,是在隋唐时期出现的围棋神话故事。故事讲述了在四川某橘园里,橘子中传来下棋的声音,农夫将橘子摘下剥开,发现里面有两位老叟在对弈。古籍为“棋遇橘仙”,拟为笔误。

⑧那计斧:比喻不计较用斧劈开。斧,砍东西用的工具,多用来砍木头。

⑨笑点:指一个笑话之所以好笑的关键,传统民间艺术称之为“抖包袱”。

⑩一坌:牵手。

黄文学过观珠灯[①]和答

九华清思入宵重，还对春灯忆远红。❶
金狄[②]影团珠树里，霜轮光碾水晶丛。
一龛[③]共睹星辰丽，万缕谁夸绮绘[④]工。
天远长安春不异，放歌元在彩云中。

❶九华菁名山也，珠灯出此。

【注释】

①珠灯：缀珠之灯。

②金狄：金人。铜铸的人像。

③龛：小窟或小屋。

④绮绘：有美丽纹彩的丝织品。

病起答友存问

竹院晨晡[①]日屡更，卧深云水爽新盟[②]。
杯中偶娱弓蛇影，门外频劳杖屦[③]情。
药鼎功随收二竖[④]，瑶琴[⑤]声漫掩双清[⑥]。
明朝剩有东郊[⑦]约，同看桑麻[⑧]雨后荣。

【注释】

①晡：申时，即午后三点至五点。

②爽新盟：指没有履行新的约会。

③杖屦：手杖与鞋子。古礼，五十岁老人可扶杖；入室鞋必脱于户外，为尊敬长辈，长者可先入室，后脱鞋。表示对老者、尊者的敬称。

④二竖：用以称病魔。

⑤瑶琴：用玉装饰的琴。

⑥双清：是福建闽派音乐的重要弹弦乐器，形制和秦琴相近，是由古代的阮变化而来的，也叫福建月琴、台湾月琴、梅花琴等。

⑦东郊：西屏公致仕，卜居新会县城城东方岳里（今江门市新会区会城凌东花鸟市场附近）。

⑧桑麻：桑树和麻，泛指农作物或农事。

酒垆[①]翁明府约顾论诗屡候不至用韵迓之

万花丛里着先生，不羡朱门有巨卿[②]。
供世自甘腰懒折，阅人那肯眼回青[③]。
杖寻花柳须乘兴，锦佩奚童[④]可乞灵[⑤]。
莫待春池畦部满，阳和闲落鼓吹听。

【注释】

①酒垆：卖酒处安置酒瓮的砌台。亦借指酒肆、酒店。

②巨卿：指有名望的权贵。

③回青：表示对人喜爱或尊重。

④奚童：指未成年男仆。

⑤乞灵：求助于神灵或某种权威。

和思斋弟林园相庆

（二首）

围断烟霞[1]且浪闲，数椽[2]吾分碧岩间。
客来屏西开三径，人立梅边到几关。
草阁看花常独往，山瓶[3]斟月亦忘还。
紫荆庭畔团圞酒[4]，扶醉年年笑玉山[5]。

修然[6]蜗壳是吾庐[7]，纳纳[8]乾坤世与居。
陶令千瓢[9]长贮月，邺侯四壁只藏书。
池光潋滟看云度，树色扶疏入夏舒。
童子只虞翁抱瓮，每招猿鹤绊闲居。

【注释】

①烟霞：泛指山水、山林。

②数椽：指多间房屋。椽，古代的椽子是以木刨成圆柱形装配于檐底。

③山瓶：山野人家所用的酒瓶。

④团圞：圆貌。

⑤玉山：古代传说中的仙山。

⑥修然：整饬貌，严正貌。

⑦吾庐：我的屋舍。

⑧纳纳：包容貌。

⑨瓢：用干葫芦壳做成的舀水或取东西的工具。

次韵念谷高明府[①]暮春感述

睡起西窗驹隙驰，烟光丛薄正霏微[②]。
青尊有酒日堪醉，白发无情春又归。
篱带残红团粉蝶[③]，径边芳草卧骄狸[④]。
凭栏幽思知多少，看尽虚堂[⑤]燕子飞。

【注释】

①念谷高明府：高士蜚，字载翀，号念谷，江西雩都知县。（清康熙《新会县志》）

②霏微：指烟雾、细雨等到处飘散。

③粉蝶：蝴蝶的一种，翅白色，有黑色斑点，也有黄色或橙色的。

④骄狸：形状与猫相似，比喻高傲的豹猫。

⑤虚堂：高大的厅堂，大堂。

登小庐山楚云台[①]

放歌天外倚崆峒[②]，半亩[③]犹存处士[④]宫。
螺黛[⑤]蹲连山九锁[⑥]，嚣尘飞断路千重。
岩闲鹿迹侵苔绿，春浅桃花覆涧红。
千载楚云思不尽，欲凭黄鹤[⑦]问仙[⑧]踪。

【注释】

①《潮连乡志》《全粤诗》把该诗作者记为见泉公之父区越，此为讹误。小庐山，位于新会白沙乡。楚云台，在白沙乡，陈白沙筑馆的李承箕寓所。

②崆峒：山高峻貌。

③半亩：形容很小的地方。

④处士:本指有才德而隐居不仕的人,后亦泛指未做过官的士人。

⑤螺黛:指盘旋高耸的青山。

⑥九锁:比喻无法解脱。

⑦黄鹤:指贤才,大才。

⑧仙:原缺,据《全粤诗》补。

秋兴呈经卫澹所同知[①]两莲[②]二宗丈[③]

疏竹萧萧晚荐秋,几人朋上小溪楼。

星河波淡吴钩[④]冷,兰蕊香生楚簟[⑤]流。

赤壁[⑥]又逢秋既望,洞箫[⑦]谁弄月同舟。

欲兼天上人间乐,除是黄州[⑧]刺史俦[⑨]。

【注释】

①同知:明清时期的官名,同知为知府的副职。古籍为“同府”,拟为笔误。

②两莲:区益(1513年—1583年),字叔谦,号两莲,高明阮涌村人,嘉靖庚子科(1540年)举人,(隆庆年间)官至温州府同知。(高明《灃川区氏族谱》)古籍同知为同府,同府拟为笔误。

③宗丈:旧时同姓年长者之间的尊称。

④吴钩:春秋吴人善铸钩,故称。后也泛指利剑。钩,兵器,形似剑而曲。

⑤簟:指蕲竹所制竹席,凉席。

⑥赤壁:位于湖北省蒲圻县西北,因山形截然如壁而有赤色,故称赤壁。

⑦洞箫:箫,吹孔气鸣乐器。流行于中国民间的吹管乐器,又称洞箫,以竹制作。

⑧黄州：位于湖北省东部，大别山南麓。

⑨俦：老友、世交等意思。

邑城[①]载筑[②]省士夫[③]恐妨小洞风景诗来和答

满目芙蓉忆往年，少陵[④]诗律笑谈边。
人间尘障谁真见，世外禅空是妙缘。
休说重城[⑤]能蹙地[⑥]，独忻小洞有余天。
新诗可赋将来景，数点梅花未腊前。

【注释】

①邑城：广东新会县城。

②载筑：载通“再”，指邑城再一次修筑。

③省士夫：士夫，即士大夫，比喻省城的读书人。

④少陵：指唐代诗人杜甫。

⑤重城：据清康熙《新会县志》记载：“万历元年癸酉（1573 年）知县伍睿筑外城。”这里指修筑新会邑城的外城墙。

⑥蹙地：损失国土。

寿弟冈川[①]初度

浩浩不知何处天，摩挲铜狄锦堂前。
三千岁月[②]桃初灿，九十韶光[③]酒正传。
隙地栽花青紫遍，短筇寻壑岳嵩连。
与君共倚黄云树，合比庄椿无后先。

【注释】

①冈川：区元益，字惟裕，号冈川，邑庠生。见泉公之弟。（《潮连区氏

族谱》)

②三千岁月：七十岁寿诞祝福词。

③韶光：常指美好的时光。

夜梦先大夫[①]至早添孙次徐司成[②]贺章韵有引

驷马[③]门第高矣，骏发[④]之基则肇于于公[⑤]；燕山[⑥]丹桂[⑦]奇矣，交辉之茂则培于禹钧[⑧]。余每念先君，宦阶屡超而棠泽随满，谟训[⑨]恒在而槐阴已秾。若子及孙不能仰继驷马燕山之遐躅[⑩]以阐扬万一，不无有愧前懿[⑪]乎？因援往哲[⑫]，用征来裔。虽曰识喜，所以寓劝也。

种玉[⑬]开云兴不悭，郁葱由是遍西山[⑭]。

正忻[⑮]绕膝添扶老，敢妄弃繻[⑯]薄抱关[⑰]。

数亩瓜田惭旧业，百年世系待新刊。

梦中我见薇垣考，仿似廷评喜动颜。

【注释】

①先大夫：江西左参政、授太中大夫区越，见泉公先父。

②司成：古代教育贵族子弟之官职，主管世子品德教育。

③驷马：指显贵者所乘的驾四匹马的高车。表示地位显赫。

④骏发：英俊风发。

⑤于公：于公是汉相于定国之父，曾任县狱吏、郡决曹。典出《汉书·于定国传》，于公家在修倒塌的大门时，对父老乡亲说："少高大闾门，令容驷马高盖车。我今治狱多阴德，未尝有所冤，子孙必有兴者。"后来他的子孙都很有出息，有的做了丞相，有的做了御史大夫，世代封侯。以后此典形容人有德行，子孙发达显贵。

⑥燕山：窦禹钧，五代后周时期人，家住燕山一带，故人称窦燕山。

⑦丹桂：比喻秀拔的人才。

⑧禹钧:窦禹钧,即窦燕山。

⑨谟训:谋略和训诲。

⑩遐躅:走向远方的足迹。

⑪前懿:美好,多指德行,指有关女子的。

⑫往哲:先哲,前贤。

⑬种玉:种玉为神仙故事,可用以写仙缘,也用以写婚姻事。

⑭西山:地名,在邑城西北面。

⑮忻:欣喜。

⑯弃繻:典故名,典出《汉书·终军传》。后用为年少立大志之典。

⑰抱关:监门。借指小吏的职务,亦借指职位卑微。

小舫新成诸荐绅[①]先生诗枉次答

刳木[②]虚中[③]用本奇,溯流那借力推移。

行随茶灶[④]何妨酒,泊近梅花每费诗。

破浪莫辞催棹急,得风尤戒尽帆飞。

沧浪歌罢无人问,自爱凫鸥共一溪。

【注释】

①荐绅:亦称缙绅。古代仕宦者束于腰际的大带子,用来插笏。用作官宦和有地位者的代称。

②刳木:剖凿木头,用以做舟。

③虚中:中空。

④茶灶:烹茶的小炉灶。

夏日与余博士[1]潘封君[2]过惟裕[3]弟新居小集[4]

红满东风见郗林，堂依绿野复环阴。
怀倾北海长存酒，愠解[5]南薰[6]不待琴。
未必金茎[7]凉易荐，真成石步[8]暑难侵。
阶前棠棣翩翩近，杖履无劳室远吟。

【注释】

①余博士：余宗文，嘉靖元年（1522年）壬午科举人，湖广黄坡教谕。（清康熙《新会县志》）

②潘封君：潘豪，以子起鹏赠文林郎象山县知县。（清康熙《新会县志》）封君，封建时代因子孙显贵而受封典者。

③惟裕：区元益，字惟裕，号冈川，邑庠生。见泉公五弟，居邑城景贤里。（《潮连区氏族谱》）

④小集：小会聚。

⑤愠解：消除怨怒。

⑥南薰：借指从南面刮来的风。

⑦金茎：用以擎承露盘的铜柱。

⑧石步：置于溪流小河中供人渡涉的踏脚石。

喜莘野尹茂才得子次易坡川韵

五马旋归六载时，见君还喜见佳儿。
名家[①]已征河东[②]瑞[③]，老子何辞醉后诗。
抱向席边声可辩，指当屏上字[④]应知。
看看自是鸣冈凤[⑤]，愿际文明[⑥]上玉墀[⑦]。

【注释】

①名家：犹名门。

②河东：黄河流经山西省境，自北而南，故称山西省境内黄河以东的地区为“河东”，河东地区自古英才辈出。

③瑞：指吉祥、吉利。

④屏上字：古人称呼他人，一般称他的字，不直接呼名。一个人的字，是指名字中用以表示家族辈分的字，在大婚后，要在屋堂上挂“字架”，以示成年和在家族里的辈分。比喻得子。

⑤鸣冈凤：指自家连生女儿而未生子。冈，即冈州，新会古称冈州。

⑥文明：谓文治教化。

⑦玉墀：宫殿前的石阶，亦借指朝廷。

省旎舟泊洄冲[①]叠韵[❶]

芦灯烟火隔三城，远听渔歌旧调更。
游子敢忘清世[②]念，短蓬还系故乡情。
丹枫点岸偏留景，幽鸟迎人自报程。
梦里绛榴[③]初结实，小园新态接春生。

❶夜梦庭榴[④]结子，赋占添孙之兆。

【注释】

①洄冲：在河流的转弯处，水流较平缓的地方。

②清世：太平时代。

③绛榴：红色石榴。石榴多籽实，古人常用以比喻生男孩。

④榴：石榴在中国的含义有多子多福的意思。

卷五

五言律诗

古柏参天题八景八首，用杨修[①]撰迁客[②]韵呈黄侍御

（八景之一）

直干立清朝，还资雨露饶。
岂徒持劲节，时复长新标。
映日[③]文成锦[④]，鸣风韵比韶[⑤]。
更看盘老鹤，仪羽[⑥]出云霄。

【注释】

①杨修（175年—219年）：字德祖，陕西华阴人，东汉末年文学家。

②迁客：外放，远离政治中心。

③映日：日光映照着。

④文成锦：比喻好文采。锦，指贝锦，带有贝壳花纹的锦缎。

⑤韶：古乐的通称。

⑥仪羽：比喻美德善行可为人表率。

奇花绣地

（八景之二）

草木帝杼机[①]，名园一探之。
露飘香送蔼，春暖色生奇。
铺径疑无地，穿林自献时。
寻芳轻蹑屐[②]，乐事付莺知。

【注释】

①草木帝杼机:比喻风光景色,犹如天帝的织机织出的优美风景。帝,天帝。杼机,织机。

②蹑屦:古代用麻葛制成的鞋。据考证,麻葛制的鞋曾是新会潮连特产。

金梅春暖

(八景之三)

腊破冻风融,梅边春渐浓。

倚墙金的灼[1],照水玉璁珑[2]。

暂止禽窥蕊,低飞蝶恋丛。

数枝流日脚[3],庭畔动虬龙[4]。

【注释】

①金的灼:指耀眼的金色。

②玉璁珑:明洁的样子。

③日脚:太阳穿过云隙射下来的光线。

④虬龙:比喻盘屈的树枝。

丹桂秋香

(八景之四)

把酒问群芳,何如秋桂香。

仙标[1]传兔窟[2],清影弄蟾光[3]。

叶岂凌霜健,枝因傲雪苍。

燕山[4]花五树,同征白眉郎。

【注释】

①仙标:超凡脱俗的风标,用于赞誉人的风度。

②兔窟:比喻隐居之地。

③蟾光:月色,月光。

④燕山:指窦燕山。《三字经》说:“窦燕山,有义方。教五子,名俱扬。”这是赞扬窦燕山教育子女的经验。

玉井[①]潆流

（八景之五）

泉声出柳塘,晴练跨殊方[②]。

润足千畦泽,甘分万井[③]浆。

盈坎源源进,涵云烨烨[④]光。

尘冠羞未濯,何处听沧浪[⑤]。

【注释】

①玉井:井的美称。

②殊方:远方,异域。

③万井:指千家万户。

④烨烨:明亮,灿烂,鲜明。

⑤沧浪:指《孺子歌》。春秋战国时期流传于汉水以北的一首民歌。

瑶琴播雅

（八景之六）

山阁抚孤琴,寥寥几识音。

多年留此调,三叹[①]是何心。

杨柳风全细，梧桐月半阴。

焚香按旧谱，天籁发清吟。

【注释】

①三叹：指三人随着歌唱者发出赞叹之声，予以应和。形容慨叹之深。

芸窗[1]诵读

（八景之七）

青编[2]非剩语[3]，糟粕有真腴[4]。

鞭策须常力，岁时可忽诸[5]。

心穷千古上，灯继五更初。

华国[6]文章在，芸窗肯负儒[7]。

【注释】

①芸窗：指书斋。

②青编：借指史籍，泛指书籍。

③剩语：指前人的只言片语。

④真腴：比喻事物中的精华。

⑤忽诸：一下子，忽然。诸，助词。

⑥华国：光耀国家。

⑦儒：指读书人。

后圃颐真[1]

（八景之八）

卜筑[2]傍林峦，尘清境自宽。

百年闲里乐，万事静中看。

月上琴三弄③,客来棋一盘。

梅岩④这样否,宜隐亦宜官。

【注释】

①颐真:指修养真性。

②卜筑:择地建造住宅,即定居之意。

③三弄:古曲名,即《梅花三弄》。

④梅岩:在广东翁源县新江镇有个奇伟壮观的石灰岩溶洞,它因宋代进士梅鼎臣、梅佐父子俩在此居住并在岩洞内潜心读书而得名。

诗酒琴棋客五首和年兄雍都堂

（五首）

何处能忘诗,删后无真乐。

坝水雪逢春,逋山梅映鹤。

对客腾风蛟①,闭门擅头角②。

嗟兹暮蛙声,常使宫商③错。

何处能忘酒,蝉声咽午晖。

花枝频照眼,荷盖故擎卮。

金谷④盟诗日,乌林⑤赋槊⑥时。

英雄千古意,吾饮更何辞。

何处能忘琴,郑声⑦乱雅甚。

松涛泻空山,天籁发孤枕。

哑喔听鸟啼,氤氲⑧探梅朕。

舜风[9]蔼[10]七弦[11],兴剧故难禁。

何处能忘棋,乾坤纸局移。
蛛机斜复整,蜂阵合还离。
弹橘留芳骤,弛柯透异岐。
墅亭谁爱日,孤垒[12]意弥[13]迟。

何处能忘客,云闲竹径低。
定盟须颖脱,逋害借鸡啼。
野洞柴门僻,江山雪舫迷。
折梅思陇上[14],春色满南溪[15]。

【注释】

①凤蛟:这里形容人很有文采。

②头角:指出众,优胜。

③宫商:五音中的宫音与商音。泛指音律。

④金谷:这里借指仕宦文人游宴饯别的场所。

⑤乌林:地名,在湖北省嘉鱼县西,位于长江北岸。赤壁之战,周瑜曾破曹兵于此。后以乌林指此战役。

⑥赋槊:横着长矛而赋诗。这里指能文能武的英雄豪迈气概。赋,吟。槊,类似长矛,矛长丈八谓之槊。

⑦郑声:原指春秋战国时郑国的音乐。因与孔子等提倡的雅乐不同,故受儒家排斥。此后,凡与雅乐相悖的音乐,甚至一般的民间音乐,均为崇"雅"黜"俗"者斥为"郑声"。

⑧氤氲:烟云弥漫的样子。

⑨舜风:这里比喻太平盛世。

⑩蔼:通"霭",指云气。

⑪七弦：古琴的七根弦，亦借指七弦琴。

⑫孤垒：孤立的堡寨。

⑬弥：更加，越发。

⑭陇上：泛指今陕北、甘肃及其以西一带地方。

⑮南溪：指四川成都西郊的浣花溪，锦江的支流。

清远峡[①]用思斋弟韵漫述

（二首）

清溪溪上舫，客意可谁同。
渔笛横烟浦，僧钟隐暮峰。
发岂缘秋短，颜因傍酒红。
六年乡国[②]念，书札若为通。

桑梓六年别，萍踪万里游。
清无忠献[③]鹤，贫有晏平[④]裘。
供世囊甘薄，为官食耻浮[⑤]。
尚惭驰五马，朽索[⑥]未曾收。

【注释】

①清远峡：现名飞来峡，位于广东省清远市东面，北江流经这里向南出海。

②乡国：这里指家乡。

③忠献：韩琦（1008 年—1075 年），字稚圭，自号赣叟，谥号忠献，相州安阳（今河南安阳）人，北宋政治家、词人。

④晏平：晏婴，字仲，谥平，也称晏子。晏子生活十分俭朴，吃的是“脱粟之食”“苔菜”，可谓“食菲薄”，用现在的话说就是粗茶淡饭素食当家；穿

的是“缁布之衣”;上朝坐的是弊车驽骊;住的是“近市湫隘嚣尘,不可以居”的陋仄之室。

⑤食耻浮:这里指品德高洁的人以饮食(丰盛)在别人之上为耻辱。

⑥朽索:朽腐的绳索。这里比喻临事虑危,时存戒惧。

客有题小洞壁间诗者词绮[①]而未尽地主之谊[②]因赓和足之

野亭闲徙[③]倚,身远觉怀开。
酒熟呼邻得,诗成待客裁。
巾香花底露,钓冷石边苔。
最是无营[④]境,僧还杖锡[⑤]来。

【注释】

①词绮:这里指诗词写在丝绸上。

②地主之谊:指住在本地的人对外地客人进行招待的义务。谊,古籍为“意”,拟为笔误。

③闲徙:古籍为“开徒”。

④无营:无所谋求。

⑤杖锡:拄着锡杖。谓僧人出行。

戴来鹤[①]再度索诗寿之

(二首)

北阙[②]梦魂稀,商山旧有期。
芝茎闲作饵,芋叶细题诗。
岁月消残局,参苓荐寿卮。
野亭春睡足,扶鹤啸仙墀[③]。

老态藤蓑健，诗情岛屿巍。
休休聊复尔，扰扰欲何为。
名器[4]双芒屦[5]，生涯一酒杯。
忽怜春事晚，搔首百花堆。

【注释】

①戴来鹤：讳泽，字君泽，寿官，公性严厉，知虑谋密。从游陈白沙先生之门。（《天台戴氏族谱五修》）

②北阙：用于宫禁或朝廷的别称。

③墀：台阶上的空地，亦指台阶。

④名器：指名号与车服仪制，也是奴隶社会与封建社会用于区别尊卑贵贱的等级标志。

⑤芒屦：指草鞋。用植物的叶或秆编织的鞋子。

秋日奉怀

（二首）

庭竹抟霄露，泠然[1]濯我居。
坐深浑欲赋，兴窅[2]故难书。
夏徂秋复杪[3]，十约九成虚。
何日芙蓉棹，华山进所如[4]。

忧时吟抱膝，面壁叹离居。
未遂源源见，徒频咄咄书。
露冷众色澹，月湛永怀虚。
此意陶潜会，无劳赋相如[5]。

【注释】

①泠然：轻妙貌，比喻轻盈美妙。

②窅：深远。

③杪：指年月或四季的末尾。

④所如：所往。

⑤相如：即司马相如。

谒白沙陈先生祠呈湛太史年伯[1]

（三首）

瞻拜清祠下，羹墙感岁过。
堂虚光揭日，阶近绿沉莎。
学启求心约，经妨剩语多。
兴言[2]归路晚，樵径斗新歌。

先生倡绝学[3]，观化[4]迩遐同。
濂洛[5]宗无极，河汾[6]陋说中。
仪刑[7]瞻北斗，俎豆[8]肃清风。
却忆陈情疏，千钟[9]不换穷。

晴霞栖四壁，明月照孤踪。
自彻皋比[10]席，谁闻巨梃[11]钟。
冥心[12]求顿悟，断简[13]故应封。
徒倚阶庭下，清风洒竹松。

【注释】

①湛太史年伯：湛太史即湛若水（1466年—1560年），字元明，号甘泉。广东增城（今属广东广州市）人。湛若水考取举人后从游新会陈白沙先生，成为白沙学说的衣钵传人，在弘扬白沙学说时，又自成理学一大门派，被誉为“甘泉之学”。太史，明清两代，修史之事由翰林院负责，翰林又称太史。年伯，科举时代为对父亲同年登科者的尊称。见泉公之父西屏公与湛若水为同榜进士。

②兴言：心有所感，而发之于言。

③绝学：指造诣独到之学。

④观化：观察变化，观察造化。

⑤濂洛：这里指北宋理学的两个学派。濂，指濂溪周敦颐；洛，指洛阳程颢、程颐。

⑥河汾：黄河与汾水的并称，亦指山西省西南部地区。隋朝末年，大儒王通在河汾设帐授学，很多人慕名而来求学，人们以成为河汾门下的学生为荣。

⑦仪刑：效法。

⑧俎豆：古代祭祀、宴会时盛肉类等食品的两种器皿。这里引申为祭祀和崇奉之意。

⑨千钟：指优厚的俸禄。

⑩皋比：指虎皮。古人坐虎皮讲学，后因此指讲席。比喻传诵，讲习。

⑪巨梃：比喻大的棍棒。梃，杖也。梃，古籍为“挺”。

⑫冥心：这里指泯灭俗念，使心境宁静。

⑬断简：古代发明纸以前字写在竹子上的称为竹简。指不完整的文章。

嘉莲呈瑞

（二首）

偎红还倚白，并蕊却丫开。

共比鸳鸯锦[1]，宁知冰玉荄。

同心临碧水，分影拭瑶台[2]。

岁岁东风好，秾华[③]此借媒。

二仲[④]堪谈宋[⑤]，双姬[⑥]漫拟乔[⑦]。
由来君子重，羞逐丽容销。
色萃三峰秀，香传太液[⑧]迢。
相看两不语，犹恐涉尘嚣。

【注释】

①鸳鸯锦：织有华丽鸳鸯图案的彩锦。唐代刘禹锡《浪淘沙》词："女郎剪下鸳鸯锦，将向中流匹晚霞。"

②瑶台：指传说中的神仙居处。

③秾华：繁盛艳丽的花朵。这里指女子的青春美貌。

④二仲：指汉羊仲、裘仲。这里泛指廉洁隐退之士。

⑤宋：居也。宋代徐铉、徐锴注释，臣铉等曰："木者所以成室以居人也。"

⑥姬：古代对妇女的美称。

⑦乔：这里指大乔、小乔。汉末三国时期的女性，系乔公之女。传说大乔、小乔均为绝世美女。

⑧太液：指太液池。明代太液池即今北京故宫西华门外的北海、中海、南海三海。

长至[①]写怀

令节逢长日，呼儿具客觞[②]。
竹低风入户，梅绽雨鸣廊。
云物凭新句，烟花付小航。
麹生[③]良知己，倾倒共茅堂。

【注释】

①长至:指冬至,自冬至后日又渐长。

②客觞:这里指以酒宴客。

③麴生:指美酒。

冬后赏菊

朔风正浩浩,吹送菊丛秋。

篱短看逾好,霜清坐更幽。

余香飞蛱蝶[①],清影落渔舟。

花边评异品,能几薛居州[②]。

【注释】

①蛱蝶:蛱蝶科昆虫的总称,属于中大型的蝴蝶。

②薛居州:人名,战国时期宋国的善士。

题熊文学[①]北汉高翔卷

梧桐当舜日[②],菶菶亦萋萋[③]。

朱鸟[④]文方诞,灵雏[⑤]羽复齐。

云霄看远举,林薄[⑥]笑卑栖[⑦]。

试问渊源自,承家几建溪。

【注释】

①熊文学:教谕熊濂,福建瓯宁人,岁贡,隆兴二年任,以升去。(清康熙《新会县志》)文学,这里指儒生,亦泛指有学问的人。

②舜日:这里比喻天下太平的时候。

③菶菶亦萋萋:草木茂盛的样子。

④朱鸟:宫殿名。

⑤灵雏:神鸟。这里指杰出的后辈。

⑥林薄:交错丛生的草木。这里借指隐居之所。

⑦卑栖:这里谓居于低下的地位。

秋日书怀

安仁[①]徒抚镜,季子[②]岂无金。
阅世真浮梦,乘秋且浩吟。
云连低竹径,鹤舞破松阴。
共打蒲团坐,同论出处心。

【注释】

①安仁:安心于实行仁道。

②季子:指春秋时的吴季札,为吴王寿梦少子。不受君位,被封于延陵,故号延陵季子,省称"季子"。历聘各国,过徐,徐君爱其剑,季子为使上国,未与。及返,徐君已死,乃系其宝剑于徐君冢树而去。事见《史记·吴太伯世家》。后人称颂其高风亮节。

云洞小筑[①]

搀云三径辟,傍壑一亭开。
自笑经营浅,聊从造次[②]裁。
移梅香带雪,帖石[③]绿留苔[④]。
最喜溪临户,渔歌月下来。

【注释】

①云洞小筑:云洞,地名,位于新会城西面,喻隐逸者或仙人的居处。小

筑,指规模小而比较雅致的住宅,多筑于幽静之处。清乾隆《新会县志》收录。

②造次:慌忙,仓促。

③帖石:刻字的石。

④苔:泛指苔藓类植物。

陈守备①饯古云寺②即席赋此

古刹来何世,高游③适此时。

山光还小榻④,花影泛浮卮。

蛮俗⑤旋旋⑥改,天机⑦滚滚⑧奇。

百年弦管外,谁见武城碑⑨。

【注释】

①守备:明清时的武官名。明永乐时初设南京守备,节制本区各卫所,为重要军职;又总兵下亦设守备,驻守城哨。

②古云寺:位于福建省建阳市将口镇。

③高游:远游。

④小榻:狭小的卧具。

⑤蛮俗:蛮地风俗。

⑥旋旋:陆续,逐渐。

⑦天机:指天之机密,犹天意。

⑧滚滚:泛指急速翻腾的样子。

⑨武城碑:武城县地处鲁西北平原,京杭大运河东岸。武城历史悠久,人杰地灵,建置于春秋时期,西晋太康年间称武城,沿用至今。武城碑即为"丹阳公祠堂记"碑,碑中的丹阳公就是子游,宋代封子游为丹阳公,"弦歌古郡"说的就是子游。子游(前506年—? 年),姓言,名偃,字子游,亦称言游、叔氏,春秋末吴国人,与子夏、子张齐名,孔子的著名弟子,"孔门十哲"之一,曾为武城宰(县令)。子游的儒学思想曾为历代人们所推崇。

过桃坡[①]次林明府韵呈郭太守[②]

桃坡秋寂寂，何处觅桃花。
霜冷山逾峻，云深路转赊。
孤城余毁堞[③]，野戍[④]隐寒笳[⑤]。
十载河阳[⑥]客，于今鬓有华。[❶]

❶潘岳宰河阳，种桃成锦，忧时而发早白。

【注释】

①桃坡：位于今贵州省镇远县青溪镇桃坡村。

②郭太守：郭仕，江西吉安泰和人，正德戊辰科（1508 年）进士，嘉靖年间贵州镇远府知府。（《钦定四库全书·贵州通志》）

③堞：指城上如齿状的矮墙。

④野戍：指野外驻防之处。

⑤寒笳：喻悲凉。笳，胡笳，中国古代北方民族的一种吹奏乐器，似笛。

⑥河阳：古地名，在今河南省孟州市西北。晋潘岳曾任河阳县令，后多以“河阳”指称潘岳。

过金鸡庙[①]和何运使[②]

山樱[③]丹晓露，岩竹净晨晖。
古刹经时[④]毁，金鸡隐雾啼。
猿声依岭急，枫叶傍人飞。
笑此皇华[⑤]者，频年[⑥]历翠微[⑦]。

【注释】

①金鸡庙：位于福建省莆田市北岸东埔镇吉江城隍庙前左侧，创建于

明代，俗称五帝庙。

②何运使：何文邦，正德三年进士，南海人，见泉公父西屏公儿女姻亲。（西屏公有）二女，长适何运使（何文邦）冢子，郡庠士何卓。（《明太中大夫江西左参政西屏区公墓志铭》）

③山樱：山中樱桃花。四五月间开花，花白色或略带红色。

④经时：历久。

⑤皇华：赞颂奉命出使或出使者。

⑥频年：连年，多年。

⑦翠微：青翠的山色，也泛指青翠的山。

重经梅岭①

（二首）

局蹐②成何事，轩裳③且委荣。
岭梅惊岁月，驿使笑逢迎。
吴粤④到关柝⑤，芙蓉入寺清。
珠玑⑥吾族旧，重过复留情。

野服⑦寻丘壑，轻车命仆夫⑧。
水声听断续，山色看模涂⑨。
石径垂新柳，柴扉暗绿芜⑩。
幽禽⑪如旧识，相对唤提壶⑫。

【注释】

①梅岭：即五岭之东者大庾岭山脉的古代要塞部位（庾岭）。古道位于江西省大余县与广东省南雄市交界处，梅岭相传是根据南迁越人首领梅绢的姓氏命名的。梅岭的另一说法是因梅树众多，故称“梅岭”。

②局蹐：典出《诗·小雅·正月》，有形容谨慎恐惧的样子的意思。

③轩裳：指官位爵禄。

④吴粤：春秋时期吴国与越国的并称。粤通“越”。

⑤关柝：指关隘。柝，古籍为“拆”。

⑥珠玑：珠玑古巷。历史上曾有大批珠玑巷居民南迁珠江三角洲一带。

⑦野服：粗劣的衣着。

⑧仆夫：驾驭车马之人。

⑨模涂：模糊。

⑩绿芜：丛生的绿草。

⑪幽禽：鸣声幽雅的禽鸟。

⑫提壶：挈榼提壶，引申为喝酒。

少野陈都阃[①]留宴公署[❶]

（二首）

顷者[②]台[③]星灿，祥光动四筵。

风和燕语[④]外，春满杏花前。

调燮[⑤]登商鼎[⑥]，谋猷[⑦]接燕然[⑧]。

共谈宾主美，嘉会[⑨]正流传。

将军富文藻[⑩]，英论满华筵。

笔落黄庭[⑪]后，兵谈细柳前。

风尘心惕[⑫]若，尊俎[⑬]兴翩然。

笑指凌烟[⑭]上，勋名[⑮]合并传。

❶见教“春云低阁外，细雨落灯前”之句次韵。

【注释】

①少野陈都阃：陈鹄，会稽人，嘉靖十七年（1538 年）进士，佥事。（清乾隆《绍兴府志》）都阃，指统兵在外的将帅。

②顷者：近来。

③台：敬词。用于称呼对方或跟对方有关的行为。

④燕语：宴饮叙谈。

⑤燮：和谐。

⑥商鼎：商朝出土的鼎器就叫“商鼎”。这里指记入史册。

⑦谋猷：计谋，谋略。

⑧燕然：泛指边塞。诗文中叙述建立边功时，常引用之。

⑨嘉会：欢乐的聚会，多指美好的宴集。

⑩文藻：指文章、文字。

⑪黄庭：指中央。

⑫心惕：肃敬的样子。

⑬尊俎：古代盛酒肉的器皿。尊，盛酒器。俎，置肉之几。常用于宴席的代称。

⑭凌烟：凌烟阁的省称。

⑮勋名：功名。

郡伯唐西洲[①]年丈诗翰[②]见寄云中[③]和答

（二首）

竭来[④]万里札，开拆岭云光。

讶别岁频换，相思梅又香。

秦机诗并锦，蜀茧字飞霜。❶

翻忆扬雄[⑤]宅，琼瑶[⑥]几树芳。

珠江[7]江上景,相忆是看花。
进艇摇新月,垂丝漾晓霞。
瑶琴招伴出,蜡屐入云斜。
春近君居远,何时酒共赊。

❶西洲善诗草。

【注释】

①郡伯唐西洲:唐胄(1471年—1539年),字平侯,号西洲。明代琼山府城东厢攀丹村人。郡伯,明、清时知府的称谓。唐,古籍为"曾",拟为笔误。

②诗翰:诗文手迹。

③云中:指云南。

④揭来:犹言来。归来,来到。

⑤扬雄:(前53年—18年),字子云,西汉蜀郡成都(今属四川成都郫县)人。西汉后期著名学者、哲学家、文学家、语言学家。

⑥琼瑶:指美好的诗文。

⑦珠江:旧称粤江,是中国境内第三长河流。原指广州到入海口的一段河道,后来逐渐成为西江、北江、东江和珠江三角洲诸河的总称。

早 行

客子苦行役[1],驱车未晓时。
暗流惊断涧,残月挂疏篱。
径僻鸡声渺,云连马首低。
敝裘[2]修露肘,犹待弄晨晖。

【注释】

①行役:泛称行旅,出行。

②敝裘：破旧的皮衣。

雨行吕合道[1]中

树斜湍啮石[2]，草没水平堤。

跋涉移轻盖[3]，崎岖策蹇蹄[4]。

雷声喧谷口，虹影卧桥西。

烟火弥茫湿，田家[5]晚未归。

【注释】

①吕合道：位于云南楚雄彝族自治州楚雄市吕合镇。

②啮：侵蚀。典出唐代李白《金陵白下亭留别》："吴烟暝长条，汉水啮古根。"此处指雨水冲击岩石。

③轻盖：借指轻车。

④蹇蹄：指劣马。

⑤田家：种田的人家，指农民。

月夜沐公子[1]莲溪[2]宴集

六郎[3]莲比貌，公子貌莲花。

物我无宾主，琴尊[4]自岁华。

西湖频入梦，净社[5]未移家。

坐爱溪边月，婵娟[6]伴若耶。

【注释】

①沐公子：沐昌祚(1554年—1624年)，安徽定远人。明朝开国功臣黔宁王沐英九世孙。史称其"青年美质，雅致淳心"。隆庆三年以都督佥事充总兵镇守云南，隆庆四年嗣黔国公爵。

②莲溪:莲溪书院,位于云南省楚雄州元谋县老城乡。

③六郎:《旧唐书·杨再思传》:“易之之弟昌宗以姿貌见宠幸,再思又谀之曰:‘人言六郎面似莲花,再思以为莲花似六郎,非六郎似莲花也。’其倾巧取媚也如此。”张昌宗行六,故云。后用于咏莲之典实。

④琴尊:亦作“琴樽”。琴与酒樽为文士悠闲生活用具。

⑤净社:净社寺位于浙江省温州市。

⑥婵娟:指月亮。

黄龙山参戎燕[1]威楚[2]楼

危楼[3]高百尺,跻览[4]快新晴。

树锁千岩翠,岚[5]收万井[6]明。

尊前[7]倾俗虑,云外薄浮名。

却笑琵琶索,能添饮后情。

【注释】

①燕:通“宴”。

②威楚:南诏立国前爨族酋长威楚筑城居此,因名威楚城。南诏时为银生节度治所,大理时置威楚郡。蒙古宪宗六年(1256年)改万户府,元至元八年(1271年)改为路。治所在威楚(今云南楚雄)。辖境相当于今云南楚雄、牟定、南华、双柏、景东、景谷等地。明初改为楚雄府。古籍为“楚威”,拟为笔误。

③危楼:高楼。

④跻览:登高眺望。

⑤岚:山间的雾气。

⑥万井:古代以地方一里为一井,万井即一万平方里。喻千家万户。

⑦尊前:指酒筵上。

寄陈总戎

共说祭遵雅，绻[1]怀虎帐[2]深。

长城方尔藉，梁父[3]岂堪吟。

泾渭[4]从渠辩，淄磷[5]适此心。

独余推毂[6]念，戎马正沾襟[7]。

【注释】

①绻：绻怀，眷恋，想念。

②虎帐：旧时指将军的营帐。

③梁父：山名。泰山下的一座小山，在今山东省新泰市西。古代皇帝常在此山辟基祭奠山川。

④泾渭：指泾水和渭水。

⑤淄磷："涅而不淄"与"磨而不磷"的省略语。谓染而不黑，磨而不薄。喻操守坚贞。

⑥推毂：荐举，援引。

⑦沾襟：浸湿衣襟。多指伤心落泪。

庾岭[1]道中

东风吹小骑，胜事足幽寻[2]。

自分烟霞侣，频冥[3]水月心。

暖生茅店[4]罼，清写碧溪琴。

风度芙蓉外，凭高更一临[5]。

【注释】

①庾岭：山名，即大庾岭，为五岭之一，在江西省大庾县南。

②幽寻:寻求幽胜。

③冥:夏朝时商部落首领,相土的曾孙,曹圉之子,商汤八世祖,冥任夏司空,是在大禹之后的又一位治水英雄,任官勤劳,死于水中,后商人以郊祭祭祀。此处指水。

④茅店:同"茅舍"。

⑤一临:此处指来一趟。

小金山[①]寺

珠林[②]寻胜迹,闲忆十年前。

野藾[③]借僧鼎,山茶瀹[④]涧泉。

碑文残异代[⑤],花影寂禅天[⑥]。

却羡云边鹭,飞飞傍水田。

【注释】

①小金山:据《南海县志》记载,金山古寺建于1600年前(东晋期间),寺建在河水中间的灵洲山上,初名普陀禅院,因与镇江金山寺地理相似而被传为"小金山寺"。其地形独特,风景秀丽,吸引了历代不少名人高士、文人墨客前去游览,赋诗题咏。金山古寺从元代起入选羊城八景。到清朝时候再次被评为羊城八景之一。其鼎盛时期是在宋代,特别是苏东坡的题诗让金山寺名声大震。

②珠林:指佛寺。

③野藾:指藾蒿,即艾蒿。陆玑《毛诗草木鸟兽虫鱼疏》书藾蒿:"叶青白色,茎似箸而轻脆,始生香可生食,又可蒸食。"

④瀹:煮。

⑤异代:前代,前世。

⑥禅天:佛教语。指修习禅定所能达到的色界四重天。

初归小洞[1]用周宪长[2]赠行韵寄复

闲知忙是错，今觉昔全非。
贫病难抛酒，春寒亦典衣。
照溪诗骨瘦，听谷履声微。
到眼凫雏羽，花成已解飞[3]。

【注释】

①小洞：新会地名。

②周宪长：即周鲲，曾任江西按察副使。宪长，古代中央监察机关的首长。

③解飞：指能飞。解，懂，明白。

次韵赏紫菊[1]

（二首）

霞影兼昏晓，花深转淡浓。
雅情凌桧[2]竹，娇态薄芙蓉。
径僻幽宾屐[3]，丛深隐梵钟[4]。
悠然今日趣，蜂蝶日相容。

数株霜后菊，作意破玄冬[5]。
色带江霞丽，香浮朝露浓。
短篱非所托，瑶席[6]故相逢。
桃李浑无赖，迎春献媚容。

【注释】

①紫菊:菊科紫菊属的植物,为中国的特有植物。

②桧:常绿乔木,木材桃红色,有香气,可作建筑材料,亦称“刺柏”。

③屐:木头鞋,泛指鞋。

④梵钟:佛寺中的大钟。

⑤玄冬:指冬季。

⑥瑶席:指珍美的酒宴。

哭侄效恭[1]用高春元韵

兰萎栽不长,玉毁恨徒深。

谁念蹒跚[2]日,空余感慨心。

文场[3]虽角逐,病觉忽侵寻。

月下思英爽[4],悲怀满素琴[5]。

【注释】

①效恭:区敬臣,讳效恭,号仰屏。见泉公兄长雪石公区元复之子。(《潮连区氏族谱》)

②蹒跚:舞步翩跹的样子。

③文场:科举的考场。

④英爽:英俊豪爽。

⑤素琴:不加装饰的琴。

秋　莲

（二首）

西湖当日卉,移占小溪洼。

巧缀天孙锦,奇夸十丈花。

迎风香泻露，照水晕生霞。
窈窕谁家女，清歌起若耶。

曙色开三径，寒烟抹一洼。
闲临玉井水，相对春陵[1]花。
意喜清含露，姿羞滟带霞。
既名君子矣，犹似六郎耶。

【注释】

①春陵：秦在今湖南宁远东北置春陵。后废。孙吴复置于今宁远西，隋并入营道县。这一带唐宋时期为道州，故昔人有“春陵古之道州也”之语。

七　夕[1]

袅袅[2]双星会，萧萧[3]七夕秋。
会稀宁免叹，离速故生忧。
灵匹[4]云踪度，仙桥鹊影流。
共乞天孙[5]巧，谋身且未周。

【注释】

①七夕：指七夕节。相传牛郎与织女在农历七月初七相会。

②袅袅：轻盈纤美的样子。

③萧萧：形容凄清、寒冷。

④灵匹：神仙匹偶。指牵牛、织女二星。

⑤天孙：指传说中巧于织造的仙女。

暮　春[1]

东园春又季，相赏日忘归。
携酒逢花好，抽簪[2]笑发稀。
芳菲随意适，潦倒任时遗。
何处莺声啭，池塘渐夏晖。

【注释】

①暮春：《暮春》诗，清乾隆《新会县志》收录。

②抽簪：谓弃官引退。古时做官的人须束发整冠，用簪连冠于发，故称引退为“抽簪”。

晓行漫述

（二首）

日有宵征役[1]，柴门候月开。
鸡声鸣埭社，渔火动江台。
百巧[2]劳何益，一闲事浪堆。
平生山寺[3]趣，僧睡晏[4]忘催。

星辰从兔敛，城钥报鸡开。
马首萧萧径，云边隐隐台。
飞萤疏自照，落叶暗还堆。
笑尔罗浮约，难忘野客催。

【注释】

①征役:征召徒役。指徭役。

②百巧:指各种农具。

③山寺:山中寺院。

④晏:迟,晚。

种瓜次韵

种及三春[①]日,文求五色时。
每思蕃衍[②]意,长诵摘稀词。
蔓引欺墙矮,花交傍榻宜。
青门[③]何限兴,抱瓮[④]日频移。

【注释】

①三春:指春季的第三个月,暮春。

②蕃衍:繁盛众多。

③青门:泛指退隐之处。

④抱瓮:指安于拙陋的淳朴生活。

小洞览游

云霞生丽色,岩壑值幽时。
田畯[①]招炊黍[②],巾车[③]命有词[④]。
习闲[⑤]双鹤伴,寄傲[⑥]一丘[⑦]宜。
莽莽观无始[⑧],翛然世虑移。

【注释】

①田畯:泛指农民。

②炊黍：盛情款待宾客。
③巾车：指有帷幕的车子。
④有词：有像歌诀一样的词语。
⑤习闲：犹闲汉。
⑥寄傲：寄托旷达不羁的清高情怀。
⑦一丘：指一座小山。
⑧无始：指太古。

和练江陶外史[1]观僧艺植[2]之作

玄圃[3]观僧种，多应异俗忙。
避锄存蚁穴，注钵[4]活蛙塘。
日暖花生色，烟和叶解黄。
崇朝探紫翠，淑气满篮筐。

【注释】

①练江陶外史：陶益，字维谦，号练江，岁贡，湛若水门生，以明经授江西永新训导，祠永新名宦祠，著有《樾墩集》二十卷。（清康熙《新会县志》）外史，旧时某些文人的别号。
②艺植：耕种，栽植。
③玄圃：传说中昆仑山顶的神仙居处，那里有奇花异石。玄，通“悬”。
④钵：洗涤或盛放东西的陶制器具。

和答李山人[1]

凌晨歌箕谷[2]，兴送远山峨。
细雨御幽壁，高风引翠萝。

溪清顾影静，花重借颜酡[3]。

别院茶烟湿，尤欣羽客过。

【注释】

①李山人：李代宽，字允宽，号清所，石步人，嘉靖六年（1527年）岁贡，福建将乐训导。山人，旧时以修身、悟道，选择在山水美好之地参悟自然、宇宙规律之人。

②箕谷：指山谷。

③颜酡：饮酒脸红的样子，亦泛指脸红。

除夕感怀和弟惟凝[1]思亲赋

世隔悬精爽[2]，堂虚渺色声。

岁从春共改，愁与涕交盈。

竹忆鸾[3]栖长，松栽马鬣[4]生。

青衫[5]挥泪满，情绝不堪更。

【注释】

①惟凝：区元鼎，字惟凝，号罗樵，庠生，恩例冠带。见泉公五叔百竹公区赳之三子。（《潮连区氏族谱》）

②精爽：指魂魄。

③鸾：古代传说中凤凰一类的神鸟。赤色多者为凤，青色多者为鸾。多为神仙坐骑。

④马鬣：坟墓封土的一种形状，亦指坟墓。

⑤青衫：古时学子所穿之服。借指学子、书生。

咏梅和郑山人[①]

（二首）

别馆栖新旅，看花无故人。
一枝开傍水，半榻玩思君。
影寂低移径，香轻暗度津。
陇头[②]何处是，睇望又逢春。

雪风吹不断，义路[③]索还猜。
绝壑探逾远，幽涯独自裁。
微吟频倚杖，清玩更凭杯。
满目江村晚，踌躇不忍回。

【注释】

①郑山人：指郑相。山人一般指隐士高人或与世无争的高人。

②陇头：陇山。借指边塞。

③义路：正道。

寿知己[①]诞日

岳色[②]低涵榻，潮生远泛杯。
景当蓬矢[③]丽，筵对画图开。
窈窕[④]朱颜[⑤]壮，舒徐淑气来。
香风吹彩服[⑥]，春动[⑦]隔溪莱。

【注释】

①知己:彼此相互了解而情谊深切的人。

②岳色:山色。

③蓬矢:蓬梗制成的箭。古代男子出生,以桑木做的弓,蓬草做的箭,射天地四方,象征男儿应有志于四方。后用作勉励人应有大志之词。

④窈窕:形容女子温柔多姿、文静美好的样子。

⑤朱颜:红润美好的容颜。

⑥彩服:犹彩衣。谓彩衣以娱亲。

⑦春动:指春天来了。

施东野惠金纽丝菊赓谢

疏篱添异朵,纽缀几丝金。

共羡黄裳色,宁知白雪心。

搀梅疏弄影,傍竹细传音。

此意陶潜会,无言抚素琴①。

【注释】

①素琴:典出《晋书·隐逸传·陶潜》:"(陶潜)性不能音,而蓄素琴一张,弦徽不具。"这里指忘情于山水间。

和陈如心咏小舫①落成

（二首）

扁舟②兴不恶,操弄且忘归。

江溟③穿云去,潮平载月来。

沙汀④闲狎鹭⑤,紫陌⑥厌谈鸡⑦。

睡足推蓬起，莺啼花外溪。

一叶休言小，乘春可共移。
探梅无近景，系柳有新诗。
剡曲⑧心频到，朱明⑨梦屡飞。
风光归遍览，不博子陵⑩矶。

【注释】

①小舫：《尔雅》："舫，舟也。"泛指小船。

②扁舟：小船。

③江溟：江河大海。

④沙汀：水边或水中的平沙地。

⑤狎鹭：与鹭为伍，有退隐清静之意。

⑥紫陌：指京都郊野之路。此处指京城道上热闹非常，尘土飞扬。比喻虚幻的荣华。文人泛称为紫陌。

⑦谈鸡：南朝宋刘义庆《幽明录》载，晋兖州刺史宋处宗，尝买一长鸣鸡，爱养甚至，恒笼着窗间，鸡遂作人语，与处宗谈论，极有言致，终日不辍。处宗因此言功大进。后因以"谈鸡"指可与之交谈的鸡。

⑧剡曲：泛指写诗歌。

⑨朱明：道教十大洞天的第七洞天，即"朱明辉真之洞天"，在广东罗浮山。

⑩子陵：严光，字子陵，东汉余姚人，东汉时期著名隐士。曾与汉光武帝刘秀同游学，刘秀即位后，改名隐居，后被召至京师洛阳，授谏议大夫，不受而退隐于富春山。

寄寿次陶何丈诞

（二首）

一缄开北海[①]，三祝[②]拜南山[③]。
桃忆同初熟，丹应共九还[④]。
黄金何待买，白日故须闲。
花底年年醉，蓬莱笑语间。

子真[⑤]何处谷，望望隔云山。
江迴心堪到，书重雁屡还。
转添诗律[⑥]细，应减酒杯闲。
为讯乘槎[⑦]约，宁忘八月间。

【注释】

①北海：古代泛指北方最远僻之地。

②三祝：旧时祝颂语，以祝人寿、富、多男子为“三祝”。

③南山：指终南山，属秦岭山脉，在今陕西省西安市南。“寿比南山”为祝寿词。

④九还：九还丹，道教谓经九次提炼、服之能成仙的丹药。

⑤子真：郑朴，字子真，汉褒中（今汉中市）人。居谷口，世号谷口子真。修道守默，汉成帝时大将军王凤礼聘之，不应；耕于岩石之下，名动京师。

⑥诗律：诗的格律。

⑦乘槎：乘坐竹筏、木筏。

早省黄云山

仙城瞻昧爽[①],宿霭[②]傍林开。

翠重云连径,光涵玉映台。

疏星萤共照,轻露叶还堆。

寒食[③]梨花遍,遥闻谷鸟催。

【注释】

①昧爽:拂晓,黎明。

②宿霭:久聚的云气。

③寒食:指寒食节,亦称禁烟节、冷节、百五节。每年四月四日,清明节的前一天。在这一天禁烟火,只吃冷食,所以叫作"寒食节"。

贺友弄璋[①]

共把悬弧酒,来斟玉树阴。

果虽垂晚结,香自得春深。

谢砌当时瑞,燕山旧日心。

梧桐正蓁蓁,为尔发清吟[②]。

【注释】

①弄璋:是中国民间对生男的古称。璋为古代朝聘、祭祀时所执玉器,后来把生下男孩子称为"弄璋之喜",生下女孩子叫"弄瓦之喜"。

②清吟:形容读书时的状态,清吟雅诵。

代柬复周司训见寄兼呈容太守[1]

伊昔平南[2]别，于今日几旬。
竭来书一札，还隔树千村。
沛泽[3]闻贤守，修仪[4]称广文[5]。
何时同把手，孤屿[6]酒微醺。

【注释】

①容太守：容学周，东亭人，嘉靖壬子科(1552年)由广西中式，举人，嘉靖辛酉年(1561年)任云南南安县知县。

②平南：平南县是中国广西壮族自治区贵港市所辖的一个县。

③沛泽：盛大的恩泽。

④修仪：典出《文献通考·帝系四》。修仪，古代宫中女官名。亦做人名。

⑤广文："广文先生"的简称，泛指清苦闲散的儒学教官。

⑥孤屿：指孤立的岛屿。

对　菊

花应嫌兴浅，酒不负杯深[1]。
此意东篱外，还谁老圃吟。
相扶秋有色，竞傲雪同心。
为笑桃溪蝶，霜前舞得禁。

【注释】

①杯深：指斟满酒。

薄　蚀[①]

怪物翳[②]天眼[③],昏林坠鸟飞。

臣工[④]同儆惕[⑤],匡救[⑥]莫依违。

拊击[⑦]方停鼓,光芒已出扉。

重瞳临八极[⑧],千载复虞[⑨]辉。

【注释】

①薄蚀:指日月相掩食。

②翳:古代指用羽毛做的华盖,现为遮蔽、暗淡的样子等意思。

③天眼:古人有日、月乃天之眼睛之说。诗文中常用于指月亮。

④臣工:群臣百官。

⑤儆惕:戒惧。

⑥匡救:指扶正挽救。

⑦拊击:击鼓。

⑧八极:八方极远之地。

⑨虞:虞唐,指上古人民康乐、政治清明的理想时代。

入秋喜凉

溪痕初出石,花影淡流云。

率土[①]忻回惫,何人苦救焚。

汗颜今幸解,洽背[②]昔羞闻。

萧飒风飘裾,故人疑是君。

【注释】

①率土:指境域之内或京畿地区。

②洽背:同“浃背”,指汗水流得满背都是。

蜜　蜂

青壁[1]巢逾峻,低檐绕复频。
风流花底迹,酿藉锦丛身。
向日[2]衙[3]依竹,寻荒径度蓁[4]。
不应辛螫[5]赋,为尔戒相亲。

【注释】

①青壁:青色的山壁。
②向日:往日,从前。
③衙:旧时官署之称。
④蓁:草木茂盛的样子。
⑤辛螫:毒虫刺蜇人。

喜　雨

（二首）

黑云排白雨,奔涝溢清沱[1]。
久旱忧停酒,一霖欲当蓑。
皱红舒浦荔,暗绿转郊禾。
便制丰年曲,连床[2]对客歌。

轻凉方霂霡[3],乱点忽滂沱。
阶近吟迁榻,茅穿舞带蓑。

千家妨岁率[4]，百亩待登禾。

明日耘应急，谁赓[5]绿野歌。

【注释】

①沱：江水支流的通名。

②连床：并榻或同床而卧。多形容情谊笃厚。

③霡霂：微雨飘洒的样子。

④岁率：每年。

⑤赓：继续，连续。

端 阳❶

嘉辰[1]临绿水，遗响听鸣蜩。

共扫纷靡习[2]，同歌浩荡朝。

爱花留小酌，依竹数清标[3]。

老觉风光急，莲开菊又苗。

❶时禁竞渡

【注释】

①嘉辰：良辰。

②靡习：指浮靡的文风。

③清标：谓清美出众。

郑过斋[1]夏集小洞

径开花日丽，帘卷竹风清。

五亩园虽小，数椽[2]兴自倾。

南柯[3]行蚁[4]散，远渚[5]浴凫明。

却笑沧江客，渔蓑[6]约未成。

【注释】

①郑过斋：郑相，字文弼，号过斋。家贫就斗室而居，置古书数十卷，洒扫雅洁，中悬吴康斋先生“毋不敬”三个大字……有《过斋集》。（清康熙《新会县志》）

②数椽：指房屋间数。

③南柯：意为南面的一棵大树。赵孟頫有一首诗《即事》：“庭槐风静绿阴多，睡起茶余日影过。自笑老来无复梦，闲看行蚁上南柯。”意思就是看到一件事，有感而发。什么事呢？说是喝茶也可以，说是看蚂蚁上树也可以，反正都不是什么要紧事，是老头儿的一点乐趣。

④行蚁：蚂蚁爬行。比喻循序渐进。

⑤渚：水中小块陆地。

⑥渔蓑：渔人的蓑衣。

万松居士汪佥宪[1]乃尊号❶

高士开轩[2]日，栽松过万株。

经营三径里，封植百年余。

白鹤归辽左[3]，青龙[4]奋海隅[5]。

岩廊[6]收不尽，云雨更蒸濡[7]。

❶公二子俱方面[8]。

【注释】

①万松居士汪佥宪：汪尚宁，字廷德，歙县人。嘉靖八年（1529年）进士。纂修嘉靖《徽州府志》，官至通议大夫都察院右副都御史，嘉靖间时任云南按察使。

②开轩：开窗。

③白鹤归辽左:典出华鹤归辽。形容久别重返故乡,或表示思乡之情。

④青龙:指舰船。

⑤海隅:海角,海边,常指僻远的地方。

⑥岩廊:高峻的廊庑。

⑦濡:沾湿,润泽。

⑧方面:古代指一个地方的军政要职或其长官。

元　旦[①]

晴旭[②]正熙熙,和光渐竹扉。

儿曹[③]纷彩绮[④],歌舞慰衰迟[⑤]。

蓝尾[⑥]篝新酒,桃符[⑦]写旧诗。

万年天子圣,共祝望丹墀[⑧]。

【注释】

①元旦:中国古代称新年第一天为元旦或元日、元长、元朔、元春,具体日期在西汉以前各不相同,西汉汉武帝太初元年,司马迁创“太初历”,以正月初一日为元旦,从此历代相沿,直至民国时期。

②晴旭:阳光。

③儿曹:犹儿辈。

④绮:古称平纹地、起斜纹花的单色丝织物为绮。

⑤衰迟:衰年迟暮。谓年老。

⑥蓝尾:即屠苏酒。

⑦桃符:春联的别称。

⑧丹墀:指宫殿的赤色台阶或赤色地面。借指朝廷。

卷六

七言绝句

和四素黄学士[①]兼呈章岩周中宪[②]

（二首）

学士当年侍紫宸，天章[③]云藻[④]笔中新。
于今纶綍[⑤]推前辈，白马[⑥]山岩[⑦]有几人。

脱将豸服[⑧]换黄冠[⑨]，里巷[⑩]无车出亦安。
明月半岩松露滴，一壶春酒独盘桓。[1]

[1]“松风鸣绝壑，欲去更盘桓。”素翁诗也，予讽咏[⑪]述之。

【注释】

①四素黄学士：黄廷用（1499 年—1556 年），字汝中，号四素居士，福建莆田人。累官至工部右侍郎，著有《少村漫稿》两卷。

②章岩周中宪：周鲲（1507 年—？ 年），字少鱼，号章岩，黄石镇清后村人。明代诗人、书画家。嘉靖四年（1525 年）举人，嘉靖十七年（1538 年）进士。历广东布政使司左参议，升江西副使，以辨冤狱忤权贵罢归，隐章林山中，浣衣箨冠，望之不知为贵人。精染翰，片纸寸缣，人争宝之，诗亦饶风致。《明诗纪事》录其诗一首，有《章林岩藏稿》。

③天章：泛指好文章。

④云藻：华丽的文采。

⑤纶綍：指皇帝的诏令。

⑥白马：古津渡名。

⑦山岩：险峻的高山。

⑧豸服：古代御史等执法官吏穿的衣服。

⑨黄冠：指农夫之冠。古代指箬帽之类，这里指用箬竹的篾或叶子制成的帽子，用来遮雨和遮阳光。借指农夫野老之服。

⑩里巷：街巷，胡同。这里指乡邻。

⑪讽咏：讽诵吟咏。

别天池余廉宪[1]

（二首）

九华山[2]下试春衣，还忆看春共昔时。

别久相逢逢又别，一杯成喜又成悲。

花底开尊月半弦，白头相会更何年。

莫言离恨非因月，只照离筵便惘然。

【注释】

①天池余廉宪：余一鹏，字朝举，号天池，莆田人，嘉靖二十三年（1544年）甲辰科进士，广西按察司佥事。（《兴化府莆田县志》）廉宪，廉访使的俗称。

②九华山：位于福建莆田市。莆田九华山层峦叠嶂、翠峰如簇，形如九朵莲花，故有“九华叠翠”之称，系莆田二十四景之一。此山还有别名，因落日余晖映照山峰而称“霞山”，因山形如笔架而称“笔架山”。

致政[1]初归寄锦泉聂赞戎[2]

（二首）

绿满千缸酒可倾，宠光[3]何限故人情。

于今焦鹿[4]曾非梦，还记飞鸿昔日声。

客心如水日东倾，六载归来快此情。

何许益州[5]犹待梦，更烦他雨[6]付新声。

【注释】

①致政：犹致仕。指官吏将执政的权柄归还给君主。

②赞戎：犹拱卫。

③宠光：谓恩宠光耀。

④焦鹿：焦鹿梦，典出《列子古注今译》卷三，比喻虚幻迷离，得失无常，以及稀里糊涂，犹如做梦的状况。

⑤益州：现在四川省一带。《晋书·王浚传》："浚夜梦悬三刀于卧屋梁上，须臾又益一刀，浚警觉，意甚恶之。主簿李毅再拜贺曰：'三刀为州字，又益一者，明府其临益州乎？'及贼张弘杀益州刺史皇甫晏，果迁浚为益州刺史。"后因以"梦刀"为官吏升迁之典。

⑥他雨：比喻教导之言，教泽。

诰封宜人[1]先慈[2]生辰感述

（二首）

风木[3]声悲入夜堂，蒹葭[4]含露月苍苍。
可怜寸寸孤儿念，不及凫雏在母傍。

痴儿寸草是何心，泪拭衣痕旧线深。
绕遍北堂[5]思笑语，碧空如水夜沉沉。

【注释】

①诰封宜人：古代对女子的等级册封，比如某官员夫人。

②先慈：指亡母，是对已死长者的尊称。

③风木：比喻父母亡故，不及奉养。典出《韩诗外传》。

④蒹葭：泛指思念亲人。典出《诗经·国风·秦风》。

⑤北堂：古代指士大夫家主妇居室，后代称母亲。

庭菊冬蕊

（二首）

种得寒英[①]一径芳，畏炎时复捍骄阳。
客来休讶秋容晚，战罢严霜见异香。

翠枝珠蕊[②]晚尤奇，开待寒梅欲吐时。
似傲清霜犹未足，更扶雪色峙东篱。

【注释】

①寒英：寒冷季节的花。指菊花。

②珠蕊：珍珠般的花蕊。

题黎漱泉[①]号和念谷高大尹[②]韵

（二首）

浩浩天潢[③]水一沦[④]，漱流吾爱洗心人。
濯缨[⑤]堪笑歌童子，不道沧浪怕涴[⑥]尘。

一夜东风到碧沦，点溪红片正撩人。
漱泉可道武陵[⑦]浅，流出桃花不避尘。

【注释】

①黎漱泉：黎质，字尚彬，又字秀全，号漱泉，秫坡公（八世）宗支第十三世裔孙。（新会《都会黎氏宗谱》）

②念谷高大尹：高士蜚，江西雩都知县。郡太守称为大尹。

③天潢：指天河。

④沦：水上的波纹。

⑤濯缨：洗濯冠缨。典出《孟子·离娄上》："沧浪之水清兮，可以濯我缨。"后以"濯缨"比喻超脱世俗，操守高洁。

⑥涴：污，弄脏。

⑦武陵：在历代写"武陵"的诗文中，把"武陵"当作桃花源的代名词。

和坛山何丈种菊

腰懒谁齐逸士[①]名，无营人是葛天[②]英。

却怜漉酒[③]酲[④]初解，梨栗[⑤]从头说旧情。

【注释】

①逸士：节行高逸之士，隐逸者。

②葛天：传说中的上古部落首领名。葛天氏部落不仅是乐舞的发明者，也是织布、穿衣的发明者。由于葛天氏部落首领利用葛这种植物纤维造福部落之民，后人才称之为"葛天氏"。

③漉酒：指对新酿的酒进行过滤除去杂质。

④酲：形容醉酒后神志不清。

⑤梨栗：指梨子和栗子。唐秦系《山中奉寄钱起员外兼简苗发员外》诗："稚子唯能觅梨栗，逸妻相共老烟霞。"

陶司训[①]郑山人服茶花丸[②]诗见教用韵

采从萌蘖[③]带春华，粟粒[④]丸成品绝嘉。

数颗清风生几许，更凭烹雪[⑤]问陶家[⑥]。

【注释】

①陶司训：明清时县学训导的别称，即陶益。

②茶花丸：材料有山茶花4~6朵、仙鹤草3钱、莲藕1两、白茅根1两等配比制作成丸，对于流鼻血、咯血、咳嗽有疗效。

③萌蘖：植物的萌芽。

④粟粒：粟粒状之物。

⑤烹雪：烹雪煮茗，用未落地的雪置于壶中烧开，用以泡茶、品茶，谈古论今，以示风雅。

⑥陶家：指东晋诗人陶潜。

小洞烹茶①坐石荫竹于水云间用陶司训韵

（二首）

蚓窍②初鸣竹径阴，茶炉声细石泉深。
谁知千倾沧浪濯，未了卢仝③七碗心。

山阁寒烟一缕青，坐消繁虑减花馨。
呼来野鹤还飞去，不避烹茶避说经④。

【注释】

①烹茶：煮茶或沏茶。

②蚓窍：旧误蚯蚓能鸣，其声发于孔窍。比喻微不足道的音响，亦用于谦称自己的文才。

③卢仝（约795年—835年）：唐代诗人，自号玉川子，范阳（今河北涿州）人，一说济源（今河南济源）人。思礼村人，苦读书，不愿出仕，其诗多反映民间疾苦，好饮茶，留下的一首《七碗茶歌》是历史上好茶之人推崇备至之作。著有《茶谱》，被世人尊称为“茶仙”。《七碗茶歌》在日本更是广为传颂，并演变成为“喉吻润、破孤闷、搜枯肠、发轻汗、肌骨清、通仙灵、清风生”的日本茶道。日本人对卢仝推崇备至，常常将之与“茶圣”陆羽相提并论。

④说经：讲解儒家的经书。

镇州[1]晓行呈赵雪屏都御史[2]

向晓[3]长堤信马驰，千峰削玉雨晴时。

秋光满目堪描画[4]，黄菊人家锦绕篱。

【注释】

①镇州：镇南州，元朝时设置的州。元朝至元二十二年(1285年)置，治所在今云南省南华县，属威楚路，明、清二朝属楚雄府。见泉公曾任镇南州知州。

②赵雪屏都御史：赵汝濂，字敦夫，士人称为雪屏公，都察院右副都御史，协掌院事。都御史为御史的一种，专职纠劾百司，辨明冤枉，提督各道，为天子耳目风纪之司。

③向晓：拂晓。

④描画：画画，描绘。

镇城[1]菊日[2]忆兄双莲弟惟裕[3]

天际云深雁影长，楼头风雨又重阳。

三年兄弟登高兴，不共疏篱短菊傍。

【注释】

①镇城：指镇南州。

②菊日：重阳节。

③兄双莲弟惟裕：兄双莲，区元履，字惟基，号双莲，岁贡，江西弋阳教谕；弟惟裕，区元益，字惟裕，号冈川，庠生。(《潮连区氏族谱》)

和寄梅村钟邦伯

（二首）

刺史门前未蹑踪[1]，春深如海醉歌童[2]。
镜中留得朱颜在，岩壑[3]风流岁岁同。

鞍马风尘忆旅踪，孤琴万里笑孱童[4]。
旧游零落知音少，三叹朱弦[5]调可同。

【注释】

①蹑踪：追踪，追随在人后面。
②歌童：以歌唱为生的儿童。
③岩壑：借指隐者的住所或隐者。
④孱童：幼童，指年幼的儿女。
⑤三叹朱弦：指称音乐的美妙。典出《礼记·乐记》。

和友寄怀

瓦盆[1]春酿忆同倾，乡社[2]逢迎有笑声。
满目芙蓉秋又晚，不胜惆怅去年情。

【注释】

①瓦盆：陶瓦制的敞口盛器。
②乡社：犹乡里，故乡。

雨甚山游爽约

望望黄云心自倾，可堪天道不人情。

瘦筇[1]妒雨[2]苍崖滑，空负松风入砚[3]声。

【注释】

①瘦筇：指手杖。筇竹，节高干细，可作手杖使用，故称"瘦筇"。

②妒雨：指非常急骤凶猛的大雨。

③砚：俗称砚台，是汉族书写、绘画研磨色料的工具。汉代时砚已流行，宋代则已普遍使用，明、清两代品种繁多，出现了被人们称为"四大名砚"的端砚、歙砚、洮砚和澄泥砚。古代汉族文人对砚十分重视，不仅终日相随，且死后还用之殉葬。砚与笔、墨、纸是中国传统的文房四宝。

代柬邀同社

溪光漠漠柳花飞，庭院深深燕子归。

何限梦华谁领略，一壶春酒[1]且题诗。

【注释】

①春酒：冬酿春熟之酒，亦称春酿秋冬始熟之酒。

北窗乘凉和答施处士[1]

青松倚遍觅新诗，清兴何人共习池。

忽见商风[2]吹雁过，秋声还动万年枝[3]。

【注释】

①处士:本指有才德而隐居不仕的人,后亦泛指未做过官的士人。

②商风:秋风,西风。

③万年枝:树名,即冬青。

寄聂少平舅氏[1]

记得鸿泥[2]共托名[3],依依萍梗可堪情。

如今两地梅花月,不照寒江雪棹声。❶

❶昔冬,同联舟过小榄[4]村,故追忆云。

【注释】

①聂少平舅氏:称妻之舅父。聂龙灵,河塘人,嘉靖己酉科举人,不仕。

②鸿泥:鸿鸟在雪泥上留下的爪印。比喻往事的痕迹。

③托名:留名。

④小榄:中山市小榄镇,珠江三角洲中部。

溪上漫述

日照绛榴[1]露滴葵,丛丛红紫覆前溪。

天葩[2]欲献琼楼[3]远,倚遍东风谁与携。

【注释】

①绛榴:红色的石榴。

②天葩:非凡的花,常比喻秀逸的诗文。

③琼楼:原指传说中月宫里的宫殿,借指月亮或帝都。

京邸[1]夜怀幼子[2]

月明闲对菊花抟，帘卷清晖露未干。

一夜凤雏[3]添客念，别来应解忆长安[4]。

【注释】

①京邸：京都的邸舍。西屏公曾在京任户部郎中职，见泉公一直陪侍。

②幼子：区仲修，讳日章，号渭澜，庠生，礼部儒士。见泉公独子。

③凤雏：小凤凰。比喻年少但将会有作为的人。

④长安：唐以后诗文中常用作都城的通称。

秫坡黎先贤钓台[1]

（二首）

圣世[2]夔龙[3]接旧踪，一竿渔父[4]得相容。

可应野鹤孤云态，还向严陵[5]拜后风。

飘然无畔亦无傍，寂寂寒花滟夕阳。

台下几回思往迹，月钩曾挂钓丝[6]光。

【注释】

①秫坡黎先贤钓台：秫坡钓台在县东五里都会村，邑人黎贞所筑。（清康熙《新会县志》）第一首诗是和陈白沙先生的《钓台》诗韵。

②圣世：犹圣代，旧时对于当代的谀称。

③夔龙：相传为舜的两位名臣，夔为乐官，龙为谏官。《尚书·虞书·舜典》："伯拜稽首，让于夔龙。"唐杜甫《奉赠萧二十使君》："巢许山林志，夔龙廊庙珍。"后用于比喻辅弼良臣。

④一竿渔父：一竿，早上太阳升起一竿高的意思。渔父，"父"通"甫"，古代对老年男子的尊称，即拿着钓鱼竿的老翁。借指晨钓之隐士。

⑤严陵：指严光，字子陵，省称严陵。

⑥钓丝：钓竿上的垂线。唐杜甫《重过何氏》诗之三："翡翠鸣衣桁，蜻蜓立钓丝。"

秫坡黎先贤遗像

（二首）

客星[①]天上底须[②]名，脱屣[③]谁抽世外情。

今古胸中闲洞视[④]，巢由[⑤]吾恐是先生。

试从遗像探玄真[⑥]，箕颍[⑦]葫芦不用分。

千载唐虞[⑧]何事业，姑容[⑨]洗耳[⑩]付浮云。

【注释】

①客星：特指东汉隐士严光。《后汉书·严光传》："（光武帝）复引光入，论道旧故……因共偃卧，光以足加帝腹上，明日太史奏，客星犯御坐甚急。帝笑曰：'朕故人严子陵共卧耳。'"后诗文中常用为典故。

②底须：何须，何必。

③脱屣：比喻看得很轻，无所顾恋，犹如脱掉鞋子。

④洞视：看透，透彻地了解。

⑤巢由：巢父和许由的并称。相传巢父和许由皆为尧时隐士，尧让位于二人，二人皆不受。因此用于指隐居不仕者。

⑥玄真：道家称妙道、精气等。比喻淳朴，天然。

⑦箕颍：箕山和颍水。相传尧时，贤者许由曾隐居箕山之下，颍水之阳。后来用"箕颍"指隐居者或隐居之地。

⑧唐虞：唐尧与虞舜的并称，亦指尧与舜的时代，古人以为太平盛世。

⑨姑容：姑息宽容。

⑩洗耳：典出汉蔡邕《琴操・河间杂歌・箕山操》。许由听到尧让位给自己而感到耳朵受到了污染，因而临水洗耳。后遂以"洗耳""许由洗耳"等表示以接触尘俗的东西为耻辱，心性旷达于物外。

东台赵中宪以手册三图委题分韵奉和

（四首）

春江图一首

浮云世外有何求，流水清山念念幽。

望里渔舟横柳岸，几回心事落沧洲①。

雪溪图一首

狐貉深藏雪意骄，小将渔艇系山腰。

问渠②东郭穿双履，诗思何如在坝桥。

萱草图二首

绮陌香风袭骑忙，千门红紫斗春长。

宁知跨凤③吹箫处，犹有忘忧在北堂。

素艳幽芳不着尘，卷中清淡本传神。

倚门记得天涯泪，难免花前更拭巾。

【注释】

①沧洲：是指滨水的地方。古时常用以称隐士的居处。典出三国魏阮籍《为郑冲劝晋王笺》："然后临沧州而谢支伯，登箕山而揖许由。"

②渠：通“讵”。

③跨凤：汉人刘向《列仙传·箫史》：“箫史者，秦穆公时人也。善吹箫，能致孔雀、白鹤于庭。穆公有女，字弄玉，好之，公遂以女妻焉。日教弄玉作凤鸣，居数年，吹似凤声，凤凰来止其屋。公为作凤台，夫妇止其上，不下数年。一旦，皆随凤凰飞去。”后以“跨凤”借指结姻，择婿。

闲坐漫述

（二首）

墙角风轻夜合①香，湘帘②半卷月钩凉。
春光一味幽闲外，不落名园鼓吹忙。

织有余丝耕有年，桑苗雨足绿连阡③。
恰逢社④里丰登候，笑晚渔蓑中酒眠。

【注释】

①夜合：植物名，即合欢花。

②湘帘：用湘妃竹做的帘子，湘帘已有上千年历史，早在宋代就有诗人提到，湘帘给人高雅、浪漫、富有诗意的感觉，一般诗人都会用此来修饰诗词。

③阡：南北向的田埂。

④社：指春社，即立春后第五个戊日，乃古人祈求丰收的节日。

咏　燕

双蹴①芹泥②香未干，经营③无过草堂④安。
呢喃似诉朱门⑤景，帘幕⑥风摇敛翅难。

【注释】

①蹴:踏,踩。

②芹泥:燕子筑巢所用的草泥。

③经营:泛指计划和组织。

④草堂:草庐。指隐者所居的简陋茅屋。旧时文人常以"草堂"名其所居,以标风操之高雅。

⑤朱门:红色的门。古代王公贵族的住宅大门漆成红色,表示尊贵。

⑥帘幕:用于门窗处的帘子与帷幕。

咏 瓜

尚忆年华计及瓜①,故侯②老矣兴逾加。

再从抱瓮③看绵瓞④,五色文成献帝家。

【注释】

①及瓜:《左传·庄公八年》:"齐侯使连称,管至父,戍葵丘,瓜时而往,曰:'及瓜而代。'"言任期一年,今年瓜时往,来年瓜时代之。后因以"及瓜"指任职期满。

②故侯:泛指曾任长官的人。

③抱瓮:指安于拙陋的淳朴生活。

④绵瓞:见"绵绵瓜瓞"。如同一根连绵不断的藤上结了许多大大小小的瓜一样。引用为祝颂子孙昌盛。绵,延续不断的样子。瓞,小瓜。

咏 鱼

弹铗①宁因味不兼,养鱼偏爱出藏潜。

请看鳞甲②凌秋奋,九万名从小鉴③添。

【注释】

①弹铗：即冯欢弹铗。齐人冯谖为孟尝君门客，不受重视。冯三弹其铗而歌，一曰："长铗归来乎！食无鱼！"二曰："长铗归来乎！出无车！"三曰："长铗归来乎！无以为家！"孟尝君一一满足其要求，使冯食有鱼，出有车，冯母供养无乏。于是冯全心为孟尝君谋划，营就三窟。后因以"冯欢弹铗"为怀才不遇或有才华的人希望得到恩遇之典。

②鳞甲：有鳞或甲壳的水生物的统称。

③鉴：古籍用"鑑"，指古代用来盛水的青铜盆。

咏梅和郑过斋老隐

（七首）

霁霜玉笛满城头，晓探寒花劲气浮。
恰是老梅屯雪阵，先将游骑骋清秋。

清霜绛帐[1]卷芙蓉，遥见文姬[2]淡月中。
自敛色香羞自献，肯随桃李媚春风。

江门义口[3]石桥东，雪后槎枒[4]树已同。
数点个中存一画，几人花外得神通。

萧飒山堂一此君，岁寒非尔孰为群。
双清不入繁华调，倚遍江村日暮云。

平林[5]漠漠淡含烟，绕径梅花别有天。

短发[6]可能催白尽，一回见尔一添年。

抚景新诗敢自慵[7]，冷香丛里兴无穷。

半岩松雪才数朵，无限山林万古风。

夜听吹笛满空山，睡起寻梅古寺间。

一种孤芳谁解得，漫从僧舍伴云闲。

【注释】

①绛帐：《后汉书·马融传》："融才高博洽，为世通儒，教养诸生，常有千数……居宇器服，多存侈饰。常坐高堂，施绛纱帐，前授生徒，后列女乐，弟子以次相传，鲜有入其室者。"后因以"绛帐"为师门、讲席之敬称。

②文姬：蔡琰，字文姬，生卒年不详。东汉陈留圉人，东汉大文学家蔡邕的女儿。蔡琰擅长文学、音乐、书法。《隋书·经籍志》著录有《蔡文姬集》一卷，但已佚。现在能看到的蔡文姬作品只有《悲愤诗》二首和《胡笳十八拍》。

③义口：正道的意思。

④槎枒：指树木枝杈歧出貌。

⑤平林：平原上的林木。

⑥短发：稀少的头发。指老年。

⑦自慵：放任自流的意思。

友人栽莲逾夏无花携酒雅观屡约屡移用韵戏之

（二首）

载酒看花屡约移，种花徒早恨花迟。

东风未必靳[1]颜色，为报明朝着意吹。

再向耶溪[2]认旧栽，当时歌动采莲[3]杯。

青尊一别娇娥[4]远，应怪花神不早开。

【注释】

①靳：吝惜，不肯给予。

②耶溪：指若耶溪，传说西施浣纱处。

③采莲：指《采莲曲》，是乐府诗旧题，内容多描写江南一带水国风光，采莲女劳动生活情态，以及她们对纯洁爱情的追求等。

④娇娥：美人，美貌的少女。

一拳石[1]

（二首）

梦里罗浮[2]安在哉，醒看奇岫[3]俯高台。

自犹记得飞云顶，移动云根[4]一片来。

把酒阶庭亦快哉，醉摩奇石坐山台。

峥嵘共道多恣态，谁自元章[5]百拜来。

【注释】

①一拳石：状如拳头的奇石。

②罗浮：罗浮梦，指前述咏梅典实。

③奇岫：光滑而美观的山石。

④云根：山石。

⑤元章：米芾，字元章，宋代大书画家。他是闻名古今的第一石痴，他举止癫狂，人称“米颠”，他玩石如醉如痴，最有名的就是“米芾拜石”的故事。

渔

舞破烟蓑影独新,百年箕谷[①]亦尧[②]臣。

扁舟荡漾东西岸,钓外风云剩有春。

【注释】

①箕谷:指山谷。

②尧:传说中的中国古代帝王。

樵

山头梓棘入肩[①]新,幽致[②]休论是买臣[③]。

归与妻孥[④]炊伏雉[⑤],扊扅[⑥]歌好不宜春。

【注释】

①入肩:为谋划某事而厕身其间。

②幽致:幽雅别致,幽静雅致。

③买臣:朱买臣,字翁子,西汉吴县(今属江苏)人,西汉大臣。汉武帝时为中大夫,累官至会稽太守、主爵都尉,位列九卿。其家贫,好读书,不治产业,常艾薪樵,卖以给食,担束薪,行且诵书。

④妻孥:妻子和儿女。

⑤伏雉:指母鸡。

⑥扊扅:借指曾共贫寒的妻子。

耕

万化[1]流形陇畔新，耕莘[2]宁复爱商臣[3]。

五羊皮[4]好甘枯槁[5]，不到翻然[6]不作春。

【注释】

①万化：形容变化极多。

②耕莘：相传伊尹未遇汤时耕于莘野，隐居乐道。

③商臣：芈商臣，也称楚商臣，谥号为楚穆王。中国诸侯争霸时代楚国的第二十四任君王。

④五羊皮：本用来代指五羖大夫百里奚，后也用来比喻出身低贱的才士。

⑤枯槁：比喻困苦，贫困。枯，指古木，即百年老树。槁，指树木上头缺枝少叶，即树冠光秃。

⑥翻然：迅速而彻底地（改变）。

牧

长夜歌残旦复新，未应扣角[1]说君臣。

拈翻宁戚[2]当时意，牵向桃园[3]睡晓春。

【注释】

①扣角：相传春秋时卫人宁戚家贫，在齐，饭牛车下，适遇桓公，因击牛角而歌。桓公闻而以为善，命后车载之归，任为上卿。见汉代刘向《新序·杂事五》。后以“扣角”为求仕的典故。

②宁戚：字越，春秋莱棠邑（今青岛平度）人，一说是卫国（今河南境内）人。早年怀经世济民之才而不得志，以家贫为人挽车。后因管仲举荐，公

元前685年被拜为齐国大夫。后长期任齐国大司田,为齐桓公主要辅佐者之一。

③桃园:指东晋陶潜《桃花源记》中之“桃源”。

荼蘼花[1]和李贡元[2]

攒刺柔条[3]护紫英[4],半开撩蝶梦难成。

汉娥宫样[5]新添丽,宁记金茎玉露[6]馨。❶

❶荼蘼露,汉唐以来,宫中相尚,不独本朝用之。

【注释】

①荼蘼花:荼蘼花又名佛见笑、百宜枝等,常常出现在我国古代诗歌中,是一种颇受诗人青睐的花。因荼蘼花花期较晚,故花开之时已是花季晚景,荼蘼花凋谢之后花季便过去,无花再开放,故又有事已将尽、无可奈何的意味。

②李贡元:即李允宽。贡元,对贡生的尊称。

③攒刺柔条:指长满刺的柔软的枝条。

④紫英:紫色花。

⑤宫样:皇宫中流行的装束、服具等的式样。

⑥金茎玉露:承露盘中的露。传说将此露和玉屑服之,可得仙道。

题仑山号

五色祥云[1]映日鲜,玉楼高处坐神仙。

人间亦有登瀛[2]客,莫把虚无说阆巅[3]。

【注释】

①五色祥云：五彩祥云出现，代表好的预兆，表示对未来的美好祝愿。

②登瀛：比喻士人得到荣宠，如登仙界。

③阆巅：阆风巅，山名。传说中神仙居住的地方，在昆仑之巅。

代柬辞友人召

（二首）

霏霏霭翠竹琅玕[①]，一味新凉协肺肝[②]。

试问剥芋烹茗[③]碗，何如江上弄渔竿。

水绿山光影共函，满庭秋色倩谁监。

高秋携酒公能许，留看松杉满翠蓝[④]。

【注释】

①琅玕：比喻珍贵、美好之物。

②肺肝：比喻内心。

③烹茗：煮茶或沏茶。

④翠蓝：青蓝色。

和答陈总戎远惠诗轴

（二首）

声远[①]题高古不如，六年再睹右军[②]书。

春光四壁龙蛇动，昼寝能醒病宰予[③]。[❶]

笑尔巴[4]声和独多，引商刻羽[5]便蹉跎。

几回欲答飞凫句，遗响沉吟岁又过。

❶声远，楚楼名。公昔立扁题诗。

【注释】

①声远：声远楼，云南楚雄府著名楼阁。

②右军：晋王羲之曾任右军将军，后称王羲之为“右军”。

③宰予：字子我，亦称宰我，春秋末鲁国人，孔子著名弟子，“孔门十哲”之一。

④巴：古族名；古代国名，辖境在今四川省东部。

⑤引商刻羽：商、羽，古代乐律中的两个音名。指讲究声律、有很高成就的音乐演奏。

论　诗

品格[1]诗家枉费评，吾诗吾自遣吾情。

可怜不识怡情者，错托宫商[2]论浊清。

【注释】

①品格：指文学艺术作品的质量、格调。

②宫商：指古代音律中的宫音与商音，后人用其泛指音乐。

新春自述

（二首）

正喜龙飞[1]景运新，白头击壤[2]任微臣[3]。

扁舟漫说鸱夷[4]远，绿浪[5]红渠也自春。

葛巾[6]醉裹旧还新，草莽[7]云谁不是臣。

欸乃[8]数声渔浦[9]上，九霄[10]春落野人[11]春。

【注释】

①龙飞：指帝王的兴起或即位。

②击壤：古代一种投掷游戏。壤，为前广后锐的木板，长一尺四寸，阔三寸，形如屐。游戏时先侧一壤于地，在距三四十步处以手中壤击之，中者为胜。古代老年人盛行的娱乐活动。

③微臣：卑贱之臣，常用作谦辞。

④鸱夷：指鸱夷子皮，春秋越范蠡之号。夷字古籍缺，据《全粤诗》补。

⑤绿浪：碧波。比喻被风吹动起伏不定的农作物。

⑥葛巾：古时用葛布做的头巾。

⑦草莽：草野，民间。与"朝廷""廊庙"相对。

⑧欸乃：开船的摇橹声。

⑨渔浦：江河边打鱼的出入口处。

⑩九霄：表示天空的最高处，比喻极高或极远的地方。借指帝王。

⑪野人：农家，指平民百姓。

交溪草堂山茶花发

（二首）

看花容易放舟难，春满交溪漫倚栏。

此日尊前[1]开一朵，喜从连理[2]共君看。

朝来扶杖绕清池，鹤顶丹成[3]未有诗。

少态自疑花识我，不应弦管[4]负花知。

【注释】

①尊前：尊长之前。

②连理：不同根的草木、枝干连生在一起。比喻恩爱夫妻。

③鹤顶丹成：比喻山茶花开。引自宋苏轼《和子由柳湖久涸，忽有水，开元寺山茶旧无花》："花深少态鹤头丹。"

④弦管：弦乐器和管乐器，泛指歌吹弹唱。

阅思斋弟仰西亭诗[①]感述先大夫别号西屏

万仞云开玉屹屏，仰屏何处是无影。

孤儿一掬[②]西亭念，安得岩岩[③]借色声。

【注释】

①西亭诗：《西亭》是唐代诗人李商隐的作品之一，为悼念亡妻而作。

②一掬：表示少而不定的数量。

③岩岩：比喻高大，高耸。

谕[①]弟罗樵息讼[②]

江平如掌雪风清，束矢钧金[③]快此行。

终使摘奸[④]归帖服，已非虞芮[⑤]昔时情。

【注释】

①谕：告诉，使人知道。

②息讼：平息争讼。

③束矢钧金：束矢，箭一束。在中国古代，是指民事诉讼费用。钧金，铜三十斤，是刑事诉讼费用。它们都是古代狱讼双方致官之物。金者取其坚，矢者取其直。及断，胜者官司还其金、矢，败者则没入。钧，古籍为"钩"，拟为笔误。

④摘奸：指揪出隐藏的坏人或坏事。

⑤虞芮：周初二国名。相传两国有人曾因争地兴讼，到周求西伯姬昌评断。后以“虞芮”指能谦让息讼者。

和罗樵弟紫菊

（二首）

十月蓓蕾紫滟新，护持元自有花神。

金樽花底歌檀板[①]，不向霓虹[②]羡太真[③]。

一夜奇花吐海涯，洪纤[④]群卉不须夸。

始知仙侣滂[⑤]沱雨，不长人间艳冶花。

【注释】

①檀板：简称板，乐器，因常用檀木制作而有檀板之名。

②霓虹：彩虹。是在雨后天晴之际，散射出七彩的光芒。

③太真：原始混沌之气。

④洪纤：大小。

⑤侣滂：古籍缺，据《全粤诗》补。

次韵罗明府[①]改题[②]姓系[③]

（二首）

榄水芙溪隔几岑[④]，此心此水不如深。

消将一掬朝宗意，再续人间杕杜[⑤]吟。

高阳[6]情尽有遗思，世谱[7]由来缉涣[8]丝。

但使流分源不异，宗盟[9]聊尔[10]释前悲。

【注释】

①罗明府：罗兆鹏，字少南，号裕庵，古劳（今广东省鹤山市古劳镇）人，嘉靖己酉年（1549年）举人，长泰知县，加大夫秩改知宁洋。（明万历《新会县志》）

②改题：修改。

③姓系：姓氏宗族的源流系统。指宗族谱牒。

④岑：山小而高也。

⑤杕杜：典出《诗经·唐风·杕杜》："有杕有杜，其叶湑湑。独行踽踽。岂无他人？不如我同父。嗟行之人，胡不比焉？人无兄弟，胡不佽焉？"指将同宗的族昆弟收纳在一起。

⑥高阳：位于河北省保定市东南部。战国时期为燕之高阳邑。

⑦世谱：家世谱系。

⑧涣：流散也。

⑨宗盟：同宗，同姓。

⑩聊尔：姑且，暂且。

承两渠陈茂才诸君赛神[1]祝嘏[2]之爱口号致谢博笑

纸灰飞扑篆浮烟，傩[3]语声中字字圆。

不负史巫[4]纷若[5]吉，始知儒者[6]学通玄[7]。

【注释】

①赛神：谓设祭酬神。

②祝嘏：祭祀时祝祷和所传达的言辞。

③傩：傩文化是一种来自远古的文化，是古时腊月驱逐疫鬼的仪式。

④史巫：祝史和巫觋。古代司祭祀、事鬼神的人。

⑤纷若:盛多的样子。

⑥儒者:尊崇儒学、通习儒家经书的人。汉代以后泛指一般读书人。所谓儒,实际就是温文儒雅,谦恭礼让。古代的儒者就是传授“六艺”的人。“六艺”是指礼、乐、射、御、书、数六种技能。

⑦通玄:通晓玄妙之理。

七 夕

一曲清商[①]酒数行,银河未落月犹明。

欲知天上人间事,请看牵牛织女星。

【注释】

①清商:清乐,也称为清商乐,是指汉魏六朝的乐府音乐,流传下来的歌词即当时的乐府诗。

秫坡钓台[①]

渔矶寂寂隐仙踪,路转莺花[②]更几重。

十里水云飞不断,空教人忆钓丝[③]风。

【注释】

①和陈白沙先生诗《钓台》韵。清康熙《新会县志》收录该诗。

②莺花:莺啼花开,泛指春日景色。

③钓丝:钓竿上的垂线。

卷七

五言绝句

饮万司成[①]村庄

（二首）

雨霁[②]山初曙，云轻径半迷。
醉醒凭小槛，渔笛过桥西。

林园风气佳，欣欣物生色[③]。
驴背[④]采芳归，溪清月华[⑤]白。

【注释】

①司成：古代教育贵族子弟之官职，后世称国子监祭酒为“大司成”。
②雨霁：本指雨止，也引申为雨过天晴。
③生色：增添光彩。
④驴背：指骑驴。
⑤月华：月光，月色。

饮郭都谏别墅

（二首）

平林烟半昏，凉气荐山雨。
试问春若何，流莺花外语。

花径呼童扫，柴扉为客开。
忽惊仙犬吠，云外[①]一车来。

【注释】

①云外:比喻仙境。

采　桑

二蚕[①]应未熟,桑下午提篮。

忙杀罗家女[②],何人复驻骖[③]。

【注释】

①二蚕:第二季蚕,即夏蚕。

②罗家女:指代养蚕人。

③骖:古代驾在车前两侧的马。

顺昌县[①]途中用壁间韵感述

（三首）

秧萎忧严寒,蛙骄喜绵雨。

溜声听转长,霁色望偏苦。

近市轻烟浮,晨炊日已晏[②]。

醒来看黄粱,犹似梦中饮。

归榻彗[③]南轩,行歌[④]日已晏。

君看五斗米[⑤],不作渊明饭。

【注释】

①顺昌县:福建省南平市下辖的一个县,位于福建省的西北部。

②晏：方言，迟，晚，同古义。保留在吴语、闽南语、客家话、粤语、湖北（读音同“按”）等南方方言中。

③彗：彗星，俗称扫帚星，古代被认作妖星。

④行歌：边行走边歌唱，以抒发自己的感情，表示自己的意向、意愿等。

⑤五斗米：出自陶渊明“不为五斗米折腰”。五斗米，晋代县令的俸禄，后指微薄的俸禄。

和李与崖诗人客怀[①]之作

（二首）

把酒竹当扉，伴吟花映席。
春光荡四隅，此是邺侯[②]壁。

矮屋不安门，花香长满席。
小蛮[③]斗新影，和月倚素壁。

【注释】

①客怀：指客居他乡而思念故里的情怀。

②邺侯：唐李泌累封邺县侯，家富藏书。后用为赞美他人藏书众多之典。

③小蛮：酒器名。

题惜花春起早[①]

晨起理蛾眉[②]，寸心花无发。
含情诉东风，犹恐韶光[③]疾。

【注释】

①惜花春起早：词牌名。

②蛾眉：美人的秀眉，也比喻美女，美好的姿色。
③韶光：美丽的春光。比喻美好的青年时代。

题爱月夜眠迟[①]

未忍罗带解，蟾光[②]满绣扉。
情深听玉笛，声隔粉墙[③]儿。

【注释】
①爱月夜眠迟：词牌名。
②蟾光：即月光，这是因为中国古代文化中常用蟾蜍来代表月亮。
③粉墙：涂刷成白色的墙。

题掬水月在手[①]

妾心如水月，掬浣圆个个。
欲寄黄华[②]戌，春深无雁过。

【注释】
①掬水月在手：词牌名。
②黄华：黄花。

题弄花香满衣

小蛮扳紫翠，香雾湿罗衣[①]。
点滴留痕在，伤春心自知。

【注释】

①罗衣:轻软丝织品制成的衣服。

题赵东台写钟潭泉手卷[①]画

（二首）

暖日抽芦荻[②],柔风杨柳花。

春江浓似酒,何处问渔家。

我爱中宪翁,墨花[③]洒数柳。

千载陶渊明,高风谁复右。

【注释】

①手卷:国画装裱中横幅的一种式样,以能握在手中顺序展开阅览得名。因幅度特点为长,故又称“长卷”。

②芦荻:芦,芦苇,多年生草本植物,多生于水边,茎中空,茎可编席,亦可造纸。荻,多年生草本植物,生在水边,叶子长形,似芦苇,秋天开紫花,茎可以编席箔。

③墨花:指水墨花卉画。

和答潘晴川漫兴韵

（二首）

客来东郭履[①],坐我北窗琴。

应契[②]无弦[③]处,同冥水月心。

倒予云液[4]瓮，报尔紫琼琴。

醉里无拘束，回观太古心[5]。

【注释】

①东郭履：形容处境窘迫。多用来描述穷困潦倒。典故出自《史记·滑稽列传》。

②契：相合，相投。

③无弦：无弦琴，没有弦的琴。南朝梁萧统《陶靖节传》："渊明不解音律，而蓄无弦琴一张，每酒适，辄抚弄以寄其意。"后用以为典，有闲适归隐之意。

④云液：古代扬州名酒，亦泛指美酒。

⑤太古心：指怀有远古仁人之心。

新舫初登用古诗韵

（四首）

三夏[1]千年戒，春秋几字连。

扁舟还广览，应吊古崖[2]天。

舟维芳草合，棹击[3]暮云连。

野思[4]生繁笛，闲愁入远天。

西岭夕阳度，新江秋水连。

蓼花[5]何处笛，声动白鸥[6]天。

古屋秋风里，当同鲁仲连[7]。

空尊搔白发，环堵[8]坐青天。

【注释】

①三夏：古代乐曲《肆夏》《韶夏》《纳夏》的总称。三，古籍原缺，据《全粤诗》补。

②古崖：即崖门，位于广东省新会南部，珠江三角洲西南侧，为潭江和西江分支的出海口。南宋末年枢密副使张世杰，崖山海战兵败后，陆秀夫背负帝昺于崖山沉海。

③棹击：打桨。谓驾船。

④野思：闲散自适的心思。

⑤蓼花：俗称狗尾巴草。

⑥白鸥：水鸟名。

⑦鲁仲连（约前305年—前245年）：战国末期齐国人。他善于谋划，常周游各国，为人排难解纷不受酬报。

⑧环堵：四周环着每面一方丈的土墙。形容狭小、简陋的居室，比喻拥挤。

客枉[1]小舫游叙叠韵

（二首）

雨过津如拭，云低岛欲连。
仙舟同李郭[2]，遍适海门[3]天。

伊昔芙蓉梦，于今花影连。
情深看宿鹭，分我枕中天[4]。

【注释】

①枉：屈就，用于别人，含敬意。

②李郭：《后汉书·郭太传》载，李膺与郭泰同舟而济，从宾望之，以为

神仙,故称"李郭仙舟"。比喻知己相处,不分贵贱,亲密无间,常用为友人相亲之典。

③海门:海口,内河通海之处。

④中天:指一轮明月高悬天空中。

山 居

我屋云山下,柴扉[1]也不扃[2]。

竹根厘犬吠,不为鹿麋惊。

【注释】

①柴扉:柴门,亦指贫寒的家园。

②扃:上闩,关门,从里面把门关上。

龙 溪

龙溪深且清,下有老龙鸣。

龙鸣水怪静,不似水禽声。

卷八

古诗排律

公出驻节[1]陶太守池馆[2]逾宿[3]徙居[4]行台[5]

秋色覆琼宇[6]，寒花[7]转白苹[8]。檐晴喧瑞雀，藻密隐祥鳞。山石堆云远，池涧引泉新。混混无止息，级级故峋嶙[9]。长吟时顾影，伴峙且欹巾。流行敢混俗[10]，卓立[11]自超群。野旷多奇趣，境清无纤尘[12]。主人开绿野，五马驾朱轮。英风凌苍汉，壮志御青云。竹帛[13]恒自矢[14]，声华[15]应耻论。

圣世[16]锡[17]云厚，遐邦[18]望正频。尚祈一掬蕴，化作万家春。薄暮轩前酌，清歌[19]还几巡。微酣问胥史[20]，共称使君仁。荒城能驱虎，云阁定图麟。闻斯舆论美，已领居停[21]恩。所交在雅谊[22]，市道安足云。努力崇令绩[23]，声光[24]遍四垠。明发别兹境，良觏[25]知何辰。

【注释】

①驻节：旧指身居要职的官员在外执行使命，在当地住下。节，符节。

②池馆：池苑馆舍。

③逾宿：过了一夜，到第二夜。

④徙居：迁居。

⑤行台：旧时地方大吏的官署与居住之所。

⑥琼宇：瑰丽的宫殿，指天宫。

⑦寒花：寒冷时节开放的花，多指菊花。

⑧白苹：亦作“白萍”，水中浮草。典出唐代杜甫《丽人行》：“杨花雪落覆白苹，青鸟飞云衔红巾。”

⑨峋嶙：形容人消瘦露骨。

⑩混俗：谓混同世俗，不清高超脱。

⑪卓立：特立，耸立。

⑫纤尘：比喻微细污垢。

⑬竹帛：竹简和白绢。古代初无纸，用竹帛书写文字。引申指书籍、

史乘。

⑭自矢:犹自誓,立志不移。

⑮声华:美好的名声,声誉。

⑯圣世:圣明时代。

⑰锡:通“赐”,给予,赐给。

⑱遐邦:远方的邦国。

⑲清歌:不用乐器伴奏的歌唱。

⑳胥史:犹胥吏。旧时官府中办理文书的小官吏。

㉑居停:寄居的处所。

㉒雅谊:犹厚意。

㉓令绩:美盛的业绩。

㉔声光:声誉和荣耀。

㉕覯:遇见。

次韵表兄曾大尹见寄

万里金门[1]归,拜命重悚侧[2]。陟岵[3]役非劳,分符[4]思自剧。贱子[5]本迂疏[6],阅时滋颇僻。六马[7]气难调,一豹事讵[8]识。深惧专城[9]寄,尚乏扛鼎力。我父紫薇[10]翁,桓桓[11]政超特[12]。甘棠播余阴,寿国[13]留方脉[14]。后进者何人,遗训敢渝易[15]。清秋看飞鸿,翱翔无止息。愿言驾征骖[16],乘时布先德[17]。

【注释】

①金门:代指天子之门。

②悚侧:恐惧不安。

③陟岵:《诗·魏风·陟岵》:“陟彼岵兮,瞻望父兮。”后因以“陟岵”为思念父亲之典。

④分符:犹剖符。谓帝王封官授爵,把符节剖分为二,双方各执其半,

作为凭证。

⑤贱子:谦称自己。

⑥迂疏:犹言迂远疏阔。

⑦六马:六种类型之马。《周礼·夏官·校人》:"辨六马之属:种马一物,戎马一物,齐马一物,道马一物,田马一物,驽马一物。"郑玄注:"玉路驾种马,戎路驾戎马,金路驾齐马,象路驾道马,田路驾田马,驽马给宫中之役。"

⑧讵:怎、岂。

⑨专城:指主宰一城的州牧太守一类的地方长官。

⑩紫薇:指帝王宫殿。代指朝廷官员。

⑪桓桓:宽广、坦然的样子。

⑫超特:高超、特别突出。

⑬寿国:保全国家,使国家久存。

⑭方脉:医方与脉象,引申指医术。比喻治国方略。

⑮渝易:改变,违背。

⑯征骖:驾车远行的马,亦指旅人远行的车。

⑰先德:祖先的德行。

夜 思

永夜[1]不能眠,渴思邻墙酒。琼浆[2]轻压蒭[3],馨氛[4]扑户牖[5]。须知卓公[6]狂,不失醒时守。醉分瓮底春,兴超豪侠右[7]。流莺啭幽谷,玄蝉[8]鸣新柳。东风满林峦,扶藜羡野叟[9]。旅囊[10]笑屡空,供具[11]成乌有。明发重踟蹰[12],欲携二三友。

【注释】

①永夜:长夜。

②琼浆:仙人的饮料,比喻美酒。

③蒭:喂牲畜的草,亦指用草料喂牲口或吃草料的牲畜。

④馨氛:散布很远的香气。

⑤牖:窗户。

⑥卓公:卓敬,字惟恭,瑞安卓岙(今属浙江)人。明朝著名的才子,少时聪颖绝伦,博学多才,诗词宏丽,文章奇拔磊落。明洪武二十一年(1388年)进士,廷对第二,授户科给事中。靖难之役后被逮捕,后被杀害。

⑦右:助,帮助。后多作"佑"。

⑧玄蝉:秋蝉,寒蝉。

⑨野叟:村野老人。

⑩旅囊:指空口袋。比喻没有钱物。

⑪供具:陈设酒食的器具,亦指酒食之类。

⑫踟蹰:徘徊不前、缓行的样子,有犹豫、迟疑等意。

晨　起

晨起怯单衣,山瓶[1]频呼酒。旭日出岩峦,灵辉[2]射窗牖。平生负暄[3]心,炎凉肯渝守[4]。野人诚戋戋[5],爱主故无右。霜意老梧桐,春光透桃柳[6]。岁时感推迁[7],生业[8]问田叟[9]。征输[10]极频烦[11],室家空诸有。因思拙阳城[12],千载为良友。

【注释】

①山瓶:山野人家所用的酒瓶。

②灵辉:太阳。

③负暄:为向君王敬献忠心的典实,冬天受日光曝晒取暖。典出《列子·杨朱》:"昔者宋国有田夫,常衣温黂,仅以过冬。暨春东作,自曝于日,不知天下有广厦隩室,绵纩狐貉。顾谓其妻曰:负日之暄,人莫知者。以献吾君,将有重赏。"

④渝守:严格遵守。

⑤戋戋:少,细微。

⑥桃柳:桃花和柳树比美,用于形容春色美丽。

⑦推迁:推移变迁。

⑧生业:犹生涯,职业,指人赖以生存的职业,包括农业、渔业、狩猎、采集等。

⑨田叟:老农夫。

⑩征输:征收赋税输入官府。

⑪频烦:指频繁。典出《三国志·蜀志·费祎传》:"以奉使称旨,频烦至矣。"

⑫拙阳城:即阳城拙。唐代韩愈《顺宗实录·卷四》:"(阳城)出为道州刺史……一不以簿书介意,税赋不登,观察使数诮让。上考功第,城自署第曰:'抚字心劳,征科政拙,考下下。'"后以"阳城拙"作为不会做官的典

故，以“抚字催科”指地方官吏的治政。

熊柳湖大尹新政十六事[①]

粤南剧邑[②]称古冈[③]，玉台[④]隐映黄云[⑤]光。自从公甫[⑥]倡道艺[⑦]，中州文彩[⑧]起遐邦。太平有象[⑨]循良出，分符[⑩]应宿声琅琅。尔来俗与旧观改，谁将偷薄[⑪]返淳庞[⑫]。幸逢我公挺英杰，手抉文藻绚天章[⑬]。宴罢琼林[⑭]来作宰[⑮]，声华烨烨[⑯]百城降。下车[⑰]首务崇风化[⑱]，作兴[⑲]士类[⑳]峻宫墙[㉑]。苹藻[㉒]扬芬[㉓]士济济，文翁化蜀[㉔]有余芳。思置流离就衽席[㉕]，戢驱盗贼[㉖]如群羊。潢池赤子销戈镝[㉗]，治乱民按渤海方[㉘]。

公庭简静事不扰，昼长帘卷坐琴堂。法度[㉙]详明次第举，施为[㉚]岂特[㉛]先大纲。修葺城垣壮藩屏，翼然[㉜]千雉[㉝]系包桑[㉞]。路涂甃结无倾圮[㉟]，平平视履皆康庄。蹇裳伊昔艰济涉[㊱]，溱洧[㊲]于今有桥梁。沟浍疏沦分泾渭[㊳]，万派清流泻天潢[㊴]。智周囹圄淹囚释，仁满青山暴骨[㊵]藏。幼稚师资立书社，蒲樗[㊶]遵约无赌场。手中文武任舒卷，发摘奸伏[㊷]洞毫芒。台前吏胥环白日[㊸]，案内奸尘肃清霜。

退食有时暂晏息，游心楼[㊹]上独徜徉。前罗后周夸美绩，更将彩翮[㊺]参翱翔。政施盘根真卓荦[㊻]，学成制锦[㊼]正辉煌。月明弦诵呕哑满，风暖梨棠[㊽]门巷[㊾]香。操持[㊿]冰檗[51]久弥厉[52]，当道交称[53]叠刻扬[54]。经纶[55]自合调元[56]鼎，膏泽[57]旋应遍八荒[58]。闻道求言方侧席[59]，五云[60]翘首补天裳。

【注释】

①熊柳湖大尹新政十六事:大尹,对府县行政长官的称呼。熊坦,湖广通山人,嘉靖三十二年(1553年)癸丑科进士,嘉靖三十三年任,以清勤著,嘉靖三十六年丁忧去。(清康熙《新会县志》)古籍由"熊柳湖大尹新政十六事"起至"月明弦诵呕哑满"的"月"字,与《乡贤区西屏集》窜页。《全粤诗》在"明弦诵呕哑满"前加上"经"字,以《失题》为诗名记之。

②剧邑:政务繁剧的郡县。

③古冈:新会县古称。

④玉台:玉台寺,位于新会县北圭峰山。

⑤黄云:黄云山在城西北一里,其前为古冈州治。

⑥公甫:指陈献章。

⑦道艺:指学问和技能。《周礼·地官·乡大夫》:"正月之吉,受教法于司徒,退而颁之于其乡吏,使各以教其所治,以考其德行,察其道艺。"

⑧中州文彩:指中原地区文化。

⑨太平有象:谓时世安宁和平。

⑩分符:犹剖符,或叫"剖竹"。古代帝王分封诸侯、功臣时,以竹符为信证,剖分为二,君臣各执其一,后因以"剖符""剖竹"为分封、授官之称。

⑪偷薄:刻薄,不敦厚。

⑫淳庞:犹淳厚。宋代文天祥《跋〈刘父老季文画像〉》:"予观其田里淳庞之状,山林朴茂之气,得寿于世,非曰偶然。"

⑬天章:泛指好文章。

⑭琼林:琼林宴是为殿试后新科进士举行的宴会。

⑮作宰:宰是古代官吏的通称,宰者,官也。(《周礼·目录》)

⑯声华烨烨:犹言声誉荣耀显赫。

⑰下车:官吏到任。

⑱风化:指社会上公认的道德规范。

⑲作兴:器重,抬举。

⑳士类:文人、士大夫的总称。

㉑宫墙:《论语·子张》:"叔孙武叔语大夫于朝曰:'子贡贤于仲尼。'

子服景伯以告子贡。子贡曰:‘譬之宫墙,赐之墙也及肩,窥见室家之好。夫子之墙数仞,不得其门而入,不见宗庙之美,百官之富。’”后因称师门为“宫墙”。比喻尊重读书人并修学宫。

㉒苹藻:苹与藻,皆水草名。古人常采作祭祀之用。《左传·襄公二十八年》:“济泽之阿,行潦之苹藻,置诸宗室,季兰尸之,敬也。”

㉓扬芬:指盛德与美好的事物。

㉔文翁化蜀:文翁(前187年—前101年),名党,字仲翁,西汉官吏。庐江郡舒县(今安徽庐江)人。汉景帝末年为蜀郡守,兴教育、兴贤能、修水利,政绩卓著。在文翁有意识的提倡、奖励下,儒学在蜀地以星火燎原之势迅速传播,蜀人旧有习俗随之大变。《汉书》卷八九《循吏传》云:“繇是大化,蜀地学于京师者比齐鲁焉。”“至今巴蜀好文雅,文翁之化也。”《华阳国志》卷三《蜀志》云:“学徒鳞萃,蜀学比于齐鲁。巴、汉亦立文学。”

㉕思置流离就衽席:指安置难民。流离,因饥荒战祸而居无定所,到处逃难。衽席,床褥与莞簟。

㉖戢驱盗贼:指驱逐藏起来的盗贼。

㉗潢池赤子销戈镝:谓造反的百姓销毁武器。

㉘治乱民按渤海方:《资治通鉴·卷二十五·汉纪十七》记载了渤海治乱史实。汉宣帝时,渤海地区(今山东沿海,故齐地)因为灾害缺少粮食,盗贼四起,而龚遂当渤海太守的第一件事,却是解散抓贼的官吏。他认为拿农器的都是良民,只有拿兵器的才是贼,于是盗贼都弃兵器而持农器,安土乐业。

㉙法度:规矩,行为准则。

㉚施为:处置,实行。

㉛岂特:难道只是,何止。

㉜翼然:鸟展翅的样子,常用以形容自然飘逸、恭谨端好之状,亦用以形容山石或亭台等建筑物高耸开张之状。

㉝千雉:形容城墙高大。墙长三丈,高一丈为一雉。唐代杨敬山《华山赋》:“见若咫尺田千亩矣,见若环堵城千雉矣。”

㉞包桑:比喻根基稳固。《后汉书·吴盖陈臧传论》:“光武审《黄石》,

存包桑,闭玉门以谢西域之质,卑词币以礼匈奴之使。”

㉟路涂甃结无倾圮:比喻坚实牢固。甃结,以砖瓦砌的井壁。倾圮,坍毁、崩裂、倒塌。

㊱蹇裳伊昔艰济涉:比喻从前过河艰难。蹇裳,揭衣;用手提起衣裳。济涉,渡过水面。

㊲溱洧:溱水与洧水,在今河南省。

㊳沟浍疏沦分泾渭:泛指田间水道。指兴修水利。浍,田间水渠。泾渭,泾河水清,渭河水浑,泾河的水流入渭河时,清浊不混。比喻界限清楚或是非分明。

㊴万派清流泻天潢:比喻功德多如天上的星星。清流,指德行高洁负有名望的士大夫。天潢,即天河。汉张衡《思玄赋》:“乘天潢之泛泛兮,浮云汉之汤汤。”

㊵暴骨:暴露尸骨。指死于郊野。

㊶蒲樗:指樗蒲,古代一种博戏,后世亦指赌博。博戏中用于掷采的色子最初是用樗木制成,故称樗蒲。又由于这种木制掷具系五枚一组,所以又叫五木之戏,或简称五木。

㊷发擿奸伏:即发擿奸伏,指揭发奸邪。典出《后汉书·法雄传》:“善政事,好发擿奸伏,盗贼稀发,吏人畏爱之。”

㊸台前吏胥环白日:指还人犯清白。吏胥,地方官府中掌管簿书案牍的小吏。

㊹游心楼:在县治二堂。有《游心楼记》碑,为陈白沙书,东海南安知府张弼题额,陈白沙门人东莞人林光记。

㊺彩翮:比喻鸟漂亮有力的翅膀。翮,鸟翎的茎,翎管。

㊻政施盘根真卓荦:指治理政事超绝出众。

㊼制锦:《左传·襄公三十一年》:“子皮欲使尹何为邑。子产曰:‘少,未知可否。’子皮曰:‘愿吾爱之,不吾叛也。使夫往而学焉,夫亦愈知治矣。’子产曰:‘不可……子有美锦,不使人学制焉。大官大邑,身之所庇也,而使学者制焉,其为美锦,不亦多乎?’”后因以“制锦”为贤者出任县令之典。

㊽梨棠：指棠梨，亦叫甘棠。《史记·燕召公世家》：“周武王之灭纣，封召公于北燕……召公巡行乡邑，有棠树，决狱政事其下，自侯伯至庶人各得其所，无失职者。召公卒，而民人思召公之政，怀棠树不敢伐，歌咏之，作《甘棠》之诗。”后遂以“甘棠”称颂循吏的美政和遗爱。

㊾门巷：门庭里巷。

㊿操持：料理，处理。

51冰檗：指处境寒苦艰辛。檗，即黄檗，性寒味苦。

52弥厉：指坚持。

53当道交称：当道，指执政者，掌权者。交称，颂扬，赞许。

54刬扬：举荐。

55经纶：整理丝缕、理出丝绪和编丝成绳，统称经纶。引申为筹划治理国家大事。

56调元：谓调和阴阳，执掌大政，多用于指宰相。

57膏泽：比喻恩惠。

58八荒：也叫八方，指东、西、南、北、东南、东北、西南、西北等八面方向，指离中原极远的地方。后泛指周围、各地。

59侧席：指谦恭以待贤者。

60五云：青、白、赤、黑、黄五种云色。古人视云色占吉凶丰歉。

暮春访宗家[1]园行

日暖田芜[2]鸟雀翻，田家[3]相饷曝朝暾[4]。雨余桑柘连社曲[5]，日晴鸡犬散山村。萦回草色带屐痕[6]，寻芳还访宗家园。宗家翠锁桃千树，自比武陵[7]旧隐处。心随流水共悠然，兴逐飞云留不住。碧梧[8]丹凤[9]今何时，莫向游人笑来去。

【注释】

①宗家：同族，本家。

②芜:形容乱草丛生。

③田家:农夫。

④朝暾:初升的太阳,亦指早晨的阳光。

⑤社曲:祭祀社神的乐曲。

⑥屐痕:鞋印,代指脚印。木底的鞋履,称为木屐。

⑦武陵:郡名,陶渊明《桃花源记》:“晋太元中,武陵人捕鱼为业……”。

⑧碧梧:绿色的梧桐树。比喻美好的才德或英俊的仪态。

⑨丹凤:指代杰出者。

苦旱行

祝融尸职[①]待行云,亢阳[②]遍野骄如焚。泉干断涧青苗槁[③],日永[④]黄尘白昼昏。古来祈祷先六事[⑤],天远凭谁达帝阍[⑥]。君不见:十风五雨谷穰穰[⑦],粒米狼戾[⑧]输太仓[⑨]。公家[⑩]租毕庚[⑪]有余,鼓腹[⑫]熙熙[⑬]化日[⑭]长。愿驱旱魃[⑮]不为虐,早沛甘霖遍八方。

【注释】

①祝融尸职:祝融,古代传说中的火神;尸职,失职。指火神失职。

②亢阳:指旱灾。

③泉干涧断青苗槁:指山泉干沽,涧水断流,禾苗干枯。

④日永:指夏天白昼长。

⑤六事:谓貌、言、视、听、思心、王极。古人以为此六者有失,必致六气相伤,发生灾害。

⑥帝阍:天门,天帝的宫门。

⑦穰穰:丰熟的样子。

⑧狼戾:指丰收。

⑨太仓:古代京师储谷的大仓。

⑩公家:指朝廷、国家或官府。

⑪庚:通“更”,愈加。

⑫鼓腹:鼓起肚子。谓饱食。

⑬熙熙:温和欢乐的样子。

⑭化日:太阳光,亦借指白昼。

⑮旱魃:传说中引起旱灾的怪物。比喻旱象。

卷九

词

西郊游满江红[1]有引

（三首）

壬戌[2]之夏，偶公余漫兴，偕邵中宪、文博士、李春元游于西郊之外。登楼眺远，入寺寻僧，潇洒出尘，与俗观者诚不可同日语矣。至于荫苍松而坐石，临清溪而赋诗，万峰还榻，一尘不到，烦襟尽涤，畅怀天地之外而忘其为大真，不觉华胥[3]之境在千载之上矣。归来转盼，已成尘迹，爰占芜词，用识雅游，抑亦见良会之弗可忘也。

坐覆松篁[4]，依山麓，豳风[5]一曲。对辋川[6]图画，石桥茅屋，万叠晴峦罗翠黛，一湾澄涧漱珠玉。况舜田、禾黍[7]偏占，濡云飞绿。

紫霞[8]溜，香浮菊；环佩[9]响，风生竹。笑罡[10]中贤圣[11]，蝉蜕[12]荣辱。君不见，鹤虽夸长凫岂短[13]，蜒[14]固有余蛇自足[15]。乘胜游，达观[16]秉烛[17]也何妨，酒正熟。

梵宇[18]帘开，云飞尽，练光飏[19]溢。细雨过，蝉枝拽响，柳堤摇碧。座上春光无限也，何人更向蓬莱觅。放浩歌，潇洒出尘，寰天为一。

对壶矢[20]，计筹[21]毕；俯碧槛，弄和日。不妨归去晚，月华[22]新出。君不见，庐陵叔子[23]与众乐，滁州[24]登眺何超逸[25]。到于今，落花啼鸟似当年，思遗迹。

小骑寻花，花开处，锦铺[26]原薮[27]。喜闾阎无警，民风淳厚。雨过西畴[28]耘[29]正急，绿云窈窕禾无莠。愿两歧[30]，嘉穗征丰年，到秋后。

千山外，还携酒；数联内，也随柳。莫说道河阳[31]，爱桃庐山[32]，栽豆阅世[33]，功名笑炊黍[34]，与君歌击花边缶[35]。且呼童，继酒任淋漓，倾瓶斗。

【注释】

①此三首词，或字数或停顿，都不合乎《满江红》之正格，且每一首词的字数也不等，未悉何故。

②壬戌：指嘉靖四十一年（1562 年）。见泉公于嘉靖三十九年（1560 年）任云南镇南州知州，嘉靖四十四年（1565 年）修州庙学，将其迁建到城东。据查《镇南州志》，于嘉靖辛酉四十年（1561 年），知州区元晋增修镇州城池。

③华胥：人名。传说是伏羲氏的母亲。指理想的安乐和平之境，或作梦境的代称。

④松篁：松与竹。比喻坚贞的节操。

⑤豳风：《诗经·国风》之一，共计七篇，都是西周时代的诗歌。

⑥辋川：水名，即辋谷水。诸水会合如车辋环凑，故称辋川。在陕西省蓝田县南，源出秦岭北麓，北流至县南入灞水。

⑦禾黍：禾与黍。泛指黍、稷、稻、麦等粮食作物。

⑧紫霞：紫色云霞。道家谓神仙乘紫霞而行。

⑨环佩：古人所系的佩玉。

⑩斝：古代酒器，青铜制，圆口，三足，用以温酒。

⑪贤圣：有漏智修善根的人，称为贤者；无漏智证见正理者，称为圣者。比喻道德才智极高的人。

⑫蝉蜕：指洁身高蹈，不同流合污。

⑬鹤虽夸长凫岂短：凫胫短鹤胫长，长短不齐，泛指余缺不齐。

⑭蜒：蛇类爬行的样子。

⑮自足：自我满足。

⑯达观：遍览，纵观。

⑰秉烛：谓持烛以照明。

⑱梵宇：佛寺。

⑲飏:飞扬,飘扬。

⑳壶矢:古代投壶用的签子,形如箭笴。

㉑筹:木或象牙等制成的小棍儿或小片儿,用来计数或作为领取物品的凭证。

㉒月华:月光,月色。

㉓庐陵叔子:指"唐宋八大家"之一的欧阳修。欧阳修,字永叔,号醉翁,晚号六一居士,吉州庐陵(今江西吉安)人。北宋政治家、文学家,开创一代文风,写下了散文名篇《醉翁亭记》。

㉔滁州:滁州地处安徽省最东部。古称"清流""涂中",最早属于扬州棠邑(今江苏省南京市六合区),三国设镇,南朝建州,隋朝始称"滁州",因滁河(涂水)贯通境内,又"涂"通"滁",故名为"滁州"。素有"金陵锁钥""江淮保障"之称,是六朝古都南京的江北门户。

㉕超逸:高超,不同凡俗。

㉖锦铺:铺陈锦绣。

㉗薮:生长着很多草的湖泽。

㉘西畴:西面的田畴,泛指田地。

㉙耘:除草。

㉚两歧:为丰收之兆,多用来称颂吏治成绩卓著。

㉛河阳:古地名,治今河南省孟州市。晋潘岳曾任河阳县令,后多以"河阳"指称潘岳。

㉜庐山:位于江西省九江市南。陶渊明以庐山康王谷作为文化背景,创作出《桃花源记》。

㉝阅世:经历时世。

㉞炊黍:传说卢生在邯郸旅店中,昼寝入梦,历尽富贵荣华。及醒,主人炊黄粱未熟。事见唐沉既济《枕中记》。后遂用作典故,以"黍炊"比喻虚幻的梦境。黍,此处指黄粱。

㉟歌击花边缶:一边唱歌,一边敲击瓦缶打拍子。缶是古代汉族的陶制乐器。

寿督阃陈少野[1]诞[2]

峰岩明曙，乌正吐，暖生琪[3]林玉树。开锦屏[4]把香再炷，云幕[5]高张晓署。说甚长春仙岛，都在稽山佳处❶。况翘足[6]，宠光[7]优渥[8]恩颁宸御[9]。奇遇画堂上，雪点红炉，诗咏谢家絮[10]。西海[11]桃馨，麻姑[12]脯[13]熟，欢动四筵仙裾[14]。楚竹[15]调中猿啸，秦筝[16]声里鸾翥[17]。数乐事，谁如翁，今日主宾交豫[18]。

日华初曙，启碧牖，香飘梅花数树。珠履满堂沉檀[19]一炷，淑气腾腾玉署[20]。试问琼瑶[21]佳景，何似蓬莱深处。喜今日，正寿星焜耀[22]庭喧驺御[23]。奇遇雪晴霁，帘卷轻风，楼阁斗飞絮。黄鹤娉婷[24]，郢歌[25]窈窕，王母[26]揭[27]来云裾[28]。阶下蟠桃初熟，台上鸾凰[29]高翥[30]。愿宦邸，禄寿山同峙，年年欢豫[31]。

❶少翁浙会稽人。

【注释】

①督阃陈少野：指陈鹄，会稽人，佥事。

②此词无词牌，近似《念奴娇》。

③琪：美玉。

④锦屏：锦绣的屏风。

⑤云幕：轻柔飘洒如云雾的帐幕。

⑥翘足：形容盼望仰慕之切。

⑦宠光：谓恩宠光耀。

⑧优渥：指优厚的待遇。

⑨宸御：借指帝王所居，引申为王位、帝王的代称。

⑩谢家絮：指晋谢道韫咏雪的典故，后以“谢家轻絮”作咏柳咏雪的典实。

⑪西海：传说中西方之神海。

⑫麻姑：又称寿仙娘娘、虚寂冲应真人，中国民间信仰的女神，属于道教人物。

⑬脯：即麟脯，指干麒麟肉。晋葛洪《神仙传·麻姑》："坐定，召进行厨，皆金盘玉杯，肴膳多是诸花果，而香气达于内外。擘脯行之如柏灵，云是麟脯也。"

⑭仙裾：衣袖之美称。

⑮楚竹：借指楚竹制的管乐器，亦借指用其吹奏之曲。

⑯秦筝：古秦地（今陕西一带）的一种弦乐器。似瑟，传为秦蒙恬所造，故名。

⑰鸾翥：比喻丰赡富丽的文辞。

⑱交豫：谓预先结交。

⑲沉檀：沉香和檀香。

⑳玉署：官署的美称。

㉑琼瑶：指仙宫。

㉒焜耀：明照，照耀。

㉓驺御：驾驭车马的人。

㉔娉婷：姿态美好的样子。

㉕郢歌：指高雅的诗文。

㉖王母：神话传说中一个地位崇高的女神。

㉗朅：音"挈"，离开。

㉘云裾：借指美女或仙女。

㉙鸾凰：鸾与凤。皆瑞鸟名，常用以比喻贤士淑女。

㉚翥：鸟向上飞。

㉛欢豫：欢乐。

答陈诗人见寄[①]

（三首）

世情纷茧丝，且挂冠[②]，偕公故里。笑谈日，诩诩[③]便是，流行坎止[④]。邻曲结绳[⑤]，人似旧枌榆[⑥]，入社形相倚。芙蓉杖，芰荷衣，啸傲[⑦]清虚境[⑧]里。由周道砥还矢[⑨]，鉴殷盘[⑩]商铭[⑪]不羡甘腴[⑫]，纨绮[⑬]身势归隐焉，用文考盘在涧[⑭]，谁能滓看长陌，翻云覆雨，都似风飘红紫。正延伫[⑮]蓬莱弱水[⑯]，招邀几个烟霞侣[⑰]。

操觚染翰[⑱]一挥帚，雪月风花[⑲]手难袖。竹枝长杨，关袅吟弄，云生岫幽。寻商山[⑳]，白石紫芝[㉑]，一枰[㉒]四老[㉓]。剥啄[㉔]声疏，花中阖辟[㉕]，机空云表[㉖]，汉鼎[㉗]羽仪[㉘]真错料，还把浮名归弋钓[㉙]。溪深花草香山窅[㉚]，猿猱[㉛]啸，茶溪舴艋[㉜]堪乘棹。理风铛[㉝]，支雪灶，凤瓶妍[㉞]月团耀。作者七人不知名，青山九锁[㉟]都忘号。

山阁静，月华清皎。梅数株，歌一调。短筇柱步过前桥，招寻耆耄[㊱]。三三径[㊲]，徐徐[㊳]绕，墙角花飞扑酒尊[㊴]，飞花劝酒怀更好。苍颜白发休踌躇[㊵]，酒中谁契竹林妙。且甘愚[㊶]，莫竞巧，鹤长凫短[㊷]何消较？遭逢尧舜，临亿兆[㊸]，颍滨[㊹]箕谷[㊺]迹犹扫。直须相与[㊻]，琴棋诗酒茶灶，话兴长，坐班草[㊼]。

【注释】

①这三首词均无词牌且字数、句子结构也不同。

②挂冠：辞官。

③诩诩：自得的样子。

④流行坎止：顺流而行，遇险即止。比喻顺利时出仕，遇挫折时退隐。流，水顺势流。坎，低陷不平。

⑤邻曲结绳：指过往的事。邻曲，邻里，邻人。结绳，结绳以记事。

⑥枌榆：《史记·封禅书》："高祖初起，祷丰枌榆社。"后借指帝乡，泛指故乡。

⑦啸傲：放歌长啸，傲然自得；行为旷达，不受世俗礼法拘束，多指隐士生活。

⑧清虚境：是指清静虚无的境界。指道观、道庵。

⑨由周道砥还矢："周道如砥"出自《诗经·小雅·大东》："周道如砥，其直如矢。"原意是用来形容周朝的政治清明，平均如一。

⑩殷盘：指殷王盘庚。

⑪商铭：古人章法，见《国语·晋语》："商之衰也，其铭有之曰：'嗛嗛之德，不足就也。不可以矜，而只取忧也。嗛嗛之食，不足狃也。不能为膏，而只离咎也。'"

⑫甘腴：泛指美味的食物。

⑬纨绮：精美的丝织品，引申为富贵安乐的家境。

⑭考盘在涧：在山涧结庐独居的人，指自得其乐的意趣。

⑮延伫：久立，久留。指归隐。

⑯弱水：泛指险而遥远的河流。

⑰烟霞侣：指游山玩水的伴侣。

⑱操觚染翰：指写作。觚，古代作书写用的木简。操觚，指执简写字，后指写文章。翰，长而硬的鸟羽。

⑲雪月风花：代指四时景色。

⑳商山：位于陕西省商洛市丹凤县。

㉑紫芝：比喻贤人。

㉒一枰：棋盘。

㉓四老：指"商山四皓"，即秦朝的四位博士：周术、吴实、崔广、唐秉。四位老人皆因品行高洁，银须皓首，避秦焚书坑儒而隐居商山，世称"商山

四皓”。

㉔剥啄:象声词,敲门或下棋声。

㉕阖辟:闭合与开启。

㉖云表:借指上天,上苍。

㉗汉鼎:汉代的鼎。为国之重器,亦用以指汉代社稷。

㉘羽仪:比喻居高位而且有才德,被人尊重或堪为楷模。

㉙弋钓:射鸟钓鱼。典出三国魏嵇康《与山巨源绝交书》:“抱琴行吟,弋钓草野,而吏卒守之,不得妄动。二不堪也。”

㉚窅:深远的样子。

㉛猿猱:泛指猿猴。

㉜舴艋:形似蚱蜢的小船。

㉝铛:温酒或温茶的器皿,似锅,三足。

㉞妍:美丽。

㉟九锁:谓道路曲折险阻。

㊱耆耄:泛称高龄之人。

㊲三三径:宋代杨万里于东园辟九径,分植不同的花木,名曰“三三径”。

㊳徐徐:形容速度或节奏缓慢。

㊴酒尊:指酒樽,古代人温酒或盛酒的器皿。酒樽一般为圆形,直壁,有盖,腹较深,有兽衔环耳,下有三足。

㊵踌躇:表示对某件事很难做出决定。

㊶甘愚:本文指常年野居,很少和世人接触的人。

㊷鹤长凫短:比喻宜顺其自然,不可随意损益。典出《庄子·骈拇》:“凫颈虽短,续之则忧;鹤颈虽长,断之则悲。”

㊸亿兆:指庶民百姓。犹言众庶万民。

㊹颍滨:指颍川。颍川在历史上一直是大郡,自设立以后一直是京师之外人口最多、最为繁华的地方。治所在今河南省禹州市。颍川郡有深厚的文化底蕴,是中华民族的发祥地。

㊺箕谷:位于陕西省汉中市西北。伐鱼河谷道,位于五丈原和马尾河

谷之间,谷形如簸箕,又称箕谷。

㊻相与:相处,相交往。

㊼班草:谓朋友相遇,共坐谈心。

吕合[1]道中[2]

远山翠锁千重,近郭云开四面。烟蓑漠漠牧归牛,仿佛画图中见。

【注释】

①吕合:位于今云南省楚雄市西北,是茶马古道上的重要驿站,历史悠久,为彝汉杂居之地,民族文化丰富多彩。

②这首词只有《西江月》词碑的一半,《西江月》双调,分上、下阙,共50个字,而这首词只有25个字。

雨后卧龙冈松柏挺然叠韵[1]

英英松柏标态,凛凛冰雪颜面。任教急雨趁乖龙[2],不肯低头相见。

【注释】

①这首词只有《西江月》词牌的一半,《西江月》双调,分上、下阙,共50字,而这首词只有25字。

②乖龙:传说中的孽龙。这个家伙厌烦了行雨,到行雨之时便四处逃逸,或藏在人身上,或藏在古木大柱上,或藏在楼台厅阁中,逃避雷神的追捕。如果在旷野,无处逃避,往往钻入牛角,牧童往往因此受到牵累,被雷震死。这是标准的用神话传说来解释自然现象的范例。

卷十

歌

河东观象歌陶君宅上宴集用李仁斋使君韵

昔日虞舜开重瞳,百兽率舞遍皇风。弟傲不悛[1]名为象,帝不忍诛锡侯封[2]。有庳[3]何罪傲益肆,欲攘[4]兄有入帝宫。上帝[5]闻之加显戮[6],命化为兽投西戎。非牛非兕[7]伏草莽,气力盖时拔山嵩。

身为山怪与昔异,名作魍[8]象至今同。❶孳育[9]年深[10]族弥盛,驾御犹足备战□。河东主人特英迈[11],约束野性归囿[12]中。华堂胜日筵宾客,箫鼓声喧日朣胧[13]。须臾七象出阶下,披之绮缯[14]弯丝䌇[15]。竦身[16]叫噉应幽谷,四蹄奔趚[17]势何雄。体重岂必尽迟钝,性警犹能妙低昂[18]。镇南太守[19]见之喜,夸骑紫陌[20]代青骢[21]。勇流进步何健速,江翻雪浪骇虬龙[22]。嗟彼野狐徒濡尾[23],陋兹航苇[24]薄论功。

君不见,刘昆[25]谈笑驱暴虎[26],英气千载吞蜺虹[27]。渭滨[28]鹰扬[29]称大老,鼓刀声里叶罴熊[30]。古来驯兽征吉事,声光历历有奇踪。今昔虽殊人岂异,要看调鼎[31]赞熙雍[32]。

又不见,往者兹兽[33]在山麓,图谋招致何委曲。潜将麝脐[34]授象奴[35],相度机宜拭其腹。随视雄从牝[36]者归,纳置圈阑若小犊。狎犷素夸敌万人,甘从嗜欲受羁束。堪怜饥渴害其心,忘却青山恋蒭粟[37]。时来贡献入上方,金吾[38]勇士同伴宿。平明[39]窃窕长安街,排立金门[40]佐左纛[41]。神武煌煌震四方,迩遐共瞻声华[42]渥。此物岂宜在庭除,期借皇威[43]戢荒服[44]。当其两阵正对□,驱令向前直蹂触。敌徒奔北血披靡,三军唱凯彻黄屋[45]。若非储养[46]待非常,法分森然[47]岂敢渎。居安不可便忘危,履平[48]尤惧有翻覆[49]。保邦宜自念包桑[50],不然臣罪当诛戮。秋杪[51]平原四望清,随主牵黄[52]取兔鹿。猎罢归来宴良宵,娇歌急管[53]列红烛[54]。每闻主命重踌躇,羞与凡辈[55]共奔逐。平时无所试奇材,斯[56]养频繁徒愧恧[57]。吁嗟斯象性固灵,昔日非人今非畜。若萌斯心在舜时,万年不忝封侯禄。孔雀山[58]高瑞气深,千峰如象咸[59]蹲伏。豫樟[60]翻风天日清,扶摇气象何快速。且把祯祥[61]祝二侯,真假相形歌如足。更看万象迭生辉,金鱼[62]玉带[63]眩凡目。桓桓[64]天上跻殊阶,共享人间东海福。

❶山之怪曰魍象。

【注释】

①不悛:指持续作恶,不肯悔改。悛,改过,悔改。

②锡侯封:锡,通“赐”。赐封,分封。锡侯封即锡封侯,在文中为了押韵,改为倒装句。

③庳:低下。

④攘:推。

⑤上帝:古代指天上主宰万物的神。

⑥显戮:泛指处死,加罪而死。

⑦兕:古书上所说类似犀牛的一种异兽,一说是雌性犀牛。

⑧魍:传说中的一种怪物。谓木石之怪。

⑨孳育:生息,繁殖。北魏郦道元《水经注·叶榆水》:“后牢山下有一夫一妇,生十女,九隆皆以为妻,遂因孳育。”

⑩年深:年深岁久。

⑪英迈:才智出众。

⑫囿:养动物的园子,借指事物萃聚之处。

⑬朣胧:朦胧,不分明。

⑭缯:古代对丝织品的总称。

⑮繩:犹直。

⑯竦身:竦,通“耸”。纵身向上跳。

⑰趚:大步快跑。

⑱低昂:指起伏,时高时低。

⑲镇南太守:见泉公曾出任镇南州知州。镇南州,治今云南省楚雄南华县。

⑳紫陌:文人泛称京都郊野之路为紫陌,在这里指长安的大街。

㉑青骢:毛色青白相杂的骏马。

㉒虬龙:一种古代传说中有角的龙。

㉓濡尾:比喻力不胜任,处境尴尬。

㉔航苇:指小舟。

㉕刘昆:东汉时做过江陵县令。据传说,有一年民房起火,火势凶猛难以扑灭,这位县令急得扑通跪下,祈求老天爷让大火熄灭。说来也巧,突然天降大雨,火就灭了,于是人人称奇。后来刘昆调任弘农太守,本来那个地方闹虎患,结果他一来,那些老虎背着小虎全跑掉了。

㉖暴虎:猛虎。

㉗蜺虹:旧时以虹蜺色彩艳丽,比喻人的才华横溢。

㉘渭滨:指太公望吕尚。

㉙鹰扬:威武的样子。

㉚罴熊:罴和熊,皆为猛兽。比喻勇士或雄师劲旅。

㉛调鼎:烹调食物。指治理国家的才能。

㉜熙雍:和乐的样子。

㉝兹兽:指兹白,猛兽名。

㉞麝脐:雄麝的脐,麝香腺所在,借指麝香。

㉟象奴:指饲养象的奴隶。

㊱牝:雌性的鸟或兽。

㊲蒭粟:粮草。多指供军队用的饲料和粮食。

㊳金吾:古官名。负责皇帝大臣警卫、仪仗,以及巡查京师、掌管治安的武职官员。

㊴平明:犹黎明。天刚亮的时候。

㊵金门:唐时宫门名。金明门内为翰林院所在。

㊶左纛:古代皇帝乘舆上的饰物,以牦牛尾或雉尾制成,设在车衡左边

或左骈上。

㊷声华:美好的声誉。

㊸皇威:指皇帝的威信。

㊹戢荒服:指降服边疆叛乱。戢,顺从。荒服,古代五服之一。指离京师两千到两千五百里的边远地方,亦泛指边远地区。

㊺黄屋:古代皇帝车上用黄缯做里子的车盖。帝王的代称。

㊻储养:聚集人才并供养之。

㊼森然:形容繁密直立。

㊽履平:像走在平地上一样,比喻从事某项活动十分轻易。履,踩、踏。

㊾翻覆:谓反复无常,变化不定。

㊿包桑:比喻根基稳固。

(51)秋杪:暮秋,秋末。杪,古籍为"秒"。

(52)牵黄:即牵黄犬,比喻过着悠闲自得的日子,典出《史记·李斯列传》。

(53)娇歌急管:形容各种歌舞、乐器同时进行的热闹情景。

(54)红烛:红色的蜡烛,多用于喜庆之事。

(55)凡辈:平庸之辈,亦指同辈。

(56)厮:犹厮役。古代干粗杂活的男性奴隶或小役。

(57)恧:惭愧。

(58)孔雀山:位于云南省普洱市景东彝族自治县锦屏镇。

(59)咸:全,都。

(60)豫樟:枕木与樟木的并称。比喻栋梁之材,有才能的人。

(61)祯祥:吉祥的征兆。

(62)金鱼:形状如鲤鱼的金符,标志官阶的一种佩饰。

(63)玉带:古时官员腰间所佩的玉饰带子。

(64)桓桓:勇武、威武的样子。

茶　歌

地底微雷坯户①开，欣欣②甲拆③迓④春来。枝上廉纤⑤露萌孽⑥，凌竞⑦百卉无与铁。清辛态度知音浅，黄白⑧珍腴眩头面。初收黍⑨粒不充筐，再摘娉婷卓旗枪⑩。樵云⑪蒲涧⑫杂晴苍，品评阳羡⑬无低恤。未碾龙图献帝尝，对此踌躇藜藿⑭肠。迩来⑮培植北山前❶，缀玉联珠⑯奕叶⑰妍。胸次⑱磊隗⑲屏烦煎⑳，直援谏议㉑觅茶仙。风炉折足缺耳铛㉒，活火㉓还将活水烹。华胥半枕北窗醒，细听松壑泻涛声。烟霞漠漠阒㉔四邻，生涯㉕茗碗㉖几经春。寻芳㉗荣树㉘不惮频㉙，清露长沾乌角巾㉚。回思世味㉛饕㉜京国㉝，鸡酥空蹈㉞羌胡㉟错。归汲云涛断涧落，楞严㊱架畔启青箬㊲。分甘苦梗真奇嚼，十亩聊充菟裘㊳乐。

❶暗指黄云先城，意则借用也。

【注释】

①坯户：指昆虫所封塞的巢穴。

②欣欣：草木茂盛的样子。

③甲拆：谓草木发芽时种子外皮裂开。

④迓：迎接。

⑤廉纤：细小，细微。多用以形容微雨。

⑥萌孽：植物初生发芽。

⑦凌竞：形容寒凉。

⑧黄白：淡黄色。

⑨黍：五谷之一，去皮后称黄米，一年生草本植物。其子煮熟后有黏性，可以酿酒、做糕等。

⑩旗枪：绿茶的一种，由带顶芽的小叶制成。茶芽刚刚舒展成叶称旗，尚未舒展称枪，至二旗则老。

⑪樵云:砍伐天上的云彩。指归隐山林不问世事。

⑫蒲涧:位于新会圭峰山绿护屏东北部。九节菖蒲丛生涧畔而名蒲涧。(清康熙《新会县志》)

⑬阳羡:借指宜兴出产的茶。宜兴今属江苏省。秦汉时称阳羡,故名。

⑭藜藿:藜和藿,亦泛指粗劣的饭菜。

⑮迩来:犹近来。

⑯缀玉联珠:比喻撰写美好的诗文。

⑰奕叶:累世,代代。

⑱胸次:胸间,亦指胸怀。

⑲磊隗:比喻胸中不平之气。

⑳烦煎:苦闷焦灼。

㉑谏议:指谏诤论议的文字。

㉒耳铛:耳铛是古代女子耳朵上的饰品,相当于今天的耳坠儿和耳钉。

㉓火:古籍为"水",拟为笔误。

㉔阒:形容寂静。

㉕生涯:指生命、人生。

㉖茗碗:茶碗。

㉗寻芳:游赏美景。

㉘荣树:树的花开,树的叶茂。

㉙不惮频:不厌烦,不怕麻烦。

㉚乌角巾:古代葛制黑色有折角的头巾,常为隐士所戴。

㉛世味:人世滋味,社会人情。指功名宦情。

㉜饕:比喻贪吃的人。

㉝京国:京城,国都。

㉞空蹈:凌空。

㉟羌胡:羌,羌族,古代西部民族之一。胡,代指北方和西方的少数民族。

㊱楞严:《楞严经》为著名佛教经典。古籍为"严楞",拟为笔误。

㊲青箬:箬竹的叶子,箬竹叶大质薄,常用于裹物。

㊳菟裘:古邑名,春秋鲁地,在今山东泰安东南楼德镇。此处意为士大夫告老退隐的处所为"菟裘"。

除夕用韵漫书

嗟何怀兮夜憧憧[1],眇霜□兮度疏钟[2]。新春初来旧冬穷,一技无成百念空。谁遮奔蛇[3]赴壑[4]雄,声传[5]青鸟[6]气蒙蒙。把酒相对梅花丛,年年守岁梅花宫。且放颓颜[7]付酒红,眼看谁知复谁庸。岁月蹉跎成秃翁[8],望里罗浮[9]四百峰。铁桥[10]幽栈一线通,会挂芙蓉访赤松[11],春光随处着奇踪。

【注释】

①憧憧:摇曳不定的,常指不确定的和微弱的波动。

②疏钟:稀疏的钟声。

③奔蛇:传说中一种能乘云雾而飞的蛇。

④赴壑:形容纷纷奔向同一个目的地。

⑤声传:指传闻之事。

⑥青鸟:借指春季。

⑦颓颜:衰老的容貌,亦借指老年人。

⑧秃翁:贬指年老而无官势的人,亦用于自嘲。

⑨罗浮:山名,在广东省东江北岸,风景优美,为粤中游览胜地。晋葛洪曾在此山修道,道教称为"第七洞天"。

⑩铁桥:指广东省增城县东罗浮山中的石梁,望之如桥,因称。

⑪赤松:指赤松子。古代汉族神话传说中的上古仙人,曾为神农雨师。比喻不贪恋功名,隐退山林,潇洒超脱,神仙般自由自在的生活。

腊冬登拜黄云先城[1]眺绿护[2]玉台[3]诸胜漫述

緊[4]坤轴[5]之亹[6]窿兮,纷颢气[7]之攸钟。绿护西来窅莫穷,玉屏窈窕摩苍空。野势[8]平开岳屿雄,河流荡漾混冥[9]蒙。紫垣[10]掩映梅花丛,丹崖淑气萃神宫[11]。隐隐龙章[12]散艳红[13]，光风[14]洒落绝尘庸，九华❶[15]铭碣[16]披元公[17]。晴雪归来叠万峰，似犹謦欬[18]梅花通。窗虚新月挂萝松[19]，缥缈云霞亿旧踪。

❶九华，莆名山，尚书退斋林公[20]所居，先人墓铭系公所撰云。

【注释】

①黄云先城：黄云山在新会县城西北一里处，其前为古冈州治。（康熙《新会县志》）

②绿护：绿护屏在新会县北十里，左连圭峰为邑屏障。（康熙《新会县志》）

③玉台：圭峰邑之镇山，一名玉台在新会县城北三里，四连绿护。（康熙《新会县志》）

④繄：文言助词，惟。

⑤坤轴：古人想象中的地轴。

⑥豊：大。

⑦颢气：清新洁白盛大之气。

⑧野势：旷野的形势。

⑨混冥：广大幽深之境。

⑩紫垣：星座名。

⑪神宫：神庙，神殿。

⑫龙章：龙形之图纹。常用于古代帝王和高官礼服之上。

⑬艳红：深红，火红。

⑭光风：雨止日出时的和风。

⑮九华：莆田九华山层峦叠嶂、翠峰如簇，形如九朵莲花，故有“九华叠翠”之称。

⑯碣：石碑。

⑰元公：周敦颐，字茂叔，号濂溪，谥号元公。北宋著名哲学家，是学术界公认的宋代理学开山鼻祖。

⑱謦欬：亦作“謦咳”。咳嗽，亦借指谈笑，谈吐。

⑲萝松：指女萝，地衣门植物。

⑳退斋林公：莆田林云同。

后记

先祖西屏公区越《乡贤区西屏集》、见泉公区元晋《区奉政遗稿》为底本之《〈新会潮连区西屏见泉二公合集〉辑注》即将付梓，既喜又乐。喜者，倾全力，历六年，数十万字之辑注稿终于落地；乐者，传家承，助阅读，扬我区氏文化瑰宝，亦将可期。

顾余家，虽无厚资，而菽水尚足供啜饮，闲之岁月，拟从笔耕；别无嗜好，偏安淡泊，无以自娱，视辑注西屏、见泉二公诗文为己之责，人所视为烦难者，余则倍觉其饶有趣味也。其间，历严、慈相继仙逝之苦痛，然得家人之上下倾力，助圆吾视之不可企及之梦想，快慰之感，一时满盈。

庚寅年（2010年），族兄耀胜赠之民国版《新会潮连区西屏见泉二公合集》，拜读之，先祖诗词歌文，引经据典，博引旁征。唯要通古，方可雅读，余突发奇想，且以白话作注，辑录成册，辅助今人阅读。于是乎，任性发作，恶补古文，以强吾力。

辑注本书，数年间，足迹遍及京、广、浙、闽、徽、滇、香港诸地，更为新会景堂图书馆、中山大学图书馆、国家图书馆、香港大学冯平山图书馆之常客，感沐先祖曾经驻足之地之气场，以期搜集精妙之资料。过程虽费时耗资，然却无憾矣。

受限自身修养，一己之力，错漏难免，虽未尽善而已尽力矣。辑注《新会潮连区西屏见泉二公合集》，以为抛砖引玉之举，祈盼方家关注乡土遗珠，发扬光大之。

本书之付梓，得新会景堂图书馆袁梅梅馆长倾力之助，供《乡贤区西屏集》《区奉政遗稿》古籍为合集辑注底本，承蒙著名出版人李辉先生策划，人民日报社文艺部主任、中国书法家协会理事梁永琳先生，四川省成都市地方志办公室主任高志刚先生的厚爱，梁永琳先生欣然为本书题签，高志刚先生在百忙中拨冗为本书撰序。方岳家庙宗兄区耀胜赠民国版《新会潮连区西屏见泉二公合集》，江门市蓬江区的领导和潮连街道办事处的大力支持，妻子梁爱环、儿子区皓亮对本书编写过程提供全方位的支持，在此谨一一致谢。

方岳家庙区氏二十四传孙

区小健于自然草堂

2022 年 5 月